조선시대 서학 관련 자료 집성 및 번역·해제 4

한국연구재단 토대연구지원사업 총서

조선시대 서학 관련 자료 집성 및 번역·해제 4

동국역사문화연구소 편

해제자: 구만옥, 노대환, 박권수, 서인범,
서종태, 원재연, 이명제, 전용훈

경인문화사

　본서는 한국연구재단의 토대연구지원사업에 선정되어 동국대학교 동국역사문화연구소에서 '조선 지식인의 서학연구'라는 주제로 2015년부터 2018년까지 3년에 걸쳐 수행한 작업 결과물이다.

　'서학(西學)'은 대항해라는 세계사적 흐름에 의해 동아시아 사회에 등장한 새로운 사상적 조류였다. 유럽 세계와 직접적 접촉이 없었던 조선은 17세기에 들어 중국을 통해 서학을 수용하였다. 서학은 대부분의 조선 지식인들이 신봉하고 있던 유학과는 전혀 다른 것이었다. 조선 지식인들은 처음에는 호기심에 끌려 서학을 접촉했지만 시간이 지나면서 서학에 관심을 갖는 이들이 늘어났다. 18세기 후반에 이르면 서학은 조선 젊은이들 사이에 하나의 유행이 되었다. 이들은 천문·역학을 대표되는 과학적 성과뿐만 아니라 천주교도 받아들였다. 서학의 영향력이 확대되자 정통 유학자들이 척사적 태도를 견지하면서 서학은 사회적·정치적 문제로 비화하였다. 그 결과 서학은 조선후기 사회의 방향성을 결정하는 가장 중요한 변수가 되었다.

　중요한 주제인 만큼 서학에 대해서는 그동안 많은 연구가 이루어졌지만 아쉽게도 조선후기 서학을 통괄할 수 있는 작업은 진행되지 못하였다. 이에 동국역사문화연구소에서는 조선후기 서학의 수용 양상을 종합적으로 정리하겠다는 계획 하에 토대연구지원사업에 지원하였는데 운이 좋게도 선정되었다. 본 사업은 크게 ①조선에 수용된 서학서 정리 ②조선 지식인에 의해 편찬된 서학서 정리 ③조선후기 서학 관련 원문 자료 정리라는 세 가지 과제의 수행을 목표로 설정하였고, 3년 동안 차질 없이 작업을 수행하여 이제 그 결과물을 내놓게 되었다.

　본서는 많은 분들의 도움과 노력으로 출간될 수 있었다. 우선 본 과제를 선정해주신 심사위원분들께 깊은 감사를 드린다. 많이 부족한 연구계

획서를 높이 평가해주신 것은 의미 있는 결과물을 만들어 학계에 기여할 수 있을 것으로 기대했기 때문이었을 것이다. 연구진은 그러한 기대에 어긋나지 않도록 최선의 노력을 기울였다. 본 연구를 수행하는데 가장 중요한 역할을 한 분들은 역시 전임연구원들이다. 장정란·송요후·배주연 세 분 전임연구원분들은 연구소의 지원이 충분치 못한 환경에서도 헌신적으로 작업을 진행하셨다. 세 분께는 어떤 감사를 드려도 부족하다. 서인범·김혜경·전용훈·원재연·구만옥·박권수 여섯 분의 공동연구원분들께도 깊이 감사드린다. 학계 전문가로 구성된 공동연구원 선생님들은 천주교나 천문·역학 등 까다로운 분야의 작업을 빈틈없이 진행해주셨다. 서인범 선생님의 경우 같은 학과에 재직하고 있다는 죄로 사업 전반을 챙기시느라 많은 고생을 하셔 죄송할 따름이다. 이명제·신경미 보조연구원은 각종 복잡한 행정 업무를 처리하는 것은 물론 해제·번역 작업에도 참여하였다. 두 보조연구원이 없었다면 사업의 정상적인 진행은 어려웠을 것이다. 귀찮은 온갖 일을 한결같이 맡아 처리해준 두 사람에게 정말 고마움을 전한다. 이밖에도 감사를 드려야 할 분들이 더 계시다. 이원순·조광·조현범·방상근·서종태·정성희·강민정·임종태·조한건선생님께서는 콜로키움에서 본 사업과 관련된 더 없이 귀한 자문을 해주셨고 서종태 선생님의 경우는 해제 작업까지 맡아주셨다. 특히 고령에도 불구하고 두 시간 동안 쉬지 않고 강의를 해주시던 이원순 선생님의 모습은 잊을 수 없다. 이제는 고인이 되신 선생님의 영전에 삼가 이 책을 바친다. 마지막으로 사업성이 없는 본서의 출간을 맡아주신 경인문화사 한정희 사장님과 본서를 아담하게 꾸며주신 편집부 분들께 감사드린다.

이렇게 많은 분들의 도움과 노력에도 불구하고 본서에 부족한 점이 있다면 그것은 전적으로 연구책임자의 잘못이다. 아무쪼록 본서가 조선후기 서학 연구 나아가 조선후기 사상사 연구에 기여할 수 있기를 기대한다.

연구책임자 노대환

▎일러두기 ▎

1. 수록범위

본 해제집은 3년간 진행된 연구의 결과물이다. 연구는 연도별 주제를 선정하여 진행되었고, 각 연도별 수록범위는 아래와 같다.

〈연차별 연구 주제와 수록 범위〉

연차	주 제	수록범위
1차	조선 지식인과 서학의 만남	17세기 이래 조선에 유입된 한문서학서
2차	조선 지식인의 서학에 대한 대응과 연구	조선후기 작성된 조선 지식인의 서학 연구 관련 문헌
3차	조선 지식인의 서학관련 언설	서학 관련 언설 번역

2. 해제

① 대상 자료에 대한 이해를 위해 서지정보를 개괄적으로 기술하였다.
② 해제자의 이름은 대상 자료의 마지막에 표기하였다.
③ 대상 자료의 내용, 목차, 저자에 대해 설명하고 대상 자료가 가지는 의의 및 영향에 대해 기술하였다.

3. 표기원칙

① 한글 표기를 원칙으로 하되, 필요에 따라 한자나 원어로 표기하였다. 한글과 한자 및 원어를 병기하는 경우 한자나 원어를 소괄호( )에 표기하였다.
② 인물은 이름과 생몰연대를 소괄호( )에 표기하고, 생몰연대를 모를 경우 물음표 ?를 사용하였다.
③ 책은 겹낫표『 』를, 책의 일부로 수록된 글 등에는 홑낫표「 」를 사용하였다.
④ 인용문은 " "를 사용하여 작성하고 들여쓰기를 하였다.
⑤ 기타 일반적인 것은「한글맞춤법 규정」에 따랐다.

4. 기타

① 3년간의 연구는 각 1·2권, 3·4권, 5·6권으로 나누어 수록하였다.
② 연구소 전임연구원의 연구결과물은 1·3·5권에, 공동연구원과 외부 전문가의 결과물은 2·4·6권에 수록하였다.
③ 1·2권은 총서-종교-과학, 3·4권은 논저-논설, 5·6권은 문집-백과전서-연행록으로 분류하고 가나다순에 따라 수록하였다.

▌목차 ▐

발간사 ▏ 일러두기

★된 자료는 서(序), 발(跋)을 번역하여 함께 수록하였다.

『가학벽이연원록(家學闢異淵源錄)』

분류	세부내용
문 헌 종 류	조선서학서
문 헌 제 목	가학벽이연원록(家學闢異淵源錄)
문 헌 형 태	필사본
문 헌 언 어	漢文
저 술 년 도	1838년 이후
저 자	이시홍(李是鈺, 1789~1862) 외
형 태 사 항	67면
대 분 류	종교
세 부 분 류	교리
소 장 처	숭실대학교 한국기독교박물관
개 요	여주 이씨 성호 이익 가문에서 6대에 걸쳐 저술한 벽이문(闢異文)과 벽이시(闢異詩)를 이시홍 등이 한 책으로 편찬한 서적.
주 제 어	벽이(闢異), 천주(天主), 천주교(天主敎), 이익(李瀷), 이삼환(李森煥), 이시홍(李是鈺)

1. 문헌제목

『가학벽이연원록(家學闢異淵源錄)』

2. 서지사항

『가학벽이연원록(家學闢異淵源錄)』은 성호 이익 가문의 이시홍(李是

鉄, 1789~1862) 등이 1838년 무렵 편찬한 척사서(斥邪書)이다. 1책(册) 2편(篇)으로 구성되어 있다. 본 서의 구성을 살펴보면 다음과 같다.

편차	저술자	제목	형태	저술시기
序	李鳴煥(1773~1809)	家學闢異淵源錄序	서문	1792(정조 16)
	李是鐄(1782~1839)	闢異淵源錄序	서문	1836(헌종 2)
上篇	李溆(1662~1723)		시문	숙종 말~경종 초
	李瀷(1681~1763)	跋天主實義	산문	
	李瀷(1681~1763)	答人書末	서간	1752(영조 28)
	李嘉煥(1722~1779)	天神魔鬼之疑	산문	영조 말 정조 초
	李森煥(1729~1813)	洋學辨 上·下篇	산문	1786(정조 10)
下篇	李載重(1747~1822)		시문	
	李載重(1747~1822)	與敎萬絶交書	서간	1801(순조 1) 이전
	李載威(1745~1826)	西學辨	산문	순조 초
	李載實(1803~1860)	跋	발문	1838(헌종 4)
	李是鉄(1789~1862)	闢邪文(並詩)	산문+시문	
跋	李福永(1812~1883)	闢異淵源錄跋	발문	1838(헌종 4)

『가학벽이연원록』에는 서·발문을 포함하여 총 11명의 여주 이씨 가문의 인원이 참여하고 있다. 2개의 서문과 2개의 발문, 그리고 5개의 산문과 3개의 시문, 2개의 서간문이 실려 있다. 2개의 발문이 모두 1838년이기 때문에 이때에 완성된 것으로 보인다.

한편 2개의 서문이 1792년과 1836년 남겨져 있는 것으로 보아 1792년에 일차적으로 편찬을 계획하였거나 편찬되었던 것으로 보인다. 1792년의 일차 편찬은 이삼환(李森煥)이 주도하였던 것으로 생각되며, 한 해전 진산사건(珍山事件)이 편찬의 동기가 되었던 듯하다. 보다 구체적으로는 1784년 이승훈(李承薰, 1756~1801)이 북경에서 세례를 받고, 이듬해 추조적발사건(秋曹摘發事件) 등이 발생하면서 천주교에 대한 경계심이 상승하였다. 또 1791년 윤지충(尹持忠, 1759~1791)이 전라북도 진산(지금의 충청남도 금산)에서 천주도 교리를 지키기 위해 어머니 권씨(權氏)의 제사를 지내지 않고 신주를 불사르는 사건이 발생한다. 일련의 천주교 사건에는 다수의 성호학파 문인들이 포함되어 있었는데, 성호가문에서는 이에 위기감을 느끼고 『가학벽이연원록』을 저술하였던 것으로 생각된다.

1838년의 이차 편찬은 이삼환의 손자 이시홍이 주도하였다. 이시광의 서문을 확인해보면 이미 1836년에 이시홍이 편찬 작업에 들어갔던 것으로 보이며, 두 개의 발문으로 보아 1838년에 작업이 마무리되었던 것으로 보인다. 이시홍은 일찬 편찬 당시 모았던 자료를 상편(上篇)으로 삼고, 이후의 작품들을 하편(下篇)으로 만들어 본 책을 간행하였다. 현재 숭실대학교 한국기독교박물관에서 소장하고 있는 작품이 바로 이시홍이 편찬을 주도해서 만든 『가학벽이연원록』이며, 현재까지 유일본으로 알려져 있다.

본문은 '家學闢異淵源錄序'로 시작하고 있으며, 첫 번째 서문 이후에는 '闢異淵源錄'으로 줄여서 명칭을 사용하고 있다. 본문은 1면 당 8줄, 1줄 당 20글자로 이루어져 있으며 총 67면이다. 이서의 작품에는 이시홍이 직접 주석을 달아 저작 시기를 비정하고 있으며, 이철환과 이삼환의 작품에는 부기로 저작 시기가 비정되어 있다. 현재 남아있는 판본은 훼손이 심하여 글자판별이 용이하지 않은 부분이 많다. 하지만 기존의 간행본 내에서 교차로 확인할 수 있는 작품이 많기 때문에 교차 검토를 통해 보완할 수 있다.[1]

---

1) 기존의 간행본에서 확인되는 작품으로는 李瀷의 『星湖先生全集』卷55, 題跋, 「跋天主實義」; 卷33, 書, 「答族孫輝祖」, 李森煥의 『少眉山房藏』卷5, 辨, 「洋學辨」上·下篇, 李鳴煥의 「家學闢異淵源錄序」(『近畿實學淵源諸賢集』六, 大東文化硏究院, 2002, 211~212쪽), 李是鈜의 『六悔堂遺稿』, 1冊, 「闢異詩十首」; 2冊, 「闢洋學文」 등이 있다.

[저자]

본 서는 성호 가문에서 편찬하였다. 총 11명의 저자가 등장하고 있는데 이들의 관계를 가계도로 정리하면 다음과 같다.

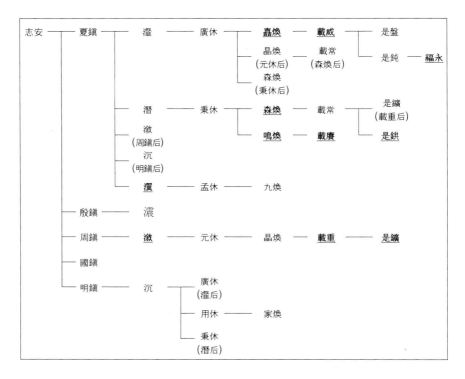

밑줄 및 강조 표시된 인물들이 『가학벽이연원록』의 저자이다. 위의 가계도를 살펴보면 『가학벽이연원록』의 저자들은 성호 이익의 조부 李志安(1601~1657)의 직계들로 구성되어 있다. 하지만 立後관계를 제외한다면 사실상 이익의 부친 李夏鎭(1628~1682)에서 연원하고 있음을 알 수 있다.

『가학벽이연원록』의 저자는 여주 이씨 총 여섯 대에 걸쳐 분포되어 있다. 이서의 작품이 1720년 무렵의 것으로 가장 이르며, 이재갱과 이복영의 발문이 1838년의 것으로 총 120여년에 걸친 기록이다. 특히 그 시작 시점은 서학이 종교의 차원에서 조선 사회에 영향력을 발휘하는 시점과 일치한다.

이 중에서 가장 중심이 되는 인물은 성호(星湖) 이익이다. 이익은 조선후기 실학자로 경기도 광주 첨성리(瞻星里)에 칩거하며 학문을 닦았다. 이익의 학문적 기반은 퇴계(退溪) 이황(李滉, 1501~1570)의 성리설을 기준으로 하면서도, 율곡(栗谷) 이이(李珥, 1536~1584), 반계(磻溪) 유형원(柳馨遠, 1622~1673)의 사회개혁론을 적극적으로 수용하였다. 이러한 개방적 학문관을 토대로 서학 서적까지 두루 섭렵하였는데, 이익 본인은 서양과학은 긍정하면서도 천주교 교리에 대해서는 부정적인 인식을 가지고 있었다.

성호 이익의 문하에서 수학한 여러 제자들과 가문의 구성원들은 성호 사후 공서파(攻西派)와 신서파(信西派)로 분기하게 되는데, 신후담(愼後聃, 1702~1761), 안정복(安鼎福, 1712~1791)-황덕길(黃德吉, 1750~1827)-허전(許傳, 1797~1886)으로 이어지는 계열을 功西派로, 이병휴(李秉休, 1710~1776)-권철신(權哲身, 1736~1801), 이가환(李家煥, 1742~1801)-정약전(丁若銓, 1758~1816)·정약용(丁若鏞, 1762~1836) 형제로 이어지는 계열을 신서파로 분류한다. 성호가문 내에서도 이가환 등이 신서파로 천주교에 입교하지만, 『가학벽이연원록』을 통해 알 수 있듯이 대부분 천주교에 대해 배척적인 태도를 견지하고 있다.

3. 목차 및 내용

[목차]

없음

[내용]

『가학벽이연원록(家學闢異淵源錄)』은 제목에서 알 수 있듯이 성호가문의 문인들이 천주교를 배척하는 입장을 역설한 척사서이다.

『가학벽이연원록』은 두 개의 서문으로 시작하고 있다. 이명환의 서문은 1792년 4월 작성된 것으로 이서부터 이삼환의 작품에 대해 개관한 후 『가학벽이연원록』을 편찬한 경위에 대해서 설명하고 있다.

> "그 폐단이 장차 온 세상을 몰아서 이적·금수의 영역으로 몰고들어갈 것이다. 그렇게 되면 그 폐해가 漢의 五斗米敎나 元의 白蓮敎보다도 심할 것이니, 또 어찌 내가 배운 학문을 가지고 그 방자한 행동을 앉아서 바라만 보고 침묵하고 있을 수 있겠는가? 비록 그렇지만 지금 보잘 것 없는 견해와 졸렬한 글 솜씨를 가지고 서교를 섣불리 辨斥한다면 그들이 반드시 터무니없고 오만한 주장을 가지고 벌떼처럼 모여들어서 말한다 해도 이득이 없을 것이니 스스로를 위태롭게 만들 것이다. 그러므로 장차 그들과의 교유관계를 끊고 문을 걸어 잠근 채 우리 선조들의 유훈을 모으고 여러 형제들의 글들을 합쳐다 한 권의 완성된 책으로 편집하여 엮으려 한다."[2]

이명환의 서문을 살펴보면 서학이 조선 사회에 크게 번져서 그 폐단이 자라나고 있으므로 정학을 수호하는 입장에서 방관할 수 없다는 입장을 보이고 있다. 그러면서도 천주교도들과 직접 대화하는 것이 또 다른 오해를 나을 수 있는 것에 대해 경계하고 있다. 이에『가학벽이연원록』의 편찬을 통해 성호가문의 '벽이(闢異)'의 가풍을 드러내고자 하였다.

다음으로 이시광의 서문은 1836년 4월 작성된 것으로 이서부터 이시홍의 작품까지 개관하고『가학벽이연원록』을 재차 편찬하게 된 경위에 대해 설명하고 있다.

> "나의 동생 六悔堂 李是鈇(1789~1862) 역시 학문에 뜻을 두고 邪道를 미워하는 사람이다. 이시홍이 가문에서 闢異하는 직분을 잇는 것에 뜻을 두고, 분연히「闢邪文」을 짓고서 정도를 걱정하는 뜻을 표현하였다. 마침내 책 상자 안의 원고들을 모아다 撰次하여 하나의 책으로 엮었으니 겸재공이 지은 서문과 그 이전의 글들을 上篇으로 하고, 석헌공 이후의 글들을 다시 下篇으로 하여서『闢異淵源錄』이라 이름 짓고는 나에게 이 책의 서문을 부탁하였다."[3]

이시광의 서문을 살펴보면『가학벽이연원록』의 편찬이 이시홍의

---

2)『家學闢異淵源錄』序(李鳴煥), "其弊終將至於驅一世 而入於夷狄禽獸 其害不止如漢之米賊 元之白蓮會之□也 又惡可以吾學之未至坐見其肆行 而一向泯默也 雖然今欲以鹵莽之見 荒拙之辭 出之辨斥 則標榜之譏 狂妄之誚 必將蝟集噂沓 言之無益 適足以自危 故將欲息交絶游 杜門下帷 取家先遺訓 及諸兄見成文字 纂輯成編 作一統之書"

3)『家學闢異淵源錄』序(李是鈇), "吾弟六悔堂亦志學嫉邪人也 有意於家庭紹述之職 慨然作闢邪文 以寓憂道之意 遂集搜巾衍 撰次而合爲一冊 謙齋公作序以上爲上篇 石軒公以下爲下篇 名之曰闢異淵源錄 屬不侫以序其事"

주도로 이루어졌음을 알 수 있다. 즉 이시홍이 가문에서 벽이하는 가풍을 잇고자 본 서를 편찬하였다고 전하고 있는 것이다. 이시광의 서문은 '정도를 붙들고 이단을 물리치는' 일이 성호가문에서 대대로 이어져온 일이며 후손들도 이러한 뜻을 받들어 이러한 작업을 계속해서 수행하길 바라는 것으로 마치고 있다.

본문은 이서의 시로 시작하고 있다. 이서의 시는 "오랑캐인이 이단의 학문을 주장하니 그 이름 이마두(利瑪竇)라네. 그 학문 기이하면서도 교묘하니 도덕의 원수가 될까 두렵구나!"[4]라는 오언절구 한 수에 불과하기 때문에 그 내용에서 특이점을 찾기는 힘들다. 그럼에도 불구하고 이서의 시를 『가학벽이연원록』의 시작으로 삼은 이유는 저술 시기에서 찾을 수 있다. 이시홍은 이서의 시문에 주석으로 "공은 현종 임인년(1662)에 태어나 경종 계묘년(1723)에 돌아가셨으니 이 시는 필경 숙종 말 경종 초 즈음에 지어졌을 것이다."[5]라고 저술 시기를 추정하고 있다. 즉 이는 1720년을 전후한 시기인데, 최초의 체계적 반서학 저술이라고 알려진 『돈와서학변(遯窩西學辨)』(1724)보다도 이른 것이다. 이를 통해 성호가문이 이른 시기부터 반서학(反西學)의 가풍을 견지하고 있었다는 사실을 강조하고자 한 것이다.

다음으로는 이익의 「발천주실의(跋天主實義)」와 「답인서말(答人書末)」[6]이 이어지고 있다. 「발천주실의」는 서양의 학문과 천주 개념을 소개하며, '천주(天主)=상제(上帝)'라는 마태오 리치(P. Matteo Ricci, 利瑪竇, 1552~1610)의 보유론적 논리를 일면 수긍하고, 천주교의 성경과 『시

---

4) 『家學闢異淵源錄』 上篇, 玉洞公所著, "夷人唱異學 其名利瑪竇 其學奇而巧 恐爲道德寇"
5) 『家學闢異淵源錄』 上篇, 玉洞公所著, "玄孫時鈇 謹按公生於顯宗壬寅 而卒於景宗癸卯 則此詩之作 必在於肅廟末景廟初矣"
6) 본 제목은 「答族孫輝祖」이다.

경(詩經)』·『서경(書經)』 등의 유교 경전들이 지향하는 바가 다르지 않다고 주장하여 서양 학문을 일면 긍정하고 있다. 하지만 '천주'가 인간의 모습으로 세상을 구원하는 것은 논리 상 무리가 있고, 사람을 구원하고자 천당·지옥의 설을 주장한 것은 불교의 윤회설에서 빌려온 허황된 논리라고 비판하였다.

「답인서말」에서는 "천주와 귀신과 관련한 이야기는 받아들일 필요가 없다. 서왕모(西王母)의 일도 『이아(爾雅)』에 실려있지만 그 실상은 석지(析支)나 거수(渠搜)와 같은 작은 나라 이야기에 지나지 않으니 곤륜(崑崙) 내외에 이런 이야기가 없는 곳이 없지만, 어찌 실제로 이러한 일이 있었겠는가?"라고 주장하면서 천주의 실제를 부정하고 있다.

다음으로는 이철환의 「천신마귀지의(天神魔鬼之疑)」가 이어지고 있다. 제목의 하단에 "영조 말 정조 초 저작으로 「천학고(天學考)」 이전의 작품이다."라고 밝히고 있다.[7] 이를 따른다면 「천신마귀지의」의 저술 시기는 1775년 전후가 되는데, 성호 사후 10여년 후, 안정복의 천학고 저술 10년 이전으로 볼 수 있다. 『가학벽이연원록』에서 안정복의 「천학고」를 직접 지목하여 「천신마귀지의」가 이전 작품임을 밝힌 까닭은 천주교의 본질을 깨달은 성호가문의 예지성을 강조하기 위해서이다. 18세기 전반이 서학, 그 중에서도 천주교 교리의 수용 단계라고 본다면, 18세기 후반은 서학이 천주교라는 종교로 전화하는 단계이다. 따라서 천주교 관련 사건들이 발생하기 이전에 이철환이 천주교의 위험성을 미리 지적하였다는 점을 강조함으로써 성호가문의 결백을 증명함과 동시에 반서학의 기치를 성호가문이 주도하였다는 상징성을 천명한 것이다.

「천신마귀지의」의 구체적인 내용을 살펴보면 저자인 이철환과 혹

---

7) 『家學闢異淵源錄』 上篇, 例軒公所著, 「天神魔鬼之疑」, "英祖末正租初作 天學考前作也"

자의 논박이 번갈아 이루어지는 형태이다. 시작은 天主와 魔鬼, 天堂과 地獄에 관한 이야기를 개관한 후, 먼저 천주의 존재에 대해 의문을 던진다.

  "천주가 그 모습을 드러내고 이적을 펼쳐서 사람에게 보일 수 있다면 어찌 반드시 구라파만 긍휼하게 여겨 현신하여 돕고, 아시아의 여러 국가들에 대해서는 까마득히 잊고 아무런 징험이 없겠는가?" 혹자가 답하였다. "서쪽 지역의 사람들은 성심으로 천주를 받들어서 올바른 세상이 도래한 것이니 마땅히 괴이할 것이 없다."
  "그렇다면 천주 역시 사람들이 자신을 받들고 사사로이 아부하는 바를 기뻐한단 말인가?" 혹자가 답하였다. "그 받드는 바를 좋아하는 것이 아니라 단지 올바른 곳으로 나아가고자 하는 마음가짐을 가상히 여길 뿐이다."
  "그렇다면 堯·舜·禹·湯·文武·周公·孔子와 같은 성인과 孝子·順孫·忠臣·烈士·義夫·貞婦가 중화의 땅에서 끊이지 않고 나오는데, 이러한 인물들도 천주에게 가상하게 여겨져서 도움을 받기에 부족하단 말인가?"[8]

  이철환의 이러한 질문들은 절대적 존재로서의 天主가 서역에만 모습을 드러내고 은총을 내렸다는 주장에 대한 반박이다. 하지만 이철

---

8) 『家學闢異淵源錄』 上篇, 例軒公所著, 「天神魔鬼之疑」, "歐邏巴諸國 自耶蘇宣敎以後 一心欽奉天主 禱祐歸依 以求亞尼瑪之上躋天堂 由是天神種種現應 以警勸而戒飭之 有一種邪魔 憎人之去惡就善 百計沮撓 以冀人之墜落地獄 而爲己所使 夫天主而能顯靈垂異以示人也者 則何必眷眷現佑於歐邏巴 而漠然無徵於亞細亞諸邦哉 或云 西土之人 誠心遵奉 以致昭格 宜無怪也 然則天主亦喜人之奉己而有所阿私乎 或曰 非爲悅其崇奉 特嘉其覺悟就正也 然則堯舜禹湯文武周孔之聖 及孝子順孫忠臣烈士義夫貞婦 繼武接踵於中華 此皆不足蒙天主之嘉許 而垂祐現祥乎"

환의 이러한 질문들은 성호 이익이 제기하였던 문제들을 다시 반복하는 수준에 머무르고 있다.[9] 마귀에 대한 논설 역시 성호 이익과 비슷한 논리를 들어 설명하고 있다.[10] 이를 통해 아직까지는 서학 비판의 논리가 18세기 초반의 것을 계승하는 것에 그치고 있다는 점을 알 수 있다.[11]

다음으로 이어지는 작품은 이삼환(李森煥)의 「양학변(洋學辨)」이다. 「양학변」은 그 이전의 작품들과는 확연하게 구별되는 지점이 있다. 즉 이전의 작품들은 서학에 대해 이론적 차원에서 접근하고 있었지만, 「양학변」의 경우에는 천주교라는 실체에 대한 실천적인 비판 작업이었다. 앞서 언급하였듯이 1784년을 전후하여 천주교는 조선 사회에서 보다 적극적으로 포교활동을 전후하였고, 그 주체는 성호학파의 일환이었던 이승훈과 권철신, 그리고 성호 가문 내부의 이가환 등이었다. 이에 대해 성호가문의 일원으로서 이삼환이 느꼈을 책임감은 남달랐을 것이라 판단된다. 이삼환의 이러한 절박함은 글에서도 그대로 드러난다.

---

9) 『星湖先生全集』卷55, 題跋, 「跋天主實義」, "若天主慈悲下民 現幻於實界 間或相告語 一如人之施敎 則億萬邦域 可慈可悲者何限 而一天主遍行提警 得無勞乎 自歐羅巴以東 其不聞歐羅巴之敎者 又何無天主現迹 不似歐羅巴之種種靈異耶"

10) 『家學闢異淵源錄』上篇, 例軒公所著, 「天神魔鬼之疑」, "彼西土所稱人神感應者 或爲巨魔之所愚弄 而未之覺歟" 이는 「발천주실의」에 보이는 논리와 거의 유사하다. 『星湖先生全集』卷55, 題跋, 「跋天主實義」, "然則其種種靈異 亦安知夫不在於魔鬼套中耶"

11) 실제로 이철환은 마지막에 "비록 그러하지만 내가 그 책들을 두루 살펴보고 그 말들을 전부 들은 것이 아니기 때문에 어찌 감히 반드시 그러하다고 확정하겠는가?"라고 하여 천신·마귀에 대하여 유보적으로 접근하고 있다. 『家學闢異淵源錄』上篇, 例軒公所著, 「天神魔鬼之疑」, "雖然 不侫未曾 遍攷其書 畢聞其說 安敢定其必然也"

"대저 그 학문은 전적으로 佛家에서 나왔고, 그 의도는 새로운 문파를 도모하여 세우는 것에 있다. 그러므로 겉으로는 윤회설을 배척하여 비난하는 것과 같은 태도를 보인다. 그러나 그 절하고 노래하는 법이나 천당·지옥의 설과 같은 것은 순수하게 불교에서 차용한 것이다. 또 중국에서 자신들을 믿지 않을까 두려워하여 儒家에서 한 두 구절을 따다 차용해서 논증으로 삼으니 곧 스스로 성인의 말씀과 부합한다고 말한다. 그러나 큰 근본은 이미 차이가 나고 성인과의 실상도 차이가 난다. 그리하여 그들이 감추고자 하는 것들이 더욱 드러나는 것을 볼 수 있는데, 그 술수가 교묘할수록 졸렬하다."[12]

인용문을 살펴보면 이익이 서학의 일면을 긍정한 것이나 이철환이 자신의 논의를 확정하지 않은 것과 같은 양면적인 태도는 더 이상 살펴볼 수 없다.[13] 비록 그 논리가 이전부터 지속적으로 제기되어온 서학과 불교와의 친연성을 기반으로 하고 있었지만 이익과 달리 보유론적인 성격을 완전히 부정하고 있다는 점에서도 차이를 보이고 있다.

이삼환의 논리에서 한 가지 더 주목할 점은 천주교에서 남녀와 귀천의 차별을 금하는 것에 대해 비판하고 있다는 사실이다. 이삼환은 하늘을 섬기는 것은 매우 공경한 행위이기 때문에 개인이 할 수 없는

---

12) 『家學齲異淵源錄』 上篇, 木齋公所著, 「洋學辨」 上篇, "大抵其學專出於釋氏 其意則在於圖立新門 故陽排輪回之說 外若非斥者然 若其膜唄之法 堂獄之說 純用其敎 又懼中國之不我信也 則採儒家一二細行 撮合爲論 便自謂合於聖人之言 然大本旣差 與聖人實相背馳 多見其欲盖彌彰 愈巧而愈拙也"

13) 이철환은 본인의 글 마지막에 "비록 그러하지만 내가 그 책들을 두루 살펴보고 그 말들을 전부 들은 것이 아니기 때문에 어찌 감히 반드시 그러하다고 확정하겠는가?"라고 하여 천신·마귀에 대하여 유보적으로 접근하고 있다. 『家學齲異淵源錄』 上篇, 例軒公所著, 「天神魔鬼之疑」, "雖然 不佞未曾 遍攷其書 畢聞其說 安敢定其必然也"

행위인데 천주교에서는 남녀노소 가리지 않고 사천행위를 하는 점을 지적하고 있다. 그리고 하천(下賤)들은 견식이 없어 천당·지옥설과 같은 극단적인 논리에 쉽게 흔들리는데, 천주교가 의도적으로 이들을 유혹하고 있다고 비난한다.[14)]

이러한 문제들은 천주교가 실제 조선사회에 전파되는 과정에서 발생하는 문제들이기 때문에 이전에는 제기되지 않고 있던 것들이다. 실제 이삼환은 이러한 문제를 해결하기 위하여 사마상여(司馬相如)의 「유촉부로(諭蜀父老)」를 모방하여 호우(湖右) 지역의 백성들을 유시하고, 또한 이를 언문으로 번역하여 한문을 해독하지 못하는 이들까지 깨우쳐주려 하였다. 이삼환의 이러한 노력들은 이전 시대에 비해 매우 실천적인 측면에서의 활동이면서도, 사천(事天) 행위의 주체를 위정자로 한정하여 하층민들의 욕구를 제압하는 한계를 지녔다고 평가할 수 있을 것이다.

다음으로는 하편(下篇) 작품들이 이어지고 있다. 처음에는 이재중의 시와 서간문이 수록되어 있다. 시는 짧은 오언절구 두 수에 불과하기 때문에 큰 의미를 찾기 힘들지만 서간문은 매우 흥미로운 자료 가운데 하나이다. 본 서간문의 수신자는 홍교만(洪教萬, 1738~1801)이다. 홍교만은 서울에서 태어나 포천으로 이거하였는데, 포천에서 거주할 당시 권철신·권일신(權日身, 1742~1791) 등과의 교류를 통해 천주교에 입교하였다. 권철신은 이익과 이병휴의 문하였고, 당시 여주 이씨 가문의 일부가 포천에 거주하고 있었기 때문에 홍교만 역시 성호 가

---

14) 『家學闢異淵源錄』 上篇, 木齋公所著, 「洋學辨」 上篇, "事天與事人鬼不同 尊之之極而不敢援 敬之之至而不敢瀆 … 洋學則異於是 無男婦貴賤 一是皆以事天爲名 手爇名香 口誦經言 朝朝暮暮 合掌頂禮 一如釋氏之事佛"; "最下蚩蚩之賤 本無見識 動於禍福 猶懼地獄之難脫而思躋乎極樂天堂 風靡影從 盡心力以爲之 韓子所謂 老少奔波 棄其業次 焚頂燒指 百千爲群者 政指此爾"

문과 일정한 교류가 있었다고 생각된다. 홍교만은 1801년 신유박해 당시 순교하였는데 이재중의 서간은 그 이전 시기 언젠가 발송된 것으로 여겨진다.

서간의 제목은 「여교만절교서(與敎萬絕交書)」로 아마도 혜강의 「여산거원절교서(與山巨源絕交書)」를 모방한 것으로 보인다. 그 내용은 홍교만이 정도에서 크게 벗어나서 다시 돌아오게 노력하였지만 끝내 돌아오지 않으니 평생의 관계를 영원히 끊어버리겠다는 것이다.[15) 편지의 내용이 짧고, 홍교만을 꾸짖는 내용 일변도이기 때문에 특별한 철학적 사유를 찾기에는 무리가 있다. 하지만 본 서간이 신유박해(辛酉迫害)의 주요 순교자 가운데 한 명이었던 홍교만의 행보를 미리 감지하고 계도하려 노력한 흔적이라는 점에서 의의를 지닐 수 있을 것이다. 특히 신유박해까지는 다수의 성호학파의 일원들이 천주교에 포섭되어 활동하고 있었다는 사실은 성호가문에 있어 반드시 해명해야할 사실 가운데 하나였을 것이다. 그런 측면에서 홍교만에 대한 절교서는 신유박해 순교자들과 성호가문 사이의 무관함을 보여주는 상징으로써 기능했을 것이다.

이어지는 글은 이재위의 「서학변(西學辨)」이다. 「서학변」은 성호학파의 신후담이 1724년 저술한 것과 제목이 같지만 직접적인 연관은 찾아볼 수 없다. 「서학변」의 저술 시기는 "근래 새로운 왕이 재위에 올랐다."라는 구절을 통해 보건대, 순조 초라는 점을 알 수 있다.[16) 이

---

15) 전문은 다음과 같다. 『家學闢異淵源錄』 下篇, 石軒公所著, 「與敎萬絕交書」, "夫人之賢不肖 專在於一心之邪與正 故孔子論詩三百曰思無邪 孟子論觀人之法 聽其言 觀其眸子 其心正 則言正思正而眸子正 日用事爲 皆從而正故也 今足下平日言行 近於索隱行怪 而大違於庸常之道 余固庸陋 不足以友道自處 然余務盡切偲之道 欲使足下之性情見識出於正 而足下終不回悟 反作背憎 足下可謂捨正路而不由者也 余豈可詭隨苟同 因循彌縫 以效俗流之交哉 余日斯邁 爾月斯征 各執所好 不相往來也 平生交契 從此永絕 □□□歟"

재위는 「서학변」을 통해 서학이 천도(天道)에 어긋나고 성경(聖經, 중국 고대 성인들의 경전)에 잘못한 이유를 6~7가지 들어 설명하고 있다. 구체적으로는 사천(事天)행위가 성왕(聖王)이 천명(天命)을 받드는 의식임에도 서교(西敎)에서는 모든 사람들이 일주일에 한 번씩 거행하는 것, 절대적 존재인 천주의 강생(降生)과 대속(代贖)하였다는 사실, 사천의 방식이 천주에 대한 아첨행위라는 것, 내세를 강조하고 현세를 소홀히 하는 것, 군주의 권위를 무시하는 것, 조상숭배를 금지하는 것, 구복(求福)이 목적이 되는 것 등을 비판하고, 양묵을 배척한 맹자에 대한 한유의 칭찬을 들어 서학 배척을 강조하였다.

이재위의 「서학변」은 앞서 제시된 성호가문의 벽이문(闢異文)이 종합적으로 정리된 성격이 있다. 우선 이삼환의 글처럼 서학에 대한 양면적 태도는 더 이상 찾아볼 수 없으며, 이단의 폐해를 지적하는데 집중하고 있다. 또한 그동안 서학의 폐해로 지적된 무부무군(無父無君), 천주(天主)의 대속(代贖), 내세주의, 조상숭배 금지 등의 문제를 정확히 지적하고 있으며, 이삼환이 지적하였던 직분상의 역할 역시 반영하고 있었다. 즉 1800년 초 신유박해가 발생하는 단계에 이르면 서학에 가해질 수 있는 비판의 이론적 영역은 대부분 제시되었고, 이재위의 「서학변」은 지금까지의 서학 비판을 정리했다는 의미를 가질 수 있을 것이다.

그런 의미에서 마지막에 배치된 이시홍(李是鉷)의 「벽사문(闢邪文)」은 이론적 영역보다는 실천적 영역을 강조할 필요가 있었을 것이다. 실제 「벽사문」은 절반가량만 이론적 비판에 할애되어 있다. 구체적으로 앞서 절반은 무부무군과 천당·지옥설을 비판하는 논리들로 채워져 있다. 하지만 후반부는 서양과학기술은 취하되 교리적인 측면은 강력

---

16) 『家學闢異淵源錄』 下篇, 柿軒公所著, 「西學辨」, "方今聖明御極 天德廣被 旣哀矜 天民之胥溺也"

히 배척해야 한다는 점을 강조하고,[17] 이단의 폐해가 요순시절부터 비롯된 문제이며 유교의 가르침을 따른다면 해결할 수 있을 것이라는 자신감으로 끝을 맺고 있다.[18]

이시홍의 논설은 확실히 이전의 글들에 비해 분량이 짧을 뿐 아니라 서학에 대한 논리적 비판에 많은 분량을 할애하지 않고 있다. 오히려 서양 과학 기술이 그들의 장점이라면 취할 수 있다는 자신감까지 보여주고 있어 이전과는 다른 양상을 보여주고 있다.

이러한 이시홍의 저술은 서학을 둘러싼 당시의 지형을 반영하고 있다. 이시홍의 「벽사문」이 쓰여졌을 것으로 추정되는 1830년대는 윤지충의 진산사건과 신유박해가 발생한 지 일정한 시간이 흐른 상태였으며, 위의 두 사건을 계기로 사족층은 천주교와 일정한 거리를 두게 되었다. 1839년 벌어지는 기해박해에서도 정약용의 조카인 정하상(丁夏祥, 1795~1839)이 주동자로 희생당하기는 하지만 성호학파와 직접적인 관련을 찾기는 어려운 상황이었다.[19] 또한 박해사건 역시 천주교를 탄압하기보다는 세도가문 내부의 정치투쟁으로 변질되고 있었다. 따라서 이시홍은 성호가문을 변호해야하는 입장도 아니었고, 다양한 사족계층을 설득할 처지도 아니었다. 그런 의미에서 이시홍이 무부무군이나 천당·지옥설만을 근거로 사용하고 있다는 사실은 더 이상의 이론적 논거를 제시할 필요성이 사라지고 서학 배척의 당위성만이 남

---

17) 『家學闢異淵源錄』 下篇, 六梅堂所著, 「闢邪文」, "又聞其學 明於術數 天文地理無不通曉 抑亦信其籌計之明 而不之覺察耶 君子之道 取其所長 棄其所短 可也 豈可以因其所長而並學其所短乎"

18) 『家學闢異淵源錄』 下篇, 六梅堂所著, 「闢邪文」, "一爲所惑 目督督而無見 耳聵聵而無聞 如赤子之入井 飛蛾之撲燈 誤其平生而死猶不悔 哀哉 雖然 此輩皆心術不正 學力不固 邪氣乘機而入也 若夫正人君子優游於夫子之科 涵養於菁莪之化 所見卓越 所執堅確者 雖使耶蘇同處 瑪竇爲友 吾知其必不爲其所撓也"

19) 금장태, 『실학과 서학-한국근대사상의 원류』, 지식과 교양, 2012, 51쪽.

앗음을 의미한다고 볼 수 있다.

　마지막으로 두 편의 발문은 모두 비슷한 논리로 구성되어 있다. 즉 천주교를 노·불·양·묵을 잇는 이단으로 바라보고, 성호가문이 대대로 벽이(闢異)의 가풍을 이어왔다는 사실을 강조하고 있다. 또한 양주·묵적을 배척한 맹자에 대한 한유의 평가를 인용하여 자신들의 공을 내세우고 있다.[20]

4. 의의 및 평가

　『가학벽이연원록』이 가지는 의미는 크게 두 가지라고 생각한다. 첫째, 성호가 의도하지 않았겠지만 초기 천주교 교인이 양성되었던 상황에 대해 성호학파, 그 중에서도 가장 본원이라고 이야기할 수 있는 성호가문의 근본적인 입장을 확인할 수 있다는 점이다. 실제 일차적으로 『가학벽이연원록』을 편찬하고자 하였던 이삼환은 성호가문의 일원으로서 초기 서학 사건들에 대해 책임감을 느꼈던 것 같다. 그의 노력은 두 가지 차원에서 이루어졌는데, 첫 번째는 지역사회에서의 교화사업이었다. 그는 충청도 덕산에서 향약을 제정하고 李存昌(1752~1801)과 같이 서학을 신봉하는 지역민을 교도하였다. 다음으로는 「양학변(洋學辨)」을 저술하거나 「유촉고사(諭蜀故事)」를 모방한 유시문(諭示文)을 언문으로 작성하여 서학이 하층민에 침투하는 것을 저지하려 하

---

20) 『家學闢異淵源錄』 跋(李載廈), "嗚呼 余觀國內闢異之家 雖有數三 君子高見正論 而皆一家一二人而止 未有如吾家淵源如此之久矣 吾家殆可謂闢異主人也"; 『家學闢異淵源錄』 跋(李福永), "嗟乎 邇來世衰人遠 際其時也 西洋之人 唱出異學 以其 堂獄之說 禍福之誘 蠱惑世人 孟賊聖經 亂眞之害 殆有甚於老佛楊墨之道 然而唯 我祖先憂道救世 斥非文字 代代有之 闢異之功 庶不在於鄒聖昌黎之下矣"

였다. 또 『가학벽이연원록』을 편찬하여 성호가문의 결백성을 주장하는 동시에, 벽이(闢異)의 가풍을 강조하였던 것이다.

둘째, 18세기 전반부터 19세기 전반에 이르는 벽이문(闢異文)을 시계열적으로 제시함으로써 당대 서학의 진행 과정과 이에 대한 정학의 대응 양상을 요연하게 확인할 수 있다는 점이다. 18세기 전반 서학의 교리를 연구하는 과정에서는 서학 내부의 보유론적 관점에 대해 흥미를 느끼면서도 서학과 유교가 가지는 근원적인 차이점에 대해 지적하기도 하였다. 18세기 후반 천주교의 교세가 확장되어 가는 과정에서는 서학 비판의 논리를 발굴하고 가다듬는 작업을 수행하였다. 비판의 논리는 후대로 이어지는 과정에서 더욱 풍부하고 정교해지며, 보다 강렬한 어조를 띠게 되었다. 하지만 19세기 전반에 이르면 서학 확장의 기세가 한풀 꺾이게 되고, 성호학파 내부에서의 이탈자도 더 이상 발생하지 않게 된다. 따라서 새로운 비판의 논리를 개발할 필요성도 사라지게 되었으며, 오히려 서양의 기술을 받아들일 수 있다는 초기 성호학파의 입장을 다시 반복하거나 정학 수호의 공을 성호가문에 돌리는 언사가 등장하게 되었다. 그리고 이시홍은 이러한 가풍을 확인하는 과정에서 성호가문의 정통성을 이익에서 이병휴와 이삼환을 거쳐 이시홍으로 확립하려는 시도도 동시에 진행하였다고 생각된다.

〈해제 : 이명제〉

『가학벽이연원록(家學闢異淵源錄)』

序

李鳴煥

옛 우리 從祖 玉洞 李漵 선생께서 서양 서적을 처음 보시고는 세교의 깊은 우환이 될 것이라 여겨 오언절구 한 수를 지으시어 이단의 학문을 배척하셨다.

從祖 星湖 李瀷 선생께서는 『天主實義』를 분변하시어 예수가 마귀에게 희롱당한 것을 밝히시고 서역의 선비들이 잘못된 풍조에 빠져든 것을 개탄하셨다. 또 族孫 輝祖에게 보내는 답장에서 西王母의 고사를 들어 天主의 허탄함을 증명하셨으니 이렇게 말씀하셨다. "서왕모도 서쪽 변방의 한 작은 나라에 불과하니 漢武帝 시기에 앞서 어찌 이와 같은 일이 있었겠는가? 내 생각엔 동방삭도 마술이나 부리는 뒷골목 우두머리일 뿐이니 서역의 선비들이 말하는 천주 또한 서왕모의 부류일 것이다."

從伯兄 商阿公[역자 주 - 例軒公 李嘉煥]이 말하였다. "예수는 반드시 당시에 幻術을 잘 하던 사람이니 그 나라에서 그가 혹세무민하는 것을 미워하여 그를 십자가에 못 박아 죽였다. 하지만 예수에게 미혹된 사람이 많아서 마침내 그를 天主라고 부르며 서로 말을 나눈 것이 千百世에 이르렀다. 그리하여 잘못이 고착된 것이 마치 淮南王 劉安이 반역을 꾀하다 죽은 것이 분명하지만 그가 평소 선비들을 사랑했다는 이유로 떠돌아다니며 이야기하기 좋아하는 무리들이 그를 불쌍히 여기며 도리어 유안이 선계로 올라갔다고 떠들며 대대로 전하는 것과 같다. 그러므로 실로 杜子美[역자주-杜甫]의 시를 사서에서도 덕업이 높다고 이

르는 것과 무엇이 다르겠는가?"

家兄 木齋 李森煥 公이 家學을 받들고 또 서양의 학문을 깊이 걱정하시는 마음이 많았다. 기해·경자년(1779~1780) 이후로 천주의 학문이 불길 번지듯 커져가는 형세를 보시고는 士友들도 전염될까 염려하시고 이에 「洋學辯」을 저술하시어 사림 간에 돌려보게 하셨으니 그 큰 뜻은 대략 이렇다. "西士들이 새로운 문파를 세우길 도모하고 겉으로는 불가를 배척하는 듯 하지만 속으로는 천당과 지옥의 설을 이용하여 우매한 백성들을 현혹하고 있으며 또 중국이 자신들을 믿지 않을까 염려하고 있다. 간혹 중국 성인들의 말씀을 몰래 인용하여 사람들이 자신들의 흠을 알아채지 못하게 하고자 하지만 근본이 이미 그릇되어서 그 흠결이 사방에서 튀어나오고 있다. 그들이 예교를 멸시하고 아버지와 군주를 무시하는 폐해가 불교나 도교, 양주와 묵적보다 심하다." 그 후에 湖右 지역에 무지하고 천한 백성 가운데 李存昌(1752~1801)이라는 자가 천주교를 전파하고 돌아다니는 것이 불이 들판을 태우는 듯 하였다. 그리하여 이삼환이 또 한 편의 글을 지었는데 司馬相如의 「諭蜀故事」를 모방한 것이었다. 이를 한문과 한글본으로 여러 鄕邑에 돌려 曉諭하시니 향촌에서 잘못 邪學에 빠져든 이 중에 많은 이가 그 마음을 고쳐먹고 서양의 학문을 버리고 正道로 돌아왔다. 그리고 충청도 德山의 長川 지역에 대해서는 가형이 또 향약을 가다듬어 '斥邪'의 한 조목을 수항에 내걸고 만일 터럭만큼이라도 빠져드는 자가 있다면 그 집을 허물고 향촌에서 내쫓다는 뜻으로 규약을 엄하게 세우셨다. 이를 관에 올려 揭貼과 도장을 받아 증명하는 문서로 삼았다. 그러므로 고을 수백 호 가운데 사족과 下賤을 막론하고 한 사람도 천주교에 물든 이가 없었으니 이는 실로 가형이 평소 엄정히 사학을 물리치고 백성들을 부지런히 효유한 공에서 기인한 것이었다.

오호라. 우리 선조들께서는 詩와 禮를 가학으로 전하며 우뚝 사림의 사표가 되시고 斯文의 중대함을 자임하시어 정도를 수호하고 이단을 배척하는 도리에 있어서 더욱 마음을 쓰시었으니 실로 서학의 폐단을 앞서 깨닫고 막으려는 노력과 사도를 물리쳐 환하게 터놓는 공이 있었다. 이 어찌 한 가문 내에서 학맥으로 전승한다 하여 남들에게 표준이 되기에 족하겠는가? 그 정도를 호위하고 세교를 받드는 것은 또한 속일 수 없는 것이다. 지금 그 글들이 모두 존재하니 살펴서 알 수 있다. 돌아보건대 내가 후학으로 학문이 미천한데다가 과거 공부에 골몰하여 처음에는 학문에 힘쓰지 못하였으니 어찌 감히 선조들과 함께 '鬪異'를 논할 수 있겠는가? 비록 그렇지만 서양의 서적에 눈길을 돌린 적이 없다. 그러므로 비록 예수가 어떤 존재인지, 利瑪竇가 어떤 사람인지에 대하는 알지 못하지만 그 폐단에 대해 진실로 따져본다면 장차 온 세상을 몰아서 이적·금수의 영역으로 몰고 들어갈 것이라는 것은 안다. 그렇다면 그 폐해가 漢나라의 五斗米教나 원나라의 白蓮教보다 심할 것이니, 또 어찌 내가 배운 학문을 가지고 그 방자한 행동을 앉아서 바라만 보고 침묵하고 있을 수 있겠는가? 비록 그렇지만 지금 보잘 것 없는 견해와 졸렬한 글 솜씨를 가지고 서교를 섣불리 辨斥한다면 그들이 반드시 터무니없고 오만한 주장을 가지고 벌떼처럼 모여들어서 말한다 해도 이득이 없을 것이니 스스로를 위태롭게 만들 것이다. 그러므로 장차 그들과의 교유관계를 끊고 문을 걸어 잠근 채 우리 선조들의 유훈을 모으고 여러 형제들의 글들을 합쳐다 한 권의 완성된 책으로 편집하여 엮으려 한다. 그리하여 家塾에서 여러 사람들과 강독하고 재차 익혀 정도를 등지고 사도에 빠져 가학을 무너뜨리는 잘못에서 벗어날 수 있길 바랄 뿐이지 남을 꾸짖어 금지 시키고 세태를 막을 거대한 계획으로 삼으려는 것은 아니다. 비록 그렇지만 또 한 가지 이야기가 있어 세도를 위해 다행인 점이 있다. 옛적에 이단의 학문은 그 종류가 천하에 널려있었다. 楊朱에 빠져들지 않으면 墨翟에 빠겨들고, 불교에 빠져들지 않으면 도교에 빠져들게 되니 邪說이 다양하고 정학은 매우 위태로웠다. 그러므로 韓文公[역자주-韓愈]과 진정한 大儒도 이단을 완전히 물리치지 못하셨다. 지금은 그렇지 않아서 太師가 동쪽에 교화하신 이래 아직까지 다행히도 그 가르침이 사라지지 않았고 聖朝의 밝은 다스림이 지금 더욱 성대해졌으니 불교와 도교, 양주와 묵적의 가르침이 세상에 횡행하지 않은지 이미 오래되었다. 저 그릇된 천주교의 가르침이 서양의 서적을 통해 전해져 불행히도 그것에 빠져드는 이들이 있지만, 여기에서만 벗어나면 올바른 도만 있을 뿐이다. 지금 만약 덕교로써 그들을 깨우쳐주고 형법으로 천주교를 금하여 예전의 나쁜 풍속을 혁파하고 모두 새로운 세상으로 들어가게 한다면 세상이 바뀌는 일이 이 시대에 있기를 기대해 볼 수 있을 것이다.

1792년 4월 후학 이명환 삼가 쓰다.

역주 : 이명제

序

나는 늦게 태어나고 학문이 낮아 서양 서적을 직접 본적은 없다. 그러나 여러 선조들의 闢異書들을 참고하여 그것이 망령되고 불경한 학문임은 알고 있다. 나의 고조부 玉洞 李溆(1662~1723) 공은 오언 절구 한 수를 지으시어 그 학문의 교묘함을 배척하셨고, 종조부 星湖 李瀷 (1681~1763) 공은 서양인이 저술한 『天主實義』에 발문을 다셔서 그 학문이 마귀가 술수를 부리는 소치임을 드러내시고 그 교묘한 학술에 대해 한탄하셨다. 또 이휘조에게 보내는 서한에서는 西王母의 일을 인용하여 천주가 거짓된 증거로 삼으셨다. 伯從祖 例軒 李嘉煥(1722~ 1779) 공은 천신·마귀에 대한 의문[天神魔鬼之疑] 한 편을 지으시어 천신의 현응이 마귀에게 부림 받는 것으로 귀결됨을 보여주셨다.

이때에 서양의 학문이 처음 우리 조선에 들어와서 사람들이 그것을 믿고 따르지 않았지만 세 분은 그들이 종래 큰 우환이 될 것임을 미리 알고 먼저 그 잘못된 것을 비판하셨으니 大君子의 선견지명이 이와 같다. 우리 정조대왕 기해·경자년(1779~1890)에 이르러 그 학문이 점차 홍기하여 귀천과 남녀를 가리지 않고 물들어 온 마음으로 따르고 믿는 자가 생겨났다.

이에 할아버지 木齋 李森煥(1729~1813) 공이 삿된 학문이 점차 번지고 우리 도가 점차 어두워지는 것을 염려하여 정도를 붙들고 이단을 물리치시는 것을 자신의 소임으로 삼으셨다. 이에 「洋學辨」 상·하 2편을 지어 조목조목 그들의 학문을 비판하며, 義를 발판삼아 우리의 도를 밝히시고는 이를 근방의 士友들에게 널리 보이셨다. 그리고 우매하고 미천한 이들을 집집마다 돌아다니며 교화시킬 수 없다고 여기시어, 또 사마상여의 「諭蜀父老」 고사를 모방하여 湖右지역의 여러 백성을 위한 글 한편을 써서 게시하고는 언문으로 그 뜻을 풀이하여 미천하여 글을 읽을 줄 모르는 이들까지 쉽게 깨닫게 하셨다. 이 세편의 글은 모두 인성이 본래 선한 것과 성인군주가 백성을 긍휼히 여긴다는 유가의 학문을 통해 잘못된 도에서 백성을 구제하는 요체로 삼았다. 그러므로 사람들이 깊이 감복되고, 선으로 돌아오기가 쉬웠다. 그 결과 백성들이 서양 학문에 의혹되거나 물들지 않고, 혹 처음에는 그 학설을 따르다가도 끝내는 버리게 되었으니, 그 공이 아마도 양주·묵적을 물리친 것보다 아래 있지는 않을 것이다. 이에 종조부 謙齋 李鳴煥(1773∼1809) 공이 家學闢異의 淵源을 따지고 서문을 지어 스스로를 경계하셨다.

아버지 石軒 李載重(1747∼1822) 공이 서양의 학문을 익힌 사람을 夷狄보는 것처럼 하며 물리쳐서 곁에 오지도 못하게 하고, 오언 절구 2수를 지어 배척하셨다. 同鄕의 洪敎萬이라는 자가 서양의 학문을 흠모하며 따른다는 것을 알고 석헌공이 극언하며 그와 다투고는 장문의 편지를 써서 관계를 끊었다. 당시 사람들이 모두 석헌공이 지나치다 여겼지만 신유사옥이 일어나서 홍교만이 죽임을 당하자 경향의 사람들 가운데 탄복하지 않은 이가 없었다.

종숙 柿軒 李載威(1745∼1826) 공은 天道를 인용하고 聖經에 부합하는 말을 인용하여 「西學辨」 한 편을 지으셨으니 서학이 천도에 어긋나고 경전에 잘못하였음을 말하여 극렬히 배척하였다. 무릇 이 몇 가지 일들은 모두 우리 가문의 이단을 배척하는 연원이다. 나의 동생 六悔堂 李是鈺(1789∼1862) 역시 학문에 뜻을 두고 邪道를 미워하는 사람이다. 이시홍이 가문에서 闢異하는 직분을 잇는 것에 뜻을 두고, 분연히 「闢邪文」을 짓고서 정도를 걱정하는 뜻을 표현하였다. 마침내 책 상자 안의 원고들을 모아다 撰次하여 하나의 책으로 엮었으니 겸재공이 지은 서문과 그 이전의 글들을 上篇으로 하고, 석헌공 이후의 글들을 다시 下篇으로 하여서 『闢異淵源錄』이라 이름 짓고는 나에게 이 책의 서문을 부탁하였다.

무릇 정도를 붙들고 이단을 물리치는 일은 우리 가문이 대대로 이어온 일이다. 우리 선조의 자손된 자들은 선조들의 이단을 물리치는 뜻을 본받아서 정도를 떠나 사도에 들어가는 죄를 면할 수 있었으니 이것이 우리 선조들이 우리에게 물려준 은택이다. 그리고 우리 형제가 扶正闢異하는 글들을 모아 책으로 엮어낸 일도 그러한 뜻에서 벗어나지 않으니 가문 사람 가운데 만약 또 이러한 취지의 글들을 써서 이 책의 뒤에 붙여 앞사람의 뜻을 이어받는 도리로 삼는 이가 있다면 이는 나의 행복일 것이다.

丙申年(1836) 4월 上旬, 李時鑛(1789~1862)이 삼가 서문을 쓰다.

역주 : 이명제

跋

李載廙

오호라 내가 살펴보건대, 조선에 이단을 배척하는 가문이 비록 서 넛 있지만 군자의 고견과 정론을 갖춘 이는 한 가문에 한둘에 그치며 우리 가문처럼 오래된 연원을 갖춘 가문은 없으니 우리 가문을 闢異의 主人이라 부를 만 할 것이다.

사악한 도를 물리친 행적은 지금 이미 지극하고, 일의 전말을 보여 주는 글도 이미 넘쳐나니 부족한 식견을 가진 내가 어찌 감히 다시 그 사이에서 논의할 수 있겠는가? 비록 그렇지만 세상의 도리를 위하여 개탄스럽게 여기는 자가 있으니, 맹자께서 양주·묵적을 이단으로 배 척하시자 한유께서 평가하시길, "공이 우임금 아래에 있지 않다."라 하셨다. 믿을만하도다! 이 말이여!

지금 우리 가문은 증조부 玉洞 李溆(1662~1723) 선생께서 闢異를 열 어젖힌 공을 쫓아 이단의 가르침을 배척하고 正道를 부식시키는 일을 대대로 이어오며 지금까지도 그 뜻을 바꾸지 않았으니, 이러한 노력 을 옛 군자의 노력과 비교해본다면 양묵을 배척한 공과 거의 같을 것이 다. 그러나 一世의 공의가 백년의 뒤에도 여전히 찾아볼 수 없으니 슬픔을 금치 못하노라!

戊戌년(1838) 7월, 李載廙(1803~1860)가 발문을 적다.

역주 : 이명제

참 고 문 헌

1. 사료

『家學闢異淵源錄』

『星湖先生全集』

『少眉山房藏』

『驪江世乘』

『六悔堂遺稿』

2. 단행본

강세구,『목재 이삼환과 호서지방 성호학통』, 혜안, 2016.

금장태,『조선 후기 儒敎와 西學-교류와 갈등』, 서울대학교출판부, 2003.

_____,『실학과 서학-한국근대사상의 원류』, 지식과 교양, 2012.

노대환,『동도서기론 형성 과정 연구』, 일지사, 2005.

차기진,『조선 후기의 西學과 斥邪論 연구』, 한국교회사연구소, 2002.

驪州李氏尙書公派宗親會,『驪州李氏世譜』卷1·2, 回想社, 1992.

3. 논문

임종태, 「이방의 과학과 고전적 전통-17세기 서구 과학에 대한 중국적 이해와
　　　 그 변천-」,『東洋哲學』22, 2004.

이명제, 「18세기 중반~19세기 전반 성호가문의 서학관 고찰-『闢異淵源錄』에 대
　　　 한 분석을 중심으로-」,『동국사학』64, 2018.

『벽위신편(闢衛新編)』

분류	세부내용
문 헌 종 류	조선서학서
문 헌 제 목	벽위신편(闢衛新編)
문 헌 형 태	필사본(원본)
문 헌 언 어	漢文
저 술 년 도	1848~1886년(*영인본간행 1990년 한국교회사연구소)
저 자	윤종의(尹宗儀, 1805~1886)
형 태 사 항	792면
대 분 류	종교, 군사
세 부 분 류	척사서(斥邪書, 가톨릭비판서), 해방론서(海防論書)
소 장 처	한국교회사연구소
개 요	천주교의 주요 교리와 신자들의 태도를 분석하고 이를 조목조목 비판 분석하였으며, 아울러 해상으로 침투하는 서양(구라파) 열강의 지리, 문화, 무기 등을 분석하고, 이를 방어하기 위한 여러 가지 방법과 대책을 기록한 책.
주 제 어	벽사위정(闢邪衛正), 해방(海防), 어양론(禦洋論)

1. 문헌제목

『벽위신편(闢衛新編)』

2. 서지사항

현행본은 1848년(헌종14) 3월에 탈고하여 자서(自序)를 붙이고, 동년 10월에 이정관(李正觀)의 서문을 붙여 5책 7권으로 완성한 필사본(초본) 위에 1880년대 초반까지 계속해서 두주(頭註)를 붙이거나 새로운 내용을 첨가, 편집하여 편저자 윤종의(尹宗儀, 1805～1886)가 선종하기 직전에야 완성한 필사본이고 유일본으로 한국교회사연구소에 소장되어 있다. 현행본에는 초고본에 있었던 「이교인기(夷敎因起)」가 없어지고, 1권이던 「연해형승(沿海形勝)」이 2권으로 분화될 만큼 늘어났는데, 이는 대략 1852년경에 국내에 유입된 것으로 보이는 청(淸) 위원(魏源, 1794～1856)의 『해국도지(海國圖志)』 100권에 기록된 서양관련 정보의 채록(採錄)에 따른 것으로 보고 있다. 1990년 한국교회사연구소가 총 792쪽으로 영인해냈으며, 인쇄처는 서울시 종로구 신문로 1가에 위치했던 백수사(白水社)이다.

[저자]

이 책의 편저자인 윤종의(尹宗儀, 1805～1886)는 본관이 파평(坡平), 자(字)는 사연(士淵), 호(號)는 연재(淵齋), 또는 영산(鈴山)이고 시호는 효정(孝貞)이다. 아버지는 윤식(尹埴)이고 어머니는 광산김씨(光山金氏) 재도(在度)의 딸이다. 18세 때 생원시에 합격하고 성균관에 나아갔으며, 1852년(철종 3) 서부도사를 시작으로 종부시주부(宗簿寺主簿), 효릉령(孝陵令), 문의현령(文義縣令), 장원서별제(掌苑署別提), 김포군수(金浦郡守), 대흥군수(大興郡守), 청풍군수(淸風郡守), 강릉부사(江陵府使) 등의 지방관을 거쳐 1875년 공조참의(工曹參議), 돈녕부도정(敦寧府都正), 호조참판(戶曹參判) 등을 역임했다. 공조판서(工曹判書), 도총관(都摠管) 등에 임명되었으나 출사하지 않았다. 군사, 농업, 천문, 도상(圖象) 등과 예학(禮學)도 깊이 연구했다. 저서로 『방례고증(邦禮考證)』 2권을 비롯하여, 「예기사문록(禮記思問錄)」, 「상서도전변해(尙書圖傳辨解)」, 「율력의난(律曆疑

難)」, 「유사소전(游史小箋)」, 「예람명의고(禮覽名義攷)」, 「증자정문부주
(曾子正文附註)」, 「을사소장록(乙巳消長錄)」, 「사서의의답문수록(四書疑義
答問隨錄)」, 「가국동휴표(家國同休表)」, 「고사통휘(古史統彙)」, 「상례분류
(喪禮分類)」, 「거안록(居安錄)」 등이 있다. 한때 이정리(李正履, 1783〜
1843, 醇溪)에게서 학문을 배웠으며, 교유한 인사로는 개화파의 비조 박규
수(朴珪壽, 1807〜1877)와 스승 이정리의 아우인 이정관(李正觀) 등이 있다.

3. 목차 및 내용

[목차]

총 5책 7권으로 구성되어 있으며, 각 권의 주요 목차는 다음과 같다.
제1권, 제가논변(諸家論辨)
제2권, 이국전기(異國傳記)
제3권, 연해형승(沿海形勝) 上
제4권, 연해형승(沿海形勝) 下
제5권, 정리전도(程里躔圖)
제6권, 비어초략(備禦鈔略)
제7권, 사비시말(査匪始末)

[내용]

■ 자서(自序)
1848년 3월에 편저자 윤종의가 쓴 책의 편찬 목적, 동기 등을 기록

한 부분. 그 중에 중요한 부분을 발췌하면, "사악(邪惡)을 주벌(誅罰)하는 법은 마음을 혁신(革新)함이 상책이고, 외구(外寇)를 제어(制御)하는 요체는 그 사정(事情)을 탐색함이 가장 급무(急務)이다. … '하늘을 주장하는 것[主天]'은 근거가 있지 않을까 의심스럽지만, '하늘을 핑계 대는 것[托天]'은 진실로 그 간사함을 이루려는 것이다. 기술과 공예의 정교함은 새롭게 깨달은 것 같아도 진실로 그 연고를 따져보면 대개는 이미 선기옥형(璇璣玉衡)과 주비산경(周髀算經)의 법에 갖추어져 있다."[1] 라고 주장하면서, 서양의 종교인 천주교는 철저히 배척하되, 서양의 과학기술은 받아들여도 무방하다는 동도서기론(東道西器論)을 주창하고 있는 부분이다.

■ 서문(序文)

1848년 음력 10월에 잠실산인(潛室山人) 이정관(李正觀, 호 盥如)이 쓴 글로서, 이 책의 주요 내용을 말한 후 해방책(海防策)을 건의하는 것이 편집 동기임을 밝히고 있다. 서문의 주된 내용 중에는, "서양종교(洋敎)가 말하는 칠극(七克)의 명분은 본성(本性)을 버리고 사정(私情)을 말하며, 원수를 잊어버리고(忘讐) 원수를 사랑하라(愛仇)고 하며, 믿는 사람은 의심하지 않아야 한다는 것을 주된 가르침으로 삼아 오로지 교우(交偶, 친구와 배우자)에 대해서만 말하고 윤친(倫親, 윤리와 부모)에 대해서는 언급하지 않으니, 이는 근원이 없는 물이 되고 뿌리가 없는 나무가 됨이 또한 너무 심하다."라고 하면서 천주교를 비판하였다. 이어서 "저들의 배가 교대로 드나들고 서양 오랑캐가 내왕하여, 교묘한 문장(文繡)과 약물(藥物)로 기이하게 속이고, 화륜선(火輪船)과 대포, 병기 등이 편리하고 이롭지만 모두 기계와 산수(算數)의 말단이

---

1) 노대환, 「朝鮮後期 '西學中國原流說'의 전개와 그 성격」, 『역사학보』 178집, 2003.

다. … 오직 우리는 나라를 스스로 강하게 할 수 있음[自强]을 알 수 있으니, 사대부는 도덕과 본성과 이치의 학문에 힘써 기계, 산수, 정욕의 말단에 휩쓸리지 않으며, 백성들은 어버이와 임금을 섬기고 받드는 의리를 배워서, 사사로운 정욕에 이끌려 원수를 잊어버리자는 좁은 견해와 곡해하는 주장들에 빠져들지 않으면 아마도 (自强하게) 될 것이다."라고 하면서 해방책에 입각한 자강론(自强論, 일종의 自主國防論)을 피력하고 있다.

■ 제1권, 제가논변(諸家論辨)

앞의 서문 등을 제외하고, 모두 25편으로 분류된 17명의 글을 수록하고 있다.[2]

「西學」은 『經世文編』 「禮政」 중 「四庫全書提要」에 실린 기균(紀昀)의 글이다. 구라파의 교육, 관리채용 등의 제도에 대한 『西學凡』, 당나라 때 중국에 들어온 경교(景教)의 대진사(大秦寺), 페르시아의 화현사(火祆祠) 등에 대해 설명하였다. 『辨學遺牘』, 『二十五言』, 『天主實義』, 『畸人十篇』, 『交友論』 등 마태오 리치(利瑪竇)가 지은 책 및 판토하(龐迪我)가 지은 『七克』 등에 대하여 논했다.

천주교를 비판하는 글인 「천주교변」은 모두 『경세문편』의 「禮政」에 실렸는데, 윤종의는 동일한 제목으로 5명의 「천주교변」을 차례로 소개했다. 李衛의 「천주교변」에서는, 천주교가 부모와 조종(祖宗, 임금)을 폐기하고 천주만을 숭상하는 등의 잘못을 5조목으로 나누어 서술

---

2) 최보윤, 「『闢衛新編』의 편찬과 尹宗儀의 서양인식」, 『교회사연구』 30집, 2008.6, 한국교회사연구소, 116쪽에는 모두 21편의 글이 수록되어 있다고 되어 있다. 이는 魏源의 「天主教考」 상,중,하를 1권으로 보고, 동일인의 「天方教考」 및 「天方教考」(下)를 1권으로 보고, 金致振의 「斥邪論」과 「斥邪論目錄」을 동일권으로 계산하였기 때문으로 여겨진다.

하고, 서양인 선교사들이 만든 의기(儀器), 지남거(指南車), 자명종(自鳴鐘), 호적루(壺滴漏) 등이 이미 옛적부터 중국에 있었던 것이라고 서술하였다. 구가수(邱嘉穗)의 「천주교변」에서는 천주교의 주요 가르침이 모두 불교(釋氏)와 도교(老壯)에서 훔쳐간 것이고 유교(孔孟)와 도교의 죄인이니, 왕법으로 반드시 주멸(誅滅)해야 할 대상이라고 서술했다. 沈大成의 「천주교변」은 두우(杜佑)의 『通典』을 읽고 천주교가 곧 경교(景敎)로 보고, 이미 당대에 중국에 들어와 현사(祅祠)를 지은 기록을 들었다. 또 명나라 서광계(徐光啟) 등이 리마두의 꾀임에 천주교로 잘못 빠져든 것은 사대부의 수치라고 하였다. 조익(趙翼)의 「천주교변」에서는 천주교를 공교(孔敎), 불교(佛敎), 회회교(回回敎)와 함께 천하의 4대교(四大敎)라고 하면서, 이 큰 종교들이 모두 아세아주(亞細亞洲)에서 생겨났다고 서술한 후, 각 종교를 믿는 지역과 나라들을 열거하였다. 교광렬(喬光烈)의 「천주교변」에서는 회민(回民, 이슬람인)이 중국에 들어와 살면서 그들의 종교와 복식을 고집하며 살아온 궤적을 말하며 그 교세를 고려하여 그냥 방치할 수 없다고 주장했다.3)

「오문도설(澳門圖說)」은 『경세문편』의 '병정(兵政)'에 실린 글로서, 중국 광동성(廣東省) 중산현(中山縣) 남부의 주강(珠江) 삼각주에 위치한 땅으로 16세기에 이곳에 진출한 포르투갈의 동아시아 진출기지였던 마카오(Macao, 澳門)의 유래와 19세기 당시의 현황 등에 대하여 해방(海防)의 관점에서 장견도(張甄陶)가 서술한 글이다. 필자에 의하면 오문은 광주부(廣州府) 향산현(香山縣)의 동남쪽에 위치하며 현의 치소에서 육로로 140리, 수로로 150리 떨어져 있는데, 바다 가운데에서 산지(山地)에 의지하여 풍파(風波)를 피하고 담수(淡水)를 얻을 수 있다는

---

3) 이 책 『벽위신편』에 실린 내용은 이슬람교에 대한 거부감과 제재 등을 건의한 것으로 「천주교변」이란 제목에는 어울리지 않는 것 같다. 다만 원래 『경세문편』에 실린 교광열의 글에는 천주교에 대한 비판 내용이 있었을 가능성이 있다.

의미에서 '오(澳)'라고 했으며, 그 동쪽에 큰 십자문이 있고 서쪽에 작은 십자문이 있어서 바다의 선박들이 그 문으로 출입한다고 하여 '문(門)'이라는 이름이 붙여졌다고 한다. 이어서 이곳을 드나드는 포르투갈인들에 대한 광주부의 관세행정, 그들의 직업(상업무역)과 종교(천주교), 의식주 풍속과 남녀비율, 근래 그 부근의 중국인들이 들어가서 포르투갈인들과 혼거(混居)하는 상황, 무역의 규모가 축소하고 기세가 날로 쇠퇴하는 동정 등에 대해 서술하고, 이곳의 방금(防禁)을 엄하게 하여 오이(澳夷, 오문에 거주하는 포르투갈인)를 통제(統制)할 것을 제안했다.

「논오문형세장(論澳門形勢狀)」도 『경세문편』의 '병정(兵政)'에 실린 장견도의 글로서 「직찬오문도설(職譔澳門圖說)」을 읽고 오문(마카오)에 대한 지나친 기우(杞憂)를 비판하면서 통제할 대책을 정리해본 글이다. 한편 그곳에서 천주교에 입교한 중국 사람이 죽을 때는 그들이 눈동자를 빼서 약물(藥物)을 만든다고 하는 소문도 소개하였다. 오문에서 소서양(小西洋)까지는 반년이면 가지만, 소서양에서 대서양(大西洋)에 가려면 태륜산(大崙山)을 지나야 하는데 선박의 안전통행이 몹시 힘들므로 한번 오문에 온 서양인들은 다시 돌아가기를 원하지 않는다고 하면서, 그들 중에 법을 어기는 자를 복주(伏誅)해도 멀리 떨어진 모국에서 아무런 조처도 취할 수 없다고 서술했다. 오문의 남녀는 모두 2,000명인데 좁은 그 지역에 오곡과 채소가 나지 않고, 근래에는 무역도 쇠퇴하니 양식공급을 통제하면 쉽게 제어할 수 있다고 주장한다.

「상광독논제어오이장(上廣督論制馭澳夷狀)」도 『경세문편』의 '병정(兵政)'에 실린 장견도의 글이다. 마카오에 포르투갈인과 함께 거주하는 부근의 중국인의 숫자는 모두 2만에 차는데 양자 사이에 충돌이 생기면 지방관이 엄하게 다스리되, 범죄한 포르투갈인이 포대(砲臺)에 올라가서 심하게 저항하면 지방관은 무역과 식량공급을 차단하고 군대와 옥사(獄事)를 크게 일으키겠다고 해야 겨우 진압할 수 있는데, 그 경우 포르투칼인들은 절대로 그들의 국왕이 시켜 한 것도 아니고, 자신들도 범죄한 이와 무관하다고 항변한다고 한다. 오문에 여러 해 거주하는 포르투칼인들은 오로지 행교(行敎, 종교를 실천함)에 관심이 있으며, 본국에는 민정(民政, 治國)을 관장하는 국왕 외에 그보다 높은 지위의 행교만을 주관하는 성직자가 있어서 신자수가 늘어나면 재물을 많이 보내주므로 오문의 포르투칼인들은 이러한 이득을 본다고 한다. 그러나 중국인 신자를 속여서 임종시에 눈동자를 빼서 수은(汞銀)을 만드는데 사용하는 폐단이 있고 오문 주변 지역의 중국인들이 그 종교에 휩쓸리는 경향이 있으므로 그들의 종교 모임을 1년에 한번 동지(冬至) 전후(성탄절)로 제한하였다가 나중에는 아주 금지하면 오문의 폐단을 완전히 제거할 수 있을 것이라고 건의하다.

「이정비채(夷情備采)」는 『해국도지(海國圖志)』를 지은 위원(魏源)의 저작이다. 서양(구라파)의 상업제도 중에 은표(銀票, 수표), 은관(銀館, 은행), 만은표(挽銀票, 중국의 會票) 등은 중국에도 있으나 담보회(擔保會, 보험회사)는 중국에 없는데 선박(船擔保, 선박보험), 주택(宅擔保, 주택보험), 인명(命擔保, 생명보험)과 관련된 담보들이 있다. 한편 천주교가 이태리에서 만들어진 유래에 대해서는 이슬람교(회회교)에서 그 명칭인 '천(天)'자를 따오고 불교에서 그 교리인 '천당지옥설'을 따오고 거기에 좀 더 다른 것을 덧붙여서 가장 존경할 대상으로 천주(天主)를 주창하게 되었다고 별다른 근거도 제시하지 않고 단정적으로 서술하고 있다.

「天主教考」 상, 중, 하편과 「天方教考」 2편은 모두 위원의 작품이다. 「천주교고」 상편에서는 『천학전함(天學全函)』(천학초함) 등의 책에서는 볼 수 없었던 구세주 예수 그리스도의 언행과 가르침을 기록한 4복음서(福音書), 예수의 승천이후 12제자들의 언행을 기록한 사도행전 및 바오로, 요한, 야고보, 베드로, 유다 사도 등이 보낸 서간(書簡, 편지) 등에 대해서 논하였다. 천주교의 연원이 구약부터 지금까지 6,000년이며, 아브라함부터 바빌론 유배까지, 바빌론 유배부터 다윗왕까지, 다윗왕부터 예수의 탄생까지 각각 14대씩, 모두 42대가 됨을 기술했다. 천주의 속성을 성부(聖父), 성자(聖子), 성신(聖神, 聖靈)의 삼위일체(三位一體) 교리와 예수의 강생구속(降生救贖), 12중천설(重天說), 구약의 모세 율법도 서술했고, 천지창조(天地創造)와 영혼불멸(靈魂不滅), 전지전능(全知全能), 무소부재(無所不在)한 천주의 속성 등에 대해서 서술했다.

「천주교고」 중편에서는 10계명을 설명하고 이를 다시 예수의 가르침에 따라 경천애인(敬天愛人)으로 요약한 후, 예수의 십자가 수난공로(受難功勞)를 믿고 천당에 오른다고 서술한다. 10계명은 앞의 제1～4계명에서는 하느님(神)은 한 분뿐이심, 하느님을 그리거나 조각하지 말고 사당을 세우지 말 것, 하느님의 이름을 경솔히(함부로) 부르지 말 것, 안식일(撒巴)에는 생업에 매달리지 말고 기도와 교회 일에 전념할 것 등이다. 뒤의 제5～10계명은 오상(五常, 五倫)에 해당되는 것으로 부모에게 효도할 것, 사람을 죽이지 말 것, 남의 처를 간음하지 말 것, 남의 물건을 도둑질하지 말 것, 이웃에 대해서 거짓증언을 하지 말 것 등이다.

「천주교고」 하편은 『천학전함(天學全函)』(천학초함)에 실린 이편(理編)과 기편(器編)의 여러 서학서의 내용을 언급하고 비판하였다. 마태오 리치가 지은 「二十五言」은 서양의 교법(敎法)을 중국에 전하기 위해 지은 것으로, 불교의 문장을 표절한 것이라고 비난하였다. 또 동일인의 「천주실의(天主實義)」는 그 8편에 걸친 목차를 차례로 소개한 후, 그 종지는 오로지 천주를 존신(尊信)하여 그 가르침을 행하도록 하는 것인데, 리치는 유교를 공격하지 않고 오히려 유교의 육경(六經)에 나오는 상제(上帝)의 논의가 천주(天主)에 부합한다고 하면서 특별히 불교를 공격하고 있다고 서술하였다. 그러나 천주교가 주장하는 천당지옥설과 천주교가 비판하는 윤회설은 그다지 서로 다를 바가 없으며 모두 불교의 주장으로서 그 근본은 같다고 논박했다. 기인십편(畸人十篇)과 이에 부가된 서금곡(西琴曲)에 대해서는 그 언사가 자못 굉박(宏博)하여 경청할 만하지만 불교의 생사무상(生死無常), 죄복불상(罪福不爽) 등의 주장을 섭취하면서 윤회설(輪迴說)만 취하지 않은 것이고, 성직자가 결혼하지 않는 것은 억지로 유교의 이치에 견강부회(牽強附會)하여 비판하지 못하도록 만든 주장일 뿐이라고 서술했다. 방적아(龐迪我, 판토하)가 지은 『七克(칠극)』에서 칠죄종(七罪宗)과 그 극복방안을 제시한 것은 유가와 묵가의 가르침에서 나온 것으로 나름대로 이치가 있지만, 그 취지가 천주를 존경하여 섬김으로써 복을 구한다는 점에서 잘못된 것이라고 비판했다. 이밖에도 『변학유독(辨學遺牘)』, 『교우론(交友論)』, 『서학범(西學凡)』, 『영언여작(靈言蠡勺)』 등과 기편(器編)에 속하는 『공제격치(空際格致)』, 『환유전(寰有銓)』 등에 대해서도 언급했다. 또 천주교와 천방교(이슬람교)는 모두 고대 인도에 있었던 바라문(婆羅門)의 사천(事天)에서 그 종지(宗旨)를 취한 것이라고 단정하였다. 또 본처(本妻) 외에 첩(妾)을 취하지 말라는 것, 천지창조(天地創造), 예수의 강생 등에 대해서도 비판하면서, 유교(儒敎)의 본지는 얼음과 숯불처럼 천주교나 불교의 그것과는 크게 다른 것이라고 주장하였다.

「天方敎考(천방교고)」는 회교(回敎, 이슬람교)의 연원에 대해 위원이 저술한 것이다. 이에 따르면 유라시아 대륙의 동쪽에서 서쪽까지의 한가운데 남북으로도 딱 중앙에 위치한 곳, 즉 횡선과 종선의 십자가 교체되는 곳이 '천방(天方)'지역으로 탁월한 성현(聖賢)이 배출된다고 한다. 이 천방 지역이 최초의 인류 아담(阿丹, Adam)이 창조된 곳(에덴동산)이라고 한다. 아담으로부터 2,000년 후에 전 세계적인 대홍수(大洪水)가 발생하여 아담의 후손 노아(努海, Noah)가 치수(治水)한 이후에 사방으로 흩어진 인류의 언어문자가 일치하지 않아 다른 지역에서는 옛날의 가르침

(古教, 아담이 참하느님[眞宰]에게 받은 가르침)을 회복할 수 없었으나 '천방'에서는 아담→셋(施師, Seth)→노아→아브라함(易卜剌欣, Abraham)→이스마엘(易司馬儀, Ishmael)→모세(毋撒, Moses)→다윗(達五德, David)을 거쳐 마침내 예수(爾撒, Jesus)에게 전수되었으나 예수의 죽음 이후 그 전승이 단절되고 이단(異端)이 봉기했다고 한다. 그러다가 예수 사후 600년 만에 무함마드(穆罕黙德, Muhammed)가 '천방(메카)'에서 참하느님[眞帝, 알라]을 섬기자 서역제국(사라센, 아랍인)이 그를 높이고 추종했다. 행교(行敎)의 성인에는 4등급이 있는데, 노아, 아브라함, 모세, 다윗, 예수는 대성(大聖, 2등급)이고 오직 무함마드만이 지성(至聖, 최고의 성인)이라고 한다. 경전(經典)으로는 전성(前聖, 무함마드 이전의 성인)들에게 받은 모세의 율법서(討剌特經, Torah), 다윗의 시편(則連爾經, Zabur), 예수의 복음서(引支勒經, Injil) 등 114部와 무함마드의 코란(甫爾加尼經, Koran) 6666章 등 30册으로 구성되는데, 이중에서 코란이 가장 중요하며 보명진경(寶命眞經, 알라가 가브리엘 천사를 통해 무함마드에게 게시해 준 경전)이라고 한다. 이밖에 1일 5례(五禮 : 晨禮4拜, 晑禮10拜, 晡禮4拜, 婚禮5拜, 宵禮9拜), 1주에 1번 취회(聚會, 聚禮10拜), 1년에 2번의 모임인 재회(齋會, 라마단)와 사회(祀會)가 있고, 유교의 5공(五功)에 해당되는 다섯가지 의무인 오전(五典)은 첫째, 암송(念眞, 샤하다), 둘째, 기도(體眞, 5예배, 살라트), 셋째, 재계(齋戒, 금식, 사움), 넷째, 자선(損課, 자카트), 다섯째, 메카성지순례(朝覲天闕, 하즈)가 있다.

「天方敎考(천방교고)」(下)는 「천방교고」에 이어 회교(回敎, 이슬람교)에 대한 보충설명으로 위원이 저술한 것이다. 여기에는 최고의 경전인 포이가니경(코란)을 기록한 대제자의 이름을 딴 여러 종류의 경전이 있고, 중국에서는 청 강희제(康熙帝, 재위 1661~1722) 때 金陵의 劉智가 번역한 『천방성리(天方性理)』, 『천방전례(天方典禮)』가 있다. 이에 의하면 칠정천(七政天, 7重天), 인분칠등(人分七等 ; 欽聖, 衆聖, 大賢, 智

慧, 廉介, 庸常, 冥頑), 7행(七行 ; 金, 木, 水, 火, 土 + 氣 + 靈活), 유일신 (唯一神) 사상 등이 서술되어 있고, 그밖에 제언편(諺言篇), 민상편(民常篇), 거처편(居處篇), 관복편(冠服篇), 음식편(飮食篇) 등으로 나누어 의 식주와 일상생활에 대해 서술하고 있다. 편자는 위원이 천방교에 대 해 논평한 것을 실었는데, 그들의 '사천(事天)'은 유교의 '사상제(事上帝)'와 동일하지만, 불교(釋敎)의 예배(禮拜), 재계(齋戒), 지송(持誦), 시사(施舍), 인과(因果) 등의 천박한 교리를 습취하였다고 했다. 그러나 천지일월(天地日月)에 상제(上祭)를, 산천수토(山川水土)에 중제(中祭)를, 가묘분묘(宗廟墳墓)에 하제(下祭)를 드리고 신지(神祇), 인귀(人鬼) 등을 없애지 않는 것은 편벽한 천주교보다 훨씬 낫다고 했는데 이는 중국 내 이슬람교도의 중국 의례 수용주의적 행태를 서술한 것으로 보인다.

「벽사론(闢邪論)」은 벽사론자 양광선(楊光先)이 저작한 것으로 『벽 위신편』에 실린 부분은 다음과 같은 천주교의 천지창조(天地創造), 강 생구속(降生救贖)의 교리를 설명한 다음 황당하고 괴탄스럽다고 비판 했다. 곧 천주 예수가 손에 둥근 물건(지구본)을 들고 있는 이유를 물 으며 그것은 천주가 세상만물을 창조했기 때문이라고 하거나, 또 최 초의 인류로 천주가 아담(亞當, Adam)과 에와(厄襪, Hawwa)를 만들어 천주를 섬기는 자의 영혼(靈魂)은 천당(天堂)에, 천주를 섬기지 않는 이 의 영혼은 지옥(地獄)에 보내되, 여러 부처(諸佛)가 마귀(魔鬼)가 되어 지옥에 있다고 설명한다. 또 천주 예수가 강생구속한 것은 아담이 지 은 죄가 대대로 이어져 5,000년 동안 여러 예언자를 보내어 미리 예고 한 후 한(漢) 나라 애제(哀帝)의 원수(元壽) 2년(=西紀紀元)에 동정녀(童 身) 마리아(瑪利亞, maria)에게서 태어났다고 설명하는 내용 등이다.

「천학고(天學考)」는 순암(順庵) 안정복(安鼎福, 1721~1791)이 지은 천주교 비판서이다. 『벽위신편』에 인용된 부분은 천주교 신자(西士)가 "현세(現世)를 잠깐 거쳐 가는 노고(勞苦)의 세상이요, 금수(禽獸, 짐승)

의 본거지인 금수세(禽獸世)라고 규정한 것"에 대해서, "사람은 하늘, 땅과 함께 삼재(三才)가 되어, 만물의 영장으로 양육하고 죽이고 이용하는 것을 관장하여 천존(天尊)의 통치를 도와주는데, 어찌 금수의 세상이겠는가?"라고 비판한다. 천당지옥설(天堂地獄說)과 관련하여 천주교 교리에 의하면 "사람이 살았을 때 부지런히 선행에 힘쓰면 내세에 천당에 갈 수 있는데, 굳이 천주 예수가 세상에 내려올 필요가 있겠는가?"라고 강생구속(降生救贖說)을 비판한다. 또한 천주교의 삼구설(三仇說, 사람을 죄짓게 하는 세 가지 요인이 있다는 주장)을 비판하여, "안에서는 자기 몸(己身)이, 밖에선 세속(世俗)이, 그리고 안팎에서 마귀(魔鬼)가 사람을 죄짓게 한다."고 하지만, "자기 몸을 비판하면 어버이를 욕보이는 것이요, 세속을 비판하면 그 다스리는 임금을 부정하는 것이며, 마귀가 설령 있다고 해도 외물(外物)인데, 외물을 모두 마귀의 소행으로 돌릴 수 있겠는가?"라고 하면서, 아울러 천주교서『칠극』은 동신(童身, 동정)을 귀하게 여겨 혼인을 금한다는 말이 있으니, 천주교야 말로 인륜의 삼강(三綱)인 부자, 군신, 부부간의 윤리를 파괴하고, 마귀와 같은 황당한 이야기나 천당지옥과 같은 주장을 하니, 불교와 같은 부류(佛氏之類)라고 비판한다.

「天學攷辨」은 이정관(李正觀)의 천주교 비판서로서, 순암 안정복의 「천학고」를 보니, 그 천주교 비판의 논리가 통쾌하다고 공감을 표하면서 시작한다. 1801년 신유박해 때 순교자 정약종(丁若鍾, 1760~1801)의 수기(手記)에 나오는 삼구설(三仇說)을 거론하며 부모와 임금을 원수로 돌리는 말은 패륜막심하다고 비판한다. 또 천주는 대군대부(大君大父)라는 정약종의 주장을 비판하여, 천주교는 가까운 부모와 임금은 원수로 돌리고 하늘만 공경하라고 하는데 이는 어리석은 자도 하지 않는 패역(悖逆) 행위요, 사람의 본성(種性)을 단멸(斷滅)시키고 윤리를 두절(斁絕)시키는 사교(邪敎)라고 비판하였다. 또 이러한 사교를 막고자 하면 천주교도에게 전가사변(全家徙邊)의 법을 시행할 경우, 오히려 생각지도 못한 반란을 일으킬 수 있으니, 오히려 천주교도가 기피하는 사찰의 불승(佛僧)들에게 그들을 맡겨 노비로 삼게 하는 것이 좋겠다고 주장했다. 또 서양(西洋)의 약물(藥物)을 사용함은 사교(邪敎)로서 단죄하는 수준을 넘어서 왕법으로 용서할 수 없다고 하면서, 사옥(邪獄, 천주교 단죄)을 다스리는 자가 청간장리(淸幹將吏)를 그들 무리 속에 몰래 들여보내 그 허실과 그들이 기피하는 것을 정탐하여 두루 시험하여 보자고 주장했다. 또한 서양의 천주교는 허균(許筠)이 들여왔다는 사실이 유몽인(柳夢寅)의 기록(『於于野談』)에 있다고 하면서, 홍문관(弘文館)의 서목(書目)에 『천주실의』가 있었는데 정조가 명하여 태워버렸다고 했으니, 혹시 허균이 몰래 그 책을 들여와서 세상에 포교(布敎)하려고 한 것이 아니겠는가 라고 단정했다. 또 『만물진원(萬物眞源)』 1권이 세속에 많이 전파되고 있어서 팔탄(八灘) 남숙관(南肅寬)이 비판하는 글(辨書)을 지어 배척했다고 한다. 한편 『칠극(七克)』에 대해 성호 이익(李瀷)이, "우리 유가에서 극기(克己)하는 공(功)에 보탬이 될 수 있다"고 한데 대해서 "당시 거유(巨儒)가 이같이 말하니 그 무리가 그 책을 숨겨두고 있다가 점차 거리낌이 없이 한 세상에 유포(流布)했고 그 무리가 크게 늘어나, 신유사옥(辛酉邪獄)으로 한번 크게 징창(懲創)하지 않았더라면 요원의 불길처럼 천하에 번져 막지 못했을 것이다"고 이익의 발언을 비난했다.

『성호사설(星湖僿說)』은 성호 이익(1681~1763)이 지은 책인데, 『벽위신편』에서는 천주교서 「칠극(七克)」에 대해서 기술한 부분만 인용하고 비판하였다. 이익은 말하기를, "『칠극』은 서양의 방적아(龐迪我, 판토하)가 저술한 것으로 곧 우리 유교에서 말하는 극기지설(克己之說)이다. 욕심이 본래 악(惡)은 아니나 우리가 욕심에 빠질 때 비로소 죄와 허물이 되고 여러 악의 뿌리가 된다."고 하여 칠죄종(七罪宗)이 온

갖 악행으로 퍼져가는 과정을 설명하고 이를 극복하는 일곱 가지 덕목(德目)을 제시한다. 또 이익은 "일곱 가지 악의 가지(七枝)를 다시 세분하여 절목을 많이 두었는데, 그 비유가 절실하여 간혹 우리 유교에서 언급하지 못한 부분도 있으므로 복례지공(復禮之功)에도 도움이 크게 될 것이다. 성인이 말하기를 '극기복례(克己復禮)'는 시청언동(視聽言動)으로 풀이하여 안자(顔子)가 곧바로 알아듣고 종사(從事)했다."라고 서술했다고 하면서, 그 각주에 "천주(天主)나 귀신(鬼神)과 같은 잡다한 주장을 제거하면, 유학자들에게도 편리하게 된다."고 서술된 부분까지도 그대로 인용했다.

『김씨척사론(金氏斥邪論)』은 19세기 상주(商山)의 유학자 김치진(金致振, 黙庵)의 천주교 비판서인데, 『벽위신편』에서는 그 내용을 비교적 소상히 소개하고 그 책의 목록까지도 전재하였다. 모세(每瑟)가 천주로부터 돌판에 받은 십계명(十誡命)부터 천주 제2위 예수(耶蘇)의 강생구속(降生救世)과 부활승천(復活昇天)에 대해 언급하고, 서양제국에서 치심구본지도(治心救本之道, 마음을 다스려 근본을 구하는 방도)와 간첩(間諜)을 활용하여 탐정(探情)하는 방법 등을 사용하지 않음으로써 결국 그 무리를 진멸하지 못하고 오히려 화를 당했다고 서술했다. 또 명말청초에 중국에 온 리마두(利瑪竇, M.Ricci), 사수신(沙守信, E. de Chavagnac) 만제국(萬濟國, F.Varo) 등 서양 선교사들이 유교경전을 배워 불교를 배척하면서『천주실의』,『칠극』등 한문서학서를 저술하였다고 하는데, 그 내용을 보면 무당(巫覡)을 배우고 불교(佛敎)를 모방한 것에 불과하다고 비판한다. 또 천신마귀(天神魔鬼), 사말(四末), 전교구령(傳敎救靈), 회개해죄(悔改解罪), 치명직상(致命直上), 낙사애긍(樂捨哀矜), 겸애화목(兼愛和睦), 칠죄칠덕(七罪七德), 은수고수(隱修苦修) 등의 교리로 온갖 종류의 사람들을 다 그 종교로 끌어들인다고 한탄했다. 또 중국의 강서(江西), 광동(廣東)에서 남경(南京)에 이르는 지역에 접연(接連)한 소서양(小西洋)이 모두 양이(洋夷)들의 소굴인데, 통화(通貨)와 전교(傳敎)를 목적으로 이양선(異樣船)을 타고 매년 해변으로 출몰한다고 서술했다. 이들의 통화는 가도(假道)요, 전교는 수병(樹兵)이고, 사제(師弟)가 생사를 같이 하여 인심을 얻고(得心), 치명(致命, 순교)을 두려워하지 않고 가리켜서 양용(養勇)한다고 서술했다. 국세(國勢)의 강약과 정사(政事)의 득실을 헤아리는 것은 간첩(間諜)이고, 도로의 험하고 먼 것을 헤아린 것은 향도(嚮導)에 해당되며, 봉천(奉天)을 장의(仗儀)로, 구령(救靈)을 모병(募兵)으로, 천당(天堂)을 갑주(甲冑)로, 지옥(地獄)을 간과(干戈)로, 삼구(三仇)를 궁시(弓矢)로, 사추(四樞, 四樞德)를 창인(鎗刃)으로, 가목(架木, 십자가)을 기치(旗幟)로, 겸애(兼愛)를 우익(羽翼)으로, 애긍(哀矜)을 조아(爪牙)로, 칠사(七事, 七聖事)를 심복(心腹)으로, 십계(十戒)를 고굉(股肱)으로, 치명(致命)을 용감(勇敢)으로, 군간(窘艱)을 격노(激怒)로, 봉주(奉主)를 호령(號令)으로, 신사(神司)를 군사(軍師)로, 회장(會長)을 대장(隊長)으로, 토비(土匪)를 향도(嚮導)로, 관비(官匪)를 간첩(間諜)으로, 주즙(舟楫)을 거마(車馬)로, 화공(火攻)을 장기(長技)로, 탈약(奪掠)을 군향(軍餉)으로, 승폐(乘廢)를 만전(萬全)으로, 강화(講和)를 초안(招安)으로, 입당(立堂)을 주개(奏凱)로 삼으니 "누가 천학(天學, 천주학)의 병술(兵術)을 알고 양이(洋夷)가 천학에 우병(寓兵)하는 것을 알겠는가?"라고 한탄한다. 또 시대의 변화에 적응함이 빠르니, 예전에는 제사 음식을 먹으면 대죄(大罪)라고 했다가 근래에는 "천주께 감사하고 먹으면 그만이다"라고 한다며 그 예를 들었다. 그러나 저들에게도 양심은 있던지 제사(祭祀, 조상제사) 지내는 것만은 하지 않으므로 인륜을 폐함이 분명히 드러난다고 지적했다.

「척사론목록(斥邪論目錄)」은 김치진의 『척사론(斥邪論)』에 나오는 목록을 나열하고 그 목록 아래에 작은 글씨로 주요 내용을 부기하는 방식이다. 그런데 그 작은 글씨가 행초로 되어 있어 내용 파악이 어려운 부분도 있다. 서(序), 동인문답(東人問答)부터 시작하여 변척조성천지(卞斥造成天地), 변척천지마귀(卞斥天地魔鬼), 변척사원행(卞斥四元行), 변척원조원죄(卞斥元祖原罪), 변척인령불사불멸(卞斥人靈不死不滅), 변척천당지옥(卞斥天堂地獄), 변척강생구속(卞斥降生救贖)·삼위일체(三位一體), 변척인주보주(卞斥認主報主), 변척신부교종(卞斥神父教宗), 변척제사(卞斥祭祀), 변척사말(卞斥四末), 변척성사칠적(卞斥聖事七蹟), 변척이단(卞斥異端), 변척성궤(卞斥聖匱), 변척십계(卞斥十誡), 변척치명(卞斥致命), 변척성체종부(卞斥聖體終傅), 변척군간(卞斥窘艱), 변척애구(卞斥愛仇), 변척통회묵상(卞斥痛悔默想), 변척삼덕(卞斥三德)·삼사(三司)·삼구(三仇)·사추(四樞)·칠극(七克)·팔단(八端)·십사(十四)·애긍(哀矜), 변척혼배(卞斥婚配), 변과환(卞科宦), 변척구령(卞斥救靈), 변사지배사(卞使之背邪), 변세인허전설(卞世人虛傳說), 변고금인개(卞古今因改) 등 모두 27항목에 걸친 천주교의 주요 가르침을 세목을 나누어 변척(卞斥, 반박하고 배척)한 후 맨 뒤에 총론(總論)을 붙였다. 총론은 다시 변구폐(卞救弊), 척사십일조(斥邪十一條), 명천학별유주의(明天學別有注意) 등 3항목으로 구분된다. 이상 열거한 주제들을 보면 한 항목 속에 여러 소주제를 동시에 다루는 경우도 있어서 실제 항목은 모두 40개가 넘는다.

「일본잡사시주(日本雜事詩注)」는 일본에 주재하는 청나라 공사 황준헌(黃遵憲)이 지은 것으로 이 책(『벽위신편』)의 원문에는 별다른 제목이 붙어있지 않아 임의로 제목을 붙인 것이다. 명치유신(明治維新)으로 서구화된 일본(日本)의 제도문물이 조선에 들어와서 유교도덕과 정치를 문란케 할 수 있으니 경계하라는 내용이 주된 골자이다. 황준헌은 태서(泰西, 구라파)의 학문은 모두 묵적(墨翟)의 학문으로 겸애(兼愛)를 주지로 하고 사천(事天)하라는 논리는 예수가 십계(十誡)를 "경사천주(敬事天主)하고 애인여기(愛人如己)하라"고 요약한 가르침과 동일하다고 보았다. 또 묵가는 병기(兵器)를 잘 활용하였는데 이 또한 태서로 전래된 것으로 보았다. 그 학제(學制)로서 법학(法學), 이학(理學), 문학(文學)이 있는데, 법학에는 다시 영국(英吉利), 프랑스(法蘭西), 일본고금(日本古今)의 법학이 있고, 이학에는 화학(化學), 중학(重學), 광학(光學), 기학(氣學), 산학(算學), 광학(鑛學), 화학(畵學), 천문학(天文學), 지리학(地理學), 기기학(機器學), 동물학(動物學), 식물학(植物學) 등이 있으며, 문학에는 사학(史學), 한문학(漢文學), 영문학(英文學) 등이 있는데, 4년제로 졸업 시에 문빙(文憑, 졸업증서)을 발행한다고 서술했다. 그런데 이러한 황준헌의 설명에 대해서 편집자 윤종의는 "사학(邪學, 천주교)을 끌어들여 묵가(墨家)의 학설에 가탁하는 것"이라고 보고, 비록 천주교가 묵씨의 주장에서 유래한 것이라 하더라도 맹자가 묵가를 '무부무군(無父無君)의 패악한 무리'라고 비판한 것을 볼 때 결코 용납할 수 없다고 주장했다.

「왕씨왜술록(王氏倭術錄)」은 원래 그 제목이 붙어있지 않는 글인데, 맨 먼저 나오는 단어를 임의로 제목으로 삼아 붙인 것이다. 그 내용은 왜군의 호접진(蝴蝶陣)을 비롯한 전술(戰術)과 약탈부대, 음식에 독을 탔는지 검사하는 관습, 성(城)에 접근하여 행군하지 않는 것, 행군시 일렬로 길게 늘여, 느린 걸음으로 정돈해서 가는 것, 사분오열(四分五裂) 포진하는 것, 궁시와 총포, 함정, 세작(細作, 간첩), 향도(向導), 포로(捕虜) 관리 등으로 각각에 대해서 상세히 탐지하여 설명하고 있다. 그 내용으로 보아 임진왜란 때 일본에 피랍된 왕씨 성을 가진 사람이 견문한 바를 서술한 것으로 여겨진다.

「허의준왜정록(許儀俊倭情錄)」은 또한 원래 별도의 제목이 없어서 맨 먼저 나온 단어를 제목으로 삼았다. 중국인 허의준이 왜국에 포로로 갔다가 풍신수길(豊臣秀吉)이 왜란을 일으키기 전에 그 동정을 비밀리에 보고한 내용으로, 임전무퇴(臨戰無退), 각 지역별 군인의 용맹함, 지략 등의 특징, 선박의 크기, 언어습성 등에 대해 기술하고 있다.[4]

「강수은항왜정록(姜睡隱沆倭情錄)」은 별도의 제목이 없어 맨 먼저 나온 문장을 임의로 제목 삼은 글이다. 임진왜란 때 포로로 끌려갔다가 돌아온 유학자 강항(姜沆, 호 수은, 1567~1618)이 기록한 일본의 사정에 대한 내용으로, 왜국은 전공(戰功)을 중시하여 토지를 상급으로 주므로 그 상급이 수주(數州)나 수성(數城)에 이른다고 하는 사실과 각 성의 군량과 군사훈련, 성곽의 구조와 수비, 해자(垓子)의 깊이 등에 대하여 기록하고 있다.

■ 제2권 「이국전기(異國傳記)」

'외국죽지사(外國竹枝詞)', '토요(土謠)', '일본잡시(日本雜詩) 등을 첨부하였다. 본문격인 「이국전기」는 해상을 통해 중국과 교역(朝貢貿易)을 하던 동남아시아, 서남아시아, 아라비아, 구라파 각국에 대한 기록이다. 구체적으로 의대리아(意大里亞, 이탈리아, Italy), 대진(大秦, Roma, 로마), 불름(拂菻, Byzantine, 동로마제국), 논남양(論南洋, 동남아시아 해양 제소국), 불랑기(佛郎機[5], 포르투갈, Portugal), 화란(和蘭, 네덜란드, Netherlands), 만랄가(滿刺加, 말라카, 현재의 말레이시아에 속하며 말라카 해협을 낀 영국 식민지), 여송(呂宋, 필리핀, Philippines), 미락거(美洛居), 사요눌필탄(沙瑤呐嗶嘽), 계롱(鷄籠, 臺灣, Taiwan), 대만시말(臺灣始末), 파라(婆羅, 필리핀 서남쪽 해상의 열도), 발니(浡泥, Bali, 인도네시아에 속한 발리섬), 소록(蘇祿, 필리핀 근처 솔루군도), 고리(古里, 東인도 벵갈주, Calcutta,

---

4) 최보윤, 「『闢衛新編』의 편찬과 尹宗儀의 서양인식」, 『교회사연구』 30집, 한국교회사연구소, 2008에 의하면, 허의준은 명대의 광동사람으로 일본 샤스마에 납치되어 의원(醫員)으로 지내던 중에, 납치되어온 주균왕(朱均旺)을 만나 그가 풀려날 때 편지를 써서 토요토미 히데요시의 침략계획을 절강성에 자세히 알렸다고 한다.

5) 명사(明史)에 나오는 '불랑기'는 佛蘭西, 佛朗西, 拂郎祭, 法蘭西, 荷蘭西, 和蘭西, 勃蘭西 등으로 표기하여 마치 오늘날의 '프랑스'(France)인 것처럼 서술했지만, 이 「불랑기」 항목의 내용을 살펴보면 16세기에 중국 광동성 남쪽의 香山澳를 점거한 포르투갈에 대해 서술하고 있음을 알 수 있다.

캘커타, 콜카타), 방갈랄(榜葛剌, 방글라데시, Bangladesh), 소납박아(沼納樸兒, 방글라데시 서쪽의 옛 천축국), 조법아(祖法兒, 古里國의 서북에 위치하는 인도), 아단(阿丹, 사우디아라비아 남서쪽 해안도시, Mecca, 메카), 홀로모사(忽魯謨斯, 현재의 이란 호르무츠 해협국으로 明史에는 西洋大國이라고 서술), 조왜(爪哇, 자바 섬, Java), 사파(闍婆, 자바 섬6)), 묵덕나(黙德那, 천방=Mecca의 서북쪽에 있던 Medina 메디나 왕국, 현재의 사우디아라비아 서부지방), 천방(天方, 현재의 사우디아라비아 남서부지방, Mecca메카),7) 합렬(哈烈, 현재의 이란, 또는 터어키 남부, 사마르칸트의 서남쪽), 합밀위(哈密衛, 중국 서쪽의 깐쑤성 嘉谷關에서 1600리 떨어진 西域의 요충지), 살마아한(撒馬兒罕, 현재의 우즈베키스탄의 사마르칸트 Samarkand), 갈석(渴石, 사마르칸트 Samarkand 서남쪽 대도시), 파사(波斯, Persia, 현재의 이란, 哈烈과 같은 곳), 대식(大食, 사우디아라비아, Saracen제국, 天方이 속한 곳), 영길리(英吉利, 영국), 포로아(布路亞, 현재의 포르투갈로 大呂宋=에스파니아의 서남에 위치) 등 모두 33개 항목으로 구성되어 있다. 이들 국가들에 대한 서술 전거는 『명사(明史)』가 거의 대부분이고, 그밖에 『문헌통고(文獻通考)』, 『경세문편(經世文編)』, 『신당서(新唐書)』, 『해국도지(海國圖志)』 등에서 1~2항목씩 인용한 것으로 드러난다. 그런데 실제로 같은 지역 또는 국가를 서로 다른 것처럼 중복해서 항목을 설정한 것이 여러 개인데, 이는 19세기 중반 당시까지 윤종의의 세계지리 인식의 한계를 잘 드러내 준다.

첫 번째로 첨부된 「외국죽지사」는 앞의 본문 「이국전기」에 열거한 것과 중복되는 항목도 많지만 「이국전기」에는 나오지 않는 조선(朝

---

6) 『속문헌통고』에 의하면, 조왜(爪哇)가 곧 예전의 자바국(闍婆國)으로 보가룡(莆家龍)이라고도 한다. 동남아시아 여러 번국(蕃國)들의 요충지였다.

7) 구약성경 「창세기」에 나오는 인류의 원조 아담과 에와가 창조되어 거하던 곳(Eden, 에덴동산)과 동일한 곳으로 알려진다.

鮮), 일본(日本), 유구(琉球), 안남(安南) 등의 국가들을 포함하여 국명과 지명 등 모두 89개의 소항목으로 구성되어 있다.

「외국죽지사」를 찬집한 우동(尤侗, 1618~1704)은 자(字)가 동인(同人) 또는 전성(展成)이고, 호(號)가 회암(悔菴) 또는 간재(艮齋)로, 중국 강남(江南, 蘇州府) 장주(長洲, 쟝쑤성 우현) 사람이다. 1646년(清 世祖 順治3년)에 공생(貢生)이 되었고, 1652년(세조9) 영평(永平)에서 관직에 추천되었다. 1656년 반대파에게 탄핵을 당하여 거관 낙향했고 시와 희곡 등 문학작품에 열중했다. 변려문과 고문에도 뛰어났으며 시풍은 밝고 자연스러워 백거이와 비슷하였다. 대부분의 작품은 서당전집(西堂全集, 西堂集)에 실렸고, 세조가 그의 재주를 알아보고 진재자(眞才者)로 불렀으며 강희제 때(1679년, 강희18) 한림원검토(翰林院檢討)가 되어 "명사(明史)" 편집에 관여하였고, 강희제가 남쪽을 순방했을 때(1703년, 강희42) 시강(侍講)에 임명되었다.

우동의 「외국죽지사」는 조선(朝鮮), 일본(日本), 유구(琉球, 현재의 일본 冲繩縣, 오끼나와), 안남(安南, Vietnam, 월남, 베트남), 면전(緬甸, 현재의 미얀마, Myanmar, 옛 버어마), 점성(占城, 참파, 크메르인들이 베트남 중남부에 건설한 왕국), 진랍(眞臘, Chenla 캄보디아), 조왜(爪哇), 섬라(暹羅, 타이, Thailand), 삼불제(三佛齊, 슈마트라 섬, 현재 인도네시아에 속함), 백화(白花, 슈마트라에 속하는 지명), 문랑마신(文郞馬神, 보르네오, Brunei), 만랄가(滿剌加, 말라카, 현재의 말레시이아), 용아서각(龍牙犀角), 용아문(龍牙門), 용연서(龍涎嶼), 동서축(東西竺), 구주산(九洲山), 빈동용(賓童龍, 占城의 속방), 곤륜산(崑崙山), 영산(靈山), 교란산(交欄山), 마일동(麻逸凍), 중가라(重迦羅), 길리지민(吉里地悶), 소길단(蘇吉丹), 정기의(丁機宜), 합묘리(合猫里), 발니(浡泥, 발리섬), 남무리(南巫里, Lambry), 소록(蘇祿), 팽형(彭亨, 말레이시아 Pahang 하구), 파라(婆羅), 고리(古里), 홀로모사(忽魯謨斯), 아단(阿丹), 죽보(竹步, 소말리아 Jubo), 목골도

속(木骨都束, 모가디슈), 좌법아(佐法兒, Dhofar), 불랑기(佛郎機), 여송(呂宋), 화란(和蘭), 미락거(美洛居), 소문답랄(蘇門答剌, 수마트라 섬), 화면(花面), 아로(阿魯, 수마트라의 아루 aur), 담양(淡洋), 석란산(錫蘭山, 스리랑카 섬), 취람서(翠藍嶼), 류산(溜山, 알류산 열도, 몰디브), 삼도(三島), 가지(柯枝, 남인도 코친), 대갈란(大葛蘭, 인도 Quilon), 소갈란(小葛蘭), 소패남(小唄喃, Sufala), 담파(淡巴), 감파리(甘巴里, Comorin), 소랄왜(小剌哇), 고마랄랑(古麻剌朗), 서양쇄리(西洋瑣里, 코로만델 해안 지역의 Chola), 소쇄리(小瑣里), 천축(天竺), 방갈랄(榜葛剌), 물사리(勿斯里), 목란피(木蘭皮), 구라파(歐羅巴), 합밀(哈密), 적근몽고(赤斤蒙古), 한동(罕東), 안정(安定), 곡선(曲先), 토로번(土魯番), 류성(柳城), 흑루(黑婁), 우전(于闐), 역력파력(亦力把力), 살마아한(撒馬兒罕), 갈석(渴石), 합렬(哈烈), 마림(麻林), 로미(魯迷), 천방(天方), 불름(拂菻, 동로마 비잔틴제국), 묵덕나(黙德那), 흘력마아(吃力麻兒), 속마리아(速麻里兒), 오사장(烏思藏), 올량합(兀良哈), 몽고(蒙古) 등 모두 89개 항목으로 구성되어 있다.

「토요(土謠)」는 두 번째로 첨부된 10수(首)의 글로서 지명(地名), 국명(國名), 종족명(種族名) 등을 그 제목으로 하는 모두 11개의 항목으로 구성되어 있다. 그 항목은 묘인(苗人), 라라(玀玀), 힐로(犵狫), 양황(狜獚), 퍅인(㺄人), 요인(猺人), 당인(獞人), 여인(黎人), 중가(仲家), 용가(龍家), 팔백식부(八百媳婦) 등이다.

「일본잡시(日本雜詩)」는 세 번째로 첨부된 글이다. 그중에 「사기운찬(沙起雲簒)」의 저자는 기운(起雲)인데 자(字)는 희정(喜亭)이고 복건인(福建人)으로 사환과 경력은 미상이다.

■ **제3권 연해형승(沿海形勝) 상권, 제4권 연해형승 하권**

여기에는 지도가 첨부되어 있다. 원래 1848년 처음 연해형승은 1권으로 되어 있다가, 『해국도지』와 『영환지략』 등을 도입한 이후에 새로운 지리 정보를 열람한 후 그 새로운 내용으로 보충하여 해당 분량이 많아지게 되자 상, 하 2권으로 나누게 된 것이다. 특히 하권에는 조선의 해방(海防)과 관련된 내용을 지도와 함께 매우 자세하게 기재하여 편집자 윤종의가 관심을 두고 있는 부분을 잘 보여준다.

「연해형승」 상권은 「사해총도(四海總圖)」, 「연해전도(沿海全圖)」, 「대만도(臺灣圖)」, 「대만후산도(臺灣後山圖)」, 「팽호도(澎湖圖)」, 「경주도(瓊州圖)」 등의 지도와 진윤형(陳倫炯)의 「해국문견록(海國聞見錄)」, 조익(趙翼)의 『경세문편』에 실린 「외번차지호시(外番借地互市)」 등으로 구성되어 있다.

「사해총도(四海總圖)」는 원형의 지구도면 위에 펼쳐진 지도인데, 유럽, 아시아, 아프리카 대륙만이 보이는 이른바 '반구도(半球圖)'이다. 특이한 것은 아시아 대륙의 남쪽에 '인적부도처(人跡不到處)'라고 표기한 곳이 있는데, 두주(頭註)를 통해서 지금의 이른바 '오대리아(澳大利亞, 오스트렐리아, Australia, 濠州大陸)'라고 칭하는 곳으로 영국과 프랑스가 개척했으며, 바다 가운데 섬으로서는 가장 크다고 서술되어 있다. 윤종의로 대표되는 19세기 중후반 조선 지식인의 세계인식 수준을 보여준다. 또 "대륙 안의 큰 호수인 사해(死海, 鹽海)와 이해(裏海, 카스피해) 등을 억지로 '해(海, 바다)'라고 지칭한 것은 잘못으로 오늘날의 대해(大海)와는 크게 다른 것이다"라고 서술해 두었다. 또 원형 그림 내에 북극(北極)과 남극(南極)에 대한 설명을 해두었는데, "매년 6개월은 낮이고 6개월은 밤이다. 북극이 밤일 때는 남극이 낮이고, 남극이 밤일 때는 북극이 낮이다"라고 기록하였다.

「연해전도(沿海全圖)」는 중국 동북부 지방 성경(盛京), 북경(北京) 등이 포함된 발해만(渤海灣)에서 시작하여 상해(上海), 남경(南京) 및 광동(廣東), 복건(福建) 등 중국 남부 지방에 이르기까지 해안과 그 주변의 모든 섬의 지명들을 여러 장의 지도 위에 상세히 표기하고 있다. 복건성 지도에는 마카오(澳門)의 지형이 주요 건물과 함께 자세히 그려져 있다. 또 다른 그림에는 가끔 주요한 포대(砲臺)의 위치도 표기 되어 있는 곳도 보인다.

「대만도(臺灣圖)」에는 대만섬 외에 소유구(小琉球), 팽호(澎湖) 등의 주변 섬도 그려지고 표기되어 있다. 「대만후산도(臺灣後山圖)」, 「팽호도(澎湖島)」, 「경주도(瓊州圖)」 등에는 주요 산봉우리와 항구, 건물 등이 매우 입체적으로 그려지고 표기되어 있다.

「해국견문록(海國見聞錄)」은 청나라 때 동안(同安) 사람인 진윤형(陳倫炯, 1675~1742)이 저술한 것으로, 「천하연해형세록(天下沿海形勢錄)」, 「동양기(東洋記)」, 「동남양기(東南洋記)」, 「남양기(南洋記)」, 「소서양기(小西洋記)」, 「대서양기(大西洋記)」, 「곤륜(崑崙)」, 「남오기(南澳氣)」 등의 순서로 항목이 설정되어 있다. 그러나 이는 진윤형의 글을 그대로 전재한 것이 아니라, 19세기 중반에 나온 위원의 『해국도지』의 내용을 대폭 반영한 것이다. 왜냐하면 18세기 말까지 중국의 서양인식은 17세기 초반 마테오 리치의 「곤여만국전도(坤輿萬國全圖)」에 나오는 대서양(大西洋), 소서양(小西洋)의 구분법에 따른 것인데, 19세기 중반에 나온 위원의 『해국도지』에 와서 비로소 소서양을 다시 동양, 동남양, 서남양 등으로 구분하기 때문이다.[8] 「천하연해형세록」에는 중국 대륙부터 대만, 팽호에 이르는 동북아시아의 해안 지형들이 논의되고 있다. 「동양기」에는 18세기까지 동양과 서양 구분에서 아예 제외되고 있었던 조선과 일본이 비로소 동양으로 언급되고 있다. 「동남양기」에서는 대만, 필리핀, 인도네시아 등 동남아시아 지역의 여러 섬나라들이 언급되면서 이 지역에 출몰하여 해상무역 활동을 벌이던 네덜란드(紅毛荷蘭)도 함께 서술되고 있다. 「남양기」에는 베트남, 태국, 미얀마, 캄보디아 등의 동남아시아 내륙 및 해안 국가가 언급되고 있다.

---

8) 원재연, 「조선후기 서양인식의 변천과 대외개방론」, 서울대 박사논문, 2000; 원재연, 「해국도지 수용 전후의 어양론(禦洋論)과 서양인식」, 『한국사상사학』 17집, 한국사상사학회, 2001 참고.

「소서양기」에서는 인도, 방글라데시, 스리랑카 등 인도양에 접한 여러 해안 국가들과 도시들을 언급하고 있다. 또 이곳에서 활동하는 네덜란드, 프랑스 등의 국가도 언급된다. 「대서양기」에서는 구라파 여러 나라에 대해서 언급한다. 「곤륜」에서는 오스트렐리아(호주) 대륙에 대해서 서술하고 있다. 「남오기」에서는 호주 동남쪽에 위치한 뉴질랜드 일대에 대해 서술하고 있다.

「외번차지호시(外番借地互市)」는 조익(趙翼)의 『경세문편』에 실린 것으로, 동남아시아와 동아시아 각지에 위치한 서구 열강의 조차지(租借地)와 무역 근거지들에 대해서 서술하고 있다.

「연해형승」하권은 조선의 해방(海防, 해안방위)에 관한 것으로, 본문으로는 「조선해방」과 「서해범월방수(西海犯越防守)」, 「일본상통해로(日本相通海路)」, 「유구국상통해로(琉球國相通海路)」 등 4부분으로 구성되어 있고, 부록으로 「팔도연해군현도(八道沿海郡縣圖)」, 「삼계도(三界圖)」, 「연해전도(沿海全圖)」 등이 중간에 첨부되어 있다. 「팔도연해군현도」는 삼면이 바다인 한반도의 지도 위에다 전국 해안지대에 위치한 주요 고을의 지명들을 표기하였으며, 이어서 각 고을에서 서울에 이르는 거리를 차례로 표기하고 있다. 「삼계도」는 다시 상하로 나누어져 있는데, 「삼계도」(상)에서는 제주도를 포함한 한반도 남서해안 일대를 지명과 함께 묘사하고 있는 도면과, 한반도 북서부에서 중국 발해만, 그리고 상해, 남경까지의 연안을 묘사하면서 지명을 표기하고 있는 도면 등 2장으로 이루어져 있다. 「삼계도」(하)에서는 유구국 일대를 그린 도면과 복건성 및 대만 일대를 그린 도면 등 2장으로 구성된다. 「연해전도」는 두만강 하구의 주요 지역과 인근의 작은 섬들부터 시작하여 동해안을 내려와서 남해안을 거쳐 서해안의 의주 앞바다까지 쭉 이어서 순서대로 전국 해안지대를 한 바퀴 일주하면서, 주요 도시별로 이에 딸린 연해지역의 주요 지형과 섬들을 묘사하고 지명을 붙이고 있다. 특히 동해안의 삼척(三陟)의 동쪽에는 울릉도(鬱陵島)

를 자세히 그려 넣었는데, 울릉도의 아래쪽에 독도를 가리키는 우산(于山) 섬을 분명하게 그려 넣고 그곳에 '우산'이라는 지명을 표기하고 있어 독도가 조선의 영토임을 알려주는 당대의 자료들과 함께 '독도영유권'의 측면에서 그 유용성이 주목된다. 또한 제주도 지도에서는 대정현 왼쪽의 '돈포(敦浦)' 옆의 섬에다 "사면이 높은 암벽으로 되어 있고 동남쪽만 배가 드나들 수 있는데, 왜인이 누차 침입했다"고 적고 있다.

본론에 해당하는 「조선해방」에서는 동해, 남해, 서해의 주요 포구와 거점 고을들을 개관한 후, 다시 동해안 북부의 경흥(慶興)부터 시작해서 주변 도서와 내륙 고을에서 해안까지 떨어진 거리를 기록하고 있다. 특히 동해안 울진(蔚珍) 편에서는 울진고현포(蔚珍古縣浦)와 우산도(于山島), 울릉도(鬱陵島) 등 3항목을 서술하였다. 이 또한 울릉도뿐 아니라 독도가 조선의 영토임을 분명히 드러내 준다. 「서해범월방수」에서는 인조 때 명나라와 해상조공로(海上朝貢路)를 개척하던 당시부터 숙종, 헌종 때까지 서해안 중북부 지방에 출몰한 이양선, 표류선 등의 처리와 관련하여 청나라와 조선이 서로 외교문서를 교환하면서 자국의 방어대책을 강구하던 내용을 기술하였다. 「일본상통해로」는 『통문관지(通文館志)』를 인용하면서, 조선통신사가 부산에서 출발하여 대마도, 일기도(一岐島) 등을 거쳐 동경(東京, 倭京)에 이르는 1,310里 노정의 주요 거점과 각 거점들 사이의 거리를 리수(里數)로 기록하고 있다. 「유구국상통해로」는 조선초기 신숙주의 『해동제국기(海東諸國記)』를 인용하면서, 동래 부산포(富山浦)를 출발하여 대마도, 일기도를 거쳐 비전주(肥前州) 상송포(上松浦) 등을 거쳐 유구도에 이르는 총 543리(里) 여정의 주요 거점과 각 거점들 사이의 거리를 리수로 표기하고 있다. 또한 고려 창왕 때 고려가 대마도를 정벌하려고 하는 사실을 유구국 중산왕(中山王)이 듣고 표문(表文)을 작성하여 고려에 귀부(歸附)하겠다고 하면서 왜적에 잡혀간 사람들과 방물(方物)을 순천부(順天府)

로 헌상해 오자, 고려가 김윤후(金允厚)와 김인용(金仁用)을 파견하여 유구국의 성의에 보답했다고 서술되어 있다.

■ 제5권, 정리전도(程里躔度)

앞부분에서는 당시 세계 4대 대륙을 아세아(亞細亞), 구라파(歐羅巴, 유럽), 리미아(利未亞, 阿非利加, 아프리카), 아묵리가(亞墨利加, 아메리카) 등의 순서로 대륙의 위치와 그에 속한 주요 나라, 지형 등을 개략적으로 설명하였다. 이어서 각 대륙별로 여러 장에 걸친 상세한 지도9)를 게재한 후, 유라시아 대륙의 중남부를 대서양, 소서양, 서남양, 동남양 등으로 4분하여 그곳에 속한 나라들과 주요 지역들을 항목으로 설정하여 서술하고 있다. 이어서 북양(北洋), 외대서양(外大西洋), 갈류파도(葛留巴島, 태평양 제도)의 순서로 유라시아 대륙의 북부를 차지하는 러시아(北洋), 남북 아메리카 대륙(外大西洋), 갈류파 제도(태평양 제도)를 차례로 설명하였다. 이어서 박규수(朴珪壽, 1807~1876)가 쓴 「장암박씨지세의명(莊菴朴氏地勢儀銘)」이 부기되어 있다. 「장암박씨지세의명」은 지구 위에 존재하는 땅덩어리의 모양을 묘사하되, 중국의 모든 고전을 인용 검토하고 서양에서 전래된 최신의 지리정보를 수용하여 서술하였고, 마지막에는 세계를 동문(同文)으로 귀결하였다.

■ 제6권, 비어초략(備禦鈔略)

해상으로 침투하는 여러 외적들을 방어하는 중국과 조선의 방어책에 대하여 서술하고 있다. 앞부분에서는 중국 명대 이후 왜구(倭寇)의 침입에 대비하여 중국 연해지역에서 갖춘 각종 방어전략과 진지 등에 대하여 설명한 후, 뒷부분에는 서양 열강의 해상 침략에 대비하는 위원의『해국도

---

9) 최보윤, 앞의 논문에서는 이 지도를 '해국횡도(海國橫圖)'라고 부르고 있다.

지』의 내용을 인용하였다. 그 구성을 살펴보면 이광파(李光坡)의 「방해(防海)」, 엄여익(嚴如熤)의 「연해단련설(沿海團練說)」, 「연해조보설(沿海碉堡說)」, 이불(李紱)의 「오자포설(五子礮說)」, 작자가 밝혀져 있지 않는 「수사조의(水師條議)」, 이어서 혜사기(惠士奇), 심덕잠(沈德潛), 저화(褚華), 주지기(周之夔), 왕지이(汪志伊), 정(程) 등이 「방해(防海)」라는 동일제목으로 각각 쓴 6편의 글, 완원(阮元)의 「기임소재(記任昭才)」, 이불의 「진해노독약방소(陳解弩毒藥方疏)」 등 해국도지 이전의 중국 인사들의 해방책을 소개하였다. 이어서 조선후기 영조 때 통신사로 일본을 다녀온 실학자 원중거(元重擧, 1719~1790)가 쓴 『화국지(和國志)』의 일부분인 「일본주즙(日本舟楫)」을 실었다. 그 다음에는 위원의 『해국도지』에서 「논양선(論洋船)」, 「용상한의측량방포고저법(用象限儀測量放礮高低法)」, 「부제상한의척촌(附製象限儀尺寸)」, 「연포수지중선준칙론(演礮須知中線準則論)」, 「구고상구산법도설(句股相求算法圖說)」, 「양천척교량산법매기가오도(量天尺較量箅法每起加五度)」 등과 같은 대포 제작 및 방사법과 관련된 각종 기계의 제작 및 사용 방법에 대해 도면과 함께 자세히 설명했다. 이어서 같은 『해국도지』에서 「무역통지(貿易通志)」, 「주해편(籌海篇)」 등을 인용하였다. 마지막으로 청(淸) 장군 혁산(奕山) 등이 1842년에 올린 「주불란서국이정소(奏佛蘭西國夷情疏)」, 서계여(徐繼畬)의 『영환지략(瀛環志略)』에 나온 「논분하란선(論焚荷蘭船)」, 「논불랑서착주사(論佛郎西鑿舟事)」 등을 차례로 실어 네덜란드와 프랑스 등의 증기선을 공격하여 물리치는 방법을 기술하였다.

■ 제7권, 「사비시말(査匪始末)」

15세기 성종 때부터 1866년 병인양요 때까지 조선 왕조에 찾아든 외국선의 내왕 및 19세기 영국, 프랑스, 러시아 등의 국적을 가진 이양선의 빈번한 출몰에 대한 기록이다. 그중에는 중국당보(中國塘報)에 실린 글, 프랑스 측이 제시한 글 「나노야소문빙(羅老爺所文憑)」, 병인양요 때 청 예부가 조선에 보내준 「당저삼년병인칠월초칠일(當宁三年丙寅七月初七日)」이란 임시제목의 자문(咨文) 등도 실려 있다. 마지막 부분에는 편집자 윤종의가 이 책 『벽위신편』의 결론에 해당되는 「벽위신편총설(闢衛新編總說)」과 그의 친구 박규수가 쓴 발문인 「벽위신편발(闢衛新編跋)」이 실려 있다.

4. 의의 및 평가

윤종의의 『벽위신편』을 통해서 알 수 있는 주요 내용을 천주교 비판의 관점과 해방론의 정리라는 두 가지 측면에서 살펴보면 다음과 같은 특징이 보인다.

첫째, 천주교 비판의 관점은 일단 이 책의 제목인 '벽위(闢衛)'라는 용어 자체에서 드러난다. '벽사위정(闢邪衛正)' 또는 '척사위정(斥邪衛正)'이야말로 이 책의 중요한 주제라는 것을 말해준다. 실제로 책의 내용에 있어서도 편저자는 중국과 조선의 천주교 비판서들을 최대한 모아서 소개하고, 또 천주교의 내용은 물론, 천주교와 유사한 천방교(이슬람교)에 대해서도 매우 자세하게 소개한 후, 낱낱이 비판함으로써 기존의 천주교도는 유교로 귀정(歸正)하기를 도모하였고, 재주 있는 선비나 어리석은 백성들은 천주교에 이끌려 들어가지 않도록 필요한 주의사항을 곳곳에서 언급하고 있다. 따라서 그의 천주교 비판은 막연한 비판이 아니라 매우 구체적이고 또 실용적인 비판이라고 할 수 있다. 그러나 이러한 실용성의 뒤에는 가끔 지나치게 천주교리를 호도하는 경향이 있음을 보여주는데, 이는 '벽사위정'이라는 정략적 선입견과 제대로 된 천주교 가르침을 받지 못한 데서 비롯된 불가피한 측면으로 윤종의의 천주교 인식의 객관적 한계를 드러내는 부분이기도 하다.

둘째, 해방론의 관점에서 볼 때도 이 글은 매우 효과적인 설득력을 지니고 있다고 할 수 있다. 우선 구체적으로 해방의 대상이 되는 서양(구라파) 열강의 실체부터 파악하되, 그들의 출자(出自, 역사와 지리)와 장점, 단점 등을 파악한 후, 그들의 무기 체계와 전술을 파악하고 이에 대비하는 방책으로서, 중국과 조선의 학자들이 서술한 다양한 방법을 소개하고 있는 등 매우 체계적인 교육을 도모하고 있다. 그러나 이 책은 초고를 쓴 이후에 영인본이 나오기 전까지 한 번도 간행하지 않고 초고 위에 새로운 내용을 덧붙여 메모해놓은 상태로 있어서 어떤 부분은 앞뒤의 맥락이 잘 이어지지 않는 곳도 많고, 중언부언하며 또 어떤 곳은 동일한 주제에 대해 서로 다르게 설명되어 있는 곳도 많다. 따라서 오늘날의 연구자가 책의 내용을 일목요연하게 정리하기 쉽지 않은 점도 있다. 그러나 한문을 생활언어로 구사하던 19세기 편저자 당시의 유학자들에게는 이같이 다소 난삽한 어려운 내용들도 비교적 쉽게 이해될 수 있었을 것이라고 보인다.

이러한 두 가지 측면을 종합해볼 때, 윤종의의 『벽위신편』은 조선 후기 북학파 실학자의 동도서기적 서양인식을 계승하여 개항 이후까지 이를 전개해 나감으로써, 당대 유학자들의 위정척사(衛正斥邪) 사상에 부응하였고, 동시에 서구의 선진 과학기술문물을 과감히 수용해야 함을 설득력 있게 주장함으로써, 온건개화사상의 자주적(自主的) 형성과정과 전통적 맥락(傳統的 脈絡)을 잘 보여준 한역서학서(漢譯西學書)의 일종이라고 평가할 수 있을 것이다.

〈해제 : 원재연〉

참 고 문 헌

1. 단행본

李光麟, 『海國圖志의 韓國傳來와 그 影響』, 一潮閣, 서울, 1995.

2. 논문

김명호, 「환재 박규수 연구(1)-수학기의 박규수」, 『민족문학사연구』 4집, 1993.

_____, 「환재 박규수 연구(2)-은둔기의 박규수」 上, 『민족문학사연구』 6집, 1994.

_____, 「환재 박규수 연구(3)-은둔가의 박규수」 下, 『민족문학사연구』 8집, 1995.

_____, 「박규수의 '지세의명병서'에 대하여」, 『진단학보』 82집, 1996.

_____, 「19세기 초 중엽의 해방론과 박규수」, 『박규수의 개화사상 연구』, 일조 각, 1997.

_____, 「"海國圖志" 수용 전후의 禦洋論과 西洋認識」, 『한국사상사학』 17집, 2001.

_____, 「朝鮮後期 '西學中國原流說'의 전개와 그 성격」, 『역사학보』 178집, 2003.

김상기, 「尹淵齋와 그 遺著에 관하여」, 『東方史論叢』, 서울대출판부, 1986.

노대환, 「19세기 동도서기론 형성과정 연구」, 서울대 국사학과 박사논문, 1999.

손형부, 「1840~50년대 박규수의 서양론」, 『박규수의 개화사상 연구』, 일조각, 1997.

오상학, 「조선시대의 세계지도와 세계인식」, 서울대 박사논문, 2001.

원재연, 「조선후기 서양인식의 변천과 대외개방론」, 서울대 국사학과 박사논문, 2000

조 광, 「19세기 海防論과 벽위신편」, 『교회와역사』 75집, 한국교회사연구소, 1981.

차기진, 「"闢衛新編"을 통해본 尹宗儀의 斥邪論과 海防論」, 『조선후기 西學과 斥邪論 연구』, 한국교회사연구소, 2002.

최보윤, 「『闢衛新編』의 편찬과 尹宗儀의 서양인식」, 『교회사연구』 30집, 한국교 회사연구소, 2008.

『성기운화(星氣運化)』

분류	세부내용
문 헌 종 류	조선서학서
문 헌 제 목	성기운화(星氣運化)
문 헌 형 태	필사본
문 헌 언 어	漢文
저 술 년 도	1867년
저　　　자	최한기(崔漢綺, 1803~1877)
형 태 사 항	12권 2책
대 　 분 　 류	과학
세 부 분 류	천문학서
소 　 장 　 처	고려대학교 도서관
개　　　요	1867년에 최한기가 중국 상해에서 간행된 천문학 서적인 『담천(談天)』(1859)의 내용을 발췌하고 이를 자신의 기철학(氣哲學)을 토대로 수정하고 보완하고자 하는 목적으로 저술된 책이다. 최한기는 이 책에서 기륜(氣輪)의 개념을 고안하고 이를 토대로 당시 서양의 천문학 지식과 뉴튼 고전역학의 이론들을 독자적으로 해석하고 비판하고 있다.
주 　 제 　 어	天文學, 氣, 氣輪, 氣輪說, 談天, 氣哲學, 뉴튼, 만유인력, 力學

1. 문서제목

『성기운화(星氣運化)』

2. 서지사항

『성기운화(星氣運化)』는 현재 고려대학교 도서관 한적실에 필사본 유일본으로 소장되어 있다.(청구번호 六堂貴-35-1-2) 필사본의 판심에 『명남루문집(明南樓文集)』이라는 전체 문집의 제목이 적혀 있으며, 전체 구성은 卷首에 星氣運化序와 凡例와 본문 5권으로 되어 있다. 서문의 말미에 同治六年丁卯臘月 浿東崔漢綺序라고 적혀 있으며, 매 권의 앞에 浿東崔漢綺著라는 글귀가 붙어 있다.

『성기운화(星氣運化)』는 1986년 여강출판사(驪江出版社)에서 영인 간행한 『명남루전서(明南樓全書)』의 제3책에 수록되어 있으며, 이 영인본이 여러 도서관에 소장되어 학자들에게 이용되고 있다.

[저자]

최한기(崔漢綺, 1803∼1877)의 자는 지로(芝老), 본관은 삭녕(朔寧)으로서 황해도 개성 출신의 유학자이다. 호는 혜강(惠岡), 패동(浿東), 명남루(明南樓), 기화당(氣和堂) 등이 있다. 부친은 최치현(崔致鉉)이며, 모친은 청주 한씨(淸州韓氏)이다.

최한기는 1825년 진사시험에 합격하였으나 관직에는 나아가지 않았고 평생 중국에서 발행한 책들을 수입하여 특히 과학지식을 연구하고 철학적 글들을 쓰면서 일생을 보내었다. 부인은 반남 박씨(潘南朴氏)이고 2남 5녀를 두었다. 큰아들인 최병대(崔柄大)는 1862년 문과에 급제하여 고종의 시종을 지냈다. 1872년 고종은 최한기에게 통정대부(通政大夫)의 품계와 첨지중추부사(僉知中樞府事)의 직을 내렸으나, 당시 그의 나이가 칠순이었기에 벼슬에 나아가지 않았다.

최한기의 일생에 대하여는 위에서 언급한 내용을 제외하고는 거의 알려진 것이 없다. 최병대 외에 그의 후손들에 대해서도 제대로 알려져 있지 않다. 다만, 그가 수많은 책을 저술하였으며 그 가운데 상당수가 지금까지 전해지고 있을 뿐이다. 그가 방대한 저술을 남겼음에도 불구하고 같은 시대의 다른 학자들조차 그의 이름을 기록에 남긴 일은 아주 드물었다. 예를 들어, 이규경(李圭景)의 『오주연문장전산고』에 그에 관한 기록이 몇 차례 나올 따름이다. 이규경은 최한기를 뛰어난 학자로서 많은 저술을 남겼으며 그가 중국에서 나온 많은 신간서적을 가지고 있었다고도 소개하고 있다. 최한기가 당대의 지리학자 김정호(金正浩)와 친분이 두터웠고, 이들이 함께 중국에서 나온 세계지도를 대추나무에 새겼다고도 한다. 1834년 김정호가 『청구도(靑丘圖)』를 만들자 최한기는 여기에 제를 써주기도 하였고 전한다.

최한기는 평생 무려 1000여 권의 책을 지은 것으로 전해지고 있으나, 현재 남아있는 책은 20여 종 120여권에 불과하며, 이들 저술들은 1986년에 여강출판사에서 간행한 『명남루전집(明南樓全集)』(전체 3책) 속에 대부분 영인되어 있다.

최한기의 저술은 천문학과 지리학, 철학, 농정, 수리학(水利學)과 의학, 수학 등 다방면 분야에 걸치고 있다. 현재까지 알려져 있는 최한기의 저술을 연대순으로 정리해보면 다음과 같다. 『농정회요(農政會要)』(1830), 『육해법(陸海法)』(1834), 『청구도제(靑丘圖題)』(1834), 『만국경위지구도(萬國經緯地球圖)』(1834, 현존 미상), 『추측록』(1836), 『강관론(講官論)』(1836), 『신기통』(1836), 『기측체의(氣測體義)』(1836, 추측록과 신기통을 합본한 것), 『감평(鑑枰)』(1838, 뒤에 人政에 포함됨), 『의상이수(儀象理數)』(1839), 『심기도설(心器圖說)』(1842), 『소차유찬(疏箚類纂)』(1843), 『습산진벌(習算津筏)』(1850), 『우주책(宇宙策)』(연대 미상), 『지구전요』(1857), 『기학(氣學)』(1857), 『운화측험(運化測驗)』(1860), 『인정(人政)』(1860), 『신기천험』(1866), 『성기운화』(1867), 『명남루수록(明南樓隨錄)』(연대 미상) 등이다.

이 중에서 1866년에 지은 그의 『신기천험(身機踐驗)』은 영국인 선교 의사 홉슨(Hobson, B., 중국 이름 合信)의 서양의학서적을 토대로 만든 것이다. 이 책에서 그는 서양의학의 대강을 소개하고 있으며, 특히 해부학이 크게 앞서 있고 병리학도 더 발달하였다고 지적하고 있다. 그러면서도 그는 인체를 신기(神氣)가 운화(運化)하는 기계 같은 것으로 보고 있다.

1857년에 지은 『지구전요(地球典要)』에서 최한기는 세계 각국의 지리, 역사, 학문 등을 소개하고 있다. 특히 이 책에서는 특히 코페르니쿠스의 태양중심설을 토대로 지구의 자전과 공전의 이론을 비롯하여 당시 서양에서 발전하고 있었던 원소의 개념 등 최신의 서양과학 지식들을 내용을 소개하고 있기도 하다. 1867년에 쓴 『성기운화(星氣運化)』에서는 당시 최신의 서양 천문학 지식들을 소개하고 있으며, 기륜설을 토대로 뉴튼의 중력이론을 재해석하기도 하였다.

이외에 1830년에 저술한 『농정회요(農政會要)』는 종합농업기술서이며, 『심기도설(心器圖說)』(1942)은 농업과 수리 관련 기계들을 소개한 도해서이다. 1839년에 저술한 『의상리수(儀象理數)』는 18세기까지 중국과 조선에서 사용하던 역법(曆法)의 지식들을 소개하고 정리한 책이며, 『습산진벌(習算津筏)』은 수학의 내용들을 정리한 책이다.

이들 여러 저술들을 통해서 우리는 최한기가 당시 중국에서 새롭게 번역, 소개되고 있었던 최신의 서양과학 지식들을 습득하고, 위의 저술들을 통해서 세계 각국의 지리·역사·과학·천문학·의학 등 서양학문을 소개하고 있음을 확인할 수 있다. 또한 이들 지식들과 전통적인 성리학의 자연철학을 토대로 최한기는 자신 만의 독특한 기철학(氣哲學)적 자연철학 체계를 발전시켰으며, 이를 다시 활용하여 동아시아의 성리학과 서양의 자연과학 지식을 새롭게 해석하는 작업을 수행하였음을 알 수 있다.

3. 목차 및 내용

[목차]

『성기운화』는 12권 2책으로 구성되어 있으며, 권별 목차는 아래와 같다.

권1 : 천인기수(天人氣數), 인기수(人氣數)

권2 : 지기수(地氣數)

권3 : 일기수(日氣數)

권4 : 월기수(月氣數)

권5 : 제행성기수(諸行星氣數)

권6 : 제월기수(諸月氣數)

권7 : 혜성기수(彗星氣數)

권8 : 항성기수(恒星氣數) 표제가 누락되어 있다.

권9 : 성림기수(星林氣數)

권10 : 기륜섭동(氣輪攝動)

권11 : 타원제근변(楕圓諸根變)

권12 : 경위도차(經緯度差), 역법(曆法)

『성기운화(星氣運化)』의 본문은 대부분 1859년 중국의 상해에서 간행된 천문학 서적인 『담천(談天)』의 내용을 발췌한 것이다. 최한기는 『담천(談天)』의 내용을 발췌하면서 한편으로는 많은 부분에서 자신의 기철학(氣哲學)적 자연철학을 토대로 내용의 첨삭을 가하고 이를 토대로 당시 서양의 천문학 지식을 해석하고 수정, 보완하고자 하였다.

『성기운화(星氣運化)』의 토대가 된 『담천(談天)』은 영국의 천문학자인 존 허셀(John Fredrik William Hershel, 중국명 候失勒, 1792~1871)이 1851년에 간행한 천문학 입문서 The Outlines of Astronomy를 번역한 책으로서 당시 새롭게 발견된 천문학적 지식들과 이론들을 정리하여 소개한 것이다. 『담천(談天)』은 당시 중국에 와있던 서양인 알렉산더 와일리(Alexander Wylie, 중국명 偉烈亞力, 1815~1887)와 중국인 이선란(李善蘭, 1811~1882)이 공동으로 번역하여 1859년에 상해에서 출판한 책이다.

『성기운화(星氣運化)』의 권별 내용과 『담천』의 내용들을 대조하여 각 장별로 발췌한 부분을 정리해보면 다음과 같다. 우선 『성기운화』의 권1 맨 앞부분에 수록된 천인기수(天人氣數)와 인기수(人氣數)는 최한기가 스스로 지은 것이다. 이어지는 권2의 지기수(地氣數)는 『담천』권1의 논지(論地)와 권2의 명명(命名)의 일부를 발췌한 것이다. 『성기운화의』의 권2의 천기수(天氣數)는 『담천』권5의 천도(天圖)를, 권3의 일기수(日氣數)는 『담천』권6의 일전(日躔)을, 권4의 월기수(月氣數)는 『담천』권7의 월리(月離)를, 권5의 제행성기수(諸行星氣數)는 『담천』권9의 제행성(諸行星)을, 권6의 제월기수(諸月氣數)는 『담천』권10의 제월(諸月)을, 권7의 혜성기수(彗星氣數)는 『담천』권11의 혜성을, 권8 항성기수(恒星氣數-목차누락)는 『담천』권15, 16의 항성(恒星)과 항성신리(恒星新理)를, 권9의 성림기수(星林氣數)는 『담천』권17의 성림(星林)을, 권10의 기륜섭동(氣輪攝動)은 『담천』권12의 섭동(攝動)을, 권11의 타원제근변(楕圓諸根變)은 『담천』권13의 타원제근지변(楕圓諸根之變)을,

권12의 경위도차(經緯度差)는 『담천』 권14의 축시경위도차(逐時經緯度差)의 일부를 발췌한 것이다. 마지막으로 권12의 역법(曆法) 부분은 『담천』 권18의 역법(曆法) 부분과 『曆象考成』의 내용 일부를 발췌한 것이다. 이를 일람해서 표로 만들어보면 다음과 같다.

[내용]

星氣運化		談天
권1	天人氣數	崔漢綺 所作
	人氣數	崔漢綺 所作
	地氣數	권1 論地, 권2 命名, 권4 地理
권2	天氣數	권5 天圖
권3	日氣數	권3 日氣數, 권6 日躔
권4	月氣數	권7 月離
권5	諸行星氣數	권9 諸行星
권6	諸月氣數	권10 諸月
권7	彗星氣數	권11 彗星
권8	恒星氣數	권15 恒星, 권16 恒星新理
권9	星林氣數	권17 星林
권10	氣輪攝動	권12 攝動
권11	橢圓諸根變	권13 橢圓諸根變
권12	經緯度差	권14 逐時經緯度差
	曆法	권18 曆法, 『曆象考成』

『성기운화』의 저본이 된 『담천』은 그 내용이 주로 1851년 무렵까지 밝혀진 최신의 천문학의 지식을 담고 있다. 『성기운화』는 당시까지 알려진 최신의 서양 천문학 지식들을 상당부분을 수록하고 있다. 특히 흥미로운 사실은 『성기운화』가 당시 서양에서는 보편적으로 받아들여지고 있었던 코페르니쿠스(Copernicus)의 태양중심설을 조선에

본격적으로 소개하고 있는 책이라는 점이다. 게다가 이 책은 뉴턴(Newton, I.)의 만유인력설을 처음으로 받아들여 천체의 상호관계를 설명하고 있는 책이기도 하다. 그런데 최한기는 뉴튼의 만유인력 이론과 서양 천문학 지식들을 그대로 수용한 것이 아니다. 그는 자신의 기학(氣學)을 토대로 독창적으로 고안한 기륜설(氣輪說)을 가지고 뉴튼의 만유인력 이론을 나름대로의 방식으로 설명하고 있다. 그에 따르면, 모든 천체에는 기륜(氣輪)이 형성되어 있고 이 기륜들이 중첩되어서 천체들 사이의 작용이 이루어진다고 설명한다.

최한기에 따르면, 우주에 가득찬 모든 별들, 즉 항성과 행성들은 각각 기륜(氣輪)이라는 것을 가지고 있다. 기륜이란 바로 '기(氣)'가 항성이나 행성들을 겹겹이 에워싸고 있는 모습'을 지칭하는 것이다. 어느 별을 둘러싸고 있는 기륜은 이 별의 표면에서부터 무한한 거리에까지 퍼져 미치고 있지만, 기륜을 구성하고 있는 기는 별의 표면에 가까울수록 두텁고 탁하게 쌓여 있고 별의 표면으로부터 멀어질수록 엷어 맑게 쌓여있다. 기가 '두텁고 탁하게 쌓여있다'거나 '엷고 맑게 쌓여있다'는 것은 기의 농도의 높고 낮음을 의미하는 것으로 이해된다. '무겁고 두터움'이나 '가볍고 얇음'으로만 구분되어 있는 기륜의 차이는 지표면에서부터 멀어지는 순서대로 '몽기(蒙氣)', '차탁(次濁)의 기(氣)', '차청(次淸)의 기(氣)', '극청(極淸)의 기(氣)'로 나누어 지칭된다.

최한기에 따르면, 기륜은 단순히 지구나 별들에서만 나오는 것이 아니다. 최한기에 따르면, "천하의 만물은 모두 본래 몸에 열기를 가지고 있는데, 지구의 가운데에도 열이 있다." 지구나 별의 내부에 있는 기운이 밖으로 나와 별을 둘러싸면서 첩첩이 쌓인 것이 바로 기륜인 것이다.

그렇다면 이렇게 형성된 별의 기륜의 크기는 어느 정도일까? 『성기운화』에서 최한기는 지구의 기륜의 반지름의 크기를 다양하게 언급하고 있다. 즉 어떤 경우에는 "안팎의 기륜의 반경을 모두 계산하면 지구 반지름의 천만배가 된다"고 적고 있으며, 다른 곳에서는 "기륜은 넓고 멀리 쌓여서 높이가 약 지반경(地半徑)의 수천배"가 된다고 적고 있다. 심지어 최한기는 기륜의 범위를 무한한 것으로 생각하였다. 그는 우주에 펼쳐진 뭇 별들의 기륜이 서로서로 이어져 있는 것으로 여겼다.

최한기는 이렇게 무한한 범위로 뻗어 있는 각 별들의 기륜은 결국 서로서로 중첩되고, 바로 이러한 기륜과 기륜의 중첩으로 인해 별사이의 섭력(攝力)이 형성된다고 생각하였다. 이 섭력이라는 단어는 『담천』에서 뉴튼의 만유인력, 즉 '중력'을 번역하기 위하여 차용한 단어이다. 그에 따르면, "만약 기륜이 없다면 멀리 있는 두세 별의 體質이 어떻게 이어져서 끌어당기고 밀고 배척하겠는가? 대개 바로 이 기륜이 있어 그러한 것이다"라고 하면서 기륜을 강조하고 있다. 그리고 그는 기륜설을 사용하면 두 별 사이의 섭동작용뿐만 아니라 세 별 사이에서 이루어지는 복잡한 섭동현상도 깔끔하게 설명할 수 있다고 생각하였다. 이런 식의 논리를 통해서 최한기는 기륜이야말로 섭력, 즉 만유인력의 근원적 원인이라고 설명하였다.

최한기를 기륜설을 이용하여 만유인력의 작동방식, 혹은 원인을 설명하는 데에서 그치지 않고 여기서 나아가 『담천』에서 허셸이 '여전히 난해해 해결하기 힘들다.'라는 식으로 서술하고 있는 부분들에 특히 주목해서 설명을 시도하고 있다. 즉 그는 자신의 기륜설을 통하면 뉴튼의 중력이론으로는 설명되지 않거나 아니면, 설명이 어려운 부분을 완전히 해결할 수 있다고 생각하였다. 즉 The Outliens of Astronomy가 저술된 19세기 중반까지도 서양의 천문학자들은 세 가지 이상의 천체들의 상호작용 등의 문제를 완전히 수학적으로 해결하지 못하였다. 그래서 『담천』에서는 이런 상황을 서술하면서 여전히 해결되지 못한 문제들과 그것에 대한 여러 천문학자들의 계산치들을 정리해놓고 있다. 그런데 최한기는 이런 내용을 『성기운화』에 요약 정리하면서 천문역산가들이 "가히 알 수 없는 것이 많다"고 평하면서 이러한 어려운 상황은 "일찍이 기륜의 섭동에 대해 결하고 있었기 때문"이라고 비판하고, "장차 기륜이 활동하는 것을 가지고 시험해보고 증거를 쌓으면 가히 알 수 있을 것이다"고 말하고 있다. 즉 최한기는 자신의 기륜설을 동원하면 『담천』의 저자들이 해결하지 못한 문제들을 풀어낼 수 있을 것이라고 말하는 것이다. 하지만 그는 이런 주장을 구체적인 설명을 통해 실현시키지는 못했다. 다만 자신의 기륜설, 즉 기학(氣學)의 방법론이 『담천』에 서술되어 있는 천체역학의 방법론보다 우월하고 따라서 우선적으로 알아야 할 것이라고 주장하고 있을 뿐이다.

4. 의의 및 평가

『성기운화』에서 최한기가 사용한 기륜(氣輪)의 개념은 전통적인 기(氣) 철학의 맥락에서 차용하여 고안한 개념이다. 하지만 『담천』에 적혀 있는 기(氣)라는 용어는 'air'의 번역어로서 사용된 것이며 이는 오늘날의 공기, 혹은 대기(大氣)의 의미를 지닌 것이다. 물론 최한기는 이 air로서의 기(氣)의 개념과 기륜설에서 설정한 기(氣)의 개념이 어떠한 미묘한 차이를 가지는 것인지 명확하게 인식하지 못하였다. 오히려 그는 『담천』에서 'air'의 번역어로서 사용된 기(氣)라는 용어를 기 철학에서 사용하던 기(氣)와 동일한 것으로 생각한 듯하다. 그 결과 『성기운화』에서는 『담천』의 기 개념을 전통적인 기철학에서 사용되는 기의 개념과 일치시켜 혼동스럽게 사용하고 있으며, 『담천』에서 발췌한 구절에서 대기와 대기압에 대한 논의에 이어서 바로 기륜에 관한 내용을 넣었던 것이다.

결국 『성기운화』를 통해서 우리는 최한기의 기륜설이 전통철학 개념과 근대과학 개념의 혼용 속에서 구성되고 있음을 알 수 있다. 물론 이러한 혼용의 밑바닥에는 『담천』에 소개된 근대 천문학의 제반 이론들과 개념들, 예를 들면 뉴튼의 중력 이론과 대기압의 이론 등에 대한 불완전한 이해가 자리 잡고 있다.

한편 『성기운화』는 최한기가 남긴 여러 저술들 중에서 천문학 분야에 속하는 것이다. 그런데 최한기의 천문학 저술에는 『성기운화』외에도 1839년에 저술한 『의상리수(儀象理數)』가 있다. 이 두 저술 모두는 기본적으로 중국으로부터 전해진 천문학 서적들을 읽고 발췌한 것이라는 점이다. 『의상리수』(1839)는 18세기 중엽에 청나라 조정에서 간행한 『역상고성(曆象考成)』(1721)과 『역상고성후편(曆象考成後篇)』(1742)의 내용을 정리·발췌하여 서술한 것이다. 그리고 『성기운화』(1867)는 앞서 말한 바대로 그 내용의 대부분을 1859년 중국에서 번역·출판한 『담천』으로부터 발췌하여 수록하고 있다. 즉 19세기 중엽에 서양에서 전래된 새로운 최신의 천문학 지식들을 담고 있는 책인 셈이다.

한편, 『의상리수』에는 『역상고성』과 『역상고성후편』의 내용이 단지 발췌·정리되어 있을 뿐, 최한기 나름의 독자적인 관점이나 의견은 전혀 서술되어 있지 않다. 그러므로 『의상리수』는 특정한 목적의식을 가지고 서술된 독립적인 저작물이라기보다는 오히려 일종의 연구노트에 불과한 것으로 보인다.

『성기운화』 역시 『담천』의 내용을 상당부분 발췌하여 수록하고 있다는 점에서 이러한 연구노트로서의 특징에서 크게 벗어나지 않는다. 하지만 『의상리수』와는 달리 『성기운화』는 단순히 『담천』의 내용들을 발췌하여 묶어 놓기만 한 것은 아니다. 최한기는 『성기운화』에서

『담천』의 내용을 발췌·수록하면서도 매 항목마다 자신이 창안한 기륜설을 동원하여 독특한 견해를 덧붙이고 있으며, 어떤 부분에서는 『담천』의 내용을 삭제하고 자신의 이론을 채워 넣기도 하였다.

『의상리수』와 『성기운화』는 30년 정도의 차이를 두고 저술되었지만, 이들의 내용은 사실상 100년이 넘는 시간적 거리를 가지고 있는 것이다. 그러므로 이 책들은 서로 상이한 수준의 내용들을 포함하고 있는 것이다. 이러한 사실은 최한기의 천문학 지식이 새로운 천문학 서적을 접하게 됨에 따라 계속적으로 변화, 발전해 나가고 있었음을 말해준다. 아마도 최한기는 젊은 시절에 『역상고성』과 『역상고성후편』을 통해 천문학 관련 지식을 습득하였을 것이다. 『의상리수』에서 최한기는 태양을 중심으로 지구 및 행성들이 공전하고 있는 태양중심적 우주구조가 아니라 지구를 중심으로 태양과 행성들이 공전하고 있는 지구중심적 우주구조를 설정하고 있다. 이는 물론 『역상고성후편』의 역계산 방법에 따른 것이다. 또한 그는 케플러의 타원궤도법을 도입해야 함을 알고 있었는데, 이 경우에도 역시 『역상고성후편』에서 행하고 있는 것처럼 지구를 우주의 중심에 두고 태양과 달의 궤도를 타원으로 상정하였다.

최한기가 태양중심설과 지구의 공전운동을 본격적으로 접하기 시작한 것은 1857년 『지구전요(地球典要)』를 서술할 즈음이라고 생각된다. 『지구전요』에는 프톨레마이오스(Ptolemaios)의 지구중실설과 티코브라헤(Tycho Brache)의 우주구조, 메르센느(Mersenne)의 우주구조, 코페르니쿠스(Copernicus)의 태양중심설이 차례대로 설명되어 있으며, 최한기는 이들 네 가지 우주구조론 중에서 코페르니쿠스의 태양중심설이 가장 우수한 것이라고 논하고 있다. 뿐만 아니라 그는 이전 역법에서 태양계의 6개 행성의 궤도를 설명하기 위해 동원되었던 양심차(兩心差)의 개념이 케플러가 발견한 타원궤도의 개념으로 대체

되어야 한다고 말하고 있다. 이는 곧 태양중심설을 토대로 하는 타원궤도법을 말하는 것이다. 한편 『지구전요』에는 태양중심설과 행성의 타원궤도 운동에 관한 내용 외에도 여러 가지 천문학적 사실들이 기록되어 있다. 예를 들어 태양과 달, 그리고 오행성의 크기와 지구로부터의 거리, 태양의 흑점, 오행성에 딸려 있는 위성의 수, 지반경차(地半徑差), 청몽기차(淸蒙氣差) 등과 같은 몇 가지 중요한 천문학적 지식들이 그것이다. 하지만 이것들은 기본적으로 18세기 무렵부터 전해 내려오던 것으로 별반 새로울 것은 없다. 『역상고성후편』에 서술된 지구중심의 타원궤도법을 제대로 고쳐 태양중심의 타원궤도법으로 전환한 것을 제외한다면, 이런 내용들은 기본적으로 18세기 중반 이래의 천문학 지식을 바탕으로 하고 있는 것이다.

따라서 1839년에 저술된 『의상리수』는 최한기가 18세기까지 중국으로부터 전래된 천문학의 지식들을 정리한 책이라고 할 수 있고, 1867년 저술된 『성기운화』는 최한기가 『담천』을 통해서 얻은 19세기 중반까지의 서양 근대 천문학의 성과들을 직접 접하고 정리한 책이라고 할 수 있다.

최한기는 『담천』을 통해서 태양중심적인 우주체계에 대한 자세한 논증뿐만 아니라 뉴튼의 천체역학 이론 즉 중력이론도 처음으로 접하게 된다. 따라서 최한기의 『성기운화』는 뉴튼의 천체역학 이론을 처음으로 받아들이고 있는, 한국과학사상 중요한 의미를 가지는 저술이라고 할 수 있다. 『담천』에는 뉴튼의 중력이론뿐만 아니라 당시 서구에서 이루어진 최신의 천문학 연구성과들, 예를 들어 18·19세기에 발견된 천왕성과 해왕성에 관한 내용, 망원경을 통해 본 달의 분화구와 오행성 및 태양흑점의 상세한 모양, 화성과 목성사이에 존재하는 소행성대에 관한 내용, 항성의 시차(視差), 광행차(光行差), 혜성의 생성 원인, 성단(星團)과 성운(星雲)의 존재, 쌍성(雙星)과 그것의 변광현상

등, 최한기를 비롯한 19세기 조선의 학자들이 이전에는 전혀 접해보지 못한 새로운 지식들이 수록되어 있었다. 최한기는 이런 내용들을 『성기운화』에서 성실히 발췌·기록하고 있다.

그리고 앞서 논의한 바와 같이 『성기운화』에서 최한기는 『담천』에 소개된 최신의 서양 천문학 지식들에 대해 불완전한 이해를 보여주고 있다. 그러면서 그는 전통적인 기(氣)의 개념을 토대로 한 기륜설을 창안하고 이를 이용하여 근대 서양의 천문학 지식들을 자신의 방식대로 이해하고 해석하였다.

〈해제 : 박권수〉

참 고 문 헌

1. 사료

『明南樓全書』 제3책, 여강출판사(驪江出版社) 영인, 1986.

2. 논문

김문용, 「최한기의 자연학의 성격과 지향」, 『조선 후기 자연학의 동향』, 고려대
　　　학교 민족문화연구원, 2012.

박권수, 「최한기의 천문학 저술과 기륜설」, 『과학사상』 30, 1999.

박성래, 「한국근세의 서구과학 수용」, 『동방학지』 20, 1978.

전용훈, 「최한기의 기학과 서양 근대천문학」, 『대동문화연구』 105권, 2019.

『시헌기요(時憲紀要)』

분 류	세 부 내 용
문 헌 종 류	조선서학서
문 헌 제 목	시헌기요(時憲紀要)
문 헌 형 태	활자본
문 헌 언 어	漢文
저 술 년 도	1860
저 자	남병길(南秉吉, 1820~1869)
형 태 사 항	2編, 2册
대 분 류	과학
세 부 분 류	역학
소 장 처	서울대학교 규장각 국립중앙도서관 한국학중앙연구원 고려대학교 육당 東北大學圖書館 Institut National des Langues et Civilisations Orientales
개 요	남병길(南秉吉)이 시헌역법(時憲曆法)의 요점을 26항목으로 정리하고 거기에 역법연혁(曆法沿革)을 더해서 만든 역산(曆算) 교과서.
주 제 어	시헌력(時憲曆), 칠정(七政)篇), 일전(日躔), 월리(月離), 교식(交食), 오성(五星), 항성(恒星), 역산(曆算), 역상고성(曆象考成), 역상고성후편(曆象考成後編)

※ 이 글은 해제자 본인이 작성한 규장각 해제(http://e-kyujanggak.snu.ac.kr)를 바탕으로 재작성하였음.

1. 문헌제목

『시헌기요(時憲紀要)』

2. 서지사항

『시헌기요(時憲紀要)』는 상하(上下) 2편(編) 2책(冊)으로 되어 있으며, 활자(活字)를 사용한 인쇄본으로 윤곽은 사주단변(四周單邊), 인쇄면의 윤곽(半葉匡郭)은 23.3×16.4cm, 1면(半葉)당 10행(行) 21자(字)에 주(注)는 쌍행(雙行)으로 되어 있다. 이 책은 현재 서울대학교 규장각한국학연구원에 총 5본(本)이 소장되어 있으며, 그 밖에도 국립중앙도서관, 한국학중앙연구원 도서관, 고려대학교, 연세대학교, 이화여자대학교 도서관, 성균관대학교 존경각 등 다수의 국내 기관을 비롯하여, 일본 도호쿠대학 도서관(東北大學圖書館), 일본 오사카(大阪) 나카노지마(中之島) 도서관, 프랑스 동양언어문화학교(Institut National des Langues et Civilisations Orientales), 미국 버클리대학 도서관(UC Berkeley Library) 등 해외에도 여러 곳에 소장되어 있다.

인쇄에 쓰인 활자는 18세기 말에 제작된 철활자(鐵活字)이다. 규장각본(奎1739, 奎11663, 奎11664, 奎11666, 奎11667)의 설명에는 희현당철자(希顯堂鐵字)로 되어 있지만, 소장도서관에 따라 목활자본(木活字本, 국립중앙도서관, 고려대학교)으로 적은 경우도 있다. 이 책의 인쇄에 쓰인 활자를 목활자라고 한 것은, 1974년 김두종이 이를 정리자체목활자(整理字體木活字)로 잘못 비정한 것을 따른 채,[1] 이후의 연구 결

---

1) 김두종, 『韓國古印刷技術史』, 탐구당, 1974, 343~344면.

과를 반영하지 않았기 때문이다. 김두종의 설이 제기된 이후 1975년 윤병태가 이 활자가 금속활자라는 설을 제기하였고, 손보기가 활자의 실물을 제시하면서, 이 활자는 철활자(鐵活字)임이 확인되었다. 하지만 이 활자를 부르는 이름은 국내 학자들 사이에서도 완전히 통일되어 있지는 못한데, 희현당(철)자(希顯堂(鐵)字, 손보기), 정리자(整理字)를 닮은 철자(윤병태), 정리자체철활자(整理字體鐵活字, 천혜봉) 등으로 불린다. 규장각의 판본 설명에서 희현당철자(希顯堂鐵字)라고 한 것은 손보기의 용어를 따른 것이다. 본 해제에서는 편의상 천혜봉을 따라 정리자체철활자로 부르려고 하는데, 이 용어는 활자의 자체(字體)가 정조 때 주조된 구리활자인 정리자(整理字)를 닮았다는 사실까지 드러내 주기 때문이다. 하지만 사실 이 활자에 정리자체(整理字體)와 다른 글자들도 있다는 점도 간과할 수 없다.2) 이 활자의 주조(鑄造) 내력(來歷)은 거의 알려지지 않은 상태이고, 다만 민간에서 주조되지 않았을까 추정될 뿐이다. 이 활자로 인쇄된 서적으로 현재까지 알려진 것 가운데 가장 이른 시기의 것이 1798년, 가장 늦은 것이 1876년으로 확인되고 있다.3) 정리자체철활자는 조선후기 거의 80여 년간 사용되었으며, 특히 민간의 상업적인 출판에도 많이 사용되었다고 한다.4) 윤병태는 천문학 도서 중에서 이 활자로 인쇄된 것은『시헌기요(時憲紀要)』와『제가역상집(諸家曆象集)』이 있다고 하였지만,5) 필자는 이 활자로 인쇄된『제가역상집』의 실물은 확인하지 못했다.

『시헌기요』는 서두에 1860(철종11)년 당시 좌의정(左議政)이었던 조두순(趙斗淳, 1796~1870)과 호조판서로 관상감제조를 겸하고 있던 김

---

2) 윤병태,『朝鮮後期의 活字와 冊』, 범우사, 1992, 275~277면.
3) 윤병태 1992, 위의 책, 282~285면의 印出本一覽表 참조.
4) 천혜봉,『한국서지학』, 민음사, 1991·1997, 368~376면.
5) 윤병태 1992, 앞의 책, 282면.

병기(金炳冀, 1818~1875)의 서문을 각각 실었다. 또한 책의 맨 뒤에는 당시 관상감제조로 이 책을 편찬한 남병길(南秉吉) 자신의 발문을 실었다. 남병길의 발문은 1860년 10월(陽月), 조두순의 서문은 동지(冬至), 김병기의 서문은 12월(臘月)에 작성된 것으로 되어 있다.

[저자]

『시헌기요(時憲紀要)』의 편자(編者)인 남병길(南秉吉, 1820~1869)[6]은 의령(宜寧) 남씨(南氏) 가문의 24세손으로, 영조 때 대제학(大提學)을 역임한 남유용(南有容, 1698~1773)과 그의 아들 남공철(南公轍, 1760~1840) 등을 선조(先祖)로 두었다. 어머니는 당시 세도가의 중심이었던 안동(安東) 김씨(金氏) 김조순(金祖淳, 1765~1832)의 딸이다. 해주목사(海州牧使)를 지낸 남구순(南久淳, 1794~1853)이 남병철(南秉哲, 1817~1863)과 병길 형제를 낳았다.[7] 현재 경기도 남양주시 별내면 청학리에 의령 남씨의 가족 묘역이 있는데, 남병길의 묘도 여기에 있다.

남병길의 자(字)는 원상(元裳) 혹은 자상(子裳)이며, 호(號)는 혜천(惠泉), 육일재(六一齋), 유재(留齋) 등으로 썼다. 특히 유재(留齋)라는 호는 남병길의 스승이었던 추사(秋史) 김정희(金正喜, 1786~1856)가 추사체의 현판 글씨를 써서 선물한 것으로도 유명하다.[8] 남병길은 1848년(헌

---

6) 남병길에 대한 소개는 필자가 작성한 『추보첩례(推步捷例)』(古7300-8)의 해제를 참조. 본 해제에서는 남병길의 생애와 천문학에 대해 『추보첩례』의 해제에 쓴 글을 다시 정리하는 것으로 대신한다.

7) 남병길의 가계와 생애에 대해서는 노규래, 「南秉吉의 생애와 천문학」, 『한국과학사학회지』 6-1, 1984, 131~133면; 유경로, 『한국천문학사연구』, 녹두, 1999, 242~255면 등을 참조. 또한 남병철의 생애와 천문학 연구에 대해서는 전용훈, 「남병철의 『추보속해』와 조선후기 서양천문학」, 『규장각』 38, 2011을 참조.

8) 留齋 현판(日嚴館 소장), "留不盡之巧以還造化, 留不盡之祿以還朝廷, 留不盡之財

종14)에 증광시(增廣試)에 급제하여, 황해도관찰사(1858), 승정원도승지(1859), 강원도관찰사(1863), 개성유수, 수원유수(1864), 한성부판윤(1865), 형조판서, 판의금부사(1867), 이조참판(1869), 예조판서(1866)에 이르렀고, 1869년 50세로 졸하였다. 고종 때인 1875년에 시호를 문정(文靖)으로 추증하였다. 그는 1868년에 남상길(南相吉)로 개명하였는데, 이후의 저작에는 남상길로 되어 있다.

남병길은 1853년부터 1856년경까지 아버지의 병을 간호하고 삼년 상을 치르던 기간에 천문학과 수학 연구를 심화하였던 것 같다. 이 분야에 관한 남병길의 저술은 거의 대부분이 1853년 이후에 완성되었기 때문이다.[9] 남병길은 1859년에 관상감제조가 되었다는 설이 있으나,[10] 이 시기에는 황해도관찰사였고, 『승정원일기』 등 연대기 사료에서는 1861년과 1866년에 관상감제조로 있었다는 것만 확인된다. 『시헌기요』의 발문에 적은 것처럼, 남병길은 1861년에 관상감제조를 맡고 있었으며, 연대기 사료에는 1866년에도 관상감제조를 다시 맡은 것으로 되어 있다. 저서는 천문학, 수학, 택일(擇日), 시문(詩文) 등 다방면에 걸쳐 방대하며, 『육전조례(六典條例)』, 『춘관통고(春官通考)』 등 국가 전적(典籍)의 발간에 참여한 것은 물론, 추사 김정희의 애제자로서 김정희 사후에 『완당척독(阮堂尺牘)』을 위시한 김정희의 저술을 편집하는

以還百姓, 留不盡之福以還子孫."

9) 천문학(天文學), 수학(數學), 선택(選擇) 등 다방면에 걸친 남병길의 저술은 다음과 같다. 『中星新表』(2책, 1853), 『恒星出中入表』(1책, 1854?), 『量度儀圖說』(1책, 1855), 『無異解』(1책, 1855), 『九章術解』(9권2책, 1856), 『測量圖解』(1책, 1858), 『時憲紀要』(2권2책, 1860), 『星鏡』(2권2책, 1861), 『推步捷例』(2권2책, 1861), 『春秋日食攷』(1책, 1861?), 『重修中星表』(1책, 1864), 『太陽更漏表』(1책, 1867), 『選擇紀要』(2권2책, 1867), 『涓吉龜鑑』(2권2책, 1867), 『算學正義』(3권3책, 1867), 『緝古演段』(1책, 1869), 『劉氏句股術要圖解』(1책, 미상), 『數學節要』(1책, 미상), 『識別離記注艸』(1책, 미상), 『玉鑑細艸詳解』(1책, 미상).

10) 노규래 1984, 앞의 논문, 132면.

데에 크게 기여했다.[11] 국립중앙도서관에는 『육일재총서(六一齋叢書)』라는 이름으로, 『시헌기요(時憲紀要)』, 『양도의도설(量度儀圖說)』 『중성표(中星表)』 『항성출중입표(恒星出中入表)』 등 남병길의 저술과 함께, 남병철의 『의기집설(儀器輯說)』 『추보속해(推步續解)』, 그리고 이상혁(李尙爀)의 책인 『규일고(揆月考)』가 함께 묶여 있다. 형인 남병철의 저술을 발간하는 일에도 남병길이 깊이 간여했을 것으로 생각된다. 형제 모두가 천문학과 수학에 관한 한 당대 최고의 전문가였고, 저술에 담긴 지식의 내용에서도 두 형제의 저술 사이에 공유되는 점이 많다. 특히 남병길은 김정희의 제자였기 때문에 추사(秋史) 문단(文壇)의 인물들과는 매우 밀접히 교류하였다. 같은 추사의 제자로서 의관(醫官)이었던 홍현보(洪顯普)는 1866년 이후 남병길이 관상감제조를 다시 맡아 천문학과 수학 저술의 편찬에 힘쓰던 시기에 조력(助力)하였다.[12] 남병길은 스승인 김정희의 서간(書簡)과 저술을 정리하여 『완당척독(阮堂尺牘)』, 『담연재시고(覃揅齋詩稿)』, 『완당집(阮堂集)』 등을 간행하였다.[13] 또한 수학에 관해서는 당시 중인 수학자로 이름이 높았던 이상혁(李尙爀)과 공동으로 저술하기도 하였다.

현대 연구자들에게 남병길은 그의 형인 남병철과 함께 조선시대 천문학을 대표하는 세 쌍의 천문학자 가운데 한 사람으로 손꼽혀 왔다.[14] 남병철에 대해서는 학계에서 여러 차례 주목하여 왔지만,[15] 남

---

11) 노규래 1984, 위의 논문; 이노국, 「19세기 천문관계서적의 서지적 분석」, 『서지학연구』 22, 2001; 하혜정, 「추사 저작의 판본 연구」, 『사학연구』 87, 2007; 한영규, 「19세기 여항문단과 醫官 洪顯普」, 『동방한문학』 38, 2009 등을 참조.
12) 추사문단과의 교류에 대해서는 한영규 2009, 앞의 논문, 148~151면을 참조.
13) 하혜정, 「추사 저작의 판본 연구」, 『사학연구』 87(2007), 98면 참조.
14) 유경로, 「조선시대 3쌍의 천문학자」, 『한국 천문학사 연구』, 녹두, 1999, 255면.
15) 전용훈, 「南秉哲의 『推步續解』와 조선후기 서양천문학」, 『규장각』 38, 2011에서 제시한 선행 연구를 참조.

병길에 관해서는 그의 수학에 대한 몇 건의 분석을 제외하면,[16] 연구가 거의 없는 실정이다.

3. 목차 및 내용

[목차]

---

16) 전용훈, "규장각소장본『추보첩례』해제" (규장각 사이트 인터넷 게재)에서 제시한 논문들을 참조

[내용]

『시헌기요』를 구성하는 내용은 편차(編次), 대항목, 소항목 등을 통해 쉽게 알 수 있다. 내용은 크게 상하편의 두 부분으로 나뉘는데, 상편(上編)에서는 칠정(七政)의 위치계산법을 이해하기 위한 이론적 배경과 함께 계산의 방법을 다루고, 하편(下編)은 교식(交食, 월식과 일식)의 계산법과 계산의 원리를 다루고 있다. 특히 원리적인 이해가 필요한 곳에서는 천구상의 구면삼각형을 나타낸 그림을 활용하여 천체 운동의 원리와 그로부터 도출되는 여러 가지 계산의 원리 및 과정을 서술하였다.

구체적인 내용은 소항목을 통해서 알 수 있는데, 상편의 「역법연혁(曆法沿革)」은 당시 사용하던 역법인 시헌력(時憲曆)이 어떤 역사적 과정을 거쳐서 시행에 이르게 되었는지를 밝히고 있으며, 이후 「천상(天象)」부터 「청몽기차(淸蒙氣差)」까지는 서양의 천구(天球)이론과 종동천(宗動天), 지구(地球), 황적도(黃赤道), 역원(曆元)의 의미와 역할, 회귀년(回歸年), 지구반경 시차(地半徑差)와 대기굴절 시차(淸蒙氣差) 등 천체의 위치계산법을 익히기 전에 필요한 천문학적 기초 원리를 다루고 있다. 이후 「항성행도(恒星行度)」와 「항성산례(恒星算例)」가 짝을 이루어 항성 위치의 변화 원리와 그 계산법에 할애되었고, 태양, 달, 오성에 대해 각각 천체의 운동 특성과 그 위치 계산법을 차례로 서술하였다. 오성의 경우, 먼저 「오성행도(五星行度)」에서 전체적으로 행성의 운동 특성을 한 곳에 모아 서술한 다음, 토성(「土星算例」), 목성(「木星算例」), 화성(「火星算例」), 금성(「金星算例」), 수성(「水星算例」)에 대해 각각의 위치를 계산하는 방법을 서술하였다. 특히 행성의 위치 계산법으로 회합(會合) 주기를 이용하여 행성이 천구 상에서 순행하거나 역행하는 위치와 시야에서 사라지거나 나타나는 위치를 계산하는 오성단목산(「五星段目算例」)을 따로 항목을 두어 서술하였다.

하편(下編)에서는 서두에 교식의 원리를 다룬 「교식총론(交食總論)」을 두고 월식과 일식의 계산법을 서술하였다. 월식에 대해서는 월식의 일반적인 계산법을 「월식산례(月食算例)」에서, 그리고 지평선 부근에서 일어나는 특수한 경우에 대해 「월식대식산례(月食帶食算例)」에서 서술하였다. 일식의 경우는 산법이 통상의 계산법(本法)과 간략 계산법(又法)으로 두 종류가 있는데, 보통의 일식과 지평선 부근에서 일어나는 대식(帶食) 대해 각각 본법(本法)과 우법(又法)을 나누어 서술하였다.

〈표 1〉『시헌기요(時憲紀要)』의 목차와 내용 구성

편차 (編次)	대항목	소항목	내용
時憲紀要序(趙斗淳), 時憲紀要序(金炳冀)			
時憲紀要上編	七政	曆法沿革	역법의 역사
		天象	서양의 천구 이론과 종동천
		地體	지구의 특성
		黃赤道	황도와 적도
		經緯度	경도와 위도
		曆元	역원의 의미와 역할
		歲實	회귀년의 의미와 역할
		地半徑差	지구반경이 만드는 시차
		淸蒙氣差	대기굴절이 만드는 시차
		恒星行度	항성의 위치 변화 특성
		恒星算例	항성의 위치 계산례
		太陽行度	태양의 행도 특성
		日躔算例	태양의 행도 계산례
		太陰行度	달의 행도 특성
		月離算例	달의 행도 계산례
		五星行度	오성의 행도 특성
		土星算例	토성산례
		木星算例	목성산례

편차 (編次)	대항목	소항목	내용
		火星算例	화성산례
		金星算例	금성산례
		水星算例	수성산례
		五星段目算例	회합주기에 의한 오성산법
時憲紀要下編	交食	交食總論	교식에 대한 이론적 논의
		月食算例	월식산례
		月食帶食算例	지평선 부근 월식산례
		日食算例 (本法, 又法)	일식 산례 본법과 우법(간략계산)
		日食帶食算例 (本法, 又法)	지평선 부근 일식 산례 본법과 우법(간략계산)
時憲紀要跋(南秉吉)			

『시헌기요』의 전체적인 구조는『역상고성』을 모델로 하고 있다는 점을 기억할 필요가 있다.『역상고성』자체가『서양신법역서』의 난삽한 서술체계를 개선하여, 천문역산학 전문서의 전범을 목표로 만들어졌는데,[17] 책의 서두에 천문학적 기초지식을 서술한 것이나 각 천체의 운동특성을 먼저 서술하고 이어서 이 운동 특성에 따라 위치를 계산하는 과정을 서술하는 구조는『시헌기요』와 매우 유사하다. 또한 원리를 이해시키기 위해서 여러 가지 보조 그림을 두는 것도 두 책이 공통된다. 더욱이 『시헌기요』에서 천문학적 기초 이론으로 제시한「역법연혁(曆法沿革)」, 「천상(天象)」,「지체(地體)」,「황적도(黃赤道)」,「경위도(經緯度)」,「역원(曆元)」,「세실(歲實)」,「지반경차(地半徑差)」,「청몽기차(淸蒙氣差)」등의 항목 가운데,「역법연혁」을 제외한 모든 항목명을『역상고성』의 권1과 권4에서

---

17)『역상고성』의 성립사와 내용에 대해서는, 橋本敬造,「曆象考成の成立」, 藪內淸·吉田光邦,『明淸時代の科學技術史』, 京都: 京都大學人文科學硏究所, 1970, 49～92면을 참조.

추출할 수 있다. 물론 『시헌기요』에서는 『역상고성』 이후에 달라진 이론이나 관측치를 반영하여 남병길 자신이 독자적인 서술을 하고 있지만, 서술 내용에서도 『역상고성』의 영향이 많이 보인다. 『시헌기요』가 취하고 있는 바 후대의 역법이 더 정밀하다는 진보적 역법관은 『역상고성』에서 강하게 주장되었던 것이다. 각 천체의 운동을 계산하는 것이 역법의 궁극적 목적이지만, 『역상고성』에서는 각 천체의 운동 특성을 먼저 이해하고 이러한 운동을 수학적으로 어떻게 계산할 것인가를 체계적으로 서술하였다. 예를 들어 『역상고성』 권6의 「교식역리(交食曆理)」의 서술을 보면, 먼저 「교식총론」을 두어 일월식이 일어나는 공간구조적인 원리를 서술하고, 이어서 교식에 필요한 각종의 계산법을 다루면서도 그 계산이 의미하는 천체의 공간좌표상의 위치와 운동을 그림으로 설명하였다. 마찬가지로 『시헌기요』에서도 교식에 대해 「교식총론」을 두어 먼저 교식에 대한 공간구조적 이해를 도모하고, 「산례(算例)」에서는 교식 계산을 실행하는 과정을 서술하면서 천구상의 천체들의 위치와 운동을 보여주는 보조그림을 활용하여 계산의 원리를 이해시키고 있다. 이처럼 서술의 형식과 구조로 볼 때, 『시헌기요』는 『역상고성』을 그 모델로 하고 있다는 것을 알 수 있다. 『시헌기요』가 태양과 달의 운동(교식 포함)에 대해서는 『역상고성후편』의 지식을 채용하고, 오성의 운동에 대해서는 『역상고성』의 지식을 채용하고 있었다는 점을 감안하면, 『역상고성』은 내용과 형식 모두에서 『시헌기요』와 밀접한 관련을 지닌 책이라고 할 수 있다.

(2) 역원(曆元)과 각종 상수

남병철은 역 계산법을 익히기 이전에 천문학적 기초이론을 충실하게 이해할 수 있도록 하는 내용을 『시헌기요』의 첫 부분에 배치하였다. 상편의 「역법연혁」, 「천상」, 「지체」, 「황적도」, 「경위도」, 「역원」, 「세

실」,「지반경차」,「청몽기차」가 그것인데, 비록 항목명과 서술형식은
『역상고성』을 따르고 있지만, 그는 이들 항목에 대해 최신의 지식을
반영하여 서술하고 아울러 자신의 생각을 피력하였다. 이 가운데 특히
남병길 자신의 의견이 많은 점에서 주목되는 항목은 「황적도」,「역원」,
「세실」 등이다. 「황적도(黃赤道)」와 「세실(歲實)」에서는, 각각 황적도 경
사각의 변화와 세실의 변화에 대해 물리적인 원인을 찾으려고 하면서,
그는 남북세차천구와 동서세차천구를 세차의 원인으로 설명해보려고
했다.

　나아가 그는 역 계산의 시작점인 역원에 대해 중요한 언급을 하였
다. 역법에서 역원을 정하는 방법은 일반적으로 두 가지인데, ① 먼
과거로 소급하여 첫 동지에 칠요(七曜)가 모두 가지런한 상태(七曜齊
元)에 있었던 날을 역원으로 삼는 적년법(積年法)과 ② 계산된 값을 끊
어서 버리고 가까운 과거를 역원으로 삼는 절산법(截算法)이 그것이
다. 중국의 고대 역법에서 수시력 이전까지 적년법을 썼고, 수시력에
서 절산법을 썼다. 그리고 『역상고성』과 『역상고성후편』에서는 각각
1684년(康熙甲子)과 1723년(雍正癸卯)을 역원으로 삼는 절산법을 썼다.
남병길은 "칠요가 모두 초기 상태"[18]에 있었던 시점을 역원으로 삼는
적년법을 천문학적 근거가 없는 이론으로 보고, 절산법을 근거 있는
방법으로 채용하였다. 그리하여 그는 『시헌기요』를 편찬하던 1860년
(咸豊庚申)을 역산의 기점으로 삼는 절산법을 적용하기로 하고, 1860년
을 기준으로 역산에 쓰이는 각종 기본 수치(應數)를 재정의하였다. 그
리고 이 수치들은 『시헌기요』에서 서술되는 모든 계산에 기본 상수로
사용되었다. 특히 그는 아래와 같은 여러 응수(應數)들이 모두 한양을
기준으로 한 값이라는 사실을 강조하였다.[19] 역원의 시점에 얻어지는

---

18) 이것을 칠요(七曜)가 한 지점에 모였다는 뜻으로 합벽연주(合璧聯珠)라고도 부
　른다.

각종 응수(천문상수)들의 의미와 수치는 다음과 같다.

① 기응(氣應) : 경신(庚申, 1860)년의 천정동지(天正冬至, 즉 전년인 기미(己未)년 연말의 동지(冬至)로 경신년의 역일 계산의 기준점)가 간지(干支)로 갑자일자정(甲子日子正)으로부터 떨어져 있는 날짜(日分). =30일 351524.

② 삭응(朔應) : 경신년 천정동지 후의 첫 번째 삭일(朔日)이 천정동지 다음날 자정(天正冬至次日子正, 천정동지인 날의 낮을 지낸 다음의 밤 자정)으로부터 떨어져 있는 날짜(日分). =1일 975868534.

③ 태양최고응(太陽最卑應) : 경신년 천정동지 다음날 자정에 태양근지점이 동지점으로부터 떨어진 각도(度分). =10度 31分 23秒.

④ 태음평행응(太陰平行應) : 경신년 천정동지 다음날 자정에 평균태음(평균운동 하는 태음, 太陰平行)이 동지를 지나 동지에서 떨어진 각도(過冬至度分). =11宮 6度 32分 6秒 41微

④-ⓐ 최고응(最高應) : 경신년 천정동지 다음날 자정에 달의 원지점(太陰最高)이 동지를 지나 동지에서 떨어진 각도(過冬至度分). =1宮 25度 54分 45秒 54微

④-ⓑ 정교응(正交應) : 경신년 천정동지 다음날 자정에 달의 교점(황백도 교점, 太陰正交)이 동지를 지나 동지에서 떨어진 각도(過冬至度分). =1宮 13度 11分 27秒 18微.

④-ⓒ 수삭교주응(首朔交周應) : 경신년 천정동지 후 제1삭(朔)에 평균태음(太陰平行)이 정교(황백도 교점)와 떨어진 각도(度分).

---

19) 남병길은 북경(北京)을 기준으로 한 계산에는 모든 수치에 한양과 북경의 경도차 2,100리(里)를 적용하여 시간으로 42분을 빼줘야 한다고 하였다. 『時憲紀要』 상편 曆元, 7a. "漢師在北京偏東二千一百里, 故子正初刻諸應, 爲北京前日夜子初一刻三分算也."

=10宮 19度 30分 1초 24微.

⑤ 토성평행응(土星平行應) : 경신년 천정동지 다음날 자정에 평균토성(평균운동 하는 토성, 土星平行)이 동지를 지나 동지에서 떨어진 각도(過冬至度分). =7宮 16度 20分 56秒 10微.

⑤-ⓐ 최고응(最高應) : 경신년 천정동지 다음날 자정에 토성의 원지점(土星最高)이 동지를 지나 동지에서 떨어진 각도(過冬至度分). =2度 21分 21秒 22微.

⑤-ⓑ 정교응(正交應) : 경신년 천정동지 다음날 자정에 토성의 교점(토성궤도와 황도의 교점, 土星正交)이 동지를 지나 동지에서 떨어진 각도(過冬至度分). =6宮 23度 23分 48秒 55微.

⑥ 목성평행응(木星平行應) : 경신년 천정동지 다음날 자정에 평균목성(木星平行)이 동지를 지나 동지에서 떨어진 각도(過冬至度分). =6宮 13度 22分 21秒 11微.

⑥-ⓐ 최고응(最高應) : 경신년 천정동지 다음날 자정에 목성의 원지점(木星最高)이 동지를 지나 동지에서 떨어진 각도(過冬至度分). =9宮 12度 41分 44秒 2微.

⑥-ⓑ 정교응(正交應) : 경신년 천정동지 다음날 자정에 목성의 교점(목성궤도와 황도의 교점, 木星正交)이 동지를 지나 동지에서 떨어진 각도(過冬至度分). =6宮 8度 1分 43秒 12微.

⑦ 화성평행응(火星平行應) : 경신년 천정동지 다음날 자정에 평균화성(火星平行)이 동지를 지나 동지에서 떨어진 각도(過冬至度分). =9宮 12度 45分 47秒 7微.

⑦-ⓐ 최고응(最高應) : 경신년 천정동지 다음날 자정에 화성의 원지점(火星最高)이 동지를 지나 동지에서 떨어진 각도(過冬至度分). = 8宮 3度 49分 43秒 47微.

⑦-ⓑ 정교응(正交應) : 경신년 천정동지 다음날 자정에 화성의 교점

(화성궤도와 황도의 교점, 火星正交)이 동지를 지나 동지에서 떨어진 각도(過冬至度分). =4宮 20度 27分 13秒 22微.

⑧ 금성복현응(金星伏見應) : 경신년 천정동지 다음날 자정에 금성의 평균복현(평균운동하는 금성의 복현(伏見),[20] 金星伏見平行)이 동지를 지나 동지에서 떨어진 각도(過冬至度分). =1宮 19度 38分 43秒 28微.

⑧-ⓐ 최고응(最高應) : 경신년 천정동지 다음날 자정에 금성의 원지점(金星最高)이 동지를 지나 동지에서 떨어진 각도(過冬至度分). =6宮 5度 36分 50秒 21微.

⑨ 수성복현응(水星伏見應) : 경신년 천정동지 다음날 자정에 수성의 평균복현(평균운동하는 수성의 복현, 水星伏見平行)이 동지를 지나 동지에서 떨어진 각도(過冬至度分). =6宮 29度 3分 47秒 39微.

⑨-ⓐ 최고응(最高應) : 경신년 천정동지 다음날 자정에 수성의 원지점(水星最高)이 동지를 지나 동지에서 떨어진 각도(過冬至度分). =11宮 8度 12分 36秒 5微.

⑩ 항성황도응(恒星黃道應) : 경신년에 황도를 기준으로 한 28수(宿) 각 별자리의 거성(宿距星)의 좌표.

〈표 2〉 항성황도응(恒星黃道應, 이십팔수 각 거성의 황경과 황위

별자리	황경	황위	별자리	황경	황위
각(角)	9宮21度55分13秒	南2度2分40秒	규(奎)	3궁20도31분	북15도55분57초
항(亢)	10궁2도34분32초	北2도54분40초	루(婁)	4궁2도1분51초	북8도29분15초
저(氐)	10궁13도10분32초	北初度21분34초	위(胃)	4궁14도59분39초	북11도18분34초
방(房)	11궁1도1분17초	남5도27분38초	묘(昴)	4궁27도29분13초	북4도10분43초
심(心)	11궁5도53분16초	남4도52초	필(畢)	5궁6도32분3초	남2도34분10초

---

20) 복현평행은 내행성인 수성과 금성이 태양을 중심으로 도는 궤도 즉 위일권(圍日圈)의 평균운동을 가리킨다.

별자리	황경	황위	별자리	황경	황위
미(尾)	11궁14도8분16초	남15도26분53초	자(觜)	5궁21도45분10초	남13도23분4초
기(箕)	11궁29도19분39초	남6도57분51초	삼(參)	5궁22도44분37초	남25도18분18초
두(斗)	初宮8도15분34초	남3도56분34초	정(井)	6궁3도21분2초	남초도49분22초
우(牛)	1궁2도9분49초	북4도35분47초	귀(鬼)	7궁3도48분36초	남초도46분9초
여(女)	1궁9도49분58초	북8도5분12초	류(柳)	7궁8도22분55초	남12도24분6초
허(虛)	1궁21도30분44초	북8도37분31초	성(星)	7궁25도21분51초	남22도23분27초
위(危)	2궁1도28분38초	북10도39분34초	장(張)	8궁3도47분25초	남26도4분24초
실(室)	2궁21도33분5초	북19도24분21초	익(翼)	8궁21도50분35초	남22도41분44초
벽(壁)	3궁7도13분42초	북12도35분26초	진(軫)	9궁8도49분50초	남14도29분16초

이와 같은 각종 응수를 『시헌기요』에 서술된 각종 계산법에 기본상수로 대입하여 계산을 수행하면, 목표년의 역서(曆書)를 작성하고 일월식(日月食)을 예측하며, 오행성의 위치를 얻어낼 수 있게 된다. 그리하여 「항성행도(恒星行度)」 항목 이후부터 본격적인 역산(曆算)과 그 원리에 대한 서술이 이어진다.

(3) 칠정(七政)의 행도(行度) 계산

〈표 1〉에서 보는 바와 같이 「항성행도」는 항성의 위치가 변하는 세차(歲差) 현상에 대한 기술, 항성의 밝기와 등급에 대한 기술, 시헌력 시행 이래 항성 관측의 역사, 항성의 지평경도(地平經度)를 측정하여 적도경도(赤道經度)로 환산하는 방법 등에 대한 서술이다. 「항성산례(恒星算例)」에서는 〈표 2〉에 제시된 항성황도응(恒星黃道應)으로부터 새로운 목표년에서의 항성의 적경을 구하고, 이 결과를 이용하여 항성의 남중시각을 구하는 방법을 서술하였다. 먼저 시각을 지정하고 이 때 남중하는 항성을 구하는 경우도 다루었다.

「태양행도(太陽行度)」에서는 『역상고성후편』에서 확립된 타원운동 이론을 채용하여 타원궤도상의 태양의 운동 특성을 서술하였다. 「일전산례(日躔算例)」에서는 태양의 운동으로부터 각종의 보정항(均數)을 이용하여 태양의 위치와 관련되는 각종의 수치(節氣時刻, 日出入時刻, 晝夜刻 등)들을 얻어내는 수학적 원리와 과정에 대해 서술하였다. 태양과 마찬가지로 달에 대해서도 먼저 「태음행도(太陰行度)」에서 달의 운동 특성에 대해 서술하고, 이어 「월리산례(月離算例)」에서 목표로 하는 시각의 달의 위치를 얻어내는 계산법과 알고리듬을 서술하였다.[21] 「오성행도(五星行度)」에서는 행성의 운동 특성을 기술하고, 각 행성들의 「산례(算例)」에서 운동 특성을 반영한 계산법을 적용하는 과정을 다루고 있다. 교식에 대해서도 「교식총론(交食總論)」에서 일월식이 일어나는 공간구조적인 원리와 교식의 계산에 사용되는 각종 수치들의 특성(예를 들어 태양의 거리에 따른 시직경의 변화)들에 대해 서술하였다. 이어지는 교식의 「산례」에서는 계산을 통해 식의 개시 및 종료 시각, 식분(食分), 식방위(食方位) 등 얻어내는 과정을 서술하였다.

각 천체의 운동 특성으로부터 계산을 통해 얻어내고자 하는 각종의 목표값은, 최종적으로 역서(曆書)를 만들고 일월식을 예보하는 데에 사용되는 것이므로, 역산천문학을 다루는 책이라면 거의 완전히 동일하다. 즉『추보속해』나『추보첩례』와 같은 책에서 계산을 통해 얻고자 하는 목표값은『시헌기요』의 그것과 거의 완전히 동일하다. 예를 들어 태양에 관해 얻고자 하는 목표값은 절기시각(節氣時刻), 일출입시각(日出入時刻), 주야각(晝夜刻) 등이다. 서로 다른 역법이란 이와 같이 정해진 목표 수치를 얻어내기 위해 적용하는 기본상수와 계산법이 다른 것을 의미한다. 그런데 19세기 조선에서 성립한 역산천문학 서적 가운데『추보속해』,『추보첩례』,『시헌기요』는 모두 동일한 시기의 동일한 계산법을 적용하고 있다. 때문에 이들 세 가지 책의 구조와 서

---

21)『역상고성후편』에 채용된 태양과 달 운동을 계산하는 방법에 대해서는 橋本敬造,「橢圓法の展開」,『東方學報』京都 42, 1972, 245~272를 참조.

술은 상세한 부분에서는 차이가 있지만, 여기에 서술된 계산법과 계산의 순서(알고리듬)는 거의 차이가 없다.[22] 특히『추보첩례』에서 다뤄지고 있는 계산법과 계산의 순서는『시헌기요』의 그것들과 거의 같으며, 다만 그 계산을 원리적으로 이해시키고자 하는 서술이『시헌기요』에는 있고『추보첩례』에는 없다는 점이『시헌기요』가 지니는 천문학산학 교과서로서의 특징을 증언해준다.

4. 의의 및 평가

『시헌기요』는 한마디로 19세기 중반 조선에서 완성된 전통적 역산천문학의 교과서라고 할 수 있다. 남병길 자신이 발문에 적은 것처럼 "시헌기요(時憲紀要)는 시헌법(時憲法)의 벼리이며, 그 핵심 요체는 익히고 배우는 데에 편하게 하고자" 만든 책이다."[23] 전상운은 천문학 교과서로서의 성격에 주목하여 남병길의『시헌기요』를 최초의 근대천문학 교과서인 정영택(鄭永澤, 1874~1948)의『천문학(天文學)』(1908)과 대비시킨 적이 있다.[24] 그런데 교과서로서의 공통적인 성격을 주목하기에 앞서『시헌기요』가 다루고 있는 내용이 정영택의『천문학』과 크게 다르다는 점을 간과해서는 안 된다. 즉 정영택의『천문학』은 근대 천문학의 교과서이지만, 남병길의『시헌기요』는 전통적 역산천문학의 교과서로서, 다루는 내용에서 드러나는 천문학의 목표와 방법론이 판이하게 다르다.

---

22) 당시의 천체운동 계산법과 계산 과정에 대한 개괄적 소개는 전용훈 2011, 앞의 논문을 참조.

23) 「時憲紀要跋」. "時憲紀要者, 時憲法之紀, 其精要, 以便肄習也." 兪景老, 1986「時憲紀要 解題」『韓國科學技術史資料大系 天文學編 제10책』(여강출판사, 1986), 1면 참조.

24) 전상운,『한국과학기술사』, 정음사, 1975, 107면.

근대천문학은 천체운동의 역학적 원리와 천체의 물리적 특성을 해명하는 천체역학과 천체물리학을 중심으로 삼고 있지만, 전통적인 역산천문학은 천체의 위치를 관측하고 예측하는 데에 가장 큰 관심을 두는 소위 위치천문학이다. 따라서 『시헌기요』에서 다루고 있는 내용 가운데 천체역학과 천체물리학에 관한 내용은 거의 없다. 『역상고성후편(曆象考成後編)』에서 케플러(刻白爾), 카시니(喝西尼), 뉴턴(奈端) 같은 근대천문학자를 언급하였지만, 이들이 언급되는 맥락은 오로지 천체의 위치를 정확하게 측정하고 계산하는 데에서 이론적 진보를 이룩한 사람으로 등장한다. 마찬가지로 『역상고성후편』을 인용하고 있는 『시헌기요』에서도, 이들은 톨레미(多祿歆)나 티코(第谷)와 마찬가지로 천체의 부등속 운동을 관측을 통해 알아냈거나 그 부등속 운동을 수학적으로 계산하는 방법을 개발한 사람으로 인용될 뿐이다. 『시헌기요』는 근대천문학의 교과서가 아닌 전통적 역산천문학의 교과서라는 사실을 인식하는 것이 중요하다.

한편, 1860년대에 조선에 편찬된 역산천문학 서적 가운데 대표적인 것으로 남병길의 『시헌기요(時憲紀要)』(1860)와 『추보첩례(推步捷例)』(1861), 그리고 남병철의 『추보속해(推步續解)』(1862)를 들 수 있다. 이들 책은 편찬의 목적에 따라 조금씩 다른 서술 방식을 택하고 있기는 하지만, 일월오성의 위치를 계산하고 일월식을 예측하는 역산천문학을 다루고 있다는 점에서 내용은 거의 비슷하다. 또한 이들 책은 모두 서양천문학에 기초한 시헌력법 지식을 중심으로 당시까지 축적된 지식을 체계적으로 다루고 있는데, 이것은 17세기 이래 전래된 서양천문학 지식을 19세기 조선에서 이해한 시헌력법 지식의 체계 속에서 총정리하고 있다는 점에서도 공통적이다. 이 책들은 모두 태양과 달의 운동, 그리고 이 두 천체의 운동으로 일어나는 교식에 대해서는 『역상고성후편(曆象考成後編)』(1741)의 지식을 기반으로 하고, 오성의 운동에 대해서는 『역상고성(曆象考成)』(1723)의 지식을 기반으로 하고 있는 19세기 조선에서 이해된 전통적 역산천문학의 종합판 도서라고 할 수 있다.

『시헌기요』는 역산천문학 교과서로서의 효율성과 함께 1860년대에 조선의 지식인이 도달해 있던 역산천문학의 폭과 수준을 보여준다. 『시헌기요』가 지닌 교과서로서의 효율성은 대체로 세 부분에서 간취할 수 있는데, 첫째는 천체의 행도 계산법을 설명하기에 앞서 상편(上編)의 「역상연혁(曆象沿革)」부터 「청몽기차(淸蒙氣差)」에 이르는 항목에서 제시한 천문학적 기초이론에 대한 서술이다. 두 번째는 각 천체의 행도 계산법에 대한 설명에 앞서 「항성행도(恒星行度)」, 「태양행도(太陽行度)」, 「태음행도(太陰行度)」, 「오성행도(五星行度)」, 「교식총론(交食總論)」 등의 항목을 두어 제시한 각 천체들의 운동 특성에 대한 서술이다. 세 번째는 각 천체의 행도 계산법을 서술하면서 그 계산법을 쉽게 이해할 수 있도록 천구면의 상황을 그림으로 그려서 설명하고 있다. 『시헌기요』는 전체적으로 천문학의 초심자가 역산천문학의 본령을 쉽게 이해할 수 있게 하는 교과서로의 장점을 두루 갖추고 있다. 김병기(金炳冀)는 이 책의 교과서로서의 효율성을 찬양하며 "이에 아래로는 어려서부터 배워서 성인이 되어 사용하는 데에 잘못됨이 없고, 위로는 과거를 열어 사람을 등용하는 데에 방도가 있게 될 것이니, 지금 이후로 이 책에 실린 방법이 시행되는 것은 이 책이 힘일 것이다."라고 했다.[25] 남병길의 다른 저술인 『추보첩례(推步捷例)』(1861)는 관상감원들이 역법 계산에 이용하기 편한 계산 매뉴얼로 만든 책이었는데, 그 때문에 이 책에는 계산의 순서와 계산 방법만을 서술하였다. 그는 『추보첩례』를 출간하면서 천문관원들이 역산천문학의 근본 원리를 탐구하고 이해하는 일을 게을리 하지 말아야 한다고 경고하였는데,[26] 바로 『시헌기요』와 같이 천문학적 원리를

---

25) 金炳冀, 「時憲紀要序」. "於是乎, 下而少學壯行無違, 上而設科取人有方. 從自以往, 是術有作, 則其是書之力乎."

이해하게 하는 책을 공부해야 한다는 뜻으로 볼 수 있다. 『시헌기요』는
『추보첩례』와 같은 계산법 실용서에는 없는 천문학적 원리에 대한 서술
을 담은 교과서인 것이다.

　남병길의 『시헌기요』가 완성되자, 관상감제조이자 판돈녕부사인 김
병기(金炳冀)가 읽어보고 좋아해서, 마침내 관상감 생도들의 교과서로
쓰자고 상주(上奏)하게 되었다는[27] 기록을 보면, 이 책이 원래부터 천
문역산학 교과서로서 기획된 것은 아니었던 것 같다. 하지만, 책의 완
성과 함께 이 책의 교과서로서의 효용이 확인되자, 김병기는 다른 부
서에서 시행한 전례(前例)를 따라서 인쇄하여 반포하고 예전의 책 대
신에 과거시험용 책으로 삼자고 국왕에게 건의했다.[28] 그리고 이 건
의는 채택되어 이 책은 이후 천문관원들의 시험용 도서로 채택되었다.

〈해제 : 전용훈〉

---

26) “嗟乎, 此不過臺官便覽之資而已, 苟專騖乎此, 以爲足以了事, 則不幾近於回回曆生
土盤布筭, 而大非述作之本”. 『推步捷例』 序, 1b.

27) 趙斗淳, 「時憲紀要序」. “是書出自雲監提擧南侍郞秉吉氏, 而提擧判敦金公炳冀氏,
讀而悅之, 遂奏爲諸生程式之用.”

28) 金炳冀, 「時憲紀要序」. “侍郞, 少求容商, 傍通象緯, 三統四分之術, 小輪橢圓之法,
靡不明該, 及提擧是監, 乃於曆象後編七曜交食提論法, 取其詳簡, 纂集成編, 名曰
時憲紀要. 而遂學醫監譯院, 旣行之例, 啓稟印頒, 易舊書以爲科取之用.”

참 고 문 헌

1. 단행본

김두종, 『韓國古印刷技術史』, 탐구당, 1974.

유경로, 『한국천문학사연구』, 녹두, 1999.

윤병태, 『朝鮮後期의 活字와 冊』, 범우사, 1992.

전상운, 『한국과학기술사』, 정음사, 1975.

천혜봉, 『한국서지학』, 민음사, 1991.

橋本敬造, 「曆象考成の成立」, 藪內淸·吉田光邦, 『明淸時代の科學技術史』, 京都: 京都大學人文科學硏究所, 1970.

2. 논문

노규래, 「南秉吉의 생애와 천문학」, 『한국과학사학회지』 6-1, 1984.

이노국, 「19세기 천문관계서적의 서지적 분석」, 『서지학연구』 22, 2001.

전용훈, 「남병철의 『추보속해』와 조선후기 서양천문학」, 『규장각』 38, 2011.

하혜정, 「추사 저작의 판본 연구」, 『사학연구』 87, 2007.

한영규, 「19세기 여항문단과 醫官 洪顯普」, 『동방한문학』 38, 2009.

橋本敬造, 「橢圓法の展開」, 『東方學報』 京都 42, 1972.

『역학이십사도총해(易學二十四圖總解)』

분 류	세 부 내 용
문 헌 종 류	역학서
문 헌 제 목	역학이십사도총해(易學二十四圖總解)
문 헌 형 태	필사본
문 헌 언 어	漢文
간 행 년 도	원본은 1726년(영조 2), 필사본은 작성 연대 不明
저 자	원본은 김석문(金錫文, 1658~1735), 필사본의 생산자 不明
형 태 사 항	총44葉?(圖版 13板, 敍예目及總解 8板, 도합 21張)
대 분 류	과학서
세 부 분 류	우주론(천문학)
소 장 처	서울대학교 규장각한국학연구원
개 요	김석문이 자신의 역학적(易學的) 관점에 입각해 동서양의 천문 역산학과 우주론을 종합해서 저술한 역학(易學) 분야의 저술로, 17세기 후반 조선의 지식인이 도달한 독창적 우주론을 엿볼 수 있는 책이다. 김석문은 이 책을 통해 전통 역학의 이론적 기초 위에서 서양 천문역산학의 지식과 정보를 활용하여 우주의 생성과 변화, 구조와 운동에 대한 새로운 시각을 보여주었다. 지전설은 그 부산물 가운데 하나이다.
주 제 어	역학(易學), 서양신법역서(西洋新法曆書)

1. 문헌제목

『역학이십사도총해(易學二十四圖總解)』

2. 서지사항

『역학이십사도총해(易學二十四圖總解)』는 '易學二十四圖解', '大谷易學圖(解)', '易學圖' 등등의 명칭으로 여러 기관에 소장되어 있다. 소장처와 각각의 서지 사항을 도표로 정리하면 아래와 같다.

서명	소장처	서지		비고
易學二十四圖總解	서울대학교 규장각 한국학연구원	필사본		
易學二十四圖解(?)	吳寧根 소장본	필사본		민영규의 보고 규장각한국학연구원 소장본(易學二十四圖總解)으로 추정
易學二十四圖解	민영규	목판본		
大谷易學圖 (易學二十四圖)	연세대학교 도서관	목판본 (청구기호 고서(I) 181.13 역학이)		
易學圖 (易學二十四圖)	국립중앙 도서관	필사본(古朝03) 59張; 24.6×14.8cm	安鼎福 필사	
大谷易學圖解	성균관대학교 尊經閣	필사본 (도서번호 A02-0003)		
大谷易學二十四圖 總解鈔		초록본	黃胤錫 초록	『頤齋全書』 下, 資知錄, 155~175쪽
(서명 없음)		초록본	李圭景 초록	『五洲衍文長箋散稿』 卷1, 「地毬轉運辨證說」

1) 易學二十四圖總解: 규장각한국학연구원 소장 필사본

김석문의 『역학이십사도해』 刊本을 입수하여 최초로 학계에 소개한 민영규는 그의 논문에서 金昌協(1651~1708)의 외손인 海州 吳氏 門中

에 『역학이십사도해』의 精抄本 한 부가 전해 내려오고 있다는 사실을 보고하였다. 그에 따르면 이 정초본은 1726년에 제작된 인쇄본과 行과 字數를 맞추어 精寫한 것이었다. 민영규는 정초본의 특이한 내용으로 사본의 제2장 欄外에 원본에는 없는 補注가 있는데, 그 내용을 보면 이 방면의 전문가가 작성한 것으로 추정된다는 점, 사본의 말미에도 원본에 없는 두 가지 기사가 같은 사람의 필적으로 부기되어 있는데, 그 하나는 黃胤錫(1729~1791) 작성한 「書金大谷錫文易學圖解後」이고, 다른 하나는 '後攷'라는 말로 시작하는, 김석문의 가계와 사적을 기록한 글이라는 점을 지적하였다.[1] '후고'의 내용은 아래와 같다.

"潛谷 金堉에게는 사촌 아우[從弟]인 縣監 (金)坰이 있다. 그의 아들은 進士 (金)漢明인데, 海州에 거주하며 花山 李珉의 딸을 아내로 맞이하여 두 아들을 낳았다. 장자 (金)錫昌은 縣監이고, 차자 (金)錫文은 滄海處士 許格의 문인이다. 〈김석문에게는〉 아들 (金)道海가 있고, (金)도해의 아들은 (金)聖楫이며, 딸은 宗室 海運君 (李)槤에게 시집갔다. 허격의 字는 春長으로 萬曆 丁未生[1607년]이며, 東岳 李安訥의 문인이다. 丁丑年[1637년]에 講和가 이루어지자 과거를 폐하고 丹陽에 은거하였다. 東岳이 졸하자 3년 동안 心喪을 입었다. 淸陰 金尙憲[文正公]을 從游하였고, 또 愼獨齋 金集[文敬公], 谿谷 張維[文忠公], 澤堂 李植[文靖公], 東溟 鄭斗卿, 觀雪 許厚 등과 친하게 지냈다. 崇禎帝의 御筆 '思無邪' 세 글자를 얻어서 선비 白海明에게 주어 加平縣의 〈屬縣인〉 朝宗古縣의 朝宗巖이라는 바위에 새기게 하고, 金漢明에게 편지를 보내 해주에 淸聖廟를 건립하라고 권했다. 壬寅年[1662년]에 사람들과 뱃놀이를 하다 楮子島의 강물 위에서 술에 취

---

1) 閔泳珪, 「十七世紀 李朝學人의 地動說-金錫文의 易學二十四圖解-」, 『東方學志』 16, 延世大學校 東方學硏究所 (國學硏究院), 1975, 12쪽; 16쪽의 미주 11 참조.

해 누웠는데, 공주의 노비와 승려가 함께 배에 탔다가 싸움이 나
서 승려가 죽었다. 〈이에〉 옥사가 일어나 〈허격에게까지〉 미치게
되었고, 이로 인해 廣州에 수감되었고 楊州로 옮겨져 7, 8년을 지
냈다. 李景奭이 죄를 면하게 하려고[救免] 도와주었으나 오히려 宣
川에 유배되었다. 肅宗 庚午年[1690년]에 졸했는데 朴世采가 銘旌에
'大明處士之柩'라고 썼다. 楮子의 先塋에 장사지냈다. 英祖 乙卯年[1735
년]에 유생들의 상소[儒疏]로 인해 吏曹參議에 贈職되었다.[2] 遺藁 9
책이 있다."[3]

민영규에 이어 김석문의 지전설을 연구한 사람은 李龍範이다. 그의
논문의 말미에는 '李丙燾博士 所藏의 影印本'이라는 제목으로 『역학이십
사도총해』의 영인본이 수록되어 있다.[4] 그런데 이 영인본의 본문 2면
과 15면을 보면 앞서 민영규가 지적한 정사본의 특징이 그대로 확인
된다. 따라서 이는 민영규가 해주 오씨 문중에 전해 내려오고 있다고

---

2) 『英祖實錄』卷40, 英祖 11년 3월 27일(丁酉), 22ㄴ~23ㄱ(42책, 475쪽-영인본『朝
   鮮王朝實錄』, 國史編纂委員會의 책수와 쪽수).
3) "後攷, 潛谷金公堉有從弟縣監垌, 其子進士漢明, 居海州, 娶花山李珉女, 生二子. 長
   錫昌縣監, 次錫文, 卽滄海處士 許格門人也. 有子道海, 道海子聖楫, 女宗室海運君
   楗. 許格字春長, 萬曆丁未生, 東岳李安訥門人. 丁丑和成, 廢擧遯丹陽. 東岳卒, 心喪
   三年. 從淸陰金文正公尙游, 又與愼獨齋金文敬公集·谿谷張文忠公維·澤堂李文靖
   公植·東溟鄭斗卿·觀雪許厚善. 得崇禎御筆思無邪三字, 授同志[儒?]士白海明刻于加
   平縣之朝宗古縣所稱朝宗巖, 移書金漢明勸立淸聖廟于海州. 壬寅與人船游, 楮子島
   江上醉臥, 有公主奴與僧同載, 鬪而僧死. 獄起, 轉及□(焉?), 囚廣州, 移楊州, 因仍
   七八年. 賴李景奭救免, 猶配宣川. 肅廟庚午卒, 朴世采書銘旌曰大明處士之柩. 葬楮
   子先塋. 英宗乙卯, 因儒疏贈吏曹叅議. 有遺藁九冊." 이 '후고'의 내용은 黃胤錫의
   『頤齋亂藁』己亥年(1779) 10월 26일 기록과 비교해 보면 황윤석이 작성한 것으
   로 보인다 [뒤의 각주 21) 참조].
4) 李龍範, 「金錫文의 地轉論과 그 思想的背景」, 『震檀學報』41, 震檀學會, 1976,
   109~115쪽.

한 정사본과 동일한 것으로 추정된다. 그것이 바로 현재 규장각한국학연구원에 소장되어 있는 『역학이십사도총해』이다.

2) 민영규 소장본

민영규가 최초로 학계에 소개한 『易學二十四圖解』는 『東方學志』 16집에 영인·수록되었다. 민영규가 조사한 바에 따르면 이 인쇄본의 板匡(=匡郭 : 책장의 四周를 둘러싸고 있는 선)은 높이가 37.5cm, 너비가 33.5cm, 四周子母雙邊[書葉의 네 테두리 匡廓이 두 개의 선으로 되어 있는 것], 有界[행과 행 사이를 구분하는 界線이 있음], 20行 33字이고, 장정의 형태는 蝴蝶粧이라고 하였다. 호접장이란 책장의 인쇄된 면이 안쪽으로 향하도록 반으로 접어서 중첩하고, 접은 版心의 바깥쪽에 풀을 칠하여 모든 책장을 서로 붙인 다음 한 장의 표지로 만드는 장정 형식이다. 책을 펼치면 書口[책을 여는 쪽의 面] 쪽의 책장 모습이 나비의 날개와 같다고 하여 호접장이라고 불렀던 것이다.

3) 연세대학교 도서관 소장본

연세대학교 학술정보원 국학자료실에는 『易學二十四圖』라는 목판본 서적 1책이 소장되어 있다. 表題는 '大谷易學圖'이며, 표지의 상단 우측에 '總解附'라고 적혀 있다. 형태는 四周雙邊으로 半郭 36.9×31.4cm, 有界, 20行 33字, 註雙行, 魚尾는 없다. 책 전체의 크기는 47.3×37.6cm이다. 연세대학교 소장본은 민영규가 소장한 것과 동일한 목판으로 인쇄한 것이다. 다만 인쇄 후에 본문의 여러 곳을 수정하였음을 알 수 있다. 수정할 부분을 잘라내고 背紙를 붙여 수정하였던 것이다.

4) 국립중앙도서관 소장본: 安鼎福 필사본

국립중앙도서관 소장본은 安鼎福(1712~1791)의 필사본으로 알려져 있는데, 그 존재를 최초로 소개한 것은 민영규였다.[5] 표지 서명은 '易學圖全'이며, 표지의 우측 상단에 '易學二十四圖'와 '後天窺管'이라고 적혀 있다. 김석문의 『역학이십사도해』와 「後天窺管」을 합본한 것임을 알 수 있다. 「後天窺管」은 그 저자가 분명하지 않지만 말미의 기록에 따르면 申欽(1566~1628)의 「先天窺管」[6]을 부연하고자 한 것이라고 한다.

국립중앙도서관 소장본은 김석문의 『역학이십사도해』를 비교적 충실히 필사한 것으로 분량은 표지를 포함하여 71면에 달한다. 앞부분에 수록된 도면의 목차 역시 동일하지만 '第一太極圖'의 경우 極자를 'O'로 표기한 점이 눈에 띈다.[7] 필사본이기 때문에 그림의 형체는 목판본만큼 분명하고 세밀하지는 못하다. 천구와 지구를 비롯한 각종 원은 정확히 그리지 못했고 그 대체를 알아볼 수 있을 만큼만 그렸으며, 일부 글자의 생략과 추가 및 오식도 확인할 수 있다.[8] 또한 많은 글씨를 제한된 공간에 써야 할 경우에는 어쩔 수 없이 전체적인 크기의 왜곡이 발생하기도 하였다.

'總解' 부분에서도 원본과는 약간의 차이가 있다. 본래 김석문이 작성한 '총해'의 모두에는 자신이 이 글을 작성하게 된 계기가 적혀 있

---

5) 閔泳珪, 앞의 논문, 1975, 11쪽.
6) 『象村稿』 卷60, 「先天窺管」, 1ㄱ~26ㄴ(72책, 405~417쪽·영인표점 『韓國文集叢刊』, 民族文化推進會의 책수와 쪽수).
7) 「後天窺管」의 말미에서도 동일한 표기법을 찾아볼 수 있다. "……千變萬化之理, 終納於一太O之圍矣."
8) 예컨대 '第二黃極九天圖'의 좌측 하단에 수록된 '七政考準'에서 '考準' 두 글자를 생략하였다. 반면에 '第十六十四卦方圓附圖'에서는 도면의 하단 중앙에 8괘의 표기 방법[數卦]을 추가로 수록하기도 했다. '第十四天地六用生物圖'의 경우에는 그림의 涓자 왼쪽에 동그라미 세 개를 잘못 그렸다.

다. 그것은 咸關의 '崔使君', 즉 최씨 성을 가진 수령[崔侯]이 자신에게 짤막한 서신과 함께 붓 두 자루와 먹 다섯 개[筆二墨五]를 보낸 일이었다. 김석문은 이를 음양오행으로 해석했고, 崔侯가 '二五之說'에 대해 듣기를 원한다고 여겨 글을 작성하게 되었던 것이다. 또 '총해'의 말미에는 崔侯에게 당부하는 말이 수록되어 있다. 그런데 국립중앙도서관 소장본에는 이상의 내용들이 모두 생략되었다.

본문 가운데서도 崔侯와 관련된 내용들이 일부 삭제되었다. 필사본의 55면에서는 "今我與崔侯, 處於漚中, 坐微塵裏, 分別天地古今變滅, 不亦太多事乎"라는 문장을 "今我處於漚中, 坐微塵裏, 分別天地古今變滅, 不亦太多事乎"로 바꾸었고, 66면에서는 "上考下測, 安知漠北不爲開物開國"이라는 문장 뒤에 있던 "又安知夫我與崔侯所居之地, 不爲黃沙白草滿目悲風, 東海凍折層氷而日月下藏也耶"라는 문장과 "地三十周天, 謂之一元"이라는 문장 뒤에 있던 "崔侯昔人指是謂之古今之變也"라는 문장을 삭제하였다. 또 69면에서는 "地盡返天, 天盡返道, 塵飛漚滅, 無可指陳"이라는 문장 뒤에 있던 "吁嗟乎, 崔侯炳如到此, 雖有筆大如椽, 其可下諸"라는 문장을 삭제하고 "悲夫"라는 감탄사를 새로 집어넣었다. 이것이 바로 일찍이 민영규가 "本文中「崔侯」를 가리킨 文字가 四·五處 省略된 것"이라고 지적했던 바이다.[9]

아울러 필사본에는 '총해' 끄트머리의 '讚'과 출판 경위를 설명한 記文도 보이지 않는다. 다만 "金錫文, 字炳如, 自號大谷子, 官通川郡守"라는 간단한 설명만을 덧붙였다.

5) 성균관대학교 존경각 소장본

필사본으로 표지의 서명은 '大谷易學圖解'이고, 표지를 포함한 전체

---

9) 閔泳珪, 앞의 논문, 1975, 11쪽. 반면에 필사본의 37면의 "未知崔侯其亦有聞乎此否"에서는 '崔侯'를 삭제하지 않았다.

분량은 39면이다.10) 본문의 첫 번째 면 제목 아래에 '淸風 金錫文炳如氏 著'라고 하여 본래의 저자가 김석문임을 밝히고 있다. 『역학이십사도해』를 초록한 것인데, 도면은 모두 생략하였다. '총해' 부분도 大文은 모두 수록했지만 주석은 선별적으로 초록하였음을 확인할 수 있다. 필사본의 상단 여기저기에는 10여 개의 欄外註記가 적혀 있기도 하다. '대곡역학도해'의 마지막 면에는 "大統餘分一百九十二年, 日在危初度, 新亭 朴鍾賢貂"라는 기록이 남아 있어 필사한 사람을 朴鍾賢으로 추정하고 있다.

　　이 필사본의 끄트머리에는 다음과 같은 附錄이 붙어 있다.

附錄(分秒微纖忽芒塵埃虛, 凡九等分, 上有度, 度上有宮)

第一曰太極天, 不動不靜, 爲萬動萬靜之根柢

第二曰太虛天, 日行一虛

第三曰恒星天, 日行三萬◇一百三十二忽

第四曰鎭星天, 日行一十五億六千三百〇〇萬五千二百二十六芒

第五曰歲星天, 日行三十八億七千八百七十三萬七千四百四十七芒

第六曰熒惑天, 日行二百四十四億五千一百二十四萬三千六百六十四芒

第七曰太陽天·太白天·辰星天, 日行二兆七千五百九十一億八千〇七十〇萬〇 一百二十三塵

第八曰太陰天, 日行六千一百四十七億五千七百九十〇萬三千三百七十六芒

第九曰地輪天, 日行九萬◇◇◇◇里 (恰周本天)

竊詳諸天能力, 一日悉行九萬里, 而但因圍徑之濶小·層階之高下, 視之有遲速 先後之不同. 知諸天周天之日數, 則知諸天之圍徑高下之數矣.

---

10) 成均館大學校 大東文化研究院에서 『韓國經學資料集成』 易經篇 상, 23책에 영인본 이 수록되어 있다[『韓國經學資料集成』 96, 易經 10, 成均館大學校出版部, 1996, 491～528쪽].

第1天인 太極天으로부터 第9天인 地輪天까지 아홉 개 하늘의 1일 운행 속도를 정리한 것이다. 그에 따르면 여러 하늘의 능력은 모두 하루에 9만 리를 운행하는데, 다만 둘레와 직경의 크고 작음[濶小]과 層階의 높고 낮음[高下]으로 인해 遲速과 先後의 차이가 있는 것처럼 보인다고 하였다. 따라서 여러 하늘이 한 바퀴 회전하는 데 소요되는 日數를 알면 여러 하늘의 둘레와 직경[圍徑], 높고 낮은 수치를 알 수 있다고 하였다.

6) 황윤석 초록본

황윤석은 다양한 학문 분야에 대한 학습의 과정에서 여러 가지 참고문헌을 초록하였다. 그것을 모아 엮은 것이 『資知錄』이다. 거기에는 『東國輿地勝覽』, 洪萬宗의 『東國歷代總目』, 柳馨遠의 『磻溪隨錄』, 韓百謙의 「箕田遺制說」, 徐光啓의 『農政全書』, 章潢의 『圖書編』, 『東國文獻備考』「象緯考」 등 조선과 중국의 다양한 저술이 초록되어 있다. 그 가운데 하나가 「大谷易學二十四圖總解鈔」다.[11]

주목해야 할 것은 이것이 『역학이십사도해』를 그대로 초록한 것은 아니라는 점이다. 황윤석은 초록하는 중간중간 자신이 필요하다고 생각하는 자료를 첨부하기도 했고, 본문의 내용을 보다 쉽게 이해할 수 있도록 도표 형식의 글을 작성하기도 했으며, 자신의 견해를 첨부하기도 했다. 예컨대 「黃極黃道宿度」와 「赤極赤道宿度」는 『明史』「天文志」에 수록된 값을 참조하여 28수의 黃赤宿度를 정리한 것이다.

「肅廟三十八年壬辰四正七政黃道考準」은 숙종 38년(1712)의 동지, 하지, 춘분, 추분 때의 일월오행성의 황도상의 위치를 정리한 것인데, 실제

---

11) 『頤齋全書』 下, 資知錄, 「大谷易學二十四圖總解鈔」, 155~180쪽(영인본 『頤齋全書』, 景仁文化社, 1976의 쪽수. 이하 같음).

로는 『역학이십사도해』의 제2도, 즉 「黃極九天圖」와 「赤極九天附圖」에 수록된 '壬辰冬至七政考準'·'壬辰春分七政考準'과 '壬辰夏至七政考準'·'壬辰秋分七政考準'의 값을 정리한 것이다. 「黃極九天圖」에는 九天圖의 내부에 '壬辰冬至七政考準'이, 도면의 좌우 아래쪽에 '壬辰春分七政考準'이 수록되어 있고, 「赤極九天附圖」에는 九天圖의 내부에 '壬辰春分七政考準'이, 도면의 좌우 아래쪽에 '壬辰秋分七政考準'이 수록되어 있다. 황윤석은 이것을 추려서 하나의 도표 형식으로 정리했던 것이다.

「升降度六元說」역시 『역학이십사도해』의 본문 내용을 간추려 정리한 도표 형식의 글이다. 김석문은 종래의 元會運世說을 새롭게 정리하는 과정에서 '元'의 의미를 黃道=日道와 赤道=地道 사이의 교각이 변화하는 것으로 설명하였다. 0度인 子會에서 下元·中元·上元四甲을 거쳐 日道가 점점 높아져 45度强의 午會에 이르고, 다시 上元·中元·下元四甲을 거쳐 日道가 점점 낮아지면서 子會에 이르게 되는 과정을 서술했던 것이다. 황윤석이 정리한 「升降度六元說」은 12會의 변화에 따라 황도와 적도의 교각이 어떻게 변화하는지를 간명하게 보여준다. 그가 이 글을 작성한 목적을 "大谷의 本文에 의거하여 그것을 고찰하여 살펴보기에 편리하게 했다"[12]고 말했던 이유가 여기에 있었다.

「地轉高低東西交細度」역시 지구가 황도를 따라 회전하는 과정을 西交, 南低, 北高, 東交로 설명한 도표이다. 여기에서 西交와 東交는 황도와 적도가 합일하는 동서 교점을 뜻하고, 양쪽 교점의 중앙 지점 가운데 북쪽은 黃高가 되고 남쪽은 黃低가 되는 것이다.

황윤석의 『頤齋亂藁』에서도 김석문의 『易學圖解』를 초록한 다양한 내용을 확인할 수 있다. 예컨대 『이재난고』의 정조 3년(1779) 7월 28일 기록에는 『역학도해』에서 推算한 '一元恒年表'가 초록되어 있다.[13]

---

12) 『頤齋全書』下, 資知錄, 「大谷易學二十四圖總解鈔」, 173쪽. "今依大谷本文攷之便覽也."

그런데 자세히 살펴보면 황윤석이 초록한 내용은 현존하는 『역학이십사도해』에 나오는 것이 아니다. 따라서 이는 아마도 그 며칠 전에 金用謙(1702~1789)에게서 빌려온 『역학도해』의 내용을 추려서 정리하고 중간중간 황윤석 자신의 按說을 추가한 것이라고 판단된다.[14]

7) 이규경 초록본

李圭景의 『五洲衍文長箋散稿』 권1에는 「地毬轉運辨證說」이 수록되어 있다. 그 가운데 成運이 편집한 『易學圖說』을 인용한 부분이 있다. 이규경이 '成大谷運'이라고 한 것은 김석문의 호인 大谷을 보고 그 작자를 成運(1497~1579)으로 착각했기 때문이며, 『易學圖說』이란 『易學二十四圖解』를 가리키는 것이다. 이규경은 『역학도설』이 중국인들이 저술한 象緯圖說을 취해서 그것을 윤색한 다음 자신의 저술 가운데 채입한 것이라고 보았다. 北漢(山)에서 판각을 했으며, 그 판본은 그대로 보존되어 있다고 하였다.[15] 이규경은 뒤늦게 『역학도설』을 얻었는데 그 가운데 「地轉圖」는 없고 그 설명만 있으니 안타깝다고 하였다. 그는 「지전도」가 산일된 것으로 생각하였으나, 현존하는 『역학이십사도해』에도 「序目」에는 제2도 「黃極九天圖」에 '地轉附圖解', 즉 「지전도」와 그 해설이 부록되어 있다고 했지만 실제로 「지전도」는 附圖로 수록되어 있지 않다. 어쨌든 이규경은 『역학도설』 가운데 地轉·地運과 관련된 설명 가운데 번거로운 것을 제거하고 요체를 취해서 그 대략을 초록했던 것

---

13) 『頤齋亂藁』 卷30, 己亥(1779년) 7월 28일(六, 42~53쪽-脫草本 『頤齋亂藁』, 韓國精神文化硏究院의 책수와 쪽수. 이하 같음).

14) 『頤齋亂藁』 卷30, 己亥(1779년) 7월 24일(六, 42쪽). "送書請借易學圖解一帙于金㙉丈. …… 金㙉丈答書至, 易學圖解及十六簡中十簡來."

15) 『五洲衍文長箋散稿』 卷1, 「地毬轉運辨證說」(上, 16쪽-영인본 『五洲衍文長箋散稿』, 明文堂, 1982의 책수와 쪽수. 이하 같음). "成大谷運所輯易學圖說, 蓋取中原人所著象緯圖說潤色之, 采入所述中, 刻於北漢, 版仍藏焉."

이다.16) 이는 이른바 '地球轉運說'에 대한 이규경의 관심을 반영한 것으로, 그가 초록한 분량은 1,948字에 달한다.17)

[저자]

김석문의 본관은 淸風, 자는 炳如, 호는 大谷으로, 己卯名賢의 한 사람인 金湜(1482~1520)의 후손이다. 김식의 가문에서 현달한 대표적 인물로는 金堉(1580~1658)→金佐明(1616~1671)·金佑明(1619~1675)→金錫胄(1634~1684)로 이어지는 김식의 장남 金德秀(1500~1552)의 후손들을 들 수 있다. 김석문은 김덕수의 동생인 金德懋(1512~1566)의 후손으로, 김육의 族孫이자 김석주의 族弟가 된다.18)

김석문과 김육 집안의 교유에서 중요한 위치에 있는 인물이 김석문의 고조부이며 김육의 종조부인 金權(1549~1622)이다. 김육에게 김권은 아버지이자 스승과 같은 존재였다고 알려져 있다.19) 김석문의 西學 수용 과정에서 김육 집안과의 교유는 중요한 배경이 되었던 것으로 보인다. 時憲曆으로 改曆할 것을 선구적으로 주장했던 김육은 물론 그의 손자 김석주 역시 서양 천문역산학, 즉 新法의 옹호자였기 때문이다.

현재까지 알려진 바에 따르면 김석문은 李安訥(1571~1637)→許格

---

16) 『五洲衍文長箋散稿』卷1,「地毬轉運辨證說」(上, 16~17쪽). "予晚得其圖說, 而其中地轉圖則逸焉, 但有其說, 可歎. 今錄地轉運說, 而芟其煩, 取其要, 其大略日……."

17) 明文堂의 영인본 『五洲衍文長箋散稿』卷1,「地毬轉運辨證說」의 18쪽과 19쪽에는 錯簡이 있다. 17쪽 하단에 연결되는 것은 19쪽 상단→18쪽 하단→18쪽 상단→19쪽 하단의 순서이다.

18) 김성환,「김석문의 학문 배경과 『역학도해』의 전승 과정」,『국학연구』22, 한국국학진흥원, 2013.

19) 우경섭,「潛谷 金堉(1580~1658)의 學風과 '時勢' 認識」,『韓國文化』33, 서울大學校 韓國文化研究所(서울대학교 규장각한국학연구원), 2004, 151~152쪽.

(1607~1690)을 잇는 학통상에 위치한 것으로 보인다. 앞에서 살펴보았듯이 필사본 『易學二十四圖總解』의 附記 가운데 하나인 '後攷'에 "김석문은 滄海處士 허격의 문인이다"라고 명시되어 있기 때문이다.20) 이는 黃胤錫이 작성한 것으로 추정된다. 정조 3년(1779) 木川縣監으로 부임한 황윤석은 목천현의 옛 현감인 許紞(1671~?)이 허격의 증손이라는 사실과 그런 연유로 해서 고을 안에 허격의 문집인 『滄海遺稿』 9책과 金鍾厚(1721~1780)가 편찬한 행장이 있음을 알게 되었던 것이다.21)

김석문은 어려서부터 物理를 사색할 줄 아는 능력을 지녔다고 한다.22) 장성하면서 易學에 조예가 깊어져서 族兄인 김석주가 이를 보고 김식의 성리학을 전수받은 것 같다고 하면서 탄복했다고 한다.23) 김석주의 몰년을 참조해 보면 이때는 『역학도해』가 저술되기 이전이었으니 김석문은 이미 20대에 학문적 진전을 이루었던 것으로 보인다. 다음과 같은 김석문의 회고를 통해 그의 학문적 자부심을 엿볼 수 있다.

"나는 특히 易과 周敦頤, 邵雍, 程子, 張載 등의 책을 좋아하였고, 天地·日月星辰·水火土石으로부터 금수[飛走=飛禽走獸]·草木·人性의 善

---

20) 이 사실은 일찍이 閔泳珪가 소개한 바 있다[각주 1) 참조].
21) 『頤齋亂藁』 卷31, 己亥(1779년) 10월 26일(六, 130쪽). "聞本縣舊倅許紞, 卽故高士滄海公(名格, 字春長, 萬曆丁未生, 庚午卒, 壽八十四. 李東岳安訥門人. 丁丑和成, 廢擧遯丹陽. 送人使燕詩曰, 天下有山吾已遯, 域中無帝子誰朔. 東岳卒, 心喪三年, 從淸陰先生游. 得崇禎御筆思無邪三字, 授同志士白海明, 刻于嘉平朝宗岩. 移書海州人進士金漢明勸立淸聖廟. 其卒, 朴世采之銘旌曰, 大明處士之柩, 葬楮島先塋, 英宗乙卯, 因儒疏贈吏曹參議. 門人金錫文, 卽漢明之子也)曾孫也. 居官未久罷, 因居邑中有滄海遺稿九冊及行狀(掌令金鍾厚撰), 令鄕廳轉借閱之."
22) 『頤齋亂藁』 卷16, 辛卯(1771년) 정월 8일(三, 504쪽). "自幼已能思索物理, 平居鮮出門外, 所居大竹谷, 在抱川華山之下……."
23) 『堅城誌』, 「人物」, 金錫文, 206쪽(『朝鮮時代 私撰邑誌』 11(京畿道 11), 韓國人文科學院, 1989의 쪽수. 이하 같음). "及長, 深於易學, 族兄金淸城錫冑見而歎曰, 大成公[金湜-인용자 주]性理之學有所傳矣."

惡과 死生에 이르기까지 자세히 관찰할 수 있었으며[究觀], 음양의 이치[陰陽之故]와 고금의 변화[古今之變]에 통달하였고, 諸子百家를 두루 섭렵하였으며, 曆法·地誌·六藝의 책과 같은 것은 취사하여 회통하지 않은 것이 없었으니, 결국은 孔子의 종지에 귀일하고자 하는 것이었다."[24]

김석문의 관리로서의 경력은 『承政院日記』를 통해 어렴풋이 확인할 수 있다. 그는 47세 때인 숙종 30년(1704)에 遺逸로 천거되어 永昭殿 參奉[종9품]에 임명된 것을 시작으로 내직으로는 義盈庫 奉事[종8품], 司饔院 直長[종7품], 漢城府 叅軍[정7품], 造紙署 別提[종6품], 廣興倉 主簿[종6품], 司憲府 監察[정6품], 瓦署 別提[종6품], 軍資監 判官[종5품], 掌隷院 司議[종5품] 등을, 외직으로는 경기도의 陰竹縣監[종6품]과 강원도의 高城郡守[종4품], 通川郡守[종4품] 등을 역임했다. 두어 차례의 파직과 拿問[체포하여 심문함]을 당하기도 했지만 47세부터 69세까지 20년 이상 꾸준히 관직 생활을 하였음을 확인할 수 있다.

김석문의 저술 과정을 확인할 수 있는 자료는 크게 세 종류이다. 첫째는 본인이 남긴 기록, 둘째는 그가 거주했던 지역의 『邑誌』, 셋째는 후대 사람들의 전언이다. 첫 번째에 해당하는 것이 『역학이십사도해』의 첫머리에 수록된 '序目'이고 끄트머리에 수록된 '記'이고, 두 번째에 해당하는 것이 포천 지역의 읍지인 『堅城誌』와 『포천읍지』이며, 세 번째에 해당하는 것이 황윤석의 『頤齋亂藁』를 비롯한 조선후기 학자들이

---

24) 『易學二十四圖解』, 「序目」, 3쪽, 4~6행(『東方學志』 16, 延世大學校 東方學研究所, 1975에 수록된 영인본 『易學二十四圖解』 원문의 쪽수와 행수. 이하 같음).
  "尤喜易·周·邵·程·張等書, 能究觀天地·日月星辰·水火土石, 以至飛走·草木·人性之善惡死生, 通陰陽之故, 達古今之變. 泛濫諸子百家, 如曆法·地誌·六藝之書, 無不取舍會通, 要歸於孔氏之宗."

남긴 기록이다.

　이상의 자료를 교차 검토해 보면 김석문은 그의 나이 40세 때인 숙종 23년(1697)에 처음으로 책을 썼는데 그것이 바로 『易學圖解』이었다. 44개의 그림과 127,200여 자에 달하는 해설이 수록된 대작이었다. 그것은 위로는 太極으로부터 아래로는 만물에 이르기까지 그 體用의 오묘함을 남김없이 논한 저술이라고 평가되었다.25) 『역학도해』의 분량에 대해서는 6권이라는 주장과26) 5권(5책)이라는 주장이 있는데,27) 『이재난고』의 여러 기록을 참조할 때 5권 5책의 필사본이었다고 추정된다. 그 가운데 제1권은 太極에 대한 總論으로서,28) 제2권 이하 나머지 네 권의 요지[頭腦]가 모두 제1권과 관련되어 있다고 하였다.29)

　『역학도해』가 오늘날 우리가 접할 수 있는 목판본 『역학이십사도해』로 출간된 것은 책이 저술되고 나서 햇수로 30년째가 되는 영조 2

---

25) 『堅城誌』, 「人物」, 金錫文, 206쪽. "年四十始著書, 上自太極, 下至萬物, 盡其體用之妙, 名之曰易學圖圖解. 凡爲圖四十有四, 解十二萬七千二百餘言."

26) 『增補文獻備考』 卷246, 藝文考 5, 儒家類, 1ㄴ(下, 877쪽-영인본 『增補文獻備考』, 明文堂, 1985(3版)의 책수와 쪽수). "易學圖解六卷, 郡守金錫文撰." ; 閔泳珪, 「十七世紀 李朝學人의 地動說-金錫文의 易學圖解 6卷과 그 節抄刊本 蝴蝶粧單冊-」, 『韓國史硏究彙報』 1, 國史編纂委員會 編史會, 1973.

27) 『頤齋亂藁』 卷16, 庚寅(1770년) 12월 8일(三, 480쪽) ; 『頤齋亂藁』 卷16, 辛卯(1771년) 정월 3일(三, 504쪽) ; 『頤齋遺藁』 卷12, 「書金大谷錫文易學圖解後」, 17ㄱ(246책, 267쪽-影印標點 『韓國文集叢刊』, 民族文化推進會의 책수와 쪽수. 이하 같음). 그런데 황윤석은 다른 곳에서는 25편(篇)이라고 하거나[『頤齋亂藁』 卷14, 庚寅(1770년) 4월 21일, 「與林成滿書」(三, 156쪽) ; 『頤齋遺藁』 卷10, 「與林啓濬書庚寅」, 5ㄱ(246책, 214쪽)] 5~6권이라고도 하였다[『頤齋亂藁』 卷36, 乙巳(1785년) 정월 11일, 「與金持平宗鐸書(定平人, 寓京中東部洞)」(七, 5쪽) ; 『頤齋亂藁』 卷36, 乙巳(1785년) 정월 11일, 「與金判書鍾秀書」(七, 7쪽) ; 『頤齋遺藁』 卷7, 「與金判書鍾秀書乙巳」, 24ㄴ~25ㄱ(246책, 154~155쪽)].

28) 『頤齋亂藁』 卷16, 辛卯(1771년) 정월 8일(三, 504쪽). "其首卷總論太極."

29) 『頤齋亂藁』 卷7, 丙戌(1766년) 7월 11일(一, 575쪽). "余曰, 易學圖解第一卷, 可得見之否. 長城曰, 在京未及持來, 當待後便耳. 且聞次卷以下頭腦皆係第一卷, 信乎. 余曰, 然矣."

년(1726)이었다. 당시 69세의 김석문은 강원도 통천군수로 5년째 재직하고 있었는데, 그해 8월에 김석문의 고향인 경기도 포천현 大谷의 이웃에 사는 벗이 찾아왔다. 그는 평소부터 김석문과 종유한 인물이었기 때문에 『역학도해』의 존재를 알고 있었고, 김석문에게 수차례 편지를 보내서 『역학도해』를 출간하여 후세에 영구히 보여주자고 권유했다고 한다. 그런 그가 마침내 북한산의 刻僧 두 사람을 데리고 김석문의 임지에 찾아와서 출간을 강권했던 것이다.[30]

여기서 "대곡의 이웃에 사는 벗"이 누구인지는 불분명하다. 김석문이 그 이름을 분명히 언급하지 않았기 때문이다. 그런데 이 인물에 대한 실마리를 『이재난고』에서 확인할 수 있다. 김석문의 방계 후손인 金一黙의 증언이 바로 그것이다. 그에 따르면 김석문의 문인 가운데 黃在中(1701~1730)이 무리들 가운데서 총명함이 두드러지게 뛰어나고 이해력이 탁월하여 견줄 상대가 없었기 때문에 김석문이 경외하였다고 한다. 『역학이십사도해』의 끄트머리에 "대곡의 이웃에 사는 벗"이 바로 황재중이라는 것이다.[31] 요컨대 북한산 각승을 데리고 와서 『역학도해』의 간행을 독려한 사람이 바로 황재중이었던 것이다. 황윤석이 "그 문인인 황재중이 그 신비함을 듣고 알아서 圖象은 간행했지만 풀이[解]는 아직 돌아볼 겨를이 없었다."라고 했던 것은 바로 이와 같은 정보에 기초한 서술이라고 볼 수 있다.[32]

---

30) 『易學二十四圖解』,「記」, 44쪽, 2~4행. "歲丙午秋八月, 余年六十有九, 適守通川, 郡在東海之濱, 大谷隣居友生, 素與余從游有年, 知有易學圖象, 每欲付之欹[剞][劂], 以示永久, 數馳書勸之. 又躬來, 薦致北漢刻僧二手."

31) 『頤齋亂藁』卷20, 甲午(1774년) 7월 25일(四, 152쪽). "頃日, 金一黙言, 傍先祖大谷公錫文, 旣有易學圖解, 而門人黃在中, 尤穎悟絶倫, 神解無比, 大谷所畏者, 圖解末篇, 所謂大谷鄰居友生者也."

32) 『頤齋遺藁』卷12,「書金大谷錫文易學圖解後」, 17ㄱ(246책, 267쪽). "其門人黃在中得聞其秘, 爲刊圖象, 而解則未遑."

김석문은 황재중의 말에 따라 필요한 재료를 모아 출판 사업을 시작하게 되었고 한 달이 되지 않아 사업을 마무리했다. 그는 이때 출판한 것이 24개의 元圖와 付圖를 합쳐 13板, 叙目(=序目)과 總解가 8판이라고 하였다.[33) 모두 21판의 목판으로 제작되었다는 말이다. 그런데 현존하는『역학이십사도해』를 보면 그림이 26면(원도 24, 부도 2), 서목이 1면, 총해가 15면이다. 그림이 26면, 서목과 총해가 16면인데, 이것을 목판의 양쪽 면에 새겼다면 그림이 13판, 서목과 총해가 8판이 되니 김석문의 발언과 일치한다. 김석문은 그 분량이 11,110자라고 하였다.[34) 원래의『역학도해』와 대충 비교해 보더라도 그림의 분량은 절반 정도, 글자의 분량은 1/10 정도로 축약한 것이다.

3. 목차 및 내용

[목차]

『역학이십사도총해』의 전체 목차는 아래와 같다.

---

33)『易學二十四圖解』,「記」, 44쪽, 4~5행. "余始從其言, 鳩材起役, 不一月卒業. 二十四元圖象幷付圖十三板, 又刻叙目及總解八板."
34)『易學二十四圖解』,「序目」, 3쪽, 8행. "凡其圖二十有四, 各有解讚, 共萬千百十字也, 命之曰, 易學二十四圖解."

後攷

[내용]

　김석문의『역학이십사도해』는 전통적 역학[象數學]과 서양의 천문역
산학을 두 개의 축으로 하여 구성되었다. 전통적 역학은『周易』을 중
심으로 周敦頤의『太極圖說』, 邵雍의『皇極經世書』, 張載의『正蒙』등이
주로 참고되었다. 김석문은『역학이십사도해』에서『태극도설』의 生成
論을 차용하여 우주 생성의 원리와 과정을 설명하였고, 地轉說의 역사
적 전거로『정몽』을 인용하였으며, 우주의 생성-변화-소멸의 과정[變
滅]을 설명하면서 소옹의 元會運世說을 적극 활용하였다.『역학이십사
도해』의 주석에 인용되어 있는 주돈이·소옹·장재·주희의 견해와 그
에 대한 합리화는 김석문의 학문적 바탕이 성리학·역학이었음을 여실
히 보여준다.

　이와 함께 김석문은 당시 도입된 서양 천문역산학의 정밀성을 분명
히 인식하고, 그것을 자신의 저술에 적극 수용하였다. 김석문이 서학
을 용이하게 수용할 수 있었던 데는 김육과 같은 집안이라는 요소가
크게 작용했던 것으로 볼 수 있다. 앞서 언급한 바와 같이 김육과 김
석주는 시헌력의 옹호자였다. 김석문은 김육의 집안에 소장되어 있던
서양의 천문역법서를 자신의 연구에 활용하였으리라고 짐작된다. 김
석문이『역학이십사도해』에서 인용하고 있는 서학서는『恒星曆指』,
『曆指五緯(=五緯曆指)』,『時憲曆法』,『七政曆指』등등인데 이는 모두『西
洋新法曆書』에 수록되어 있는 것이었다.

　김석문은『서양신법역서』로 대표되는 서양의 천문역산학에서 제시
한 최신의 데이터를 자신의 상수학적 체계에 적극 도입하는 한편, 부
분적으로는 그 수치를 자신의 체계에 맞추어 개정하였다. 歲差 값의 변

용은 대표적 사례이다. 이는 김석문의 서학 수용이 자신의 학문적·사상적 기준에 근거해서 진행되었다는 사실을 잘 보여준다. 그의 사유체계 내에서 전통적 상수학과 서학은 상호 작용을 통해 양자 모두 변형을 겪게 되었다. 물론 성격이 다른 두 학문 분야를 하나의 틀로 재구성하는 것은 오로지 김석문 자신의 몫이었다.

김석문은 『역학이십사도해』 「총해」의 첫머리에서 자신의 저술이 추구하는 두 가지 목적에 대해 밝혔다. 하나는 "하늘은 느리게 운행하고 땅은 빠르게 운행하는[天舒地疾]" 원리를 밝히는 것이고, 다른 하나는 "하늘에 음양이 있고 땅에 오행이 있다는 학설[二五之說]"에 대한 해명이었다. 『역학이십사도해』는 바로 이와 같은 두 가지 문제를 중심으로 구성되어 있다. 전자가 천체의 운행을 포함하는 우주구조론이라면, 후자는 천지만물의 생성과 운영의 원리를 포괄하는 우주생성론이라고 할 수 있다. 김석문의 서양 천문역산학 수용은 전자의 문제에 국한되며, 전통적 생성론의 기본 도식은 의연히 유지되었다. 여기에서 동서 우주론의 교묘한 결합으로 구축된 김석문 우주론의 특징을 볼 수 있다.

김석문은 우주의 근원과 천지만물을 구분한다. 양자를 구분하는 기준은 動靜·淸濁·內外·遠近·大小·古今變滅의 유무였다. 김석문이 『역학이십사도해』에서 제기하고 있는 우주의 생성과 구조 및 운행에 대한 일체의 논의는 고요하여 동정도 形氣도 없는 근원, 즉 太極으로부터 동정의 과정을 거쳐 천지가 탄생하고, 그것이 청탁·내외·원근·대소의 차이를 드러내게 되는 과정, 그리고 장대한 우주의 역사 속에서 천지가 변멸하는 전 과정을 밝히고자 한 것이었다.

김석문의 우주구조에서 태극천은 우주의 중심으로부터 가장 외곽에 위치한다. 따라서 태극으로부터 천지만물이 만들어지는 과정은 우주의 가장 바깥으로부터 중심으로 향하는 운동이 된다. 그것이 이른바 '동정'의 과정인데, 김석문은 이 '동정'의 메커니즘에 『태극도설』의 논리를 적극 활용하였다. 태극의 用인 움직임[動]에 의해 太虛가 생기고, 태허의 微動에 의해 經星을 비롯한 각종 천체가 출현하게 된다. 그 순서는 太虛→經星→鎭星(=토성)→歲星(=목성)→熒惑(=화성)→日輪·太白(=금성)·辰星(=수성)→月輪(=달)→地質(=지구)이다.

김석문은 태허천으로부터 우주의 중심부에 위치한 지구에 이르기까지 모든 천체는 각각 서쪽에서 동쪽으로 회전한다고 보았다. 이는 하늘을 비롯한 일월오행성이 동쪽에서 서쪽으로 회전한다고 간주하는 전통적 左旋說을 폐기하고 右旋說을 주장한 것이었다. 이때 각각의 천체는 단위시간에 태허가 미동하는 만큼의 거리[1虛=90,000里]를 각각의 궤도에서 운행하는 것으로 간주되었다. 이는 『오위역지』의 "모든 천체의 능력은 같다[諸天能力必等]"라는 원리를 차용한 것으로, 각 천체의 角速度(angular velocity)는 동일하지만 線速度(linear velocity)는 다르다는 것을 뜻한다. 이에 따라 천체의 운동은 우주 중심부의 지구로 갈수록 점점 더 빨라지게 된다. 그 가운데 지구의 움직임은 가장 빨라서 1년에 366회 회전한다. 김석문은 이상과 같은 우주구조와 천체운행론이야말로 모든 천체의 日周運動과 年周運動을 일목요연하게 설명할 수 있는 구조라고 확신했던 것이다. 우선설과 地轉說은 김석문 우주론의 구조적 필연성에 따른 논리적 귀결이었다.

요컨대 김석문의 우주론은 하늘은 둥글고 땅은 네모나다는 '天圓地方', 하늘은 움직이고 땅은 정지해 있다는 '天動地靜', 땅을 중심으로 우주의 외곽으로 갈수록 점점 더 운행 속도가 빨라진다는 '外疾中遲'의 전통적 사유를 전복한 것이었다. 그의 주장은 땅이 둥글다는 '지구설', 모든 천체는 서쪽에서 동쪽으로 회전한다는 '우선설', 지구가 1년에 366회 회전한다는 '지전설', 우주는 동정이 없는 가장 외곽의 태극천으로부터 중심부의 지구로 갈수록 점점 더 빨라진다는 '外遲中疾'의 우주론으로 대변된다. 김석문은 서양의 지구설, 행성구조론 등을 수용하여, 그것을 자신의 사유체계에 맞추어 적극적으로 재해석함으로써 우주의 구조와 운동 방식에 대한 전혀 새로운 시각을 제시했던 것이다.

4. 의의 및 평가

김석문의 학문은 金昌翕(1653～1722)·李喜朝(1655～1724)의 표창을 받았고, 이후 金元行(1702～1772)·황윤석·洪大容(1731～1783) 등 老論-洛論 계열의 학자들에게 커다란 영향을 끼쳤다고 알려져 있다. 그러나 김석문의 학문적 영향력은 이들에게만 국한된 것이 아니었다. 김창흡의 조카인 金用謙도 김석문의 『역학도해』를 높이 평가하였고, 趙曦(1719～1777)의 아들인 趙鎭寬(1739～1808) 역시 『역학도해』를 알고 있었고 그 내용의 일부를 자신의 저술에 인용하기도 했다.[35] 鄭景淳(1721～1795)으로 대표되는 少論系와 安鼎福(1712～1791)으로 대표되는 近畿南人系 일부에서도 김석문의 저술에 주목하였다. 이처럼 김석문과 그의 저술은 포천을 중심으로 한 경기도 일대와 서울의 관심 있는 학자들에게 널리 알려져 있었던 것으로 보인다.

李德懋(1741～1793), 徐有榘(1764～1845), 李義準(=李羲準?, 1775～1842) 등도 김석문의 『역학도해』를 알고 있었다. 이들은 우리나라 여러 賢人들의 저술을 모아 '小華叢書'라는 이름으로 편찬하려고 기획하였다. 이들의 기획은 완성을 보지 못했으나 이의준이 남긴 미정고의 편목이 李圭景의 『五洲衍文長箋散稿』에 수록되어 있다. 그 내용을 보면 『소화총서』의 편목은 經翼,

---

35) 『柯汀遺稿』 卷10, 易問下, 「筮例問」, 28ㄴ(續96책, 700쪽). "大谷金氏(名錫文, 著易學圖解)曰, 飛伏特象爻之註疏耳."

別史, 子餘의 3부로 구성되었는데, 김석문의 『역학도설(=역학도해)』이 '경익' 17종 가운데 들어 있다.36) 앞에서 살펴보았듯이 이규경은 자신의 저서 『오주연문장전산고』의 「地球轉運辨證說」에서 김석문의 『역학이십사도해』를 인용한 바 있다.

김석문은 자신의 자손 가운데 『역학도해』를 맡길만한 사람이 없다고 여겼다. 그러던 중 우연히 마을 사람 成孝基(1701~?)를 만나서 『역학도해』 전질을 주었다고 한다. 성효기는 그것을 자신의 아들인 成大中(1732~1812)에게 전수하였다. 성효기 부자는 모두 文學과 科名(과거 급제)으로 널리 알려져서 김석문의 간곡한 부탁[勤囑]을 저버리지 않았다고 한다.

김석문이 성효기 부자에게 자신의 저술을 맡긴 것은 그 가치를 알아서 잘 보존하여 후세에 전해줄 수 있다고 여겼기 때문이다. 그가 『역학이십사도해』의 끄트머리에 수록된 '讚'과 '記'에서 "천고의 의문을 해결하고, 만세의 진리를 천명하였다[決千古之疑, 闡萬世之眞]"고 자신의 저술에 대한 자부심을 피력하는 한편 후세에 揚雄과 같은 사람이 나타나 자신을 알아주면 좋겠다는 취지의 발언을 한 것도 이와 같은 자신의 학문적 바람을 표출한 것이었다. 그러나 현재 『역학도해』는 전하지 않는다. 그 내용의 일부가 조선후기 학자들의 일기나 문집에 단편적으로 전해 올 뿐이다. 다만 그 내용을 축약한 『역학이십사도해』가 전해진 덕분에 김석문은 '불후의 업적'을 남기게 되었다.

〈해제 : 구만옥〉

---

36) 『五洲衍文長箋散稿』 卷18, 「小華叢書辨證說」(上, 549쪽).

참 고 문 헌

1. 논문

김성환, 「김석문의 학문 배경과 『역학도해』의 전승 과정」, 『국학연구』 22, 한국
　　국학진흥원, 2013.

金永植, 「조선 후기의 지전설 재검토」, 『東方學志』 133, 延世大學校 國學研究院,
　　2006.

金容憲, 「金錫文의 宇宙說과 그 哲學的 性格」, 『東洋哲學硏究』 15, 東洋哲學硏
　　究會, 1995.

＿＿＿, 「김석문의 과학사상」, 『계간 과학사상』 33(2000 여름), 범양사, 2000.

문중양, 「18세기 조선 실학자의 자연지식의 성격-象數學的 우주론을 중심으로-」,
　　『한국과학사학회지』 제21권 제1호, 한국과학사학회, 1999.

閔泳珪, 「十七世紀 李朝學人의 地動說-金錫文의 易學圖解 6卷과 그 節抄刊本 蝴
　　蝶粧單冊-」, 『韓國史硏究彙報』 1, 國史編纂委員會 編史會, 1973.

＿＿＿, 「十七世紀 李朝學人의 地動說-金錫文의 易學二十四圖解-」, 『東方學志』
　　16, 延世大學校 東方學硏究所(國學硏究院), 1975.

楊順子, 「'太極'의 미완성된 자연화-김석문의 『易學二十四圖解』를 중심으로-」,
　　『東洋哲學』 43, 한국동양철학회, 2015.

유권종, 「朝鮮時代 易學 圖象의 歷史에 관한 연구」, 『동양철학연구』 52, 동양철
　　학연구회, 2007.

李龍範, 「金錫文의 地轉論과 그 思想的背景」, 『震檀學報』 41, 震檀學會, 1976.

＿＿＿, 「李朝實學派의 西洋科學受容과 그 限界-金錫文과 李瀷의 경우-」, 『東方
　　學志』 58, 延世大學校 國學研究院, 1988.

장숙필, 「김석문의 『역학이십사도해』」, 『圖說로 보는 한국 유학』, 예문서원, 2000.

전용훈, 「김석문의 우주론-易學二十四圖解를 중심으로-」, 『한국천문력 및 고천문

학-태양력 시행 백주년 기념 워크샵 논문집-』, 천문대, 1997.

황병기, 「역학과 서구과학의 만남, 조선후기 사상의 내적 발전사 탐구」, 『道教文化研究』 21, 韓國道教文化學會, 2004.

許宗恩, 「金錫文의 宇宙論과 그 思想史的 位置」, 『韓國東西哲學研究會 論文集』 李(東西哲學研究) 11, 韓國東西哲學研究會(韓國東西哲學會), 1994.

小川晴久, 「地轉(動)說에서 宇宙無限論으로-金錫文과 洪大容의 世界-」, 『東方小學志』 21, 延世大學校 國學研究院, 1979.

_____, 「金錫文의 宇宙論」, 『한국과학사학회지』 제5권 제1호, 한국과학사학회, 1983.

『원도고(原道攷)』

분 류	세 부 내 용
문 헌 종 류	조선한문서
문 헌 제 목	원도고(原道攷)
문 헌 형 태	목판본
문 헌 언 어	漢文
저 술 년 도	1868년
저 자	이호면(李鎬冕)
형 태 사 항	1책 55장
대 분 류	종교
세 부 분 류	천주교 교리 비판
소 장 처	국립중앙도서관 규장각한국학중앙연구원
개 요	『원도고』는 정통 유학자 출신이 아닌 이호면이 저술한 척사서이다. 『원도고』는 19세기 중반의 척사서 가운데는 비교적 풍부한 내용을 담고 있는 책이다. 비록 논리 수준이 높은 것은 아니었지만 다양한 내용을 동원하여 척사론을 전개하였다. 『원도고』는 19세기 중반 척사론의 성격을 이해하는 데 큰 도움을 준다. 특히 이호면은 정통 유자와는 다른 부류의 인물이라는 점에서 흥미를 끈다. 그의 척사론은 정통 유학자들과 구별되는 또 다른 부류의 인식을 대표하는 것이어서 그 자체에 의미를 부여할 수 있다.
주 제 어	십계, 천학고, 영환지략, 지구변설, 서응순

1. 문헌제목

『원도고(原道攷)』

2. 서지사항

『원도고』는 이호면이 저술한 척사서이다. 필사본인데 현재 국립중 앙도서관과 규장각한국학중앙연구원에 소장되어 있다. 이호면이 척사 서 저술 작업을 시작한 계기가 된 것은 1866년 가을 우연히 안정복(安 鼎福)의 『천학고(天學考)』를 입수하면서부터였다. 정부에서 척사 정책 을 강력히 시행하여 천주교 관련 서적을 볼 수 없어 변척을 하고 싶어 도 그럴 수 없던 차에 「천학고」를 구해 작업을 추진하게 된 것이다. 천주교 서적을 구해볼 수 없다는 점은 19세기에 척사서를 저술했던 이들이 공통적으로 겪고 있던 어려움이었다. 천주교 관련 저술을 볼 수 없던 당시에 천주교 관련 자료를 검토하여 지은 「천학고」는 매우 중요한 자료였다. 노론 산림 오희상(吳熙常) 같은 이도 우연히 입수한 안정복의 「천학고」를 통해 비로소 서학의 논리를 접할 수 있었다.

「천학고」를 통해 비로소 천주교의 대략을 확인하였던 이호면은 서계 여(徐繼畬)의 『영환지략(瀛環志略)』과 최한기(崔漢綺)의 『지구전요(地球 典要)』 등을 열람하며 천주교의 역사를 파악할 수 있었다. 또 1801년 신유사옥 당시 위관(委官)이었던 심환지(沈煥之, 1730~1802)의 기록 등 을 통해 천주교가 전파된 과정도 확인하였다. 그 밖에도 이호면은 다양 한 서적을 검토하였다. 『원도고』에는 『대학(大學)』·『주역(周易)』·『중 용(中庸)』 등의 경서류, 『후한서(後漢書)』·『원사(元史)』 등의 사서류, 『빈호본초(瀕湖本草)』·『원묘내편(元妙內篇)』·『서의약론(西醫略論)』 등의 의서류, 그밖에 『도덕경(道德經)』·『선경(仙經)』·『미타경(彌陀經)』·『전등 록(傳燈錄)』·『산해경(山海經)』·『사체서세(四體書勢)』·『아언각비(雅言覺 非)』·『주서기이(周書異記)』·『통전(通典)』 등 각종 서적이 인용되고 있다.[1]

---

1) 그런데 인용상에 잘못된 부분이 더러 보인다. 예를 들어 「천학설(天學說)」 가운

1866년 가을 『원도고』 저술 작업에 착수한 이호면은 이듬해 봄에 일단 집필을 완료하였다. 초고를 주변의 학식 있는 이들에게 보여 호의적인 평가를 받았지만 이후 7개월에 걸쳐 10차례 부족한 부분에 대한 보완 작업을 진행하였다. 이렇게 해서 수정 작업을 마쳤으나 식견이 짧은 이단의 무리들이 혹시라도 원고를 없애지 않을까 우려하여 간행을 주저하고 있었다. 그러던 중 책을 사장시키는 것을 애석하게 생각했던 윤병정(尹秉鼎, 1822~1889)이 경비를 지원하여 1868년 마침내 『원도고』를 간행하게 되었다.2) 국립중앙도서관에 소장된 목판본(소장기호 古1211-3)이 이때 발간된 초간본인데 무교서방(武橋書坊)에서 간행한 것으로 되어 있다. 윤병정이 서를 쓰고 이호면은 「원서(原敍)」를 지었으며, 책의 끝에는 서응순(徐應淳, 1824~1880)이 쓴 발문이 있다. 『원도고』 초간본과 관련하여 눈에 띄는 것은 윤병정과 서응순 모두 노론 학자 유신환(俞莘煥, 1801~1859)의 문인이라는 점이다. 유신환은 노론 산림 오희상의 수제자이며 1810년에 척사논설인 『사설변』을 지었던 유성주(俞星柱, 1760~1837)의 아들이다. 앞서 살핀 것처럼 오희상이나 유성주 모두 강렬한 척사론자였다. 유성주의 경우는 서양 물건을 집에 가져다 놓지 않았으며 아들 유신환에게 서양책은 종류를 불문하고 절대 보지 말도록 경계하였을 정도였다. 유신환의 경우 척사론을 개진하지 않았지만 서양에 배타적인 태도를 취했을 것

데 '十四世作巴別倫...母曰瑪利亞'라는 부분을 『환영지략』에서 인용했다고 했는데 이는 실제로는 청대 하추도(河秋濤)가 저술한 『삭방비승(朔方備乘)』에 들어 있는 내용이다.

2) 이호면은 비슷한 시기에 『선류속고(禪流續攷)』라는 책도 함께 저술하였다. 책이 남아 있지 않아 구체적인 내용은 알 수 없지만 제목으로 보아 선가를 비판한 것임을 짐작할 수 있다. 이호면은 불교·이슬람교·천주교의 내용이 모두 선가의 뜻에 귀착한다고 보는 등 천학(天學)과 도가의 관계를 중시했기 때문에 선가 비판서를 별로도 저술했던 것으로 보인다.

으로 짐작된다. 윤병정이 『원도고』의 발간을 적극 지원하고 서응순이 발문을 썼던 것은 역시 스승 유신환의 학문적 영향 때문이라고 할 수 있을 것이다.

초간본 『원도고』의 본문은 「탄설(誕說)」·「선설(仙說)」·「불설(佛說)」·「원도설(原道說)」·「천학설(天學說)」·「지구변설(地球辨說)」로 구성되었다. 천주교를 비롯한 邪說에 대한 비판에 집중하였는데 그의 척사론의 핵심적인 부분이라 할 수 있다. 초간본도 여러 차례의 교정 작업 끝에 간행하였던 이호면은 초간본을 간행한 이후 다시 3년에 걸쳐 보완 작업을 진행하여 1871년 중간본을 간행하였다. 규장각한국학연구원에 소장본(소장기호 奎12108)이 중간본이다.

중간본에서 이호면은 소략한 부분에는 새로 장을 추가하고, 끊어진 부분은 뜻이 이어지게 하였으며 지나치게 소략한 부분은 두주(頭註)를 첨가해 논리가 통하게 하였다. 초간본에 없던 새로운 글도 보충하였는데 「전도설(傳道說)」·「명도설(明道說)」·「예악설(禮樂說)」·「중원도리설(中原途里說)」·「휘천분계여이적도설(揮天分界與二赤道說)」·「천기순환지외지도(天氣循環地外之圖)」·「강자존성도(腔子存性圖)」·「동국전도(東國全圖)」·「존주설해(尊周說解)」 등이 그것이다. 초간본이 이단의 비판에 치중했던 데 반해 유학의 정당성을 옹호하기 위한 글이 대폭 추가된 것이 특징적이다.

1871년 중간본을 간행한 이후에도 다시 한 차례 더 보완 작업을 진행하였다. 서문이 1873년 11월로 되어 있는 것으로 보아 1873년 말 내지 1874년에 간행되었을 것을 추정되는데 '동치신미중전(同治辛未重鐫)'으로 표시되어 있다. 국립중앙도서관 소장본(소장기호 일산古 1211-2)이 2차 중간본에 해당한다. 2차 중간본에는 「혼천분도설(渾天分圖說)」·「태시인회설(胎始寅會說)」·「솔성수도설(率性修道說)」·「장부벽괘설(臟腑辟卦說)」·「장부벽괘도(臟腑辟卦圖)」·「장부성정선악발용지도(臟腑性情善惡發用之圖)」·「대청십구성분계지도(大淸十九省分界之圖)」·「고금우동설

(古今憂同說)」·「사본춘추의설(史本春秋義說)」·「삼황여단군년수변(三皇與檀君年數辨)」·「분시서미득변(焚詩書未得辨)」·「일본효위설(日本效僞說)」 등 여러 항목이 새로 추가되었다. 추가된 글의 상당수가 명분론 내지 화이론을 강조하는 내용이라는 점이 눈에 띈다. 중국 지도까지 포함시켰던 것을 보면 그가 얼마나 화이론적 명분에 투철했던가를 짐작할 수 있다. 중국 중심의 화이 질서를 확고히 하는 것이 서양 세력의 공세에 효과적으로 대응할 수 있는 방법이라고 판단하여 관련된 글들을 새로 포함시켰던 것으로 생각된다.

이처럼 이호면은 1867년 가을 『원도고』 편찬 작업을 개시한 이후 6년 이상의 시간을 투입하여 최종적으로 작업을 완성하였다. 초간본, 1차 중간본, 2차 중간본별로 각기 중점을 둔 부분이 달랐는데 초간본은 주로 천학에 대한 비판, 1차 중간본은 정학의 정당성 강조, 2차 중간본은 화이적 명분론의 강화에 초점을 맞추었다고 할 수 있다.

[저자]

『원도고』의 저자 이호면은 알려진 것이 거의 없는 인물이다.[3] 『원도고』의 저자 이호면이 어떤 인물인지 현재로서는 관련 자료가 없어 자세한 사항은 확인할 길이 없다. 출생 연도는 65세이던 1869년에 『원도고』를 중간한 후에 자신의 초상화를 그렸다는 기록을 통해 1805년이었음을 확인할 수 있다(〈그림 1〉 참조). 스스로를 '중암거사(重嵒居士)'라 칭한

---

3) 기존의 연구 가운데는 1878년(고종 15)에 급제한 문신 이호면을 『원도고』의 저자 이호면으로 설명한 경우도 있다. 하지만 이는 오류이다. 문신 이호면과 『원도고』의 실제 저자 이호면은 동명이인이다. 『원도고』에서 이호면이 스스로를 '단산후인(丹山後人)'이라고 했기 때문에 단산을 이호면의 호라고 설명하는데 단산은 그의 본관이다. 문신 이호면은 1842년에 출생하였으며 본관은 우봉, 자는 여옥(旅玉)이다.

것으로 보아 호가 '중암거사'였을 것으로 짐작된다.

이호면은 체계적으로 유학을 공부한 인물은 아니었다. 젊은 시절에 그가 주로 관심을 가졌던 것은 풍수학이었다. 주지하다시피 풍수학은 유학자들이 별로 인정하지 않았던 분야이다. 예를 들어 서유구(徐有榘, 1764~1845)는 『임원십육지(林園十六志)』에서 풍수가들의 이론은 허황된 것이라고 비판한 바 있다.

이호면이 그런 풍수학에 관심을 갖게 된 것은 어린 시절의 불우한 경험 때문이었다. 그는 어려서 어머니를 여의였

〈그림 1〉 이호면 초상화

는데 집안이 가난해 제대로 상례를 치루지 못해 늘 가슴아파하였다. 이호면은 의례가 장례의 시작이라면 좋은 땅을 골라 안장하는 것이 끝이라고 생각해 풍수학에 뜻을 두게 되었다. 부모를 좋은 곳에 안장하여 상례를 제대로 치루지 못한 죄스러움을 갚고자 했던 것이다. 묘자리를 잘 써야 후손들이 잘 될 수 있다는 믿음도 풍수학을 공부하게 된 이유 가운데 하나였다. 선을 쌓으면 경사가 있고 악을 쌓으면 재앙이 있다는 것이 예전부터 해오는 이야기이지만, 선을 쌓지 못 사람도 길지를 얻으면 복을 받을 수 있고 허물이 없는 집안도 길지를 얻지 못하면 자손들이 잘못된다는 것이 그의 생각이었다. 이호면은 풍수학 공부를 통해 살아서 제대로 하지 못한 효도를 하고 어려운 가세도 일

으켜 세우고자자 했던 것이다. 당나라 때의 풍수가 복응천(卜應天)이 지은 「세심부(雪心賦)」를 비롯해 양균송(楊筠松)·요우(廖瑀)·뇌문준(賴文俊)·유청전(劉靑田) 등의 학설을 두루 검토한 이호면은 1852년(철종 3) 풍수학에 관한 저술인 『지리연회(地理演會)』를 펴내기도 하였다. 그의 풍수학 수준이 상당한 경지에 도달해 있었음을 알 수 있다.

이호면은 풍수학 이외에 의약에도 관심이 많았으며, 성력(星曆)·산수(算數) 등도 두루 공부했다고 한다. 유가적 기준에서 볼 때 잡가에 속하는 그가 척사서를 저술한 것은 다소 의외라고 할 수 있다.

3. 목차 및 내용

[목차]

『원도고』(2차 중간본)는 「탄설」·「선설」·「불설」·「원도설」·「전도설」·「명도설」·「예악설」·「천학설」·「지구변설」·「중원도리설」·「혼천분계여이적도설」·「혼천분도설」·「태시인회설」·「솔성수도설」·「장부벽괘설」·「장부벽괘도」·「중심강자내장원성도」·「장부성정선악발용지도」·「천기순환지외지도」·「대청십구성분계지도」·「동국전도」·「존주설해」·「고금우동설」·「사본춘추의설」·「삼황여단군년수변」·「분시서미득변」·「일본효위설」로 구성되어 있다.

[내용]

이호면은 서문에서 안정복이 「천학고」를 서술할 당시에는 천주교에 물든 자들이 무리를 이루지 않았고 국법을 모독하지도 않았기 때문에 사정(邪正)을 변별하기만 하면 됐지만 지금은 상황이 바뀌어 사정을 구별하는 것만으로 부족하다고 『원도고』를 저술하게 된 배경을 설명하였다. 그는 서양에 대해 매우 적대적인 감정을 가지고 있어 「천학고」에서 안정복은 서양인들을 서사(西士)라고 표현했지만 자신은 양적(洋賊)으로 바꾸어 써서 대의명분을 어긴 서양인들을 성토하겠다고 밝혔다.

본문의 주요 내용은 다음의 〈표 1〉과 같다.

〈표 1〉 『원도고(原道攷)』 내용 일람

제목	초간본	1차 중간본	2차 중간본	주요 내용
誕說(五章)	○	○	○	· 중국의 크기가 인도에 미치지 못하지만 중국이 인도의 조공을 받았음 · 구라파의 지구설에 따르면 중국인과 구라파인이 서로 반대편에서 발을 맞대고 있다는 것인데 말이 되지 않음 · 장건(張騫)이 옥황상제 딸의 지기석(支機石)을 가져왔다는 이야기를 세상에서 믿고 있는데 말이 되지 않음 · 선술가(仙術家)들이 말하는 승천, 장수에 관한 이야기는 황탄한 것임 · 『선경(仙經)』에서 황제(黃帝)가 용을 타고 승천했다고 한 것을 보면 『선경』이 황탄한 책이라는 것을 알 수 있음
仙說(二章)	○	○	○	· 노자의 어머니가 80년 동안 임신하여 노자를 낳았다거나 선을 쌓으면 승천하여 장생한다는 이야기는 허황됨 · 선인이 누대에서 거처하기를 좋아한다는 등의 이야기로 인해 도교나 불교를 존숭하는 이들이 다투어 사관(寺觀)을 지음
佛說(四章)	○	○	○	· 세상 사람들이 불교의 오계(五戒)만 알뿐 십계(十戒)가 석가모니의 본뜻임을 알지 못함

제목	초간본	1차 중간본	2차 중간본	주요 내용
				· 불교의 책이 한나라 명제(明帝) 때 중국에 들어온 이후 초왕(楚王) 영(英)이 가장 불교의 설을 가장 좋아했고 호승(胡僧) 가섭마등(迦葉摩騰)이 인사정신불멸설(人死精神不滅說) 등을 주장하여 어리석은 풍속이 휩쓸리게 되었음 · 부처와 보처가 함께 앉아 있어 양자 사이에 차등이 없는 것 같지만 그렇지 않음 · 노자가 태양의 정기를 타고 정묘(淨妙) 부인의 입에 들어가 부처로 태어났다는 이야기는 말이 되지 않는 것으로 불교가 노장에 의지하려는 의도임
原道說 (一章)	○	○	○	유가의 도만이 올바르며, 노장과 불교는 궤이한 데만 힘씀
傳道說 (一章)		○	○	요순부터 율곡에 이르기까지 말한 내용은 다르지만 본뜻은 인의예지에 관한 것임
明道說 (一章)		○	○	항상 '존경(存敬)'하고 '신독(愼獨)'하면 사물을 꿰뚫는 밝음을 쌓을 수 있을 것임
禮樂說 (一章)		○	○	예악과 형정은 성(性)을 따라 발용(發用)하여 악을 막고 우리 도를 흥기시키는 핵심임
天學說 (十五章)	○	○	○	· 영혼이 승천하고 승천하는 것이 이 세상보다 낫다는 이야기는 불교의 논리임 · 요셉은 모세와 같은 종족이니 예수의 아버지가 될 수 없음 · 『후한서』에 말하기를 대진국(大秦國)은 돼지고기를 먹지 않으며 국왕이나 부모에게 절하지 않고 다만 하늘에만 제사한다고 함 · 천주교는 서역의 불교가 변화한 것임 · 숙종대에 요승 여환(呂還)이 미륵불이라 자칭하며 잡귀를 받들지 말라고 하여 백성들이 모두 그의 말을 따랐는데, 이를 통해 사람들의 미혹됨을 깨우치기 어려움을 알 수 있음 · 천주교의 의식은 승려나 무당들의 그것과 유사함

제목	초간본	1차 중간본	2차 중간본	주요 내용
				· 설사 서양인들이 승천한다고 해도 조선 사람들이 승천할 이유는 없음 · 양적(洋賊)들이 와서 하늘을 받들라고 하는 것은 도당을 결성하려고 하는 등의 이유 때문임 · 양학(洋學)은 불교의 지류인데 도리어 같은 류를 해치려고 함 · 세례 등 천주교의 의식은 불교 의식과 유사함 · 맛데오 리치의 지구도의 논리에 따르면 영혼이 하늘에 올라가는 것을 설명할 수 없음 · 천학에서 뜻을 정밀하게 하면 앞날을 알 수 있다고 하는데 유도(儒道)에서도 그러함 · 서양 신부들이 오는 것은 천학을 전파하기 위해서가 아니라 장사를 위해서임 · 양인(洋人)들이 오는 것은 재물을 탈취하기 위해서임 · 노장, 불교, 천주교의 근본은 모세의 천학이며 끝내 선경(仙經)의 뜻에 귀착됨
地毬辨說	○	○	○	지구설은 증명할 수 없는 이상한 이야기로 사람들의 마음을 끌어 양학(洋學)의 도당을 널리 만들려는 계책에서 만든 것임
中原途里說		○	○	청나라의 판도와 조선의 땅이 비슷하게 생겼지만 서북의 변경이나 동남의 해안 등에서 차이가 있음
渾天分界與 二赤道說		○		북극 아래 사면 100도가 별이 연속된 하늘이며 그 밖으로부터 남극의 사면 81도는 땅 아래의 하늘이라 성도(星圖)에 포함시키지 않는 것인데 양적(洋賊)들이 교묘하게 끼워 넣음
渾天分度說			○	위 「渾天分界與二赤道說」과 거의 같은 내용임
胎始寅會說			○	구라파의 상인들이 하도(河圖)의 양지(兩地)의 수를 어지럽히므로 지면평방(地面平方)의 법수(法數)를 통해 황극경세의 뜻을 밝힘
率性修道說			○	인의예지신을 매일 익히면 유교의 도(道)와 덕(德)을 행하는 것이 어렵지 않음

제목	초간본	1차 중간본	2차 중간본	주요 내용
臟腑辟卦說			○	12벽괘(辟卦)가 몸의 12개 장부(臟腑)를 각각 하나씩 주관함
中心腔子內藏原性之圖		○	○	신장과 심장 사이의 빈공간이 강자이며 공자는 원성(原性)이 거주하는 곳임
臟腑辟卦圖			○	12벽괘가 몸의 12개 장부를 각각 하나씩 주관하는 관계를 나타낸 그림
臟腑性情善惡發用之圖			○	12개의 장부와 오성(五性), 칠정(七情)과의 관계를 나타낸 그림
天氣循環地外之圖		○	○	천기의 순환을 나타낸 그림
大淸十九省分界之圖			○	청나라의 강역도
東國全圖		○		조선의 강역도
尊周說解		○		청이 강희제 이후 태평한 정치를 베풀어 조선과 청이 평화롭게 지내왔는데, 망한지 2백 여 년이나 지난 명의 연호를 쓰는 것은 합당치 않음
古今憂同說			○	황제는 삼황오제의 대통을 이은 후에야 쓸 수 있으며 서양국들이 감히 사용할 수 있는 것이 아님
史本春秋義說			○	황제의 칭호나 연호는 중국만이 사용할 수 있음
三皇與檀君年數辨			○	단군의 수명이 천년이었다는 설이 있는데 이는 삼황이 18,000세였다는 것을 모방한 이야기에 불과함
焚書書未得辨			○	진대에 분서를 했지만 공자의 벽에 책들이 숨겨져 있어 책이 없어지지 않았음
日本效僞說			○	일본이 서양국을 흉내 내 세계에서 황제라고 칭한 것은 춘추의 의리에 크게 어긋난 것임

　　이호면이 『원도고』를 저술한 기본적인 목적은 물론 천주교를 비판하는 것이었다. 그는 「천학설」에서 천주교를 천학의 일부로 파악하여 집중적으로 비판하였다. 「천학설」은 15개의 주제에 대한 논의로 이루어져 있는데 『원도고』 가운데 가장 많은 분량을 차지하고 있다. 이호면은 도교·불교·천주교를 천학의 주요 흐름으로 정리하면서 이들을

함께 검토하였다. 도교·불교를 함께 거론한 도교와 불교의 천학설이 이미 광범위하게 퍼져 있어 천주교가 쉽게 수용될 수 있었다고 보았기 때문이다. 도교·불교·천주교는 모두 천학이라는 점에서 밀접하게 연관되어 있기 때문에 동시에 배척해야 한다고 보았던 것이다.

천주교에 관한 기본 지식을 『영환지략』을 통해 습득하였던 이호면은 모세가 땅을 할양받아 왕이 되어 '십계'를 전한 것을 서양에서 종교가 만들어진 시초이며 바로 천학의 원류라고 보았다. 그리고 모세에 의해 천학이 창시된 후 불교-이슬람교-예수교로 계승된 것으로 이해하였다. 이호면은 모세가 창시한 천학에 대해서는 대체로 긍정적으로 평가하였다. 그는 십계가 비록 수준 낮기는 하지만 괴상한 이야기는 없다거나, 예수가 사람들에게 선을 권한 것이 모세의 뜻에서 벗어나지 않는다는 등의 내용을 『영환지략』에서 인용하고 있다. 하지만 모세의 뜻을 이었다는 불교 이후의 천학에 대한 평가는 매우 부정적이었다. 그는 천학설이 도가에서 본격적인 모습을 드러내고 불교와 천주교를 거치면서 발전한 것으로 보았다. 자신의 더러움을 닦아내고 선을 쌓으면 천궁(天宮)에 올라간다는 것이 본래 선가(仙家)의 주장인데 불교도들이 이를 모방하여 극락지옥설을 만들어냈으며 예수는 불교의 설을 본 따 천국지옥설을 지어냈다고 이야기하였다. 도가에는 없었던 지옥 관념이 불교에서 만들어졌는데 천주교에도 지옥에 관한 언급이 있으므로 불교와 천주교를 연관시키게 된 것이다. 천주교가 불교의 지류에 불과하다는 주장은 이미 안정복 등에 의해 제기된 것으로 그리 특별한 것은 아니었지만 이호면은 양자의 관련성을 좀 더 자세하게 입증하고자 하였다. 이는 불교가 천주교를 모방했다는 서양인들의 주장 즉 천주교는 본래 모세에서 시작되었는데 불교에서 모세의 십계를 취해 별도의 교파를 만들었기 때문에 불교가 예수교를 훔쳤다는 주장을 반박하기 위한 것이기도 하였다.

이호면은 일단 창교(創敎)의 시간적 선후 관계로 보아 서양인들의 이야기는 터무니없는 주장이라고 지적한다. 석가모니는 주나라 소왕 (昭王) 24년에 태어나 출가 수행하여 불교를 만들었고 그 후 1,006년이 지난 애제(哀帝) 2년에 이르러서야 예수가 비로소 천주교를 만들었으므로 전혀 근거가 없다는 것이다. 이어 천주교의 주요 의식이나 관습은 기본적으로 불교를 모방한 것이라고 주장하였다. 예를 들어 예수가 못에 박혀 죽은 것을 잊지 않기 위해 십자가를 만든 것은 석가모니의 은혜를 기억하기 위해 염주를 만든 것을 모방한 것이고, 천주교 신자들이 기도하면서 예수 모자의 이름을 부르는 것은 승려들이 밤낮으로 염불하는 것을 모방한 것이라고 지적하였다. 또 천주교에서 아이들을 신부로 키워 세례를 주관하게 하는 것이 불가의 승도들이 동자를 삭발시켜 인도한 후 수계를 받는 스승이 되게 하는 것을 흉내 낸 것이라고 주장하였다. 천주교는 특별한 것이 아니라 불교보다도 낮은 차원의 이단임을 말하고 있는 것이다.

문제는 천학의 핵심 내용인 영혼불멸설과 영혼승천설을 어떻게 부정할 것인가 하는 점이다. 이호면은 영혼불멸설은 유학의 전통적인 논리를 통해 반박한다. 원래 사람이 태어날 때 부모의 정신을 받으며 그 기가 알선하여 형체를 이루는데 수십년을 살다가 기가 다하면 죽게 되며, 인신(人神) 역시 연한이 다하면 죽어 없어진다는 것이다. 그는 영혼승천설은 서양의 지구설을 통해 비판하였다. 마태오 리치의 지구도를 보면 지구 상면에 일월오성이 주기적으로 움직이고 하늘이 그 바깥을 덮고 있으므로 사람이 죽으면 영혼도 지상에 있어야 하는 것이 당연한 이치인데 영혼이 어떤 기운에 의탁해 천상 세계로 올라갈 수 있느냐고 이호면은 반문한다. 그리고 설사 서양인들은 승천한다고 해도 조선 사람들이 무슨 연유로 승천하여 서양 귀신들 사이에 있겠느냐고 지적하며, 천주학을 숭상하여 살아서는 이류(異類)가 되고 죽어서는 서양국의 객귀(客鬼)가 되는 것은 매우 가련한 일이라고 설명하였다.

천주교의 영혼설을 천학과 관련시켜 비판한 이호면은 이어 서양 국가의 실체를 폭로하고자 하였다. 이호면에게는 중국의 서쪽 세계 자체가 문제가 있는 곳이었다. 불교·예수교·이슬람교 등 천학이 탄생한 곳이기 때문이다. 그는 "탄설은 서역에서 점차 왔다"거나, "광혹(誑惑)한 술책은 전적으로 서역에서 나왔다"는 등 「천학설」 곳곳에서 서쪽 세계에 대한 적대적 감정을 드러냈다. 그는 침탈을 주도하는 세력은 상인이며 서양 신부들이 이들 상인과 결탁되어 있다고 보았다. 이호면은 서양 세력이 접근하는 진짜 목적은 경제적 이익을 차지하려는 것이지 천주교의 전파가 아니라는 것이다. 그렇다면 천주교를 전파하려는 의도는 무엇인가. 이호면은 서양인들이 천주교를 전파하려는 것은 ① 도당(徒黨)을 체결하여 원하는 바를 뜻대로 하려는 것, ② 부녀자들과 친밀하여 욕정(俗情)을 탐지하려는 것, ③ 사람들의 재물을 모으면서 후회나 원망이 없게 하려는 것 등 세 가지 이유 때문이라고 분석하였다. 천주교는 침략을 위한 수단이라고 본 것이다.

이호면은 화이관에 입각한 강렬한 명분론을 견지하였던 인물로 1874년의 2차 중간본에는 명분을 강조하는 글을 많이 추가하였다. 그는 서양 세력이 발호하는 주요한 원인이 명분 의식의 약화 때문이라고 보았으며 따라서 화이론을 강화함으로써 서양 세력의 발호를 막을 수 있을 것으로 판단하고 있었다. 화이론을 강화하는 데 가장 걸림돌이 된 것은 서양의 지구설이었다. 이호면에게 중앙 관념이 설정되지 않는 지구설은 절대 용납할 수 없는 것이었다. 용납 이전에 일단 이해할 수 없는 것이었다. 그는 서양인들의 주장처럼 지구가 둥글다면 동쪽에 있는 중국 사람들과 서쪽에 있는 유럽인들이 서로 발을 마주하고 있으며 중간에 있는 일본인들은 머리는 동쪽, 발은 서쪽으로 향한

채 횡으로 걸어 다닌다는 이야기가 되는데 이는 있을 수 없는 일이라고 단언하였다. 땅이 절대 둥글 리가 없다고 보았던 이호면은 지구설은 화이 관념을 희석시키기 위한 의도로 서양인들이 만들어 낸 것이라고 보았다. 그는 멀리 떨어진 곳의 족속을 무시하는 중국인들의 풍습을 싫어한 서양 상인들이 화이의 분별을 없애고 궁극적으로는 사람들을 양학(洋學)을 신봉하는 무리에 편입시키기 위해 지구설을 만들어 냈다고 보았다. 지구설에 불순한 의도가 개재되어 있다고 파악한 이호면은 「지구변설」을 통해 서양의 지구설을 집중적으로 비판하였다. 지구설은 중국의 땅이 대통(大統)이 되고 주변의 해도(海島)는 번병(藩屛)이 되는 뜻을 모르고 떠드는 극도로 참위한 주장에 불과하다는 것이 요점이었다. 구체적으로는 전통 천문학의 논리를 들어 지구설을 비판하였다. 그는 사해의 바닷물을 가두어 두려면 사방의 끝에 둑이 있을 수밖에 없는데 이것이 지구가 둥글지 않다는 증거라고 주장한다. 또 파도와 조수가 지면의 높이를 벗어나지 않는 것도 바다의 바깥에 둑이 있기 때문인데 이 역시 지면이 둥글지 않은 증거라고 설명한다. 천원지방의 관념을 가지고 있던 이호면이 보기에 지구가 둥글고 바다가 땅과 붙어 있다는 서양인들의 주장은 도저히 받아들일 수 없는 것이었다. 그는 바닷물이 땅과 붙은 채로 허공중에 떠 있는 것은 이치상 있을 수 없는 일이라고 지적하였다.

이호면은 중국이 세계의 중심이라고 확신하였으며 이 점 역시 전통 과학의 논리를 끌어 증명하고자 하였다. 그의 설명에 따르면 주천(周天)은 365.25도인데 그의 4분에 1에 해당하는 91도가 땅에 해당하는 하늘이라고 한다. 혼천(渾天)의 사상(四象)에 각기 9수(數)가 있으므로 전체는 4x9하여 36수(數)가 되는데 그런 이유로 땅에서 36도 되는 하늘이 천황(皇天)의 가운데가 되며 그에 상응하는 땅이 천하의 중심이 된다고 주장한다. 그곳이 바로 중국의 낙양이다. 낙양이 세계의 중심이라는 주장은 일찍이 『주례』에서 제기된 것으로 주자도 인정하고 있었다. 곤륜산을 세계의 중심으로 보는 견해도 있었지만 중국 중심적인 세계관을 견지하였던 이호면은 낙양을 중심이라고 보았다.

중국이 세계의 중심임을 전통적인 논리를 들어 입증한 이호면은 명분 바로잡기에 나섰는데 「일본효위설」이 그에 해당한다. 그는 진시황 때 처음 만들어진 황제라는 칭호는 당·송·원·명·청으로 이어지는 중국에서만 쓸 수 있는 것이라고 강조하며 다른 국가들이 황제라는 칭호를 제멋대로 쓰는 것을 참람한 행위로 비판하였다. 구라파가 중국 상나라 때 처음 나라를 세운 이후 중국을 앙모하고 신뢰해왔는데 서양의 장사치들이 제왕의 본뜻도 모르고 중국의 휘호(徽號)를 모방하여 자기네 나라 황제 운운하며 제멋대로 지껄이고 있다는 것이다. 이호면은 아울러 해외 여러 나라에서 강세(降世) 몇 년이라고 하는 것 역시 외람된 행위라고 지적하였다. 그는 서기도 서양인들이 중국의 연호를 사모하여 만든 것이라고 보았는데 그들이 중국의 문자를 모방하는 것이 가상하기는 하지만 말도 안 되는 것이라고 비판하였다.

이호면은 일본의 서계 문제도 명분론적 관점에서 파악하였다. 잘 알려져 있다시피 일본은 명치유신을 단행한 후 조선에 서계를 보내 국제를 변경했다는 사실을 통보했는데 스스로를 황실(皇室)이라 높여 부른 반면 조선을 귀국(貴國)이라 칭하는 등 형식이 기존의 관례와 달라 조선에서는 서계 접수를 거부하는 등 문제가 되고 있었다. 이호면은 일본의 이러한 행태가 서양인들의 태도를 흉내 낸 것이라고 비판하였다. 일본은 본래 사람이 바르고 풍속도 순수하여 화주(和州)라는 이름을 얻었고 선비들 역시 학문을 사모하여 이웃 국가의 시비에 관여하지 않았는데 서양을 모방해 교린서에 이런 글자를 함부로 써서 천하 유자들의 웃음거리가 되었다고 지적한다.

그런데 이러한 그의 명본론에 특징적인 점이 한 가지 있는데 그것은 청을 대단히 존숭했다는 점이다. 「존주설해」은 그러한 인식이 잘 나타난 글이다. 투철한 화이관을 견지하고 있던 척사론자들의 경우 청을 오랑캐의 범주에 소속시켜 폄하하는 것이 일반적이었다. 하지만 이호면은 선배 척사론자들과 달리 청을 중국의 정통으로 인정하며 존숭하였다. 이호면이 청을 보는 시각은 강희제를 전후로 하여 크게 차이가 있다. 강희제 이전 시기 청에 대해서는 부정적인 인식을 드러낸다. 순치제가 예친왕 도르곤(多爾袞)이 죽은 후에 도르곤을 배척하여 청에서 내분이 일어났을 때 군대를 출동시켜 명의 후예를 다시 세워 천하의 대의를 밝히고 병자호란의 치욕을 갚지 못한 것을 안타까워하기도 하였다. 하지만 강희제가 즉위하면서 청이 교화되고 태평한 정치를 이루었다고 하여 강희제 이후의 청에 대해서는 전혀 다른 평가를 내리고 있다. 청이 중국을 차지한 이후 유술(儒術)을 숭상하고 유원(柔遠)하여 2백 년 동안 양국 간에 조금도 사이가 벌어지지 않았다며 청의 은덕을 기렸다. 이호면은 명나라가 망한지 이미 2백 년이 경과했는데 조선에서는 억지로 전대의 연호를 끌어다 쓰고 있다고 지적하기도 하였다. 존주의 뜻에서 명의 연호를 사용하기 시작했지만 지금까지 그렇게 하는 것은 부당하며 시대의 연호를 써야 한다는 것이 그의 입장이었다. 실제로 『원도고』에서 이호면은 청의 연호를 사용하였다. 1874년의 2차 중간본에서는 청에 대한 존숭 의식이 더욱 고조되고 있다. 그는 강희제 이전의 청을 부정적으로 보았던 태도를 바꾸어 다음과 같이 청의 건국 자체에도 큰 의미를 부여하였다.

"아! 청이 만주를 대통한 후에 땅이 중국과 접하여 성을 경계로 하게 되었다. 이에 덕을 닦으며 땅을 고수하고 있었는데 마침 중국이 난을 만나 명나라 신하가 성을 열어 청을 맞아들이니 『서경』에서 말한 한 번 융의(戎衣)를 입어 사해를 평정한 것이다. 누가 칭대(稱大)하여 호를 높이지 않겠는가. 그런 까닭으로 대청국황제 칙유(大淸國皇帝勅諭)라고 하는 것은 당연하다."[4]

청이 무력을 통해 중국을 강제로 차지한 것이 아니라 명의 신하 오삼계(吳三桂)가 청의 누르하치를 맞아들여 중국의 새 주인으로 추대했다는 것이다. 즉 청을 명을 계승한 중국의 정통 국가로 인정해야 한다는 입장이다. 이러한 이호면의 인식은 척사론자들의 그것과 완전 반대되는 것이었다.

4. 의의 및 평가

19세기 중반에 들어 노론을 중심으로 척사론이 활발하게 개진되고 있었다. 그런 가운데 주목되는 것은 정통 유학자는 아니었지만 척사 문제에 관심을 가지고 척사서를 찬술하는 이들이 등장하고 있었다는 사실이다. 이호면은 그 대표적인 인물 가운데 한 사람이다. 이호면의 『원도고』는 19세기 중반 척사론의 면모를 밝히는 데 매우 유용한 자료이다. 특히 이호면은 기존에 척사론을 주도했던 정통 유자층과는 다른 부류에 속하는 인물이라는 점에서 주목된다. 정통 유자와는 구분되는 그의 척사인식은 『원도고』에서 드러난다. 예를 들어 이호면은 영혼불멸설이나 영혼승천설은 전혀 근거가 없는 속임수에 불과하다고 지적하였는데 천주교의 영혼설에 대한 이호면의 반박은 설득력이 약하다. 영혼불멸설에 대한 비판은 반박이라기보다 유학자의 주장을 일

---

4) 『原道攷』, 「日本效僞說」, "於戱 淸之大統滿洲 地連中夏 一疊爲界 故修德固守之際 適値夏亂 疆臣開疊迎入 一戎衣奄有海內 孰不稱大而尊號 所以大淸國皇帝勅諭者當然也".

방적으로 내세운 것에 불과하며, 정당성을 인정하지 않는 서양의 지구설을 근거로 영혼승천설을 비판하는 것 역시 그리 타당하다고는 보기 힘들다. 이러한 이호면의 비판 방식은 영혼불멸설의 문제점을 천당지옥설과 결부시켜 합리적으로 비판했던 신후담(愼後聃)의 경우와 비교되며 그런 점에서 정통 유학자층과는 구분되는 독특한 면모라고 할 수 있다.

『원도고』는 그리 뛰어난 수준의 저작은 아니다. 이호면은 천주교 자체에 이해의 부족으로 천주교 교리 자체를 분석하고 반박하기보다는 천주교가 불교나 도교의 지파라는 것을 증명하는 데 급급하였다. 그 과정에서 증거로 동원된 것들은 무리한 억측에 지나지 않는 것이 대부분이었다. 서학에 대한 기본적인 지식도 부족하여 천원지방설을 근거로 지구설을 비판하는 오류를 범하기도 하였다. 또 유학의 정당성을 강조하는 부분에서는 본성의 존재를 의학적으로 증명하려는 무모한 시도를 하였고, 청을 중심으로 한 정통 체계를 확립하여 서양 세력을 청 중심의 질서 속에 편입시키려는 시도는 그야말로 소박한 발상 그 자체였다.

이러한 논리적 미숙성 때문인지 아니면 그의 사회적 지위 때문인지 두 차례에 걸쳐 보완 작업을 수행하는 등 많은 노력을 기울였음에도 불구하고 『원도고』는 지식층 사이에서는 별로 인정을 받지 못하였다. 『원도고』를 간행할 때 오히려 일부 유자들로부터 문장에 공을 들이지 않았다는 지적을 받기도 했는데 이를 보면 비유림계의 척사 작업에 대한 차가운 시선도 있었던 듯하다. 노론 계열의 인사들이 척사서를 편찬했을 때 주변의 관심을 받으며 연쇄적인 반향을 일으켰던 것과 대비된다. 그럼에도 불구하고 정통 유자층과는 구분되는 인물들이 천주교 문제에 관심을 가지고 척사서를 저술하였던 것은 19세기 중반 척사론에서 나타나는 새로운 면모로 눈여겨보아야 한다.

비록 수준이 높지 않았고 그다지 인정받지 못했지만 그렇다고 이호면의 척사론을 의미 없는 것으로 평가할 수는 없다. 그의 척사론은 정통 유학자들과 구별되는 또 다른 부류의 인식을 대표하는 것이어서 그 자체에 의미를 부여할 수 있다. 정통 유자들의 척사론이 주로 그들 내부의 논의였던 데 반해『원도고』의 경우는 애초 부녀자 층을 비롯한 일반인들을 상당히 의식한 척사서라는 점도 주목된다. 그가 논의의 대상이 될 수도 없는 황당한 이야기까지 검토하여 비판한 것은 일반인들을 계도하려는 의도였다고 판단된다. 그런 점에서 볼 때『원도고』는 당시 일반층의 인식을 보여주는 자료라고 할 수 있다. 사실 천주교를 신봉하고 있던 일반층이 어떤 방식으로 천주교를 이해하고 수용하였가는 잘 알려져 있지 않은데『원도고』를 비롯해 비슷한 성격을 척사서들을 검토한다면 실마리를 얻을 수 있을 것으로 생각한다.

〈해제 : 노대환〉

『원도고(原道攷)』

叙

李鎬冕

　무릇 도(道)라는 것은 오장(五臟)[5]을 순행하는 본성(本性)이며, 이륜(彝倫. 떳떳한 도리)에 발용(發用)하는 대사(大事)이다. 그런데 이단(異端)과 사설(邪說)이 날로 성해져서 앞길을 엄폐하니 그 근원을 궁구하고 그 근거를 막아 거부하며 끊지 않으면 안 된다.

　대개 사람은 태어나면서 오장(五臟)의 성(性)을 갖추지 않음이 없고 또한 오성(五性)의 덕(德)이 없지 않으나 [『백호통(白虎通)』[6]에서 이르길, '간장의 성(性)은 인(仁)이요, 폐장의 성은 의(義)요, 심장의 성은 체(體)요, 비장의 성은 지(智)요, 신장의 성은 신(信)이라.'라고 하였다.], 타고난 기질이 같지 않음에 구애받아 옳고 그름이 갈라지게 되었다. 그래서 기울어지고 빠지게 되는 원인을 알고자 순암(順菴)의 저작인 「천학고(天學考)[7]」를 보니 처음 건륭(乾隆) 을사년간(1785)에 나왔다.

---

5) 오장(五臟) : 다섯가지 내장(內臟)으로, 간장(肝臟), 폐장(肺臟), 심장(心臟), 비장(脾臟), 신장(腎臟)을 말한다.
6) 백호통(白虎通) : 후한(後漢) 반고(班固)가 편찬한 책이다. 장제(章帝)의 건초(建初) 4년(AD 79) 칙명(勅命)으로 여러 유학자를 백호관(白虎觀)에 모아 오경(五經)의 이동(異同)을 강론(講論)한 것을 정리한 것으로, 『백호통의(白虎通義)』 또는 『백호통덕론(白虎通德論)』이라고도 부른다.
7) 『천학고(天學考)』 : 순암(順菴) 안정복(安鼎福)이 지은 벽위론서(闢衛論書)로, 1785년(정조 9) 을사추조적발사건(乙巳秋曹摘發事件)을 계기로 서학을 직접 배척하기 위하여 작성되었다. 그는 젊고 재기있는 자들이 천학(天學)이라는 사학(邪學)을 창도하기 시작한 상황을 안타깝게 여기며, 중국과 조선의 문헌 등을 기반으로 천주학이 결코 신기한 신학(新學)이 아니라 한·당대에 이미 있었던 학문이었음을 밝혀 천주학도들의 미혹을 깨우치고자 저술하였다.

서양 학문이 동쪽으로 흘러들어온 초기에 오직 이것들로만 분변(分辨)하여 배척하였으니 진실로 우리 동국(東國)에게 다행스런 일이었다.

그런데 당시에는 이것에 오염된 자들이 무리를 이루고 법을 무시하는 데에 이르지 않았기 때문에 옳고 그름을 분변하여 배척하는 것에 지나지 않았다. 그러나 7년이 지난 신해년(1791)에 처음으로 나라의 금령(禁令)이 생겼고,[8] 다시 5년이 지난 을묘년(1795)에는 성직자[師法者]를 몰래 끌어들여[9] 비밀리에 익히다가 6년 지난 신유년(1801)에 이르러서는 금령이 더욱 엄해지자[10] 은밀히 원망하던 부류들은 구적(寇賊)을 불러들일 계획을 세우고,[11] 깊이 빠져든 무리는 형륙(刑戮)을 두려워하지 않고 남몰래 서로 전파하였다. 그러면서 일주갑(一周甲. 60년)의 해[도광(道光) 무진년(甲辰, 1844)]가 돌아온 지금은 단지 옳고 그름의 분변만으로 배척할 수 없게 되었다. 이것은 정착한 뿌리의 널리 퍼진 형세가 마치 벌판을 태우는 불길과 같고[燎原之火],[12] 요원(遼原)한 불이 옥석(玉石)을 모두

---

8) 신해년(1791)에 ~ 생겼고 : 1791년(정조 15)에 일어난 최초의 천주교도 박해사건으로 진산사건(珍山事件) 혹은 신해박해(辛亥迫害)라고도 한다. 당시 진산에 사는 정약용(丁若鏞)의 외사촌인 윤지충(尹持忠)과 권상연(權尙然)이 천주학에 빠져 조상의 신주(神主)를 불태우고 제사를 폐기하며 가톨릭식으로 제례(祭禮)를 지냈다는 소문이 중앙에 들어오자 조정에서 이들을 사형에 처한 사건이었다.

9) 을묘년(1795)에는 ~ 끌어들여 : 1795년(정조 19) 을묘년에 중국인 주문모(周文謨) 신부를 체포하려다 놓친 을묘실포사건(乙卯失捕事件)을 계기로 전개된 천주교 박해의 옥사(獄事)를 말한다.

10) 신유년(1801)에 ~ 엄해지자 : 순조 1년 신유(1801)에 정순왕후(貞純王后) 김씨가 정조 때 눌려 지냈던 벽파(僻派)와 손을 잡고 천주교에 관련된 시파(時派)를 숙청하는 옥사를 일으키며 사교(邪敎)·서교(西敎)를 엄금·근절하라는 금압령을 내린 것을 말한다.

11) 은밀히 ~ 세우고 : 1801년(순조 1) 정약용(丁若鏞)의 사위인 천주교도 황사영(黃嗣永)이 신유박해(辛酉迫害)의 전말과 그 대응책을 흰 비단에 적어 중국 북경의 구베아(Gouvea, A. de) 주교에게 보내고자 한 황사영백서(黃嗣永帛書) 사건을 말한다.

12) 요원지화(燎原之火) : 악한 것이 빠른 속도로 퍼지는 것을 말한다. 『춘추좌씨전

태우는[玉石俱焚][13] 우려와 같으니 쓸데없는 근심이 없지 않다.

그래서 외람되이 이것을 쓰니 비록 한 잔의 물을 붓는 것과 같은 정도이겠지만, 먼저 우리 유학의 체용(體用)이 온전하고 바른 것을 설명하고, 다음으로 불가(佛家)와 노장(老莊)의 어긋나고 거친 것을 분변하였다. 그런 즉, 지금 이른바 천학(天學, 천주교)라는 것은 노장(老莊)의 남은 찌꺼기를 그대로 훔치고, 불가[沙門]의 남은 찌꺼기를 표절한 것이다.

비록 온 세상에 만연하여 다시 분변할 것이 없다고 하지만, 세속의 마음이 갇히고 미혹된 요체를 깨트리고자 처음에는 탄설(誕說)[14]로 강하게 집중하다가 마지막에는 변설(辨說)로 어둔하게 끝을 맺었다. 또한 중국 영토의 거리와 여러 성(省)의 공로(貢路. 공물을 진상하는 정상적인 통로)를 첨부하고 원도고(原道攷)라 이름하였다.

가슴 속에 품은 생각이 용렬하고 허술하여 글이 그 뜻을 다할 수 없으나 형상과 사물이 인도하였다. 그러나 그 사숙(私淑)하는 생각은 적어도 오래된 인식이었으니 반드시 교화[風化]의 만분의 일이나마 조금이라도 도움이 없지 않을 것이라 하겠다.

동치(同治) 계유년(1870) 동짓달 중순에 단산후인(丹山后人) 이호면(李鎬冕)이 삼가 중암서옥(重嵒書屋)에서 쓰다.

역주 : 김우진

(春秋左氏傳)』「은공 6년」조에 "악이 커지는 것이 마치 불이 벌판을 태우는 것과 같다. 그래서 가까이 갈 수가 없는데, 어떻게 완전히 없앨 수 있겠는가(惡之易也, 如火之燎于原, 不可鄕邇, 其猶可撲滅.)"라는 말에서 인용한 것이다.

13) 옥석구분(玉石俱焚) : 옥과 돌이 다함께 불탄다는 뜻으로, 선인과 악인이 모두 함께 재앙을 당하는 것을 말한다. 『서경(書經)』「하서(夏書)·윤정(胤征)」에, "불이 곤륜산을 태우면 옥과 돌이 다함께 불타고, 임금이 덕을 잃으면 사나운 불보다 더 무섭다(火炎崑岡 玉石俱焚 天使逸德 烈于猛火)"라고 말에서 인용하였다.

14) 탄설(誕說) : 불교와 도교의 허탄한 설을 말한다.

참 고 문 헌

1. 단행본

차기진, 『조선후기의 서학과 척사론 연구』, 한국교회사연구소, 2002.

2. 논문

노대환, 「19세기 중반 李鎬冕의 《原道攷》와 척사론」, 『교회사연구』 36, 2011.
황준연, 「조선후기 신유학과 서학의 세계관에 대한 차이점」, 『범한철학』 42, 2006.

『의기집설(儀器輯說)』

분류	세부내용
문 헌 종 류	조선서학서
문 헌 제 목	의기집설(儀器輯說)
문 헌 형 태	활자본
문 헌 언 어	漢文
저 술 년 도	19세기 중반
저 자	남병철(南秉哲, 1817~1863)
형 태 사 항	冊1-2
대 분 류	과학
세 부 분 류	천문
소 장 처	국립중앙도서관 서울대학교 규장각한국학연구원
개 요	남병철이 지은 과학서로 천문기구에 대하여 그 구조와 사용법을 설명한 책.
주 제 어	혼천의(渾天儀), 혼개통헌의(渾蓋通憲儀), 간평의(簡平儀), 험시의(驗時儀), 적도고일구의(赤道高日晷儀), 혼평의(渾平儀), 지구의(地球儀), 구진천추합의(句陳天樞合儀), 양경규일의(兩景揆日儀), 양도의(量度儀)

※ 이 글은 해제자 본인이 작성한 규장각 해제(http://e-kyujanggak.snu.ac.kr)를 바탕으로 재작성하였음.

1. 문헌제목

『의기집설(儀器輯說)』

2. 서지사항

19세기 조선에서 수학과 천문학 분야에 가장 조예가 깊었다고 평가되는 南秉哲(1817~1863)의 저작으로 총 2권 2책이다. 渾天儀, 渾蓋通憲儀, 簡平儀, 驗時儀, 赤道高日晷儀, 渾平儀, 地球儀, 勾陳天樞合儀, 兩景揆日儀, 量度儀 등 총 10가지 기구의 유래, 제작법, 안치법, 측정법, 측정치의 수학적 의미를 설명하거나 관측치를 다른 값으로 환산하는 계산법 등을 종합적으로 서술하였다. 이 책의 刊年은 대략 1855년 이후부터 1862년(철종13) 사이일 것으로 추정된다. 활자는 19세기에 널리 사용되었던 이른바 全史字이다. 1면당 10행을 배열하고, 1행에 20자를 배열하였다. 割註는 1행에 글씨를 두 줄로 배치하고 1행당 40자를 배열하였다. 현재 규장각에는 총 3질의 『儀器輯說』(奎4779, 奎 4781, 奎 47820)이 있는데, 모두 동일한 全史字本이다. 이 책은 국립중앙도서관(일산古7328, 古7328 -3), 장서각, 성균관대학교 존경각, 연세대학교 도서관 등 여러 기관에 소장되어 있으며, 개인이 소장한 경우도 있다.

[저자]

남병철은 천문학 방면에서 19세기 조선에서 가장 수준 높은 지식을 보유한 학자로 평가된다.[1] 자는 子明・原明, 호는 圭齋로 알려져 있다. 宜寧 南氏 가문의 출신으로, 외가와 처가 모두 당시 세도가였던 安東 金氏 가문이었다. 어머니는 金祖淳(1765~1832)의 딸이며, 부인은 憲宗의

---

1) 전용훈, 「남병철의 『推步續解』와 조선후기 서양천문학」, 『규장각』 28호, 2011, 177~201, 198쪽. 이 글의 180~181쪽에서 선행 연구와 새로운 정보를 종합하여 남병철의 생애를 정리하였다.

장인인 金汝根(1801~1863)의 딸이다. 21세(1837)에 과거에 합격하고, 憲宗(재위 : 1827~1849)과 哲宗(재위 : 1831~1863)대에 걸쳐 주요 관직을 역임했다. 전라도 관찰사, 예조참판, 형조참판, 평안도 관찰사, 예조·공조·형조·이조판서를 역임하고, 1859년(철종9)에 홍문관 대제학과 관상감제조를 겸하였다.

남병철의 저술은 생전에 출간된 천문학, 수학, 천문기구 방면의 3부작과 사후에 출간된『圭齋遺稿』(1864, 6卷3冊)가 유명하다. 그 외 몇 가지의 필사본 저술이 남아 있지만, 연구가 아직 미진하다. 천문학 저술인『推步續解』(1862, 4卷3冊), 수학 저술인『海鏡細艸解』(1861, 12卷2冊), 천문기구에 관한 저술인『儀器輯說』(刊年未詳, 2卷2冊)은 그가 이룩한 천문학과 수학방면의 탁월한 지식의 수준을 보여준다.『推步續解』는 태양과 달의 운동을 케플러의 타원궤도 이론을 적용하여 계산하는 방법과 이에 대한 해설을 다루고 있는데, 구면삼각법을 자유자재로 구사하는 등 남병철이 구사하는 천문학적 지식은 매우 전문적인 수준에 이르러 있다.『海鏡細艸解』는 天元術(고차방정식 풀이법)에 관한 논의를 담고 있는 元代 李冶의『測圓海鏡』의 체제를 따르면서, 서양에서 전해진 고차방정식 풀이법인 借根方의 방법도 참고하여, 천원술의 원리를 설명한 책이다. 전체적으로 서양의 借根方보다는 전통적인 천원술에 치중하여 저술된 것으로 평가된다.[2]『儀器輯說』은 천문관측기구에 대한 책으로, 여기에는 10가지의 기구를 다루고 있다. 특히 상하 2권으로 된 이 책에서 卷上 전체를 할애하여 역대의 渾天儀 제도를 검토하고 관측에 편리하도록 개량한 혼천의를 제시하고 있다. 이 외에도 서양점성술에 관한 내용을 담고 있는『星要』와 이슬람 역법인 回回曆에 관한 내용을 담은『回回曆法』이라는 책이 모두 남병철의 저작으로 추

---

2) 남병철의『해경세초해』에 대해서는 오영숙, "『海鏡細艸解』해제" 참조(http://e-kyujanggak.snu.ac.kr)에서 해제 검색.

정되고 있다.[3]

3. 목차 및 내용

[목차]

卷上

渾天儀說, 渾天儀製法, 渾天儀用法

卷下

渾蓋通憲儀說, 渾蓋通憲儀製法, 渾蓋通憲儀用法

簡平儀說, 簡平儀製法, 簡平儀用法

驗時儀說, 驗時儀製法

赤道高日晷儀製法

渾平儀說, 渾平儀製法, 渾平儀用法

地球儀說, 地球儀製法, 地球儀用法

句陳天樞合儀說, 句陳儀製法, 天樞儀製法

兩景揆日儀說, 兩景揆日儀製法

量度儀說, 量度儀製法, 量度儀用法

---

3) 이노국『19세기 천문수학 서적 연구』, 한국학술정보, 2006, 104쪽 참조. 필자가
보기에『星要』는 남병철의 저술임이 거의 확실하지만,『回回曆法』은 아직 확신
할 수 없다.

[내용]

『儀器輯說』에는 서문이나 발문이 없어서, 이 책이 출간된 시기나 출간의 의도를 알기가 어렵다. 책의 제목과 내용의 구성 방식으로 미루어 볼 때, "천문기구에 관한 여러 설을 모아 놓은" 책으로 볼 수 있다. 卷上이 53장에 105면, 卷下가 63장에 125면으로, 총 230면으로 이루어져 있다. 이 중에서 卷上은 모두 渾天儀에 관한 서술로 채워져 있으며, 卷下에 나머지 9개의 의기에 대한 서술이 담겨 있다. 의기마다 서술의 체재가 조금씩 다르고 서술 내용도 수십 면에 걸쳐 매우 자세하게 서술한 경우가 있는가 하면, 한두 면에 짧게 서술한 경우도 있다. 하지만 전체적으로 볼 때, 각 의기에 대한 서술은 다음의 네 가지로 요약될 수 있다.

1) 說 : 의기의 유래와 구조

이 책에서 서술대상이 된 의기에는 「渾天儀說」처럼 모두 「說」을 두고 서술 대상이 되는 의기는 무엇을 관측하고 어떤 관측 자료를 얻는 것인지, 이 의기의 역사적 유래는 무엇인지, 언제 어떤 과정에서 발명된 것인지를 서술한다. 또한 현재 자신이 『儀器輯說』에서 서술하는 의기는 동종의 다른 의기들과 어떻게 다른지, 또 어떤 장치를 제거하거나 새로 설치했는지, 그리하여 어떤 점이 개선되었는지 등을 밝히고 있다. 이런 서술을 종합해 볼 때, 남병철은 자신이 고안한 의기와 당시 자신과 교유했던 사람들이 고안한 의기들, 또한 천문관측에 대단히 중요하다고 판단한 의기를 망라하여 서술하고 있다는 것을 알 수 있다.

2) 製法 : 기구의 제작 방법과 구성 부품

『儀器輯說』에서는 각 관측기구마다 서론 부분의 「說」 다음에 「製法」

항목을 배치하여, 기구의 구성 부품과 각 부품의 크기, 기능, 이를 제 작하는 방법, 제작 과정에서의 주의할 점 등을 서술하였다. 쓰인 재료 들은, 금속제인 경우 대체로 銅이 사용되고, 일부 부품의 경우 鐵을 보 조적으로 사용하였다. 또한 나무로 제작된 경우도 많다. 특히 천문관 측기구이기 때문에 銅으로 제작한 여러 環에 각도, 시각, 절기, 날짜 등 각종 눈금을 새겨 넣은 경우가 많은데, 경우에 따라 어느 면에 어 떤 눈금을 새겨야 하는지 상세하게 지정하고 있다. 또한 각 기구마다 서술의 상세함은 다르지만, 대체로 서술 내용에 따라 부품을 제작하 면, 기구 전체를 완성할 수 있게 하였다.

그러나 오늘날 『儀器輯說』을 보면서 느끼는 가장 큰 불편함 중의 하 나는 이 책이 그림을 전혀 포함하고 있지 않다는 것이다. 기구 전체의 그림은 물론, 형태가 복잡하여 모양과 구조를 쉽게 떠올리기 힘든 부 품에 대해서도 그림이 전혀 없다. 책의 제목이 "圖說"이 아니라 "輯說" 인 것도 이 때문으로 보이지만, 그림이 없기 때문에 해당 기구의 모델 을 제작하는 일은 쉽지 않다. 현재까지 한국에서 『儀器輯說』의 10가지 기구 중 실물 모델이 제작된 경우는 없다.

모델 제작을 어렵게 하는 또 하나의 요인은, 각 부품의 크기나 구성 부분의 치수를 정확하게 알려주지 않는다는 점이다. 예를 들어 "크기 는 적당히 취하라(大小量宜)"거나, "자오권의 안쪽에 있고, (크기는) 조 금 적다(在子午圈內而差小)"는 식으로 제작자의 자의에 맡기거나 임의의 크기를 갖는 부품과 비교한 상대적인 크기를 알려주는 식으로 서술하 는 경우가 많다. 이 때문에 제작을 위해서는 기준 크기로 삼을 부품을 정한 다음, 이로부터 제작자가 다른 부품들과의 상호관계를 고려하면 서 기구 전체가 작동가능 하도록 각 부품들을 제작해나가야 한다.

3) 用法 : 기구를 설치하고 관측하는 방법

『의기집설』에서는 기구의 부품과 제작법을 설명한 다음, 세 번째로 기구의 「用法」을 서술한다. 먼저 관측지의 자오선 방향을 정하고, 기구의 남북극축을 위도에 맞추며, 황도면이나 적도면에 나란하게 기구의 기준면을 설치하는 「安儀」의 과정을 거친다. 이로부터 관측기구를 이용하여 천체의 고도, 천체간의 거리 등 다양한 관측치를 얻어낼 수 있다.

4) 算法 : 관측에 적용된 수학적 원리와 관측치를 이용한 계산법

이것은 용법에 부수되는 내용으로 의기를 사용하여 특정한 수치를 얻어낼 때에 필요한 산법을 설명한다. 여기에서는 얻어낸 관측치가 가지고 있는 수학적, 천문학적 의미를 서술하며, 이 관측치를 이용하여 최종적으로 필요한 값을 얻어내는 수학적 연산과정을 서술한다. 「算法」은 「用法」의 하위 항목이지만, 상호 일관되어 있기 때문에 한 종류의 관측과 관측치의 의미를 이해하거나 이것을 매개로 하여 새로운 값을 얻어내기 위해 필요한 수학적 원리와 과정이 함께 서술된다. 예를 들어 渾天儀의 용법 중에는 "특정한 항성이 지평선에서 떠올라 자오선 상에 오는 시간을 관측하여 관측지의 北極出地度(위도)를 얻어내는 관측이 있다(測北極出地度). 남병철은 먼저 북극출지도란 북극이 지평선에서 올라온 각도이므로 지역에 따라 남북으로 그 값이 다르다는 사실을 설명한다. 또한 北極出地度에 따라서, 가지역의 晝夜長短과 계절의 늦고 빠름, 남중 때 천체의 천정거리가 달라진다는 점 등 북극출지도와 관련된 천문학적 원리들을 서술한다. 다음으로 「산법」에서는 관측된 항성이 지평선에서 자오선에 이르는 시간각으로부터 북극출지도를 얻어내는 수학적 과정을 서술한다. 이 책에 서술된 산법의 거의 대부분은, 세 개

의 변과 세 개의 각을 지닌 구면삼각형에서 삼각법의 원리를 적용하여, 이미 알려진 요소에서 미지의 요소를 구하는 과정으로 되어 있다. 또한 이러한 산법을 설명하는 과정에서 관측된 요소가 왜 미지의 요소를 알게 해주는 매개 값이 되는지를 알 수 있게 된다. 책에 포함된 10개의 관측기구는 저마다 적합한 용도에 특화되어 있고, 그로부터 관측하여 얻어내는 값이 다르다. 때문에 관측의 용도가 넓은 혼천의는 무려 30가지가 넘는 용법과 산법을 자세히 서술하고 있지만, 渾平儀는 용법을 5가지만 서술하였고, 그나마 적용된 산법은 모두 생략하였다. 卷下에서 다루는 9종의 의기에 대한 서술이 卷上에서 다루는 渾天儀에 대한 서술보다 훨씬 간략하고 분량이 적은 것은 각 기구의 용법과 산법에 대한 서술이 소략하기 때문이다.

『儀器輯說』의 관측기구

1) 渾天儀

■ 「渾天儀說」

혼천의는 예로부터 자오선, 지평면, 적도, 황도 등 천구상의 여러 요소들을 나타내는 서로 다른 환들을 결합한 六合儀, 三辰儀, 四遊儀의 3층 구조로 되어 있었다. 맨 바깥층인 六合儀는 지평환과 자오환이 결합된 것으로 위치와 방향의 기준이 되며, 중간층인 三辰儀는 적도와 황도를 나타내는 환을 결합한 것으로 천체들이 운동하는 기준면을 나타내고 있다. 가장 안쪽에 있는 四遊儀는 환에 부착된 窺衡(관측규)을 상하좌우로 회전시켜 천체의 위치와 운동을 관측할 수 있게 해주는 장치이다. 남병철은 「渾天儀說」에서 이러한 기본 구조를 지닌 전래의 渾天儀가 역사적으로 어떤 의미를 가진 관측기구인지와 그 구조가 변화되는 과정을 정리하였다. 나아가 여러 차례의 개선과 변형에도 불구하고 渾天儀에는 여전히 관측에 불편을 주는 요소가 있으며, 또 천문학에 필요한 다양한 형태의 관측을 하나의 기구에서 모두 수행하지 못하는 단점이 있음을 서술하였다. 남병철은 역대의 혼천의가 지닌 장단점을 지적한 다음, 자신이 "8개의 환을 5층으로 배치(五重八圈)"한 새로운 형태의 혼천의를 고안했다는 점을 밝혔다. 또한 이 새로운 혼천의는 우주의 구조와 천체가 운동하는 원리를 대단히 잘 반영하고 있으며, 제작법이 간단하고 측량에도 편리하다는 점을 밝히고 있다.

　남병철이 「渾天儀說」에서 거론한 혼천의의 역사는 대체로 중국의 것이다. 渾天儀는 儒家의 聖王의 제도에서 그 유래를 찾는 매우 유서 깊고 의미 있는 관측기구이다. 당연하게도 남병철은 『書經』「虞書」 舜傳에 나오는 "선기옥형으로 칠정을 가지런히 한다(璇璣玉衡以齊七政)"는 구절을 들어, 여기서 언급된 "璇璣玉衡"이 渾天儀이며, 이것은 渾天儀가 고대 聖王이 마련한 제도의 일부였다는 점을 밝혔다. 남병철은 경전에 등장하는 璇璣玉衡이 혼천의라는 근거로, 孔穎達이 『書經』의 奏疏에서 璇璣玉衡이 천문기구라고 했다는 점을 들었으며, 馬融이 혼천의가 회전할 수 있기 때문에 璣衡(璇璣玉衡)이라고 부른다고 했던 언급을 들었다. 나아가 남병철은 漢代 이후 渾天儀가 제작된 역사를 개관하며, 각기 다른 혼천의들이 어떤 특징을 지녔는지를 정리했다. 前漢 宣帝(재위 : B.C. 73～47)시에 耿壽昌이 처음으로 선기옥형의 법식을 따라서 銅製 渾天儀를 제작하였으며, 後漢 和帝(재위 : 88～105)시에 賈逵(30～101)가 銅製 員儀(둥근 의기)를 만들었으며, 順帝(재위 : 125～144) 때의 張衡(78～139)은 물의 힘으로 움직이는 銅製 渾天儀를 제작하였다. 吳(222～280)의 陸績이 새알 모양의 둥근 銅製 渾象을 만들었고, 宋(420～479)의 王蕃이 銅製 渾象儀를 만들었다. 또한 宋의 元嘉年間(424～453)에 錢樂之가 만든 것도 銅製 渾天儀였다. 落下閎의 의기에는 黃道가 없었는데, 賈逵가

이를 만들어 넣었다고 한다. 張衡이 만든 혼천의는 內規와 外規를 분리하고, 남북극, 황도, 적도 등을 갖추었으며, 24氣와 28수 및 여러 별자리, 일월오성을 두루 갖추었다. 錢樂之는 의기에 황도를 두었지만 黃道經圈을 두지는 않아 황도경도를 측정할 수는 없었다. 唐의 李淳風은 賈逵와 張衡이 만든 기구는 일월오성의 위치를 적도를 기준으로 관측하고 계산했다고 보고, 이것은 『周禮』에서 제시된 황도를 기준으로 한 고대의 관측법과 일치하지 않는다고 보았다. 이에 새로운 의기를 제작하였는데, 그는 六合儀와 四遊儀는 옛날 방식을 그대로 사용하면서, 새로이 황도면을 중심으로 관측을 할 수 있는 三辰儀를 설치하고, 황도면을 따라 천체를 관측할 수 있는 璇璣規와 백도면을 따라 달을 관측할 수 있는 月遊規라는 두 개의 觀測規를 설치했다. 唐의 一行은 後魏의 斛蘭이 만든 혼천의에서는 적도가 움직이지 않았다고 보았으며, 또한 李淳風의 의기는 日道와 月道의 관측이 매우 어렵다고 보고, 새로운 의기에서는 황도가 움직일 수 있게 하였고, 황도의 안쪽에 白道月環을 설치했다. 宋代에는 至道年間(995~997)에 韓顯符가 三辰儀에 있던 황도와 적도를 六合儀로 옮겼다가, 皇祐年間(1049~1053)에 다시 이 두 환을 원래대로 三辰儀에 옮겼다. 熙寧年間(1068~1077)에 沈括은 혼천의의 옛 법식이 잘못된 것을 13가지로 지적하고 혼천의를 제작하였는데, 옛 의기에서 望筒 옆에 있던 白道儀를 제거했다. 元祐年間(1086~1094)에 蘇頌은 六合儀, 三辰儀, 四遊儀의 구조를 다시 원용하였고, 四象圈과 天運圈을 설치하였다. 元의 郭守敬은 渾天儀를 변형하여 簡儀를 제작하였는데, 간의에는 黃道를 설치하지 않고 立運圈을 설치하여 地平經緯度를 측정할 수 있게 했다. 明의 崇禎年間(1628~1644)에 李天經과 湯若望이 서양식 渾天儀를 제작하였다. 이 때에는 天球, 地球를 설치하고, 천체의 地平高度를 측정할 수 있게 하였다. 康熙帝(재위 : 1662~1722) 때에 銅製 渾儀를 만들었는데, 球面으로 天球의 모양을 만들고 黃道와 赤道를 구면에 새겨넣었을 뿐, 觀測規는 설치하지 않았다. 乾隆年間(1736∼1795)에 璣衡撫辰儀를 제작하였는데, 여기에는 遊旋赤道圈을 설치하고, 黃道圈과 地平圈을 제거했다.

이상이 남병철이 정리한 역대 혼천의의 특징과 장단점인데, 그는 혼천의가 후대로 올수록 점점 정밀해졌고 사용하기에 편리해졌다고 보았다. 여기에서 남병철은 1752년(건륭17)에 완성된 璣衡撫辰儀에 대해 특별한 언급을 하지 않고, 역대에 만들어진 渾天儀 중 하나로만 간단히 소개하고 있다. 하지만, 사실 그는 뒤에서 서술할 혼천의의 「用法」과 「算法」 부분에서 璣衡撫辰儀를 이용한 관측법과 관측결과를 담고 있는 『欽定儀象考成』을 대단히 많이 인용하고 있다. 또한 璣衡撫辰儀에서는 적도가 회전할 수 있게 한 遊旋赤道圈을 설치하였는데, 이것은 남병철의 渾天儀에서도 그대로 원용되었다. 따라서 남병철이 새로운 渾天儀를 고안하고 이것을 이용한 관측법과 산법을 기술하는 데에는 璣衡撫辰儀와 『欽定儀象考成』이 가장 중요한 참고 자료였다는 것을 알 수 있다.

■ 「渾天儀製法」

남병철이 제안한 새로운 혼천의의 구조는 "5중8권(五重八圈)"이라는 말로 상징된다. 8개의 圈을 5겹의 구조로 배치했다는 의미이다. 여기서 8圈은 각각 地平圈, 子午圈, 天常赤道圈, 三辰圈, 遊旋赤道圈, 黃道圈, 載極圈, 四遊圈이며, 맨 바깥쪽부터 안쪽으로 제1중에 地平圈, 제2중에 子午圈과 天常赤道圈, 제3중에 삼신권, 유선적도권, 황도권, 제4중에 재극권, 제5중에 사유권이 차례로 배치된다. 혼천의의 전체구조와 각 圈의 기능은 다음 〈표 1〉과 같다.

<표 1> 남병길이 고안한 혼천의의 구조와 각 부분의 기능

층구조	圈(둥근 환)	기능과 특징
제1중	地平圈	지평경도의 기준. 의기 전체의 틀에 해당. 받침대에 연결되어 수평을 맞추어 설치된다.
제2중	子午圈	천구의 자오선, 자오권과 수직으로 만나면서 지평권의 지지를 받는다.
	(天常)赤道圈	천구의 적도. 자오권과 子午點에서 수직으로 만나고, 지평권의 卯酉點에서 지평권과 만난다.
제3중	三辰圈	자오권과 마찬가지로 곧추 선 환으로 자오권의 극축을 중심으로 회전한다.
	遊旋赤道圈	三辰圈에 붙어있는 赤道圈, 삼신권의 회전에 따라 회전한다. 적도면 중심의 관측에 이용.
	黃道圈	삼신권에 붙어있는 黃道圈, 삼신권의 회전에 따라 회전한다. 황도면 중심의 관측에 이용
제4중	載極圈	관측장치인 四遊圈의 극축을 바꿀 수 있게 해주는 환. 사유권이 각각 赤極, 黃極, 天頂極의 세가지 극축을 중심으로 회전할 수 있게 한다.
제5중	四遊圈	축에 따라 회전하며, 여기에 觀測規인 窺衡을 부착하여 천체를 관측할 수 있다.

　　남병철이 고안한 혼천의에서 가장 특징적인 것은, 하나의 기구를 가지고 지평좌표, 적도좌표, 황도좌표의 세 가지 기준 좌표 모두에 맞는 관측을 할 수 있다는 점이다. 즉 천문관측에 필요한 다양한 형태의 관측을 혼천의라는 하나의 기구에서 모두 구현할 수 있게 만들었던 것이다. 남병철은 자신의 혼천의가 서양천문학 지식을 도입하여 만들어진 명대와 청대 혼천의의 장점만을 취했다고 말한다. 우선 그는 천체운동의 원리나 우주의 구조를 보여주기 위해 제작되어 관측기구로서의 제약이 있었던 明의 崇禎年間에 만들어진 의기에서 둥근 지구와 항성 천구를 제거했다는 점을 들었다. 또한 乾隆年間에 만들어진 璣衡撫辰儀에서는 遊旋赤道圈을 취하고, 수직으로 子午圈이나 三辰圈 등 수직

으로 서는 環들을 雙環이 아닌 單環으로 제작하고, 規表(관측규)는 항상 일직선이 되게 하였다고 하였다. 이런 모든 고안들은 혼천의를 보다 "만들기 쉽고 관측에 용이한(簡易於造製與測量)" 기구로 개선하기 위한 것이었다.

혼천의의 「製法」에서는 각 환들과 그에 부수되는 부품들의 특징과 기능, 제작 방법을 서술하였다. 각 부품의 형태와 대략적인 배치 구조는 다음 〈표 2〉와 같다.

〈표 2〉 남병철이 고안한 혼천의의 각 부품과 특징

	전통적 명칭	부품	형태와 배치 구조	비고(눈금)
제1중	外環	地平圈	單環. 가장 바깥에 위치, 받침대에 고정.	지평경도 360도.
제2중	六合儀	子午圈	單環. 천정에서 90도 되는 지점에서 천상적도권과 직교. 지평환에 고정.	주천도수 360도를 양극을 시작점으로 상하로 90도.
		天常赤道圈	單環. 크기는 자오권과 동일. 자오권과 직교.	주천도수 360도. 환의 양 측면에 96각.
제3중	三辰儀	三辰圈	자오권보다 작은 環, 환의 남북극에 자오권의 축을 삽입.	주천도수 360도.
		遊旋赤道圈	三辰圈과 같은 크기의 환. 三辰圈의 양극에서 90도 지점에서 三辰圈과 직교. 三辰圈과 함께 회전.	환의 윗면에 12宮度. 양 측면에 주천도수.
		黃道圈	삼신권과 같은 크기. 황도권의 동하 지점과 삼신권의 23.5도 지점이 교차.	환의 윗면에 72候(절기)를 새기고, 양 측면에 주천도수.
제4중		載極圈	單環. 三辰圈보다 조금 작음. 삼신권 안쪽에 배치. 적도남북극, 황도 남북극, 천청남북극을 나타내는 세 쌍의 구멍을 설치. 재극권은 적도남북극축에 끼움.	양 측면에 주천도수.
제5중	四遊儀	四遊圈	載極圈보다 조금 작음. 載極圈 안에	양 측면에 주천도수.

	전통적 명칭	부품	형태와 배치 구조	비고(눈금)
			배치. 관측을 위해 직거와 규형을 설치. 관측기준면에 따라, 사유권을 載極圈의 적도극축, 황도극축면, 천정극축에 옮겨 관측함.	
		直距	사유권의 중심을 지나면서 적도극축에 연결. 극축을 중심으로 사유권이 회전할 수 있게 함.	
		窺衡	직거와 같은 길이. 직거의 중심에 회전축을 만들어 직거 위에서 회전할 수 있게 함. 2개. 규형의 양 끝에 각각 通光表와 測星表를 부착.	
관측 장치 부속품	觀測表	通光表	위쪽에 원형, 아래쪽에 직사각형의 슬릿을 만들어 전후 표를 통하여 천체를 관측.	
		測星表	전후 표에 사각형 모양의 가늠자를 만들어 전후 표를 통하여 천체를 관측.	
		指時度表	뒷쪽이 넓고 앞쪽이 좁은 숟가락 모양의 지시표의 넓은 면에 구멍을 뚫어 四遊圈을 끼움. 앞쪽의 좁은 곳으로 눈금을 가리킴.	

남병철의 혼천의를 상징하는 말은 "5重8圈"이지만, 사실상 그의 혼천의에서 창안이 가장 돋보이는 부품은 載極圈이다. 載極圈을 설치함으로써, 적도좌표, 지평좌표, 황도좌표를 기준으로 한 관측이 모두 하나의 기구에서 이루어질 수 있게 된 것이다. 載極圈 덕분에 남병철의 혼천의는 다양한 목적의 천문 관측에 모두 부응할 수 있는 전천후 관측기기가 될 수 있었다. 郭守敬의 簡儀에서 赤道環과 地平環을 분리하여 각각 적도좌표와 지평좌표를 기준으로 한 관측을 할 수 있게 한 것은 잘 알려져 있다. 하나의 관측기구가 두 가지의 관측목적을 수행하기

는 어렵기 때문이었다. 또한 서로 다른 기준면을 사용하는 관측을 하나의 기구에서 구현하기 위해서는 환의 수가 많아지고, 구조가 복잡해지면서 필연적으로 관측에 불편한 구조가 될 수밖에 없다. 전래의 혼천의는 지평선, 자오선, 적도, 황도, 백도 등 다양한 환을 한꺼번에 설치하고서도 관측 기준면은 적도면을 위주로 할 수 밖에 없었다. 또한 황도나 백도면을 기준으로 한 관측을 수행하기 위해 이들을 움직이게 하거나 이 면을 따라 관측할 수 있는 부수적인 장치를 마련하기도 했지만, 사용에 불편하고, 다른 관측에 방해가 되기 때문에 실효성이 적었다. 그 때문에 후대인들이 이를 제거하거나 단순화했던 것은 앞서 역대 혼천의에 대한 남병철의 서술에서 이미 언급되었다.

남병철은 역대 혼천의의 장단점을 파악하고 전천후 관측을 할 수 있는 새로운 혼천의를 만들고자 하였는데, 이에 핵심적인 기여를 한 창안이 載極圈이었던 것이다. 관측을 수행하는 四遊圈을 재극권의 각기 다른 세계의 극축에 옮겨 끼움으로서 적도, 황도, 지평면을 기준으로 한 다양한 관측이 하나의 기구에서 모두 가능하게 된다. 남병철은 「四遊圈用法」이라는 항목에서 "四遊圈을 赤極에 앉히면 赤度經緯儀가 되며, …… 黃極에 앉히면 黃道經緯儀가 되며, …… 天頂에 앉히면 地平經緯儀가 된다"고 말하고, 각 좌표면을 기준으로 어떤 관측치를 얻어낼 수 있는지를 나열하였다. 赤度經緯儀에서는 천체의 赤道經度와 赤道緯度, 黃道經緯儀에서는 黃道經度와 黃道緯度, 地平經緯儀에서는 地平經度와 地平緯度가 주요 관측치가 된다.

■ 「渾天儀用法」

남병철은 혼천의의 「用法」 항목에서 渾天儀를 이용한 관측을 통해 관측치를 얻는 방법과 얻은 관측치를 보조계산식에 대입하여 목표로 하는 최종 수치를 얻어내는 방법에 대해 서술하였다. 관측을 하기 위해서는 먼저 혼천의를 설치하는 "安儀" 과정을 거쳐야 한다. 혼천의 관측은 기본적으로 관측지에서 지평선과 자오선을 확정하고, 나아가 北極出地度(위도)에 맞추어 기구를 설치하는 일에서 시작된다. 즉 의기의 수평을 잡고, 의기의 子午圈을 관측지의 자오선에 일치시키며, 극축의 기울기를 관측지의 위도와 일치시켜, 기구에 설치된 다양한 환들이 천구상의 기준선들에 일치하도록 만드는 것이다.

「用法」에서 제시된 관측법은 전체적으로 19가지인데, 관측으로부터 직접 원하는 수치를 얻거나 관측치를 가지고 구면삼각법을 적용하여 보조계산을 한 다음 목적하는 수치를 얻어낸다. 이 때문에 이 항목에서는 관측 방법을 설명하면서도, 관측치가 지니는 천구 위에서의 의미에 착안하여 이를 구면삼각법의 산법에 적용하여 다른 목적의 수치를 얻어내는 방법을 서술하였다. 여기에서 제시되는 관측법과 계산법은 모두 서양천문학 이론을 적용한 것이기 때문에, 산법은 완전히 구면삼각법으로 이루어져 있으며, 특히 『儀象考成』의 내용이 많이 인용되어 있다. 그러나 남병철은 이러한 관측법과 계산법이 모두 당시로서는 상식적인 것이라고 생각했기 때문인지, 인용의 출처를 밝혀놓지는 않았다. 다만, 北極出地度를 구하는 과정에서 적용된 산법에서 梅穀成의 『赤水遺珍』에서 제시된 계산법을 인용하고 있는데,[4] 이것은 顔家樂(Karl Slavicek, 1678~1735)[5]의 창안이 발휘된 것이기 때문에 특별히 引用處를 밝힌 것 같다. 이 사례는 남병철이 혼천의의 관측과 산법을 기술하기 위해 매우 광범위하게 참고서적을 살폈으며, 수학적인 원리를 매우 깊은 수준까지 이해하고 있었다는 것을 보여준다.

「용법」에서 제시된 관측과 개략적인 기술 내용은 다음과 같다.

---

4) 이에 대해서는 厲國靑·柳金沂·趙澄秋,「顔家樂測量緯度方法及李善蘭的改進」,『自然科學史硏究』12-2, 1993, 128~135를 참조.
5) 체코의 보헤미아 출신 예수회사. 1716년에 중국에 들어옴.

1. 測南北眞線. 관측지의 남북 방향을 측정한다. 이 관측은 각각 태양과 항성을 관측하는 두 가지 방법으로 나누어 서술하였다. ① 태양을 이용한 관측 : 일출과 일몰시 태양이 자오선에서 떨어진 각도를 측정한다 ② 항성을 이용한 관측 : 임의의 항성이 자오선의 동쪽에 있을 때와 서쪽에 있을 때의 고도와 지평경도를 측정한다.

2. 測北極出地度. 북극출지도(위도)를 측정한다. 이 경우에도 각각 태양과 항성을 관측하는 두 가지 방법으로 나누어 서술하였다. ① 태양을 이용한 관측 : 黃道圈을 해당일의 태양의 위치에 맞추고, 태양이 남중했을 때, 지평권에서 북극까지의 도수를 측정한다. ② 항성을 이용한 관측 : 임의의 항성을 택해 지평고도의 변화를 측정하여 산법(구면삼각법)을 적용하여 북극출지도를 산출한다. 특히 항성을 이용한 관측에서 梅穀成의 『赤水遺珍』에 소개된 顔家樂의 방법을 소개하였다.

3. 測赤道高度. 적도고도를 측정한다. "赤道高度=90-北極出地度"라는 식이 성립하므로, 北極出地度를 측정하면 계산에 따라 구할 수 있다.

4. 測太陽躔度. 태양의 황도상의 위치를 측정한다. 정오 때 태양의 赤道緯度를 측정하여 태양의 적위를 알 때, 황경을 구하는 산법을 적용한다. 이 관측법과 산법은 『儀象考成』을 참고하였다.

5. 測太陽時刻. 태양의 위치로 時刻(진태양시)을 측정한다. 태양의 위치를 天常赤道圈에서 時刻으로 환산하여 읽어낸다. 이를 위해서는 각도를 시각으로 환산하는 방법을 적용하는데, 여기에 각도-시각, 시각-각도의 환산표를 실어 놓았다.

6. 測太陽出入時刻及晝夜盈短. 태양의 출입시각, 즉 일출입시각과

晝夜의 길이를 측정한다. 태양이 지평선에서 뜨고 질 때를 태양의 위치를 측정하여 위의 5의 방법으로 각도를 시각으로 환산하고, 정오까지의 시간간격을 구한다. 다른 방법으로 동하지 날 정오에 태양의 고도를 알 때, 주야장단을 구하는 방법을 소개하였다.

7. 測太陽赤道經緯度. 태양의 적도경위도를 구한다. 태양의 위도는 정오에 태양의 위도를 직접 측정하고, 경도는 적경이 알려진 항성을 관측하여 간접적으로 구한다. 산법에서는 태양의 적위를 알 때, 적경을 구하는 계산법을 서술하였다. 여기에 설명된 관측법과 산법은 『儀象考成』을 참고하였다.

8. 測太陽各節候午正及各時刻高度. 각 절후에 태양의 정오 때와 각 시각에서의 고도를 구한다. 四遊圈을 이용하여 각 시각별로 고도를 측정한다. 산법에서는 관측기구로 태양의 고도를 측정하였을 때, 이것이 구면삼각형 상에서 어떤 의미를 갖는 값이며, 이를 이용하여 다른 값들을 어떻게 구할 수 있는지를 매우 자세히 서술하였다. 이에 적용된 구면삼각법의 원리는 대부분 『曆象考成』에서 서술한 두 변과 끼인 각을 알 때 사용하는 對邊法, 세변을 알 때 사용하는 總較法 등이다. 부록으로 한양의 북극고도 37°39′15″를 기준으로 한 각 절기별, 시각별 高度表를 수록하였다.

9. 測太陽地平經緯度及偏度. 태양의 地平經緯度와 東西偏度를 측정한다. 사유권을 載極圈의 天頂極에 설치하고 지평권의 동서남북으로 태양의 경위도를 측정한다. 여기에 적용된 구면삼각법의 원리를 설명하기 위해 남병철은 삼각형에 보조수선을 그어서 다른 요소를 구하는 垂弧法을 적용하였다. 남병철은 태양의 지평위도를 구하는 원리를 서술하기 위해 『儀象考成』

에서 제시된 또 다른 방법을 소개하였다.

10. 測朦影時刻. 박명시각을 측정한다. 몽영시각은 일출 전과 일몰 후에 태양이 지평선아래 18° 지점에 위치할 때의 시각이다. 황도가 지평선과 이루는 각이 매일 달라지기 때문에 朦影刻分이 매일 달라진다. 이것을 측정할 때에도 四遊圈을 載極圈의 天頂極에 설치한다. 이 관측에 적용된 원리에 대해 세 변을 아는 구면삼각형에 적용하는 總較法을 통해 설명하였다.

11. 黃赤大距. 황적도 경사각을 측정한다. 동지와 하지 때 정오에 태양이 적도남북으로 몇 도에 있는지를 측정한다. 인용처를 밝히고 있지는 않지만, 황적도 경사각의 측정법과 원리에 대한 수학적 설명은 모두 『儀象考成』에서 옮겨온 것이다. 부록으로 각 절기별 黃赤距度表를 수록하였다. 이 관측법과 산법은 『儀象考成』을 참고하였으며, 이하 11～18번까지의 서술 내용도 모두 『儀象考成』에서 관련 내용을 확인할 수 있다.

12. 測太陽交節氣時刻. 태양이 절기점에 교차하는 시각을 측정한다. 춘분날 정오 때 태양의 고도와 적도고도의 차이를 측정하여 절기시각이 正午 전인지 후인지를 결정한다. 산법은 『儀象考成』에서 설명된 것을 참조하였다.

13. 測月星赤道經緯度. 달과 행성의 적도경위도를 측정한다. 四遊圈을 載極圈의 赤道極에 끼운다. 계산을 통해 관측 당시 태양의 赤道經度를 얻고 遊旋赤道圈과 天常赤道圈을 움직여 이 위치에 맞추어 고정시킨 다음, 四遊圈으로 달과 행성의 적도경도를 얻는다. 산법은 태양의 赤道經緯度를 이해하는 원리와 같다. 산법은 『儀象考成』에서 설명된 것을 참조하였다.

14. 測月星黃道經緯度. 달과 행성의 黃道經緯度를 측정한다. 四遊圈을 載極圈의 黃道極에 끼운다. 관측시각의 태양의 위치를 알아내서 黃道圈과 天常赤道圈을 움직여 이 위치에 고정시킨다음, 四遊圈으로 달과 행성의 황도경도를 측정한다. 산법은 『儀象考成』에서 설명된 것을 참조하였다.

15. 測月星地平經緯度及偏度. 달과 행성의 地平經緯度와 東西偏度를 측정한다. 태양의 지평경위도를 측정하는 방법과 같다. 산법은 『儀象考成』에서 설명된 것을 참조하였다.

16. 測月星出入地平時刻與當中及偏度. 달과 행성이 지평선에 출입하는 시각, 남중, 동서편도를 측정한다. 사유권을 載極圈의 赤道極에 끼운다. 관측일 子正의 태양의 적도경도를 가지고 이를 遊旋赤道圈의 기준점으로 삼고, 관측일 자정의 달과 행성의 적도경도를 가지고 사유권을 遊旋赤道圈에 위치시킨다. 사유권이 유선적도권을 이끌게 하면서 달과 행성이 지평에서 출입하는 시각을 측정한다. 산법은 『儀象考成』에서 설명된 것을 참조하였다.

17. 測兩星斜距度. 두 천체가 비스듬히 떨어진 각도를 측정한다. 四遊圈을 載極圈의 적극에 기우고 載極圈과 일치되게 한다. 한 천체의 적도경위도를 구하고, 이를 載極圈에 표시한다. 다시 載極圈을 그 자리에 유지한 채 사유권을 돌려서 다른 천체의 적도경위도를 측정하여 이 지점을 사유권에 표시한다. 두 지점의 각거리를 측정한다.

18. 測黃白距限. 황백도가 떨어진 각도의 한계를 측정한다. 춘분일의 상하현달, 추분일의 상하현달, 동지일의 보름달, 하지일의 보름달을 각각 측정하여 황도와 백도가 떨어진 각거리의 한계를 구한다. 黃白距限을 측정하는 방법에 대해, 『曆

『象考成』에서는 하지 때의 관측만을 서술하고 있지만, 남병철은 동지 때에도 같은 원리를 적용할 수 있다고 밝히고 있다. 또한 남병철은 『曆象考成』에서는 상하현 때에 교각이 크고, 삭망 때는 교각이 작다고 하였으나, 『역상고성후편』에서는 삭망 때에 교각이 크고, 상하현 때 교각이 작다고 정반대로 서술되어 있다는 점을 지적하였다. 산법은 『儀象考成』에서 설명된 것을 참조하였다.

19. 測黃赤同升度差. 사유권을 載極圈의 黃道極에 끼운다. 四遊圈을 움직여 황도권의 宮度와 적도권의 宮度를 관측하여 두 지점의 차이를 관측한다.

위와 같은 관측법과 산법에 대한 서술을 종합해볼 때, 혼천의는 태양, 달, 행성, 항성 등 모든 천체의 위치와 운동을 관측할 수 있는 전천후 기구임을 알 수 있다. 관측의 목적과 상황에 맞추어 사유권을 재극권의 세 가지 극축에 옮겨 끼워서 필요한 관측을 수행한다. 또한 遊旋赤道圈, 黃道圈, 載極圈 등을 천체의 위치를 기준으로 필요한 지점에 서로 교차시켜 고정시킨 다음, 다시 사유권을 돌려 관측치를 얻어 두 가지, 혹은 세 가지 값을 동시에 혼천의 상에 표시할 수 있다. 그러므로 이 혼천의가 "혼천의 제법의 역사에서 커다란 기술혁신으로 동아시아 혼천의 제작사에 커다란 발자취를 남긴"[6] 것이라는 평가는 정당한 것이라고 할 수 있다.

남병철의 혼천의가 이와 같이 중요한 의미를 지닌 기술적 진보를 보여주는 것이기에, 이 혼천의를 실물로 제작하려는 연구가 몇 차례 이루어졌다.[7] 나아가 현재는 혼천의의 제작을 위한 컴퓨터 모델링까

---

6) 김상혁, 「의기집설의 혼천의 연구」, 충북대학교 석사학위논문, 2002, 85쪽.
7) 앞서 언급한 이용삼·김상혁·남문현, "남병철의 혼천의 연구", *Journal of the*

지 확보된 상태이지만, 아직 실물로 모델이 제작되지는 못하고 있다. 속히 실물을 제작하여 남병철이 자랑한 대로 "만들기 쉽고 관측에 용이한" 기구인지를 실제로 확인하고, 그가 해설한 산법의 원리를 보다 깊은 수준에서 이해할 필요가 있다.

2) 渾蓋通憲儀

남병철이 『儀器輯說』 卷下에서 가장 먼저 소개하는 渾蓋通憲儀는 오늘날의 용어로는 평면구면 아스트로라브(planispheric astrolabe)이다. 이 기구는 마태오 리치(Matteo Ricci, 1552～1610)와 李之藻가 편찬한 『渾蓋通憲圖說』에서 그 제작법과 관측법을 설명하고 있는데, 이 때문에 이 책은 아스트로라브라는 관측기구와 제작 원리가 명말청초에 동아시아에 전해지는 시발점이 되었다.[8] 제작을 위해 천구면을 평면에 투영하는 평사투영법(stereographic projection)을 사용하기 때문에, "渾蓋通憲"이라는 이름이 생겨났다. 동아시아에서는 구면을 渾天에 연결하고 평면을 蓋天에 연결시켜 이 기구가 渾天의 원리와 蓋天의 원리를 동시에 지니고 있는 매우 오묘한 기구라고 여겼고, 마찬가지 이유에서 조선의 지식인들도 이 기구에 많은 관심을 기울였다. 조선에서 이 渾蓋通憲儀를 연구하거나 제작 혹은 소장한 사람이 있었다는 기록이 몇 건 있지만, 실물이 보고된 경우는 없었는데, 최근 18세기 후반에 조선

Korean Astronomical Society 34, 2000, 47～57; 김상혁, 「의기집설의 혼천의 연구」, 충북대학교 석사학위논문, 2002; 김상혁·이용삼·남문현, "남병철의 혼천의 연구 II", J. Astron. Space Sci. 23(1), 2006, 73～92; 김상혁, 「조선 혼천의의 역사와 남병철의 창안」, 『충북사학』 16, 2006, 143～181 등이 대표적이다.

8) 『혼개통헌도설』과 혼개통헌의에 대해서는 安大玉, 『明末西洋科學東傳史: 『天學初函』 器編の研究』, 知泉書館, 2007, 제8장을 참조. 또한 이 기구의 중국에서의 전파과정에 대해서는 安大玉, 「明末平儀(planispheric astrolabe)在中國的傳播: 以『渾蓋通憲圖說』中的平儀爲例」, 『自然科學史研究』 21-4, 2002, 299～319 참조.

에서 제작된 銅製 아스트로라브가 한 건 보고되었다.[9]

　「渾蓋通憲儀說」에서 남병철은 『四庫全書總目提要』를 인용하면서 이지조의 『渾蓋通憲圖說』이 어떠한 책인지, 渾蓋通憲儀가 어떤 구조와 기능을 가진 관측기구인지를 서술한다. 하지만, 자세히 보면 이 「渾蓋通憲儀說」 전체가 모두 『四庫全書總目提要』의 인용이며, 남병철 자신이 서술한 내용은 전혀 없다. 서술 내용은 먼저 渾蓋通憲儀가 渾天과 蓋天의 원리를 모두 갖추고 있다는 언급으로 시작하여 남극에 시점을 두고 천구를 북쪽으로 투영한 투영법, 적도, 북회귀선, 남회귀선을 이 투영법에 따라 기구에 그리면 각각 赤道規圈, 晝長規, 晝短規가 된다는 것 등으로 이루어져 있다. 이어서 "이 기구의 제도가 『元史』에 기록된 札瑪魯鼎이 사용한 의기에서 보이며, 이것은 중국 천문학의 고전인 『周髀算經』에서 제시된 원리가 서방으로 흘러가서 성립한 것"이라는 梅文鼎의 西洋科學 中國源流說의 주장이 인용되어 있다.

　「渾蓋通憲圖說製法」의 서술은 李之藻의 『渾蓋通憲圖說』에 비해서 매우 간명하다. 서두에서 赤道, 黃道, 朦影限 등 기구 위의 여러 원과 선들이 무엇인지를 간단히 언급한 다음, 각 선과 원들을 그리는 과정을 설명한다. 그런데 『渾蓋通憲圖說』에는 기구 위의 여러 원과 선을 그리는 방법과 왜 그렇게 그릴 수 있는지 원리들을 자세히 서술하였지만, 남병철은 「製法」에서 선을 그리는 원리에 대한 설명을 하지 않는다. 먼저

---

9) 미야지마 카즈히코(宮島一彦), 「조선에서 제작된 아스트로라브에 대하여」, 『한국과학사학회지』 31-1, 2009, 47~63을 참조. 이 기구를 한자로 쓸 때는 渾蓋通憲儀라고 하지만, 외래어 명칭으로 부를 때는 한국과 일본에서 모두 아스트로라베, 아스트로라브, 아스트로레이브 등으로 다양하고 통일되어 있지 않다. 아라비아어 발음으로는 아스트로라브에 가깝고, 영어발음으로는 아스트로레이브에 가깝다. 아스트로라베는 일본에서 잘못 부른 발음을 그대로 한국에서 사용하는 이름이다. 필자는 아스트로라브로 부르는 것이 옳다고 여겨, 미야지마의 논문을 번역할 때도 그렇게 불렀으므로, 이 글에서도 아스트로라브로 적는다. 이 유물은 현재 경기도의 실학박물관에 소장되어 있으며, 2019년에 보물로 지정되었다.

기구의 앞면에 있는 각도와 시각 눈금, 赤道, 晝短規, 晝長規, 地平線, 등고도선(漸升度), 방위선, 朦影線, 부정시법의 시각선(晝夜箭漏線), 12宮線, 黃道規와 宮度線, 經緯線 등을 그리는 방법을 서술하고, 뒷면에 있는 1년간의 날짜 눈금(歲周規), 해 그림자 측정규(六時晷景規), 측량표(句股弦度) 등을 그리는 방법, 그리고 측정자(定時尺)를 만드는 방법을 서술하였다.

「用法」에서는 모두 13가지의 관측치를 얻어내는 방법을 서술하고, 부록으로 기구 뒷면의 측량표를 이용하여 거리와 너비를 측정하는 방법을 서술하였는데, 이런 내용은 대부분 이지조의 『渾蓋通憲圖說』에서 요약하거나 그대로 전재한 것들이다.

이상을 종합해볼 때, 渾蓋通憲儀는 서양천문학이 전래된 이후 계속해서 이 기구를 중시해온 전통이 있었고, 또한 사용에 간편하면서도 쓰임새가 크다는 실용성 때문에 남병철은 『儀器輯說』에 수록해야할 의기라고 생각했을 것 같다. 하지만, 이 기구에 관한 서술에는 남병철의 창안이 덧붙여지거나 『渾蓋通憲圖說』의 서술과 다른 내용을 거의 찾아보기 힘들다. 그는 『渾蓋通憲圖說』을 참고하여, 이 중요하고도 실용적인 관측기구를 소개하고, 제작방법과 관측방법을 정리하는 데에 만족한 것 같다.

3) 簡平儀

簡平儀는 앞서 언급하였듯이, 서양의 로하스형 아스트로라브(De Lojas Astrolabe)의 일종으로 관측지의 위도에 상관없이 사용할 수 있기에 만능 아스트로라브(Universal Astrolabe)라고도 한다. 이 기구의 원리와 관측법에 대해서는 이미 1611년 우르시스(Sabbathino de Ursis, 1575∼1620)와 徐光啓(1562∼1633)가 편찬한 『簡平儀說』에서 자세히 서술한 바 있다.[10]

조선에서도 洪大容의 「籠水閣儀器志」에서 "測管儀"라는 이름으로 그 제작법과 관측법의 원리가 정리된 바 있다.[11] 또한 현재 국립고궁박물관에 석판 위에 새겨진 간평의가 남아있고, 조선후기의 지도학자인 鄭尙驥(1678~1752)의 아들인 정항령(鄭恒齡, 1700~?)이 簡平儀를 소유하고 있었다는 기록도 있다. 이 기구는 전후 양면으로 되어있는데, 전면은 절기선과 시각선을 그린 天盤과 내부를 파낸 반원형의 관측표(地盤)를 그 위에 얹어, 천체의 고도, 북극 고도, 절기, 일출입 시각 등을 측정할 수 있다.[12] 후면에는 원을 수평으로 반을 나누어 위쪽에는 지평에 평행한 선들을 그리고 아래쪽에서 수직한 평행선들을 그리는데, 대부분의 『簡平儀說』 판본에서는 이 후면에 대한 설명이 빠져 있다. 다만 錢熙祚가 편집한 守山閣叢書에 들어있는 『簡平儀說』에는 후면의 그림을 실어놓았다.

『儀器輯說』의 「說」 부분에 담겨있는 簡平儀에 대한 서술 내용은 앞의 渾蓋通憲儀의 경우와 마찬가지로 모두 『四庫全書總目提要』를 그대 옮긴 것으로, 간평의의 구조와 기능에 대해 간략히 설명하였다. 「製法」에서는 천반의 절기선을 그리는 방법(畵節氣線法)과 시각선을 그리는 방법(畵時刻線法), 地盤(上盤)을 만드는 방법을 차례로 서술하였다. 「用法」에서는 서광계의 『簡平儀說』과 마찬가지로 13가지의 주요 관측법을 서술하였다(〈표 3〉 참조).

---

10) 『簡平儀說』과 簡平儀의 원리에 대해서는 安大玉, 『明末西洋科學東傳史: 『天學初函』 器編の硏究』, 知泉書館, 2007, 제9장을 참조.
11) 홍대용의 측관의에 대해서는 한영호·이재효·이문규·서문호·남문현, 「홍대용의 측관의 연구」, 『역사학보』 164, 1999, 125~164를 참조.
12) 간평의 원리와 관측법에 대해서는 다음을 참조. 安大玉(2007); 한영호 등(1999); 이태희, 「간평의(簡平儀)에 대하여」, 『생활문물연구』 11, 2003, 27~63.

<표 3> 간평의의 용법 13가지

관측	의미
1. 求太陽高弧度	특정 시각의 태양고도 구하기
2. 求太陽各節候距赤道緯度	각 절후 때 태양이 적도에서 떨어진 각거리 구하기
3. 求太陽正午高弧度	정오 때의 태양의 고도 구하기
4. 求北極出地度	북극출지도(위도) 구하기
5. 求各節候晝夜長短	각 절후별 주야의 시간 구하기
6. 求太陽出入地平時刻	태양의 출입시각 구하기
7. 求三殊域晝夜寒暑之變	남북극과 적도지방에서 주야한서의 변화를 구하기
8. 求太陽出入地平之廣度	태양이 출입하는 지평선상의 범위 구하기
9. 用極出度求各節候正午高弧度	북극출지도를 가지고 정오 때 태양고도를 구하기
10. 求晝時刻	해그림자의 길이를 측정하여 시각 구하기
11. 求各節候太陽過天頂線時刻	각 절후별 태양이 천정선을 통과하는 시각 구하기
12. 求地圓之理	지구가 구형인 원리 이해하기
13. 求各地表景不同	위도에 따라 해그림자의 위치가 달라지는 원리 이해하기

「用法」에서 소개하고 있는 관측법은 대체로 서광계의 『簡平儀說』의 그것과 동일하지만, 설명은 남병철의 『儀器輯說』쪽이 훨씬 간명하고 조직적이다. 이것을 볼 때, 남병철이 서광계의 『簡平儀說』을 참고하면서도 간평의의 원리와 사용법을 보다 명료하게 설명하려고 했다는 것을 알 수 있다.

4) 驗時儀

驗時儀는 서양에서 수입된 기계시계인 자명종이라고 할 수 있다. 하지만, 자명종이 천문관측기구를 모아놓은 『儀器輯說』에 포함된 점, 남병철의 서술에서 자명종을 정밀한 計時裝置로 여기고 있는 점, 또한 이 기구를 부르는 이름이 자명종이 아닌 "驗時儀"인 점 등을 감안해 볼 때, 남병철의 관심은 일반적인 완상용 탁상시계보다는 정밀한 계시

장치로서의 자명종에 있었던 것 같다. 한국에서 자명종에 대한 연구
는 많지 않은데, 서울대 박물관과 고려대 박물관에 소장된 자명종의
구조를 분석한 연구가 있다.[13] 또한 남병철의 험시의의 구조와 작동
원리를 분석한 연구가 출간되었다.[14]

남병철은 「驗時儀說」에서 부품과 구조, 작동 원리, 등을 개략적으로
설명하였다. 이로부터 驗時儀는 크게 시간 지속장치인 時邊과, 보시장
치인 鐘邊으로 이루어져 있고, 이 밖에 시각을 표시해주는 時版과 바늘
등 부대 장치가 딸려 있음을 알 수 있다(〈표 4〉 참조).

〈표 4〉 험시의의 구성부품

구성	시변(時邊)	종변(鐘邊)	동판전면(銅版前面)
부품	제일대륜(第一大輪)	제일대륜(第一大輪)	초정륜(初正輪)
	제이차륜(第二次輪)	제이차륜(第二次輪)	각침륜(刻針輪)
	제삼중륜(第三中輪)	제삼중륜(第三中輪)	시침륜(時針輪)
	제사소륜(第四小輪)	제사풍륜(第四風輪)	인자철(人字鐵)
	유추(遊錘)	종(鐘)	지륜철(止輪鐵)
	초침(秒針)	종퇴(鐘槌)	저고철(杵股鐵)
	각침(刻針)		거두철(鉅頭鐵)
	시침(時針)		을자동조(乙字銅條)
	현추(懸錘)		

여기서 "輪"이라고 불린 것들은 톱니바퀴인데, 각각의 톱니바퀴는
기능에 따라 톱니의 개수가 달리 설정되어 있다. 특기할 것은 남병철
이, "조선에는 태엽을 만드는 기술이 없어서 坐式 자명종이 없다"고 하

---

13) 이용정, 「조선과 에도시대의 추동식 자명종과 시각제도」, 충북대학교대학원 석
   사학위논문, 2010.
14) 남경욱, 「남병철 『의기집설』의 험시의(驗時儀) 연구」, 『한국과학사학회지』 33-3
   호, 2011, 533~571쪽.

였는데, 정말로 그러했던 것인지 기계기술사적인 관점에서 좀 더 검토해볼 필요가 있다. 「驗時儀說」 후반부에는 자명종의 유래를 밝히고 있다. 자명종이 明의 萬曆年間(1563~1620)에 중국에 처음 들어왔으며, 이후로 많은 사람들이 이에 대해 관심을 가졌다는 사실을 언급하였다. 대표적인 것으로 梅村 吳偉業(1609~1672)의 시를 인용하였고, 자명종에 관한 언급은 조선에서도 수백여 건이나 된다고 하였다. 또한 남병철은 徐繼畬의 『瀛環志畧』(1848)과 魏源의 『海國圖誌』(1852) 같은 최신 서적을 인용하며, 프랑스에는 종을 만드는 장인이 2천 명이나 있고, 매년 時辰表 4만 건과 自鳴鐘 1만 8천 개가 제작되고 있다는 등 유럽에서 자명종이 얼마나 많이 제작 유통되고 있는지를 언급하였다. 남병철은, 자명종의 원리는 원래 고대의 漏刻에서 나왔으며, 중국에는 이미 宋代 이전에 있었기 때문에 서양에서 창조된 것은 아니라는 阮元의 주장을 옮겨 적기도 하였다. 여기에서 남병철이 자명종 기술의 中國源流說을 용인하는 듯 한 인상을 주는데, 이것은 그의 「書推步續解後」에서 阮元의 서양과학 중국원류설을 비판하고 있는 것과 대비해 좀 더 숙고해볼 여지가 있는 것 같다. 「驗時儀製法」에서는 각 부품들의 구조와 제작법을 일일이 서술하였다. 사용되는 재료는 주로 銅과 鐵이다.

남병철의 서술을 보면, 그는 자명종의 실물을 보면서 각 부품의 구조와 기능을 서술하고 있다는 것을 알 수 있다. 그렇다면 이 서술을 따라서 부품들을 제작하면, 남병철이 보유했던 자명종의 실제 모델을 만들어내는 것이 가능하리라 기대가 된다. 앞으로 구조적인 이해를 조금 더 진전시키고 당시에 사용된 자명종의 실물들을 참조하여 모델을 만들어내는 작업이 필요할 것 같다.

5) 赤道高日晷儀

赤道高日晷는 관측지의 위도에 맞춰 적도면을 지평면 위에 설치한 赤道儀式 해시계이다. 맨 아래에는 지평면(句股板)이 위치하고, 이 위에 赤道圈을 위도에 맞추어 비스듬히 설치한다. 赤道圈의 안쪽에는 赤道圈과 평행하게 적도권 중심을 축으로 회전할 수 있는 星辰圓板을 둔다. 그 위에 星辰圓板 중심을 축으로 회전할 수 있는 指示衡을 만들어 얹는다. 指示衡 위에 돌출한 窺表를 붙이고 이 규표를 구리선으로 잇는다. 지시형의 축 위로 銅針을 설치하는데, 이것이 指朔表이다. 이와 같이 기구에 대한 서술 자체는 간단하게 되어 있지만, 기구의 구조와 기능을 완전하게 이해하기가 어렵고, 또 이와 동일한 형태의 해시계 실물을 국내에서 확인하기도 어렵다.

「製法」에서는 句股版, 赤道圈, 星辰版, 指衡窺表, 指朔表 등 부품을 제작하는 과정을 서술하였다. 「用法」에서는 1. 태양을 이용한 낮 시간의 측정(求晝時刻), 2. 항성을 이용한 밤 시각 측정(求夜時刻)의 두 가지 용법을 소개하였다. 특히 밤 시각 측정에서 천체들의 위치를 미리 추산하여 실어놓은 時憲七政曆을 찾아 태양과 달의 각거리차를 알고 이것을 이용하여 밤 시각을 측정하는 방법도 소개하였다.

6) 渾平儀

이 기구는 적도를 기준으로 남북의 성좌를 그려 넣은 두 개의 원판 위에 地平線과 朦影線을 얹고, 窺衡을 붙여, 밤낮의 시각을 측정하고, 시각별 南中星을 확인할 수 있으며, 각 절후별로 달라지는 별자리의 모습을 확인할 수 있다. 현재 국립고궁박물관에는 박규수가 제작한 銅製 渾平儀와 紙製 渾平儀가 소장되어 있다. 이 기구는 경우에 따라서는 平渾儀라고 부르기도 한다. 실제로 박규수가 제작한 紙製 혼평의는 平渾

儀라는 이름으로 되어 있다.

「渾平儀說」에서 남병길은 혼평의의 구조와 기능을 간략히 설명하며, 자신의 친구인 朴珪壽가 제작한 사실을 밝히고 있다. 혼평의는 혼상을 평면에 투영한 것과 같은 원리이며, 이 때문에 지평선의 위치는 관측자의 위도에 따라 달라진다. 「渾平儀製法」에서는, 원판에 가장자리에 눈금선을 그리는 방법, 중심의 남북극에서 방사형으로 경위선을 그리는 방법, 그리고 地平線과 朦影線 위에 시각선을 그리는 방법을 서술하였다. 「平渾儀用法」에서는, 낮 시각의 측정(求晝時刻), 밤 시각의 측정(求夜時刻), 각 절후별로 지상에서 관측되는 별자리 구하기(求各節候地平上所見總星), 남중성 구하기(求中星), 남중성을 이용하여 시각 구하기와 시각을 이용하여 남중성 구하기(用中星求時刻用時刻求中星) 등을 서술하였다.

7) 地球儀

地球儀는, 중앙의 지구 위에 세계 지도와 경위도를 그려 넣고, 그 바깥쪽으로 측정용 장치를 부착하여, 지구 위의 두 지점 사이의 경위도 차를 측정하거나, 해그림자 관측용 표를 통해 각 지역의 밤낮의 변화 및 계절 변화를 이해할 수 있게 한 기구이다. 「地球儀說」 따르면, 중앙의 지구가 축을 중심으로 회전하며, 지구 바깥으로 子午圈, 赤道圈, 利用圈, 里差圈, 測日表가 설치된다. 남병철은, 이 지구의 또한 친구인 朴珪壽가 제작했다는 사실을 밝혔는데, 사실 지구의의 구조를 더욱 자세히 알기 위해서는 朴珪壽의 기술을 참고할 필요가 있다.

박규수의 『瓛齋集』「地勢儀銘」에는 남병철이 지구의로 소개한 기구를 地勢儀로 부르며, 이의 구조와 기능 및 관측법을 소개하고 있다. 「地球儀說」에 담겨있는 남병철의 서술은 대체로 『瓛齋集』의 「地勢儀銘」의 요약이지만, 지구의의 구조에는 地勢儀보다 개선된 점이 보이고, 서술 방식도 남병철의 「地球儀說」 쪽이 훨씬 명료하다. 김명호 등의 연구에 따르면, 지구의에 대한 남병철의 서술은, 박규수가 地勢儀를 완성하고 「地勢儀銘」을 쓴 1850년대 초보다 조금 뒤인 1855년 이후에 이루어진 것으로 추정된다.[15] 남병철의 서술에는 "『海國圖志』, 『瀛環志略』, 『地理全志』 등의 책을 詳考하여, 錯誤를 면하도록 해야한다"는 언급이 있는데, 여기에 언급된 『地理全志』가 「地球儀說」의 저술시기를 알려주는 지표가 된다. 『地理全志』는 개신교 선교사 뮤어헤드(W. Muirhead, 중국명 慕維廉)가 1853~1854년 사이에 출간한 책이다.

남병철의 지구의는 대체로 박규수의 지세의와 동일하다고 생각되지만, 부품을 지칭하는 용어는 물론 구조에서도 몇 가지 달라진 것이 있다.[16] 박규수의 地勢儀에서는 중앙의 지구 바깥으로 子午弧, 卯酉弧, 赤道圈, 里差尺, 利用尺 등 5개의 환이 있었다고 한다. 그런데 앞서 언급했듯이 남병철의 지구의에서는 이 가운데 卯酉弧를 제거하고, 子午圈, 赤道圈, 利用圈, 里差圈 등 네 개의 환을 두었다. 또한 利用尺의 위치를 적도권 안쪽에서 바깥쪽으로 옮겼고, 卯酉弧가 담당하던 利用圈의 축을 赤道圈의 卯酉點이 대신하도록 했다. 赤道圈에 있던 測日表도 利用圈이 자오권과 교차하는 지점으로 옮겼다. 동서간 거리를 측정할 때, 地勢儀에서는 利用圈을 이용하였으나 남병철의 地球儀에서는 里差尺을 사용하도록 했다.

地球儀의 구조에서 地勢儀에 비해 달라진 점에 대한 설명을 한 후, 남병철은 地球儀가 여러 다른 지구의 중에서 가장 뛰어나다는 평가를 덧붙였다. 그는 지구의의 유래를 漢代의 張衡이 만든 地動儀에서 찾고, 보다 앞서 제작된 실물로 乾隆年間에 만들어진 지구의를 언급하였다.

---

15) 김명호·남문현·김지인, 「남병철과 박규수의 천문의기 제작」, 『조선시대사학보』 12, 2000, 99~125, 115쪽.
16) 이에 대해서는 김명호 등, 위의 논문, 2000, 119쪽 참조.

건륭 때의 지구의는 지구를 나타낸 구면 위에 황적도를 그려 넣고, 그 바깥으로 자오권을 두어서 지축이 기울어지게 설치한 것이었다. 또한 북극 위에 시반을 설치하여 지구가 회전하는 동안 지구상의 각 지점의 시각을 알 수 있게 하였다. 이 때문에 이 지구의에서도 시각을 측정할 수는 있었지만, 두 지점사이의 거리를 구할 때는 측정자를 쓰지 않고 경위도의 차이를 볼 수밖에 없었기에 부정확하였다. 하지만 박규수의 지구의는 경위선 뿐만 아니라 바깥쪽의 환에 설치된 측정자를 쓸 수가 있어서 정밀하게 측정할 수 있고, 계절 변화를 측정하고, 비스듬하게 떨어진 두 지점의 거리도 측정할 수가 있었다. 이 때문에 남병철은 박규수의 地球儀가 "우리나라에서 창안되어 나온 것일 뿐 아니라, 실로 地學의 좋은 기구"(非徒創出於我東, 實地學之善器也)라고 평가했다.

「地球儀製法」에서는 중앙의 지구와 지축(地球軸具), 里差圈, 子午圈, 赤道圈, 利用圈과 測日表의 제작법을 서술하고, 지지대에 해당하는 半周弧와 句股架의 제작법을 서술하였다. 「用法」에서는 1. 각 방향으로 직선거리 구하기(求各方直線道里)에서는 1°당 250리의 비례를 적용하여 거리를 구하는 방법을 소개하였다. 이 때 남북거리는 利用尺을 사용하고 동서거리는 里差尺을 사용한다. 그 외 2. 각 방향 사선거리 구하기(求各方斜距道里), 3. 대척점 구하기(求各方對衝), 4. 각 지역의 시각구하기(求本方及各方時刻), 5. 밤낮의 길이 구하기(求坤與大地晝夜分), 6. 관측지의 절기 구하기(求本方各節候) 등이 다뤄지고 있다.

8) 勾陳天樞合儀

「勾陳天樞合儀說」에서는 이 기구의 구조와 기능에 대해서 서술한다. 이 기구는 象限儀, 즉 오늘날의 용어로는 四分儀의 형태를 하고 있는데, 밤 시각의 측정을 위한 장치이다. 사분의의 양쪽 면에, 한 면에는 勾陳

儀를 다른 쪽 면에는 天樞儀를 설치하였기 때문에 이 두 가지 기구가 합해진 것이라는 의미로 「勾陳天樞合儀」라는 이름이 붙었다.

句陳儀는 直邊의 두 끝 중 하나를 帝星으로 삼고, 다른 하나를 句陳星으로 삼는다. 象限形의 내부에 두 개의 圈을 두는데, 바깥쪽이 節侯圈, 안쪽이 時刻圈으로 삼는다. 시각권 중심에 항상 아래로 늘어지도록 연결한 것이 懸表이다. 天樞儀는 弧 위에 두 개의 圈을 두는데, 바깥쪽이 節侯圈이고 안쪽이 時刻圈이다. 호와 마주보는 직각 부분에 窺衡을 두고, 窺衡의 한 쪽 끝이 時刻弧를 지나게 한다. 勾陳天樞合儀의 구조에 대한 서술은 이처럼 간단하지만, 필자는 아직 구조와 기능 및 용법을 정확하게 파악하지 못했다.

남병철은 "달과 별을 관측하는 여러 의기 중에서 句陳儀만이 그 제도와 용법이 간편하다"고 하면서, 句陳儀가 좋은 의기라고 말한다. 하지만 그는 별자리에 어두운 사람이 句陳儀를 사용하는 것이 어렵기 때문에 새로 天樞星을 이용해 관측할 수 있는 天樞儀를 만들었다고 한다. 天樞星은 원래 북두칠성의 첫 번째 별인데, 한양에서는 지평선 아래로 지지 않는 週極星이고 밝은 별이어서 누구나 쉽게 찾을 수 있기 때문이다. 즉 句陳儀를 이용하여 帝星과 句陳星으로 시각과 절후를 알아낼 수 있지만, 천문학에 문외한인 사람을 위해 밤하늘에서 찾기 쉬운 天樞星을 이용하여 시각과 절후를 알아내는 天樞儀를 새로 만들었다는 것이다. 「製法」에서는 句陳儀와 天樞儀로 나누어 각각 제작법을 설명한다. 또한 다른 의기에서와 달리 「用法」항목을 따로 두지 않고, 사용할 때의 요령을 알려주는 내용("用時")을 제작법의 후반부에 두고 있다.

9) 兩景揆日儀

이 기구는 벽면형 해시계이다. 횡으로 걸친 판이 해 그림자를 만들면, 그 그림자가 종으로 서있는 눈금판에 드리우는데, 이 그림자의 지점을 읽어서 절후와 시각을 측정한다. 「兩景揆日儀說」에 제시된 남병철의 기술에 따르며, 兩景揆日儀는 친구인 李尙爀(1810~?)이 제작한 것이다. 이에 대한 자세한 내용은 李尙爀의 『揆日考』를 참조할 수 있다. 李尙爀은 조선이 해시계의 원리에 어두워서 늘 중국에서 제작된 기구를 사용하는 점을 아쉬워하여, 그 원리를 탐구하고 한양의 북극고도와 새로 측정된 황적도 경사각을 적용한 새로운 해시계를 만들었는데, 이것이 兩景揆日儀라고 한다. 이상혁은 절기별, 시각별 해그림자의 길이를 계산하고, 이것을 실제 태양의 운행에서 검증한 결과 조금도 차이가 없었다고 한다. 남병철은, 兩景揆日儀를 "실로 우리나라의 창안물"(實我東之創有)라고 극찬하였다. 태양의 고도는 地半徑差(지심에서 보는 태양의 고도와 지면에서 보는 고도의 차이), 視半徑差(지구와 태양 사이의 거리에 따른 시반경의 차이), 蒙氣差(대기굴절의 영향을 나타는 고도 차이)의 영향을 받아 視高度와 實高度가 다른데, 이상혁은 이러한 미세한 오차까지도 계산에 넣어 해시계를 제작했다. 또 여기에는 태양의 근지점이동(最卑行)을 반영하지 않았는데, 이는 근지점 이동이 약 60년에 1° 정도로 무시할 수 있을 만큼 느리게 변화하기 때문이다. 따라서 남병철은, 이렇게 만든 해시계는 수백 년 정도는 문제없이 쓸 수 있다고 주장했다.

이용삼의 연구에 따르면, 兩景揆日儀는 두 개의 立版과 두 개의 橫版, 그리고 한 개의 空表로 이루어진다.[17] 각각 2개씩의 立版과 橫版을 모

---

17) 이용삼, "Yangkyongkyuil-ui: A Sundial Composed of Four-piece Vertical Planes," 충북대학교 천문우주학과 콜로퀴엄 발표원고; Lee, Yong-Sam, Nam, Moon-Hyon, "Yangkyongkyuil-ui(兩景揆日儀): A Sundial Composed of Four-piece Vertical Planes," 『天文學會報』(Bulletin of the Korean Astronomical Society), vol.25 no.2, 2000, 79.

두 이어 붙이면 측정용 판면이 되는데, 여기에는 72후를 나타내는 72개의 선이 縱으로 그려진다. 또한 橫으로는 시각을 나타내는 30개의 곡선이 그려진다. 이상혁의 『揆日考』에 네 개의 측정판의 모습을 그림으로 제시하였다. 하지만, 제작법의 설명에서는 크기가 같은 입판 1개, 횡판 1개, 공판 1개의 3개의 직사각형 판으로 구성하며, 節氣線과 時刻線을 각각 37개와 30개를 그리는 것으로 기술하고 있다. 절기선은 맨 오른쪽이 동지이고, 중앙이 춘추분, 맨 왼쪽이 하지이다. 구성 판의 넓이와 절기선의 개수는 측정하려는 필요에 따라 조정할 수 있으며, 벽면 해시계 자체의 구조와 원리에는 영향이 없다. 兩景揆日儀는 이상혁의 『揆日考』에 더욱 자세하게 서술되어 있는데, 남병철은 『儀器輯說』에서 『揆日考』의 서술 내용을 요약하여 간단하게 서술하고 있는 셈이다. 『揆日考』에는 각 절후별 시각별로 정밀하게 계산된 해 그림자의 길이가 표로 정리되어 있다. 『揆日考』에는 1850년에 붙인 南秉吉의 서문과 당시 관상감 관원이었던 金得彦(1778~?)의 서문이 있다. 『揆日考』와 『儀器輯說』의 兩景揆日儀에 대한 서술은, 이상혁이 천문학과 수학에 전문가였으며, 남병철·남병길 형제와 매우 밀접하게 교류했던 사실을 보여주는 사료라고 할 수 있다.

「兩景揆日儀製法」에는 판의 구성과 절기선, 시각선을 그리는 방법을 서술하였다. 전반적으로 『揆日考』의 「製晷表法」의 서술을 옮기고 있으나, 남병철 자신이 설명을 덧붙인 부분이 여러 곳에 보인다.

10) 量度儀

量度儀는 8가지 부품으로 이루어진다. 方版 1개, 子午圈 1개, 黃道遊圈 1개, 半周兩度版 1개, 分緯距等線 1개, 量角直線 1개, 量弧曲線 2개이다. 각도가 새겨진 반원판과 눈금이 새겨진 원환들을 평판 위에 설치하고,

여기에 구면삼각형에 나타난 변과 각을 원환들을 돌려 표시하고, 변과 각의 상호관계를 이용하여 미지의 변과 각을 계산한다.

「量度儀說」에 따르면, 量度儀는 남병철의 동생 南秉吉이 매문정의 平儀論에 서술된 "弧三角以量代算之法"을 응용하여 제작한 기구이다. 구면삼각형에서는 이미 알려진 邊角을 이용하여 미지의 邊과 角을 구해내는 식의 계산이 필요한데, 매문정은 그의 『環中黍尺』에서 구면을 평면상에 투영하는 원리를 이용하여 투영된 그림 위에 몇 가지 보조선과 보조원을 그려 평면상의 그림을 이용하여 구면삼각형의 원하는 값을 계산할 수 있는 방법을 제안했다.[18] 남병철에 따르면, 이 방법은 실제로 수치를 계산하는 번거로움을 덜어주지만, 여러 가지 복잡한 그림을 그려야 하기 때문에 여전히 번거롭다. 삼각형 하나가 있으면 이를 나타내는 그림이 꼭 하나씩 필요하다고 한다. 南秉吉은 그림을 그리는 과정을 대신할 수 있는 기구를 고안했는데, 이것이 量度儀이다. 구면삼각형을 다루는 데 필요한 계산을 대신할 수 있는 일종의 계산기구라고 할 수 있다. 남병길이 1855년에 간행한 『量度儀圖說』(奎7653)은 양도의의 원리와 제작법 및 사용법에 대해서 폭넓게 서술하고 있는 책이다. 남병철의 서술은 이 책에서 핵심적인 사항만 요약한 것이라고 할 수 있다.

「量度儀製法」에는 각 부품을 제작하는 방법을 서술하였다. 「量度儀用法」에서는 각도구하기(求角度)와 호 구하기(求弧度)의 두 가지 용법을 서술하였다. 1. 求角度에서는 하나의 구면삼각형에서 세 변(弧)를 알고 있을 때, 호와 호 사이에 낀 각을 구하는 문제를 예시하였다. 2. 求弧度에서는 두 변(弧)과 그 사이에 낀 각을 알 때, 각과 마주하는 변(弧)을 구하는 문제를 예시하였다. 量度儀에서는 각도를 分秒 단위까지 세분하

---

18) 梅文鼎, 『曆算全書』 권9 「環中黍尺」, "平儀論 論以量代算之理" 참조.

지 않아서, 度 이하의 미세한 각도를 구할 때는 직접 계산하여 구한다.

4. 의의 및 평가

남병철의 『儀器輯說』은 10가지 기구의 유래와 구조, 그리고 사용법을 기술하고 있는 책이다. 거론된 기구들은 남병철 자신이 당시로서는 가장 중요하다고 생각한 기구들만을 선정하였다고 봐야 할 것이다. 그가 기구를 선정한 기준을 밝히고 있지는 않지만, 기구의 정확성과 실용성이 중요한 기준이었으리라 추측할 수 있다. 왜냐하면, 이 책에 포함된 기구는 우선 측정에서 수치의 정확성을 확보할 수 있고, 나아가 필요한 목적의 측정에 부응할 수 있는 기능적 실용성이 있는 것들이기 때문이다. 서술된 모든 기구들이 천문학적이고 수학적인 원리에 기초하고 있다는 점과 이를 사용하여 측정을 행함으로써 목적에 부응할 수 있는 측정치를 얻을 수 있는 실용성을 갖추고 있다. 10가지의 기구들은 한두 가지의 기능에 특화된 경우가 있는가 하면, 여러 가지 목적에 부응할 수 있는 다기능의 기구도 있다. 무리함을 무릅쓰고 기구들을 기능별로 분류를 해보면, 우선 거의 모든 천문학적 측정에 부응할 수 있는 광범위한 기능을 갖추었으며, 남병철의 창안이 가장 돋보이는 기구는 渾天儀일 것이다. 다음으로 시각 측정용으로 특화된 기구로는 兩景揆日儀, 赤道高日晷儀, 勾陳天樞合儀 등을 들 수 있다. 천문학적 관측 장치와 시각 측정 장치가 결합된 것으로는 渾蓋通憲儀, 簡平儀, 渾平儀를 들 수 있으며, 驗時儀는 기계적 計時 장치라고 할 수 있다. 地球儀는 지구상의 거리와 경위도 측정 장치와 시각 측정 장치가 결합된 것이며, 量度儀는 측정 장치라기보다는 구면삼각형의 邊角 계산에 사용하는 계산 기구라고 할 수 있다. 渾天儀와 地球儀는 하늘과 땅을 아는 데에 필요한 여러 측정 기능을 포괄하고 있으며, 천체의 운행에서 간취해낼 수 있는 다양한 형태의 시각 측정 기구들이 있으며, 천문학적 계산에 편의성을 제공하는 양도의 같은 기구도 있다.

한편 이 모든 기구들은 17세기 이래 전래된 서양천문학과 수학을 기초로 한 것으로, 남병철은 이들을 통해 서양천문학과 수학의 정밀성과 실용성을 확인했다고 볼 수 있다. 이처럼 다양한 기구의 구조와 원리를 이해하고 이를 기초로 자신의 목소리로 기구의 제작법과 사용법을 정리해낸 『儀器輯說』을 통해, 남병철의 천문학과 수학 지식의 수준이 대단히 높고 세밀했다는 것을 알 수 있다.

〈해제 : 전용훈〉

참 고 문 헌

1. 논문

김명호·남문현·김지인, 「남병철과 박규수의 천문의기 제작」, 『조선시대사학보』 12, 2000, 99~125.

김상혁, 「의기집설의 혼천의 연구」, 충북대학교 석사학위논문, 2002.

_____, 「조선 혼천의의 역사와 남병철의 창안」, 『충북사학』 16, 2006, 143~181.

김상혁·이용삼·남문현, "남병철의 혼천의 연구 II", Journal of Astronomy and Space Science, 23(1), 2006, 73~92.

남경욱, 「남병철 『의기집설』의 험시의(驗時儀) 연구」, 『한국과학사학회지』 33-3 호, 2011, 533~571.

厲國靑·柳金沂·趙澄秋, 「顔家樂測量緯度方法及李善蘭的改進」, 『自然科學史硏究』 12-2, 1993, 128~135.

미야지마 카즈히코(宮島一彦), 「조선에서 제작된 아스트로라브에 대하여」, 『한국 과학사학회지』 31-1, 2009, 47~63.

安大玉, 「明末平儀(planispheric astrolabe)在中國的傳播: 以『渾蓋通憲圖說』中的 平儀爲例」, 『自然科學史硏究』 21-4, 2002, 299~319.

_____, 『明末西洋科學東傳史: 『天學初函』 器編の硏究』, 知泉書館, 2007.

이노국, 『19세기 천문수학 서적 연구』, 한국학술정보, 2006.

이용삼, "Yangkyongkyuil-ui: A Sundial Composed of Four-piece Vertical Planes," 충북대학교 천문우주학과 콜로퀴엄 발표원고.

이용삼·김상혁·남문현, "남병철의 혼천의 연구", Journal of the Korean Astronomical Society 34, 2000, 47~57.

Lee, Yong-Sam, Nam, Moon-Hyon, "Yangkyongkyuil-ui(兩景揆日儀): A Sundial Composed of Four-piece Vertical Planes," 『天文學會報』(Bulletin of the

Korean Astronomical Society), vol.25 no.2, 2000, 79.

이용정, 「조선과 에도시대의 추동식 자명종과 시각제도」, 충북대학교대학원 석사학위논문, 2010.

이태희, 「간평의(簡平儀)에 대하여」, 『생활문물연구』 11, 2003, 27~63.

전용훈, 「남병철의 『推步續解』와 조선후기 서양천문학」, 『규장각』 28호, 2011, 177~201.

한영호·이재효·이문규·서문호·남문현, 「홍대용의 측관의 연구」, 『역사학보』 164, 1999, 125~164.

『의상리수(儀象理數)』

분 류	세 부 내 용
문 헌 종 류	천문역산서
문 헌 제 목	의상리수(儀象理數)
문 헌 형 태	필사본
문 헌 언 어	漢文
저 술 년 도	1839년(憲宗 5), 또는 1835년(憲宗 1)~1839년
저 자	최한기(崔漢綺, 1803~1877)
형 태 사 항	총 240면, 甲이 서문과 범례를 포함해서 본문 113면, 乙이 본문 127면
대 분 류	과학서
세 부 분 류	천문역산학
소 장 처	영남대학교 도서관 동빈문고, 최한기의 종손가
개 요	최한기가 당시 천문역산학 분야의 최고의 서적이라 할 수 있는『수리정온(數理精蘊)』,『역상고성(曆象考成)』,『역상고성후편(曆象考成後編)』 등에서 역법을 이해하기 위해 필요한 필수적 내용을 추려 간략하게 정리한 천문역산서.
주 제 어	율력연원(律曆淵源), 역상고성(曆象考成), 수리정온(數理精蘊), 역상고성후편(曆象考成後編)

1. 문헌제목

『의상리수(儀象理數)』

2. 서지사항

영인본 『增補 明南樓叢書』 五에는 『儀象理數』 甲·乙이 수록되어 있다. 책의 모두에 수록된 설명에 따르면 "『의상리수』는 원서(原書)의 전부를 볼 수가 없고 다만 갑을(甲乙) 二책만이 보일 뿐인데, …… 이 영인은 영남대학교 동빈문고 소장본과 혜강 종손가에서 나온 것을 각각 필사본 그대로 대본으로 하였다."[1]고 한다. 여기에서 『儀象理數』 乙이라고 되어 있는 것은 일찍이 학계에 소개되었던 『의상리수』, 즉 『儀象理數』 卷3이고, 『儀象理數』 甲이라고 되어 있는 것은 『蹯駁』 甲으로 알려져 있던 자료이다. 전자가 동빈문고 소장본이고,[2] 후자가 1997년 무렵에 최한기의 종손가에서 나온 것이다.

『의상리수』의 저술 시점에 대해서는 논란의 여지가 있다. 선행 연구에서는 1839년(憲宗 5)에 저술된 것으로 보았으나, 현존하는 『의상리수』 서문의 작성 연대는 1835년(憲宗 1)이다. 여기에 『의상리수』 甲의 「日食用數」에는 南秉吉(1820~1869)의 『時憲紀要』에서 인용한 부분이 있다.[3] 그런데 『시헌기요』의 편찬 연대는 1860년으로 알려져 있다. 따라서 최한기는 1835년경 『의상리수』의 전체적 구상을 하였고,

---

1) 『增補 明南樓叢書』 第5冊, 동아시아學術院 大東文化研究院, 2002, 4쪽.
2) 책의 앞에 "明南樓主人崔漢綺先生編著手澤本, 儀象理數卷三 一冊. 此乃明南樓叢書之一, 題目似係先生記寫者也. 東濱."이라는 글이 있다. 金庠基(1901~1977)가 쓴 것이다.
3) 『儀象理數』 甲, 「月食用數」(五, 220쪽-영인본 『增補 明南樓叢書』, 동아시아學術院 大東文化研究院의 책수와 쪽수. 이하 같음). "右南秉吉時憲紀要所載, 而截去抄以下數." 최한기가 南秉吉의 『時憲紀要』에서 인용한 수치는 咸豊 11년(庚申, 1860)의 諸應이었다[『時憲紀要』 上編, 曆元, 5ㄱ~7ㄱ(21~25쪽-영인본 『韓國科學技術史資料大系』 天文學篇⑩, 驪江出版社, 1986의 쪽수). "今列咸豊庚申年諸應如左……"]. 구체적으로 太陽最卑應, 太陰平行應, 土星平行應, 木星平行應, 火星平行應, 金星伏見應, 水星伏見應 등이다.

그 내용은 오랜 기간에 걸쳐 집필했던 것으로 추정하고 있다. 그러나 그것이 최초의 구상대로 완성되었는지는 현재로서는 확언할 수 없다.

[저자]

『의상리수』의 저자는 최한기(崔漢綺, 1803~1877)이다. 그의 본관은 朔寧이며 자는 芝老이다. 초기에는 惠岡·浿東 등의 호를, 만년에는 明南樓·氣和堂 등의 당호를 사용했다. 최한기는 개성이 고향이었지만 삶의 대부분을 서울에서 살았다. 1852년 准戶口에 기록된 내용을 통해 최한기 집안의 경제적 상태를 엿볼 수 있다. 그에 따르면 가족으로는 부인 潘南 朴氏와 장남 崔柄大, 차남 최병천, 며느리와 2남 5녀의 손자가 있었고, 奴 11명과 婢 13명을 거느리고 있었다.

최한기는 李圭景, 金正浩 등과 학문적 교유를 했던 것으로 알려져 있다. 1834년 김정호가 서울의 南村 倉洞에 있는 최한기의 집에서 '地球前後圖'를 판각했다는 이야기는 유명하다.[4] '地球後圖'의 좌측 하단에 "道光 甲午年(1834) 孟秋에 泰然齋가 중간했다[道光甲午孟秋泰然齋重刊]"라는 기록이 있는데, '泰然齋'는 최한기의 堂號이다. 이규경은 최한기의 才藝가 보통보다 뛰어났고, 일찍이 通經·通史·禮書와 律數·曆象에 관련된 책들을 저술했고, 기억력이 뛰어나고 학문의 범위가 넓어 俗士에 비할 바가 아니라고 평가한 바 있다.[5]

---

4) 『五洲衍文長箋散稿』 卷38, 「萬國經緯地球圖辨證說」(下, 180쪽-영인본 『五洲衍文長箋散稿』, 明文堂, 1982의 책수와 쪽수. 이하 같음). "近者(純廟甲午: 1834년-인용자 注)崔上舍漢綺家, 始爲重刊中原莊廷尃攝本, 傳行于世, 䀌說則未克剞焉. 予從他得其說, 恐其遺佚, 鈔辨之(崔上舍家住京師南村倉洞, 甲午以棗木板模刻晉陵莊廷尃地球攝本, 而金正皡[金正浩]剞劂焉)."

5) 『五洲衍文長箋散稿』 卷24, 「士小節分編刻本辨證說」(上, 704쪽). "崔漢綺, 字芝老, 朔寧人, 司馬, 才藝出類, 嘗著通經·通史·禮書及律數·曆象等書, 滙集彙考, 强記博

최한기는 이른바 '氣學'이라는 독특한 철학 체계를 구축한 인물로 조선후기 사상사에서 주목받고 있다. 그런데 '기학'의 학문적 체계는 최한기가 적극적으로 수용한 서양과학과 긴밀한 관계를 맺고 있다. 그는 당시 한문으로 번역되어[漢譯] 전래한 다양한 西學書를 수집하였고, 그 가운데 포함되어 있는 서양과학의 지식을 자신의 학문 체계를 구축하는 데 활용하였다. 최한기는 자신의 저술인 『氣測體義』(1836년)-『神氣通』과 『推測錄』의 합본-에서 서양과학의 다양한 실험 사례를 전거로 그의 논지를 펼친 바 있다. 천문학 분야의 대표적 저술이라 할 수 있는 『星氣運化』(1867년)는 『談天』의 내용을 비판적으로 수용하여 자신의 기학적 관점에서 우주론을 재구성한 것인데, 『담천』은 영국의 천문학자인 허셜(John Frederick William Herschel, 1792~1871)의 저작인 *Outlines of Astronomy*(1849년)를 영국인 선교사 와일리(Alexander Wylie, 1815~1887)와 중국인 李善蘭(1814~1884)이 한문으로 번역한 것이었다. 따라서 『성기운화』는 뉴튼의 근대역학을 접하고 그것을 자기 나름의 방식으로 이해하고 소화하려 했던 최초의 작업이라는 점에서 학술사적 의미를 지니고 있다.

그럼에도 불구하고 최한기가 평생 접했던 서양과학의 내용이 균질적이지 않았다는 점에 유의할 필요가 있다. 거기에는 르네상스 시기의 과학과 근대과학이 혼재되어 있었다. 최한기는 그들 사이의 시차와 내용의 질적 차이에 대해 깊이 인식하지 않았던 것으로 보인다. 그것은 한 사람의 학문적 역량으로는 감당하기 어려운 버거운 문제이기도 했다.

學, 非俗士可比也."

3. 목차 및 내용

[목차]

『의상리수』甲·乙의 목차는 아래와 같다. 甲의 목차에 대해서는 세심한 주의가 필요한데, 목차를 구별하여 제시한 부분이 있는 반면, 'O'표시로 항목을 분류한 곳도 있기 때문이다.

『儀象理數』甲

儀象理數序
凡例
日躔用數
月離用數
月食用數
日食用數
土星用數
木星用數
火星用數
金星用數
水星用數
(五星新圖)
五星總論
O 周徑定率
O 邊線相等面積不同定率

○凡橢圓之正弦角度面積與平圓之比例，皆同於橢圓之小半徑與平圓半徑之比例

○蓋太陽距最卑後平行之度……

晦朔弦望

太陰本天心距地及最高行隨時不同

『儀象理數』乙

日躔

歲實

黃赤距緯

清蒙氣差

地半徑差

太陽天四象限盈縮

求均數

月離十均

太陰本天面積隨時不同

晦朔弦望

太陰本天心距地及最高行隨時不同

求初均數

求一平均

求二平均

求三平均

求二均數

求三均末均

求交均及黃白大距

交食總論

用日躔月離求宗[實]朔望

用兩經斜距求日月食甚時刻及兩心宗[實]相距

求月食初虧復圓時刻

求日月宗[實]徑與地徑之比例

求影半徑及影差

求黃道高弧交角

求月食初虧復圓併徑黃道交角

節氣時刻

推日出入晝夜時刻法

[내용]

　전체적으로 볼 때 『의상리수』의 내용은 『曆象考成』과 『曆象考成後編』, 『數理精蘊』 등의 내용을 초록해서 재편집한 것으로 보인다. 그것은 『의상리수』의 목차 구성을 『역상고성』의 그것과 비교해 보면 쉽게 알 수 있다. 『의상리수』 甲과 乙의 목차 구성을 『역상고성』과 비교하면 아래와 표와 같다.

〈표 1〉 『儀象理數』 甲과 『曆象考成』의 구성 비교

『儀象理數』 甲	『曆象考成』과 『曆象考成後編』	
日躔用數	『曆象考成』 下編, 卷1, 日躔歷法, 推日躔用數 ; 『曆象考成後編』 卷4, 日躔步法, 推日躔用數	周天, 周日, 周歲는 下編에서, 나머지는 後編에서 인용
月離用數	『曆象考成後編』 卷4, 月離步法, 推月離用數	周天, 周日, 周歲, 紀法을 제외한 부분을 全載
月食用數	『曆象考成後編』 卷5, 月食步法, 推月食用數	周天, 周日, 周歲, 紀法을 제외한 부분을 全載

『儀象理數』 甲	『曆象考成』과 『曆象考成後編』	
日食用數	『曆象考成後編』 卷6, 日食步法, 推日食用數	周天, 周日, 周歲, 紀法을 제외한 부분을 全載 南秉吉의 『時憲紀要』에 수록된 수치 인용
土星用數	『曆象考成』 下編, 卷5, 土星曆法, 推土星用數	
木星用數	『曆象考成』 下編, 卷6, 木星曆法, 推木星用數	
火星用數	『曆象考成』 下編, 卷7, 火星曆法, 推火星用數	
金星用數	『曆象考成』 下編, 卷8, 金星曆法, 推金星用數	
水星用數	『曆象考成』 下編, 卷9, 水星曆法, 推水星用數	
(五星新圖)	『曆象考成』 上編, 卷9, 五星曆理, 五星本天皆以地爲心	
五星總論	『曆象考成』 上編, 卷9, 五星曆理, 五星總論	
(그림)	『曆象考成後編』 卷2, 卷2, 月離數理, 太陰本天心距地及最高行隨時不同, 10ㄱ	
周徑定率	『數理精蘊』 下編, 卷20, 面部 10, 曲線形	
邊線相等面積不同定率		
大小同式諸形之互相爲比……	『數理精蘊』 上編, 卷3, 幾何原本 8	
〈三角形邊線角度面積相求篇〉		篇의 제목(?)
相當比例以二率與三率相乘……		
連比例三率之首率與末率相乘之……		
句股弦相求法……		
求句股形面積法………		
正三角與斜三角同底同高則其積相等		
句股弦和較相求法	『數理精蘊』 下編, 卷12, 面部 2, 句股, 勾股弦和較相求法 上, 設如有勾十五尺股弦較五尺求股弦各幾何	

『儀象理數』 甲	『曆象考成』과 『曆象考成後編』	
三角形作 中垂線法	『數理精蘊』 下編, 卷14, 面部 4, 三角形, 設如 有銳角三角形大腰一百二十二尺小腰一百一十 二尺底一百五十尺求中垂線幾何	
大小諸圜皆分爲三 百六十度四分之爲 一象限……		
三角形之三角度相 倂必與二直 (角)度等	『數理精蘊』 上編, 卷2, 幾何原本 2, 第4.	
界角心角所對之 弧相同……		
三角八線相求法	『數理精蘊』 下編, 卷17, 面部, 三角形邊線角度 相求, 設如甲乙丙直角三角形甲角爲直角九十度 知丙角五十七度丙乙邊五丈求甲乙邊幾何	
三角形內所知之一 角在所知兩邊之間 ……	『數理精蘊』 下編, 卷17, 面部, 三角形邊線角度 相求, 設如甲乙丙直角三角形乙角爲直角九十度 知甲乙邊二十丈丙乙邊三十四丈六尺四寸一分 求甲角丙角各幾何	
三角形知三邊而求 三角則必作中垂線 分爲兩直角比例之	『數理精蘊』 下編, 卷17, 面部, 三角形邊線角度 相求	
三角形知兩角又知 一邊在兩角之間者 幷其兩餘切與餘割 比之得各邊	『數理精蘊』 下編, 卷17, 面部, 三角形邊線角度 相求, 設如甲乙丙銳角三角形知丙乙邊三十二丈 乙角六十度丙角四十六度求甲乙邊甲丙邊各幾何	
作垂線於三角形外 以成直角求諸邊角 法	『數理精蘊』 下編, 卷17, 面部, 三角形邊線角度 相求, 設如甲乙丙銳角三角形知甲角六十度甲乙 邊四十丈甲丙邊二十六丈一尺零八分求乙角丙 角及乙丙邊各幾何	
三角形鈍角之外角 正弦比例法	『數理精蘊』 下編, 卷17, 面部, 三角形邊線角度 相求, 設如甲乙丙鈍角三角形知乙角二十四度丙 角三十六度三十分丙乙邊七十九丈零一寸求甲 乙邊甲丙邊各幾何	

『儀象理數』甲	『曆象考成』과 『曆象考成後編』	
弧三角生於曲面之曲線圖說於後以示之	『曆象考成』 上編, 卷2, 弧三角形 上, 正弧三角形圖說	
直角三角形之八線, 惟用於角……	『曆象考成』 上編, 卷2, 弧三角形 上, 正弧三角形八線句股比例圖說 ; 正弧三角形邊角相求法(第1)	
正弧三角形 (有直角爲正弧, 無直角爲斜弧)弧角不相對者用次形法	『曆象考成』 上編, 卷2, 弧三角形 上, 正弧三角形用次形圖說 ; 正弧三角形邊角相求法(第2)	
斜弧三角形猶直線三角之有銳鈍也……	『曆象考成』 上編, 卷3, 弧三角形 下, 斜弧三角形論	
凡斜弧三角形知三邊角求者用總較法	『曆象考成』 上編, 卷3, 弧三角形 下, 斜弧三角形用總較法	
若先有甲角及甲乙甲丙二邊……	『曆象考成』 上編, 卷3, 弧三角形 下, 斜弧三角形用總較法	
斜弧三角形知三角求邊者則用次形法	『曆象考成』 上編, 卷3, 弧三角形 下, 斜弧三角形用總較法	
作一平圓面積與橢圓面積相等者……	『曆象考成後編』 卷1, 日躔數理, 求橢圓大小徑之中率	『增補 明南樓叢書』 五, 233~234쪽.
凡橢圓之正弦角度面積與平圓之比例, 皆同於橢圓之小半徑與平圓半徑之比例	『曆象考成後編』 卷1, 日躔數理, 求兩心差及橢圓與平圓之比例	『增補 明南樓叢書』 五, 234~35쪽.
蓋太陽距最卑後平行之度……	『曆象考成後編』 卷1, 日躔數理, 橢圓角度與面積相求	『增補 明南樓叢書』 五, 235~242쪽.
晦朔弦望	『曆象考成』 上編, 卷5, 月離歷理, 晦朔弦望	
太陰本天心距地及最高行隨時不同	『曆象考成後編』 卷2, 月離數理, 太陰本天心距地及最高行隨時不同	

『儀象理數』乙	『曆象考成』과 『曆象考成後編』
日躔	『曆象考成』上編, 卷4, 日躔歷理, 南北眞線；北極高度
歲實	『曆象考成後編』卷1, 日躔數理, 歲實
黃赤距緯	『曆象考成』上編, 卷4, 日躔歷理, 黃赤距緯
淸蒙氣差	『曆象考成』上編, 卷4, 日躔歷理, 淸蒙氣差；『曆象考成後編』卷1, 日躔數理, 淸蒙氣差
地半徑差	『曆象考成』上編, 卷4, 日躔歷理, 地半徑差；『曆象考成後編』卷1, 日躔數理, 地半徑差
太陽天四象限盈縮	『曆象考成後編』卷1, 日躔數理, 求均數
求均數	『曆象考成後編』卷1, 日躔數理, 求均數
月離十均	『曆象考成後編』卷2, 月離數理, 月離總論
太陰本天面積逐時不同	『曆象考成後編』卷2, 月離數理, 太陰本天面積逐時不同
晦朔弦望	『曆象考成』上編, 卷5, 月離歷理, 晦朔弦望
太陰本天心距地及最高行逐時不同	『曆象考成後編』卷2, 月離數理, 太陰本天心距地及最高行逐時不同
求初均數	『曆象考成後編』卷2, 月離數理, 求初均數
求一平均	『曆象考成後編』卷2, 月離數理, 求一平均
求二平均	『曆象考成後編』卷2, 月離數理, 求二平均
求三平均	『曆象考成後編』卷2, 月離數理, 求三平均
求二均數	『曆象考成後編』卷2, 月離數理, 求二均數
求三均末均	『曆象考成後編』卷2, 月離數理, 求三均末均
求交均及黃白大距	『曆象考成後編』卷2, 月離數理, 求交均及黃白大距
交食總論	『曆象考成』上編, 卷6, 交食歷理 1, 交食總論
用日躔月離求朔實朔望	『曆象考成後編』卷3, 交食數理, 用日躔月離求實朔望
用兩經斜距求日月食甚時刻及兩心實實相距	『曆象考成後編』卷3, 交食數理, 用兩經斜距求日月食甚時刻及兩心實實相距
求月食初虧復圓時刻	『曆象考成』上編, 卷7, 交食歷理 2, 月食五限時刻；『曆象考成後編』卷3, 交食數理, 求月食初虧復圓時刻
求日月實徑與地徑之比例	『曆象考成』上編, 卷6, 交食歷理 1, 求日月實徑與地徑之比例
求影半徑及影差	『曆象考成後編』卷3, 交食數理, 求影半徑及影差
求黃道高弧交角	『曆象考成後編』卷3, 交食數理, 求黃道高弧交角
求月食初虧復圓倂徑黃道交角	『曆象考成後編』卷3, 交食數理, 求月食初虧復圓倂徑黃道交角；『曆象考成』上編, 卷7, 交食歷理 2, 定月食方位
節氣時刻	『曆象考成』上編, 卷4, 日躔歷理, 節氣時刻；『曆象考成』下編, 卷1, 日躔歷法, 推各省節氣時刻法
推日出入晝夜時刻法	『曆象考成』下編, 卷1, 日躔歷法, 推日出入晝夜時刻法

『의상리수』가『역상고성』을 발췌한 것이라는 점은 이미 기존의 연구를 통해서도 밝혀진 바 있다.[6] 그러나 세밀하게 살펴보면 단순한

발췌가 아님을 알 수 있다.

『역상고성』과 『역상고성후편』의 편목을 비교해 보면 동일한 항목에 다른 내용이 서술되어 있음을 알 수 있다. 이는 『역상고성』과 『역상고성후편』을 구성하고 있는 기본적 우주론의 체계, 천문상수 등에 차이가 있었기 때문이다. 예컨대 『역상고성후편』에서는 日躔과 月離에 케플러(Johannes Kepler, 1571~1630)의 橢圓法을 적용하고, 地半徑差와 淸蒙氣差의 수치를 카시니(Jean-Dominique Cassini, 1625~1712)와 플램스티드(John Flamsteed, 1646~1719)의 것으로 개정하였던 것이다.

최한기는 『의상리수』에서 『역상고성』 上·下編과 『역상고성후편』의 내용을 선별적으로 발췌하여 새로운 체계로 구성하고자 하였다. 선별적 발췌는 곳곳에서 확인된다. 예컨대 〈표 2〉의 「太陰本天心距地及最高行隨時不同」이라는 항목은 『역상고성후편』 권2의 8張에서 21장에 이르는 상당히 긴 분량이고, 거기에는 22개의 그림과 도설이 수록되어 있다. 그런데 최한기는 이 가운데 두 개의 그림과 그에 대한 도설만을 채록하였던 것이다.

『의상리수』乙의 경우 『역상고성후편』의 내용을 주로 채록한 것이지만 해당 내용이 상세하지 못하다고 판단했을 경우에는 『역상고성』의 내용으로 채우기도 하였다. 「日躔」, 「黃赤距緯」, 「交食總論」의 경우가 대표적이다. 또 『역상고성』과 『역상고성후편』의 내용을 뒤섞기도 하였다. 이는 해당 항목에 대한 상세한 설명이 『역상고성』에 있는 경우이다. 「求月食初虧復圓時刻」 항목이 대표적인데 『역상고성후편』에는 '월식오한'에 대한 설명이 없고 다만 세주로 "「月食五限時刻」篇을 보라"고만 하였기 때문에[7] 『曆象考成』 上編의 「月食五限時刻」의 내용을 일부

---

6) 문중양, 「최한기의 천문학 분야 미공개 자료분석-『儀象理數』와 새 발굴자료 『踃駁』을 중심으로-」, 『한국과학사학회지』 제23권 제2호, 韓國科學史學會, 2001.

7) 『曆象考成後編』 卷3, 交食數理, 求月食初虧復圓時刻, 13ㄱ(792책, 118쪽-영인본

끌어왔던 것이다.

마찬가지로 「求月食初虧復圓倂徑黃道交角」의 항목에서도 『역상고성』 상편의 「定月食方位」의 내용을 인용하였는데, 이는 『역상고성후편』의 해당 항목에서 '교각을 정하는 문제[定交角]'는 그 이치가 上編과 같다고 하였기 때문이다.[8]

『의상리수』 을의 끄트머리에는 寧古塔과 黑龍江을 비롯하여 白都納, 尼布楚(네르친스크), 喀爾喀, 哈密(하미, Hami), 巴里坤(바르쿨, Bar-kul), 闢展, 烏魯穆齊(=烏魯木齊, 우루무치), 伊黎, 哈喇沙拉, 阿克蘇(아크수, Aksu), 庫車(쿠처, Kucha), 烏什(우스, Wushen), 喀什噶爾(카스가얼), 和闐(호탄, Khotän), 安集延(안디잔), 吧叹達山 등의 北極高度와 東西偏度가 기재되어 있다. 여기에 포함된 곳 가운데는 吉林 지역, 중국 서북쪽의 신장웨이우 얼자치구[新疆維吾爾自治區] 지역과 실크로드 지역도 있는데, 이 지역의 정보를 어디에서 획득한 것인지는 확인할 수 없다.

최한기는 『의상리수』의 서문에서 이 책의 저술 목적을 아래와 같이 밝히고 있다.

"상하 수천 년 동안 曆에 대해 설파한 사람들이 한이 없는데 끝 내(마침내) 定論이 없다. 앞사람이 간혹 그 단서를 발명하면 뒷사 람이 그것을 미루어 상세하게 하였고, 앞사람이 간혹 定率이 있으 면[定率을 정하면] 뒷사람이 그것을 가감하기도 했다. 옛날에 견문 에 구애되었던 것이 지금은 간혹 추측하는 방법을 얻게 되었고,

---

『文淵閣 四庫全書』, 臺灣商務印書館, 1983의 책수와 쪽수. 이하 같음). "見月食五 限時刻篇."

8) 『曆象考成後編』 卷3, 交食數理, 求月食初虧復圓倂徑黃道交角, 39ㄴ(792책, 131 쪽). "旣知初虧復圓徑黃道交角及其在黃道之南北, 則與黃道高弧交角相加減爲定交 角, 其理并與上編同."

옛날에 災祥에 견강부회하던 것이 지금은 모두 理數의 밝음에 없어져 버렸다. 이것이 어찌 앞사람의 지혜가 지금에 미치지 못하고, 지금 사람들의 기교가 예전보다 나아서이겠는가. 대개 천지는 久遠하고[영원무궁하고] 인생은 순간[瞬息]이니, 이 순간으로써 천지의 久遠을[영원무궁함을] 측정하려고 한다면 실로 한 사람의 정력이 다할 수 있는 바가 아니다. 반드시 고금을 通觀하고 전후를 閱歷해야[일일이 주의 깊게 살펴보아야] 거의 그 운행[斡運: 회전하여 운행함]의 차이를 측정할 수 있을 뿐이다. 미래를 가지고 지금을 보면 장차 어떤 新法도 지금으로부터 옛날을 보는 것과 같을 것이다. 처지를 바꾸어 놓으면 고금과 장래가 같고 다른 점을 가히 알 수 있을 것이다.

이미 그 入氣差·恒星差·蒙氣差·地半徑差·橢圓差를 보니 모두 前古에 논하지 않은 바였으나, 曆數를 다스려서 사계절의 순서를 밝히고[治曆明時: 曆法을 제정하여 天時를 밝힘] 삼가 백성들에게 生業을 주는 것[敬受民業=敬受人時: 백성들에게 농사철을 공경히 알려주는 것]은 어찌 옛날의 것에 더할 바가 있겠는가. 다만 이치에 밝혀진 바가 있으면 미혹에 빠져들지 않고, 일에 기약한 바가 있으면 망령된 데 동요하지 않으니, 그리므로 그 오묘함을 보면[파악하면] 신기하다고 여기기에 족하지 않고, 그 근원을 궁구하면 또한 심상하다고 여기게 된다. 曆算이 修明되고 實測이 들어맞게 되면서부터 예전의 이른바 災異와 祥瑞라는 것은 그 사이에 입을 놀릴 수[開喙] 없게 되었다. 무릇 막혀서 통하지 않는[磁滯] 것은 또한 견문을 넓힐 수 있어야 하고, 세상을 다스리는 교화에 보탬이 있으니 어찌 우매한 사람이 능히 헤아려 볼 수 있는 바이겠는가. 지나간 시대[前代]에 천변으로 인해 소동이 벌어지고, 시골구석[鄕曲]에서 풍토에 막혀 固滯되었으니, 만약 그것을 제거하는 방도가 있다면 다스림을 주재하는 자는 반드시 백방으로 수집하여 법령으로 펴서 행할 것이다.

이 治曆이란 본디 曆日을 기록하고 시간을 공경히 주기 위해 설치한 것이지 재이와 상서를 위해 설치한 것이 아니다. 사람들이 스스로 재이와 상서를 曆에 附會하기 시작하였고 마침내 曆을 재이와 상서로 간주하게 되었다. 그 폐단을 제거하고자 한다면 어찌 그 병든 곳을 들어 치료함으로써 재상이 역에 말미암는 것이 아니고 사람에 말미암는 것임을 밝히는 것만 같겠는가. 또 하물며 理數는 해와 달과 별[三光]의 운동을 측량하는 데서 나오는 것이고, 問目을 교묘하게 설정해서 묻는 말에 대답하는 것[酬答]이 빠름을 보기 위함이 아니다. 天地의 範圍와 人物의 異同은 거의 이로부터 그 만에 하나[萬一]를 볼 수 있으니, 그 막혀서 통하지 않는 바는 제거하기를 기약하지 않아도 저절로 제거될 것이다. 이것은 실로 글 바깥의 뜻[文外之旨]이고, 법 바깥의 가르침[法外之敎]이다.

『律曆淵源』에 수록되어 있는 것은 상세하고 구비되어 있으며 集大成한 것이다. 후세에 曆에 대해 말하는 자는 그 규모의 가운데서 벗어나지 않고 수시로 修整하여야 하니, 그 요점을 뽑아 간략하게 보여주는 것은 실로 강구하는 자가 먼저 힘써야 할 바이고, 또한 이미 알고 있는 자들이 지키는 것을 간단하면서 요령이 있게 하도록 하는[守約] 바이다[강구하는 사람들에게는 가장 먼저 힘써야 할 바가 무엇인지를 알려주는 것이고, 이미 알고 있는 사람들에게는 알고 있는 바를 간단하고 요령이 있게 지킬 수 있게 하는 것이다. 삼가 그 요령을 뽑고 사이사이에 나의 견해[管見]를 참작하여 마침내 『儀象理數』 한 편을 완성하였다. 성 안의 젖[城內之乳]9)이

---

9) '城內之乳'의 뜻이 분명하지는 않지만 다음과 같은 용례를 참조할 만하다. 『氣測體義』, 神氣通 卷1, 體通, 「天下敎法, 就天人而質正」, 15ㄱ(一, 20쪽). "自玆以

비록 참 맛은 아니지만 또한 그것이 鹽梅와 다르다는 것은 기릴
만하다. 乙未年(1835) 9월."10)

여기에서 최한기가 이야기하고 있는 것은 크게 세 가지로 정리할
수 있다. 첫째, 후대에 출현한 曆法, 즉 新法의 우수성이다. 최한기는
시간의 흐름에 따라 역법이 발전한다고 보았다. 왜냐하면 天地는 영원
무궁하고 사람의 삶은 유한하기 때문이다. 사람의 짧은 삶으로 천지
의 무한함을 궁구하는 데는 근본적 한계가 있을 수밖에 없고, 그를 타
개하기 위해서는 긴 시간 동안의 꾸준한 탐구가 필요하다고 보았던
것이다. 후세에 출현한 신법이 정밀한 이유가 바로 여기에 있었다. 그

降, 商舶遍行, 使价遞傳, 物産珍異, 器械便利, 傳播遐邇. 禮俗敎文, 爲播越傳說者
所附演, 無非城內之乳也."
10) 『儀象理數』甲, 「儀象理數序」(五, 215쪽). "上下屢千百載說曆家何限, 而訖無定論.
前人或發其端, 而後人推詳之, 前人或有定率, 而後人加減之, 古之拘碍見聞者, 今
或得其推測之方, 古之附會災祥者, 今皆泯於理數之明, 是豈前人之智不及今, 而今
人之巧勝於前哉. 蓋天地久遠, 人生瞬息, 以此瞬息, 欲測天地之久遠, 實非一人精
力之所可盡也. 必須通觀古今, 閱歷前後, 庶能測其斡運之差耳. 將來視今, 將何新
法而由今之視古也. 易地而處, 古今與將來之所同異可知矣. 旣見其入氣差·恒星差·
蒙氣差·地半徑差·橢圓差, 皆前古之所未論也, 而治曆明時, 敬授民業, 有何加於古
哉. 但理有所燭, 而不入於惑, 事有所期, 而不滔於妄, 故觀其妙則不足以爲神奇, 窮
其源則亦可謂尋常. 自曆算脩明, 實測脗合, 向所謂災祥者, 不能開喙於其間. 凡所
以礙滯者, 亦可以開豁見聞, 其有補於治世之化, 豈愚昧之所能測耶. 前代之因天變
而騷動, 鄕曲之礙風土而固滯, 如有掃祛之道, 則主治者必百方鳩搜, 三令伸行矣.
惟此治曆, 本爲記曆日·敬授時而設也, 非爲災祥設也. 人自以其災祥, 始附於曆, 末
乃以曆, 看作災祥. 欲祛其蔽, 曷若擧其受病處療治之, 使明災祥之不由曆, 而由於
人. 又況理數, 出於測量三光之運動, 非爲巧設問目, 以觀酬答之便捷也. 天地之範
圍, 人物之異同, 庶從此而窺其萬一, 其所碍滯, 不期祛而自祛, 是實文外之旨, 法外
之敎也. 律曆淵源所載列, 詳且備而集大成. 後(?)□(之?)說曆者, 不外乎其規模之中
而隨時脩整, 然撮要示略, 實爲講求者之所先務, 亦爲已識者之所守約也. 謹撮其要
領, 間叅以管見, 遂成儀象理數一編, 城內之乳雖非眞味, 亦可賞其異於塩[鹽]梅. 乙
未九月."

결과 역법의 理數가 밝혀지면서 기존의 災異·祥瑞說이 설 자리를 잃게 되었다.

둘째, 曆算의 여러 방법은 꾸준히 발전하지만 治曆明時·敬授人時라는 역법의 근본 목적에는 변함이 없다. 요컨대 治曆의 목적은 曆日을 기록하고 시간을 알려주기 위한 것[記曆日·敬授時]이고, 역법의 理數는 해와 달과 별의 운동[三光之運動]을 측정하는 데서 나오는 것이다. 따라서 역법의 목적을 달성하고 治世의 교화[治世之化]를 이룩하기 위해서 통치의 주재자[主治者]는 역법의 계산법을 분명히 정리하고[曆算脩明] 정밀한 실측의 방법[曆算脩明, 實測脗合]을 백방으로 수립해야만 한다.

셋째, 『律曆淵源』은 당시 최신의 정보를 集大成한 것이기 때문에 역법을 논하는 자들에게는 필수적 참고서이다. 다만 문제는 그 내용이 방대하다는 것이다. 따라서 최한기는 그 요점을 뽑아서 간략하게 정리하는 작업[撮要示略]이 필요하다고 생각했다. 그것이 이제 막 역법을 강구하고자 하는 사람들에게는 급선무가 무엇인지 알려주는 방법이 되고, 이미 역법에 대해 어느 정도 알고 있는 사람들에게는 핵심적 내용을 숙지할 수 있게 하는 방법이 된다고 보았기 때문이다. 이에 최한기는 『율력연원』에서 요점을 뽑고 사이사이에 자신의 견해를 덧붙여 『의상리수』를 작성했던 것이다.

『의상리수』의 전체 구성을 이해하기 위해서는 '凡例'에 주목할 필요가 있다. 범례는 크게 다섯 가지 항목으로 구성되어 있다. 각각의 내용을 살펴보면 다음과 같다.

一. 數에 線·面·體의 3부가 있어 돌아가면서 서로 推移하여 그 쓰임[用]이 무궁하지만 각각 소용되는 방법이 있어, 그 일에 따라 그 쓰임이 있다. 加減乘除와 立方·平方에 이르러서는[加減乘除나 立方·平方과 같은 것은] 실로 계산을 하는[運籌] 입문이어서 참고되지 않는 곳이 없으니 초학자가 굳세게 익혀야 하는 바이기 때문에 수록하지 않았다. 오직 平三角과 弧三角의 邊線, 角度, 面積을 서로 구하는 것은 曆數의 관건이다. 이것이 아니면 曆을 구할 수 있는 이치가 없으니 그 요점을 數理와 曆象의 여러 책 가운데서 뽑아서 首卷에 첨부한다.[11]

一. 『역상고성』前篇과 後篇의 법은 비록 다르지만 推算의 근원에 있어서는 前篇이 상세하다. 지금 후편법을 위주로 하지만 사이사이에 전편의 여러 방법을 참작하여 本末과 體用이 어긋나거나 빠지는 것이 없도록 하였다.[12]

一. 케플러[刻白爾]와 뉴턴[奈端] 등의 新法은 日躔·月離·交食에 그치고 五星에는 미치지 않은 것은 대개 日月을 추산하는 데는 참작할 만하지만 별다른 기이한 방법을 만들 수 있는 것이 아니기 때문이다. 五星은 『역상고성』前篇 가운데서 채록하여 七政의 曆理에 대비한다.[13]

一. 八線表·對數表 등과 日月五星의 平行諸均表는 쾌글러[戴進賢]와 梅瑴成이 나열한 바가 상세하고 번거롭지 않으며 간단하고 빠짐이 없으니 실로 千古에 바꿀 수 없는 바이다. 지금 다만 그 理數의 근원을 밝히고 표를 나열하는 데 힘을 쓰지 않으니 推算하는 사람들은 原表를 가지고 조사하도록 하라.[14]

---

11) 『儀象理數』甲, 「凡例」(五, 215쪽). "一. 數之有線面體三部, 轉相推移, 其用無窮, 然各有所用之法, 隨其事而有其用. 至於加減乘除·立方平方, 實爲運籌之入門, 而無處不叅, 初學者之所間習也, 是以不錄. 唯平三角與弧三角, 邊線角度面積之相求, 爲曆數之關鍵也. 非此則無以求曆之理, 略撮其要於數理·曆象諸書中, 以附卷首."

12) 『儀象理數』甲, 「凡例」(五, 215쪽). "一. 曆象考成前後篇法雖殊, 而至於推算之原, 前篇詳該. 今以後篇法爲主, 間叅以前篇諸法, 使本末體用得無鎔(錯?)闕."

13) 『儀象理數』甲, 「凡例」(五, 215쪽). "一. 刻白爾奈端等新法, 止于日躔月離交食, 而不及五星者. 蓋爲其推日月而可參酌, 別無奇法之可創故也. 五星則於前篇中探錄, 以備七政之曆理."

一. 舊說에서는 七政이 左旋한다고 하였는데 〈이는〉 칠정이 하루에 한 바퀴 회전한다[一周]는 것이 아니라 지구가 서쪽에서 동쪽으로 돌아 右旋하면서 하루에 한 바퀴 회전한다는 것이다. 요사이 그 학설이 자못 이치가 있다고 〈여기는〉 자가 여러 천체[諸曜]의 운행을 가지런히 하고자 했으나 마침내 하지 못했다(『五星曆理』를 보라). 대개 이 학설의 유래가 이미 오래되었는데 오히려 ㅁㅁ한 것은 이치에 자못 가깝다는 이유에서였다. 지금 비록 그것이 계산[入算]에 편리하다고 하여 취하기는 하지만 지구가 정지해 있다는 것을 위주로 하니, 여기에 뜻이 있는 사람들이 이미 여기에서 얻었지만 또 저것을 탐구하는 것은 다만 이 이치가 더욱 정밀할 뿐만 아니라 또한 탐구하는 것이 편벽되지 않다는 것이다. 칠정을 가지런히 하는 것은 오직 사람 눈[人目]의 視線에 있고, 해와 달과 별이 멀리 있는 것[寥遠]은 그것이 몇 萬萬 里인지 알 수 없다. 積氣가 迭蕩한 것은 그것이 무한함을 볼 수 있다. 변환하는 모습은 사람이 자전과 공전[輪轉]하는 데 있다. 지구의 각 방위는 자그마한 儀器[尺寸儀器]와 미세한 그림(또는 구획)[毫釐之畫]으로 잠시 窺標하면 시시각각 같지 않고, 장소마다 각각 다르니 형세상 면하기 어렵다. 고금의 사람들이 측험한 것은 모두 눈으로 본 것으로 그 도분의 차이[差度差分]를 정했으니, 앞사람이 산출한 바를 뒷사람이 가감하였고, 고법에 없었던 것을 신법이 창조한 것이 각각 당시에 눈으로 징험한[視驗] 바가 있다. 여러 천체의 타원 면적

---

14) 『儀象理數』甲,「凡例」(五, 215쪽). "一. 八線對數等表, 及日月五星之平行諸均表, 戴進賢·梅穀城[成]所列, 詳而不煩, 簡而無闕, 實千古之所不易也. 今只明其理數之原, 而不費力於列表, 推算者將原表而查檢."

과 각도, 諸均行의 가감, 遲疾進退는 마침내 沿革의 바탕이 된
다. 目視가 曆法幻影이 되는 데 이르러서는 일찍이 그것을 말
한 자가 있었는데, 해와 달과 별의 순환을 보면 本天이 저절
로 궤도[軌轍]가 있고, 사람이 〈지구 둘레의〉 兩轉의 다른 면
에 있으면 둘러싸인 積氣가 圓珠의 쌍수로 관측되어 원근이
같지 않은 여러 천체들이 마땅히 선후의 가지런하지 못함이
있게 되니, ??비치는 형태가 비록 가까이 있는 사물이라도
또한 진짜 형체보다는 작아지는데, 달의 직경은 15분, 해의
직경은 16분이니, 어찌 홀로 멀리 있는 것만 작게 보이겠는
가. 타원의 正視와 斜視는 비록 중심에 있어도 분변하는 데
오히려 高卑의 차이가 있고, 지구의 둘레에는 兩轉이 있고,
月天에는 廣狹이 있으니 어찌 視影의 미혹[幻]이 없겠는가. 曆
法을 강구하는 자는 먼저 目視의 차이를 살펴보아야 규칙을
세워 바르게 정리할[規整] 수 있을 것이다.[15]

---

15) 『儀象理數』甲,「凡例」(五, 215~216쪽). "一. 舊說有謂七政之左旋, 非七政之一日
一周, 乃地自西轉東而右旋, 日行一周. 近日頗有理其說者, 欲齊諸曜之行, 終不能
得(見五星曆理). 蓋此說由來已久, 尚□□有以其於理頗近也. 今雖取其便於入算,
而以地靜爲主, 然有意於斯者, 旣得於此而又究于彼, 則非但此理之益精, 亦可爲究
之也不偏. 齊七政, 惟在於人目之視線, 而日月星寥遠, 不知其幾萬萬里, 積氣之迭
蕩, 可見其無限, 變幻像(?), 人在於自轉輪轉, 地球之各方, 以尺寸儀器, 毫釐之畫,
暫時窺標, 時時不同, 處處各異, 勢固難免, 古今人測驗, 皆以目視定其差度差分, 前
人所立産, 後人加減之, 古法所未有, 新法刱起之各有當時所視驗, 諸天之橢圓面積
角度, 諸均之加減, 遲疾進退, 縱爲沿革之資, 至於目視之爲曆法, 幻影曾有言之者,
顧(?)日月星之循環, 本天自有軌轍, 人在兩轉之他面, 蒙包之積氣, 以圓珠雙(?)眸(?)
窺察, 遠近不齊之諸曜, 宜有先後之不齊, 圓(?)?所映(?)之形, 雖在近之物, 亦(?)小
於眞形, 月徑十五分, 日徑十六分, 奚獨在遠而小也. 橢圜正斜之視, 雖在心而分辨
猶有高卑之差, 地周有兩轉, 月天有廣狹, 豈無視影之幻也. 講求曆法者, 先察目視
之差, 庶有規整."

최한기가 범례를 통해 제시한 책의 구성 방향은 다음과 같다. 첫째, 加減乘除·立方·平方과 같은 수학의 기초적 내용은 초학자가 익혀야 할 내용이기 때문에 『의상리수』에는 수록하지 않았다. 오로지 평면삼각법[平三角]과 구면삼각법[弧三角]에서 선과 각도, 면적을 구하는 방법은 曆數의 관건이기 때문에 『數理精蘊』과 『曆象考成』을 비롯한 여러 책에서 뽑아 卷首에 첨부한다. 요컨대 최한기의 본래 구상에 따르면 『의상리수』의 권수에는 평면·구면삼각법의 주요 계산법을 수록하였을 것으로 예상할 수 있다. 실제로 현존하는 『의상리수』甲에는 〈표 1〉에서 확인할 수 있는 바와 같이 『수리정온』과 『역상고성』, 『역상고성후편』에서 초록한 평면삼각법과 구면삼각법의 원리와 계산법이 수록되어 있다.

이와 관련해서 주목해야 할 언급이 『星氣運化』의 「凡例」에 등장한다. 「범례」의 두 번째 항목이 바로 그것이다.

> "平弧三角의[平三角과 弧三角의] 서로 구하는 比例, 橢圜의 角度와 面積의 分數는 이미 『儀象理數』前編에 상세하니, 가히 미루어 이 책에 사용할 수 있다. 그러므로 무릇 線과 角을 서로 구하는 것은 그 개략만을 대략적으로 거론하였으니 繁瑣함을 면하기 위함이다."[16]

위에서 말한 내용은 『의상리수』갑에서 『수리정온』을 인용한 부분을 가리키는 것으로 보인다.

둘째, 『의상리수』는 당시 최신의 曆算 방법을 수록한 『曆象考成後編』의 내용을 위주로 하지만 이론적인 면에서 상세한 설명이 기재되어 있는 『역상고성』의 내용도 참작하여 서술하였다.

---

16) 『星氣運化』凡例(五, 105쪽). "平弧三角相求之比例, 橢圜角度面積之分數, 已詳於儀象理數前編, 可推用於此書, 故凡於線角相求, 畧擧其槪, 俾免繁瑣."

셋째, 케플러[刻白爾]와 뉴턴[柰端] 등의 이론에 기초한 최신의 계산법은 日躔·月離·交食에 관계된 것이기 때문에 五星에 대한 추보에서는 『역상고성』을 방법을 활용하였다. 이는 본문의 언급을 통해서도 확인할 수 있다. 『의상리수』甲의 「水星用數」 말미에는 "일전과 월리는 戴進賢의 새로운 표[新表]를 사용하여 雍正 癸卯年(1723) 天正冬至를 曆元으로 삼고, 五星은 梅瑴成의 옛 표[舊表]를 사용하여 康熙 甲子年(1684) 天正冬至를 曆元으로 삼는다. 대개 戴法은 日躔·月離·交食에 그치고 五星에 미치지 않았기 때문이다"[17)]라고 하였다. 여기서 말하는 戴法, 즉 戴進賢法은 『역상고성후편』의 계산법을 가리킨다.

넷째, 『수리정온』과 『역상고성후편』에 수록되어 있는 八線表, 對數表, 日月五星의 平行諸均表 등은 상세하고 번거롭지 않으며 간단하고 빠짐이 없다. 따라서 『의상리수』에서는 이를 별도로 제시하지 않으니 推算하는 사람들은 원래의 표를 참조하도록 하라.

끝으로 마지막 조항에서는 지구의 자전과 공전에 대한 문제, 視差[目視之差]의 문제 등에 대한 논하였으나 그 정확한 의도가 무엇이었는지는 파악하기 어렵다.

4. 의의 및 평가

최한기의 저작 목록 가운데서 천문역산학 분야의 대표적 저술로는 『儀象理數』를 비롯하여 『氣測體義』(1836년), 『習算津筏』(1850년), 『宇宙策』, 『地球典要』(1857년), 『運化測驗』(1860년), 『星氣運化』(1867년) 등을

---

17) 『儀象理數』甲, 「水星用數」(五, 222쪽). "日躔月離用戴進賢新表, 以雍正癸卯天正冬至爲元, 五星用梅瑴城[成]舊表, 以康熙甲子天正冬至爲元. 蓋戴法止于躔離交食而未及五星也."

들 수 있다. 최한기가 30대 초반부터 60대에 걸쳐 단속적으로 저술한 것이다. 따라서 30대 초반의 저술과 60대의 저술이 같은 성격일 수는 없다. 그것을 가름하는 기준이 될 수 있는 책이 최한기 학문의 성격을 극명히 보여주는 『氣學』(1857년)이다. 『기학』의 저술 이전에 최한기는 漢譯 서학서를 통해 서양과학의 내용을 수용하고 그것을 자양분으로 삼아 자신의 독창적 학문체계인 '氣學'을 수립하였다. 그러나 『氣學』의 저술 이후에는 자신의 학문체계에 입각하여 서양과학의 내용을 비판적으로 재구성하였다. 그렇다면 『의상리수』와 『기측체의』는 최한기가 30대에 서양과학을 수용하던 단계의 사유를 엿볼 수 있는 저술이고, 『운화측험』과 『성기운화』는 '기학'의 학적 체계를 수립한 이후인 50~60대에 자신의 기학적 관점에서 서양의 기상학과 천문학을 비판적으로 검토한 저술로 볼 수 있다.

물론 『의상리수』는 그 저술의 성격상 독창적 작품으로 보기는 어렵다. 기본적으로 『수리정온』과 『역상고성』 등에 수록된 내용을 초록한 것이기 때문이다. 그럼에도 불구하고 최한기가 서양 수학과 천문역산학의 핵심적 내용이라고 생각하는 것을 자기 나름의 방식으로 요약·정리하고자 했고, 간간이 자신의 견해를 첨부한 부분이 있다는 점에서 19세기 전반 서양 수학에 대한 조선 지식인의 수용 태도를 엿볼 수 있는 저술로 의미가 있다고 판단된다. 그 명확한 의미를 실증하기 위해서는 저본이 된 『수리정온』, 『역상고성』, 『역상고성후편』과의 축조적인 비교·검토가 우선적으로 필요할 것이다.

〈해제 : 구만옥〉

참 고 문 헌

1. 사료

『增補 明南樓叢書』第5册, 동아시아學術院 大東文化硏究院, 2002.

2. 논문

문중양, 「최한기의 천문학 분야 미공개 자료분석-『儀象理數』와 새 발굴자료 『踌駁』을 중심으로-」, 『한국과학사학회지』제23권 제2호, 韓國科學史學 會, 2001.

『척사론(斥邪論)』

분류	세부내용
문 헌 종 류	조선한문서
문 헌 제 목	척사론(斥邪論)
문 헌 형 태	필사본
문 헌 언 어	漢文
저 술 년 도	1856년(철종 7)
저 자	김치진(金致振, 1822~1869)
형 태 사 항	1책 119면(규장각한국학연구원본)
대 분 류	종교
세 부 분 류	천주교 교리 비판
소 장 처	서울대학교 규장각한국학연구원 국립중앙도서관 양화진 한국순교기념관
개 요	김치진의 『척사론』은 19세기 중반 척사서 가운데 중요한 위치를 차지하는 저술이다. 다른 척사서들과 달리 『척사론』은 김치진이 천주교 신자들 사이에 잠입하여 천주교서를 탐독하고 그들의 생활방식 등을 조사하여 저술함으로써 매우 풍부하고 자세한 내용을 담고 있다. 『척사론』의 내용은 다른 어느 척사서와 비교해도 손색이 없는 높은 수준이어서 19세기 중반 지식인들의 천주교 인식을 살피는 데 유용하다. 또 천주교 신부나 천주교인들과 관련된 내용은 19세기 중반 천주교가 어떻게 전파되고 있었는가에 대한 중요한 정보를 제공한다. 김치진이 제기한 의문점들은 현재에도 비천주교인이라면 한번쯤 가졌음직한 것들이기도 하다.
주 제 어	천당지옥, 삼위일체, 아담(亞黨), 이브(厄婟), 칠극(七極), 십계(十戒)

1. 문헌제목

『척사론(斥邪論)』

2. 서지사항

『척사론』은 김치진이 저술한 척사서로 필사본 1책이다. 현재 규장각한국학연구원·국립중앙도서관·양화진 한국순교기념관 등에 소장되어 있는데 어떤 책에는 일부 내용이 빠져 있는 등 다소 편차가 있다. 이 가운데 가장 완전한 것은 규장각 본으로 모두 1책 222면 분량이다. 본 해제도 규장각본을 대본으로 하였다.

『척사론』은 김치진이 천주교서를 탐독하면서 터득한 내용과 천주교인과 접촉하면서 얻은 정보를 바탕으로 저술한 것이다. 김치진은 천주교인 행세를 하면서 마침내 관련 서적을 입수할 수 있었고 이렇게 구한 책을 밤낮으로 통독하여 스스로 천주교의 본지를 터득하였다고 자부할 만큼 천주교에 대한 지식을 쌓을 수 있었다. 천주교인들과 함께 생활하면서 책으로는 확인할 수 없는 정보도 얻을 수 있었다. 나름대로 정보를 파악했다고 생각한 김치진은 교회에서 빠져 나와 1856년(철종 7) 2월경 『척사서』를 찬술하였다. 「변척조성천지(卞斥造成天地)」부터 「변회개(卞回改)」까지의 27개조가 2월에 완성한 것으로 추측된다. 그리고 그 후에 「동인문답(東人問答)」, 「총론(總論)」, 「변구폐척사십일조(卞救弊斥邪十一條)」, 「명천학본지(明天學本旨)」, 「자탄가(自歎歌)」를 추가하여 최종적으로 『척사론』을 완성하였다.

[저자]

김치진(金致振, 1822~1869)의 자는 문보(文甫), 호는 묵악(黙庵), 본관은 상산(商山)이다. 자료가 없어 김치진의 생애에 대해서는 자세히 알기 어렵다. 김치진에 대한 좀 더 구체적인 사항을 확인하기 위해 상주 김씨 족보를 조사하였지만 관련 내용을 전혀 확인할 수 없었다. 후일 잠상 죄인으로 체포되어 사형 당했기 때문에 족보에서 제외된 것이 아닐까 생각된다. 김치진에 대해서는 그가 지은 『척사론』과 1869년 체포되어 신문을 받았을 당시의 기록을 통해 대략을 행적을 파악할 수 있다.

김치진은 경상도 상주 지방의 사족이었던 것으로 추정된다. 19세기 중반에는 천주교가 확산되면서 유학이 발달하여 그동안 천주교가 거의 발을 붙이지 못하던 경상도 지방에도 신자들이 나타나기 시작하였다. 경상도의 경우에는 다른 지역의 천주교 신자들이 박해를 피해 숨어들어 천주교를 전파하는 양상을 띠고 있었는데 김치진의 고향으로 추정되는 상주는 특히 교세가 만만치 않은 곳이었다. 1827년에 신태보(申太甫)라는 자가 상주에 은거하면서 포교 활동을 벌이다가 붙잡힌 것을 계기로 상주의 앵무당 신자촌를 비롯해 인근 지역으로까지 수색이 확대되어 신자들이 체포되었다. 당시 체포된 신자 가운데 행적이 뚜렷한 인물이 8명이었는데 이 중 5명이 상주에 거주하고 있었다. 1860년대에 체포되어 처형된 신자 41명 가운데 상주 거주인이 15명으로 가장 많은 비율을 차지하였다.

김치진은 천주교가 확산되는데 큰 충격을 받았다. 자신이 보기에 한낱 이단에 불과한 천주교가 이렇게 확산되는 이유가 무엇인지 도저히 납득할 수 없었다. 천주교를 믿었다가는 사형당할 수 있음에도 불구하고 사람들이 한 번 천주교에 빠지면 나오지 못하는 데는 틀림없이 이유가 있을 것이라고 생각하였다. 그 이유를 알아보려면 무엇보다 그들의 경전을 살펴보는 것이 급선무인데 천주교 탄압이 심하던 때라 도대체 경전을 구할 수가 없었다. 김치진은 천주교도로 가장하여 잠입하기로 결심했다. 천주교 서적 자체를 보는 것을 금기처럼 여기던 때였으므로 김치진을 보고 쓸 데 없는 짓을 한다고 나무라는 사람도 있었지만 그는 개의치 않았다. 서양인들을 물리치고 천주교를 배척하기 위해서는 천주교 서적을 보아야 한다는 것이 그의 신념이었다.

천주교 집단에 잠입한 김치진은 여러 자료를 구해 확인한 후 『척사론』을 저술하였다. 『척사론』 서문을 쓴 것이 1856년(철종 7) 2월인데 이때 변척(卞斥)의 제목으로 시작되는 27조목을 정리한 것으로 보인다. 이후 김치진은 자신의 글을 시험해보기 위해 척사서를 천주교도들에게 보여주었는데 그 글을 열람한 이들 가운데 오랫동안 천주교를 믿었던 사람이건 새로 신자가 된 사람이건 막론하고 대다수가 탄복하면서 천주교에 빠진 것을 후회했다고 한다. 또 김치진이 천주교를 맹렬히 비난하였기 때문에 천주교인들 가운데 그와 논변을 청하는 이들도 간혹 있었다. 「동인문답」은 1856년 봄에 김치진이 천주교인과 논쟁을 벌인 내용을 기록한 글이다. 이 논쟁은 한 천주교인이 김치진이 사학을 심히 배척하여 천주교인을 모반의 무리로 여긴다는 이야기를 듣고 그를 방문하여 토론을 청하면서 벌어졌는데 논쟁은 결국 천주교도가 굴복하는 것으로 논쟁이 마무리되었다. 김치진의 설명을 들은 천주교인은 그간의 잘못을 깨닫고 눈물을 흘리며 자신을 유학으로 이끌어 주도록 당부하였다고 한다. 김치진의 척사문은 천주교 서적을 내용을 바탕으로 하고 있고 특히 교인들과 함께 생활하면서 얻은 경험이 뒷받침되어 있어 설득력이 강했던 것으로 생각된다.

천주교인들과 논쟁에서 우위를 보이자 김치진은 자신의 글을 언문으로 베껴 널리 반포하면 척사의 효과가 매우 클 것으로 확신하였다.

그런데 김치진의 글을 보고 전향하는 천주교인들이 생겨나자 천주교 수장이 지금까지 천주교도를 죽였어도 배교하는 사람들이 없었는데, 김치진의 글을 보고 배교하니 김치진의 글이 형벌보다도 무섭다면서 만약 그 글을 보면 당에서 완전히 배척하여 집회에 참석하지 못하게 할 것이라고 협박하는 상황에 이르렀다고 한다. 때문에 김치진의 글은 더 이상 읽혀지지 않았고 전향하는 교인도 나타나지 않자 그는 매우 실망하였다. 이에 김치진은 1856년(철종 7) 가을에는 천주교 우두머리들의 모임에 나가 그들을 직접 공박하여 공사(公私)의 이목을 집중시키고 지식인들의 관심을 환기시키고자 하였지만 동참하는 사람들이 없었고 오히려 비방이 가해지자 몇 년 동안 숨은 듯이 지낼 수밖에 없었다.

김치진은 그 후 상주에서 서울 나동(羅洞)으로 거처를 옮겨 유업(儒業)에 종사하였던 것으로 보인다. 생계가 막막했던 김치진은 어느 시기에 서울로 올라와 1868년(고종 5) 내수사에서 당백전 5천 냥을 빌려 쌀 무역을 시작하였다. 그러나 생각과는 달리 쌀 무역이 잘 되지 않고 내수사에서는 엽전으로 갚으라고 재촉하자 하자 청북(淸北)과 내포(內浦)의 대미(大米) 시세차를 이용하여 많은 이익을 남겼으며 그 덕분에 내수사로부터 빌린 돈도 갚을 수 있게 되었다. 그런데 그렇게 무역을 하는 과정에서 청국 상선이 황해도와 평안도 연해에서 조선 상선과 자주 접촉한다는 사실을 알게 되었다. 김치진은 『척사론』을 중국의 여러 성에 전파하여 사학을 공격하려는 마음을 일으켜 중국인들로 하여금 양이를 쳐부수게 하면, 조선도 양이로 인한 근심이 없어지고 병인양요와 남연군묘도굴사건의 치욕도 씻을 수 있게 될 것으로 생각하였다. 김치진은 이 계획을 실천에 옮기기 위해 자신이 저술한 『척사론』과 청인들을 매수할 홍삼 등을 가지고 1869년 청선에 승선했다가 황해도 초도 부근에서 밀 무역상으로 몰려 체포되어 효수되었다.

3. 목차 및 내용

[목차]

『척사론』의 목차는 「서문(序文)」, 「동인문답(東人問答)」, 「변척조성천
지(卞斥造成天地)」・「변척천신마귀(卞斥天神魔鬼)」・「변척사원행(卞斥四元
行)」・「변척원조원죄(卞斥原祖原罪)」・「변척영혼(卞斥靈魂)」・「변척천당지
옥(卞斥天堂地獄)」・「변척강생구속삼위일체(卞斥降生救贖三位一體)」・「변
척인주보주(卞斥認主報主)」・「변척신부교종(卞斥神父敎宗)」・「卞祭祀(卞祭
祀)」・「卞斥四末(卞斥四末)」・「卞斥聖事七蹟(卞斥聖事七蹟)」・「卞斥異端(卞斥異
端)」・「卞斥聖櫝(卞斥聖櫝)」・「변척십계(卞斥十誡)」・「변척치명(卞斥致命)」・
「변척성체종전(卞斥聖體終傳)」・「변척군난(卞斥窘難)」・「변척애구(卞斥愛
仇)」・「변척통회묵상명오(卞斥痛悔黙想明悟)」・「변척삼덕삼사삼구사추칠
극십사애긍(卞斥三德三司三仇四樞七克十四哀矜)」・「변척혼배(卞斥婚配)」・
「변척과환(卞斥科宦)」・「변척구영(卞斥救靈)」・「변사지배교(卞使之背敎)」・
「변세인허전설(卞世人虛傳說)」・「변회개(卞回改)」・「총론(總論)」・「구폐론
(救弊論)」・「변구폐척사십일조(卞救弊斥邪十一條)」・「명천학본지(明天學本
旨)」・「자탄가(自歎歌)」로 구성되어 있다. 이 가운데 「변척영혼」・「변척
성체종전」・「자탄가」는 목차에는 있지만 본문에는 없다. 다른 판본에
도 내용을 확인할 수 없다.

[내용]

「서문」에서 김치진은 천주교 무리가 천하에 두루 퍼져 있어 그 기
세가 강성하고 재화도 풍부하여 정학으로 사학을 공략한다는 것이 바

위에 계란을 던지는 것과 마찬가지여서 크게 도움이 되지 않지만 大義를 펴는 데 강약은 논할 것이 없다며 척사의 당위성을 강조하였다. 그는 천주교도는 "없애도 반란을 일으키고 없애지 않아도 역시 반란을 일으킬 것이니, 없애면 반란이 빨리 일어나지만 화는 작고 없애지 않으면 반란은 늦어도 화는 클 것"이라는 말을 인용하며 빨리 없애는 것만이 상책이라고 강조하였다.

「동인문답」은 1856년 봄에 김치진이 천주교인과 논쟁을 벌인 내용을 기록한 글이다. 당시 논쟁은 한 천주교인이 김치진이 사학을 심히 배척하여 천주교인을 모반을 도모하는 무리로 여긴다는 이야기를 듣고 그를 방문하여 토론을 청하면서 벌어졌다. 「동인문답」에서 김치진이 천주교인과 주로 천주의 우주 만물 창조 문제를 놓고 논쟁하였다. 천주교인은 만물이 모두 남녀 암컷과 수컷의 구별이 있고, 천지 일월이 규칙적으로 운행되는 것은 창조주가 있기 때문이라고 설명하면서 천주교의 우월성을 강조하였다. 성리학자들은 천지만물이 어떻게 조성되었는지, 만물의 대주재가 누구인지, 사후의 세계가 어떤지도 모르면서 편벽되게 재세(在世)의 도(道)만 따르는 데 비해, 천주교야말로 인간의 도리를 다하게 하여 인간 세상에서는 선(善)을 쌓고 천상에서는 공(功)을 세워 영세의 쾌락을 누리게 하는 진실한 교라는 것이다. 천주교인의 이러한 주장에 대해 김치진은 하나의 원리로 말하면 무극(無極)이고, 생성(生成)으로 말하면 음양오행의 기(氣)이며, 변화로 말하면 이기(二氣)의 양능(良能)이며, 만수(萬殊)로 말하면 유기(遊氣)의 분요(紛擾)라며 천지만물은 이기의 밖에 있지 않다는 원론적인 논리를 내세우며 맞섰다. 논쟁은 결국 천주교도가 굴복하는 것으로 논쟁이 마무리되었다. 김치진의 설명을 들은 천주교인은 그간의 잘못을 깨닫고 눈물을 흘리며 자신을 유학으로 이끌어 주도록 당부하였다고 한다.

「변척조성천지」부터 「변회개」까지의 27조목[1]은 천주교에 대한 구체적인 비판을 담고 있다. 『척사론』에서 김치진은 앞부분에 비판 조목과 관련된 천주교서의 내용이나 천주교인들의 주장을 요약하고 그를 반박하는 형식을 취하고 있다. 각 조목의 주요 내용은 다음의 표와 같다.

〈표 1〉『척사론』 천주교 교리 비판 조목

제목	주요 내용
卞斥造成天地	· 천주는 이기(理氣)가 아니면 어떻게 만들어졌고 이기가 아니라면 어떤 물건인지 알 수 없음 · 천주가 없는 곳이 없다고 하는데 그렇다면 천주가 몸을 천억(千億)으로 나누어 곳곳에 있다는 것인데 이해할 수 없음
卞斥天神魔鬼	· 전능하다는 천주가 왜 마귀를 처치하지 못하는지 알 수 없음 · 십자가를 지니고 있거나 영세를 받으면 마귀가 범접할 수 없다고 하면서 마귀의 유혹을 말하는 이유는 무엇인지 알 수 없음
卞斥四元行	· 형체가 있어 볼 수 있는 화·수·토와 형체가 없어 볼 수 없는 기를 짝지어 사행(四行)으로 삼은 것은 이치에 맞지 않음
卞斥原祖原罪	· 흙으로 아담(亞黨)을 만들고 그의 뼈로 이브(厄娃)를 만들어 부부로 삼았다면서 이들이 인간의 원조라고 하는데 이는 이치에 맞지 않으며 윤리에도 어긋나는 일임
卞斥靈魂	목차에는 있으나 본문에는 없음
卞斥聖事	목차에는 있으나 본문에는 없음
卞斥聖體終傳	목차에는 있으나 본문에는 없음
卞斥天堂地獄苦樂賞罰	· 인간의 영혼은 죽으면 흩어져 보고 듣거나 생각할 수 없으니 천당지옥이 있어도 고락을 알 수 없음 · 천리를 따르면 길하고 거슬리면 흉한 것은 자연스럽게 상응하는 것이지 누가 주도해서 그런 것은 아님
卞斥降生救贖三位一體	· 인간을 구원한다면서 왜 많은 신을 내려 보내지 않고 예수 한 사람만 서방에 내려 보냈는지 알 수 없음 · 성부(聖父) 천주가 하늘에 있는데 聖子 예수를 인간으로 만들어 내려 보냈다면 천주가 둘이 있는 것임
卞斥認主報主	· 주를 알면 주도 그 사람을 알고 주를 받들면 주도 그 사람에게 복을 내

---

1) 제목만 있는 「변척영혼」·「변척성체종전」을 빼면 실제는 25조목이다.

제목	주요 내용
	린다는 것은 이치에 맞지 않음
卞神父教宗	· 천주교에 입교하여야만 죄를 용서받을 수 있다고 하는데 그렇다면 천주교가 중국에 들어오기 이전의 성현과 군자들은 모두 지옥에 떨어졌다는 것인데 이는 있을 수 없는 일임 · 교황, 신부, 주교가 천주의 임명을 받았다고 하는데 누가 그들에게 천권(天權)을 위임하였으며 또 위임하는 것을 보았는지 알 수 없음
卞祭祀	· 살아 있을 때는 절을 하고 죽으면 절을 해서는 안 된다는 것은 사설(邪說)임
卞四末	· 수많은 죽은 영혼을 천제가 혼자 심판할 없음 · 천주교 입교 여부에 따라 천당, 지옥이 달라지는 것은 공정한 심판이라고 할 수 없음
卞聖事七蹟	· 예수가 만들었다는 천주교의 입법인 성사칠적(聖事七蹟)은 지극히 요망한 일임
卞異端	· 하늘을 主로 삼은 것은 인도(人道)를 억압하기 위한 술책 · 윤상(倫常)을 끊으려고 하는 것은 벌을 받을까 두려워 군민을 이간하여 난리를 일으키려는 술책임
卞聖櫝	· 성독(聖櫝)을 패용해도 질병이나 화재 등의 재앙을 피할 수 없으니 성독의 효험은 없음
卞十誡	· 십계는 하늘에서 내린 것이 아니라 천주교 무리가 만들어 낸 것임 · 세례명은 교도의 이름을 일일이 다 기록할 수 없어 그런 식으로 간편하게 써서 교도의 수자를 알기 위한 것임
卞斥三德三司 三仇四樞七克 十四哀矜	· 천주교가 진실되다면 사람들이 스스로 믿을 텐데 신(信)을 삼덕(三德愛)의 하나로 삼아 천주교를 믿도록 강요하는 것은 이해할 수 없음 · 삼사(三司 : 明知·記想·欲行)는 영원한 복을 내세워 욕심을 보충하려는 이야기임 · 삼구(三仇 : 魔鬼·世俗·六體)는 부모로부터 물려받은 육체를 원수로 여기는 등 正道가 아님 · 사추(四樞 : 智·義·勇·節)는 경전을 생각하고 목숨을 바치는 등의 내용으로 귀속됨 · 칠극(七克 : 謙·捨·潔·忍·淡·仁·勤)을 지극한 이야기라고 하지만 유교의 이야기임 · 심사애긍(十四哀矜)은 인간이 당연히 해야 할 바인데 저들은 천당에 가기 위한 목적으로 하는 것뿐임
卞致命	· 임금이나 부모를 위하여 목숨을 바치는 것은 임금이나 부모가 위험에

제목	주요 내용
	처해있기 때문인데, 하늘에 있어 어려움을 당할 일이 없는 상제를 위해 공연히 목숨을 바치는 것은 어리석은 일임
卞窘難	· 예수 강생 이전에도 천주를 공경하는 고교(古敎)가 있었는데 천주를 받든다는 예수가 죽임을 당하고 이후에도 죽은 자가 많은 것은 신교(新敎)가 천리와 어긋나는 것이 많기 때문임 · 천주교도들이 죽임을 당한 것은 그들이 스스로 원해서 그렇게 된 것이니 슬퍼할 필요가 없음
卞斥愛仇	· 조부나 부친을 죽인 원수를 잊고 진심으로 사랑하는 것은 인정상 있을 수 없음
卞痛悔想明悟	· 죄의 유무는 따지지 않고 오로지 천주를 향하는 바로 상벌을 받는다는 것은 말이 되지 않음 · 진심으로 천주를 향하면 갑자기 깨우치게 해준다는 것은 불교의 돈오(頓悟)설을 모양만 바꾼 것임
卞祭祀	· 살아 있을 때는 절을 하고 죽으면 절을 해서는 안 된다는 것은 사설(邪說)임
卞四末	· 수많은 죽은 영혼을 천제가 혼자 심판할 없음 · 천주교 입교 여부에 따라 천당, 지옥이 달라지는 것은 공정한 심판이라고 할 수 없음
卞聖事七蹟	· 예수가 만들었다는 천주교의 입법인 성사칠적(聖事七蹟)은 지극히 요망한 일임
卞異端	· 하늘을 主로 삼은 것은 인도(人道)를 억압하기 위한 술책 · 윤상(倫常)을 끊으려고 하는 것은 벌을 받을까 두려워 군민을 이간하여 난리를 일으키려는 술책임
卞聖櫝	· 성독(聖櫝)을 패용해도 질병이나 화재 등의 재앙을 피할 수 없으니 성독의 효험은 없음
卞婚配	· 천주교식 결혼 제도는 유교의 親迎제도와 비교되지 않음 · 내외 이성 8촌간에서만 결혼을 피하는 것은 전혀 예에 맞지 않음 · 정이 좋은 첩도 버리는 것이 인정에 합당하지 않음 · 처는 천주교를 거부하고 첩은 신봉한다면 처를 버리고 첩을 처로 삼아야 하는데 이는 인도에 어긋난 것임
卞科宦	· 과거를 폐하고 관직을 버려야만 교를 받들어 천로(天路) 얻을 수 있다고 하는데 이는 명벌(名閥)을 떼어 하천(下賤)의 무리에 섞으려는 계책임
卞救靈	· 입교하려는 자가 있으면 거리가 멀건 한 사람이건 간에 찾아가는데 이

제목	주요 내용
	것은 당을 만들려는 계책임
卞俗輩虛傳說	• 서양인들의 의술(醫術)·농리(農理)·지리(地理) 등의 기술은 사람을 유인하여 당을 만들려는 계책임
卞回改	• 천주교의 내용은 일정한 규례가 없이 수시로 변화하는데 이는 사람들을 널리 유인하여 당을 번성시키려는 계책임
卞使之背敎	• 강압적으로 천주교인을 다스리는 것은 군자의 도가 아니며 효과도 없음 • 형벌을 쓰지 않을 수는 없지만 간첩을 통해 정상을 파악하는 것이 더 효과적임

이들 조목 가운데 중요한 몇 가지를 중심으로 김치진의 주장을 살펴하기로 한다. 대부분의 성리학자들과 마찬가지로 김치진이 천주교에 대해 가장 비판적이었던 부분은 역시 천주가 우주 만물을 창조하였다는 주장이었다. 「동인문답」에서 김치진이 천주교인과 주로 논쟁을 벌인 것도 바로 이 부분이었는데 「동인문답」에서는 성리학적 논리를 제시하였지만 조목별로 비판할 때는 천주교리의 문제점을 집중적으로 부각시키는 방식을 취하였다. 신의 문제가 천주교의 핵심이라고 파악하였던 김치진은 「변척강생구속삼위일체」에서 예수의 강생과 삼위일체설의 문제점을 집중적으로 비판하였다. 우선 예수의 강생설에 대해서는 전지전능한 신이 천신(天神)을 모든 나라에 보내 만민을 구원한다면 모르지만 서방 한쪽에만 보낸 것은 이해할 수 없다며 예수의 강생에 대해 문제를 제기하였다. 사람들을 구원하기 위해 내려온 예수가 기꺼이 고난을 받고 끝내 목숨을 바친 것에 대해서도 비판하였다. 또 천제가 만민을 구원한다면 마땅히 모든 사람을 구원해야 하고 여러 사람들의 마음이 영원토록 변하지 않게 해야 전능하다고 할 수 있을 것인데 그렇지 않다는 점에 대해서도 의문을 표시하였다. 천주교서에는 아담이 죄를 범하는 순간 천주의 수난이 예정되어 있었으며 예수 역시 기꺼이 목숨을 바쳤는데 그렇다면 성자를 죽인 자 역시

천주의 명을 받든 것뿐인데 천주가 노하여 예수를 죽인 자들을 벌한 것 역시 그가 이해할 수 없는 점이었다. 한편 성부, 성자, 성신이 대소(大小) 선후(先後)가 없고 일성 일체라는 삼위일체설에 대해서는 나은 자를 아비라 하고 목숨을 받은 자를 아들이라고 하는 것이 당연한 이치인데 천주교에서는 성부와 성자 사이에 대소선후가 없다고 하는 것은 합당치 않으며, 예수가 죽은 후 천당에 올라 천주 성부의 오른편에 앉아 있다고 설명하면서도 천주가 둘이 아니라고 주장하는 것 또한 논리에 맞지 않는다고 지적하였다. 그는 이러한 문제점을 근거로 예수를 천주로 만들고자 하니 강생한 후에 천주가 없다고 할 수 없어 부자의 이야기를 만들었고, 부자라고 하면 사람들이 천주를 둘이라고 의심할까 하여 삼위일체설을 만들어낸 것이라고 결론지었다.

김치진은 「변척원조원죄」에서는 천주가 만들어낸 아담과 이브가 인류의 조상이며 인간은 원죄를 타고났다는 주장을 비판하였다. 아담과 이브가 인류의 시조라면 그들의 자녀가 결혼하여 부부가 되었다는 이야기인데 이는 매우 비윤리적이어서 있을 수 없는 일이라고 지적하였다. 아담의 갈비뼈로 이브를 만들었다는 주장에 대해서는 그렇다면 아담은 불완전한 사람이냐고 반박하고 창조주가 여자를 만들 재료가 없어 그런 구차한 방법을 동원하였느냐며 비판하였다. 또 서양과 중국은 멀리 떨어져 있어 당 정관 연간에 이르러서야 처음 통하게 되었는데 그렇다면 서양의 유대국인들이 아담의 자손이라고 할 수 있을지는 모르지만 그들과 접촉이 없던 다른 나라 사람들이 어떻게 아담의 자손이 될 수 있겠느냐는 의문도 제기하였다. 마귀가 이브를 유혹해 선악과를 따먹게 한 이후 인류가 원죄를 안게 되었다는 주장에 대해서는 아담조차도 깊이 후회하여 죄를 용서받았는데 자손들에게 죄가 되물림 되는 것은 의리상 있을 수 없는 일이라고 비판하였다. 자기가 짓지도 않은 죄 때문에 지옥에 들어간다는 것은 문제가 있다는 것이다.

천당지옥설은 천주의 존재 여부, 영혼의 불멸 여부 등 천주학과 유학의 차이가 극명하게 드러나 있어 일찍부터 유학자들의 집중적인 공격을 받았던 문제인데 김치진 역시 천당지옥설을 신랄하게 비판하고 있다. 「변척천당지옥고락상벌」에서 김치진은 영혼은 정기(精氣)에서 나오는 것이므로 죽은 후에는 소멸되어 문견이나 사려가 있을 수 없다고 전제하면서 한편으로는 천당지옥설의 문제점을 구체적으로 지적하였다. 그 핵심은 천주교 신봉 여부로 천당과 지옥이 결정되는 방식에 대한 것이었다. 김치진은 천당지옥이 정말 있다면, 천리는 지극히 공정하므로 군자는 천당에 오를 것이고 소인이 지옥에 갇힐 것이므로 천주교의 교법을 따르느냐 그렇지 않느냐는 문제가 될 수 없다고 지적한다. 만약 예수를 섬기면 죄를 용서받아 천당에 오르고 그렇지 않으면 대현(大賢)이라도 지옥에 떨어진다면 그것은 사욕을 위한 것에 불과하니, 만약 예수가 천제라면 사욕을 따를 이치가 없다고 설명한다. 지옥을 다스리는 마귀가 고통을 받고 있다는 것도 이치에 맞지 않는다고 지적한다. 마귀가 지옥의 왕이 되어 형벌을 관장한다면 천주로부터 권리를 위임받은 형리(刑吏)라고 할 수 있는데 어떻게 죄를 지어 벌을 받는 자를 형리로 삼을 수 있느냐는 것이다. 이 밖에 천주가 이 세상 사람을 모두 구원하여 천당에 올리지 않고 편벽되게 서양인들에게만 가르침을 베풀었다는 점도 문제 삼았다. 수 천 만년 동안 수많은 영혼이 천당과 지옥에 올라갔다면 장소가 비좁아 수용하기 힘들 것이라는 지적도 흥미롭다. 죽으면 영혼은 소멸된다는 성리학적 논리를 바탕으로 사후 심판은 비합리적이라는 주장을 곁들여 천주교의 천당지옥설을 비판하였던 것인데 천당지옥에 관한 비판 가운데 가장 상세한 내용을 남고 있다고 할 수 있다.

천주교 교리를 27조목으로 세분하여 분석하였던 데서 김치진의 천주교에 대한 이해 수준이 상당하였음을 짐작할 수 있다. 『척사론』의 수준은 비슷한 시기에 쓰인 척사서로 비교적 풍부한 내용을 담고 있는 황필수(黃泌秀)의 『척사설(斥邪說)』과 비교하면 잘 드러난다. 『척사설』의 경우 10개조로 나누어 천주교를 비판하고 있는데 그 내용은 천주교는 악행을 쌓아 천국에 오르려 한다든지, 서양인들은 금수처럼 性이 편벽되어 있다든지 하는 등의 선언적 비판이 주를 이루고 있다. 이러한 문제는 천주교 서적을 보지 못하고 안정복의 「천학고」 등 2차 자료에 의존했기 때문에 나타날 수밖에 없던 것인데 김치진은 1차 자료를 입수함으로써 비판 수준을 한 단계 끌어올릴 수 있었다.

「총론」은 천주교의 확산과 서양 세력의 동향에 대해 설명한 글이다. 김치진은 국내에서는 1년에 몇 천 명의 새로운 천주교 신자가 생겨나고 있으며, 대외적으로는 교황을 중심으로 한 천주교 집단이 군사적 침략이나 통상, 포교 등의 방법을 동원하여 주변국들을 점령해 가고 있다고 있다며 천주교의 위험성을 강조하였다. 그는 천주교는 무속과 불교를 모방한 것에 지나지 않는다고 결론지었다. 귀신의 난측함을 이야기하는 것은 무격과 비슷하고 죽은 후 상벌을 받는다는 것은 불교와 유사하며 염경(念經)·수재(守齋)·기복(祈福)·첨례(瞻禮)의 법은 무불(巫佛)과 비슷하다는 것이다. 천주교가 이처럼 무속과 불교를 모방한 것에 불과하여 이치를 깨달은 선비를 유혹하기 어려운 것임에도 불구하고 급속하게 확산되는 이유로 두 가지를 거론하였다. 하나는 신기한 교리 체계이다. 천주교는 천주와 성교를 내세우기 때문에 고상한 것처럼 보이고, 천지를 조성했다는 설을 내세워 신기해 보이며, 상선벌악(賞善罰惡)을 강조함으로써 순정(純正)한 것처럼 생각되게 만든다는 것이다. 다른 하나는 다양한 포교 방식인데 그는 이것이 특히 천주교가 널리 전파될 수 있는 결정적인 요인이라고 보았다. 김치진은 그들의 포교 방식을 다음과 같이 설명한다.

"또 그들은 유혹하는 방법이 매우 많다. 고명한 선비는 견성(見性)이나 성성(成聖)을 들어 끌어들이고, 착한 이들은 행의(行義)와 수신(修身)을 들어 끌어들이며, 간악하고 어리석은 무리는 심판상벌(審判賞罰)과 영원고락(永遠苦樂)을 들어 끌어들인다. 어린 아이나 죄가 없는 자는 原罪를 들어 끌어들이고 입교한 후에 죄를 범한 자는 회개(悔改)와 해죄(解罪)를 들어 끌어들인다. … 이와 같이 유혹하는 다양한 방법은 일일이 거론하기 힘든데 사람에 따라 각기 그들이 원하는 바에 맞추기 때문에 누구를 막론하고 일단 입교하면 어지러운 혼(魂)에 연결되어 있는 것처럼 혼연일체 되어 그물 가운데에서 빠져나올 수 없으니 탄식할만하다. 이런 까닭에 그들의 무리가 번성하여 천하에 가득 차서 화(禍)가 극에 이른 것이다."2)

천주교는 대상에 따라 각기 다른 포교 방법을 선택함으로써 천주교를 널리 확산시킬 수 있었다는 것이다.

「구폐론」은 천주교의 폐단을 막을 원칙론에 대해 설명한 글이다. 그는 학교에서 유자들을 교육시킨 후에는 그들에게 천주교서를 탐구하여 논리를 반박하게 하고 그 내용을 언문으로 번역하여 민간에 널리 전파해야 한다고 주장하였다. 그렇게 되면 아무리 천주교에 심하게 빠져 있는 자라고 해도 구름이 걷히듯 의혹이 사라지게 될 것이라고 자신하였다. 그런데 지금까지 이러한 근본적인 대책은 강구하지 않고 그저 천주교인들을 잡아 죽이고 재산을 몰수하는 고식책을 사용

---

2) 『斥邪論』,「總論」 "且其引誘之方甚多極滑 高明之士 以見性成星引之 良善之徒 以行義修身引之 奸惡昏愚之輩 以審判賞罰永遠苦樂引之 小兒及無罪者 以原罪引之 入敎犯罪者 以悔改解罪引之…如此許多引誘之方 亦難枚擧 而莫不隨其人品各中其願欲 故無論誰某 一入於其敎 則渾然如迷魂之連 不能拔出於羅網之中 可勝歎哉 是故其徒寔繁 遍滿天下 爲禍極矣."

하였기 때문에 천주교는 더욱 번성하고 천주교도는 처벌을 피해 깊은 산속으로 숨어 박학한 선비도 그들의 전서를 구하지 못해 사설을 종식시키기 힘들게 되었다고 지적하였다.

「변구폐척사십일조」는 척사의 구체적인 대책을 제시한 글이다. 김치진에게 천주교를 종식시키는 것은 타협의 여지가 없는 당위의 문제였다. 김치진은 천주교도와 유학자를 각각 악초(惡草)와 가화(嘉禾)에 비유하면서 전주(田主)인 임금을 위하여 성심으로 악초를 제거해야 한다고 주장하였다. 그는 천주교도가 너무 많이 퍼져 있어 주벌(誅罰)하려면 그 수를 헤아릴 수 없을 정도이며 그렇게 할 경우 예측할 수 없는 화를 초래할지도 모른다는 견해에 대해 그 말이 이치가 있는 것 같지만 그렇지 않다고 일축하였다. 「변구폐척사십일조」에서 김치진은 흥학교(興學校)·수무비(修武備)·벽사서(闢邪書)·사간첩(使間諜)·섬거괴(殲巨魁)·상포고(賞捕告)·치연좌(置連坐)·엄관방(嚴關防)·멸와굴(滅窩窟)·기불유(期不遺)·수금령(數禁令) 등 11가지를 척사책으로 제시하였다. 11조목은 크게 국내 천주교를 없애는 방법과 서양 세력의 침입에 대비하는 두 가지로 이루어져 있다.

천주교를 없애기 위한 방안으로 일반인들이 천주교서를 보지 못하도록 하고 천주교도에 대해 연좌제를 실시하는 등의 강경책과 학교를 흥하게 하는 등의 교화책을 제시하였다. 그런 점에서 김치진이 가장 근본적인 방법이라고 생각한 것은 첫 조목으로 제시한 '흥학교(興學校)'였다. 김치진은 옛 사람들은 학교의 법규로 계도했기 때문에 이단에 빠지지 않았는데 지금은 그렇지 않아 국학(國學)과 향교(鄕校)의 이름은 있지만 유학자들이 문구만 섬겨 부허(浮虛)하고 술이나 밥 먹을 궁리만 하고 있으며 과거에 합격하는 것을 능사로 여겨 성리서를 강구하지 않는다고 세태를 비판하였다. 이 때문에 새로운 이단설을 보면 신기하게 생각하여 그 이치를 궁구하거나 실상을 살피지 않고 쉽게 빠져들고 만다는 것이다. 학교에서 유자들을 교육시킨 후에는 그들에게 천주교서를 탐구하여 논리를 반박하게 하고 그 내용을 언문으로 번역하여 민간에 널리 전파해야 한다고 주장하였다. 그렇게 되면 아무리 천주교에 심하게 빠져 있는 자라고 해도 구름이 걷히듯 의혹이 사라지게 될 것이라고 자신하였다. 그런데 지금까지 이러한 근본적인 대책은 강구하지 않고 그저 천주교인들을 잡아 죽이고 재산을 몰수하는 고식책을 사용하였기 때문에 천주교는 더욱 번성하고 천주교도는 처벌을 피해 깊은 산속으로 숨어 박학한 선비도 그들의 전서를 구하지 못해 사설을 종식시키기 힘들게 되었다고 지적하였다.

김치진은 서양세력의 내침에 대한 대비책의 마련에도 관심을 기울였다. 무비를 닦아 외구를 물리치고 관방을 엄히 하여 서양인과의 교통을 차단하며 간첩을 이용해 적정을 탐지하는 것이 주요 내용이다. 그 가운데에도 그가 특히 중요하다고 본 것은 간첩을 이용해 적의 정세를 알아내는 '사간첩'이었다. '사간첩'은 천주교도가 서양세력과 밀접하게 연관되어 있다는 전제에서 나온 것으로 천주교도의 동태를 파악하고 이를 통해 서양 세력의 정세를 탐지하기 위한 것이었다. 김치진이 천주교도로 가장하여 천주교서를 얻어 탐독하였던 것을 생각하면 그 자신이 간첩술을 솔선하여 사용한 셈이기도 하다. 이러한 '사간첩'은 『손자병법(孫子兵法)』의 용간법(用間法)을 참고로 한 것으로 생각되는데 이는 1869년(고종 6) 청인과의 접촉을 시도하다가 체포되었을 당시 그가 『손자병법』을 가지고 있었다는 데서 짐작할 수 있다.

「명천학본지」는 천주교의 본질을 설명한 글이다. 여기에서는 김치진은 서양세력이 천주교로 무장하여 천하 사람들을 자신의 당으로 만들고 천주교인들로 하여금 그들 국가의 군주를 배반하게 하는 방식으로 외국을 병탄하고 있다고 지적하였다. 이러한 천주교 무리는 세상의 원수여서 훈도하여 복종하지 않으면 정벌해야 하는데 조선에서는 아직 천주교도들의 움직임이 현저하지 않아 용병(用兵)하기는 힘들기 때문에 그들의 모략을 분쇄할 대책을 마련해야 한다고 척사의 의지를 밝혔다.

4. 의의 및 평가

19세기에 들어 서양 세력이 동양 사회에 본격적으로 접근해오고 천주교가 급속히 확산되자 서양에 대한 위기감이 고조되기 시작하였다. 특히 제1, 2차 중영전쟁은 조선 정부나 지식인 사회에 큰 충격을 던졌다. 조선 정부는 그에 대해 서양에 대한 폐쇄 정책을 강화하고 천주교도를 대대적으로 처벌하는 방향으로 대응하였으며, 조선 지식인들은 척사론을 활발히 개진하여 서양 침략에 대처하고자 하였다. 그에 따라 19세기 중반에 들어 척사서들이 본격적으로 등장하였는데 김치진의 『척사론』도 그러한 분위기에서 나온 척사서 가운데 하나이다.

김치진은 서양 국가의 본질을 교황이 중심이 된 천주교 집단으로 파악하였으며 침탈의 직접적인 목적도 천주교 전파에 있는 것으로 보았다. 이런 인식을 지니고 있었던 까닭에 김치진은 서양 세력의 침탈을 막는 일차적인 방안을 천주교 분쇄에 두었으며 그러한 의도에서 『척사론』을 저술하였다. 천주교에 대한 강경한 처벌책이 시행되는 상황이었지만 김치진은 천주교가 확산되는 원인이 무엇인지 분석하고 그러한 바탕에서 교화 위주의 대책을 제시하였다.

천주교도에 대한 처벌이 기본적인 서학 정책 방향이었던 상황이었음을 고려하면 논리적 설득의 중요성을 역설하는 김치진의 태도는 분명 긍정적으로 평가할 만한 것이었다. 반면 사족과 민인을 이분하여 차별적으로 파악하고 일반 민인들의 천주교 신봉을 순전히 개인적인 문제로 귀결시키는 김치진의 태도는 보수적인 것이기도 하였다. 김치진식의 태도에 대해서는 1840년(헌종 6) 사헌부 집의 김정원(金鼎元)이 관직에 있는 자가 민인을 갈취하고 학업을 닦는 자가 권세를 좇는 상황에서는 아무리 양술(洋術)을 금한다고 해도 천주교가 온 나라에 퍼질 것이라며 이미 날카롭게 비판한 바 있다.[3] 후일 김윤식(金允植) 역시 힘써 독서를 해도 관직에 진출할 수 있는 길이 막힌 사족과 힘을 다해 경작을 해도 가난을 면할 수 없는 농민들이 천주교를 받아들여 당을 만들고 있다면서 제도적 개혁의 필요성을 강조한 바 있다.[4] 특히 김치진의 고향 상주 지방의 경우 삼정 문제가 심각하여 임술민란 당시 민인들이 삼정구폐를 요구하며 양반가와 서리가 100여 호를 불태우는 등 민란이 매우 거세게 일어났던 지역임을 생각하면 김치진의 인식은 아쉬운 것이었다. 이러한 인식을 지니고 있었기 때문에 김치진은 천주교를 적대적으로 대할 수밖에 없었다. 천주교를 문제의 핵심으로 파악하였으므로 그가 내세운 척사책은 교리 반박에 집중되었고 사회·경제적 개혁이나 해방(海防)과 같은 문제에는 별로 관심을 기울이지 않았던 것이다.

인식에 한계가 있기는 하지만 『척사론』의 자료적 가치는 충분하다. 당시 지식인들은 척사 문제에 관심이 많았음에도 불구하고 막상 척사서를 저술한 경우는 그리 많지 않다. 그 주요한 이유는 천주교 서적을 구하기 쉽지 않았기 때문이다. 그로 인해 척사 문제에 관심이 있다고 해도 안정복(安鼎福, 1712~1791)이 저술한 「천학고(天學考)」·「천학문답(天學問答)」 등 주로 2차 자료에 의존하는 것이 일반적이었다. 예를 들어

---

3) 『憲宗實錄』 권7, 憲宗 6년 1월 辛酉
4) 金允植, 『雲養續集』 권2, 「奉送瓛齋朴先生珪壽赴熱河序補遺」. 孫炯富, 앞 책, 49
   ~ 50쪽. 孫炯富는 김윤식의 이런 생각이 박규수의 견해와 같은 것이라고 추정
   하고 있다.

1870년(고종 7)『원도고(原道攷)』를 저술하였던 이호면(李鎬冕)이 서양학에 대한 글을 구할 수 없어 안정복의 「천학고」, 서계여(徐繼畬, 1795~1873)의『영환지략(瀛環志略)』, 최한기(崔漢綺, 1803~1877)의『지구전요(地毬典要)』등 2차 자료에 의존하였다고 밝힌 바 있다. 반면 김치진은 천주교 집단에 들어가 천주교 관련 서적을 구해 검토한 후『척사론』을 저술하였다. 그는 천주교 논리를 관철하지는 못했지만 그 본지는 터득하였다고 자신하였는데 실제로 27조목에 걸친 비판 내용은 다른 어느 척사서와 비교해도 손색이 없을 정도로 수준이 높다.『척사론』은 19세기 중반 지식인들의 천주교 인식을 살피는 데 없어서는 안 될 유용한 자료이다. 또 천주교 신부나 천주교인들과 관련된 내용은 19세기 중반 천주교의 전파 양상을 파악하는 데도 중요한 정보를 제공한다. 한편 김치진은 전통 성리학자의 시각에서 천주교를 비판했지만 그가 제기한 의문점들은 현재에도 비천주교인이라면 한번쯤 가졌음직한 것들이다. 그런 점에서『척사론』은 천주교인과 비천주교인의 인식 차를 해소하는 데도 꼭 필요한 자료이다.

자료적 가치가 높았기 때문에 김치진의『척사론』은 당시 지식인들에게 널리 유포되었다. 유중교(柳重教, 1832~1893)에 따르면 김치진의『척사론』은 활자화되어 널리 반포될 기회가 있었는데 김치진이 효수되는 바람에 계획은 수포로 돌아가고 책도 없어졌지만 그 내용이 세상에 많이 전해졌다고 한다. 유중교는 김치진의『척사론』을 높이 평가하여 「옥계산록(玉溪散錄)」에서『척사론』에 의거하여 천주교를 비판하였다. 윤종의(尹宗儀, 1805~1886)는『벽위신편(闢衛新編)』을 증보하는 과정에서『척사론』의 총목차를 게재하고 일부는 내용을 발췌하여 삽입하였으며, 허칙(許佌)은 1903년『대동정로(大東征路)』를 편찬하면서 「동인문답」·「변성사칠적」·「변과관」·「변혼배」·「변속배허전설」·「변인개」·「총론」·「구폐론」 등『척사론』의 조목을 포함시켰다. 현재 여러 종류의 필사본이 전해지는 데서도 지식인들 사이에 『척사론』이 널리 읽혀졌음을 알 수 있다.

〈해제 : 노대환〉

『척사론(斥邪論)』

序

金致振

西學이 동쪽으로 전래된 지 오래되었지만, 조정에서는 금지령을 내렸다. 그러므로 선비된 자들이 서학의 책을 보기를 꺼려 그 학설을 깊이 있게 반박하지 못하였기에, 세상의 어리석은 남녀들이 서학의 종교에 한 번 입문하면 미혹되어 돌아오지 못하게 만들었으니, 온갖 형벌을 받는 자들이 그치지 않았다. 아, 삶을 좋아하고 죽음을 싫어하는 것이 인지상정이니, 좋아하는 것 중에 사는 것보다 중요한 것이 있겠는가?

나는 일찍이 그 점을 의심했고, [서학에는] 반드시 사람들을 현혹하는 비법이 있어서, 우매하고 평범한 사람들을 기만하고 미혹시키기에 충분한 것으로 생각했다. 서학의 신도들로부터 그들의 완전한 책을 얻게 되어 그것을 읽어보니, 대체로 그 요사한 비법[妖法]이란 불교와 묵가의 잔여물이자 무격(巫覡)과 유사한 것이었다. 이치를 궁구하는 선비들을 동요시키기에는 부족하지만, 그 허황되고 기만적인 뜻을 살펴보고, 그 경전의 이전 자취를 검토해 보면, 이는 사람을 유혹해 무리를 만들고 국가의 탈취를 도모하는 술책임이 분명하다. 어째서 그렇게 말할 수 있는가? 하늘을 섬겨 영혼을 구원한다는 이론을 만들어서, 천당과 지옥이라는 禍福을 근거로 사람들을 속이고 기만하는 근거로 삼고, 상당 부분 人情이 원하는 것들에 근거하여 유혹하는 방도를 널리 갖춘 것은 대중을 얻어 무리를 만드는 방법이다. 또한, 신과 악마에 관한 이론[神魔之論]을 만들어, 先生의 道를 모조리 폐하고 윤리를 멸절시키면서, 스스로 禁誅의 환란을 취하는 것은 그 徒黨을 따로 이단 적인 부류[異類]로 만들어 군주를 배반하게 만드는 계책이다. 또한, 七 事의 규율을 세워서, 그들의 교황·주교·신부의 호령을 받들고, 크고 작은 회합을 담당하고 교화 및 죄를 사하는 권리를 관장하며, 聖事를 행한다고 말하면서 민간[閭里]을 분주하게 돌아다니는 것은, 생계를 꾸 리기 위해 천인들을 기만하는 방법이다. 이 어찌 漢말의 황건적 무리 와 다른 것이겠는가?

내가 듣건대 예수가 태어난 지 지금이 1,800여 년 되었다고 한다. 서양의 여러 국가는 모두 저 신도들에게 병탄 되었고, 中華에서도 만 연하여 광동과 절강 등의 여러 省이 그들의 소굴이 되어, 咸豊[5])이후로 재난이 극에 달하게 되었다. 저 서양의 국가들의 경우 참으로 논할 만 한 것이 아니라 해도, 삼황오제가 전한 유산이 남아 있는 국가가 차마 이 지경으로까지 쇠락한 것인가! 이것이 志士들이 거듭 風泉之感[6])을 드 러내는 이유이지만, 그 여파가 우리나라에까지 미쳐서 흉악한 무리의 수괴들이 京都에 잠입하고, 잔당들이 팔도 곳곳에 두루 퍼지니, 칡덩 굴처럼 이어지고 들불처럼 타올라서, 마을마다 서양이요 사람들은 저 마다 흉악한 무리를 이루고 있다. 근년 이래, 한 마을의 풍속이 달라 지고, 國勢는 둘로 나뉘어져 이양선이 우리 연안을 수차례 침범하고 있다. 아! 오늘날의 근심이란 얼음이 단단하게 굳으려 하는데다[7]) 곧

---

5) 淸 文宗의 연호
6) 『詩經』「檜風·匪風」과 「曹風·下泉」을 가리키는 것으로, 이 시들은 모두 제후국 의 사람들이 주周 나라를 생각하여 지은 시다. 中華의 본 모습을 그리워한다는 의미로 쓴 듯하다.
7) 원문의 "堅氷將至"는 『주역』「坤卦·初六」에 "서리를 밟게 되면 두꺼운 얼음이 곧 얼게 된다.〔履霜堅氷至〕"라는 구절을 염두에 둔 것인 듯하다. 위난이 임박하였 음을 강조하기 위한 수사.

은 비의 우환[8]으로 급박한 것이니, 志士들이 통곡하지 않을 수 있겠는가! 지금 하늘이 노여움을 드러내, 白氣[9]와 彗孛[10]가 천체의 현상으로 나타나서 반복적으로 경고하니, 우리를 경계시킴에 두려워할 만한 것이다.

그렇다면 내부를 성찰하고, 先王의 道를 밝히고, 풍속을 도탑게 만들고, 儒術을 숭상하고, 사악함을 금하는[禁邪] 제도를 엄격히 확립하고, 포상을 걸어 죄인을 붙잡는 법령을 널리 실시하며, 그 괴수들을 주살하고 그들의 책을 불살라서, 우리 禮義의 나라에 남겨진 무리를 없애는 것이 마땅하다. 孟子는 "양주와 묵적을 잘 비판할 수 있는 사람이라야, 성인의 문도이다."[11]라고 말했다. 지금 세상에서 邪敎의 해로움이 양주와 묵적의 爲我와 兼愛의 학설 정도에 그치겠는가! 그들은(기독교) 천지를 만들었다고 말하니 兩儀의 道를 폐한 것이다. 불·공기·물·흙[火氣水土][12]으로 세상이 이루어졌다고 말하니 五行의 이치를 없앤 것이다. 하늘의 신과 땅의 악마에 대해 말하니 귀신의 실정을 더럽힌 것이다. 흙으로 인간을 만들었다고 말하니 사람을 낳는 조화[生人之化]를

---

8) 궂은 비의 우환[陰雨之患] : "陰雨"란 표현의 출전은 『詩經』이다. 그리고 이 표현이 국가의 드리울 위기를 표현하는 전형적 수사로 쓰이게 된 것은 『孟子』에서 비롯되었다. 「公孫丑上」에는 다음과 같은 구절이 나온다.(『詩』云 "迨天之未陰雨, 徹彼桑土, 綢繆牖戶 今此下民, 或敢侮予?" 孔子曰 "爲此詩者, 其知道乎! 能治其國家, 誰敢侮之?" 今國家閒暇, 及是時般樂怠敖, 是自求禍也. 禍福無不自己求之者.)

9) 白色의 雲氣. 옛날 미신에서는 전쟁의 징후로 보았다.

10) 彗星과 孛星. 孛는 강렬한 빛을 사방으로 내뿜는 혜성의 일종이다. 彗孛의 출현은 재난이나 전쟁을 징조를 상징하는 것으로 이해되었다.

11) "能言距楊墨墨者, 聖人之徒也"(『孟子』, 「滕文公下」.)

12) 『천주실의』 상권 제 3 편에 "무릇 천하의 사물은 모두 불·공기·물·흙이라는 사행(四行)이 결합되어 형성된 것이다."라고 하였다. 이 사행설(四行說)은 고대 그리스의 헤라클레이토스가 처음 주장한 것으로, 플라톤의 저작을 통해 천주교 신학에 수용되었다. 불교의 지수화풍(地水火風) 사대설(四大說)과 흡사하며, 유교의 오행설(五行說)과 배치된다.

멸절시키는 것이다. 원래의 조상[元祖]과 原罪를 말하니 혼을 미혹하는 장애물을 설치한 것이다. 천당과 지옥을 말하니 인간을 빠트리는 구덩이를 벌여놓은 것이다. 선을 권하고 악을 징벌한다고 하니 사람들을 유혹하는 방도를 갖춘 것이다. 죄를 사해주고 허물을 씻어준다고 하니 기만하고 미혹시키는 술책을 치밀히 한 것이다. 영혼을 구원해 승천한다고 하니, 사람을 낚는 그물을 펼쳐놓은 것이다. 또한 제사지내는 禮를 폐하고, 종묘와 사직·校院을 마귀가 모여있는 장소라 비방하고, 군주와 부모·백부와 숙부를 外敎의 惡黨이라 칭하고, 조상을 마귀에 부림받는 것[魔役]이라 경시하고, 聖賢을 죄인이라 배척하고, 남녀가 뒤섞여 尊卑를 구분하지 않는 등의 죄는 모두 용서받을 수 없는 죄에 해당된다. 하물며 사특한 무리의 괴수[邪魁], 이른바 주교와 신부의 무리가 참람되이 하늘의 지위를 대신한다고 칭하고, 救世의 道임을 빙자하고, 그 신도들의 君父임을 자처하면서 국법을 경시하고 금령을 지푸라기로 만든 개[芻狗]처럼 여기며, 오만하게 스스로 현명하다 생각하고 감히 국가와 세상을 뒤엎으려는 뜻을 갖고 매번 그 신도들에게 말하길, 만약 교화가 이루어지지 않는다면 끝내는 다음 세대에서 그 가르침이 크게 행해질 것이라고 한다.

아! 아주 놀랍고 통탄할 만한 얘기를 듣고, 나라에 관한 근심이 어찌 무겁지 않겠는가? 우리 선비들은 누차 군주가 내려준 의복을 입고, 군주가 내려준 식사를 먹었으니, 일체의 머리털과 피부조차도 우리의 聖上 기르심에 의해 두루 은택을 받지 않은 것이 없다. 모든 것에 충군과 애국의 마음[忠愛之心]을 갖는다면, 홀로 자신을 선하게 수양함[獨善]을 도모하고, 국가와 道를 위한 성실을 다하여서 크게 이단을 물리치는 공적을 널리 베푸는 데 힘써야 한다. 위대한 우임금[大禹]께서 홍수를 다스렸고, 周公께서 戎狄을 정벌했고, 맹자께서 양주와 묵적을 물리쳤고, 韓公[13]께서 도교와 불교를 물리쳤던 것처럼, 邪敎에 의해 올바른 학문이 가리워지지 않도록 하고, 이단적인 부류[異類]에 의한 국가의 환란이 없도록 한다면, 어찌 통쾌하지 않겠는가!

내가 비록 불초하지만, 유교의 道[14]가 날이 갈수록 사라지고 邪學이 크게 성하는 것에 분개하여, 그들의 서적을 구해서 살펴보고, 그 실정을 探探하였다. 그런 다음에야 절실한 언어로 통렬히 논박하면서, 사악한 무리[邪徒]의 제반 실상에 관한 변론을 저술하였으니, 30여 가지의 변론 중에서 다 드러나지 않은 것이 없다. 일찍이 이 글을 우선 그 무리들에게 시험해 보았는데, 오랫동안 좀먹은(미혹된) 무리와 새롭게 물든 무리를 막론하고 탄복하지 않는 이가 없었는데, 회개하여 올바른 길로 돌아오는 자가 십 중에 여덟 아홉이었다. 그러므로 언문으로 번역하고 베껴서 널리 퍼트려 대중을 깨우친다면, 사악한 무리를 거부할 것이고, 요사함이 무너지는 것이 봄날의 얼음이 스스로 녹는 것과 같으리니, 斥邪의 효험을 바랄 수 있을 것이다.

사악한 무리의 괴수들은 모두 크게 놀라서 [다음과 같이] 말한다 '천주교[天學]가 동쪽으로 온지 벌써 80여년 되었는데 누차 禁誅의 군색한 위난에 마주하고도 오직 죽음에 이를지언정 배반하지 않는 자들이 있었을 뿐이었다. 지금 [우리의 종교를] 물리치고 논파하는 글이 새롭게 나왔으니, 우리 신도들이 보면 모두 배반하게 될 것임을 알 수 있다. 그 학설의 교묘함이 각종 형벌[刑戮]보다도 심하다. 어찌 우리 종교의 크나큰 악마가 아니겠는가?' [그리고] 신도들에게 주의시키며 말하길, '김아무개의 글은 비방을 위한 책이다. 만약 다시 눈길을 두는 자가

---

13) 당나라 때의 한유(韓愈, 768~824)를 가리킨다.
14) 원문의 "斯道"를 "유교의 도"로 번역했다. "誰能出不由戶? 何莫由斯道也?"(『論語』「雍也」), "予, 天民之先覺者也 ; 予將以斯道覺斯民也. 非予覺之, 而誰也?"(『孟子』, 「萬章上」) 등의 용례를 거치면서 斯道는 유교 경전 내에서 유학의 人義의 道를 가리키는 대명사처럼 쓰인다.

있다면 우리는 그들을 모두 내쫓고 끊어내어 聖會에 동참하는 것을 허락하지 않겠다.'라고 한다. 이에 그 무리들이 서로 그것을 알리고 이 글을 보지 않도록 경계하여, 마침내 [사교를] 그만두고 올바름으로 돌아가길 그치게 되었으니, 어찌 한탄하지 않을 수 있겠는가!

나는 또한 丙辰년 가을에 사악한 무리의 괴수들이 큰 회합을 공격하여, 公私의 이목에 우뢰와 같은 소리를 울려서, 道義를 지닌 선비들을 환기시키고, 요사한 것들을 제거하려는 계책을 격발시킴으로써 세상이 명징해지길 기대했으나, 선비들의 기운이 쇠잔해지고 物情은 해이해져 마음과 힘을 함께 하는 사람이 없었고, 반대로 비방하는 부류가 많았다. 나 스스로 한 잔의 물로 한 수레의 장작에 붙은 불을 끌 수 없다는 것과 하나의 양기로 여러 음기의 침식[剝]을 억제하기 어렵다[15]는 사실을 알고 있다. 그러므로 ■ [16] 은거한지 오랜 세월이 되었다. 어찌 志士들이 팔을 걷어붙이고 분해하며 길게 탄식하지 않을 수 있겠는가!

그럼에도 이 『斥邪論』한 권이 가깝고 먼 곳을 두루 비추어 없어지지 않고 세상에서 통행된다면, 만세의 照魔의 明鏡[17]이 되기에 충분할 것이며 또한 어찌 [그것에서] 본보기를 취할 인물이 없겠는가!

---

15) 하나의 양기로 여러 음기의 침식[剝]을 억제하기 어렵다 : 원문의 "孤陽難抑群陰之剝"을 번역한 것이다. 아마 저자는 『주역』에서의 박괘(剝卦)를 염두에 두고 이런 표현을 쓴 듯하다. 양효가 가장 위에 있고, 5개의 음효가 밑에 놓인 것이 박궤의 형상이다. 음기가 성하고, 양기가 쇠해진 상태를 나타내며, 소인이 득세하고 군자가 불리한 상황을 상징한다. 후대 일반적으로 時運이 불리한 경우를 剝으로 표현했다.

16) 글자 판독 불가.

17) 조마경(照魔鏡)은 요마(妖魔)를 비추어 그 참된 본질을 드러낸다는 거울을 이른다. 옛날 산에 들어가는 도사는 모두 이 거울을 등 뒤에 달고 다녔는데, 그렇게 하면 요마들이 사람들에게 감히 가까이 다가오지 못했다고 한다. (『抱朴子』「登涉」.)

나는 우리 도의 흥함이 邪敎의 망함이라 생각하니, 이로 말미암아 글을 지은 것이지 그저 말하는 것이 아니다. 하나, 혹자는 말하기를 "지금 저 邪敎는 진실로 그 무리들을 두려워하여 죽인다면 그 수를 헤아릴 수 없으니, 측량할 수 없는 재앙을 촉발할까 두렵다"고 한다. 이 말은 혹 이치에 맞는 것 같으나 대개 그렇지 않다. 漢나라 신하의 책략을 엿보면, 제후가 말하기를 "영토를 깎아도 반란하고 깎지 않아도 반란할 것이나, 깎으면 반란은 빨라도 화가 작고 깎지 않으면 반란은 더디나 화가 클 것이다"라고 하였다.[18] 지금 우리나라 형세의 불행함 또한 오히려 이와 같다. 참으로 능히 죽이면 저들이 휘파람을 불며 모여들겠으나 그 무리가 줄 세워 죽일 수 있을 정도일 것이고, 만약 안 일하게 여겨 다스리지 않는다면 마땅히 아직 강해지지 않은 화와 같을 것이니 어찌해야 하겠는가. 무릇 한 아름 되는 큰 나무도 작은 싹에서 시작되고 9층의 누대도 한 삼태기의 흙에서 일어나니,[19] 더러움을 당한 자가 어찌 처음에 막고 싹틀 때 대비하는 도[20]에 인색하겠는가. 또 무릇 한 마리의 지렁이가 뚫은 구멍이 큰 둑의 물을 쏟아지게 할 수 있고 하나의 횃불 가지가 만호의 집을 잿더미로 만들 수 있으니, 번민하는 자가 어찌 일찍이 소홀히 하고 꼼꼼하게 살펴보지 않아 스스로 큰 환란과 지극한 위태로움에 이르게 하겠는가. 지극히 미미하고 약한 것이 오히려 이와 같은데 하물며 지극히 드러나고 강한 것

---

18) 조조(晁錯, BC200∼BC154)가 漢나라 文帝에게 간언한 내용으로, 손을 써도 일이 벌어지고 손을 쓰지 않아도 일이 벌어지나 손을 쓰지 않으면 화가 커짐을 비유한 말이다.

19) 老子의 『道德經』 64장 "合抱之木, 生於毫末, 九層之臺, 起於累土, 千里之行, 始於足下."에서 인용한 것이다. 즉 큰 일은 작은 일에서 생김을 비유한 말이다.

20) 『後漢書』 「丁鴻傳」의 "若敕政責躬, 杜漸防萌, 則凶妖消滅, 害除福湊矣."에서 인용한 것이다. 즉 황제가 조정을 다스림에 있어서 나쁜 일을 작을 때 뿌리 뽑고 싹틀 때 방비하면 흉함이 소멸되어 해로움이 제거되고 복이 모일 것이라는 뜻이다.

은 오죽하겠는가. 만약 진실로 번성하여 환란이 되고 그 퍼짐을 다스리지 않아 온 나라에 끝내 들어오기에 이른다면 그 환란을 또 어찌하겠는가. 저 무리들이 번성할수록 다스리기가 어려워진다. 점점 어려워져 다스리지 않는다면 종국에는 선왕의 큰 도를 버리고 서양 무리의 요사스러운 법을 따르겠는가. 백성이 모두 邪法을 행한다면 어찌 임금과 재상이 있어 후손들이 위에 선들 홀로 요순의 도를 행하겠는가. 임금과 백성 간에 의리가 상반되어 죽이고 배반하니 나라에 어찌 변고가 없을 수 있겠는가. 이러한 이치가 명백한데 어찌 저 무리들의 강약을 논하고 또한 어찌 다스리기 어렵다고 불평하는가. 차라리 화를 재촉하여 엄하게 금하고 엄하게 죽이지 않을 수 없다.

하나, 내가 그 年益 등의 책을 살펴보니 邪敎가 가득 찬 후로부터 여러 나라의 사람이 사교로 말미암아 주륙당한 자가 몰라도 만·억·조이다. 애석하게도 저 생령들은 邪說에 미혹되어 망령되이 죽은 후의 복을 구해 눈앞의 화를 감수하니 어리석구나. 이것이 누구의 허물인가. 비단 미혹된 자의 잘못만은 아니며 이를 미혹한 자의 죄이다. 그러니 만 번 죽여도 애석할 것이 없는 자는 영수·거괴이지 어리석은 백성·부녀자·어린아이들이야 어찌 仁한 사람의 마음이 흐려지지 않겠는가. 나는 이에 세속이 헐뜯는 그 邪書를 궁구하는 것을 싫어하지 않으니, 명확히 말하고 바로 들추어내서 그 眞僞를 환히 알고 그 曲直을 깨우치며 그 심술의 은미한 것을 분별하고 그 행위의 편벽된 것을 검토하며 일찍이 지나온 발자취를 가리켜 검증하여 멀고 가까운 곳에 전파하면, 우리 東土에 邪敎를 물들이기를 원하는 자들이 반박의 설을 비교하여 그 어긋남과 바름, 옳음과 그름의 사이에서 득실을 계산해 반드시 지난날에 꾼 취중의 꿈에서 깨어나 우리 正道로 돌아와 태평성대의 은혜로운 일들을 일으킬 것이니 어찌 좋지 않겠는가. 저들은 사람이 죽은 뒤의 영혼을 사랑하여 이르기를 세상을 구한 지극한 덕이라고 거짓으로 칭하나, 나는 사람 이전의 性命을 자랑하니 이것이 사람을 구제하는 지극한 뜻이라고 생각한다. 어찌 반박의 설을 견주고 헤아리지 않아 잘 돌아올 줄을 모르는가. 선을 택하고 목숨을 아까워하는 자는 원컨대 함께 밝히 변론하자.

하나, 세상 사람들이 어리석어 혹 우리의 반박하는 글을 가지고 구실을 삼아 나무라며 말하기를 "저 무리들의 정태를 이와 같이 상세하게 알면서 그 학문을 하지 않으니 어째서인가. 들어갔다가 다시 나오는 사람을 다 보네"라고 한다. 아! 나는 잠시 그 책을 고찰하고 그 사정의 일을 살핀 적이 있다. 그러나 유학자가 불교 서적을 읽는 것을 가리켜 유학자가 승려가 되었다고 하면 되겠는가. 그 책을 보는 것과 그 법을 일으켜 행하는 것은 천연지차이다. 하물며 正道를 붙잡고 邪說을 배척하는 군자의 도에 있어서는 어떻겠는가. 그 책을 보지 않고 그 정태를 살피지 않고서 어찌 깊은 말로 극력 반박하겠는가. 혹자는 邪書를 보는 것을 가지고 허물 삼아 말하지만 이 또한 그렇지 않으니, 옛적의 군자는 이단의 책을 많이 보고 이를 반박하였다. 어떻게 천주학 책만 유독 한 번 훑어보지도 않고 반박하겠는가. 내가 저 책을 한 번 본지 여러 해가 되면서, 독에 빠진 자는 다수가 미혹됨을 깨뜨리고 正道로 돌아왔고 물들려는 자는 미리 그 그릇됨을 알고 물들지 않았으니, 性命에 대해 공이 있음이 작지 않다고 하지 않겠는가. 우습구나. 어디에 헐뜯을 단서가 있단 말인가. 참으로 개탄스럽다.

하나, 내가 저 무리들의 말을 들으니, '신유년[21] 이후로 洋學을 알리는 자는 모두 기이한 사고를 당했으니 저들이 천하의 입을 막은 것'이라고 한다. 이 무리들의 이러한 말은 正道를 모함하는 것에 지나지 않

<hr>

21) 1801년의 신유박해를 가리킨다. 이 박해로 이승훈, 이가환, 정약용 등의 천주교도와 진보적 사상가가 처형 또는 유배되고, 주문모를 비롯한 교도 약 100명이 처형되고 약 400명이 유배되었다.

아 스스로 방자한 단서이니 또한 법망의 느슨함을 볼 수 있다. 대저
이 일은 사람의 생사에 관한 것이니 비록 천금의 상을 받고 고관에 제
수될지라도 만약 도를 위하고 나라를 위한 일이 아니라면 조금이라도
仁한 마음을 가진 자는 결코 거론해서는 안 되는 것인데 하물며 이전
에 양학을 알린 자를 화의 본보기로 삼았겠는가. 또 저 邪敎 무리들의
붕당이 천하에 두루 퍼져 훌륭한 일꾼, 강한 장수, 재화가 풍족하니
우리가 비록 正道를 가지고 邪說을 공격한다고는 하나 계란으로 바위
를 치는 것과 같다. 스스로 소용이 없음을 알지만 大義가 있는 곳에
강약을 어찌 논하겠는가. 저들은 일마다 후회하고 서양의 요사스러운
사람들은 그 명을 다한 자가 몇 명인지 알 수 없으나, 우리는 선왕의
옷을 입고 선왕의 법을 본받았으니 비록 선왕을 위해 한 목숨을 버릴
지라도 어찌 마음에 한이 있겠는가. 다만 선비들이 각각 뜻을 달리하
고 취하고 버리는 것도 같지 않으니, 이것이 천하와 후세를 위해 근심
스럽다.

　병진년(1856) 2월 15일 東土의 선비 高山 사람 김치진이 직접 서문을
쓰다.

역주 : 김택경

참 고 문 헌

1. 논문

노대환, 「19세기 중반 金致振의 『斥邪論』」, 『대구사학』 84, 2006.

손숙경, 「朝鮮後期 慶南 地域의 초기 天主教 受容者들과 受容 形態」, 『釜山史學』 34, 1998.

車基眞, 「<斥邪論> 해제」, 『교회와 역사』 제121호, 1987.

_____, 「朝鮮後期 天主教의 嶺南 傳播와 그 性格」, 『教會史研究』 6, 1988.

『척사설(斥邪說)』

분류	세 부 내 용
문 헌 종 류	조선한문서
문 헌 제 목	척사설(斥邪說)
문 헌 형 태	필사본
문 헌 언 어	漢文
저 술 년 도	1867년
저　　　자	황필수(黃泌秀, 1842~1914)
형 태 사 항	1책 21장(규장각한국학중앙연구원본)
대 분 류	종교
세 부 분 류	천주교 교리 비판
소 장 처	국립중앙도서관·규장각한국학중앙연구원
개　　　요	1867년 황필수가 저술한 척사서이다. 황필수가 본문을 쓰고 종제 황지수(黃芝秀)가 주석을 단 특이한 형태도 되어 있다. 『척사설』의 핵심은 천주교 교리를 구체적으로 비판한 '십불위설(十不韙說)'로 여기에서 천주교의 윤리적 문제점을 집중적으로 지적하였다. 『척사론』은 19세기 중반 척사론의 성격을 살피는 데 매우 중요한 자료이다.
주 제 어	『척사설』, 황필수, 황지수, 강난형, 송백옥, 김기연, 십계(十戒), '십불위설(十不韙說)', 양학(洋學)

1. 문헌제목

『척사설(斥邪說)』

2. 서지사항

『척사설』은 1867년 황필수가 저술한 척사서로 현재 국립중앙도서관과 규장각한국학중앙연구원에 각각 소장되어 있다. 두 책 모두 필사본인데 규장각본에는 국립중앙도서관본에는 없는 강난형(姜蘭馨, 1813~?)이 쓴 발문이 있고, 본문 위쪽 여백에 소장자가 자신의 견해를 적은 놓은 부분이 있다. 이것을 제외하면 두 종의 내용은 모두 같다. 국립중앙도서관본은 총 49면이다.

체제를 살펴보면 권두에는 1867년 9월에 송백옥(宋伯玉, 1837~1887)이 지은 「평비척사설서(評批斥邪說序)」와 1870년 8월에 김기연(金耆淵, 1827~1882)이 쓴 「척사설서(斥邪說序)」가 있으며, 권말에는 1876년 강난형이 쓴 발문이 있다. 국립중앙도서관본은 김기연이 서문을 쓴 1870년에 편집되었고, 규장각본은 강난형이 발문을 쓴 1876년에 만들어진 것이다.

『척사설』은 황필수가 본문을 쓰고 거기에 종제 황지수(黃芝秀)가 주석을 붙인 특이한 형식을 띠고 있다. 척사서 가운데 이러한 형식으로 되어 있는 것은 『척사설』이 유일하다. 분량은 황필수가 쓴 본문에 비해 황지수의 주석이 더 많은 부분을 차지하고 있다. 주석에서는 한자의 뜻과 주요 내용을 풀이하고 있는데 한자의 경우 예를 들어 '하(何)'는 '하고(何故)'의 의미라고 밝히는 등 기초 한자까지 설명하고 있다. 『척사설』은 한문 해독 능력이 다소 부족한 이들까지 염두에 두고 저술된 것임을 짐작할 수 있다.

[저자]

황필수의 본관은 창원(昌原), 호는 신촌(愼村)·신촌자(愼村子)이다.

19세기 후반의 유명한 한의학자 황도연(黃度淵, 1808~1884)과 밀양 박씨(1813~1894) 사이에 독자로 출생하였다. 조선총독부에서 편찬한 『조선도서해제(朝鮮圖書解題)』에서는 황필수가 지은 『신식유서필지(新式儒胥必知)』를 소개하면서 황필수에 대해 "호는 혜암(惠庵), 창원인(昌原人) 도정(都正) 도순(道淳)의 아들로 고종 때 관직에 들어가서 군수에 이르고 순종(純宗) 때 죽었다"[1]고 설명하였다. 이 때문에 황필수의 호는 혜암, 부친은 황도순으로 잘못 알려지기도 했는데 황필수의 부친은 황도연이고 혜암은 황도연의 호이다.

황필수 가문은 본래 사족 집안이었지만 부친 황도연 대에 이르러서는 가세가 크게 기울었다. 그 때문에 황도연은 진로를 바꾸어 의약 분야에 종사하게 되었다. 황도연은 1867년(고종 4)에 지은 『의종손익(醫宗損益)』 서문에서 "『소문(素問)』과 『난경(難經)』을 비롯한 고금의 의학을 연구한 지 40여 년이 지났다"고 밝혔다. 이로 보아 황도연이 10대 후반 내지 20대 초반이던 1820년대에 의학에 입문하였음을 짐작할 수 있다. 사족의 후손으로 중인의 학문인 의학을 한다는 것은 쉽지 않았을 텐데 그런 결정을 내린 것을 보면 황도연은 상당히 현실적인 감각이 있던 인물로 생각된다.

일찍부터 의학에 종사하였던 황도연은 한의학 방면에서 중요한 업적을 남겨 19세기 후반을 대표하는 한의학가의 위치에 올랐다. 특히 그는 여러 한의학 서적을 펴낸 것으로 유명하다. 1855년(철종 6)에 『동의보감』을 기초로 긴요한 처방을 발췌하고 처방에 맞는 약재에 관한 지식을 첨부하여 『부방편람(附方便覽)』을 편찬하였다. 1867년에는 이전의 처방 가운데 맞지 않는 것들을 수정하여 『의종손익』을 저술하고, 그 이듬해에는 『약성(藥性)』을 편집하였다. 그가 펴낸 새로운 치료

---

1) 朝鮮總督府 編, 『朝鮮圖書解題』, 朝鮮通信社, 1932, 349쪽.

지침서들은 의학인들에게 좋은 평가를 받았지만 의학에 조예가 깊지 않은 사람들이 이용하기는 쉽지 않았다. 때문에 동료들은 그에게 치료에 보다 편리하게 활용할 수 있는 책을 만들어 줄 것을 간청하였고 이에 황도연은 여러 처방 가운데 효험이 있는 것만을 따로 모아 1869년 『의방활투(醫方活套)』라는 이름으로 편찬하였다. 『의방활투』는 의약을 공부하지 않은 이들도 갖고 싶어 했지만 간행이 되지 않아 구해보기 힘들었다. 그러자 마을 사람들은 그에게 출판을 하도록 권하였고 독촉에 못 이겨 1884년부터 간행 작업에 착수하였다. 당시 황도연은 이미 77세의 고령이어서 편집 작업은 황필수가 담당하였다. 황필수는 '石隱補遺方(石隱補遺方)'과 '윤증곽난자신사이후집험방(輪症霍亂自辛巳以後集驗方)'을 첨가하여 마침내 1885년 『重訂方藥合編』을 펴냈다. 『중정방약합편』은 처음 편찬된 이후 지금까지 증보의 형태로 수십 여종의 책이 간행되었을 정도로 명저로 꼽히는 책이다.

황도연은 동료 의원들이 치료 지침서를 만들어 주도록 권하여 『의방활투』를 저술했던 데서 볼 수 있듯 한의학계에서 실력을 인정받는 인물이었다. 또한 일반인들 사이에서도 이름이 널리 알려져 있었다. 미키 사카에[三木榮]의 『조선의적고(朝鮮醫籍考)』에 따르면 황도연은 무교동에서 약국을 개설하여 명의로 이름을 얻었다고 한다.

아버지를 대신하여 『중정방약합편』을 편집하였기 때문에 황필수는 흔히 유의(儒醫)로 소개되기도 하지만 그를 유의로 보기는 어렵다. 의학 방면에서의 황필수의 업적은 부친이 저술한 의학서를 정리하여 『중정방약합편』을 간행한 것이 유일하며 그의 역할은 편집 작업을 맡은 것에 불과하였다. 의학 방면에 전혀 지식이 없지는 않았겠지만 『증정방약합편』을 편집한 이외에 황필수는 의학 분야에 손을 댄 적은 없다. 황필수는 오히려 아버지와는 달리 전통 유자의 길을 걸었다.

황필수에 관한 기록이 거의 남아 있지 않아 그의 어린 시절이나 수학 과정 등에 대해서는 대략적인 사항을 확인할 수 있을 뿐이다. 이승우(李勝遇)가 편집한 『송서백선(宋書百選)』(1876)에 따르면 황필수는 이승우의 문하에 들어가 공부한 것으로 되어 있다. 이승우는 명망 있는 노론 산림 홍직필(洪直弼, 1776~1852)의 문인으로 송시열을 매우 존숭하여 1861년 『송자대전(宋子大典)』 가운데 편지 100편을 골라 『송서백선』을 편찬하였는데 이때 황필수도 편찬 작업에 참여하였고 간행을 주도하였다. 황필수가 이승우에게 나아가 학문을 배웠던 것을 보면 그의 집안은 기본적으로 송시열의 학풍을 견지하고 있었던 것으로 짐작된다.

황필수가 전통 유학자의 길을 걷게 된 것은 부친의 뜻이 아니었을까 추측된다. 황도연은 여러 한의학 서적을 저술하여 명성을 얻었지만 의학은 선비의 일과는 관련 없는 末技에 불과한 것이어서 공을 세웠다는 평가를 받을만하지 않다고 이야기한 바 있다.[2] 사족 가문의 전통을 잇지 못하고 중인의 일인 의학에 종사하는 것에 자격지심을 가지고 있던 것으로 보인다. 아마도 황도연은 아들이 사족 가문으로서의 위상을 다시 찾아주기를 기대하지 않았을까 생각된다. 황도연은 의원으로 이름을 날렸기 때문에 적지 않은 가산을 모을 수 있었을 것이며 황필수는 그러한 경제력을 기반으로 학문에 집중할 수 있었던 것으로 보인다.

20대 전후에 의학의 길에 들어섰던 부친과 달리 황필수는 20대 시절에 성리학 연구에 전념하였다. 그러한 연구의 대표적인 성과물이 유교 경전 가운데 오륜과 관계된 내용을 발췌하여 24세 때인 1867년에 편찬한 『달도집주대전(達道集註大全)』이다. 20대 시절에 주로 성리학 연구에 집중하였지만 황필수의 관심이 유학 일변도였던 것은 아니

---

2) 黃度淵, 『醫宗損益』 序, "然此又無關於士之一功 而特爲末技之需用者也 余何敢居功而取名也".

어서 병서인 『백전기법(百戰奇法)』의 교감 작업을 진행하기도 하였다.

황필수는 31세 되던 1872년(고종 9)에는 경시(京試)에 응시하였지만 낙방하였다. 황필수는 경시에서 낙방한 것 이외에 과거 응시와 관련된 다른 기록은 보이지 않아 출사에 얼마나 적극적이었는지 확인하기는 힘들다. 그는 54세가 되던 1895년 1월 내무아문(內務衙門) 주사에 임명되어 관계에 진출하였다.3) 내무아문은 갑오경장에 따라 설치된 8개 아문 가운데 하나로 그 안에는 총무국(總務局)·서적국(版籍局) 등의 국이 있었고 각 국에는 참의 1명과 몇 명의 주사가 있었는데 그 주사직에 임명된 것이다. 황필수의 관직 생활은 매우 짧았다. 내무아문 주사로 재직한 기간은 불과 보름에 지나지 않았고 곧 이어 振威 현령에 제수되었지만 며칠 후에 신병을 이유로 사직하였다. 이후 황필수는 관직이 제수되었지만 사직하고 집에 거처하면서 신학을 배운 이들을 불러 유학 교육에 종사하였다.

1900년 이후에는 유학을 진흥시키기 위해 『증보사례편람(增補四禮便覽)』을 중간하는 등 유학 관련 저술 작업을 활발히 벌였다. 1900년대에 들어 각종 유학서 출판에 관여한 것을 보면 황필수가 보수적인 유학자로 회귀한 것처럼 보일 수도 있지만 반드시 그런 것은 아니었다. 황필수는 변통을 상당히 중시하하여 1909년 『교남교육잡지(嶠南敎育雜誌)』 창간호에서 변통의 중요성을 강조하기도 하였다. 변통을 중시하는 그의 태도는 1901년에 기존의 『유서필지(儒胥必知)』를 개편하여 『신식유서필지(新式儒胥必知)』를 편찬했던 데서도 확인된다.

황필수는 1909년부터는 태극교종(太極敎宗)에서 활동하였다. 태극교종은 1908년에 만들어진 개동교(開東敎)의 후신으로 '유교를 다시 천하에 밝히는 것'을 표방한 단체이다. 태극교종은 신학(新學)과 구학(舊學)

---

3) 『承政院日記』, 高宗 32년 1월 14일(丙戌).

의 절충을 추구하였는데 황필수는 태극교종 창립 초기부터 강사로 강연을 맡았다. 1910년 2월 구성된 임원진에서는 강사로 임명되었다.

뚜렷한 족적을 남기지는 못했지만 황필수는 자신의 방식으로 사회적 역할을 하였던 지식인이다. 1914년 황필수가 세상을 떠나자 『매일신보(每日申報)』는 '오호황신촌(嗚呼黃愼村)'이라는 기사를 게재하여 문학계의 밝은 별 하나를 잃었다며 그의 죽음을 안타까워하기도 하였다.

3. 목차 및 내용

[목차]

『척사설』은 별도의 목차는 없다. 규장각한국학연구원본을 보면 크게 「평비척사설서」, 「척사설서」, 본문, 「발문」으로 구성되어 있다.

[내용]

황필수의 지인들이 쓴 『척사설』 서문에는 천주교 확산에 대한 위기감이 잘 나타난다. 송백옥은 서문에서 자신의 천주교에 대한 대응 태도가 지나치게 소극적이었음을 반성하였다. 그는 서양인들의 주장은 변척할 가치조차 없는 것이라 마음속으로만 깊이 끊었는데 이제는 미리 싹을 자르지 않으면 장차 도끼를 써야할 지경에 이르게 될 것이므로 변척해야 한다고 강조하였다. 당시 유학자들 가운데는 송백옥의 경우처럼 천주교가 너무 황탄하여 대응할 가치도 없다고 가볍게 넘기는 이들이 적지 않았다. 송백옥도 한때는 그렇게 생각했지만 그러한 소극적인 방식으로 대처해서는 안 된다고 생각을 바꾸게 된 것이다. 김기연은 양이(洋夷)들이 사설(邪說)을 제멋대로 퍼뜨리고 모성멸법(侮聖滅法)하여 그 독이 온 나라에 퍼져있어 그 죄가 양주·묵적이나 노자·불교다 심하다고 지적하였다. 따라서 천주교를 물리치지 않으면 그 해가 더 심각해질 상황이어서 황필수가 힘써 배척했다면서 사설을 그치게 할 수 있다면 그 공로가 맹자나 한비자보다 더 클 것이라고 강조하였다.

강난형은 발문에서 이단을 배척해야 하는 것과 배척할 가치조차 없는 것으로 구분하면서 전자는 이치에 가까워 변척하기 어려운 노불(老佛)이며, 후자는 이치와 어그러져 쉽게 변척할 수 있는 태서학(泰西學)이라고 지적하였다. 그럼에도 불구하고 황필수가 노불을 배척하지 않고 서학을 배척한 것은 천주교의 해악이 노불보다 훨씬 크기 때문이라고 설명한다. 즉 금수라도 부자·군신·부부·보본(報本)의 의리를 본성에 따라 아는데 서학은 배군망친(背君亡親)하여 부자·군신의 윤리나 부부의 구별이 없으며, 제사를 폐기하여 보본의 뜻도 없어 어리석은 자도 속일 수 없는 수준인데 어리석은 자는 물론 지혜로운 자까지도 현혹시켜 한 번 빠지면 헤어 나오지 못하게 만든다는 것이다.

『척사설』본문은 내용상 도입부, 본론부, 결말부의 세 부분으로 나누어 볼 수 있다. 먼저 도입부에서는 서교(西敎)의 유래와 전개 과정에 대해 언급하고 있다. 황필수의 서교에 대한 기본적인 인식이 잘 드러나는 데 그는 초기 서교의 성격에 대해 다음과 같이 설명한다.

"양이(洋夷)들이 교(敎)로 여긴 것은 먼저 화신(火神)·요신(祅神)의 이름이 있었는데 후에 천주(天主)와 야소(耶蘇)의 두 명목으로 변하였다. 천주교는 예수를 상천(上天)의 주재자로 여긴다. 예수교는 루터가 예수의 뜻을 해석한 것이다. 그 계율은 천신을 섬길

것, 부모를 공경할 것, 살인하지 말 것, 간통하지 말 것, 도둑질하
지 말 것, 음란하지 말 것, 망증(妄證)하지 말 것, 다른 사람의 재
물을 탐하지 말 것, 자신을 잊고 세상을 구할 것, 영혼은 중하고
몸뚱이는 가볍다는 설이다. 그 후예들이 선왕(先王)의 은택을 입지
못하였으면서도 그 나라를 지키니 그들은 총명한 사람들이다."4)

황필수는 '십계'로 대표되는 초기 서교에 대해서는 긍정적인 인식을
지니고 있었음을 알 수 있다. 십계에 대한 이러한 호의적인 인식은 다
른 척사론자들과는 다른 것이었다. 예를 들어 김치진의 경우 십계는
하늘에서 내린 것이 아니라 천주교인들이 만들어 낸 것이라는 점을
지적하였고, 이호면은 십계는 수준이 낮지만 괴상한 이야기는 없다는
정도로 설명하였다. 황필수는 상고 시대에 중국 이외의 지역에도 유교
윤리와 유사한 계율이 존재하였다는 점을 높이 평가했음이 분명하다.
한편 종제 황지수는 위 인용문의 내용을 부연 설명하였는데 대략
정리하면 다음과 같다. 예수보다 천 몇 백 년 전 사람인 모세가 십계
로 사람들을 가르치고 7일 안식 예배의 설이 처음 만들어졌는데 이것
이 천주교의 시작이다. 그 후 모세의 후예인 예수가 모세의 계율에 따
라 사람들에게 착하게 될 것을 권하면서 그 교의 이름을 천주교라 하
였다. 교황이 수 백 년 동안 西土를 마음대로 다스려 아무도 거역하지
못하였다. 그 후 명나라 초에 게르만인 루터가 천주교에서 성경을 잘
못 해석하고 사람들을 강제로 입교시키는 것은 예수의 본지가 아니라
고 공박하면서 성경을 다시 번역 해석하고 별도의 교례를 만들었으며

---

4) 『斥邪說』, "且洋夷所以爲教者 先有火神祅神之目 後變天主耶蘇之二目 天主者以耶
蘇爲上天之主宰者也 耶蘇者路得之譯解耶蘇之意者也 其誡俱有事天神敬父母勿殺勿
姦勿盜勿淫勿妄證勿貪他人財忘身救世靈魂爲重軀殼爲輕之說 以其荒裔 不被先王之
澤 而能有其國 彼所謂聰明之人也."

예수를 구세주로 칭하고 교의 이름을 예수교라고 하였다. 여러 나라들이 예수교로 옮겨가자 교황이 분노하여 예수교인들을 잡아 죽이도록 하였고 이후 분란이 계속되어 저자 거리에서 처형되고 들판에서 죽은 사람이 몇 백만이었다. 이상이 황지수의 설명이다. 『영환지략』의 내용을 그대로 인용한 것인데 예수는 모세의 가르침을 충실히 따랐지만 예수 사후 문제가 생겼다는 것이 요지이다.

황필수는 예수가 훌륭한 자질을 타고났지만 불행하게도 주공(周公)이나 공자(孔子)의 도를 듣지 못하여 그 교가 더 발전하지 못했으며, 예수 사후 그 교도들이 예수의 가르침을 전하지 못하여 문제가 생겼다고 보았다. 즉 천주교도와 예수교도가 다투어 서로 죽이는 것이 그치지 않고 한편으로는 제사를 폐하여 조상을 버리고 부모를 공경하지 않으며 救世하려는 의식도 약화되었다는 것이다. 황지수에 따르면 예수가 성인의 도를 배우지 못했다는 것은 천주교에서 현세와 사후 세계를 구분하여 현세를 금수의 세계, 후세를 쾌락의 세계로 각각 규정한 것을 말한다. 황필수는 사후와 후세를 구분한 것은 인간을 선하게 만들려는 의도에서 나온 것이지만 결과적으로 허탄한 데 빠지고 인륜을 없애는 결과를 초래하였다고 비판하였다.

결국 예수 사후 시간이 흐르면서 초기의 십계가 제대로 전해지지 않았다는 것인데 황필수는 이를 다음과 같이 좀 더 구체적으로 지적한다.

"지금 십계가 하나도 전하지지 못하였다. 예수가 일찍이 십자가를 섬겼는가? 그 무리들이 십자가를 섬기니 이는 '사천(事天)'을 상실한 것이다. 조상을 받들지 않는 것을 예수가 그러하였는가? 이는 그 '경부모(敬父母)'를 상실한 것이다. 살인입교(殺人入敎)를 예수가 그러하였는가? 이는 '물살(勿殺)'을 상실한 것이다. 다른 나라에 몰래 들어가는 것을 예수가 그러하였는가? 이는 '물간(勿姦)'을 상실한 것이다. 다른 나라를 도적질하고 재물을 약탈한 것은 '물도(勿盜)'와 '물탐타인재(勿貪他人財)'를 상실한 것이며, 환술을 멋대로 행하여 부녀자를 압뉴(狎狃)하는 것은 '물음(勿淫)'·'물망증(勿妄證)'을 상실한 것이고, 강한 것으로 약한 것을 능멸하는 것은 '망신구세(忘身救世)'를 상실한 것이며, 교역을 강요하여 구복을 탐하는 것은 또한 '구각위경지설(軀殼爲輕之說)'을 상실한 것이니 십계 가운데 남은 것은 무엇인가?"5)

황필수는 서양인들의 종교가 잘못되는 것은 우리가 상관할 바가 아니지만 성인의 은택을 받은 지역의 사람들이 서교에 빠지는 것은 매우 통탄스러운 일이라고 분개하였다.

한편 황필수는 천주의 확산을 막기 위해 본론부에서 천주교의 잘못된 점을 10개조로 나누어 비판하였다. 이 부분은 '십불위설(十不韙說)'로도 불리는데 '모성이행벽(侮聖而行僻)'·'용화이변이(用華而變夷)'·'위천이패리(違天而悖理)'·'배친이향소(背親而向疎)'·'사생이취사(捨生而就死)'·'욕교이반졸(欲巧而反拙)'·'자상이미중(自喪而迷衆)'·'추전이수후(追前而遂後)'·'가현이자폭(可賢而自暴)'·'절속이방명(絶俗而方命)'의 10조목이다. 이들 10조목의 내용을 간단히 정리하면 다음의 〈표 1〉과 같다.

---

5) 『斥邪說』, 18쪽, "今其十誡 皆失其傳 耶蘇曾事十字架乎 其徒事其十字架 此失其事天也 不供祖先 耶蘇然乎 此失其敬父母也 殺人入敎 耶蘇然乎 此失其勿殺也 潛入人國 耶蘇然乎 此失其勿姦也 竊人國而奪人財 實其勿盜勿貪他人財也 恣行幻術狎狃父女 失其勿淫勿妄證也 以强凌弱 失其忘身救世也 强人交易而貪於口腹 又失其軀殼爲輕之說 今其十誡所存幾何".

<표 1> 『척사설』 10조목 내용 정리

조목	제목	주요 내용
1	모성이행벽	예전의 이단은 공자를 존숭한다고 하며 어리석은 백성들을 유인했는데 양이들은 공자도 모르면서 감히 불경한 짓을 저지르니 이단으로 부를 수도 없음.
2	용화이변이	양이들이 윤리를 절멸시키는 것이 조달(鳥獺)이 보본(報本)함만도 못한데 저들을 사모하는 것은 치효(鴟梟)가 쥐를 잡아먹는 것을 따라하고 즉저(蝍蛆)가 뱀을 잡아먹는 것을 따라하는 것과 마찬가지임.
3	위천이패리	양인들이 예배를 하면 복을 받을 수 있다고 말하며 십자가를 설치하거나 수난 당하는 천주상을 조각하고는 정작 인간의 도리상 당연히 행해야 할 것은 폐기하니 하늘을 기만함이 극히 심하고 사람들을 잘못 되게 함이 많음.
4	배친이향소	세습의 학문을 버리고 이적의 학문을 배우고자 하며, 도적을 불러들여 불궤를 도모하고, 양인들을 숨겨주고 천주교를 배우는 것은 親이라고 할 수 없음, 이적들이 자기 나라를 버리고 먼 곳으로 와서 당을 모으고 죽음을 두려워하지 않으니 무지하고 불쌍한 자들임.
5	사생이취사	사람의 도리를 다하면 만선(萬善)이 따르므로 살아서 편안히 그것을 행하면 되는데 서양인들은 악을 쌓고 천국에 오른다고 하니, 하늘이 멸륜(滅倫)하는 이적들을 용납할 리 없음.
6	욕교이반졸	저들은 스스로 궁신지화(窮神知化)한다고 하지만 개물성무(開物成務)에 이르지 못하며, 걸핏하면 미래를 미리 알 수 있다고 하지만 목전의 화(禍)도 면하지 못하니 공교하다고 할 수 없음.
7	자상이미중	양학에 먼저 빠진 자들이 고립될 것을 두려워하여 어리석은 자들을 감언으로 유혹하고 기화(奇貨)를 뇌물로 주어 현혹시킨 후 그들의 마음을 빼앗으니 마음을 쓰는 것이 어질지 못함.
8	추전이수후	유자들로 의혹된 자들 가운데 능한 자들은 양학을 좋아하여 그것의 가부(可否)를 가리지 못하고 능하지 못한 자들은 사리에 어두워 시비를 가리지 않고 다른 사람을 따르는데, 전에 저지른 실수가 부끄러운 줄만 알 뿐 잘못을 고치지 못하는 것이 허물이 되는 줄은 모름.
9	가현이자폭	서학교도들이 잘 가리지 못하고 힘을 쓰지도 않아 종신토록

조목	제목	주요 내용
		알지 못하는데 필사의 힘을 써서 성인의 문으로 나아가면 잘 힘을 쓰고 잘 가렸다고 할 수 있을 것.
10	절속이방명	양학(洋學)에 현혹된 자들이 악을 제거하고 선을 행한다고 하면서 윤상(倫常)을 어지럽혀 풍속을 해치고, 무리를 만들어 종적을 숨긴 채 임금의 명을 거스르려고 하니 저들이 선을 행한다는 것은 어떤 것인지 알 수 없음.

거의 전적으로 윤리적 관점에서 천주교를 비판하고 있음을 알 수 있다. 황필수의 척사론은 윤리적 관점은 물론 합리적 관점에서도 천주교를 비판했던 김치진이나 이호면의 경우와 비교된다. 예를 들어 김치진은 신이 인간을 구원한다면서 왜 많은 신을 내려 보내지 않고 예수만 서방에 내려 보냈는지, 천제 혼자 수많은 영혼을 어떻게 심판할 수 있는지 하는 등의 여러 문제를 제기하였다. 상식적인 수준에서 충분히 의문이 들 수 있는 것들이었다. 이호면도 맛테오 리치의 지구도와 영혼이 천상 세계로 올라간다는 천주교의 이야기가 모순됨을 지적하는 등 합리적 시각에서 천주교를 비판하였다. 하지만 황필수의 경우는 천주교가 윤리적으로 문제가 있다는 점을 집중적으로 부각시켰다. 이러한 차이는 황필수가 김치진이나 이호면에 비해 상대적으로 유학에 조예가 깊었기 때문에 나타난 것으로 생각된다. 황필수가 정통 유학을 공부했던 데 반해 김치진은 사족 출신이기는 했지만 경제적으로 어려워 상업에 종사해야 했으므로 체계적인 유학 교육을 받았다고 보기는 힘들며, 이호면의 경우는 젊은 시절 풍수학에 심취해 있었다. 유학에 대한 이해 정도에 차이가 있었기 때문에 척사론의 내용도 달랐다고 할 수 있다.

'십불위설'에서 천주교를 구체적으로 비판한 황필수는 마지막 부분에서 자신의 입장을 정리하고 있다. 그는 조선인 천주교도 역시 사람인지라 배우지 않아도 알 수 있고 실천할 수 있는 양지(良知)와 양능

(良能)이 있음에도 불구하고 사학을 믿는 것은 진유(眞儒)가 없기 때문이라고 결론을 지었다. 유학이 흥기하지 않아 천주교도들이 도를 듣고자 하여도 그럴 수 없는 틈을 노려 양이들이 성교(聖敎)를 칭하고 걸핏하면 화복을 들먹이자 사람들이 진위를 판단하지 못하여 천주교를 배우게 된다는 것이다. 황필수는 바로 이 때문에 '십불위설'을 지어 사정(邪正)을 판별하여 거기에 빠지지 않게 한 것이라면서 유자들에게 오도(吾道)를 더욱 밝혀 사람들이 이교(夷敎)에 잘못 들어가는 일이 없도록 할 것을 당부하였다. 그런 점에서 본다면 『척사론』을 저술했던 해에 『달도대전집주』를 편찬했던 것은 유학을 진흥시키기 위한 목적이었고 그것은 결국 척사를 위한 작업의 일환이었다고 할 수 있다.

황필수는 천주교도를 교화시키는 일은 노불을 믿는 이들을 깨우치는 것과는 달리 그리 어렵지 않을 것으로 예상하였다. 도가나 불교는 이치에 가까워 진위 판별이 어렵지만 천주학은 애초 이치와 거리가 먼 것이어서 邪正의 구별이 매우 쉽다고 보았기 때문이다. 특히 그가 저술한 『척사설』을 보면 천주교에 빠진 이들이 후회하고 성인의 도로 들어오게 될 것이라고 자신하였다.

4. 의의 및 평가

황필수는 혼란스러웠던 시대를 살며 자신의 방식으로 사회적 책무를 수행하고자 했던 지식인이다. 그는 유학 공부에 전념하던 20대 중반에는 천주교의 확산을 막기 위해 『척사설』을 저술하여 천주교를 비판하는 한편 정학(正學)인 유학을 진흥시키기 위한 목적에서 『달도집주대전』을 편찬하였다.

『척사론』은 김치진의 『척사론(斥邪論)』, 이호면의 『원도고(原道攷)』
와 함께 19세기 중반을 대표하는 척사서 가운데 하나이다. 황필수는
안정복(安鼎福)의 『천학문답(天學問答)』과[6] 서계여(徐繼畬)의 『영환지략』
을 주로 참고하여 『척사론』을 저술하였다. 19세기 당시 척사서를 저
술하던 이들이 겪었던 가장 큰 고충은 자료 확보 문제였다. 정부에서
척사책을 강력히 추진하면서 천주교 관련서를 구하는 것이 매우 힘들
었다. 그 때문에 척사론자들은 차선책으로 『천학문답』·『영환지략』
등과 같은 제2차 자료를 이용하였는데 황필수도 예외는 아니었다.

『척사론』에서 황필수는 주로 윤리적 관점에서 천주교를 집중적으
로 비판하였다. 윤리적 관점에 치중한 황필수의 척사론은 정통 유학
자들의 인식을 반영한 것이었다. 가령 김평묵(金平黙)은 김치진의 『척
사설』에 대해 김치진이 서양설을 열심히 변척하였지만 너무 자질구레
하다고 지적하면서 큰 줄기만 변척하면 충분하고 나머지는 신경을 쓸
필요 없다는 입장을 개진한 바 있다. 김치진의 『척사설』은 윤리적 문
제뿐만 아니라 다양한 각도에서 천주교를 비판한 서적이었다. 김평묵
이 말한 큰 줄기는 황필수가 제기한 것과 같은 윤리적 문제였을 것이
다. 핵심적인 부분인 윤리적 비판에 집중해야 한다는 것이 정통 유학
자들의 요구였고 황필수는 그러한 요구를 충실히 수용한 것이라고 할
수 있다.

황필수는 유학에 대해 전적으로 신뢰하고 있었는데 19세기 중반에
황필수처럼 유학을 전적으로 신뢰하고 있던 지식인들은 적지 않았다.

---

6) 『척사설』에는 「天學考」를 참고한 것으로 되어 있지만 인용 내용을 보면 『천학
   문답』이다. 한편 황필수는 안정복의 『下學指南』을 매우 중시하여 1879년 『하학
   지남』을 필사하였다. 말미에는 안정복의 저술목록을 조사하여 첨부하였는데 이
   로 보아 안정복의 학문을 존숭하였음을 알 수 있다. 황필수의 『하학지남』 필사
   본은 현재 국립중앙도서관에 소장되어 있다.

예를 들어 최한기(崔漢綺)나 박규수(朴珪壽)는 우월한 동양의 유교 문명이 서양인들에게까지 전파될 수 있을 것이라는 낙관적인 기대까지 하고 있었고, 이항로(李恒老)는 서양인들이 유교 경전을 소장하고 있다는 점을 근거로 전파가 이미 시작된 것으로 보기도 하였다. 하지만 병인양요를 계기로 서양의 무력을 목도하면서 이러한 낙관적인 인식은 변화를 겪지 않을 수 없었다. 박규수는 서양 세력의 힘을 확인한 후 동양의 도를 지키기 위해서라도 군사력이 필수적이라는 점을 절감하여 청의 양무운동에 관심을 갖게 되었다. 황필수의 『척사설』도 병인양요에 따른 충격에서 저술된 것으로 짐작되는데 그는 척사론을 강화하는 방향으로 서양에 대응해야 한다고 보았던 듯하다. 『척사설』은 병인양요 이후 사상계의 분화 과정을 이해하는 데도 도움이 된다.

〈해제 : 노대환〉

『척사설(斥邪說)』

宋伯玉

　노불(老佛. 노자(老子)와 석가(釋迦))과 잡가(雜家)[7]는 옛 사람들이 이 단으로 배척하였는데, 지금 또 태서인(泰西人)들이 스스로 도·학·교·법(道學敎法)이라고 여기니, 진실로 이 네 글자에게 불행이며 오욕(汚辱)을 입힌 것이다. 우리 유자들이 저들을 배척하는 것은 저들이 억지로 칭하는 이 네 글자를 근거로 하지 않을 수 없는데, 이단으로 배척한다면 노불(老佛) 보다 더욱 불행한 일이다. 노불(老佛)은 이치와 가까워 진리를 혼란하게 하였지만, 언급에 있어서 이 네 글자를 칭하지도 못했는데, 하물며 저들은 외람되이 점거하였으니 매우 무엄한 것이다.

　범인(凡人)과 악인이 함께 미워하는 것은 도깨비[鬼魅]요, 사람마다 함께 쫓아내는 것은 도적이니, 이치상 마땅히 그러하여 그 공(功)을 자랑할 것도 없다. 그러므로 저들은 본래 함께 이단이라고 칭할 것도 없고, 또 우리 유자들이 변척(辯斥)하길 기다릴 것도 없다. 만약 이것을 배척하는 자는 입으로 내뱉고 글로 쓰는 사이에 스스로 깨닫지 못하고 오욕을 입는 것이다. 그래서 나는 홀로 성토할 때에 이 네 글자를 더럽히지 않고 마음속으로만 굳게 끊었다. 하지만 털끝 같은 움싹도 미리 제거하지 않으면 장차 도끼를 찾게 될 것이니,[8] 어찌 악한 것

---

7) 잡가(雜家) : 중국 춘추전국시대의 유가(儒家), 묵가(墨家), 명가(名家), 법가(法家) 등 제가(諸家)의 설을 종합하고 참작한 학설 또는 그 학파를 말한다.
8) 털끝 ~ 될 것이니 : 금인명(金人銘)에 나오는 구절 가운데 하나이다. 작은 징조

이 작다하여 변척(辯斥)하지 않겠는가! 친구인 신촌(愼村) 황필수(黃泌秀)는 문(文)에 해박하고 옛 것에 뜻이 있는 자이다. 지금 이 척사(斥邪)의 글은 의의가 올바르고 내용이 엄정하여 우리 유자의 도·학·교·법(道學敎法)을 보위하고 있으며, 또한 그 문장이 후세에 전할 만하다고 하겠다. 비평해주길 청하여 서문을 쓰니, 맹자는 "양주(楊朱)와 묵적(墨翟)의 학설을 막자고 주장하는 자 역시 성인의 무리이다!"[9]라고 하였다.

정묘년(丁卯, 1867) 가을, 호산(壺山)에서 경원(景瑗) 송백옥(宋伯玉)[10]이 제(題)한다.

역주 : 김우진

가 있을 때 그 근원을 미리 제거해야함을 경고한 노래로 『성호사설(星湖僿說)』에 보인다(『星湖僿說』 권11, 「人事門·驕兵必敗」. "焰焰不滅, 炎炎奈何, 涓涓不壅, 終為江河, 綿綿不絶, 或成網羅, 毫末不札, 將尋斧柯.").

9) 양주(楊朱) ～ 무리이도다 : 『孟子』 「滕文公章句下」에 나오는 말이다.

10) 송백옥(宋伯玉, 1837~1887) : 본관은 여산(礪山), 자는 경원(景瑗), 호는 경산(敬山)이다. 1884년 갑신정변 후에 난역엄치(亂逆嚴治), 우수한 관리 기용 등의 내용을 담은 10조목을 상소하자 조정에서 받아들였다. 쇠약해지는 나라의 운명을 한탄하다 1887년(고종24) 10월 강물에 투신 자결하였다.

金耆淵

　맹자(孟子)가 양묵(楊墨. 양주(楊朱)와 묵적(墨翟))을 규탄하였으니, 양묵(楊墨)의 규탄은 맹자(孟子) 때에만 그러했겠는가? 한자(韓子. 韓愈)가 노불(老佛. 노자(老子)와 석가(釋迦))을 배척하였으니, 노불(老佛)의 배척은 한자(韓子) 때에만 그러했겠는가? 그러나 양묵(楊墨)의 규탄은 맹자(孟子)가 규탄했기 때문이고, 노불(老佛)의 배척은 한자(韓子)가 배척했기 때문이다.

　이단(異端)이 정도(正道)를 해치고 낭유(稂莠)11)는 곡식을 해친다. 농부가 풀을 베어 쌓기에12) 여력이 없어야 낭유(稂莠)의 해침을 그칠 수 있다. 아! 천지의 도는 선악(善惡)이 드러나지 않음이 없으니, 선이 드러나지 않으면 악이 그치지 않는다. 이 때문에 양묵(楊墨)이 행해져야 맹자(孟子)의 도가 높아지고, 노불(老佛)이 드러나야 한자(韓子)의 공이 더욱 드러나는 것이니, 맹자(孟子)가 아니면 누가 양묵(楊墨)을 규탄할 것이며, 한자(韓子)가 아니면 지금 노불(老佛)을 배척하겠는가? 이것이 농부가 해초(害草)를 제거하지 않으면 곡식을 끝내 얻을 수 없는 것과 같다. 주자(朱子)는 '하늘이 장차 큰 난리를 내릴 적에 반드시 그 난리를 그치게 할 사람을 내어서 그 뒤에 있게 한다'고 하였으니 바로 이것을 말하는 것이다!

　지금 양이(洋夷)들이 사설(邪說)을 제멋대로 퍼뜨려 성인의 말씀을

---

11) 낭유(稂莠) : 강아지풀로 해초(害草)를 말한다.
12) 농부가 풀을 베어 쌓기에 : 『春秋左氏傳』「魯隱公」6年 조에 "국가를 다스리는 자가 악(惡)을 보면 마치 농부가 힘써 잡초를 제거하듯이 잡초를 베어 내어 한 곳에 모아 쌓고 남은 뿌리를 잘라서 다시 번식할 수 없게 하면 선(善)이 신장(伸長)될 것이다(爲國家者, 見惡如農夫之務去草焉, 芟夷蘊崇之, 絶其本根, 勿使能殖, 則善者信矣)."라고 하는 말에서 인용한 것이다.

업신여기고 법을 무시하는 것이 독처럼 온 나라에 퍼져있으니, 그 죄가 양묵(楊墨)보다 많고 그 허물이 노불(老佛)보다 심하다. 진실로 대인(大人)이 나와서 배척하지 않으면 끝내 사람을 해치는 것이 장차 양묵(楊墨)과 노불(老佛)에서 그치지 않을 것이다.

이에 신촌(愼村) 황필수(黃泌秀)가 힘껏 배척하였으니 의리가 깊고 절실하여 우리의 도를 밝히고, 성토하기를 매우 엄하게 하여 이단을 막았다. 이것은 오늘날 논공(論功)할 수 없지만 훗날 지금의 양묵(楊墨)과 노불(老佛)처럼 행해지지 않는다면 낭유(稂莠)가 제거되고 곡식이 풍성해지는 것이니, 사문(斯門)13)에 공이 있음은 또한 맹자(孟子)나 한자(韓子)보다 아래에 있지 않을 것이다. 주자(朱子)가 말한 '난리를 그치게 할 사람'은 반드시 난리가 일어날 때에 나타난다. 이 신촌(愼村) 황필수(黃泌秀)는 나와 한평생 친분을 맺었고, 또한 사문(斯門)에 공이 있으니, 나 역시 이 편에서 언급이 없을 수가 없다 하겠다.

경오년(庚午, 1870) 맹춘(孟春)에, 친구 김기연(金耆淵)이 죽농서실(竹農書室)에서 쓴다.

역주 : 김우진

---

13) 사문(斯門) : 유교를 말한다.

跋

異端이어서 물리쳐야 합당한 것은 도가와 불교처럼 이치에 가까워 구분하기 어려울 경우이다. 물리치기에 충분치 못한 것은 지금의 泰西學처럼 이치에 어긋나 구별하기 쉬운 경우이다. 지금 愼村子가 도교와 불교를 물리치지 않고 서학을 물리치는 것은 어째서인가?

하늘은 만물을 낳음에 각각에 性命을 부여하는데, 비록 금수의 종류일지라도 역시 한 편의 밝음을 지니게 된다. 그러므로 범과 이리에게 부자, 벌과 개미에게 군신, 물수리에게 부부, 승냥이와 수달에게 근본에 대한 보답이란 각기 그 본성에 따른 것이다.[14] 그런데 저 이른바 西學은 군주를 배신하고 부모를 잊으니 부자·군신의 윤리가 없고, 남녀가 뒤섞여 거처하니 부부의 분별이 없고, 제사지내는 일을 없애 버리니 근본에 보답한다는 생각이 없으니, 금수만큼도 모르는 것이다. 어찌 물리칠 것을 기다린 다음에야 그 잘못됨을 알겠는가!

그런데 그 [서학의] 학설이라는 것이 어리석은 사람이라도 속일 수 없는 것인데도 속게 되고, 지혜로운 사람이라면 미혹되지 않는 것인데도 미혹되는 까닭은 어지러운 환상과 요사한 거짓으로 이루어진 서학의 술수 때문에 그에 이르게 되는 것이다.

그리고 한 번 그 영역에 들어가면 미혹되어 돌아옴을 알지 못해 감옥 보기를 眞境같이 하고 刀鉅[15]에 나아가기를 즐거운 곳과 같이 해, 스스로를 서리서리 연결된 것[盤結]에 담고 점차 무성해지는 덩굴에

---

14) 흔히 성리학에서 금수에게도 사단 중 일부가 부여되어 있다고 말할 때 흔히 드는 사례이다. 범과 이리에게 부자 사이의 仁, 벌과 개미에게서 군신 사이의 義, 승냥이와 수달에게 근본에 보답하는 禮, 물수리에게 부부유별의 智가 일부이나마 부여되어 있다고 본다

15) 刑具의 일종으로, 죄인을 칼로 베거나 톱으로 켜는 형벌에 쓰였다.

이르러 天理가 소멸하고 인류가 멸망하게 될 것이니 그 해가 심하다. 도교와 불교에 대해서는 愼村子가 열 가지의 不韙說을 지어 배척하였다. 신촌자는 성은 황이고 이름은 필수로, 창원 사람이다. 나는 임신년(1872) 가을에 京試[16]의 감독을 주관하였는데 황군이 청년으로서 경전을 논변함에 있어 의심스러운 것은 끝까지 궁구하니, 그가 경학과 제술에 뛰어난 선비[經術之士]임을 알았다. 후에 몇 년이 지나 그가 저술한, 道에 통달한 책 한 권을 간행하여 내게 보였다. 대개 『중용』의 九經[17]과 『대학』의 絜矩[18]로 또한 여기에서 벗어나지 않았다. 그리고 하루는 또한 학술의 흥폐를 논하였는데 말하는 것이 異端이 사람을 해치는 데에 미쳤으니, 이로 인해 그가 소위 '十不韙斥邪說'을 출간하여 그 옳고 그름을 증명한 것이다. 아! 맹자가 말하기를 "양주와 묵적을 잘 비판할 수 있는 사람이라야 성인의 문도이다"라고 하였으니 황군 역시 성인의 문도이다.

병자년(1876) 2월[仲春] 芝山老樵 전임 대사헌 姜蘭馨이 발문을 쓴다.

역주 : 김우진

---

16) 3년마다 서울에서 보던 小科의 初試이다.
17) 천하 국가를 다스리는 데 긴요한 아홉 가지 법도이다. 첫째 몸을 닦을 것(修身), 둘째 어진 이를 존경할 것(尊賢), 셋째 친척을 사랑할 것(親親), 넷째 대신을 공경할 것(敬大臣), 다섯째 여러 신하를 자신의 몸같이 보살필 것(體群臣), 여섯째 백성을 제 자식처럼 대할 것(子庶民), 일곱째 각 분야의 기능인을 모이게 할 것(來百工), 여덟째 원방인(遠方人)을 관대히 대우할 것(柔遠人), 아홉째 제후를 위로하여줄 것(懷諸侯) 등이다.
18) 자기 마음을 미루어 다른 사람의 마음을 헤아리는 도덕상의 규칙이다. 여기서 '矩'는 방형을 그릴 때 쓰는 도구로, 모든 사람이 가지고 있는 표준인 마음을 뜻한다.

참 고 문 헌

1. 단행본

三木榮, 『朝鮮醫籍考』, 경성, 1935.

2. 논문

金鍾天, 「黃泌秀와 그의 편간서들」, 『서지학연구』 10, 1994.

노대환, 「19세기 중반 金致振의 『斥邪論』」, 『대구사학』 84, 2006.

_____, 「19세기 중반 李鎬冕의 《原道攷》와 척사론」, 『교회사연구』 36, 2011.

안병국·안덕균, 「黃度淵과 그의 醫學」, 의약사, 1976.

『추보속해(推步續解)』

분 류	세 부 내 용
문 헌 종 류	조선서학서
문 헌 제 목	추보속해(推步續解)
문 헌 형 태	활자본
문 헌 언 어	漢文
저 술 년 도	1862년
저 자	남병철(南秉哲, 1817~1863)
형 태 사 항	4卷 3冊
대 분 류	과학
세 부 분 류	천문
소 장 처	국립중앙도서관 서울대학교 규장각한국학연구원 성균관대학교 존경각 고려대학교 대학원 Institut National des Langues et Civilisations Orientales Harvard-Yenching Library
개 요	조선 말기 시헌력의 계산법에 관한 해설서. 중국 강영(江永)의 『추보법해(推鎧法解)』의 체재를 본떠서 저술.
주 제 어	추일전용수(推日躔用數), 추일전법(推日躔法), 추월리용수(推月離用數), 추월리법(推月離法), 추월식용수·추월식법, 추일식용수(推日食用數), 추일식법, 추항성용법(推恒星用法)

※ 이 글은 해제자 본인이 작성한 규장각 해제(http://e-kyujanggak.snu.ac.kr)를 바탕으로 작성하였음.

1. 문헌제목

『추보속해(推步續解)』

2. 서지사항

이 책은 총 4권 3책으로 제본되어 있다. 조선후기의 유학자로서 수학과 천문학에도 조예가 깊었던 남병철(南秉哲, 1817~1863)의 저작이다. 태양과 달의 운동, 그리고 일식과 월식을 계산하는 방법을 담고 있는 역산(曆算)에 관한 책이다. 이 책의 간년은 1862년(철종13)이다. 활자는 19세기에 널리 사용되었던 이른바 전사자(全史字)이다. 현재 규장각에는 총 4질의 『추보속해』(규4930, 규4931, 규4780, 규7830)가 있는데, 지질과 보존상태는 다르지만, 모두 같은 활자본이다. 이 책은 규장각뿐만 아니라 국립중앙도서관, 장서각 등 여러 기관에 소장되어 있다.

[저자]

남병철은 19세기의 저명한 천문학자이자 수학자로 알려져 왔다.[1] 자는 자명(子明)·원명(原明), 호는 규재(圭齋)·강설(絳雪)·구당(鷗堂)·계당(桂塘) 등이며, 시호는 문정(文貞)이다.[2] 그는 의령(宜寧) 남씨 가문

---

1) 남병철의 가계도와 가계에 대한 간단한 소개가 노규래, 「南秉吉의 생애와 천문학」, 『한국과학사학회지』 6-1, 1984, 131~133; 유경로, 「조선시대 3쌍의 천문학자」, 『한국천문학사연구』, 녹두, 1999, 242~255 등에 있다.
2) 이하 남병철의 가계와 생애에 대해서는 이노국, 『19세기 천문수학 서적 연구』,

의 후예로, 선조에는 영조 때 대제학을 남유용(南有容, 1698~1773)이 있고, 남유용의 아들 남공철(南公轍, 1760~1840)은 그의 종고조가 된다. 남병철은 외가와 처가가 모두 당시 세도가였던 안동 김씨 가문으로, 평생 정권의 핵심에 있었다. 모친은 안동김씨 세도정권의 핵심이었던 김조순(金祖淳, 1765~1832)의 딸이며, 부인은 헌종의 장인인 영은부원군 김문근(金汶根, 1801~1863)의 딸이다. 1837년(헌종3)에 21세의 나이로 과거에 합격하여, 헌종(憲宗, 1827~1849)과 철종(哲宗, 1831~1863)대에 걸쳐 주요 관직을 두루 역임했다. 1841년부터 헌종이 친정을 하면서 동부승지, 좌부승지를 맡으며 헌종의 총애를 받았으며, 헌종은 동서지간이라고 하여 그에게 특별히 "규재(圭齋)"라는 호를 내려주었다고 한다. 1849년 전라도 관찰사에 임명되었고, 예조참판, 형조참판, 평안도 관찰사, 예조·공조·형조·이조판서를 역임하고, 1858년(철종9)에 규장각제학(奎章閣提學)을 지냈다. 1859년(철종9)에 홍문관 대제학에 임명되었고, 관상감을 통솔하는 관상감제조를 겸하였다.

남병철은 정치적으로 안동 김씨 측에 속해있었지만, 가문의 인사들 이외에도 폭넓은 인사들과 교유하였다.[3] 우선 김조순을 이어 안동 김문(金門)을 이끌었던 김유근(金逌根, 1801~1863)은 남병철의 외숙이자 스승이었으며, 김유근의 동생 김좌근(金左根, 1797~1869), 김좌근의 6촌 형제였던 김흥근(金興根, 1796~1870) 그리고 김병학(金炳學, 1821~1879) 등과 교류가 활발했다. 안동 김문 이외에도 조두순(趙斗淳, 1796~1870), 윤정현(尹定鉉, 1793~1874), 박규수(朴珪壽, 1807~1877) 등 학계 및 정계의 선배들과도 깊이 교유했는데, 이들은 모두 남병철의 사후에

한국학술정보, 2006, 19~29; 김명호, 『환재 박규수 연구』, 창비, 2008, 310; 노대환, 「19세기 중반 남병철(1817~1863)의 학문과 현실 인식」, 『이화사학연구』 40, 2010, 163~199, 169~171 등에 의거한다.
3) 남병철의 교유관계에 대해서는 노대환 2010, 위의 논문, 171~173에 의거한다.

편집·출간된 『규재유고(圭齋遺稿)』에 서문을 쓰기도 했다.

남병철은 어려서부터 문장으로 이름이 알려졌고, 특히 수학과 천문학에 탁월하였다. 천문학에 관한 저술로 『추보속해(推步續解)』(1862, 4卷3册), 수학에 관한 것으로 『해경세초해(海鏡細艸解)』(1861, 12卷2册), 천문기구에 관한 것으로 『의기집설(儀器輯說)』(刊年未詳, 2卷2册) 등이 대표작이며, 문집으로는 사후에 동생인 남병길(南秉吉, 1820~1869)이 정리하여 펴낸 『규재유고』(1864, 6卷3册)가 있다.

『추보속해』는 시헌력법을 적용하여 천체의 운동을 계산하는 방법을 담고 있다. 『해경세초해』는 천원술(天元術, 고차방정식 풀이법)에 관한 논의를 담고 있는 원대(元代) 이야(李冶,)의 『측원해경(測圓海鏡)』의 체제를 따르면서 고차방정식 풀이법인 천원술의 원리를 설명한 책이다.[4] 『의기집설』은 천문관측기구에 대한 책으로, 여기에는 혼천의(渾天儀), 혼개통헌의(渾蓋通憲儀), 간평의(簡平儀), 험시의(驗時儀), 적도고일구의(赤道高日晷儀), 혼평의(渾平儀), 지구의(地球儀), 구진천추합의(勾陳天樞合儀), 양경규일의(兩景揆日儀), 양도의(量度儀) 등 10가지의 기구의 원리와 제작법에 대해 서술하였다. 특히 상하 2권으로 된 이 책에서 상권 전체를 할애하여 역대의 혼천의 제도를 검토하고 관측에 편리하도록 개량한 혼천의를 제시한 것은 주목을 받아왔다.[5] 이 외에도 서양점성술에 관한 내용을 담고 있는 『성요(星要)』와 이슬람 역법인 회회력에 관한 내용을 담은 『회회력법(回回曆法)』이라는 책이 모두 남병철의 저작으로 추정되고 있다.[6]

---

4) 南秉吉, 「海鏡細艸解序」, 『海鏡細艸解』(규장각소장 全史字本), 3-5.
5) 이용삼·김상혁·남문현, "남병철의 혼천의 연구", Journal of the Korean Astronomical Society 34, 2000, 47~57; 김상혁·이용삼·남문현, "남병철의 혼천의 연구 II", J. Astron. Space Sci. 23(1), 2006, 73~92; 김상혁, 「조선 혼천의의 역사와 남병철의 창안」, 『충북사학』 16, 2006, 143~181 등을 참조.
6) 이노국 2006, 앞의 책, 104쪽에서는 『星要』와 『回回曆法』을 남병철의 저술로 소

3. 목차 및 내용

[목차]

개하고 있다. 『성요(星要)』에 관해서는 전용훈, 「서양 점성술 문헌의 조선 전래」,
『한국과학사학회지』 34-1, 2012, 1~34를 참조.

推日食用數

推日食法

本法

又法

推恒星用數

推恒星法

[내용]

1) 태양운동

『추보속해』는 먼저「推日躔用數」에서 태양운동을 이해하는 데 필요한 여러 가지 기본상수들을 제시한다. 아울러 이들 상수들이 천문학적으로 무엇을 의미하는지를 설명한다. 역원(曆元, 咸豊庚申(1860)天正冬至), 주천(周天, 360도), 주일(周日, 하루를 萬分한 값), 주세(周歲, 회귀년, 365일 24233442), 세차(歲差, 항성의 연간 이동 각도, 52초), 기법(紀法, 간지 주기, 60), 태양매일평행(太陽每日平行, 태양의 일일 평균 이동각도, 3548초 3290897), 태양본천반경(太陽本天半徑)과 소반경(小半徑)(태양의 장반경과 단반경), 양심차(兩心差, 궤도이심률의 2배), 최비매세평행(最卑每歲平行, 근지점의 연간 이동량), 기응(氣應, 천정동지에서 직전 甲子日까지의 간격), 최비응(最卑應, 근지점이 동지점에서 떨어진 각도), 한양의 북극고도(위도) 등이 제시되어 있다. 남병철은 이들 수치를 제시하면서 이들 수치가 지니는 천문학적인 의미를 해설하고, 아울러 자신의 의견을 피력하고 있는데, 이것은 그의 역법론이라고 할 수 있다. 역원, 세차, 태양근지점의 이동에 대한 서술은 특히 주목할 가치가 있다.

이어서 「推日躔法」에서 이와 같은 기본 상수를 이용하여 실제 태양의 운동을 계산하는 과정을 구체적으로 제시한다. 태양운동은 평균운동을 하는 태양의 위치에서 실제 타원궤도상의 태양의 위치를 산출해 내는 것이 핵심이다. 하지만 이 방법에는 먼저 특정한 위치에 있는 태양을 관측하여 태양의 평균운동을 얻어내는 방법이 전제가 되어 있는데, 『추보속해』에서는 이 단계를 서술하지 않는다.[7] 이것은 『역상고성후편』에서 태양운동을 파악하는 기초적인 원리를 설명하는 과정에서 제시되고 있지만, 『추보속해』는 역을 계산하는 사람이 이것을 이미 알고 있다고 전제하고 평균운동에서 실질운동을 구해내는 과정부터 서술하고 있는 셈이다. 계산을 위해서는 타원의 근지점과 원지점을 지나는 대원을 보조원으로 사용하는데, 이 보조원은 평균태양의 궤도라고 생각할 수 있다. 이제 이 평균태양의 위치를 타원상의 실제 위치로 변환을 해주어야 하는데, 이 때 사용되는 방법은 ① 차적구각법(借積求角法), ② 차적구적법(借積求積法), ③ 차각구각법(借角求角法) 등으로 세 가지가 알려져 있었다.[8] 그러나 앞의 두 방법은 정확하기는 하지만 계산과정이 너무 복잡하여 실제 계산에 적용하기가 쉽지 않다. 차각구각법은 계산이 용이하고, 이것으로 구한 결과와 다른 방법으로 구한 결과가 차이가 거의 무시할 수 있는 정도이다. 때문에 『역상고성후편』에서는 세 번째의 차각구각법을 적용하였는데, 남병철 또한 이 방법에 따라 태양운동을 계산하는 과정을 설명하고 있다.[9]

---

7) 이 과정은 원래 『역상고성후편』에 서술되어 있는데, 에도시대의 역상가들은 이를 새로 정리하여 『관정역서』(1844)에 수록하였다. 마에야마(前山)는 이 내용을 현대의 연구자들이 알기 쉽게 설명하였다. 前山仁郎, 「寬政曆書及び寬政曆書續錄」, 『天文月報』 49-3, 1959, 56~59, 57~58를 참조.

8) 橋本敬造 1972, 앞의 논문, 265쪽.

9) 『역상고성후편』에서 사용된 차각구각법에 대한 설명이 橋本敬造 1972, 위의 논문, 256~260에 있다.

이 방법에서는 평균근점이각(平行度)으로부터 진근점이각(實行度)을 구하는 과정이 핵심인데, 『추보속해』에서도 "평균근점이각 구하기(求平行)"로부터 시작하여 여러 단계의 계산을 거친 다음, "진근점이각 구하기(求實行)"로 이어진다. 이렇게 하여 태양의 실제 위치를 구할 수 있게 되면, 이후로는 역서(曆書)에 기입하기 위해 필요한 항목들, 예를 들어 태양의 위치에 따라 정해지는 날짜와 시간을 얻는 과정이 이어진다. 즉 절기시각(節氣時刻), 일출입주야시각(日出入晝夜時刻), 몽영각분(朦影刻分) 등을 구하는 것이다.

2) 달 운동

역 계산의 대상이 되는 일곱 천체 중에서 가장 복잡하고 난해한 운동을 하는 것이 달이다. 달은 지구를 하나의 초점으로 하는 타원궤도 운동을 한다. 그러나 이 공전운동의 양상은 경도 방향과 위도 방향 양쪽에서 모두 매우 복잡하여, 실제의 역 계산에서 달의 위치를 산출하려면 여러 종류의 보정치를 설정해야 한다. 달 운동에 관한 『역상고성후편』의 내용은, 그리고 『추보속해』의 내용도, 대체로 달의 평균운동으로부터 보정치를 적용하여 불규칙한 실질 운동을 구해내는 과정이다. 『역상고성후편』에서 추출할 수 있는 달의 운동을 구성하는 요소는 다음과 같은 10종이나 된다.[10] ① 一平均 ② 二平均 ③ 三平均 ④ 最高均 ⑤ 初均 ⑥ 二均 ⑦ 三均 ⑧ 末均 ⑨ 正交均 ⑩ 黃白交角. 또 이들 값을 결정하는 운동변수도 ① 日引 ② 日距月最高 ③ 日距正交 ④ 月距日行 ⑤ 自行度 등 5종이나 있다. 여기서 균수(均數)라고 하는 것은 대체로 실질 운동을 얻기 위해서 평균 운동에 가해주어야 할 보정치이다. 예를 들어 태양 운동의 부등속 때문에 달의 평균운동이 변하고, 달의

---

10) 橋本敬造 1972, 위의 논문, 260~262.

원지점이 움직이며, 달의 백도승교점이 움직이는데, 여기서 발생하는 차(差)를 일평균(一平均)이라고 한다. 또한 태양이 달의 원지점으로부터 떨어진 거리에 따라 달의 궤도이심률이 달라지면서 달의 면적속도에도 차이가 생기는데, 이것을 이평균(二平均)이라 한다. 나아가 백극이 황극을 주위로 회전하면서 이동하면, 백도의 度分이 달라지고 이에 따라 달 운동에도 차이가 생기는 것을 삼평균(三平均)이라고 한다.

『추보속해』 권2 「推月離用數」 부분에서는, 태양 운동에서 사용한 상수와 함께, 태음평행(太陰平行, 달의 1일 평균 이동각도), 최고매일평행(最高每日平行, 원지점의 1일 평균 이동 각도), 정교매일평행(正交每日平行, 황백교점의 1일 평균 이동 각도) 등 달의 운동과 관련된 여러 기본 상수를 설정한다. 이와 함께 달 운동의 특성, 달 운동 이론과 관측의 역사, 보정항에 관한 용어, 보정항이 필요한 이유, 보정항의 천문학, 수학적 의미 등을 설명한다. 이어서 「推月離法」에서는 상수로부터 달의 평균운동을 얻고, 이것에서 다시 달의 실질운동을 얻는 과정이 설명되어 있다. 이는 매우 지루하고 복잡한 수치조작 과정이다. 최후로 달의 황도상의 실제 위치, 즉 황도실행(黃道實行)이 얻어지는데, 이후에는 이 값을 가지고 합삭현망(合朔弦望), 교궁시각(交宮時刻), 태음출입시각(太陰出入時刻) 등을 구한다. 달 운동에 관한 서술에서 남병철은 태양운동에 관한 서술에서처럼 자신의 독창적인 견해를 밝히고 있지는 않다.

3) 교식

『역상고성후편』에서 태양과 달의 운동을 타원운동으로 기술할 수 있게 되면서, 얻어진 가장 큰 소득은 『서양신법역서』나 『역상고성』을 능가하는 정확한 식현상의 예보계산이 가능해졌다는 것이었다. 카시니의 관측에 힘입어 태양과 달의 위치 정보가 정확해진 것이 식 예보의 정밀도를 높였음은 물론이다. 『역상고성후편』에서는 태양과 달까지의 거리, 다시 말해서 태양과 달의 시직경 값이 정밀해짐으로써 예보의 정확도가 더욱 높아졌다고 평가된다.[11] 『서양신법역서』에서 제시한 태양의 시직경은 지구의 5배 정도, 달의 직경은 지구의 27/1000 정도였다. 태양까지의 거리와 삭망시에 달까지의 거리의 평균값은 각각 지구반경의 1142배, 56.72배였다. 또한 이 값은 『역상고성』에서도 거의 변화 없이 채용되었다. 그러나 『역상고성후편』에서는 달의 직경은 전에 비해 거의 변함이 없지만, 태양의 직경은 지구의 96.6배로 이전 값의 19배가 되었다. 또한 태양까지의 평균거리는 지구반경의 20,626배가 되어 이전 값의 18배가 되었다. 달까지의 평균거리도 지구반경의 59.78배가 되어 엄청난 변화가 있었다. 이처럼 망원경 관측에 힘입어 수치들이 정확해지면서 『역상고성후편』에서는 일월식의 정확도가 대단히 높아졌던 것이다.

『추보속해』의 권3~4(제2~3책)의 내용은 『역상고성후편』 제3권 「交食數理」와 대응한다. 기술의 방식은 태양이나 달의 경우와 마찬가지로 「推月食用數」와 「推日食用數」에서 기본상수를 먼저 주고, 「推日食法」과 「推月食法」에서 실제 계산의 과정을 다루는 순서로 되어 있다. 한 가지 특기할 것은, 일식 계산법에서 심식용시(食甚用時, 식심의 지방시)를 구한 다음에 천체의 중심간 거리를 구하는 등의 계산을 할 때는 두 가지 계산법을 나누어 설명하는 점이다. 『추보속해』에서는 "본법(本法)"과 "우법(又法)"으로 불렀는데, 이것은 『역상고성후편』에서 제출된 기본적인 개념에 착안하여 남병길이 이를 두 가지 방법으로 나누어 설명한 것 같다. 『역상고성후편』의 「日食諸角加減圖」에서는 "그림은 간

---

11) 橋本敬造 1972, 위의 논문, 263.

평의를 이용하여 위로부터 보았을 때의 방법이다. 만일 반대쪽에서 보는 모습을 따르면 혼천의를 이용하는 방식이 되는데, 이는 안쪽에서 바라보는 것이다."라고 되어 있는데, 이는 천체를 바라보는 관측자의 위치를 어디에 두느냐에 따라 계산방법을 달리한다는 말이다.[12] 천구의 안쪽에서 바깥쪽으로 바라보는 방법은 간평의법(簡平儀法), 천구의 바깥에서 안으로 보는 방식을 혼천의법(渾天儀法)이라고 할 수 있는데, 남병철은 이것을 각각 본법과 우법으로 나누어 각각에 대해서 계산과정을 설명하고 있다.

4) 항성

마지막으로 『추보속해』에서는 항성에 대해 서술하고 있다. 「推恒星用數」에서 제시하고 있는 것은 역원인 1860년의 항성황도경위도이다. 『추보속해』에서는 기준년의 항성의 황도경위도를 관측값으로부터 구면삼각법을 이용한 계산을 통해 확정하는 과정을 서술하고, 그 결과를 수록하고 있다. 이것이 "恒星黃道應"인데, 항성의 황도경도와 황도위도이다. 항성황도응을 구할 때는, 먼저 항성의 지평경도와 지평고도(高弧), 그리고 적도경도를 관측한 다음, 이 수치를 구면삼각법의 공식에 대입하여 몇 단계의 계산과정을 거친 다음, 항성의 황도경도를 계산해낸다. 잘 알려져 있듯이, 항성의 위치는 세차운동에 따라 매년 조금씩 변한다. 이 때문에 해마다 위치가 달라지는 항성들이 정확히 언제 남중하는지를 알기 위해서는 역원 때의 기준위치, 즉 "항성황도응"을 확보하고 있어야 한다. 이것이 바로 「推恒星用數」라는 항목을 두고 항성의 황도경도를 제시한 이유이다. 이를 토대로 「推恒星法」에서는

---

12) 『曆象考成後編』 권6 「日食諸角加減圖」: 문연각사고전서 792책, 270ㄱ. "繪圖, 用簡平從上視法, 若從背面觀之, 卽渾天從內視也."

역원에서의 기준치를 두고, 역원에서 구하고자 하는 해까지 경과한 기간과 세차율을 곱하여 목표년의 항성 황도경도를 산출한 다음, 이 수치를 기초로 구면삼각법을 이용한 여러 계산을 통해 목표년의 항성 적도경도를 산출해낸다. 여기에 태양의 위치를 고려하는 계산을 해주면 각 항성이 기준시각에 남중하는지, 혹은 동서로 얼마나 치우쳤는지(편동도, 편서도)를 구할 수 있다.

항성에 관한 기술은 『추보법해』나 『역상고성후편』에는 없다. 그런데 남병철이 『추보속해』에서 이것을 서술하고 있기 때문에 주목된다. 이것은 남병철이 혼효중성과 세차운동에 대해 잘 이해하고 있었기 때문에 가능했던 것으로 보인다. 전통시대의 시각제도의 골자는 기준시와 생활시로 나누어 볼 수 있다. 먼저 천체를 기준으로 한 기준시를 정하고 이 기준시각을 구현하는 시각표시 기구를 이용하여 일상생활의 시각으로 보시(報時)를 하여 생활에서 사용한다. 시각의 기준으로 삼는 천체는 낮에는 태양이고 밤에는 항성이라 할 수 있다. 밤에는 항성의 남중을 기준으로 삼아 물시계로 시각을 교정하므로, 항성은 기준시를 정해주는 표지요, 물시계는 시간표시 기구라고 할 수 있다. 잘 알려져 있듯이, 전통시대에 편찬된 『중성기』는 기준항성에 대한 논의를 담고 있고, 『누주통의』는 시간표시법에 관한 논의를 담고 있다. 하나의 역법이 성립하고 국가에서 채용되면, 이 역법에서 정한 항성의 남중시각을 기초로 기준시각이 정해진다. 이 기준항성을 혼효중성(昏曉中星)이라고 부르는데, 사실상 혼효중성은 세차운동 때문에 해마다 위치가 달라진다. 그러므로 한 때 정밀한 측정을 토대로 혼효중성을 정해놓았다고 하더라도, 시간이 지나면 정확한 시각의 기준점이 되지 못하게 된다. 이 때문에 역사적으로 관측을 통하거나 이론적인 계산을 통해 혼효중성을 다시 정하는 일이 반복되었다.

조선 초 1395년에 정한 혼효중성은 「天象列次分野之圖」에 수록되어 있었는데, 이것은 다시 세종대에 칠정산법이 성립하면서 이 역법에서 정한 새로운 혼효중성으로 바뀌었다.[13] 규장각본 『누주통의』(규3294, 4889, 11580)에도 중성기가 실려 있는데, 이것은 인조 연간에 새로 측정한 항성의 위치를 기준으로 한 것으로 추정되고 있다.[14] 『동국문헌비고』(1770)에서는, 1395년에 편찬한 『신법중성기』의 혼효중성[15]이 많이 달라져서 다시 정한다고 하면서, 새로 혼효중성을 제시했다.[16] 이것은 1744년을 기준으로 한 것이다.[17] 또한 정조 때에는 김영(金泳)에 의해 『신법중성기』(1789)가 편찬되었는데 이것은 1783년을 기준으로 한 것이다.[18] 이 값은 『국조역상고』 권2에 실려 있다. 이처럼 시각의 기준이 되는 중성은 세차운동에 의해 해마다 달라지므로 지속적으로 최신의 값으로 바꾸어 적용해야 할 필요가 있다. 앞서 열거한 여러 가지의 중성기들은 바로 달라진 중성을 최신의 기준으로 다시 정한 것들이다.

가장 정밀한 중성표를 얻는 방법은 정밀한 측정을 통해 측정값을 얻는 것이지만, 이런 관측을 매년 행하는 것은 노력도 많이 들 뿐만 아니라 1년 사이에는 변화량이 미미하기 때문에 제대로 측정해내기도 어렵다. 따라서 가장 효율적인 방법은 세차 운동의 구조에 대해 정확히 이해한 다음, 평균적인 세차량을 적용하여 계산을 통해 달라진 중성의 위치를 파악하는 것이다. 남병철이 『추보속해』에서 항성에 대해 기술한 데에는, 이처럼 한번 정해진 중성표를 일정기간 사용하다가 차이가 너무 많아졌을 때 다시 새로운 중성표를 작성하여 새 기준으

---

13) 한영호·남문현, 「조선의 경루법」, 『東方學志』143, 2008, 167~218.
14) 한영호·남문현 2008, 위의 논문, 187~192.
15) 앞서 언급한 「천상열차분야지도」의 중성기를 말함.
16) 『국역증보문헌비고 상위고』1, 세종대왕기념사업회, 1980, 126~127.
17) 『國朝曆象考』(영인본 성신여자대학출판부, 1982) 권2 "中星", 401.
18) 『國朝曆象考』(영인본 성신여자대학출판부, 1982) 권2 "中星", 401.

로 삼는 일을 반복하지 않으려는 의도가 있었다고 볼 수 있다. 세차운동과 세차량에 대한 완전한 이론적 이해를 기초로 이론적인 계산을 통해, 목표로 하는 어떤 해라도 정확하게 중성표를 산출할 수 있다고 생각했던 것이다. 그러므로 『추보속해』에서 세차이론은 물론, 관측값으로부터 구면삼각법을 적용하여 이론적 결과를 얻어내고, 이것을 다시 경과한 시간만큼 보정하여 목표년의 항성위치를 얻어내는 과정을 명료하게 서술하고 있는 것을 볼 때, 남병철은 당시의 천문학적 이론과 수학적 응용의 두 측면에서 대단히 높은 이해력과 활용력을 보여주고 있다고 할 수 있다.

4. 의의 및 평가

남병철의 『추보속해』는 18세기 청나라의 천문학자였던 강영(江永, 1681~1762)의 『추보법해(推步法解)』(5권)와 밀접한 관련을 가지고 있다. 남병철은 강영을 대단히 존경하였는데, 역법 계산의 원리를 서술한 강영의 『추보법해』를 모델로 하면서, 강영 이후에 달라진 역법지식을 반영한 책을 지었기에 이를 『추보속해』라고 했다.[19] 강영의 자는 신수(愼修)이며, 안휘성(安徽省) 무원(婺源) 출신으로 평생 동안 벼슬하지 않고 학문에 전념했다. 대표적인 저서로, 매문정(梅文鼎, 1633~1721)의 역산학을 부연하고 새로운 학설을 제시한 『수학(數學)』(8권)이 있다. 『수학』은 권1 「수학보론(數學補論)」, 권2 「세실소장변(歲實消長辯)」, 권3 「항기주술변(恒氣註術辯)」,[20] 권4 「동지권도(冬至權度)」, 권5 「칠정연(七政衍)」,

---

19) 남병철, 『推步續解』「推步續解序」.
20) 四庫全書本이나 守山閣叢書本에는 「恒氣註歷辯」으로 되어 있다.

권6「금수발미(金水發微)」, 권7「중서합법의초(中西合法擬草)」, 권8「산승(算賸)」 등으로 이루어져 있는데, 후에 남병철은 『추보속해』에서 『수학』의 내용을 여러 차례 인용하며 자신의 역법론을 전개하였다. 『수학』의 원래 이름은 탁월한 역산천문학자였던 매문정(梅文鼎, 1633~1721)의 역산학을 부연한다는 의미로 『익매(翼梅)』였으나,21) 제자인 대진(戴震, 1723~1777)이 교정하면서 이름을 바꾸어 『수학』이 되었다. 또 『속수학(續算學)』(1권)이 있는데, 이 책은 『수학』의 권8「산승(算賸)」을 부연하여 설명한 것으로, 직각을 포함한 구면삼각형(正弧三角形)에 관한 내용을 다루고 있다. 또한 강영의 저술 가운데 남병철의 『추보속해』의 모델이 된 『추보법해(推步法解)』(5권)가 있는데, 태양 운동의 계산, 달 운동의 계산, 일월식의 계산, 오행성 운동의 계산을 다루고 있다.

강영이 『추보법해』에서 적용하고 있는 천체운동 계산법은 이론적인 측면에서 볼 때, 남병철이 『추보속해』에서 적용한 이론과 크게 다른 것이었다. 명나라 말기에 서양천문학이 수입되어 『숭정역서(崇禎曆書)』에 채용된 이래 18세기 중엽까지 여러 차례 천체운동 계산에 쓰이는 이론과 기본수치들이 개정되었기 때문이다. 이 기간 동안 미세한 보조수치의 변경으로부터 역원의 이동, 그리고 천체운동 이론의 변경에 이르기까지 크고 작은 변화들이 계속 있었다. 그 중에서 역법에 직접 쓰이는 천체운동의 기하학적 모델과 그것을 계산해내는 수학적 방법이 크게 변화한 경우는 크게 세 차례 있었다. 먼저 명나라 말의 개력작업의 성과로 성립한 『숭정역서』를 넘겨받은 청조는 이에 기초하여 1645년부터 시헌서(時憲書)를 반포하였다. 이 때 역법의 기반이론을 담은 책은 『서양신법역서(西洋新法曆書)』(1645)였는데, 여기에 채용된 태양, 달, 오행성 운동의 천문학적 모델과 수학적 계산방법은 티코

---

21) 수산각총서본은 서문에도 「翼梅序」로 되어 있다.

브라헤(Tycho Brahe, 1546~1601)의 이론과 그것을 부연한 롱고몬타누스(Longomontanus/Severen Christian, 1562~1647)의 이론이었다.[22] 그러므로 시헌력의 기초를 이루는 기반 이론의 제1단계는 한마디로 티코 브라헤의 천문학 이론과 관측치에 기초한 것이었다고 할 수 있다.

시헌력에 적용된 기반이론의 두 번째 단계는 청조에서 1726년 역서에서부터 적용한 『역상고성(曆象考成)』의 체계라고 할 수 있다. 『서양신법역서』는 서양인들의 손에 전적으로 의존하여 만들어진 이론 체계였지만, 『역상고성』 체계는 이와 달리 거의 대부분이 매곡성(梅瑴成, 1682~1764) 같은 중국인 역산학자들의 손으로 이루어진 개량이라는 점에서 주목을 받아왔다.[23] 이 시기에 이르러 중국인 학자들이 수입된 서양천문학 이론을 이해한 바탕 위에서 천체운동의 계산에 새로운 관측치와 이론을 적용할 수 있게 되었다는 것을 보여준다. 이론적 수준에서 『역상고성』 체계는 『서양신법역서』 체계와 마찬가지로 티코 브라헤의 천문학을 따르고 있다는 점에서 동일하지만, 보다 정밀한 관측을 기초로 천체운동 계산에 사용되는 여러 가지 기본수치들을 바꾸고 이론적 설명을 명료하게 했다는 점이 특징이다. 『역상고성』 체계에서 나타난 변화들은, 우선 황도경사각의 개정($23°31'30''$→$23°29'30''$), 역원의 개정(1628→1684), 태양 양심차(궤도이심률의 2배)의 개정(e=0.0358415→e=0.0358977), 태양 근지점의 위치 개정, 교식 계산에서 지영반경(地影半徑) 개정, 태양반경의 최대치와 최소치 개정, 오행성 계산에서 원지점 위치 등 기본 수치들의 개정 등이다.[24] 이러한

---

22) 이에 대해서는 Keizo Hashimoto, *Hsu Kuang-ch'i and Astronomical Reform: The Process of the Chinese Acceptance of Western Astronomy 1629~1635*, Osaka: Kansai University Press, 1988, pp.104~163 참조.

23) 橋本敬造, 「曆象考成の成立」, 藪內淸·吉田光邦, 『明淸時代の科學技術史』, 京都: 京都大學人文科學硏究所, 1970, 49~92, 67쪽.

24) 『역상고성』에서 개정된 내용에 대해서는 橋本敬造 1970, 위의 논문, 67~85쪽

변화를 반영하여 성립한 『역상고성』 체계는 1741년까지 천체운동 계산에 안정적으로 적용되어 왔다.

그런데 1742년부터 청조에서는 또다시 『역상고성』 체계를 대폭 수정한 『역상고성후편(曆象考成後編)』 체계를 적용하여 천체운동을 계산하였다. 이 체계의 특징은 우선 여러 천문상수에서는 카시니(Jean Dominique Cassini, 1625~1712)의 관측값을 채용하여 일월식 예보의 정확도가 대단히 높아진 것이고, 이론적인 면에서는 태양과 달 운동에, 그리고 결과적으로 교식 계산에, 케플러의 타원궤도 운동이론을 도입한 것이다.[25] 『역상고성후편』 체계라고 부르지만, 사실 여기에는 오성운동 계산법에 대한 내용은 없다. 이것은 『역상고성후편』이 일월식 예보에서 취약점을 드러낸 『역상고성』 체계를 개선하려는 것을 주요한 목표로 성립한 체계이기 때문이다.[26] 나아가 『역상고성후편』에서 채용된 우주체계는 여전히 지구중심설이었고, 여기에 도입된 케플러의 타원궤도이론은 지구를 중심으로 한 상태에서 태양과 달의 운동을 타원궤도 이론을 적용하여 계산하는 것이었다. 『역상고성후편』에 없는 오행성 운동에 대한 이론은 『역상고성』의 체계를 그대로 적용하였다. 따라서 1742년 이후 청조에서는 태양 운동과 달 운동, 그리고 교식의 계산에는 『역상고성후편』 체계를 적용하고, 오행성의 운동에 대해서는 『역상고성』을 적용하였다.

이상의 과정을 정리하면, 제1단계는 1645년부터 티코 브라헤의 천문학 이론을 채용한 『서양신법역서』 체계, 제2단계는 1726년부터 티코 브라헤 천문학 이론을 채용하면서도 여러 기본 수치들을 개정한 『역상고성』 체계, 제3단계는 1742년부터 태양 운동과 달 운동, 그리고

참조.
25) 橋本敬造, 「橢圓法の展開」, 『東方學報』 京都 42, 1972, 245~272, 246쪽.
26) 橋本敬造 1972, 위의 논문, 249쪽.

교식의 계산에는 케플러의 타원궤도 이론을 적용한 『역상고성후편』 체계와 오행성 운동에 대해서는 『역상고성』 체계를 적용한 혼합 체계가 시헌력의 계산에 사용되었다. 조선에서는 약간의 시차를 두고 청조에서 개정하여 적용한 위와 같은 역법 이론체계를 습득하고 적용하였다. 저간의 복잡한 사정을 단순화하여 보면, 조선에서 『서양신법역서』 체계는 1654년부터, 『역상고성』 체계는 1732년부터, 그리고 『역상고성후편』 체계는 1743년부터 각각의 체계를 적용하여 역 계산을 하는 것이 가능해졌다고 할 수 있다.[27]

이제 이러한 흐름 속에 강영의 『추보법해』와 남병철의 『추보속해』를 위치시켜 보면, 남병철이 『추보속해』에서 의도한 것이 무엇이었는지 명확해진다. 강영의 『추보법해』는 저술연대가 불분명하지만, 서술된 천문학 이론은 『역상고성』 체계를 담고 있다. 반면 남병철이 『추보속해』를 저술하던 시기에는 태양운동과 달 운동, 그리고 교식의 계산에 대해서는 『역상고성후편』 체계가, 그리고 오행성에 대해서는 『역상고성』 체계가 적용되고 있었다. 남병철이 보기에 강영의 『추보법해』는 태양 운동과 달 운동, 그리고 교식의 계산에 대해서 새로운 이론 체계로 개정해야 할 필요가 있었던 것이다. 남병철은 그의 『추보속해』의 저술 목적을 다음과 같이 말한다.

　　"선생은 강희 때의 사람이라 해설한 것은 曆象考成上篇法이다.[28]
　　지금은 오직 오성만 역상고성상편법을 그대로 쓰고 있고, 태양 운동

---

27) 이러한 체계를 조선에서 이해하고 적용하게 되는 자세한 과정에 대해서는 전용훈, 「17·18세기 서양 천문연산학의 도입과 전개-시헌력의 수입과 시행을 중심으로」, 연세대학교 국학연구원편, 『韓國實學思想史硏究 4』, 혜안, 2005, 278~321쪽 참조

28) 『曆象考成』과 『曆象考成後編』을 달리 『曆象考成上編』과 『曆象考成下編』으로 부르기도 한다.

(日躔), 달 운동(月離), 그리고 교식을 계산(推步交食)하는 방법은 많이 다르다. 그래서 나는 曆象考成後編法으로 태양 운동, 달 운동, 교식의 세 편을 해설하였다. 오성에 대한 해설은 비록 다 싣지 않지만, 선생이 써놓은 예전 글과 식(式)이나 예(例)가 다르지 않으므로, 이름하여 『추보속해』라고 했다. 대개 존경하고 흠모하는 뜻이다."[29]

남병철은 강영의 『추보법해』를 본받아, 강영 이후에 새롭게 채용된 『역상고성후편』 체계를 도입하여 태양 운동과 달 운동, 그리고 교식을 계산하는 이론을 해설하는 책을 만들고자 했던 것이다. 또한 오행성의 운동에 대해서는 강영의 『추보법해』를 그대로 따를 것을 권하고 있다. 결론적으로 『추보속해』는 『역상고성후편』 체계에 따라 태양 운동, 달 운동, 그리고 일월식을 계산하는 방법을 해설한 책이 되었다.

〈표 1〉『추보속해』와 참고서의 내용비교

	『추보법해』 (역상고성체계)	『추보속해』	『역상고성후편』
역원	康熙23年甲子(1684)	咸豊10年庚申(1860)	雍正元年癸卯(1723)
태양운동	권1 推日躔法	권1 推日躔用數 권1 推日躔法	권1 日躔數理 권4 日躔步法
달운동	권2 推月離法	권2 推月離用數 권2 推月離法	권2 月離數理 권4 月離步法
월식	권3 推月食法	권3 推月食用數 권3 推月食法	권3 交食數理 권5 月食步法 권6 日食步法
일식	권4 추일食法	권4 推日食用數 권4 推日食法 권4 本法(用簡平儀) 권4 又法(用渾天儀)	

---

29) 『推步續解』「推步續解序」.

	『추보법해』 (역상고성체계)	『추보속해』	『역상고성후편』
오성운동	권5 推木火土三星法 권5 推金水二星法		
항성		권4 推恒星用數 권4 推恒星法	
각종 표			권7 日躔表 권8 月離表 上 권9 月離表 下 권10 交食表

참 고 문 헌

1. 사료

『국역 증보문헌비고 상위고』, 세종대왕기념사업회, 1980.

『國朝曆象考』 (영인본) 성신여자대학출판부, 1982.

『曆象考成後編』(문연각사고전서 영인본 제792책), 臺灣商務印書館, 1985.

『疇人傳彙編』, 世界書局, 1962.

『圭齋遺藁』(한국역대문집총서 616책), 경인문화사, 1993.

『推步法解』(『叢書集成初編』 제1327책), 中華書局, 1985.

『海鏡細艸解』(규장각소장 全史字本).

2. 논문

김명호, 『환재 박규수 연구』, 창비, 2008.

김상혁, 「조선 혼천의의 역사와 남병철의 창안」, 『충북사학』16, 2006, 143~181.

김상혁·이용삼·남문현, "남병철의 혼천의 연구 II", Journal of Astronomy and Space Science, 23(1), 2006, 73~92.

노규래, 「南秉吉의 생애와 천문학」, 『한국과학사학회지』6-1, 1984, 131~133.

노대환, 「19세기 중반 남병철(1817~1863)의 학문과 현실 인식」, 『이화사학연구』40, 2010, 163~199.

유경로, 『한국천문학사연구』, 녹두, 1999.

이노국, 『19세기 천문수학 서적 연구』, 한국학술정보, 2006.

이용삼·김상혁·남문현, "남병철의 혼천의 연구", Journal of the Korean Astronomical Society 34, 2000, 47~57.

전용훈, 「17·18세기 서양 천문연산학의 도입과 전개-시헌력의 수입과 시행을 중심으로」, 연세대 국학연구원편, 『韓國實學思想史硏究 4』, 혜안, 2005,

278~321.

_____, 「서양 점성술 문헌의 조선 전래」, 『한국과학사학회지』 34-1, 2012, 1~34.

한영호·남문현, 「조선의 경루법」, 『동방학지』 143, 2008, 167~218.

Keizo Hashimoto, Hsu Kuang-ch'i and Astronomical Reform: The Process of the Chinese Acceptance of Western Astronomy 1629~1635, Osaka: Kansai University Press, 1988.

橋本敬造, 「曆象考成の成立」, 藪內淸·吉田光邦, 『明淸時代の科學技術史』, 京都: 京都大學人文科學硏究所, 1970, 49~92.

橋本敬造, 「楕圓法の展開」, 『東方學報』 京都 42, 1972, 245~272.

前山仁郎, 「寬政曆書及び寬政曆書續錄」, 『天文月報』 49-3, 1959, 56~59.

『추보첩례(推步捷例)』

분 류	세 부 내 용
문 헌 종 류	조선서학서
문 헌 제 목	추보첩례(推步捷例)
문 헌 형 태	활자본
문 헌 언 어	漢文
저 술 년 도	1861년
저　　자	남병길(南秉吉, 1820~1869)
형 태 사 항	2권 2책
대 　 분 　 류	과학
세 부 분 류	천문
소 　 장 　 처	국립중앙도서관 서울대학교 규장각한국학연구원 日本大阪府立中之島圖書館 UC Berkeley Library Institut National des Langues et Civilisations Orientales
개　　요	1861년에 관상감에서 편찬한 천문서.
주 　 제 　 어	시헌력(時憲曆), 역원(曆元), 일전(日躔), 월리(月離), 교식(交食), 대식(帶食), 칠요단목(七曜段目), 작력식(作曆式), 역주(曆注), 연신방위(年神方位), 일과력(日課曆)

※ 이 글은 해제자 본인이 작성한 규장각 해제(http://e-kyujanggak.snu.ac.kr)를 바탕으로 작성하였음.

1. 문헌제목

『추보첩례(推步捷例)』

2. 서지사항

규장각 소장의 『추보첩례(推步捷例)』(古7300-8)는 목활자(木活字)로 인쇄되어 있으며, 상하편 각 1책 전체 2편2책으로 구성되어 있다. 내용은 천체의 위치를 계산하고 역서에 역주를 기입하며 일월식을 예보하는 데에 필요한 각종의 계산법을 계산 단계별로 자세히 서술한 "역산(曆算) 매뉴얼"이라고 할 수 있다. 상편의 서두에 있는 서문을 통해, 이 책은 1861년(哲宗12)에 당시 관상감제조였던 남병길(南秉吉, 1820~1869)이 편찬하였다는 것을 알 수 있다.

『추보첩례』는 본문이 반곽당 10행21자로 되어 있고, 할주는 20행42 자이며, 판심에는 목차에 따른 내용별 항목명이 표기되어 있다. 목차에 표시된 항목은 上篇에 日躔, 月離, 土星, 木星, 火星, 金星, 水星, 七曜段目, 作曆式, 月食, 帶食의 11항목이, 하편에 日食(本法, 又法), 帶食의 2항목이 대소항목의 구분 없이 나열되어 있다.

본문을 확인해보면, 상편에서 대항목인 「七政步法」 아래에서 日躔, 月離, 土星, 木星, 火星, 金星, 水星까지 일곱 천체의 위치를 계산하는 방법을 다루고, 다음 대항목인 「七政段目步法」에서는 행성의 會合과 伏見, 그리고 四餘(計都, 羅睺, 紫氣, 月孛)의 위치를 계산하는 방법을 서술하였다.[1) 세 번째 대항목인 「作曆式」은 해마다 펴내는 日課曆(매월의 날자를 표시한 일반적인 역서)에 역주를 기입하는 방법을 담고 있으며, 네 번째 대항목인 「月食步法」은 월식을 계산하는 방법에 대한 내용이다. 목차에는 「月食步法」 다음에 帶食이 항목으로 되어 있지만, 본문에서는 帶食이 항목구별 없이 「月食步法」의 내용에 이어서 서술되어 있

---

1) 목차에서 「七政段目步法」의 다음에 「作曆式」이 있고, 이것은 내용상 「七政段目步法」과 마찬가지로 대항목으로 설정되어야 하지만, 본문에서는 항목명을 한 칸 내려 적었기 때문에 「七政段目步法」의 하위 항목으로 여겨질 수도 있다.

다. 그러므로 대식은 네 번째 대항목인 「月食步法」에 속하는 소항목으로 볼 수 있다. 하편은, 목차에서는 日食(本法, 又法), 帶食의 두 항목이 있지만, 본문에서는 「日食步法上」, 「日食步法下本法」, 「日食步法下又法」, 「日食又法附錄」, 「日食步法帶食」 등 네 개의 대항목을 설정하여, 일식을 계산하는 원래의 방법(本法)과 약식 계산법(又法), 그리고 지평선 부근에서 일어나는 일식인 帶食을 계산하는 방법을 서술하였다. 하편은 이처럼 네 개의 대항목이 설정되어 있지만, 내용상 모두가 「日食步法」으로 통합될 수 있는 일식 계산법에 해당하는 것이다. 그러므로 『推步捷例』는 ① 칠정의 위치계산법을 다룬 「七政步法」(上篇) ② 행성의 合衝伏見과 四餘의 위치계산을 다룬 「七政段目步法」(上篇) ③ 역주(曆注)의 작성법을 다룬 「作曆式」(上篇) ④ 월식 계산법을 다룬 「月食步法」(上篇) ⑤ 일식계산법을 다룬 「日食步法」(下篇) 등 크게 보아 다섯 부분으로 이루어져 있다고 할 수 있다.

[저자]

『推步捷例』의 편자인 南秉吉(1820～1869)의 자는 元裳, 子裳, 號는 惠泉, 六一齋, 晚香齋, 留齋 등으로 썼다.[2] 1868년 이후 南相吉로 개명하여 이 시기 이후의 저작에는 南相吉로 되어 있다. 본관은 宜寧이며, 천문학과 수학 방면으로 이름이 높은 南秉哲(1817～1863)의 친동생이다. 宜寧 南氏 가문의 24세손으로, 先祖로는 영조 때 大提學을 역임한 南有容(1698～1773)과 남유용의 아들 南公轍(1760～1840)이 유명하다. 외가는 당시 세도가였던 安東 金氏였다. 어머니는 정권의 핵심이었던 金祖

---

2) 이하 남병길의 가계와 생애에 대해서는 노규래, 「南秉吉의 생애와 천문학」, 『한국과학사학회지』 6-1, 1984, 131～133면; 유경로, 『한국천문학사연구』, 녹두, 1999, 242～255면 등을 참조.

淳(1765~1832)의 딸이다. 남병길의 아버지 南久淳(1794~1853)은 海州 牧使를 역임하였으며, 할아버지 南宗獻의 양자가 되어 대를 이었으며, 슬하에 병철, 병길 형제를 두었다.

南秉吉은 1848년(憲宗14)에 增廣試 乙科로 급제하였다. 黃海道 관찰사 (1858), 승정원도승지(1859), 강원도관찰사(1863), 開成留守, 水原留守 (1864), 한성부판윤(1865), 刑曹判書, 판의금부사(1867), 吏曹參判(1869), 예조판서(1866)에 이르렀고, 1869년 50세로 졸하였다. 고종 때인 1875 년에 시호를 文靖으로 추증하였다.

남병길 형제는 1853년 아버지 南久淳(1794~1853)이 병을 얻어 간호를 맡고 3년상을 치른 1856년경까지 함께 관직을 사임하고 묘소를 지키면서 천문학과 수학연구에 몰두했던 것 같다. 이 분야에 관한 두 사람의 저작이 대체로 1853년 이후에 집중되고, 특히 〈표 1〉과 같이 남병길의 저술은 거의 대부분이 1853년 이후에 완성된 것들이다.[3] 『推步捷例』는, 남병길이 관상감제조를 맡고 있었던 1861년에 저술하였다. 1866년에도 관상감제조를 다시 맡았고, 이 때에도 관상감 관원들의 교육용으로 천문학서, 수학서, 택일서 등을 저술했다. 지금까지 필자가 확인할 수 있는 범위 내에서 남병길의 저술 목록을 〈표 1〉과 같이 작성하였다.[4] 국립중앙도서관에는 『六一齋叢書』라는 이름으로, 『時憲紀要』, 『量度儀圖說』『中星表』『恒星出中入表』 등 남병길의 책과 남병철의 저작인 『儀器輯說』『推步續解』, 그리고 이상혁의 책인 『揆月考』가 함께 묶여 있다.

---

3) 노규래 1984, 위의 논문, 132면.
4) 노규래, 「남병길의 생애와 천문학」, 『한국과학사학회지』 6-1, 1984; 이노국, 「19세기 천문관계서적의 서지적 분석」, 『서지학연구』 22, 2001; 하혜정, 「추사 저작의 판본 연구」, 『사학연구』 87, 2007; 한영규, 「19세기 여항문단과 醫官 洪顯普」, 『동방한문학』 38, 2009 등을 참조하고, 필자가 조사한 내용을 추가하였다.

남병길의 교유 범위는 형인 남병철의 교유 범위와 겹치는 것으로 짐작된다. 그는 당시 학계 및 정계의 주도자였던 박규수(朴珪壽) 등과 교유하였으며,[5] 특히 추사 김정희(金正喜) 문단의 인물들과는 매우 밀접히 교류하였다.

南秉吉은 그의 형인 南秉哲과 함께 조선시대 천문학을 대표하는 세 쌍의 천문학자 가운데 한 사람으로 손꼽힌다.[6] 『七政算內外編』을 함께 저술하며 세종시대의 천문학을 이끈 李純之(1406~1465)와 金淡(1416~1464), 그리고 영·정조대의 천문학 연구를 선도한 徐命膺(1716~1787)과 徐浩修(1736~1799) 부자를 이어, 조선시대 천문학의 마지막을 화려하게 장식한 형제가 남병철과 남병길이었다. 하지만 남병길은 그의 형만큼 주목을 받지 못했고, 그 때문인지 그의 수학 저술에 관한 수학사 방면에서의 연구를 제외하면, 천문학에 대한 연구는 거의 없다고 해도 과언이 아니다.[7]

<표 1> 남병길의 저술 일람

분야	서명	권, 책	편찬 연도
천문학	星鏡	2권2책	1861
	時憲紀要	2권2책	1860
	推步捷例	2권2책	1861
	中星新表	2책	1853
	重修中星表	1책	1864
	春秋日食攷	1책	미상
	恒星出中入表	1책	미상

---

5) 김명호, 『환재 박규수 연구』, 창비, 2008, 565면.
6) 유경로, 「조선시대 3쌍의 천문학자」, 『한국 천문학사 연구』, 녹두, 1999, 255면.
7) 유경로가 한국 천문학사 관련 자료를 영인하여 『韓國科學技術史資料大系: 天文學篇』, 여강출판사, 1986를 출간할 때, 『時憲紀要』, 『量度儀圖說』, 『星鏡』, 『推步捷例』 등에 짧은 해제를 붙인 것이 거의 유일하다.

분야	서명	권, 책	편찬 연도
	太陽更漏表	1책	1867
	量度儀圖說	1책	1855
택일서	選擇紀要	2권2책	1867
	涓吉龜鑑(涓吉雜錄)	2권2책	1867
	算學正義	3권3책	1867
	九章術解	9권2책	1856
	劉氏句股術要圖解	1책	미상
	測量圖解	1책	1858
수학서	緝古演段	1책	1869
	無異解	1책	1855
	數學節要	1책 필사본	미상
	識別齡記注艸	1책 필사본	미상
	玉鑑細艸詳解	1책 필사본	미상

3. 목차 및 내용

[목차]

上篇

　　日躔

　　月離

　　土星

　　木星

　　火星

　　金星

　　水星

　　　　七曜段目
　　　　作曆式
　　　　月食
　　　　帶食
　　下篇
　　　　日食(本法，又法)
　　　　帶食

[내용]

　『推步捷例』의 편집 의도와 다루는 내용의 범위는 남병길이 서문에서
밝히고 있다. 그는, 천체의 운행을 계산하는 방법은 "간단하고 빠르게
구하는 것(簡捷徑求)"을 지향한다고 전제하고, 때문에 역법에서는 "여
러 수표(立成)를 만들어 이를 이용하여 계산을 하는 방법"이 있게 되었
다고 말했다. 그가 『推步捷例』를 편집한 목적이 "수표를 이용하여 간단
하고 빠르게 계산하는 방법을 수립하여 제시하는 것"임을 보여준다.
그는 기존에 만들어진 책을 재정리하고 증보하는 방식으로 『추보첩례』
를 저술하였다. 앞서 보았듯이, 그는 서문에서 "「日食本法」과 「일월오
성의 계산법」을 보충하고, 「七曜段目」과 「作曆式」을 첨가하여 하나의
책을 만들었다."8)고 하였다.
　『推步捷例』는 어떤 목적에 사용하는 책인가? 남병길은 서문에서
"(『推步捷例』의) 印本을 本監(觀象監: 인용자)에 비치하고, 三書와 七政을
修述하는 본보기(模楷)로 삼고자 한다."고 말했다. 여기서 말하는 "三書

---

8) 『推步捷例』序, 1a〜b. "近見日食又法及月食步法數十紙, 未知誰人所作, 而雖不合
　　於立言之體, 詳核纖悉, 不厭重複, 僅能握筭者, 亦可以徇序盡䔍, 乃依其體例, 補成
　　日食本法及日月五星步法, 添入七曜段目及作曆式, 通爲一書, 名曰推步捷例."

와 七政을 修述"한다는 것은 각각 해마다 발행하는 日課曆書와 七政曆書를 편찬하는 것을 의미한다. 또한 『推步捷例』에 수록된 내용들은 검토해보면, 실제로 모두 日課曆書와 七政曆書를 작성하고 일월식을 예보하는 데에 필요한 계산들을 수행하는 방법을 수록하고 있음을 알 수 있다. 바꾸어 말하자면, 『推步捷例』는 관상감 관원들이 매년 역서를 작성하는 데 필요한 계산을 간편하고 빠르게 수행할 수 있도록 그 구체적인 과정과 방법을 적은 계산 매뉴얼이라고 할 수 있다.

때문에 이 책에는 계산 자체의 수학적 원리나 그 계산이 천문학적으로 무엇을 의미하는지에 대한 설명 등은 전혀 없다. 책에서는 목표로 하는 수치를 얻기 위해 어떤 수치와 어떤 수치를 더하고, 빼고, 곱하고, 나누라는 등의 연산의 과정만을 지루할 정도로 반복적으로 서술하고 있다. 때문에 『推步捷例』를 통해서는 수학적 원리나 천문학적 원리를 학습할 수가 없다. 반면 이렇게 간편한 연산 과정만을 반복하게 되면 천문관원들은 근본원리에 대한 이해가 퇴보할 수밖에 없다. 남병길은 이점을 우려하여 서문의 마지막에 다음과 같이 경고하고 있다. "오호라, 이(『推步捷例』: 인용자)는 천문관원이 간편하게 참고할 책일 뿐이다. 실로 오로지 이 책에다만 힘을 쓰고서 할 일을 다 했다고 여긴다면, 얼마 안 되어 回回曆을 담당하는 사람들이 토반(土盤)에다 계산하는 것과 비슷해질 것이니, 책을 쓰는 근본(목적)이 아니다."[9] 『推步捷例』처럼 간편한 계산 매뉴얼만 사용하고 근본적인 원리를 이해하려고 하지 않는다면, 회회력을 담당하는 사람들이 원리는 모른 채 계산만 반복하고 있는 것과 다르지 않게 될 것이라는 뜻이다. 결국 『推步捷例』는 남병길이 觀象監提調로 재직하면서 관상감원들이 이용하기 편한 계산 매뉴얼로 만든 책이다.

---

9) 『推步捷例』序, 1b. "嗟乎, 此不過臺官便覽之資而已, 苟專騖乎此, 以爲足以了事, 則不幾近於回回曆生土盤布筭, 而大非述作之本".

본문을 통독한 후에 내용별로 구분하여 보면『추보첩례』는 대략 다음과 같은 5가지 분야로 구성되어 있다. (1) 칠정의 위치 계산법을 다룬「七政步法」부분(上篇),[10] (2) 合朔弦望, 節氣時刻, 칠정의 會合伏見 등 천체의 상호 위치 계산법과 四餘의 위치 계산법을 다룬「七政段目」부분(上篇), (3) 曆書에 기입하는 神將의 배치와 曆注 작성법을 다룬「作曆式」부분(上篇), (4) 월식의 계산법을 다룬「月食步法」부분(上篇),[11] (5) 일식의 계산법을 다룬「日食步法」부분(下篇 전체).[12]

(1) 칠정의 行度 :「七政步法」

① 태양의 행도 :「日躔」

태양의 행도를 구하는 첫 번째 단계는 (1) 천정동지에서 떨어진 거리(去冬至年根)을 구하는 것이다.『역상고성후편』에 실려 있는「日躔年根表」라는 표에서 목표년의 天正冬至에서 다음날 子正初刻까지의 거리를 찾아 구하여 해당하는 수치를 적는다. (2) 근지점의 연근(最卑年根)을 구한다. 마찬가지로「日躔年根表」에서 찾아서 근지점이 天正冬至에서 다음날 子正初刻까지 떨어진 거리를 얻는다. (3) 목표로 하는 날짜까지의 날수(日數)를 구한다. 이것은「太陽周歲平行表」에서 목표로 하는 날짜의 평균행도(平行)를 찾아 구한다. (4) 근지점의 일동 일수(最卑日數)를 구한다. 마찬가지로「太陽周歲平行表」에서 날짜별 근지점의 행도를 찾아서 구한다. (5) 태양의 (전체) 평균행도(平行)를 구한다. 이것은 앞서 얻어 놓은 冬至年根과 日數를 더하면 된다. (6) 근지점의 평균행도를 구한다. 이것도 앞에서 얻어 놓은 最卑年根과 最卑日數를 더하면 된다. (7) 引數(태양의 궤도상의 위치)를 구한다. 이것은 태양의 평균행

---

10) 「日躔」,「月離」,「土星」,「木星」,「火星」,「金星」,「水星」이 여기에 속함.
11) 상편의「月食」,「帶食」의 항목이 여기에 속함.
12) 하편의「日食」(本法, 又法),「帶食」의 두 항목이 여기에 속함.

도(平行)에서 근지점의 평균행도(最卑平行)를 빼면 된다(위치는 12宮 상의 각도로 나타낸다(引數宮度)). (8) 均數(태양의 궤도상에서 실제운동의 보정치)를 구한다. 앞서 얻은 引數宮度를 가지고 「太陽均數表」에서 해당하는 수치를 찾아 구한다. 표에 나타난 수치와 일치하지 않는 중간값인 경우 中比例法을 써서 중간값을 구한다. (9) 태양의 실질행도(實行)를 구한다. 태양의 평균행도(平行)에서 均數를 더해주거나 빼주어서 구한다(태양의 궤도상의 위치에 따라서 加減이 달라진다). (10) 마지막으로 태양의 별자리 상의 위치(宿次)를 구한다. 태양의 실질행도(實行)에서 計年分을 빼고, 다시 「恒星表」에서 그 값에 해당하는 宿度分을 빼면, 해당하는 별자리(宿次)를 얻는다.

이상의 10단계의 과정을 통해 목표로 하는 해(목표년)의 몇 월 몇 일에 태양이 별자리 상으로 어느 위치(宿次)에 있는지를 계산할 수 있다. 이 과정에서 「日躔年根表」「太陽周歲平行表」「太陽均數表」「恒星表」 등 네 개의 표가 사용된다. 이하 달과 오행성의 위치를 구하는 계산 단계에 대한 서술도, 각 천체들의 운동 특성에 맞는 수치들이 사용되는 점을 제외하면, 수표와 간단한 산술식을 이용하여 수치를 얻어내서 다음 단계의 계산으로 이어지게 되어 있다. 태양과 달의 행도를 구하는 계산은 모두 『曆象考成後編』의 체계에 따르는 것이며, 수표들도 모두 이 책에 있는 표들을 사용한다.

② 달의 행도 : 「月離」

달의 행도를 구하는 계산은 다음과 같다. (1) 달이 천정동지에서 다음날 자정초각까지 떨어진 거리(距冬至年根)을 구한다. 「太陰年根表」에서 목표년의 天正冬至에서 다음날 子正初刻까지의 거리를 찾아 구하여 해당하는 수치를 적는다. (2) 달의 원지점이 천정동지에서 다음날 자정초각까지 떨어진 거리(最高年根)를 구한다. 「太陰年根表」에서 달의 원지점이 목표년의 天正冬至에서 다음날 子正初刻까지의 거리를 찾아 구하여 해당하는 수치를 적는다. (3) 태양 궤도와 달의 궤도의 교차점(正交點)이 천정동지에서 다음날 자정초각까지 떨어진 거리(正交年根)를 구한다. 「太陰年根表」에서 목표년의 天正冬至에서 다음날 子正初刻까지의 거리를 찾아 구하여 해당하는 수치를 적는다. (4) 동지에서 목표로 하는 날짜까지의 일수(距冬至日數)를 구한다. 「太陰周歲平行表」에서 목표로 하는 날짜에 달의 평균행도(平行)를 찾아 구한다. (5) 목표로 하는 날짜까지의 원지점의 이동 일수(最高日數)를 구한다. 「太陰周歲平行表」에서 목표로 하는 날짜에 달의 원지점의 행도(最高行)를 찾아 구한다. (6) 동지에서 목표로 하는 날짜까지의 교점의 이동 일수(正交日數)를 구한다. 「太陰周歲平行表」에서 목표로 하는 날짜에 달의 교점의 평균행도(正交行)를 찾아 구한다. (7) 동지에서 목표로 하는 날짜까지의 달의 평균행도(距冬至平行)를 구한다. 동지에서 떨어진 연근(距冬至年根)과 동지에서 떨어진 일수(距冬至日數)를 더한다. (8) 목표로 하는 날짜까지의 원지점의 평균행도(最高平行)를 구한다. 最高年根과 最高日數를 더한다. (9) 목표로 하는 날짜까지의 교점의 평균행도(正交平行)를 구한다. 正交年根에서 正交日數를 뺀다. (10) 太陽引數를 구한다. 앞서 태양의 행도를 구할 때 얻은 太陽引數를 적는다. (11) 一平均(달 운동의 부등속 요소의 첫 번째 요소)을 구한다. 이는 太陽引數宮度分을 가지고 「太陰一平均表」에서 해당 값을 찾는다. 중간값일 경우 中比例法을 써서 구한다. (12) 원지점의 부등항(最高平均)을 구한다. 이는 太陽引數宮度分을 가지고 「太陰一平均表」의 最高均 항에서 해당 값을 찾는다. (13) 교점의 부등항(正交平均)을 구한다. 마찬가지로 太陽引數宮度分을 가지고 「太陰一平均表」의 正交均 항에서 해당 값을 찾는다. (14) 二平行을 구한다. 달의 평균행도(平行)에서 첫 번째 부등항인 一平均을 加減한다. (15) 用最高를 구한다. 원지점의 평균행도(最高平行)에서 원지점의 부등항인 최고평균을 加減한다. (16) 用正交를 구한다. 교점의 평균행도(正交平行)에서 교점의 부등항인 正交平均을 加減한다. (17) 태양실행을 구한다. 앞서 태양의 행도를 구할 때 얻어 놓은 태양의 실질행도(實行)를 적는다. (18) 月用最高 값을 둔다. 앞서 얻은 달의 用最高 값을 적는다. (18) 用正交 값을 둔다. 앞서 얻은 用正交 값을 적는다. (19) 태양과 달의 원지점 사이의 거리(日距月最高)를 구한다. 태양의 실질행도(太陽實行)에서 달의 用最高를 뺀다. (20) 태양과 달의 교점 사이의 거리(日距正交)를 구한다. 太陽實行에서 用正交를 뺀다. (21) 立方較를 구한다. 太陽引數宮度分을 가지고「日距地立方較表」에서 해당 값을 찾아 적는다. (22) 달 운동의 부등항 가운데 두 번째 보정치인 二平均을 구한다. 日距月最高宮度를 가지고「太陰二平均表」에서 해당 값을 찾아 적는다. (23) 달 운동 부등항 가운데 세 번째 보정치인 삼평균을 구한다. 日距正交宮度分을 가지고「太陰三平均表」에서 해당 값을 찾아 적는다. (24) 幷平均을 구한다. 二平均과 三平均의 값을 서로 더하거나 빼서 二三平均의 총량을 구한다. (25) 用平行을 구한다. 一平均을 보정한 달의 평균행도(二平行)에서 幷平均을 加減한다. (26) 원지점의 실질 보정항(最高實均)을 구한다. 日距月最高宮度分을 가지고「太陰最高均表」에서 해당 값을 찾아 적는다. (27) 원지점의 실제 위치(實最高)를 구한다. 用最高에서 最高實均을 加減한다. (28) 달의 주궤도와 지구와의 거리(本天心距地)를 구한다. 日距月最高宮度分을 가지고「太陰本天心距地表」에서 해당 값을 찾아 적는다. (29) 지구와의 거리 중 작은 값(距地小數)을 구한다. 本天心距地가 兩心差의 중간값(中數兩心差) 550505보다 크면, 550505를 쓰고, 이보다 작으면 433190을 쓴다. (30) 지구와의 거리의 차(距地較)를 구한다. 本天心距地에서 距地小數를 뺀다. (31) 앞에서 구한 實最高를 놓는다. (32) 달의 궤도상의 위치에서 부등항을 적용하기 위해 月引數를 구한다. 用平行에서 實最高를 뺀다. (33) 初均을 적용할 기준위치(初均本位)를 구한다. 本天心距地의 수치를 감안하여 月引數宮度分을 가지고「太陰初均表」의 小均數 혹은 中均數 항에서 해당 값을 찾아 적는다. (34) 초균을 적용할 다음 위치(初均次位)를 구한다. 本天心距地의 수치를 감안하여 月引數宮度分을 가지고 「太陰初均表」의 中均數 혹은 大均數 항에서 해당 값을 찾아 적는다. (35) 초균의 차(初均較)를 구한다. 初均次位에서 初均本位를 뺀다. (36) 달의 해당 위치에서의 보정할 첫 번째 부등항인 初均을 구한다. 距地半較 117315를 제1항(一率)으로, 距地較를 제2항(二率)로, 初均較를 제3항(三率)로 놓고 (비례식을 풀어) 제4항(四率)을 구한다. 그런 다음 初均本位와 서로 더한다. (37) 初實行을 구한다. 用平行에서 初均을 뺀다. (38) 日實行을 둔다. 태양 운동에서 구한 太陽實行을 적는다. (39) 태양과 달의 거리(月距日) 값을 둔다. 初實行에서 日實行을 뺀다. (40) 달의 해당 위치에서의 보정할 두 번째 부등항인 二均을 구한다. 월거일궁도분을 가지고 「太陰二均表」에서 해당 값을 찾아 적는다. (41) 二均의 보정치를 가감한 실질행도(二實行)를 구한다. 初實行에서 二均을 加減한다. (42) 태양과 달의 실제거리(實月距日)를 구한다. 月距日에서 二均을 加減한다. (43) 日最高를 놓는다. 태양행도를 구할 때 얻은 最卑平行에 6宮을 가감하여 얻는다. (44) 태양과 달의 원지점 사이의 거리(日月最高相距)를 구한다. 實最高에서 日最高를 뺀다. (45) 태양과 달의 실제거리(實月距日)을 놓는다. 앞에서 구한 實月距日을 적는다. (46) 總數를 구한다. 實月距日과 日月最高相距를 더한다. (47) 달의 해당 위치에서 보정할 세 번째 부등항인 三均을 구한다. 직전에 얻은 總數宮度分을 가지고 「太陰三均表」에서 해당 값을 찾아 적는다. (48) 三實行을 구한다. 이실행에서 三均을 加減한다. (49) 달의 해당 위치에서 보정할 네 번째 부등항인 末均을 구한다. 앞서 구한 日月最高相距宮度를 가지고 「太陰末均表」에서 표의 양변에 있는 實月距日宮度와 縱橫으로 만나는 값을 찾아, 그 줄(本行)과 다음 줄(次行)의 값을 서로 뺀다. (50) 달의 백도상의 실질행도(白道實行)을 구한다. 三實行에서 末均을 뺀다. (51) 정교의 부등항(正交實均)을 구한다. 日距正交宮度分을 가지고 「太陰正交實均表」에서 해당 값을 찾아 적는다. (52) 正交의 실제 값(實正交)을 구한다. 用正交에서 正交實均을 加減한다. (53) 白道實行을 놓는다. 앞서 구한 백도실행 값을 적는다. (54) 달과 正交의 거리(月距正交)를 구한다. 白道實行에서 實正交를 뺀다. (55) 交角加分을 구한다. 월거정교궁도분을 가지고 「교각가분표」에서 해당 값을 찾아 적는다. (56) 황도와 백도의 교각(黃白大距)를 구한다. 所距限 4°59′35″에 交角加分을 더하여 얻는다. (57) 升度差를 구한다. 月距正交宮度分을 가지고 「黃白升度差表」에서 해당 값을 찾는다. 먼저 升度差를 얻은 다음에, 較秒를 얻고, 交角大較 1065를 一率로, 交角加分을 秒로 바꾼 값을 二率로, 較秒를 三率로 놓고, 비례식을 이용하여 四率을 구한다. 이 값에 애초의 升度差를 더한다. (58) 緯를 구한다. 月距正交宮度分을 가지고 「黃白距緯表」에서 해당 값을 찾는다. 먼저 距緯를 얻고, 다음으로 較分을 얻어서, 교각대교 1065를 一率로, 交角加分을 秒로 바꾼 값을 二率로, 較分을 秒로 바꾼 값을 三率로 놓고, 비례식을 이용하여 四率을 구한다. 이 값을 애초에 구한 距緯와 더한다. (59) 달이 위치하는 별자리(宿次)를 구한다. 黃道實行에서 計年分을 빼고, 「恒星表」에서 그 값에 해당하는 宿度分을 빼주어 얻는다.

이상에서와 같이 달의 위치를 계산하기 위한 전체 59단계의 계산과정을 낱낱이 서술하였다. 달은 매우 불규칙한 운동을 하기 때문에 계산 단계가 태양보다 복잡하고 달 운동의 부등항을 보정하기 위한 여러 수표들이 사용된다. 달 운동의 계산 과정에서는 「太陰年根表」 「太陰周歲平行表」 「太陰年根表」 「太陰一平均表」 「日距地立方較表」 「太陰二平均表」 「太陰三平均表」 「太陰最高均表」 「太陰本天心距地表」 「太陰初均表」 「太陰三均表」 「太陰末均表」 「太陰正交實均表」 「黃白升度差表」 「黃白距緯表」 「恒星表」 등 16종의 표가 사용된다. 태양의 경우와 마찬가지로, 달의 행도를 구하는 계산은 모두 『曆象考成後編』의 체계에 따르며, 사용하는 수표들도 모두 이 책에 수록된 것들을 사용한다.

③ 행성의 행도 : 「土星」「木星」「火星」「金星」「水星」

앞서 언급하였듯이 행성의 행도 계산은 모두 『曆象考成』의 체계를 따르며, 사용하는 수표들도 모두 이 책에 들어 있다. 먼저 토성의 경우, (1) 距冬至年根 (2) 最高年根 (3) 正交年根 (4) 距冬至日數 (5) 最高日數 (6) 正交日數 (7) 距冬至平行 (8) 最高平行 (9) 正交平行 (10) 値距冬至平行 (11) 引數 (12) 初均 (13) 中分 (14) 初實行 (15) 置太陽實行 (16) 星距日次引 (17) 次均 (18) 較分 (19) 加差 (20) 實次均 (21) 本道實行 (22) 置初實行 (23) 距交實行 (24) 升度差 (25) 黃道實行 (26) 星距黃道線 (27) 星距地心線 (28) 星距正弦 (29) 緯 (30) 宿次의 총 30단계의 계산 과정을 거쳐서 목표로 하는 날짜에 토성의 별자리 상의 위치를 얻어낸다. 계산의 과정에는 「土星年根表」「土星周歲平行表」「土星均數表」「土星升度差表」「土星距黃道表」「土星距地表」「恒星表」 등 7개의 표가 사용된다. 달의 경우와 비슷하게 먼저 토성의 각종 연근 수치를 얻고, 목표로 하는 날짜까지의 日數를 정한 다음에, 토성의 평균행도, 원지점의 평균행도, 교점의 평균행도를 구하고, 여기에 引數나 均數 같은 부등속 운동의 보정항을 적용하는 방식으로 진행된다.

목성의 경우, (1) 距冬至年根 (2) 最高年根 (3) 正交年根 (4) 距冬至日數 (5) 最高日數 (6) 正交日數 (7) 距冬至平行 (8) 最高平行 (9) 正交平行 (10) 値距冬至平行 (11) 引數 (12) 初均 (13) 中分 (14) 初實行 (15) 置太陽實行 (16) 星距日次引 (17) 次均 (18) 較分 (19) 加差 (20) 實次均 (21) 本道實行 (22) 置初實行 (23) 距交實行 (24) 升度差 (25) 黃道實行 (26) 星距黃道線 (27) 星距地心線 (28) 星距正弦 (29) 緯 (30) 宿次의 총 30단계의 과정이 토성의 경우와 완전히 일치한다. 계산에 토성의 수표 대신 목성의 수표를 사용하는 것만 다르다. 토성과 목성이 외행성으로서 운동특성이 동일하기 때문에 운행을 계산하는 과정 또한 동일한 것이다.

화성의 경우, (1) 距冬至年根 (2) 最高年根 (3) 正交年根 (4) 距冬至日數

(5) 最高日數 (6) 正交日數 (7) 距冬至平行 (8) 最高平行 (9) 正交平行 (10) 値距冬至平行 (11) 引數 (12) 初均 (13) 次輪心距地 (14) 本天次輪半徑 (15) 置太陽引數 (16) 太陽高卑差 (17) 次輪實半徑 (18) 總 (19) 較 (20) 總對數 (21) 較對數 (22) 初實行 (23) 置太陽實行 (24) 星距日次引 (25) 全周減餘 (26) 半外角 (27) 半外角正切 (28) 半較角正切 (29) 半較角 (30) 次均 (31) 本道實行 (32) 距交實行 (33) 升度差 (34) 黃道實行 (35) 星距黃道線 (36) 次均正弦 (37) 次輪實半徑對數 (38) 星距日正弦 (39) 星距地心線 (40) 黃道線對數 (41) 次輪心距地對數 (42) 視緯正弦 (43) 緯 (44) 宿次의 총 44단계의 계산을 거친다. 이 가운데 제12단계((12) 初均)까지는 토성, 목성과 같지만 그 이후는 화성에만 고유한 궤도 운동 때문에 목성이나 토성과 다른 계산이 필요하다. 『曆象考成』에서 행성들의 궤도는 주궤도인 本天과 주전원 궤도인 次輪의 결합으로 이루어지는 점은 공통이다. 하지만 화성의 경우, 다른 행성들의 궤도와 달리 本天의 반경이 다른 행성의 그것에 비해 작고, 次輪의 반경이 다른 행성들의 그것에 비해 크다. 『曆象考成』에 따르면, 화성의 次輪 반경은 本天 반경의 약 6/10 정도나 된다. 이 때문에 화성에서는 次輪의 운동이 중요하고, 그에 따른 화성의 위치 변화를 고려하는 계산이 필요하게 되어 제13단계에서부터 목성이나 토성과 다른 계산 과정이 필요하다. 그러나 계산의 최종 목표는 같아서 화성이 특정한 날짜에 어느 별자리의 몇 도에 위치하는가를 얻어내는 것이다.

금성의 경우, (1) 距冬至年根 (2) 最高年根 (3) 伏見年根 (4) 距冬至日數 (5) 最高日數 (6) 伏見日數 (7) 距冬至平行 (8) 最高平行 (9) 伏見平行 (10) 正交平行 (11) 置距冬至平行 (12) 引數 (13) 初均 (14) 中分 (15) 初實行 (16) 初均 (17) 伏見實行 (18) 次均 (19) 較分 (20) 加差 (21) 實次均 (22) 黃道實行 (23) 置初實行 (24) 距交實行 (25) 置伏見實行 (26) 距次交實行 (27) 星距黃道線 (28) 星距地 (29) 距地差 (30) 星距日正弦 (31) 緯 (32) 宿次의 총 32

단계의 계산을 거친다. 금성과 수성은 지구 궤도의 안쪽에 있는 내행성이기 때문에 태양과의 위치에 따라 궤도상을 움직이는 과정에서 보이지 않거나(伏) 보이는(見) 변화를 보인다. 따라서 궤도상의 위치를 알았다고 하더라도 이것이 보이는가 보이지 않는가를 결정하는 계산이 더 필요하다. 금성과 수성은 伏見의 기준점을 알고, 이 지점의 움직임을 감안하는 伏見年根, 伏見平行, 伏見實行 등의 계산이 필요하다.

수성의 경우, (1) 距冬至年根 (2) 最高年根 (3) 伏見年根 (4) 距冬至日數 (5) 最高日數 (6) 伏見日數 (7) 距冬至平行 (8) 最高平行 (9) 伏見平行 (10) 正交平行 (11) 置距冬至平行 (12) 引數 (13) 初均 (14) 中分 (15) 初實行 (16) 初均 (17) 伏見實行 (18) 次均 (19) 較分 (20) 加差 (21) 實次均 (22) 黃道實行 (23) 置初實行 (24) 距交實行 (25) 置伏見實行 (26) 距次交實行 (27) 實交角 (28) 星距黃道線 (29) 星距地 (30) 距地差 (31) 星距日正弦 (32) 緯 (33) 宿次의 전체 33단계의 계산을 거친다. 수성의 경우는 제27단계에서 實交角을 구하는 것만 제외하면, 금성의 경우와 순서가 완전히 일치한다. 交角은 주전원인 次輪의 면과 황도면이 이루는 각도를 말한다. 금성과 달리 수성에서 특히 이 교각을 고려해야 하는 이유는, 수성의 교각이 次輪心의 위치에 따라 달라지기 때문이다. 반면 금성의 궤도 교각은 일정하다.

(2) 천체의 위치관계와 일출입 및 합삭의 계산: 「七政段目步法」

칠정 각각의 위치를 계산하는 방법을 「七政步法」에서 서술하였다면, 이 부분의 서술은 칠정의 상호 위치 관계를 파악하는 계산법을 한 곳에 모아 서술한 것이다. 태양에 대하여 日出入時刻과 晝夜時刻을, 달에 대해서 合朔弦望과 交宮時刻을, 五星에 대하여 다른 천체와의 위치 관계에 따라 나타나는 合退伏衝時刻, 晨夕伏見時刻, 同度時刻 등을, 네 가지 가

상천체인 四餘에 대해서는 그 위치를 계산하는 방법을 서술하였다. 구체적인 항목을 살펴보면, 「求合朔弦望時刻」 「求交宮時刻」 「求節氣時刻」 「求月離正升斜升橫升」 「求土木火三星合伏時刻(退衝附)」 「求金水二星合伏時刻」 「求金水二星合退伏時刻」 「求五星同度時刻」 「求土木火三星晨夕伏見段目」 「求土木火三星晨夕伏見限度」 「求金水二星晨夕伏見段目」 「求金水二星晨夕伏見限度」 「求月字宿度」 「求羅睺宿度」 「求計都宿度」 「求紫氣宿度」 「求七政高卑行度目錄」 등이다. 전체적으로 목표로 하는 값을 구하기 위해 사용하는 기본 수치와 단계별로 계산 방법을 자세하게 제시하는 서술을 취했다는 점은 앞서의 「七政推步」에서의 방식과 동일하다.

『推步捷例』의 이 부분의 서술은 『七政步法』(奎12508)에서 각기 다른 곳에 흩어져 있던 내용을 한 곳에 취합한 형태로 되어 있다. 먼저 「日躔」 항목에 이어 서술된 節氣時刻, 節氣用時, 日出入晝夜時刻을, 「月離」 항목에 이어 서술된 合朔弦望, 交宮時刻, 正升斜升橫升을, 수성의 위치 계산 다음에 열거된 행성의 合伏時刻, 退衝時刻, 晨夕伏見限度, 五星交宮時刻, 五星同度時刻 등을, 또한 四餘의 위치를 계산하는 방법에 대한 서술인 推四餘法 등을 한 곳에 모은 것이다.

(3) 曆注의 작성법: 「作曆式」

이 부분의 내용은 日課曆에 曆注를 기입할 때 사용되는 각종의 神將과 그 배치 규칙을 서술한 것이다. 서두에는 年神立成이라고 하여 年神方位圖에 들어가는 신장들의 배치 규칙을 서술하고 있다. 먼저 歲支의 배열 순서를 따르는 太歲, 歲破(大耗), 大將軍, 劫殺, 灾殺, 歲殺, 伏兵, 大禍, 大殺, 歲刑, 奏書, 博士, 力士, 蠶室, 蠶官, 蠶命, 喪門, 太陰(弔客), 官符(畜官), 白虎, 病符, 死符(小耗), 黃幡, 豹尾, 飛廉, 五鬼 등 26개의 신장이 있고, 歲干의 배열 순서를 따르는 世德, 歲德合, 金神, 破敗五鬼 등 4개 신장

으로 총30개의 신장이 있다.

이어서 동일한 年次에도 불구하고 上元, 中元, 下元에 따라 九星圖에서 年白의 구성이 달라지는 규칙을 보여주는 三元年白을 서술하였고, 각 월의 九星圖의 배열규칙인 三元月白은 萬年書를 참고하라고 하였다. 이 어 각 절기별 日出入時刻을 大寒부터 시작하여 小寒까지 나열하였다. 定 太陽出入에서는 네 계절별 해가 뜨고 지는 방위를 표시하였다. 그 외 주택 수리의 길흉을 8가지로 나타낸 五姓修宅의 연차별 배열 규칙, 九 星圖, 각 월별 피해야 할 날짜(彼中忌辰錄), 정월의 첫 번째 辰日에 해당 하는 龍治水, 월초에 辛日이 어디에 있는지를 보고 가뭄 여부를 판단하 는 得辛, 입춘과 입추 후의 제5 戊日을 찾는 二社 등에 대한 서술이 있 고, 寒食, 三伏, 臘日, 氣往亡, 上朔, 反支, 長星, 短星, 周堂, 月忌, 塡實祿空 등 특정한 날짜 및 그 날을 관장하는 신장에 대해 각종 禁忌와 吉凶을 판단하는 방법을 수록하였다.

(4) 월식 계산법: 「月食步法」

『추보첩례』 상편에 있는 「月食步法」은 월식을 계산하는 방법을 서 술한 것이다. 달이 황백도의 교점에 들어가 望이 되는 實望實時를 구하 는 과정을 서술한 推入交及實望實時에서 시작하여 (1) 一求 實望用時 (2) 二求 食甚實緯食甚時刻 (3) 三求 食分 (4) 四求 初虧復圓時刻 (5) 五求 食旣生 光時刻 (6) 六求 食甚太陰黃道經緯宿度 (7) 七求 食甚太陰赤道經緯宿度 (8) 八 求 月食方位까지 목표로 하는 결과를 얻는 과정을 계산 단계별로 자세 히 서술하였다. 이어서 권차나 항목 구분 없이 推帶食分秒及方位라고 하여 지평선 부근에서 일어나는 월식인 月帶蝕에 관한 내용을 추가하 였다. 월식의 계산 과정에서 월식관측의 기준점으로 조선 한양의 北極 出地度(위도) 37°39′15″를 사용하고 있는 점이 확인된다.[13]

(5) 일식 계산법: 「日食步法」

『推步捷例』下篇의 「日食步法上」에서는 일식 계산법을 다루고 있다. 월식 계산의 경우와 마찬가지로 태양이 황백도의 교점에 들어가 삭이 되는 實朔實時를 구하는 과정을 서술한 推入交及實朔實時에서 시작하여 (1) 一求 實朔用時 (2) 二求 食甚實緯及食甚用時 (3) 三求 地平高下差及日月視徑 (4) 四求 食甚太陽黃赤經緯宿度及黃赤二經交角[14]까지 서술하였다. 여기에 서술된 一求에서 四求까지의 계산은 일식 계산의 기본방법인 本法, 약식 계산법인 又法, 지평선부근의 일식인 帶食에 모두 공통적으로 적용되는 기초 계산이다. 이하에서는 이 세 가지 방법에 각기 적용되는 계산 단계를 나누어 서술하였다.

『推步捷例』에서는 五求 이하의 서술에 대해 항목을 나누어 먼저 「日食步法下 本法」을 서술하고, 「日食步法下 又法」을 서술하였다. 또한 「日食步法下 又法」의 뒤에 부록으로 「日食又法 附錄」라는 항목을 설정하여 "各自乘開方別法", 즉 제곱근과 직각삼각형의 계산법을 두 면에 걸쳐 서술하였다. 마지막으로 「日食步法 帶食」에서 다시 지평선 부근의 일식 계산법을 五求 이하의 계산 단계에 대해 서술하였다. 물론 대식의 계산도 本法과 又法으로 나뉜다.

日食本法에 대한 五求 이하의 서술은 「日食步法下 本法」에 있는데, 그 내용은 다음과 같다. (5) 五求 食甚設時對兩心視相距角 (6) 六求 設時兩心視相距及眞時赤經高弧交角 (7) 七求 食甚考定眞時及食分 (8) 八求 初虧前設時兩

---

13) 『推步捷例』上篇, 「月食步法」, 13a.

14) 이 계산 과정에 사용된 황적도 경사각의 값(黃赤大距)는 23°27′이다. 그런데 『추보첩례』의 해당 면의 欄外에 적은 註를 보면 "壬子以前取二十三度二十九分"으로 되어 있어서 1852년부터 조선에서는 이 수치를 적용한 것으로 생각된다. 이미 『儀象考成續編』(1845年刊)에서부터 청조에서는 23°27′을 사용한 것으로 알려져 있는데, 그렇다면 조선에서는 수년 후에야 새로운 수치를 일월식 계산에 적용했다고 해석할 수 있다.

心視相距 (9) 九求 初虧後設時兩心視相距初虧眞時 (11) 十一求 復圓前設時兩心視相距15) (12) 十二求 復圓後設時兩心視相距復圓眞時 (10) 十求 初虧考定眞時 (13) 十三求 復圓考定眞時 (14) 十四求 方位及總時. 각 계산 단계에서는 앞 단계에서 얻은 수치를 다시 사용하거나 구면삼각법을 이용하여 미지의 요소를 얻어내는 등 단계별 계산을 자세히 서술하는 점은 다른 부분의 서술과 동일하다. 이상의 14단계(세부적인 단계까지 합치면 1백 수십 단계에 이름)의 계산을 통해 일식이 시작되고 끝나는 시각, 방위, 지속시간, 식분 등 일식에 관한 다양한 정보들을 얻어낸다.

日食又法에 대한 五求 이하의 서술은 「日食步法下 又法」에 있는데, 그 내용은 다음과 같다. (5) 五求 食甚近時 (6) 六求 食甚眞時 (7) 七求 食甚考定眞時及食分 (8) 八求 初虧近時 (11) 十一求 復圓近時 (9) 九求 初虧眞時 (12) 十二求 復圓眞時 (10) 十求 初虧考定眞時 (13) 十三求 復圓考定眞時 (14) 十四求 初虧復圓方位及食限總時.

帶食에 대한 서술은 「日食步法 帶食」에 있다. 여기에서는 四求 이후의 계산에 대하여 앞서 서술한 本法과 又法의 각 계산 단계에서 帶食에 소용되는 요소들만 뽑아서 계산하는 단계를 서술하였다. 때문에 太陽赤道緯度正切을 구할 때는 四求에서 얻은 食甚太陽赤道緯度를 가지고 표를 찾아서 얻는다거나 食甚用時로는 二求에서 얻은 食甚用時를 사용한다는 등의 서술을 볼 수 있다. 대식의 계산에서 (1) 置太陽赤道緯度正切 (2) 置北極高度 (3) 卯酉前後赤道度正弦 (4) 卯酉前後道度 (5) 日出入時分 (6) 置食甚用時 (7) 帶食距時 (8) 置斜距對數較 (9) 帶食距弧對數 (10) 帶食距弧 (11) 置太陽赤道緯度餘弦 (12) 置北極高度正弦 (13) 帶食赤經高弧交角餘弦 (14) 帶食赤經高弧交角 (15) 置赤白二經交角 (16) 帶食白經高弧交角까지 16단계의 계산은 本法과 又法에서 동일하게 적용된다. 이후 本法과 又法

---

15) 十求의 계산은 뒤의 十三求와 연결되어 十一求가 먼저 나왔다.

으로 나누어 食分, 交角, 食方位 등을 각각 구한다. 한편, 帶食에서 食甚
이 안 보이는 경우에는 食甚을 구할 필요 없이 곧바로 初虧復圓用時를
구하게 되는데, 이에 관한 계산법이 마지막에 "直求初虧復圓用時"라는
항목에 실려 있다.

4. 의의 및 평가

『推步捷例』에 서술된 천체운동의 계산법은 1654년(효종5)부터 조선
의 공식 역법으로 채용되어 1896년 태양력을 사용하기 전까지 지속적
으로 사용되어 온 時憲曆의 계산법에 서술한 것이다. 『推步捷例』에 서
술된 천체운동 계산법은 태양과 달의 경우와 오행성의 경우로 나누어
볼 수 이는데, 태양과 달은 『曆象考成後編』(1741)에서 제시된 방법을
사용하지만, 오행성의 경우에는 그보다 이전에 성립한 『曆象考成』
(1723)에서 제시된 방법을 사용한다. 남병길이 이렇게 일월과 오성에
대해 서로 다른 체계의 계산법을 『추보첩례』에 수록하게 된 것은, 청
조에서 18세기 중반까지 어려차례 개정을 통해 이 두 체계의 계산법
을 확립하자, 이것을 조선에서 수용했기 때문이다.

조선에서는 특히 영정조 시기에 『역상고성』과 『역상고성후편』 체
계를 완벽하게 이해하기 위해 많은 노력을 기울였고, 1760년대부터는
이 두 체계를 청조와 마찬가지로 능숙하게 운용할 수 있게 되었다. 조
선에서 『역상고성』과 『역상고성후편』을 습득하고 적용하려는 장기간
의 노력의 결실이자, 정조 대에 도달한 천체운동 계산법에 대한 완전
한 이해를 보여주는 것이 1789년에 성립한 『七政步法』(奎12508)이라는
책이다. 이 책은 태양과 달의 운동에 관해서는 『역상고성후편』의 체

계를 적용하고, 오행성의 운동에 대해서는 『역상고성』의 체계를 적용
한 계산법을 수록하고 있다. 『七政步法』에서는 이와 같은 사정에 대해
서 다음과 같이 말하고 있다.

> "태양과 달의 운동은 戴進賢(Ignatius Kögler, 1680~1746)의 新
> 表(『역상고성후편』을 의미)를 사용하고 옹정계묘년 천정동지를
> 역원으로 하며, 오성에 대해서는 梅瑴成의 舊表(『역상고성』을 의
> 미)를 사용하고 강희 갑자년의 천정동지를 역원으로 한다. 대진현
> 의 법은 태양과 달 운동과 일월식에만 사용하며, 오성에는 사용하
> 지 않는다."16)

『七政步法』 이후에도 천체운동의 계산법에 대한 변화는 없었는데,
이 때문에 『推步捷例』에도 태양과 달의 운동에 대해서는 『역상고성후
편』 체계를, 그리고 오행성에 대해서는 『역상고성』의 체계를 사용한
계산법을 수록하게 되었다. 나아가 『추보첩례』에는 계산에 사용되는
많은 수표들을 언급하고 있는데, 태양과 달에 대한 계산에서는 『역상
고성후편』에 수록된 표가, 오성에 대한 계산에서는 『역상고성』에 수
록된 표가 사용되는 것은 당연하다.

〈해제 : 전용훈〉

---

16) 『七政步法』 2a. "日躔月離用戴進賢新表, 以雍正癸卯天正冬至爲元, 五星用梅瑴成
舊表, 以康熙甲子天正冬至爲元, 蓋戴法止于躔離交食, 而未及五星也."

참 고 문 헌

1. 단행본

유경로, 『한국천문학사연구』, 녹두, 1999.

橋本敬造, 「曆象考成の成立」, 藪內淸・吉田光邦, 『明淸時代の科學技術史』, 京都: 京都大學人文科學硏究所, 1970.

2. 논문

노규래, 「南秉吉의 생애와 천문학」, 『한국과학사학회지』 6-1, 1984.

이노국, 「19세기 천문관계서적의 서지적 분석」, 『서지학연구』 22, 2001.

하혜정, 「추사 저작의 판본 연구」, 『사학연구』 87, 2007.

한영규, 「19세기 여항문단과 醫官 洪顯普」, 『동방한문학』 38, 2009.

橋本敬造, 「橢圓法の展開」, 『東方學報』 京都 42, 1972.

『현상신법세초유휘(玄象新法細草類彙)』

분 류	세 부 내 용
문 헌 종 류	천문역산서
문 헌 제 목	현상신법세초유휘(玄象新法細草類彙)
문 헌 형 태	금속활자(韓構字) 인쇄본
문 헌 언 어	漢文
간 행 년 도	1710년(肅宗 36)
저 자	許遠
형 태 사 항	총 97張, 乾이 서문 2장을 포함하여 43張, 坤이 54張
대 분 류	과학서
세 부 분 류	천문역산학(天文曆算學)
소 장 처	서울대학교 규장각한국학연구원
개 요	허원이 청에서 배운 시헌력 계산법을 정리한 서적.
주 제 어	세초(細草)

1. 문헌제목

『현상신법세초유휘(玄象新法細草類彙)』

2. 서지사항

규장각 한국학연구원 소장본이다(奎 5021-v.1-2, 奎 6976-v.1-2 / 奎

5265-v.1-2). 전체 2冊으로, 책의 크기는 30.7×19cm이고, 匡郭은 四周單邊, 半葉匡郭은 22.6×14.5cm, 11行 22字이다. 표지의 서명은 '細草類彙'이다.

[저자]

17세기 중반 時憲曆의 도입 이후 조선후기 천문역산학의 전개 과정은 시헌력 체제를 수용·정착하고 그 원리와 계산법을 습득하기 위한 고단한 여정이었다. 『西洋新法曆書』에 기초한 시헌력 체제에 대한 완전한 이해는 17세기 말까지 이루어지지 않았다. 숙종 10년(1684) 崔錫鼎(1646~1715)은 다음과 같이 말했다.

> "曆法의 推算은 天學의 말단의 일이지만 깨달아서 밝게 알고 있는 사람도 또한 드뭅니다. 大統曆이 변해서 時憲曆이 되었는데, 觀象監에서는 겨우 모방해서 추보할 수 있을 뿐이며, 七政曆에 이르러서는 한결같이 대통력의 규례에 의거하고 있을 뿐 시헌력의 방법을 사용하지 않습니다."[1]

이는 17세기 후반까지도 시헌력에 대한 완전한 이해가 이루어지지 않았음을 보여준다. 위에서 최석정이 언급한 칠정력에 대한 관심과 함께 『서양신법역서』 체계를 습득하기 위한 본격적 노력이 경주된 것은 1700년대 초반부터였다.[2] 숙종 27년(1701) 관상감에서 동지사가

---

1) 『承政院日記』305冊, 肅宗 10년 9월 17일(庚辰). "承旨崔錫鼎曰, 曆法推算, 乃天學之末事, 而通曉者亦鮮. 大統曆變爲時憲曆, 觀象監僅能摸倣推步, 而至於七政曆, 一依大統之規, 而不用時憲之法, 月之大小及閏月, 與行用三曆, 多有不同, 其爲駁雜, 甚矣. 申飭本監, 使之學習推算, 以爲漸行修明之地, 何如."
2) 전용훈, 『조선후기 서양천문학과 전통천문학의 갈등과 융화』, 서울대학교 대학원 협동과정 과학사 및 과학철학 전공 박사학위논문, 2004, 제1부 제1장 참조.

중국에 갈 때 관상감의 관원을 파견하여 칠정을 추보하는 방법을 배우게 하고 관련 서적을 구해올 수 있게 해 달라고 건의하여 이를 시행한 것이 그 시작이었다.[3]

실제로 조선 조정에서는 관상감 관원인 金尙范을 중국에 파견하여 시헌력의 원리를 배우고자 하였으나 수년에 걸쳐 얻은 것은 日躔과 月離의 대강에 지나지 않았고, 七政의 行度에 대한 계산법과 日月 交食의 계산술은 습득하지 못하였다.[4] 이와 같은 상황은 許遠이 김상범의 뒤를 이어 숙종 31년(1705) 겨울에 연경에 파견될 때까지 계속되었다.[5]

허원의 증언에서도 알 수 있듯이 日躔과 月離에 대한 불완전한 방법[日躔月離未盡之法]을 계속 사용하다 보니 이때에 이르러 오차가 심해져 大月과 小月에 갑자기 착오가 발생하는 사태가 벌어졌던 것이다. 그것이 바로 1705년 역서의 11월과 12월의 大小가 淸國曆과 朝鮮曆에 서로 다르게 기재된 사건이었다.[6] 사건의 단초는 그 이전부터 보였다.

숙종 30년(1704) 12월에 관상감에서 乙酉年(1705) 淸曆과 鄕曆을 비교

---

3) 『肅宗實錄』卷35, 肅宗 27년 7월 19일(甲辰), 34ㄱ(39책, 603쪽-영인본 『朝鮮王朝實錄』, 國史編纂委員會의 책수와 쪽수. 이하 같음). "觀象監言, 節使赴燕時, 請擇本監官員聰敏解事者同往, 尋問曉解曆法之人, 學其七政推步之術, 且貿其方書以來. 從之." ; 『承政院日記』398冊, 肅宗 27년 7월 19일(甲辰). "自甲午爲始, 我國家亦以時憲法, 推算印布, 而至於七政行度, 則時憲法, 未能學得, 且無方書之可以推步. 以此之故, 近來行用……."

4) 『細草類彙』序, 「玄象新法細草類彙序」, 1ㄱ~ㄴ(3~4쪽 『韓國科學技術史資料大系』(天文學篇 9), 驪江出版社, 1986의 쪽수. 이하 같음). "玆故粵在我廟朝乃命觀象監官員僉知金尙范, 北學多年, 其法所得者, 惟日躔月離之梗槩而已. 至於七政行度之法, 二曜交食之術, 未之有得. 十年去來, 委骨異域, 自是之後, 循用日躔月離未盡之法矣."

5) 『細草類彙』序, 「玄象新法細草類彙序」, 1ㄴ(4쪽). "訖于近年, 漸至違誤, 月之大小, 遽有舛錯. 歲乙酉冬, 朝廷特令臣遠, 以踵尙范故事, 臣遠受命而往燕京, 從欽天曆官何君錫, 盡得兩曆法推步之術, 多種文法書冊, 貿覓無遺, 而事係禁秘, 金水年根, 日躔高衝, 及交食推解之法, 猶有所未盡學得."

6) 『肅宗實錄』卷42, 肅宗 31년 6월 10일(壬寅), 5ㄴ(40책, 159쪽). "先是, 今乙酉曆書旣成, 淸國曆書出來, 則十一月十二月大小, 與之相左……."

해 본 결과 대소월이 서로 어긋났다. 청력에서는 11월이 대월이고 12월이 소월이었는데, 향력에서는 11월이 소월이고 12월이 대월이었다. 이 때문에 청력에서는 대한이 12월 6일이었는데, 향력에서는 12월 7일이었고, 청력에서는 입춘이 12월 21일이었는데 향력에서는 12월 22일이어서 하루씩 차이가 났다. 이에 관상감에서는 해당 作曆官을 일단 구금하고 천문학겸교수와 관상감의 여러 관리들로 하여금 회동하여 추산하게 함으로써 시비를 가리고자 하였다.[7] 관상감에서는 산술에 능한 관원 7명과 천문학겸교수 2명에게 검토해 보게 한 결과 종전의 계산에 문제가 없었다고 보고하였다. 淸曆이 정밀한 것 같은데 어떤 방법을 썼기에 이와 같은 차이가 생겼는지 실로 알 수 없으며, 曆家의 '算數'는 日月蝕에 징험해 보는 경우가 많은데 현재로서는 '證質'할 방도가 없고, 여러 관원들이 계산한 것과 이전의 曆官들이 계산한 것에 차이가 없으니 해당 관원들을 석방하자고 건의했던 것이다.[8]

그러나 이 문제는 관상감에서 年根 수치를 잘못 기재함으로써 발생한 것으로 판명되었다. 이 사건의 처리 과정에서 정부는 잘못을 범한 관상감원들을 처벌하는 한편 허원을 연경에 파견하여 역법을 배워오

---

7) 『承政院日記』422冊, 肅宗 30년 12월 11일(丁丑). "觀象監官員, 以提調意啓曰, 來乙酉淸鄕, 今方考準, 而大小月相左, 淸十一月大, 十二月小, 鄕則十一月小十二月大. 以此之故, 大寒淸十二月初六日, 鄕初七日, 立春淸同月二十一日, 鄕二十二日, 進退之差, 至於一日, 誠爲可駭. 當該作曆官, 姑爲囚禁, 更令天文學兼敎授及本監諸員, 會同推算, 以定是非, 何如. 傳曰, 允."

8) 『承政院日記』422冊, 肅宗 30년 12월 17일(癸未). "又以觀象監官員, 以提調意啓曰, 來乙酉年曆, 淸十一月大, 十二月小, 鄕十一月小, 十二月大. 淸鄕大小月相左, 故作曆當該官, 今方囚禁, 而更令本監算術精明者七人, 竝與天文兼敎授二員, 眼同相覈磨鍊, 則十一月之小, 十二月之大, 終始相符矣. 淸曆似當精密, 而用何法, 致有如是之不同, 實未可曉也. 槪曆家算數, 多驗日月之食, 故本監諸官, 衆口如一, 而言曰, 時憲算數, 淸鄕通行, 其來久矣. 自甲午至于今日, 五十年許, 用此法, 而月之大小, 無不脗合矣. 獨於今年, 有乖常法, 而他無證質之方, 目今諸官之所推, 與前曆官, 無少差謬, 則當該官, 合有寬恕之道, 姑爲放釋, 以責來效, 何如. 傳曰, 允."

게 하였다. 허원은 연경에서 흠천감의 역관 何君錫에게서 七政行度와
日月交食에 대한 추보법[兩曆法推步之術]을 모두 익히고 여러 종류의 서
책을 남김없이 구입하고자 하였으나 목적을 완전히 이루지는 못했
다.[9] 왜냐하면 역법과 관계된 일은 법령이 금하고 있는 비밀스러운
일이었기 때문이다. 허원은 당시에 금성과 수성의 年根[金水年根], 태양
의 원지점과 근지점[日躔高衝], 일월식의 계산법[交食推解]에 대해서는
완전히 배우지 못했다고 회고하였다.[10]

이에 허원은 하군석과의 서신 왕래를 통해 1705년부터 1713년까지
의 年根을 획득하였고,[11] 이를 바탕으로 숙종 32년(1706)에는 관상감
에서 "시헌력의 七政法을 이제 다행히 배워 와서 낱낱이 풀어내어 이
미 모두 推算하였다"고 자부할 수 있는 정도에 이르렀다.[12] 실제로 이
듬해인 숙종 33년(1707)에 관상감에서는 이제 시헌력의 신법을 빠짐
없이 배워 와서 淸曆과 조금도 차이가 없으니 『七政曆』을 반행해야 한
다고 하면서 그에 필요한 종이를 마련하는 문제를 거론하였다. 이때
관상감의 주장은 다음과 같았다.

"觀象監 官員이 提調의 뜻으로 啓하여 말하였다. 本監이 맡은 바

---

9) 許遠이 숙종 32년(1706) 사행에서 돌아오면서 曆算과 관련된 여러 서책을 얻어
  서 가져 왔고, '日月五星初面推步之法'을 배워 왔다고 한 것은 이러한 사정을
  설명한 것이다[『承政院日記』429冊, 肅宗 32년 4월 20일(丁未). "又所啓, 曆法大
  小月不同, 皇曆與我國曆, 多有差違處矣. 本監官許遠入彼時, 得來諸件書冊, 其文艱
  奧, 非比他文, 而許遠, 能學得日月五星初面推步之法, 出來後, 自本監一一推算, 今
  始盡爲解出矣."]
10) 『細草類彙』序,「玄象新法細草類彙序」, 1ㄴ(4쪽).
11) 『增補文獻備考』卷1, 象緯考 1, 曆象沿革, 6ㄴ(上, 19쪽-영인본 『增補文獻備考』,
  明文堂, 1985(3版)의 책수와 쪽수. 이하 같음). "故以書往復於欽天監敎籌者何君
  錫, 則又以乙酉至癸巳年根書送."
12) 『肅宗實錄』卷44, 肅宗 32년 10월 27일(辛亥), 31ㄴ(40책, 235쪽). "時憲七政法,
  今幸學來, 一一解出, 已盡推算."

는 授時의 일입니다. 그 법이 정밀하여 반드시 天度와 합치한 후에
야 백성들이 쓰기에 앞서 개발할 수 있게 됩니다. 그런데 大統曆이
변해 時憲曆이 된 甲午年(효종 5년, 1654)間부터 비록 이미 배워 왔
지만 그 심오함은 얻지 못하여 매번 서로 어긋나게 되었습니다.
七政曆에 이르러서는 50여 년이란 오랜 기간 동안 경영했지만 그
법을 알지 못해 오히려 大統曆을 사용하고 있으니, 한 나라에 두
개의 역법이 있는 것이어서 事體에 매우 미안합니다. 이제 時憲曆
新法의 오묘함을 빠짐없이 배워 와서 금년의 淸曆과 鄕曆을 비교해
보건대 分刻도 어긋남이 없으니, 七政曆도 생각건대 또한 이와 같
을 것이니 불가불 금년부터 반행해야 할 것이다."13)

그러나 이때의 칠정 계산법은 하군석이 보내준 年根에 근거한 것이
므로 1713년 이후의 계산에서는 다시 문제가 발생할 수 있었다. 이에
관상감에서는 하군석이 죽기 전에 연근법의 원리를 강구해야 한다고
하면서 다시 허원을 동지사행에 참여시켜 줄 것을 요청하였다.14) 이
요청이 받아들여져 허원은 숙종 34년(1708) 겨울에 다시 연경을 방문
하였고, 이로써 막중한 改曆의 일을 경영한 지 60여 년 만에 완료할 수

---

13) 『承政院日記』434冊, 肅宗 33년 2월 27일(庚戌). "觀象監官員, 以提調意啓曰, 本
監之所掌, 乃授時之事也. 其法精密, 必合天度而後, 可以爲前民用, 而一自大統之
變爲時憲, 甲午年間, 雖已學來, 而未得其奧, 每致相左. 至於七政曆, 經營五十餘年
之久, 不知其法, 尙用大統, 故一國二法曆, 其在事體, 極爲未安矣. 今者時憲新法之
妙, 無遺學來, 以今年淸鄕曆觀之, 則分刻不爽, 七政曆, 想亦如此, 不可不自今年頒
行……."
14) 『承政院日記』443冊, 肅宗 34년 6월 20일(乙丑). ; 『備邊司謄錄』, 戊子六月二十
日. ; 『增補文獻備考』卷1, 象緯考 1, 曆象沿革, 6ㄴ~7ㄱ. "所謂年根, 乃作曆之
宗法, 無此則布籌者, 無從下手. 癸巳以後, 實無推計之路, 日月食時刻分秒, 每多違
候, 必及何君錫未死之前, 學得也. 請用乙酉年例, 前頭冬至使行時, 更送許遠, 卒究
其所謂年根法以來, 似爲得宜. 從之."

있게 되었다.15) 실제로 이때 허원은 金星과 水星의 年根, 일월식법 등을 참고할 수 있는 책자를 구입해 왔고, 당시 사행단은 『戎軒指掌』, 『儀象志』, 『精義賦』, 『詳義賦』, 『七十二候解說』, 『流星撮要』 등의 책자와 천문의기인 日星定晷·日影輪圖 등을 구입하였을 뿐만 아니라 『天文大成』, 『天元曆理』 등의 책과 일월식을 관측할 때 필요한 遠鏡16)도 구입하였다.17) 당시 이 업무를 주도했던 허원과 首譯 李後勉은 그 공을 인정받았다.18)

후대의 각종 문헌에서 숙종 34년(1708)에 觀象監 推算官 허원이 燕京에 가서 欽天監에서 『時憲(法)七政表』를 구매하여 돌아왔고, 이후 계산에서 이것을 준용함으로써 비로소 時憲曆 五星法을 사용하게 되었다고

---

15) 『細草類彙』序, 「玄象新法細草類彙序」, 1ㄴ(4쪽). "又於戊子冬, 再往而覓求, 莫重改曆之擧, 經營六十餘年, 今幸完了."

16) 遠鏡을 이용하여 '日中黑子'를 관측한 예는 영조 46년(1770) 기록에서 확인된다 [『承政院日記』 1303冊, 英祖 46년 4월 5일(壬子). "上曰, 觀象監官員, 使之入來, 賤臣引入. 上曰, 日中見黑子, 何如. 對曰, 遠鏡見之, 則初見太陽上面, 有五黑子, 終見太陽下面, 有七黑子, 其本方如此矣. 上曰, 圭日眼鏡, 何如黑漆乎. 對曰, 見萬里矣. 上曰, 其造作, 何如. 對曰, 幾於一間, 本末皆着琉璃中, 又有琉璃紅鏡半間, 白鏡一間, 大鏡見之則色黃, 小鏡見之則色赤矣."].

17) 『承政院日記』 第447冊, 肅宗 35년 3월 23일(甲午). "又所啓, 因觀象監草記, 本監官員許遠, 別爲入送, 而管運餉銀二百兩, 亦出給矣. 所謂金水星年根未透處及日月蝕法, 可考諸冊, 幸得貿來, 而竝與中間通言人所給情債, 其數爲一百兩. 欽天監人, 又送言以爲, 尙有他冊可買者, 欲買則當許賣云. 故卽使之錄示其冊名, 則乃是戎軒指掌·儀象志·精義賦·詳儀[祥異]賦·七十二候解說·流星攝要及日星定晷·日影輪圖兩器也. 此皆我國所未見者, 故盡爲貿之, 而此外天文大成·天元曆理等書, 亦頗要緊, 且日月蝕測候時, 所用遠鏡, 每每借來於閭家云. 故亦皆貿得以來, 餘銀尙爲四十兩五錢, 故歸時還置於管運餉矣. 雖涉煩瑣, 而初出於朝命, 故敢此仰達."

18) 『承政院日記』 462冊, 肅宗 37년 9월 5일(辛卯). "又所啓, 因閔鎭厚所達, 買冊時, 觀象監官員許遠及首譯李後勉, 不無宣力之勞, 參酌施賞事, 令廟堂稟處矣. 李後勉今已作故, 而不可無論賞之典, 加資雖或過重, 竝爲參酌施賞, 何如. 上曰, 參酌施賞, 可也." ; 『備邊司謄錄』 壬辰(숙종 38)二月十二日. "譯官李後勉, 觀象監官員許遠, 以上兩人, 戊子節行, 因觀象監草記, 天文大成·天元曆理等冊貿來時, 不無宣力之勞." ; 『承政院日記』 469冊, 肅宗 38년 6월 29일(辛巳) ; 『承政院日記』 477冊, 肅宗 39년 4월 10일(丁巳).

한 것은[19] 이상과 같은 일련의 상황을 종합해서 서술한 것이다.

숙종 36년(1710)[20]에 허원은 하군석과의 문답을 통해 획득한 각종 지식을 정리하여 책으로 엮었다. 그것이 바로 『細草類彙(玄象新法細草類彙)』다. 허원은 이 책에 역법과 관련한 핵심 내용들을 모두 수록하였으므로 曆家에게 매우 긴요한 책이며, 앞으로 역관들이 이 책을 참조하면 '茫然自失'하는 폐단이 없을 것이고 책을 펼치면 손바닥을 가리키는 것처럼 분명히 알 수 있을 것이라고 자부하였다. 앞으로 200년 동안은 曆日과 交食의 오류가 없을 것이고 천체의 운행과 조금도 차이가 없을 것이라는 확신은 이 같은 자신감의 발로였다. 허원은 이 책이 '欽若敬授'의 정치에 크게 도움을 줄 수 있으리라 여겼던 것이다.[21]

이후에도 시헌력의 세부적 계산법을 배우기 위한 조선 정부의 노력은 계속되었다. 그 대표적 사례가 숙종 39년(1713) 五官司曆이 조선에 왔을 때 그를 통해 역산법을 배우기 위한 노력이었다. 당시 허원은 오관사력에게서 中星法의 의심스러운 부분과 의기의 사용법을 모두 배웠

---

19) 『增補文獻備考』卷1, 象緯考 1, 曆象沿革, 6ㄴ(上, 19쪽). "肅宗三十四年, 始用時憲曆五星法. 觀象監推筭官許遠入燕京, 購時憲法七政表于欽天監以還, 乃推步遵用." ; 『國朝曆象考』卷1, 曆法沿革, 3ㄴ(360쪽-영인본 『書雲觀志·國朝曆象考』, 誠信女子大學校 出版部, 1982의 쪽수. 이하 같음). "肅宗三十四年, 始用時憲曆五星法. 曆官許遠入燕, 購時憲七政表于欽天監以還, 乃推步遵用." ; 『書雲觀志』卷2, 治曆, 2ㄴ(78쪽). "肅宗戊子, 曆官許遠入燕, 購時憲七政表于欽天監, 推步遵用."

20) 허원이 작성한 「玄象新法細草類彙序」의 말미에는 작성 시점이 "上之三十七年庚寅六月哉生明"으로 되어 있는데, 숙종 37년(1711)은 '辛卯'년이고, '庚寅'년은 숙종 36년(1710)이다.

21) 『細草類彙』序, 「玄象新法細草類彙序」, 1ㄴ∼2ㄱ(4∼5쪽). "盖此法艱劇, 授受之際, 隨端問答, 或以片札, 或以小紙者有之, 故合成卷軸, 名之曰細草類彙. 日月五星次舍衝照, 交食凌犯, 順逆遲疾, 南北經緯, 太陽之出入進退, 以星求時, 以時求星等術, 莫不畢載. 此書之於曆家, 猶之工師之準繩規矩, 舍此則無以立象成器. 今星翁曆官執筭而臨之, 無茫然自失之弊, 開卷卽得瞭如指掌. 從今以往二百年之間, 庶不復曆日交食之註誤, 而與天行纖忽不爽矣. 其於欽若敬授之政, 所補豈淺淺哉."

으며, 역법에 소용되는 算法과 『三角形擧要』를 등서해 왔다고 한다.[22]
숙종 40년(1714)에는 관상감 제조였던 趙泰耇(1660~1723)가 금년에
청에 파견하는 節使를 통해 '天文要緊書' 10여 책을 구입해 오고자 한다
고 하였다.[23] 실제로 허원은 당시의 節行에서 오관사력과 질정하였고
『日食補遺』 등의 서책과 測算器械 6종, 서양 자명종을 얻어 왔다.[24]

경종 원년(1721)부터 청에서는 역법의 세부 내용을 개정하여 조선
에 일식과 월식[日月交食]의 分數를 咨文으로 보냈다. 그것의 정확도를
시험하고자 했던 것이고, 조선 정부는 이에 대해 回咨해야 했다. 관상
감에서는 이 기회를 이용해 관원을 청에 파견해서 개정한 역법의 내
용과 새로 간행된 책을 구하고자 하였다. 예컨대 일식이 발생했을 때
태양의 食分을 육안 관측을 통해 확인하기는 어렵고 그것을 측량할 수
있는 기구가 필요했다. 관상감에서는 경종 2년(1722)의 謝恩使 행차에
허원을 파견해서 이와 같은 목적을 달성하고자 했던 것이다.[25] 허원
에게 부여되었던 핵심적 임무는 曆註와 日月食 개정 내용을 파악하는
것이었다. 관상감에서는 그에 필요한 비용으로 전례에 따라 運餉銀

22) 『備邊司謄錄』, 癸巳八月初一日.
23) 『承政院日記』486冊, 肅宗 40년 10월 23일(辛卯). "藥房入侍時, 提調趙泰耇所啓,
今年節使之行, 觀象監官員許遠入送事, 前已定奪矣. 天文要緊書十餘冊, 欲爲買
來……." ; 『備邊司謄錄』, 甲午十月二十三日.
24) 『肅宗實錄』 卷56, 肅宗 41년 4월 18일(癸未), 3ㄱ~ㄴ(40책, 549쪽).
25) 『承政院日記』541冊, 景宗 2년 6월 12일(乙丑). "又以觀象監官員, 以提調意(言)啓
曰, 曆法之疎密, 驗之於日月交食, 故虧圓分數及時刻, 如有秒忽相差於算法, 則隨
差隨改, 以期合於天行, 乃治曆明時之法也. 一自大統變爲時憲之後, 已過九十有五
年, 天道有積漸之差, 其理固然. 彼中改正其差, 交食分數, 自上年出送咨文於我國,
欲驗其合與不合, 凡治國必以曆法, 爲王政之先務, 因此幾會, 仍送曉解曆法者, 學
得其改正之法, 求得其改刊之書, 且日光閃爍, 其虧缺分秒, 非肉目可見. 彼中有測
量食分之妙器, 而於曆家, 有工師之準繩規矩也. 兼得此器然後, 可以細測圖形, 而
回咨於彼中, 今番謝恩使之行, 以此意添入於咨文中, 使本監官許遠, 隨往覓來, 何
如. 傳曰, 允."

200兩을 지급하고 남는 것은 本庫에 還納하게 하자고 건의하였다.[26] 아울러 외국에서 역법을 만드는 것은 법으로 금하고 있으니 청의 예부에 자문을 보내[移咨] 요청하지 말고 사행원으로 하여금 五官司曆에게 문의하게 하고, 측량 기구[測器]와 역법에 관련된 책은 개인적으로 구입해 오도록 분부하는 것이 좋겠다는 의견을 개진하였다.[27]

당시 사행에서 허원은 '水銃'을 구해 왔다. 그것은 화재를 진압하는 도구였던 것으로 보인다. 경종 3년(1723) 5월 허원이 구해온 소화기 수총을 睿覽한 후에 제조해서 大內에 들이고, 아울러 각 軍門에도 비치하도록 분부할 것을 요청하는 관상감의 건의가 있었다.[28] 수총의 쓰임새가 요긴하다고 판단했던 것이다. 7월에는 訓鍊都監의 監官 鄭弼漢이 허원과 함께 상의해서 수총을 제작하여 진상했다.[29] 같은 해 9월

---

26) 『承政院日記』 546冊, 景宗 2년 10월 14일(丙寅). "又以觀象監官員, 以提調意啓曰, 本監, 以曆註及日月食釐正事, 今於謝恩兼冬至使之行, 定送監官許遠之意, 旣已草記入啓, 允下矣. 其算法受授之際, 回咨呈納之時, 彼中人情面幣之刁蹬, 其勢必然, 曾前有運餉銀二百兩給送之例, 今亦依前出給, 使臣句管, 如有用餘, 還納本庫事, 分付, 何如? 傳曰, 允."

27) 『承政院日記』 546冊, 景宗 2년 10월 20일(壬申). "又以觀象監官員, 以領事意啓曰, 曾因本監草記, 入送本監官員許遠於使行, 求得曆法測器等物, 移咨禮部事, 定奪矣. 第念外國造曆, 乃是禁法, 移咨請得, 太無忌諱, 若自彼中, 有執頉之擧, 則恐有意外生事之患, 移咨一款, 姑爲安徐, 依前塡以使行原役中一窠入送, 求見五官司曆, 測器曆法等可觀書冊, 私自購得以來, 實合事宜, 以此分付, 何如. 傳曰, 允."

28) 『承政院日記』 554冊, 景宗 3년 5월 26일(甲辰). "又以觀象監官員, 以提調意啓曰, 監官員許遠, 以曆法釐正事, 入往彼中, 得西洋人所造水銃爲名之器而來, 此乃能救火災者也. 其用頗緊, 睿覽後, 製造以入, 亦令各軍門造置之意, 分付, 何如. 傳曰, 允."; 『景宗實錄』 卷12, 景宗 3년 5월 25일(癸卯), 14ㄴ(41책, 294쪽). "觀象監啓, 請製西洋國水銃器, 上從之. 本監官員許遠, 入往燕中得來, 乃救火災者也. 仍令各軍門造置, 地部以經用匱乏, 請待年豐, 上亦許之."

29) 『承政院日記』 556冊, 景宗 3년 7월 15일(壬辰). "沈仲良, 以訓鍊都監言啓曰, 因觀象監草記, 有本監官員許遠所得來西洋人水銃, 令軍門造置之命矣. 都監監官鄭弼漢, 與許遠相議監董, 依樣造成, 爲備睿覽, 封進之意, 敢啓. 傳曰, 知道." 영조 원년(1728)에는 摠戎廳에서 수총 1坐를 제작해서 봉진하였다[『承政院日記』 602冊,

에는 허원이 북경에 갔을 때 貿來한 『天元玉曆賦(=天元玉曆祥異賦)』를 封進하도록 할 것을 요청하는 李肇(1666~1726)의 건의가 있었다. 관상감의 관원 세 사람이 사비를 들여서 이 책을 간행하여 관상감에 비치했는데 전례에 따라 睿覽할 필요가 있다고 보았기 때문이다.[30]

영조 7년(1731)에는 정종의 능인 厚陵의 傍穴을 간심한 민진원이 상소를 올렸는데, 그 가운데 泛鐵의 제작과 관련한 문제에 대한 발언이 있었다. 그에 따르면 근래에 관상감의 은퇴한 관원인 許遠이 '地平定南之器械'를 새로 제조했다고 한다. 그것은 지남철을 사용하지 않고 해그림자만을 취해 남북을 정하는 기구로 그 방법이 매우 정밀했다고 한다.[31] 아마도 지평일구와 정남일구를 활용한 기구로 보인다.

허원은 숙종 41년(1715) 副司果(종6품)에, 숙종 43년(1717) 忠壯將에, 숙종 46년(1720)에는 다시 副司果에 임명되었다.[32] 사행 시의 공로를 인정해서 加資한 이후에 軍職에 부치고 그대로 관상감에 근무하게 했던 것으로 보인다.[33] 허원은 영조 2년(1726)에 大浦僉使에 임명되었

英祖 원년 10월 11일(乙亥). "又以摠戎廳言啓曰, 年前觀象監官員許遠, 求得西洋人水鏡[銃]以來, 而伊時有造置軍門之命矣, 臣使所帶監官具台柱, 監董依樣制造, 故水鏡[銃]一坐, 爲備睿覽封進之意, 敢啓."].

30) 『承政院日記』558冊, 景宗 3년 9월 4일(庚辰). "又進曰, 臣待罪觀象監, 故敢此仰達矣. 近來天文測候之方踈闊, 本監官員許遠, 赴北京時, 貿來天元玉曆賦, 成於大明仁宗皇帝朝, 有御製序文. 本監官員三人, 以私力刊出, 將留置本監, 旣置本監, 則宜經睿覽. 且前者司譯院, 以私刊冊子封進, 今此天元玉曆賦, 亦依此例封進, 何如. 上曰, 依爲之."

31) 『承政院日記』723冊, 英祖 7년 5월 18일(庚辰). "若以諸地師所佩之鐵, 緩急不一, 有難的知, 則近聞觀象監老退之官名許遠者, 新造地平定南之器械, 不用指南鐵, 只取日影, 以定南北, 其法極定云. 若以此法, 先定南北, 然後引繩而準之, 則癸丑之犯與不犯, 可以立辨矣." ; 『英祖實錄』卷29, 英祖 7년 5월 18일(庚辰), 28ㄴ(42책, 256쪽?).

32) 『承政院日記』487冊, 肅宗 41년 1월 23일(庚申) ; 『承政院日記』503冊, 肅宗 43년 7월 2일(甲寅) ; 『承政院日記』521冊, 肅宗 46년 1월 4일(辛未).

33) 『承政院日記』688冊, 英祖 5년 7월 2일(乙巳). "又以觀象監官員, 以提調意啓曰

다.[34] 역법과 역서를 구해 온 공로로 종3품의 무관직까지 승진했던 것이다.[35] 숙종대에서 영조대에 걸친 허원의 사행 활동과 그 성과를 도표로 정리하면 아래와 같다.

〈표 1〉 許遠의 使行 활동

	사행명	기간	습득 曆算 내용	貿來 書籍·儀器
1차	謝恩兼 冬至使	숙종31년 (1705) 숙종32년 (1706)	兩曆法推步之術 日月五星初面推步之法 乙酉至癸巳年根書 (乙丙兩年正月初一日縷子一張)	諸件書册 石本日影 模寫
2차	冬至使	숙종34년 (1708) 숙종35년 (1709)	金水星年根未透處及日月蝕法 時憲法七政表	戎軒指掌·儀象志·精儀賦· 詳儀(祥異)賦·七十二候解 說·流星攝要及日星定晷· 日影輪圖兩器, 天文大成·天元曆理, 遠鏡
		숙종36년 (1710)	『細草類彙(玄象新法細草類彙)』 편찬	
		숙종39년 (1713)	五官司曆의 방문, 儀器와 算法	『三角形擧要』 등서
3차	節使 (冬至使)	숙종40년 (1714) 숙종41년 (1715)	五官司曆과 質正	日食補遺·交食證補·曆草 騈枝等合九册, 測算器械六種, 西洋自鳴鍾
4차	謝恩使 (謝恩陳	경종2년 (1722)	曆註와 日月食	水銃, 『天元玉曆祥異賦』(?)

…… 肅廟朝監官員許遠加資之後, 亦爲付軍職, 仍仕本監矣." ; 『承政院日記』703 册, 英祖 6년 3월 25일(癸巳). "趙顯命, 以觀象監官員, 以都提調意啓曰, 本監官員, 入往彼中, 覓得曆法者, 仁廟朝尹爐及肅廟朝許遠, 加資後, 竝爲特付副司果, 仍仕 本監矣."

34) 『承政院日記』617册, 英祖 2년 5월 21일(壬子).

35) 『承政院日記』988册, 英祖 21년 7월 16일(丙戌). "在前本監官員許遠, 以購來曆法 之功, 至除僉使."

	사행명	기간	습득 曆算 내용	貿來 書籍·儀器
	奏兼 冬至使)	경종3년 (1723)		

3. 목차 및 내용

[목차]

『현상신법세초유휘』의 목차는 아래와 같다. 목차의 구성이 깔끔하게 통일되어 있지는 않지만 전체적으로 볼 때 新法日食細草類彙, 新法月食細草類彙, 新法七政細草, 日躔細草類彙 등으로 구성되어 있다고 볼 수 있다.

新法日食假令

康熙三十一年壬申歲正月初一日辛亥朔日食分秒時刻并起復方位

(新法日食細草類彙終) 〈7張〉

新法月食細草

八．求視望

九．求月距黃緯

十．求經距較數

十一．求食分

十二．求所食時刻 〈6張〉

新法月食假令

康熙三十四年乙亥歲十月十五日甲辰夜望月食分秒時刻并起復方位

（新法月食細草類彙終）〈4張〉

卷下(坤)

日躔細草

筭日月五星

土木二星細草〇土星用土星表〇木星用木星表

金星細草

水星細草

推火星細草

推月離細草 〈이상 17張〉

推節氣

二十四節氣加減分

推日躔細行交各節氣本日

推合朔弦望

推合朔弦望時刻法

推太陰交宮法

推五星順行交宮法〇以下俱是有三十秒進分減不連秒減

五星退行交宮法

推五星合伏時刻法

推五星合退伏時刻法○五星與太陽衝時刻法，同如五星遇順者，照前合伏時刻法

推五星順行同度時刻法

推五星逆行同度時刻法

推五星一順一逆同度時刻法

取五星順退伏留同度衝等法

求月升法○以朔日月宮度定

求日躔月離次年年根法

求月離年根法

(新法七政細草終)〈이상 25張〉이상이 별도의 1권

推測時刻○註曆，是以上年冬至初度起註，安到次年正月立春幾度，卽得日出入
時刻

晨見夕見晨不見夕不見法

取五星順退伏留同度衝等法

求月孛羅睺計都入宿法

(日躔細草類彙終)〈이상 14張〉

金星紀年

水星紀年

推時求星

星求時

天文科筭中星法

星求時

時求星

(細草類彙終) 〈이상 29張〉 이상이 별도의 1권

[내용]

　『細草類彙(玄象新法細草類彙)』는 숙종 36년(1710) 허원이 何君錫과의 문답을 통해 획득한 각종 曆算 지식을 정리해서 엮은 책이다. 허원은 이 책에 역법과 관련한 핵심 내용들을 모두 수록하였으므로 曆家에게 매우 긴요한 것이며, 앞으로 역관들이 이 책을 참조하면 '茫然自失'하는 폐단이 없을 것이고 책을 펼치면 손바닥을 가리키는 것처럼 분명히 알 수 있을 것이라고 자부하였다. 앞으로 200년 동안은 曆日과 交食의 오류가 없을 것이고 천체의 운행과 조금도 차이가 없을 것이라는 확신은 이 같은 자신감의 발로였다. 그는 이 책이 '欽若敬授'의 정치에 크게 도움을 줄 수 있으리라 여겼던 것이다.

　『세초유휘』는 역서 제작에 필요한 실용적·기술적 지식을 정리한 매뉴얼이다. 따라서 이 책에서는 우주론이나 천문학의 이론적 문제에 대한 논의를 전혀 수록하지 않았고, 각종 천체 현상에 대한 계산 과정과 계산의 실례를 제시하였다. 新法日食細草, 新法月食細草, 日躔細草를 비롯한 新法七政細草[日躔細草·月離細草·土木二星細草·金星細草·水星細草·火星細草]는 일식과 월식, 일월오행성의 천체 운행을 계산하는 과정을 서술한 것이고, 新法日食假令과 新法月食假令은 특정한 날의 일월식을 계산하는 사례를 제시한 것이다. 예컨대 新法日食假令은 康熙 31년(1692, 숙종 31) 1월 1일에 발생한 일식의 分秒時刻과 起復의 방위를, 新法月食假令은 강희 34년(1695, 숙종 34) 10월 15일에 발생한 월식의 분초시각과 기복의 방위를 계산한 사례이다.

　기존의 연구에서 언급한 바 있는 「일전세초」의 계산 절차를 소개하면 아래와 같다.[36)]

① 年根 구하기 : 1권의 二百恒年表에서 특정 해의 分秒를 찾아 적는다[一格年根. 在一卷二百恒星表內, 某年下分秒錄之, 卽得. 有三十微進一秒].

② 日數 구하기 : 1권의 周歲平行表에서 특정 날까지의 일수를 찾아 적는다[二格日數. 在一卷周歲平行表內, 某日的日數錄之, 卽得. 有三十度進一宮用. ○六十度進二宮. ○三百度進十宮. 他倣此三十微進一秒].

③ 平行[평균행도] 구하기 : 연근에 일수를 더하여 얻는다. 30도에 1궁씩 진행한다[三格平行. 是置年根, 加上日數, 卽得. ○有三十度進一宮, 六十分進一度. ○度分秒, 俱滿十進].

④ 高衝[원지점] 구하기 : 1권의 표에서 특정 해의 高衝度分秒를 얻고 일수에 해당하는 秒를 더하여 얻는다[四格高衝. 是將一卷表內, 某年下高衝度分秒, 又加某日數下的秒, 卽得].

⑤ 引數 구하기 : 평행에서 구한 宮度分秒에서 高衝을 빼서 얻는다[五格引數. 是置平行宮圖分秒, 減去高衝, 卽得].

⑥ 均輪 구하기 : 인수의 宮度分을 가지고 2권의 加減差表를 찾아간다. 0궁에서 5궁까지는 표의 상층에 있는 度分을 순서대로 찾고, 6궁에서 11궁까지는 표의 하층에 있는 도분을 역순으로 찾는다[六格均數. 是以引數的宮度分, 去査二卷加減表, 空宮至五宮, 順査表上層的度分, 六宮至十一宮, 逆査表下層的度分, 査定置多減少餘者, 用零分乘之, 餘數本位, 多者減之, 少者加之, 卽得].

⑦ 細行[실질행도] 구하기 : 평행에서 균수를 더하거나 빼서 얻는다[七格細行. 是置上平行, 或加或減均數, 卽得. ○要看均數傍加減號].

⑧ 宿度[별자리 상의 위치] 구하기 : 세행에서 매년 51초를 빼간

---

36) 전용훈, 『한국 천문학사』, 들녘, 2017, 230~231쪽. 실제의 계산법은 소개된 것보다 좀 더 복잡하기 때문에 [ ]안에 원문을 제시하였다.

다[八格宿. 是置上細行數目, 又減去每年五十一秒. ○自己巳年筭起,
共多少年, 用五十一秒乘之, 乘畢, 以秒收分, 共得幾十, 幾分減之.
○餘又去按一卷表內, 黃道距宿鈐, 足減某宿者減之, 卽得].[37]

위의 계산법에 등장하는「二百恒年表」,「周歲平行表」,「加減差表」등은
『서양신법역서』에 수록되어 있는 것이다.[38] 요컨대 『세초유휘』에는
각종 계산을 위해 『서양신법역서』에서 필요한 수치를 찾는 방법과 그
것을 계산하는 방법에 대해 논하고 있는 것이다.

4. 의의 및 평가

허원이 편찬한 『玄象新法細草類彙』는 관상감 관원들에게 필요한 역
법 계산[曆算]의 실용적 기술을 정리한 일종의 매뉴얼로 볼 수 있다.
이는 시헌력의 수용 과정에서 조선의 관상감 관원들이 수행했던 고단
한 역법 계산술의 수용 과정을 보여주는 저술이기도 하다. 시헌력은
그 원리와 계산법을 담고 있는 역산서의 변화에 따라 『西洋新法曆書』
단계, 『曆象考成』단계, 『曆象考成後編』단계로 크게 대별할 수 있고, 그
사이에도 세세한 변화와 개정이 몇 차례 있었다. 湯若望法[湯法], 梅瑴成
法[梅法], 戴進賢法[戴法, 또는 喝法]으로 부르기도 한다.

---

37) 『細草類彙』卷2, (新法七政細草),「日躔細草」, 1ㄱ〜ㄴ(91〜92쪽).
38) 『新法算書』卷25, 日躔表 1,「歷元後二百恒年表」, 20ㄱ〜31ㄴ(788책, 402〜407쪽
    -영인본『文淵閣 四庫全書』, 臺灣商務印書館, 1983의 책수와 쪽수. 이하 같음) ;
    『新法算書』卷25, 日躔表 1,「太陽周歲平行表」, 48ㄱ〜69ㄴ(788책, 416〜426쪽)
    ;『新法算書』卷26, 日躔表 2,「日躔加減差表」, 1ㄱ〜12ㄱ(788책, 431〜436쪽).

	시행 시기	曆元		이론적 근거	수정 내용
天聰戊辰 元法	1645~1664 1669~1725	1628 (天聰 2)	湯若望法	『西洋新法曆書』	
康熙甲子 元法	1726~1741	1684 (康熙 23)	梅瑴成法	『曆象考成』	황도경사각 수정(23도29분)
雍正癸卯 元法	1742~1911	1723 (雍正 1)	戴進賢法	『曆象考成後編』	日躔, 月離, 交食에 케플러의 타원궤도 적용 카시니의 관측치와 천문상수를 이용 (噶西尼法)

  조선의 관상감에서는 정확한 曆算을 위해 이러한 변화에 발 빠르게 대처해야만 했다. 그 과정에서 새로운 역산서와 천문관측 기구들이 도입되었다. 『현상신법세초유휘』는 『역상고성』단계의 梅法을 수용하기 위한 노력의 결과물로 볼 수 있다. 그 이후에도 조선에서는 청의 역법 개정에 따라 새로운 계산술을 습득해야 했고, 그것을 매뉴얼 형식의 책으로 편찬하기도 했다. 徐浩修와 金泳 등이 정조 22년(1798) 噶法의 계산 방법을 정리한 『七政步法』이나 南秉吉이 철종 12년(1861)에 『칠정보법』을 보완하여 편찬한 『推步捷例』는 그 대표적 사례에 속한다. 따라서 『현상신법세초유휘』에서 『칠정보법』을 거쳐 『추보첩례』에 이르는 역사적 계승 관계에 주목할 필요가 있다.

〈해제 : 구만옥〉

참 고 문 헌

1. 사료

『韓國科學技術史資料大系 天文學篇』 9, 驪江出版社, 1986.

2. 단행본

전용훈, 『한국 천문학사』, 들녘, 2017.

3. 논문

구만옥, 「肅宗代(1674~1720) 天文曆算學의 정비」, 『韓國實學硏究』 24, 韓國實學學會, 2012.

「성세추요증의(盛世芻蕘證疑)」

분 류	세 부 내 용
문 헌 종 류	조선서학서
문 헌 제 목	성세추요증의(盛世芻蕘證疑)
문 헌 형 태	활자본
문 헌 언 어	漢文
저 술 년 도	미상
저 자	홍정하(洪正河, ?~?)
형 태 사 항	『대동정로』제5권(영인본) 중 491~526쪽(*총37쪽 분량)
대 분 류	종교 / 유교
세 부 분 류	천주교비판서(斥邪論書)
소 장 처	서울대학교 규장각한국학연구연 고려대학교 도서관
개 요	「성세추요증의(盛世芻蕘證疑)」는『대동정로(大東正路)』제5권에 「증의요지(證疑要旨)」 등 4편의 척사서(斥邪書)와 함께 실려 있는 정조대 처사 홍정하(洪正河, 호 鬐齋)의 천주교 비판서이다. 특히 이 글은 천주교의 사회윤리, 즉 평등사상에 입각한 일부일처제(一夫一妻制)의 주장을 비판하는 데에 가장 많은 지면을 할애했고, 그밖에도 제사무용론(祭祀無用論), 천주대군대부설(天主大君大父說)을 비판하면서 유교적 윤리질서인 삼강오륜을 수호하려는 강한 의지를 보여준다.
주 제 어	홍정하(洪正河, 호 鬐齋), 대동정로(大東正路), 인(仁), 충효(忠孝), 강상명교(綱常名教), 천주교비판(天主教批判), 척사론(斥邪論)

1. 문헌제목

「성세추요증의(盛世芻蕘證疑)」

2. 서지사항

「성세추요증의(盛世芻蕘證疑)」는 『대동정로(大東正路)』제5권에 「증의요지(證疑要旨)」,「천주실의증의(天主實義證疑)」,「만물진원증의(萬物眞原證疑)」,「진도자증증의(眞道自證證疑)」등과 함께 실려 있다. 『대동정로』는 대한제국기에 경상남도 유학자들이 역대의 척사론서(斥邪論書)를 모아서 편집한 책자로서 총 6권 5책이며, 서울대 규장각과 고려대 도서관 등에 소장되어 있다. 1902년(광무6년) 허칙(許佽)과 곽한일(郭漢一) 등에 의해 편찬되고, 1903년 진남(鎭南, 지금의 통영)에서 간행되었고, 1985년 여강출판사에서 영인본을 찍어냈다.

[저자]

저자 홍정하(洪正河)는 생몰연대가 확인되지 않고 다만 정조 때 활동한 처사(處士, 布衣)로만 알려져 있다. 그의 호는 염재(髥齋)이다. 홍정하는 신후담(愼後聃, 1702~1761)과 안정복(安鼎福, 1712~1791)에 이어 논리적인 척사론(斥邪論)을 개진한 사람으로, 『천주실의(天主實義)』, 『만물진원(萬物眞原)』, 『성세추요(盛世芻蕘)』, 『진도자증(眞道自證)』 등 다양한 서학서 및 천주교 교리 전반에 대해서 논리적으로 비판하고, 나아가 서양의 윤리관과 자연관 및 보유론(補儒論)적 선교(宣敎)에 대해서도 비판을 가했다. 이러한 홍정하의 척사론을 종합적으로 보여주는 대표적인 글이 바로 『증의요지(證疑要旨)』이다. 홍정하가 거처하고 활동한 곳으로는 지금의 충청북도와 강원도 영서지방 일대로 여겨지며, 교제한 인사로는 정범조(丁範祖, 1723~1801, 海左), 강준흠(姜浚欽, 1768~?, 三溟) 등으로 드러난다.

3. 목차 및 내용

[목차]

본문(원문)에 별도로 붙여진 소제목은 없다. 다만 단락이 어느 정도 나누어져 있고, 또 그 의미로 보아서 다음과 같이 대략 4가지로 『성세추요』의 내용을 비판하고 있음을 알 수 있다.

(1) '인애인언(仁愛引言)'과 '애주애인(愛主愛人)'을 비판함
(2) '대군대부론(大君大父論)'을 비판함
(3) '조상제사무용론'(祖上祭祀無用論)'을 비판함
(4) '일부일처제(一夫一妻制)'를 비판함

[내용]

(1) '인애인언(仁愛引言)'과 '애주애인(愛主愛人)'을 비판함

① '인애인언(仁愛引言)' 비판 - 인(仁)은 근본이고 애(愛)는 '인'의 일부분으로 '인'에서 파생된 것에 불과하므로 '인'과 '애'를 결코 동급으로 취급할 수 없다. 또 천주교의 '애'가 천당(天堂)과 같은 '공(功, 공로)'이나 '리'(利, 이익)를 바라는 속성상 결코 '인'(仁)이 될 수 없다. 유학자는 당연히 부모와 임금에게 충성하고 효도할 뿐, 공과 이익을 바라고 효도하고 충성하지는 않기 때문이다. 서양 선교사들이 유교 경전에서 '인'을 훔쳐다가 그들의 '애'와 결합시키려 하지만 이는 "얼음과 숯이 서로를 용납하지 않음(氷炭不相容)"과 같으니, 이것을 어찌 책(성세추요) 첫머리에 드러낼

'주장'이라고 하겠는가?

② '애주애인(愛主愛人)' 비판 - '하늘(天)'은 심성(心性)과 원욕(願慾)이 없는 '이치(理)'에 불과하므로 '예수(耶穌)'가 천주(天主)가 될 수 없다. 또한 입만 열면 "만물(萬物)을 멸하고 만인(萬人)을 죽인다"고 협박하는 예수는 자기도 사랑할 줄 모르고 천주도 사랑할 줄 모르니 천주가 될 자격이 없다'고 비판했다.

▶ [①, ②의 비판에 대한 평가] - 천주교의 '박애'(博愛)는 자신을 희생하여 천주와 사람이 다같이 바라는 '정의'(正義) 또는 '공의'(公義)를 실천하려는 것이므로 결코 공(功)이나 이(利)를 바라는 행위가 아니다. 따라서 자구(字句) 하나만 트집삼아 '애'를 폄하하는 것은 객관적인 평가가 아니다. 또 예수가 자주 언급한 '세상에 가득찬 죄악'에 대한 심판(審判)을 파괴나 살육으로 곧바로 연결시켜 '사랑이 부족하다'고 비판하는 것 또한 공정한 평가가 아니다. 예수의 심판은 세상 끝날의 최후 심판 즉, 정의롭고 공정한 하느님의 심판인 상선벌악(償善罰惡)을 언급할 뿐, 이러한 공정함이 천주 예수의 한없이 자비로움(십자가 구원)을 부정하는 것은 아니다. 오히려 사랑(박애)과 정의(공정)의 두 덕목을 매우 조화롭게 강조하는 종교가 천주교이다.

(2) '대군대부론(大君大父論)'을 비판함

① "천주는 군부(君父)보다 위에 존재하는 대군(大君)이요 대부(大父)이다"라는 말은 큰 병통(病痛, 오류)이다. 그 이유는 군부(君父)에게 효경(孝敬)을 바침은 무조건적인 것이어서 그 은혜(恩惠)를 따지지 않는 것인데, 천주교는 늘 이익(利, 공리)을 위주로 하므로,

은혜의 크고 작음을 계산하여 "영혼(靈魂)을 부여한 천주가 육신을 물려준 부모보다 더 위대하다"라고 생각한다. 그러나 하늘(天)은 이치에 불과할 뿐이니 어찌 육신의 부모와 통치하는 군상(君上, 임금)을 내버리라고 할 수 있겠는가? 또 효경(孝敬)의 요체는 보덕(輔德), 순지(順志), 양체(養體)의 3가지인데, 중사(中士, 유학자)의 사천설(事天說)을 인정한다고 해도, 하늘 뜻에 순명함은 가능하지만, 하늘에게 보덕하고 하늘을 양체함은 불가능하다. 또 하늘은 이치일 뿐이므로 찬양하고 칭송해도 하늘(천주)에게 아무런 도움이 되지 않으므로 그 은혜에 보답하는 효과가 없게 된다. 서양선비가 『성세추요』에서 말하는 '보효적(報效的, 천주 은혜에 보답)'이란 말은 성립되지 않는다.

② "임금과 아버지에게는 충효(忠孝)를 다하면서, 대군대부이신 천주를 섬기지 않는다면 패역(悖逆, 잘못된 것)이다"라는 주장은 오류이다. 첫째, 사친(事親)과 사천(事天)은 본디 서로 갈등하는 것이 아니라 동일한 것이다. 즉 부모를 잘 섬기는 것이 곧 하늘을 잘 섬기는 것이다. 다만 하늘은 지각(知覺)이 없으므로 효도를 하려고 해도 할 수 없다. 하늘의 뜻을 잘 받드는 자식(上天善繼善述之子)은 육신의 부모에게 효도하는 것이다. 천주는 만물 안에 존재하니 반드시 부모의 윗자리에 있지는 않다. 내가 태어난 것은 부모가 낳아준 때문이고 내가 존재하는 것은 임금이 있기 때문이니, 형체가 있는 부모와 임금에게는 당연히 효도하고 공경할 수 있다. 따라서 선교사가 예수를 부모와 임금의 윗자리에 올려놓고자(=부모와 임금에게 바칠 효경을 빼앗아 가고자) 하는 것은 잘못이다.

③ "사은(私恩)은 부모의 은혜보다 큰 것이 없고, 공은(公恩)은 임금의 은혜보다 큰 것이 없다. 그러나 사은과 공은을 늘 함께 지니

고 있는 것은 천주의 은혜 밖에 없다."고 하는 주장은 오류이다. 첫째 하늘에 대해 '사(私)'자를 씀은 크게 잘못된 것이다. 둘째, 하늘은 애초부터 심성(心性)이 없으므로 설령 지각(知覺)이 있다고 해도 사람이 사람을 낳고 사물이 사물을 낳는 것은 세상의 이치이니, 굳이 천주의 공은(公恩)이라고 할 만한 것도 없게 된다.

▶ [①, ②, ③의 비판에 대한 평가] - 세상의 섭리(攝理)로서의 하늘(天)에 인격을 부여할 것인가? 아니면 단순히 무인격적인 '이치(理)'로만 볼 것인가는 서양 선교사들과 육경고학(六經古學)을 중시하는 원시유학적(原始儒學的) 성향의 유학자들은 전자이고, 정통 주자성리학자(朱子性理學者)들은 후자에 속한다. 홍정호는 일단 후자의 입장을 취하여 천주의 인격성을 한사코 부정하기 때문에, '천' 또는 '천주'에 대한 '은혜'나 '보답'이란 말을 부정할 수밖에 없다. 이 문제는 또한 유신론(有神論)과 무신론(無神論)의 논쟁으로도 연결될 수 있는 불가해한 문제이므로 어느 한쪽의 입장만을 일방적으로 강요할 수 없게 된다. 한편 성경(마르코복음7,11-13)에서 예수는, '코르반' 곧 '하느님께 드릴 예물'이라고 핑계하고 부모에게 효도하지 않는 사람들을 질책한다. 이는 "천주가 곧 대부대군(大君大父)이다"는 입장을 유지하면서도, 또한 천주교가 부모에게 효도하고, 그 효도의 연장으로서 임금에게 충성할 것을 강조하는 충효(忠孝)의 종교라는 사실을 잘 드러내 보여준다. 이는 정하상의 「상재상서(上宰相書)」에도 나온다. 따라서 홍정하가 천주교의 '대군대부론'을 '무부무군론(無父無君論)'으로 연결시켜, 천주교를 '불충패륜(不忠悖倫)'의 종교로 매도하는 논리는 다분히 억측에 불과한 것이라고 할 수 있다. 세상의 거의 모든 종교는 그 종교가 존재하는 해당 지역 또는 국가

의 정치권력과 일정하게 연결되어 국가이념(國家理念, 또는 지역이념)의 역할을 해왔으므로, 어느 한 종교만이 충효의 종교이고 나머지 다른 종교는 그런 측면이 없다고 하는 것은 독단의 오류에 속한다.

(3) '조상제사무용론(祖上祭祀無用論)'을 비판함

① "천주교가 '강상명교(綱常名敎)'를 논할 자격이 없다."는 비판 : 홍정하는 "'강(綱)'이란 삼강오륜(三綱五倫)의 삼강(三綱 : 君爲臣綱, 父爲子綱, 夫爲婦綱)을 말하고, '상(常)'이란 오상(五常, 五倫)을 말하고 '명(名, 명분)'이란 임금, 신하, 아버지, 자식, 형, 아우, 남편, 아내가 각각 그 다와야 한다(君君 臣臣 父父 子子 兄兄 弟弟 夫夫 婦婦)는 것을 말한다"고 규정했다. 또 '교(敎)'라고 하는 것은 이러한 '강', '상', '명'을 가리키는 것인데, 천주교는 아들로서 아버지가 없다하고, 신하로서 교황(敎皇)을 자칭하고, '인(仁)'자를 "천주를 사랑하는 것(愛天主)"으로 풀이하니, 이는 유교의 규정과 거리가 멀다고 하면서 천주교는 강상명교를 논할 자격이 없다고 한다.

② '신주무용론(神主無用論)'에 대한 비판 : "성세추요"의 '이단편'에서 "옳고 그름의 분별은 '고금(古今)'을 논할 것이 아니라 합리적인가 불합리한가에 달려 있다. 그런데 고례(古禮)의 시주(尸主)가 한당(漢唐) 이후로 더 이상 근거가 없어진 이유는 무엇인가?"하고 중국 고대의 시동(尸童, 제사 지낼 때 조상을 닮은 아이를 상석에 앉히고 그를 조상처럼 여겨서 제사지냄)과 그것이 변한 당대의 신주(神主)를 은근히 비판하자, 이에 대해 반박하였다. 즉 예(禮)는 시대에 따라 그 근본정신은 유지하되, 형식은 변하므로 시주(尸主)가 신주(神主)로 변함은 자연스런 일이고, 시주나 신주

는 모두 신도(神道)가 깃들이는(또는 의지하는) 주된 물건이니, 이를 없애려는 것은 윤리강상을 무너뜨리려는 것이라고 비판했다. 특히 홍정하는 신주(神主)를 불태우고 조상 제사를 거부한 1791년 호남 천주교도 윤지충의 진산사건(珍山事件)을 의식해서인지, 신주를 만든 이유를 '조상의 신기(神氣)'의 존재와 조상에 대한 인정(人情, 그리움)을 부인할 수 없기 때문이라며 재차 신주(神主)의 필요성을 강조했다.

③ '제사무용론(祭祀無用論)'에 대한 비판 : 홍정하는 조상들의 신기(神氣)와 함께 귀신의 존재 즉 신리(神理)와 하늘의 작용 즉 천정(天定) 등을 인정하고, 천주교가 조상제사를 우상숭배로 비판하는 것에 대해서 반박하였다. 그 주요 반박의 논리는 "제사(祭祀)는 곧 조상의 신기가 현세의 후손에게 감응(感應)하는 것이니, 정성을 다하여 조상을 사모하면 원래 조상과 후손의 기(氣, 기운?)는 동일하므로, 서로 신기가 감응하게 된다"고 주장하는 것이다. 이처럼 조상제사는 '신기의 상호감응'이라는 천리(天理)와 인정(人情)에 따른 것이므로 신주(神主, 木主)와 마찬가지로 당연하고 필요한 것이라고 주장하였다. 그리고 이를 다시 깨닫게 하기 위해, "벽에 써 붙인 글자는 낮에는 보이고 밤에는 보이지 않는 법이니, 조상의 기운도 살아있을 때는 느낄 수 있지만, 죽은 후에는 느끼지 못하게 된다. 그러나 밤에도 불을 켜면 벽의 글자를 볼 수 있듯이, 죽은 후에 정성껏 제사를 지내면 조상의 기운을 느끼고 감응할 수 있게 된다"고 부연 설명했다. 그러면서 천주교 신자들이 조상제사를 비합리적인 것으로 비판하는 것은 잘못이라고 재차 반박했다.

▶ [①, ②, ③의 비판에 대한 평가]-"천주교가 강상명교(綱常名敎)를 논할 자격이 없다"고 한 것은 유교적 입장에서 평가한

것일 뿐이며, 천주교는 '10계명'을 통해서 충효(忠孝)의 윤리를 지키도록 가르치고 있고, 평등사상에 입각하여 벗과의 신의(信義, 朋友有信)를 강조하고 있으며, '칠극(七克)' 등을 통해서 인격수양에 필요한 근면, 겸손, 절제, 관용 등의 덕성(德性)을 함양하도록 교훈을 주는 학문이므로 유교와는 다른 윤리도덕 체계를 갖춘 '강상명교'라고 할 수 있다. 한편 유교에서는 조상(祖上)과 후손(後孫)의 신기(神氣)가 감응(感應)하므로 그 신기가 깃들일 신주(神主, 곧 木主)를 만들고 이를 통해서 제문(祭文)을 지어 벽에 붙이고 제사를 정성껏 지내는 것은 당연하고도 자연스런 하늘의 작용(天定)이자 인간의 도리(人道, 人情)라고 주장한다. 이는 유교의 종교성을 드러내는 것으로, 유교가 인간의 영혼을 영명(靈明)한 것으로 규정하면서 귀신(조상의 神氣)의 존재를 인정하지만, 영혼의 불멸(不滅, 영구히 지속됨)이나 인격신(人格神)으로서의 천주의 존재는 부정하고, 섭리, 이치로서의 천(天, 天理)만을 인정하는, 천주교와는 다른 측면의 종교임을 말해준다. 한편으로 종묘(宗廟)에서 불천위(不遷位)의 존재를 인정하는 것은 천주교나 불교의 '영혼불멸'에 유사하다고 할 수 있는데, 조선시대의 경우 사대부 가문에서 조상제사를 대개 고조부(高祖父)까지 4대봉사(四代奉祀)에 그친 측면은 조상 신기(또는 영혼)의 유한성(有限性)과 소멸론(消滅論)에 따른 것으로 이해할 수 있다.

(4) '일부일처제(一夫一妻制)'를 비판함

① "천주께서 태초에 一男一女를 만들어 대대로 본받게 했다"는 주장을 비판 : 만약 성경의 말씀처럼 태초에 一男一女만 있었다면 후

세에 그렇지 못한 무수한 사례는 어떻게 설명할 것인가? 이런 반박을 통해 천주의 존재를 부정하면서 유교적 명분에 따른 남녀차별과 축첩제도를 옹호하려는 의도가 보인다.

② "축첩(畜妾)은 남편의 신뢰를 떨어뜨리고 아내의 도움을 잃게 한다"는 주장을 비판 : "부부간에는 신뢰가 있어야 하는데(夫婦有信), 축첩은 남편에 대한 신뢰를 무너뜨리고, 아내의 조력을 받지 못하게 한다"는 천주교의 비판에 대해서, 비록 첩이 여럿이라도 명분상으로는 원비(元妃)와 맞먹지 못하니 부부간 1:1 신뢰와 도움의 관계에는 축첩이 아무 상관없다고 주장한다.

③ "성현의 예"로써 축첩을 비판하는 주장에 대한 반박 : "요임금, 순임금에 각각 2명의 부인이 있었던 것을 거론하면서 후대 사람들이 이를 핑계 삼는다"고 한 비판에 대해서, 위대한 성인(聖人)을 함부로 거론함은 불경(不敬)이라고 반박한다. 또 "백이숙제(夷齊)가 결혼하지 않은 것과 송나라 처사 임포(林逋)가 결혼하지 않은 것 등을 예로 삼아 후손이 없는 것이 불효가 아니다"라고 주장하는 서양 선비에 대해, 백이숙제가 결혼했는지 첩을 두었는지는 알려진 바가 없고, 임포의 사례는 그를 귀감으로 보지 않기에 거론할 자격이 없다고 일축한다. 한편 요순의 경우에는 제왕(帝王)의 예로서, 첫째 위엄이 필부(匹夫)와 비교가 안될 정도로 높다. 둘째 후손을 번창하게 한 공적이 있다는 등의 논거로 일반인들과는 다른 2가지 정당성이 있다고 주장하다. 덧붙여 "궁중의 수많은 업무를 어찌 1명의 왕비로만 담당하게 할 수 있겠는가?" 하고 대궐 업무의 번다함을 예로 들기도 한다.

④ "천주강생" 전후로 축첩에 대한 태도가 달라짐에 대한 비판 : 천주강생 이전의 요순시절의 축첩에 대해서는 그렇다고 해도 "천주강생 이후 천주가 정명(定命)을 내려서 일부일처를 지시한 이

후에는 절대 축첩을 용납할 수 없다"는 서사의 주장에 대해, 천주강생 여부와 무관하게 이치의 합당여부로 따져야 하며, 설령 천주가 명령을 내렸다고 하더라도 그런 불합리(=불균등)한 명령을 내리지 않았을 것이라고 주장하다.

⑤ "후손을 잇기 위해 불가피한 축첩"을 정당화함 : 첩을 조장하려는 것은 아니지만, 후손을 두는 것은 부모에 대한 효도이므로 이를 억지로 금지시키려는 것은 옳지 못한 독수(毒手, 악독한 처사)라고 주장한다. 아울러 제사를 지내기 위해서도 후손이 필요하다는 논거를 추가로 제시하고, 제사는 조상과 후손의 혼기(魂氣=神氣)가 상응하는 것이라고 부연설명하면서 천당지옥은 근거가 없는 주장이지만, 사람이 죽으면 혼이 집으로 돌아온다(返室)는 말은 개연성이 있다고 주장하다. 자손이 없어서 제사도 못지내고, 신주도 안 만들어 조상의 신기(=조상신)가 의지할 데 없어서 방황하게 해서 되겠는가? 라고 다시 후사(後嗣)와 제사(祭祀)의 불가피성을 강조한다.

⑥ 축첩을 반대함은 아녀자들에게 아첨하여 천주교로 끌어들이려는 속셈이라고 비판함 : 축첩은 유교적 명분(名分, 차별의 질서)을 부정하고, 남녀평등과 반상평등(班常平等)을 선동하여 명분에 약한 상천(常賤)과 여성(女性)을 교회로 끌어들이려는 수작에서 나온 것이라고 반박하면서, '축첩 금지'는 후대에 계승되어야 할 삼강오륜을 갑자기 단절시키는 금수만도 못한 패악행위라고 비판한다. 그러면서 "왜 축첩은 비판하면서 부녀가 외간 남자와 사통하는 것은 비난하지 않는가?" 라고 추가로 천주교의 입장을 비판한다.

▶ [①~⑥의 비판에 대한 평가] - 민주화된 현대사회에서 축첩은 도덕적 문제가 아닌 범죄행위요, 불법행위다. 따라서 오

늘날 관점에서 축첩(=일종의 重婚)에 대한 판단은 부정적인 것임이 명백하다. 다만 전근대 사회에서 남존여비(男尊女卑)의 유교적 가부장질서(家父長秩序)를 유지하면서, 후사(後嗣)를 이어 효도(孝道)한다는 명목으로 첩을 두는 것은 부러움의 대상이었을 뿐, 비난의 대상이 아니었다. 축첩의 문제는 제사문제, 천주의 존재와 속성을 인정할 것인가 부인하는가의 문제와 연결되어 있는 문제이자, 천주교의 평등사상과 유교의 신분차별적 질서와의 충돌문제이기도 함을 알 수 있다.

4. 의의 및 평가

홍정하의 「성세추요증의(盛世芻蕘證疑)」는 그가 체계적으로 반박한 다양한 서학 및 천주교 비판서의 한 종류이다. 본문 내용에서는 유교사상의 핵심인 인(仁)과 천주교의 애(愛, 博愛, 兼愛)를 같은 차원에서 평가해서는 안된다는 입장을 전제한 후에, 곧바로 천주교가 유교적 가부장제(家父長制) 중심의 수직적, 신분차별적 윤리강상(倫理綱常)을 해친다는 측면에서 천주교의 대군대부론(大君大父論), 제사무용론(祭祀無用論), 일부일처제(一夫一妻制, 畜妾禁止) 등을 비판하는 데 집중했다. 따라서 이 책은 천주교의 교리 그 자체보다는 천주교회의 사회윤리를 비판하는 데 초점을 맞춘 척사서(斥邪書)라고 할 수 있다. 그러면서도 본문 곳곳에서 천주교의 4대교리 중에 상선벌악(상선벌악)을 제외한 천주의 존재 및 천지창조, 강생구속, 삼위일체 등의 교리를 모두 부정하는 논리를 개진하고 있음도 확인된다. 홍정하는 이러한 척사서를 저술하여 그와 교유하던 정범조(丁範祖, 1723~1801), 강준흠(姜浚欽,

1768~?) 등에게 반천주교 사상을 전파했고, 특히 충주와 원주사이, 즉 충청도와 강원도 일대에서 지역 사대부들에게 큰 영향력을 끼쳤던 것으로 드러난다.[1] 또한 그의 척사론은 19세기 이후 20세기 초반까지도 기호와 영남 일대의 유림들이 척사론을 개진하는 데 큰 영향을 끼친 것으로 평가된다. 하지만 그의 척사론은 천주교의 교세가 평민과 천민들, 부녀자들에게 확장되는 것을 우려하여 신분평등, 남녀평등 등 근대적 사상인 천주교 사상을 남녀차별, 신분차별의 중세적 봉건적 수직윤리로서 비판하려한 데서 기본적인 한계점이 확인된다.

〈해제 : 원재연〉

---

1) 차기진, 『조선후기의 서학과 척사론 연구』, 한국교회사연구소, 2002, 269~270쪽 참고.

참 고 문 헌

1. 사료

『大東正路』

『海左集』 권37, 「四編證疑後說」

『三溟集』 3편

『盛世芻蕘』 한국교회사연구소 소장본, 1904년 홍콩[香港] 활판본

『韓國書誌-修訂飜譯版-』 일조각, 1994.

『邪學懲義』 附錄, 한국교회사연구소, 1977(영인).

2. 단행본

금장태, 『조선후기 유교와 서학』 서울대출판부, 2003.

朴鍾鴻, 「西歐思想의 導入批判과 攝取」, 『韓國天主教會史論文選集』 제1집, 한국
교회사연구소, 1976.

이원순, 『朝鮮西學史研究』(1986, 일지사, pp.64, 88~89).

차기진, 『조선후기의 西學과 斥邪論 연구』, 한국교회사연구소, 2002.3.

徐宗澤, 『明淸間耶穌會士譯著提要』, 中華書局, 1949.

3. 논문

금장태, 「대동정로(大東正路)」, 『한국민족문화대백과사전』 6권, 한국정신문화연
구원, 1991.

배현숙, 「17·8세기에 전래된 천주교 서적」, 『교회사연구』 3집.

양창진, 「중국 수학자와 한 판 겨룬 홍정하」, 『맛있는 한국사 인물전』, 이숲, 2009.

원재연, 「성세추요(盛世芻蕘) I」, 『부산교회사보』 35호, 부산교회사연구소, 2002.

장혜원, 「뼛속 깊이 算學의 피가 흐르던 洪正河」, 『수학 박물관-조선 최고의 수

학자들이 빚어낸 수의세계-』, 성안당, 2010.

차기진, 「『성세추요(盛世芻蕘)」」, 『한국가톨릭대사전』 7권, 한국교회사연구소. 1999.

_____, 「대동정로(大東正路)」, 『한국가톨릭대사전』 3권, 한국교회사연구소, 2000.

「안순암천학혹문변의(安順菴天學或問辨疑)」

분 류	세 부 내 용
문 헌 종 류	조선서학서
문 헌 제 목	안순암천학혹문변의(安順菴天學或問辨疑)
문 헌 형 태	목판본(초간본)
문 헌 언 어	漢文
저 술 년 도	1790(정조 14)
저 자	남한조(南漢朝, 1744~1809)
형 태 사 항	25면
대 분 류	사상서
세 부 분 류	척사위정서
소 장 처	『손재집(損齋集)』 초간본 권12에 수록 - 국립중앙도서관 - 계명대학교 동산도서관 - 안동대학교 도서관 - 한국국학진흥원 등 소장
개 요	이상정(李象靖) 제자인 남한조(南漢朝)가, 안정복이 1785년(정조 8)에 성호학파의 소장학자들이 천주학에 대거 휩쓸리는 것을 막기 위하여 천주교 교리의 여러 문제에 대해 비판한 저술 「천학혹문(天學或文)」 가운데 의심나는 부분에 대하여, 1790(정조 14)에 유학적 입장에서 변석(辨析)한 척사서(斥邪書).
주 제 어	남한조(남한조), 안순암천학혹문변의(安順菴天學或問辨疑), 손재집(損齋集), 안정복(安鼎福), 천학혹문(天學或文), 천학문답(天學問答), 천학고(天學考), 천학설문(天學設問), 입재집(立齋集), 성재집(誠齋集), 정재집(定齋集), 이학집변(異學集辨)

1. 문헌제목

「안순암천학혹문변의(安順菴天學或問辨疑)」

2. 서지사항

「안순암천학혹문변의(安順菴天學或文辨疑)」는, 퇴계(退溪) 학맥 학봉(鶴峰) 계열의 대산(大山) 이상정(李象靖, 1711~1781)의 제자인 손재(損齋) 남한조(南漢朝, 1744~1809)가, 순암(順菴) 안정복(安鼎福, 1712~1791)이 1785년(정조 9)에 성호학파(星湖學派)의 소장학자들이 천주학(天主學)에 대거 휩쓸리는 것을 막기 위하여 저술한 「천학혹문(天學或文)」(뒤에 「천학문답(天學問答)」으로 수정) 가운데 의심나는 부분에 대하여, 유학적 입장에서 변석(辨析)한 척사서(斥邪書)이다.

남한조는 1782년(정조 6)·1783년(정조 7)부터 과거시험을 보러 서울에 다니는 차에 광주(廣州)에 있는 순암 안정복의 문하에 드나들며 학문을 닦았다. 그러던 중 1784년(정조 8) 겨울에 성호학파의 이벽(李檗, 1754~1786)·이승훈(李承薰, 1756~1801) 등이 겨울에 서울 수표교 근처 이벽의 집에서 한국천주교회를 창설하여 천주교를 널리 전파하자, 성호학파의 소장학자들이 대거 천주학에 빠져 들었다.

안정복은 소장학자들이 천주학에 빠져드는 것을 막고자 1784년 겨울에 「천학설문(天學設問)」을 지었다. 그럼에도 천주교에 휩쓸리는 소장학자들의 기세는 꺾이기는커녕 갈수록 심화되었다. 그러자 안정복은 여러 문헌을 이용하여, 천주학이 중국과 우리나라에 전래된 지 오래되었음을 역사적으로 밝힌 부분과 천주교 서적에서 언급하고 있는 천주교 교리의 여러 문제들을 유학의 입장에서 비판한 부분을 분리하여, 1785년에 보다 더 체계적이고 자세한 「천학고」와 「천학혹문」을 새로 저술하였다.

그 후 안정복은 과거시험을 보러 서울에 오가던 길에 들리곤 하던 남한조에게 당시 성호학파의 소장학자들이 대거 천주학에 빠져드는 것을 우려하면서 "내가 사설(邪說)을 막아 물리치려는 하나의 글을 썼는데, 자네가 나를 위하여 그것을 정정(訂正)해 주시게."라고 하였다. 당시 남한조는 감히 감당할 수 없다고 사양하였다. 그 후 안정복 문하를 드나들던 벗 신치봉(申致鳳)을 통하여 「천학혹문」을 전해 받은 남한조는 1790년(정조 14)에 「천학혹문」의 의심나는 부분을 유학의 입장에서 변석한 「안순암천학혹문변의」를 지어 안정복에게 보냈다. 그리고 뒤에 다시 이 글의 처음과 끝 두 조를 보충해 삽입하고 다른 부분을 수정하여 정본을 만들었다.

「안순암천학혹문변의」는 1835년(헌종 1)에 목판본으로 간행된 남한조의 시문집 『손재집(損齋集)』 초간본 권12 잡저(雜著)에 수록되어 있다. 이 글은 총 25면으로 되어 있고, 각 면의 행 수는 10행이며, 각 행의 글자 수는 18자로 되어 있다.

「안순암천학혹문변의」 저술 시기는 1790년이다. 남한조가 1790년에 안정복에게 보낸 편지에서 "벗 신치봉이 그곳에서 돌아와 「천학혹문」 한 책을 전해 주었는데, 논의가 올바르고 당당하며 취지가 간절하고 지성스러워 무너진 풍속을 구제하기에 충분했습니다. 그러나 그 가운데에 의심스러운 부분이 조금 있어서, 여쭙고 작은 책자를 기록하여 올립니다. 만약 채택할 만한 내용이 있어, 다시 수정과 윤색을 가할 수 있다면, 어찌 다행이 아니겠습니까."라고 한 점으로 미루어 알 수 있다.

[저자]

　남한조의 자는 종백(宗伯), 호는 손재(損齋), 본관은 의령(宜寧), 당색은 영남 남인이다. 1744년(영조 20)에 아버지 남필용(南必容)과 어머니 의성 김씨 사이에 장남으로 태어났다.

　퇴계 학맥 학봉 계열의 학자인 그는 9세에 아버지를 여의고 외삼촌인 소암(素庵) 김진동(金鎭東, 1727~1800)에게 나아가 9년간 수학하였다. 30세 이후에 소호(蘇湖)에 사는 대산(大山) 이상정(李象靖, 1711~1781)에게 나아가 수학하면서, 동문인 입재(立齋) 정종로(鄭宗魯, 1738~1816), 후산(后山) 이종수(李宗洙, 1722~1797), 천사(川沙) 김종덕(金宗德, 1724~1797), 동암(東巖) 유장원(柳長源, 1724~1796) 등과 학문을 강론하고 연마하였다.

　그는 1782년·1783년부터 과거시험을 보러 서울에 다니는 중에 광주(廣州)에 있는 순암(順菴) 안정복(安鼎福) 문하에도 드나들며 수학하였다. 안정복이 1785년에 「천학혹문(天學或文)」을 저술한 뒤 이 글의 정정을 부탁하자, 그는 1790년에 「천학혹문」의 미진한 부분을 변석한 「안순암천학혹문변의」를 지어 안정복에게 보냈다. 아울러 그는 성호(星湖) 이익(李瀷, 1681~1763)의 「천주실의발(天主實義跋)」을 유학적 시각에서 변석한 「이성호익천주실의발변의(李星湖瀷天主實義跋辨疑)」도 지었다.

　그는 43세 때인 1786년(정조 10)에 은거하여 학문에 힘쓰고자 문경(聞慶) 선유동(仙遊洞)에 별장을 마련하였다. 이후 옥하정(玉霞亭)과 손재(損齋)를 세워 학문 연구와 후진 양성에 매진하였다. 그 결과 정재(定齋) 유치명(柳致明), 대야(大埜) 유건휴(柳健休), 율원(栗園) 김양휴(金養休) 등의 문인들이 배출되었다. 그의 저서로는 1835년 목판본으로 간행된 시문집 『손재집(損齋集)』 초간본이 전해지고 있다.

3. 목차 및 내용

[목차]

없음

[내용]

우선 제목에 혹문(或問)을 붙이는 점을 문제 삼았다. 주자(朱子)의
『혹문(或問)』 범례를 일찍이 보았는데, 장구(章句) 집주(集註)의 다 알
아내지 못한 깊은 이치를 발휘하기 위하여 문난(問難)을 설정해 그 정
밀하고 자세한 뜻을 다하였다. 그러나 마귀나 이단을 물리치려고 혹
문을 설정한 적은 없었다. 지금 제목에 혹문을 붙이는 것은 어물어물
하는 뜻이 있는 듯하니, 고치는 것이 어떻겠느냐고 의견을 개진하였다.
이어 「천학혹문」 제1조(「천학문답」 제3조)에 혹자가 "서양 선교사는
지식과 이해가 뛰어나서 하늘의 도수를 관측하고 역법을 계산하며 기
계와 기구를 만들기까지 하였는데, 아홉 겹의 하늘을 환히 꿰뚫어 보
는 기구와 80리 까지 날아가는 화포 따위는 어찌 신비스럽고 놀랍지
않겠습니까. 그 나라 사람들은 또 잘도 온 세계를 두루 다니는데, 어
느 나라에 들어가거나 얼마 안 되어서 쉽게 그 나라의 언어와 문자를
통달하고, 하늘의 도수를 측량하는 것마다 낱낱이 부합하니, 이는 실
로 신성한 사람이라 하겠습니다."라고 한 데 대하여, 그가 비판하였
다. 즉, 서양 선교사들의 지식과 이해가 비록 뛰어나더라도, 그것은
도불(道佛)의 부류에 불과하고, 그들의 기예가 비록 정밀하더라도, 그
것은 일본(日本)과 안남(安南) 공장(工匠)의 기예가 정밀한 것에 불과하

니, 어찌 지식과 이해 등이 뛰어난 것을 가지고 신성하다는 이름을 가할 수 있겠느냐고 비판하였다.

「천학혹문」 제1조(「천학문답」 제3조) 혹자의 질문에 대한 대답에 "서역은 곤륜산 아래에 터를 잡고 있어서 천하의 중앙이 되니, 사람의 복장(腹臟)과 같고, 중국은 천하의 동쪽에 위치하니, 사람의 심장(心臟)과 같다."라고 한 데 대하여, 그가 비판하였다. 즉, 주자가 "곤륜은 천하의 중앙이 되니, 만두의 비틀어 만든 뾰족한 부분과 같다."라고 한 것에 의거하면, 중국은 앞쪽 복장이고, 반면에 서국(西國)은 등 뒤이니, 복장이라고 할 수 없다. 그렇지만 이러한 설은 술가(術家)의 아득한 말과 관계가 있어서 저들을 물리치는 증거로 삼기에 부족하니, 산삭하는 것이 어떻겠느냐고 밝혔다.

「천학혹문」 제2조(「천학문답」 제4조) 혹자의 질문에 대한 대답에 "어찌 굳이 서양 선교사처럼 밤낮으로 기도하고 간구한 뒤에야, 하늘을 섬기는 도리를 다할 수 있겠느냐?"라고 하고, 「천학혹문」 제3조(「천학문답」 제5조) 혹자의 질문에 대한 대답에 "어찌 굳이 천학(天學)으로 이름한 뒤에야 진도(眞道)가 되고 성교(聖敎)가 되겠는가."라고 한 데 대하여, 그가 비판하였다. 즉, 하필(何必)이란 표현은 이들의 일이 비록 옳더라도 저들의 일이 더욱 옳을 경우에 사용하는데, 저들이 천(天)으로 그 학(學)을 이름하고서 밤낮으로 기도하고 간구하는 것은 이익을 탐내는 마음으로 가탁(假託)한 사욕을 이루는 것에 불과할 따름이다. 그러니 어찌 옳은 점이 조금이라고 있겠는가. 바라건대 다시 유의(留意)하면 매우 다행이겠다고 언급하였다.

「천학혹문」 제6조(「천학문답」 제8조) 혹자의 질문에 대한 대답에 "허균은 총명하고 문장에 능하였으나 점잖은 행실이 전혀 없었다. 부르짖기를, '남녀의 정욕은 하늘이 준 것이고, 윤리와 기강을 분별하는 일은 성인의 가르침이다. 하늘은 성인보다 높으니, 차라리 성인의 가르침을 어길지언정 하늘이 준 본성을 거스를 수는 없다.'라고 하였다. 그리하여 문사(文詞)가 있는 어리고 경박한 자로서 그의 문도가 된 자들이 천학에 대한 설을 제창했으니, 그 실체가 서양 선교사의 천학과는 하늘과 땅처럼 달랐다."라고 한 데 대하여, 그가 비판하였다. 즉, 허균이, 하늘이 성인보다 높다는 말을 지어낸 것은 당시 우리나라에 전래된 서학서를 참고한 결과이다. 그러므로 그 폐단의 근본은 서양 선교사에게 있는데, 이러한 점에 대한 비판이 미진한 듯하다고 지적하였다.

「천학혹문」 제7조(「천학문답」 제9조)에 혹자가 "서양 선교사의 학설은 단지 선을 행하고 악을 버리는 것인데, 무슨 유폐(流弊)라고 말할 만한 것이 있겠습니까."라고 하기에, 대답하기를, "그게 무슨 말인가. 선은 행해야 하고 악은 버려야 한다는 것은 어리석거나 지혜롭거나 현명하거나 불초하거나 간에 모두가 다 아는 바이다. 지금 여기에 어떤 사람이 있는데, 그는 지극히 악한 사람이라고 하자. 그러나 누가 그를 보고 '그대는 착한 사람이다.'라고 칭찬을 하면, 그는 기뻐할 것이고, '그대는 악한 사람이다.'라고 하면, 그는 성을 낼 것이다. 그러니 선악에 대한 구별은 비록 악인이라도 이미 알고 있는 것이다. 그런데 어찌 세상에 악을 행하고 선을 버리는 학문이 있단 말인가. 이 때문에 예로부터 이단들이 모두 선을 행하고 악을 버리는 것으로써 가르침을 삼았던 것이다. 지금 서양 선교사가 선을 행하고 악을 버리라고 하는 말이 서양 선교사들만 하는 말이란 말인가. 내가 걱정하는 것은 그 말류의 폐단으로써 말한 것이다."라고 한 데 대하여, 그가 비판하였다. 즉, 단지 말류의 폐단을 걱정하고 또 유폐를 말하였는데, 걱정할 만한 것은 배우는 자의 심술을 그르치고 성학의 문로를 황폐하게 만들어, 장차 천하로 하여금 점차로 이적과 금수의 상태에 빠지게 하는 데 있다. 선동하여 현혹시키고 난을 일으키는 것은 말단적인 것이라고 밝했다.

「천학혹문」 제8조(「천학문답」 제10조)에 혹자가 "현세와 후세에 대한 설명을 들 수 있겠습니까?"라고 하기에, 대답하기를, "현세란 바로 지금 우리가 살고 있는 현재의 세상을 말하며, 후세란 죽은 뒤에 영신(靈神)이 없어지지 않는 것이다."라고 하고, 「천학혹문」 제8조(「천학문답」 제11조)에 혹자가 "이른바 영신이 죽지 않는다는 것과 천당이니 지옥이니 하는 설은 또한 실제 그러하여 의심할 점이 없는 것입니까?"라고 하기에, 대답하기를, "이것은 형체도 없고 분명하지도 않는 것에 대하여 단정적으로 말할 수 없는 일이다."라고 하고, 「천학혹문」 제8조(「천학문답」 제29조)에 혹자가 "마태오 리치가 영혼에는 세 가지가 있으니, 생혼(生魂)·각혼(覺魂)·영혼(靈魂)이 그것이라고 했는데, 이 설은 어떻습니까?"라고 하기에, 대답하기를, "우리 중국에도 그런 설이 있다. 『순자(荀子)』에 '물이나 불의 경우 기운은 있지만 생명은 없고, 초목의 경우 생명은 있지만 지각은 없으며, 금수의 경우 지각은 있지만 의리는 없다. 그런데 사람은 기운·생명·지각·의리를 모두 가지고 있다. 그러므로 사람은 세상에서 가장 귀중한 존재가 되는 것이다.'라고 하였다. 서양 선교사의 말은 이런 순자의 말과 대체로 같지만, 영혼이 죽지 않는다는 말은 불교와 다름이 없는 것으로서, 우리 유자가 말하지 않는 바이다."라고 한 데 대하여, 그가 비판하였다. 즉, 사람이 죽은 뒤에 영신이 없어지지 않으면, 모두 허공에 뭉쳐 있어야 하는데, 사람이 생겨난 지가 몇 천만 년이나 되었으니, 영신이 천지 사이에 가득하여 큰 천당과 지옥으로도 다 수용할 수 없다. 그러니 영신이 없어지지 않는다는 것은 이치에 맞지 않다. 또한 삼혼의 설은 천박하고 고루하여 아이들을 속이기에도 부족하다고 비판하였다.

「천학혹문」 제9조(「천학문답」 제12조) 혹자의 질문에 대한 대답에 "서양 선교사가 '지금의 세상은 괴로운 세상이다.'라고 하고, 또 '현재의 세상은 잠시 머물러 가는 세상이다.'라고 하고, 또 '현재의 세상은 사람의 세상이 아니라 금수의 근거지이다.'라고 하고, 또 '이 세상은 금수의 세상이다.'라고 한다. 이것이 유독 서양 선교사만 아는 것이란 말인가. 대우(大禹)가 '삶은 나그네살이이며 죽음은 본래의 곳으로 돌아가는 것이다.'라고 하였다. 사람들 모두 이 세상을 여인숙으로 여기니, 그들의 말은 옳지만, 이른바 금수의 세상이라고 하는 것은 절대로 그렇지 않다."라고 한 데 대하여, 그가 비판하였다. 즉, 영신이 없어지지 않는다는 설을 들어 이치에 맞지 않음을 통렬히 분변하여, 후세의 설이 모두 허망한 것으로 귀결되게 한다면, 허다한 이런저런 말들은 공격하지 않아도 스스로 무너질 것이라고 밝혔다.

「천학혹문」 제15조(「천학문답」 제18조) 혹자의 질문에 대한 대답에 "서양 선교사들이 '매일 아침에 하늘을 우러러 감사한다. 그리고 망령된 생각을 하지 않고, 망령된 말을 하지 않으며, 망령된 행동을 하지 않는다는 세 가지 맹세를 꼭 실천할 수 있도록 도와 달라고 기도한다. 저녁이 되면 또 성찰하고 은혜롭게 도와주신 것에 머리를 조아려 감사한다. 이것은 우리 유자의 성신(誠身)의 학인데, 그 거조나 모양이 우리 성인의 가르침과 같은가."라고 한 데 대하여, 그가 비판하였다. 즉, 서양 선교사들이 비록 망령된 생각을 하지 않는다고 하지만 생각하는 바는 모두 망령된 것이고, 망령된 말을 하지 않는다고 하지만 말한 바는 모두 망령된 것이며, 망령된 행동을 하지 않는다고 하지만 행동하는 바는 모두 망령된 것이다. 그러니 설사 거조와 모양이 우리 유자와 같다고 하더라도, 우리 유자의 학과 얼음과 숯불이 상반되는 것과 같을 뿐만이 아니라고 밝혔다.

「천학혹문」 제20조(「천학문답」 제24조) 혹자의 질문에 대한 대답에 "서양 선교사들이 '옛날의 군자가 천지의 상제를 공경했다는 말은 들었지만, 태극을 받들어 모셨다는 말은 듣지 못하였다.'라고 하고, 또

'이(理)는 의뢰하는 것으로서, 사물이 있으면 그 사물의 이치가 있고, 사물이 없으면 그 사물의 이치도 없으며, 임금이 있으면 신하가 있고, 임금이 없으면 신하도 없다. 이와 같이 공허한 이(理)를 가지고 사물의 근원이라고 한다면, 이것은 불로(佛老)의 설과 다를 것이 없다.'라고 하는데, 이러한 말들이 과연 말이 되는 것인가? 상제는 이의 근원으로서 이 천지 만물을 만들었다. 천지 만물은 저절로 생겨날 수 없고, 반드시 천지 만물의 이치가 있기 때문에, 이 천지 만물이 생겨난 것이다. 어찌 그 이치가 없으면서 저절로 생겨날 리가 있겠는가."라고 한 데 대하여, 그가 비판하였다. 즉, 안정복이 변석한 이른바 상제는 이(理)의 근원으로 천지만물을 만들었다고 한 대목은 본래 태극이 사물을 낳는 근본임을 밝히고자 한 것인데, 말의 뜻이 딱딱하고 어려워 도리어 정의(情意)·조작(造作)의 누가 있다. 또한 사물과 이치 및 임금과 신하의 설에 대해 비록 말이 되지 않는다고 물리쳤지만, 그 본말과 선후의 어지러움을 밝히지 못하여, 도를 밝히고 이단을 물리치는 것 둘 다 미진함이 있으니, 다시 수정하고 윤색하는 것이 어떻겠느냐고 의견을 개진했다.

「천학혹문」 제24조(「천학문답」 제30조)에 혹자가 "천학을 하는 사람이 '무릇 거짓 형상을 설치해 놓고 제사를 지내면, 모두 마귀가 와서 먹으니, 조상이 반드시 와서 먹을 리가 없다.'라고 운운했다."라고 하기에, 대답하기를, "지금 이 학을 하는 자들이 천주의 형상을 걸어놓고 예배하고 기도하는데, 이 또한 하나의 거짓 형상이니, 역시 일종의 마귀이다."라고 한 데 대하여, 그가 비판하였다. 즉, 지금 서학의 무리가 제사지낼 때 마귀가 와서 먹는다는 이유로 마침내 근본에 보답하는 예를 폐지하였으니, 이들은 참으로 늑대와 수달만도 못하다. 그 일의 시비는 본래 애써 분변할 것도 없다고 밝혔다.

맨 끝에 덧붙인 내용은, 남한조가 「안순암천학혹문변의」를 짓게 된 사정을 밝힌 글로, 발문에 해당하는 것이다. 그가 1782년·1783년부터 과거시험을 보러 서울에 다니던 차에 안정복의 문하에 드나들었는데, 안정복이 자파의 소장학자들이 천주학에 빠져 드는 것을 막고자 척사서를 지은 뒤 이를 정정해 달라고 그에게 부탁하였다. 이에 그가 감히 감당할 수 없다고 당시 사양하였는데, 그 뒤 다른 사람을 통해 「천학혹문」을 보내왔다. 1790년에 그는 「천학혹문」을 축조 변론한 「안순암천학혹문변의」를 지어 안정복에게 보냈다. 뒤에 다시 이 글의 처음과 끝 두 조를 보충해 삽입하고 다른 부분을 수정하여 정본을 만들었다고 밝혔다.

4. 의의 및 평가

정종로는 남한조의 행장(行狀)을 지으면서 「천학혹문」을 정정해 달라는 안정복의 부탁을 받고, 남한조가 「천학혹문」 가운데 비판이 미진한 부분에 대해 보다 더 철저히 변석한 척사서를 저술한 사실을 언급하였다. 또한 남한조의 재종제인 성재(誠齋) 남한호(南漢皜, 1760~1821)도 「손재선생유사(損齋先生遺事)」에서 안정복의 부탁을 받고서, 남한조가 「천학혹문」 가운데 비판이 무딘 부분에 대해 엄중히 변석한 척사서를 지었음을 밝혔다.

아울러 남한조의 제자인 유치명도 「손재선생유사총서(損齋先生遺事摠敍)」에서 안정복의 「천학혹문」을 보고 비판이 엄중하지 못한 부분에 대해 변석한 척사서를 저술한 사실을 밝히고, 그가 변석한 내용들 가운데 중요한 부분들을 인용하여 구체적으로 거론하였다. 한편 유장원의 제자인 유건휴는 『이학집변(異學集辨)』의 천주학 비판 부분에서, 남한조가 지은 「안순암천학혹문변의」의 비판이 미진하다고 생각되는 부분에 대하여 보다 더 철저히 비판하였다.

이러한 일련의 사례들로 볼 때, 남한조의 「안순암천학혹문변의」는 영남 유학자들의 천주교 이해와 사학(邪學)인 천주학을 배척하고 정학(正學)인 성리학을 수호하는 벽위사상(闢衛思想)의 형성에 많은 영향을 끼쳤음을 알 수 있다.

〈해제 : 서종태〉

참 고 문 헌

1. 사료

『損齋先生文集』(영인본), 경인문화사, 1998.

『誠齋先生文集』(영인본), 경인문화사, 1998.

『異學集辨』(영인본), 한국국학진흥원, 2004

『定齋先生文集』(영인본), 경인문화사, 1997.

『立齋先生文集』(영인본), 경인문화사, 1997.

2. 단행본

강세구, 『순암 안정복의 사상과 학문세계』, 성균관대학교 출판부, 2012.

차기진, 『조선 후기의 서학과 척사론』, 한국교회사연구소, 2002.

3. 논문

강세구, 「벽위론의 전개 -서학인식과 천주교 배척」, 『순암 안정복의 학문과 사상
서종태, 연구』, 혜안, 1996.

김순미, 「대야 유건휴의 『異學集辨』에 나타난 천주학 비판에 관한 연구」, 『교회
서종태, 사연구』 45, 2014.

서종태, 「성호학파의 양명학과 서학」, 서강대학교 대학원 사학과 박사학위논문,
서종태, 1995.

_____, 「순암 문집의 정본화를 위한 일 방안」, 『성호학보』 10, 2011.

_____, 「순암 안정복의 「천학설문」과 「천학고」・「천학문답」에 관한 연구」, 『교
회사연구』 41, 2013.

조지형 해제, 「손재(損齋) 남한조(南漢朝)의 순암(順菴)과 성호(星湖) 저술에 대
한 변의」, 『교회사학』 15, 2018.

조지형 번역, 「안순암천학혹문변의(安順菴天學或問辨疑)」, 『교회사학』 15, 2018.
함영대, 「순암 안정복의 서학인식과 「천학문답」」, 『성호학보』 7, 2010.

「운교문답(雲橋問答)」

분 류	세 부 내 용
문 헌 종 류	조선서학서
문 헌 제 목	운교문답(雲橋問答)
문 헌 형 태	목판본 (*『晩谷先生文集』17권9책 중 제8권 雜著)
문 헌 언 어	漢文
저 술 년 도	1785년 저술, 1821년 간행
저 자	조술도(趙述道, 1729~1803)
형 태 사 항	총 15면
대 분 류	종교
세 부 분 류	척사서(斥邪書)
소 장 처	『만곡선생문집(晩谷先生文集)』 8권 - 고려대학교 중앙도서관 - 국립중앙도서관 - 한국학중앙연구원 장서각
개 요	「운교문답(雲橋問答)」은 조선후기 영조~순조 때의 유학자 조술도(趙述道, 1729~1803, 자 聖紹, 호 晩谷)가 저술한 『만곡선생문집(晩谷先生文集)』(전 17권 9책, 이하 『만곡집』으로 약칭) 중 제8권 '잡저(雜著)'에 수록된 1편의 척사문(斥邪文, 총15쪽)으로서, 한국 천주교회 창립 초기인 1784~1785년 2차례에 걸쳐 서술되고 수정(보완)되어 1821년에 간행된 것으로 추정된다.
주 제 어	운교문답, 만곡집, 조술도, 천주교 비판, 척사, 황용한

1. 문헌제목

「운교문답(雲橋問答)」

2. 서지사항

「운교문답(雲橋問答)」은 조선후기 영조~순조 때의 유학자 조술도(趙述道, 1729~1803, 자 聖紹, 호 晚谷)가 저술한 『만곡선생문집(晚谷先生文集)』(전17권9책, 이하 『만곡집』으로 약칭) 중 제8권 '잡저(雜著)'에 수록된 1편의 척사문(斥邪文, 총15쪽)으로서, 한국 천주교회 창립 초기인 1785년 말에 서술된 것으로 보인다.

「운교문답」이 실린 『만곡선생문집』은 저자 사후에 그의 조카 조거신(趙居信, 1749~1826)이 저자의 유문을 수습하여 평소 저자와 교유관계가 있던 정종로(鄭宗魯, 1738~1816, 立齋)에게 교수(校讐)와 서문(序文)을 부탁하였다. 이에 정종로가 저자의 족손인 조근복(趙根復)과 함께 교정작업을 마치고 서문을 작성하였다. 책자의 간행과 관련된 기록은 남아있지 않으나 간행이 완료된 후에 쓴 〈만곡집간역낙성운(晚谷集刊役落成韻)〉이 조거신의 73세 때 작품인 『매오집(梅塢集)』 소재이므로 1821년 간행된 것임을 알 수 있다.

『만곡집』은 저자 사후 20년도 채 못되는 시점에 간행된 때문인지, 저자의 족손 조단복(趙端復, 1790~1859)이 저자와 교유하던 유치명(柳致明, 1771~1861)에게 부탁하여 받은 저자의 행장(行狀)이나 정종로, 신체인(申體仁), 조거신 등이 지은 저자에 대한 제문(祭文) 등은 실리지 않았다.

『만곡집』의 초간본은 현재 고려대학교 중앙도서관(만송D1-A1141), 국립중앙도서관(古3648-文72-78), 한국학중앙연구원 장서각(D3B-611) 등에 소장되어 있다. 영인본은 『한국문집총간』(속편92권)에 실려있다. 『만곡집』은 1면당 10행 20자로 되어 있으며 규격은 21.7cm×16.8cm이고, 목판본의 어미는 上下二葉花紋魚尾로 되어 있다.

[저자]

저자 조술도(趙述道, 1729~1803)의 자는 성소(聖紹), 호는 만곡(晚谷), 본관은 한양(漢陽), 태어난 곳은 경상도 영양현(英陽縣) 주곡리(注谷里)이다. 할아버지는 조덕린(趙德鄰)이고, 아버지는 조희당(趙喜堂)이며, 어머니는 장수황씨(長水黃氏)로 황종만(黃鍾萬)의 딸이다. 조부가 사도세자 사건에 관련되어 역적으로 낙인 찍혔다. 조술도는 그와 형제들이 과거에서 우수한 실력을 발휘했음에도 입격하지 못하게 되자 과거를 단념하였다. 부친 때 경상도 영양으로 낙향하였는데, 조술도는 서울에 올라와 몇 해 동안 조야의 지인들을 두루 방문하면서 조부의 신원을 호소한 결과 1788년(정조12) 조부의 관작을 회복했고 향시에 합격한 형 조진도의 과첩(科牒)도 돌려받았다. 조술도가 상경한 정확한 시기는 알 수 없으나 늦어도 서울 도성의 인왕산 자락에 위치한 운교에서 천주교인과 논쟁을 하던 1784년 늦겨울 이전이었음은 분명하다.

1801년 신유박해가 일어나고 노론 벽파에 의해 남인 시파가 정치적으로 집단 축출되는 가운데, 이전에 복구되었던 조부의 관작이 1803년 다시 몰수되었다. 이는 그가 천주교를 비판했던 척사파였음에도 불구하고, 그의 조부에 대한 신원운동을 후원해준 것으로 추정되는 정조 때의 재상 채제공이 1801년 이후 노론 벽파의 공격을 받아 관직이 추탈될 때 채제공의 일파로 몰렸기 때문으로 보인다.

저자 조술도는 1759년(영조35년) 그의 넷째 형 조진도와 함께 별시 향시(鄕試)에 합격하지만 복시에 선발되지 못하여 과업을 폐하고 명산대천을 유람하였다. 그러나 고을 사람들의 추천으로 학정(學正)이 되어 여씨향약을 시행했다. 1765년(영조41년) 겨울, 이상정(李象靖, 1711~1781, 호 大山), 김낙행(金樂行, 1708~1766, 호 九思堂) 등의 강도(講道)를 듣고 난후 그들에게 편지로 질문하고 가르침을 청하여 그들의 제자가 되었다.

1776년 조술도는 월록서당(月麓書堂)을 짓고 주자의 〈백록동학규(白鹿洞學規)〉를 본받아 五敎之目, 爲學之序, 修身之要, 處事之要, 接物之要 등의 세부 학규를 기록한 〈月麓書堂學規〉를 만들기도 했다.

조술도는 일생 『사서(四書)』, 『심경(心經)』, 『근사록(近思錄』 및 주자의 서적들을 애독하였으며, 천주교는 물론이고 불교, 도교 등에 대해서 엄격한 비판의 견해를 밝혔다. 김종덕(金宗德), 유장원(柳長源), 이종수(李宗洙), 정종로(鄭宗魯), 황용한(黃龍漢) 등 주로 영남학파의 인사들과 교유하였는데, 이 중에서 정종로는 조술도와 함께 이상정의 문인으로서 서로 글을 주고받은 내용이 여러 건 남아있다.

조술도의 『만곡집』 제5권에는 그가 정종로와 나눈 유학의 도통(道統)이나 사단칠정과 관련된 내용이 있다. 한편 조술도와 직접 대면하거나 교유한 적이 없었던 황룡한은 그의 문집(『정와집(貞窩集)』, 1865년 간행) 제8권에서 조술도의 「운교문답」에 대한 발문(「書雲橋問答後」)을 남기고 있다. 발문의 구체적인 내용은 후술한다.

3. 목차 및 내용

[목차]

이 글 「운교문답」은 별다른 목차 없이 문답체로 쓰여 있으며 총 15쪽으로 분량으로 된 비교적 짧은 분량으로 되어 있다. 다만 17권 9책으로 된 「운교문답」이 실린 『만곡집』의 목차는 다음과 같다.

序
권1~2 詩(224題)

권3～7 書(152건)

권8 雜著(6건 : 「雲橋問答」, 「儒釋分合辨」, 「齋居隨錄」, 「讀書漫錄」, 「鄕飮酒儀考」, 「月麓書堂學規」)

권9 雜著(7건), 序(7건)

권10 序(6건), 記(8건), 跋(16건), 箴(2건), 銘(1건)

권11 贊(2건), 上梁文(4건), 哀辭(11건), 祝文(9건)

권12 祭文(33건), 墓表(3건)

권13 墓碣(15건), 墓誌(5건)

권14 墓誌(5건), 行狀(4건)

권15 行狀(3건), 行錄(5건)

권16 行錄(11건)

권17 行錄(5건), 遺事(8건), 傳(2건)

[내용]

개요 : 1784년 겨울 서울의 운교(雲橋)에서 천주교를 전교하는 어떤 사람과 저자 조술도가 벌인 유학-서학 논쟁에서 승리한 경험을 글로 정리하여, 본격적인 척사운동에 나서게 되었다는 내용이다. 「운교문답」은 현존하는 여러 편의 척사서 중에서, 이승훈에 의해 한국에 천주교회가 설립될 무렵(1784년 겨울)에 발생했던, 천주교회 창립 이후 최초의 천주교-유교 논쟁 경험에 대한 기록이라는 점에서 그 교회사적 의미를 갖게 된다.

구체적 내용 : 본문은 형식상 문단의 구분이 없으나, 내용상 대략 3개의 단락으로 크게 분류해 볼 수 있다. 첫째 부분은 어떤 사람이 저자(조술도)에게 천주학을 간략히 소개하면서 입문할 것을 권유하는

내용이다. 둘째는 저자가 천주교(서학)를 비판하면서 자연스럽게 어떤 사람과 저자 간에 서학과 주자학의 장단점을 둘러싼 논쟁이 벌어졌으나 결국 저자가 논쟁에서 승리하였음을 기록한 부분이다. 셋째는 저자가 이날의 논쟁 내용을 기록하여 천주교 경계와 배척의 근거로 삼으면서, 사대부들에게 함께 척사운동에 나서자고 권유하는 부분이다. 이들 각각의 부분을 좀 더 구체적으로 서술해보면 다음과 같다.

첫째 부분 : 저자 조술도에게 어떤 사람이 다가와서 천주교를 전교하는 부분이다. 때는 1784년(정조 갑진년) 늦겨울(季冬)이었고, 전교자와 대화(논쟁)를 나눈 장소는 서울 도성의 서쪽인 인왕산 자락에 위치한 운교(雲橋)로 추정된다. 이는 이 글의 제목이 〈운교문답〉이기 때문이다. 전교자는 저자에게 천주교가 하느님을 공경하고 인간을 섬기는 학문으로서, 오래 전에 중국에 들어와서 마태오 리치, 알레니 등 훌륭한 선교사들의 노력에 힘입어 서광계를 비롯한 중국의 똑똑하고 유명한 인사들이 많이 신봉하게 되었다고 설명하였다.

둘째 부분 : 천주교를 전파하려는 전교자와 이를 거부하는 저자 사이에 자연스럽게 유학(특히 주자성리학)과 서학(천주교) 사이에 논쟁이 벌어졌는데, 육경고학파가 선호하는 시(詩), 서(書), 역(易) 등 고문의 내용을 전교자가 인용하면서 서학이 유학과 부합되는 점들을 설파하자, 이에 대해 저자가 조목조목 반박하였다. 전교자는 서학이 하늘의 이치에서 근본을 찾아 연구하는 학문으로 하늘의 이치를 깨닫게 되면 심성(心性)에 대해서도 자연스럽게 알게 된다고 하였다. 이에 대해 저자는 하늘의 도리와 인간의 도리를 따로 나눌 수 없으며, 유교 성현의 학문은 한결같은 천리(天理)의 가운데에 있다고 하였다. 성현의 학문은 정밀하고 온전하여 중도를 잡으며[精一執中], 중도를 세우고

표준을 잡는다[建中建極]고 하였다. 전교자가 유교 경전에 나오는 경천(敬天), 외천(畏天), 흠약호천(欽若昊天), 상제임여(上帝臨汝), 일감재자(日監在玆) 등을 인용하면서 서학의 천주(天主)는 유가에서 말하는 상제(上帝)와 같다고 하였다. 또 천주학은 세속의 고루한 견문이나 옛것을 인습하는 훈고학과 달리 그 학자는 불에 들어가도 타지 않고 물에 들어가도 젖지 않으며 불사불멸(不死不滅)하게 된다고 설명하였다. 이에 대해 저자는 천도(天道)는 내 마음에 있고, 경천, 외천, 상재임여, 일감재자 등도 내 몸 밖에 있는 것이 아니라고 하면서, 서학이 넓고 광활하며 푸른 하늘에서 도를 구하고자 하는 것은 황당하고 잘못된 것이라고 비판했다. 또한 장자와 열자를 인용하면서 서학은 신기한 것을 가볍게 쫓는 사설로 '일용이륜(日用彛倫, 날마다 쓰는 올바른 윤리)'의 학문이 아니고 어리석은 군중을 미친 듯 유혹하는 속임수에 불과하다고 폄하했다. 전교자가 다시 서학과 불교를 비교하면 어떠냐고 묻자, 저자는 서학은 불교보다 못하다고 하면서, 천주가 대군대부(大君大父)라는 논리를 비판하고 천신(天神, 성령)이 나에게 임한다는 것과 옥황(玉皇, 하느님의 천사)이 하늘을 날아다닌다는 주장에 대해서 비판했다. 이에 화가 난 전교자가 주공, 공자, 주자, 정자의 학문도 결국 찌꺼기를 주워모은 것이라고 하면서, 옛것에만 집착하여 현재의 것을 폐지하니 취선(取善), 논인(論人)의 수준이 고루하다고 비판했다. 아울러 청나라의 유명한 학자 모기령(毛奇齡, 1623~1713)이 『서하집(西河集)』을 저술하여 주자와 정자 등을 비판한 것을 언급하였다. 이에 대해 저자는 모기령의 주장을 이전 성현이 말하지 않았던 것을 새로 말하여 성현을 은폐하려는 주장이라고 평가하면서 공담(空談, 공리공론)을 일삼는 인색한 주장이라고 비판했다. 전교자는 모기령이 하도(河圖)와 낙서(洛書)를 비판한 것을 거론하면서 어찌 한(漢)나라 유자들은 항상 그르고 정자와 주자만이 옳다고 할 수 있겠느냐고 반박했다. 이에 대해 저자는 서학과 모기령의 학문은 말류(末流) 중의 으뜸이라고 비판했다. 전교자가 무안해지자 저자는 자신의 무례함을 사과했다. 그리고는 동반촌(東泮村)에 있는 자신의 집으로 돌아와서 이때의 논쟁을 기록하여 스스로를 경계하는 자료로 삼는다고 하였다.

셋째 부분 : 저자가 천주교인과 논쟁한 사실을 정리한 글을 반촌의 사대부들이 읽어보고 척사운동의 자료로 삼았고, 저자 자신도 더욱 유학의 정도를 밝혀서 천주교의 그릇된 주장을 설파한다는 '명정학(明正學) 식사설(息邪說)'의 결의를 다졌다. 아울러 1785년 봄에 일어났던 '명례방사건'(*명례방에서 천주교 집회가 열렸을 때 형조의 관리들이 덮쳐서 집회에 참여한 이들을 체포하면서 일어난 조선 최초의 공권력에 의한 천주교 박해)을 당시 형조판서 김화진이, 중인 역관들은 형벌을 가하고 사대부 자제는 방면하는 방식으로 처리하였던 사실도 기록하였다. 맨 끝에는 유교를 돕고 서학을 배척하는 척사운동에 함께 나서자고 사대부들에게 권유하는 내용이 피력되어 있다. 때는 을사년(1785년) 한겨울(仲冬)이라고 표기되어 있다. 따라서 이 글「운교문답」은 1년 전인 갑진년(1874년) 늦겨울(季冬)의 유교-서교논쟁의 체험을 1년 후에 다시 정리하여 기록하여 두었음을 알려준다.

4. 의의와 한계

조술도의 「운교문답」은 한국 천주교회의 창립 시점에 나온 천주교 비판론으로 한국 천주교회사의 초창기부터 천주교에 대한 사대부들의 저항과 비판이 만만치 않았음을 잘 보여주는 글이라고 할 수 있다. 특히 사대부의 관점에서 우매한 존재로 인식되던 민중들이 천주교에 빠져드는 현상을 특별히 경계하고 강력하게 비판하면서, 천주교를 불교, 도교보다 못한 저급한 수준의 종교로 파악하고 강력한 어조로 논박하였기에, 향촌의 유생들은 물론이고 서울의 고관 사대부들에게도 상당한 공감을 던져주는 글이었다. 이 글은 한국의 천주교회 100년간의 박해의 단초를 열어준 척사론으로서 서울과 경상도에서 동시기와 후대의 사대부, 관리들에게 알려져서 호평을 받을 정도로 조선후기 척사론의 파급에 일정한 영향을 끼쳤던 것으로 보인다.

그러나 조술도의 이 글은 천주교 서적을 직접 구하여 읽어보고 그 교리체계를 구체적으로 논리적으로 분석한 후에 비판한 글이 아니라, 어느 전교자와 논쟁한 기억과 체험에만 의지하여 천주교를 비판하고 공격하였다는 점에서 비판의 논리적 구체성과 정확성이 떨어진다는 한계가 있다.

조술도의 「운교문답」에 발문(書後)을 쓴 황용한(1744~1818, 호 斗谷)은 다음과 같이 「운교문답」의 가치와 조술도의 척사적 명성에 대해 논하고 있다.

> "나는 영산(영양) 조술도 어른의 「운교문답」을 보았는데, 그가 서학(西學)과 모학(毛學, 모기령의 학문)을 배척하여 논한 것이 엄격하고 절실했다. 내가 직접 서학서나 모기령의 책을 보지는 못하여 그 정밀하고 기묘한 곳을 알지 못하지만 그러나 「운교문답」에서 서술하여 전달해서 들려준 것을 대략적으로 살펴본 바에 의하면, 서학이나 모학은 불가(佛家, 불교)의 노비와 같고, 양사(陽沙, 도교 양생법)의 찌꺼기일 따름이다. 백포(白布, 머리에 동여매는 흰 두건)를 가지런히 동여매는 것은 어린아이들의 숨바꼭질과 같고 거만한 자가 허풍을 뜨는 것과 같아서 군중에게 널리 퍼지기

에는 부족하다. 그런데도 중국에서 우리나라까지 이런 서교에 열광하고 빠져드는 것이 심하여 마침내 이 지경에 이르러, 세도(世道)가 더욱 타락하고 인심이 괴상하고 요망함이 이와 같으니 아, 참으로 놀랍도다. … 동지들과 더불어 대화하는 도중에 그 글(「운교문답」)에 대해서 드러내서 말하고 관학(館學, 성균관)의 공경, 재상들까지도 무게 있고 설득력 강한 글로 평가하고 있다."1)

이상의 평가는 생전에 직접 조술도를 만나본 일이 없다는 황용한이 내린 평가이자, 당시의 성균관과 같은 최고 교육기관의 공경재상들이 내린 평가를 전해준 말이라는 점에서 더욱 주목된다. 황용한은 충청도 연풍에서 출생하여 영천 등 서울과 경상도 중부 지방에서 활동한 인물인 듯하다. 연배는 조술도보다 15살 아래지만, 조술도와 같이 이상정의 제자라는 점에서 퇴계를 잇는 영남남인의 학풍을 지닌다는 점에서 조술도와 동일한 성향의 인물임을 알 수 있다. 조술도가 저술한 「운교문답」은 18세기 후반부터 19세기 초반까지 반촌 일대를 중심으로 서울의 고관들과 영남 일대의 남인 학자들에게 널리 알려진 척사론으로 평가될 수 있을 것이다.

〈해제 : 원재연〉

---

1) 황용한, 『貞窩集』권8, 「書雲橋問答後」

참 고 문 헌

1. 사료

『만곡집』 권7, 「운교문답」, 1785년 저술, 1821년 간행

『貞窩集』 권8, 「書雲橋問答後」, 1865년 간행

2. 인터넷

서인숙,『만곡집』해제, 한국고전번역원 인터넷 사이트, 2012 (http://db.itkc.or.kr)

「천학고(天學考)」

분 류	세 부 내 용
문 헌 종 류	조선서학서
문 헌 제 목	천학고(天學考)
문 헌 형 태	활자본
문 헌 언 어	漢文
저 술 년 도	1785년(정조 9)
저　　　자	안정복(安鼎福, 1712~1791)
형 태 사 항	15면
대 　분 　류	사상서
세 부 분 류	척사위정서
소　장　처	『순암집(順菴集)』 초간본 권17 - 서울대학교 규장각한국학연구원 - 국립중앙도서관 - 성균관대학교 중앙도서관 - 고려대학교 중앙도서관 등 소장
개　　　요	조선후기 실학파(實學派)인 성호학파(星湖學派)의 안정복이 여러 문헌을 활용하여 천주학(天主學)이 중국과 조선에 전래된 지 오래 되었음을 밝혀, 자파의 소장학자들이 천주학에 휩쓸리는 것을 막고, 이익이 서학을 믿었다는 주장을 물리치기 위하여 1785년(정조 9) 3월에 저술한 척사서(斥邪書).
주　제　어	안정복(安鼎福), 천학고(天學考), 천학혹문(天學或問), 천학문답(天學問答), 천학설문(天學設問), 부부고(覆瓿稿), 순암집(順菴集), 유건휴(柳健休), 이학집변(異學集辨), 이정관(李正觀), 벽사변증(闢邪辨證)

1. 문헌제목

「천학고(天學考)」

2. 서지사항

「천학고(天學考)」는 조선후기 실학파(實學派)인 성호학파(星湖學派)의 안정복(安鼎福)이 자파의 소장학자들이 천주학(天主學)에 휩쓸리는 것을 막기 위하여 저술한 글이다. 1784년(정조 8) 겨울에 성호학파의 소장학자들인 이벽(李檗)·이승훈(李承薰) 등이 서울 수표교(水標橋) 근처 이벽의 집에서 한국천주교회를 창설한 뒤 주변의 친지들에게 천주교를 전파하여, 성호학파의 소장학자들이 천주교에 대거 휩쓸리자, 성호(星湖) 이익(李瀷, 1681~1763)의 고제(高弟) 중 한 사람인 안정복이 이를 막고자 1785년(정조 9)에 「천학고」를 「천학혹문(天學或問)」(뒤에 「천학문답(天學問答)」으로 수정)과 함께 지었다.

안정복은 「천학고」와 「천학혹문」에 앞서 심유(沈浟)의 천주교에 대한 질문을 받고, 1784년 겨울에 심유를 비롯한 성호학파의 소장학자들이 천주교에 휩쓸리는 것을 막고자 「천학설문」을 지었다. 그런 다음 안정복이 또 다시 「천학고」와 「천학혹문」을 지은 이유는 갈수록 더욱 천주교에 경도되는 소장학자들의 기세를 「천학설문」으로 막을 수 없다고 판단했기 때문이다.

안정복은 「천학설문」에서 여러 문헌을 이용하여, 서학이 중국과 우리나라에 전래된 지 오래되었음을 역사적으로 규명함으로써 그것이 새로운 것이 아님을 밝히고, 또한 천주교 서적에서 언급하고 있는 여러 내용들을 유학의 입장에서 차례로 비판하였다. 하지만 그 내용은 소략하고 체계적이지 못한 단점을 지니고 있었다. 그러므로 소장학자들이 천주교에 휩쓸리는 경향이 갈수록 심화되는 상황에 효과적으로 대처하기 위해서는 보다 더 자세하고 체계적인 저술이 필요하였다. 이에 서학이 중국과 우리나라에 전래된 연원이 오래되었음을 역사적으로 규명한 부분과 천주교 서적에서 언급하고 있는 내용들을 유학의 입장에서 비판한 부분을 분리하여, 보다 더 많은 문헌을 참고하여 자세하면서도 체계적인 척사서(斥邪書)를 새로 저술하게 되었다. 「천학고」와 「천학혹문」이 바로 그러한 저술이다.

「천학고」는 국립중앙도서관에 소장되어 있는 안정복의 필사본 『부부고(覆瓿考)』 13책과 1900년에 처음 목판본으로 간행된 시문집 『순암집(順菴集)』 초간본 권17에 각각 수록되어 있다. 『부부고』의 「천학고」는 곳곳에 글자를 친필로 고치고 보완한 흔적이 있는 점으로 보아 안정복의 친필 초고본이라는 것을 알 수 있다. 그리고 『순암집』의 「천학고」는 초고본을 수정·보완한 정본이라고 할 수 있다.

그런데 「천학고」의 저술 시기가 『부부고』의 친필 「천학고」와 『순암집』 부록 「연보(年譜)」에는 '을사(乙巳, 1785) 삼월(三月)'로, 『순암집』에는 '을사(乙巳, 1785)'로 기록되어 있다. 이 중 '1785년 3월'은 「천학고」의 저술 시기를 보다 더 구체적으로 밝힌 것이므로, 「천학고」는 1785년 3월에 저술되었다고 할 수 있다.

『부부고』의 친필 초고본 「천학고」는 총 12면으로 되어 있고, 각 면의 행 수는 10행이며, 각 행의 글자 수는 26자로 되어 있다. 글자는 해서로 쓰여 있고, 지우고 보충하고 수정한 부분이 여기저기 있다. 『순암집』의 수정·보완한 정본 「천학고」는 총 15면으로 되어 있고, 각 면의 행 수는 10행이며, 각 행의 글자 수는 20자로 되어 있다. 「부부고』의 친필 초고본 「천학고」의 영인본과 탈초본이 한국교회사연구소에서 2013년에 발행한 『교회사연구』 41집 42~46쪽과 60~71쪽에 실려 있고, 2012년에 국사편찬위원회에서 국립중앙도서관 소장 필사본 『부부고』를 탈초하여 상·하 2책으로 간행한 『순암부부고(順菴覆瓿稿)』에도 그 탈초본이 수록되어 있다.

[저자]

안정복의 자는 백순(百順), 호는 순암(順菴) 또한 상헌(橡軒), 본관은 광주(廣州), 당색(黨色)은 근기 남인이다. 울산 부사를 지낸 안서우(安瑞羽)의 손자로, 1712년(숙종 38)에 강원도 제천에서 아버지 안극(安極)과 어머니 전주이씨 사이에 장남으로 태어났다. 조부를 따라 전라도 무주에서 살다가, 1736년(영조 12)에 조상들의 묘가 있는 경기도 광주 경안면 덕곡리에 집을 짓고 정착했다. 혼자서 독실하게 공부하다가, 35세 때인 1746년(영조 22) 10월 17일에 안산으로 성호 이익을 방문하여 그의 문인이 됨으로써 성호학파의 실학자의 일원이 되었다.

안정복은 1749년(영조 25)에 만녕전 참봉을 시작으로, 1751년(영조 27)에 의영고 봉사, 1754년(영조 30)에 사헌부 감찰, 1772년(영조 48)에 익위사 익찬, 1776년(정조 즉위년)에 목천 현감, 1784년에 익위사 익찬 등의 벼슬을 지내다가, 1784년 9월에 병으로 사직하였다. 이후 덕곡에 칩거하며 저술 활동과 후학 교육에 힘을 쏟다가, 1791년에 세상을 떠났다.

안정복은 1746년에 안산으로 이익을 찾아뵙고 사제관계를 맺었다. 이때 이익은 안정복에게 『대학』·『중용』·『시경』·『서경』·『주역』 등을 공부할 때 유의해야 할 점을 두루 말해 주었다. 그런 다음 서학(西學)에 대해서도 자세히 들려주었다. 이후 안정복은 윤동규 등과 서한을 통해 서양의 과학·기술을 깊이 탐구하였다. 그러나 천주교는 이단으로 배척하였다.

아울러 경전을 자주적으로 해석하는 정산(貞山) 이병휴(李秉休, 1710~
1776)의 문하에서 공부하던 이기양(李基讓, 1774~1802)이 1860년대 후반부
터 양명학(陽明學)에 입각하여 『대학』과 『중용』을 해석하고, 이러한 이기양
의 학설을 권철신(權哲身, 1736~1801) 등이 따르자, 안정복은 그들의 학설
을 비판하여 소장학자들이 양명학에 휩쓸리는 것을 막고자 노력하였다.

또한 권철신·이기양의 학설을 따르던 이벽·이승훈·정약전(丁若銓)·
이존창(李存昌)·권일신(權日身) 등이 천주교를 신앙으로 수용하여 1784
년 겨울에 서울 수표교 근처 이벽의 집에서 한국천주교회를 창설하면
서부터 소장학자들이 대거 천주교에 빠져들자, 안정복은 1784년 겨울
에 「천학설문」을, 1785년에 「천학고」와 「천학혹문」을 저술하여 소장
학자들이 천주교에 휩쓸리는 것을 막고자 노력하였다. 이와 같이 천
주교를 배척한 공로로 그는 사후인 1801년(순조 1) 9월에 자헌대부 의
정부 좌참찬 겸 지의금부사 오위도총부 도총관 광성군에 추증되었고,
1871년(고종 8)에는 '문숙(文肅)'이라는 시호를 받았다.

3. 목차 및 내용

[목차]

없음

[내용]

우선 「천학고」를 저술하게 된 이유를 서문 형식으로 서술하였다.

서양의 글이 선조 말년부터 우리나라에 들어와, 이름난 관리나 유학자로 보지 않은 사람이 없었는데, 모두 그것을 제자(諸子)·도가(道家)·불가(佛家)의 글 정도로 여겨 서재의 구색을 갖추었으며, 거기서 천문학·수학 등 기술에 관한 것만 취했다. 그런데 연래에 어떤 선비, 즉 이승훈(李承薰)이 사행(使行)을 따라 연경(燕京)에 갔다가 서학서들을 얻어 가지고 와, 1783년(정조 7)과 1784년 사이에 재주 있는 젊은이들이 천학(天學)에 관한 설을 제창하여, 상제(上帝)가 친히 내려와서 일러주고 시키는 듯이 하였다. 평생 중국 성인의 글을 읽은 젊은이들이 하루아침에 너도나도 이단의 가르침에 빠지는 것이 안타까워, 천주학이 중국과 우리나라에 전래된 지 오래되어 새로운 것이 아니라는 것을 그들에게 알게 하려고 「천학고」를 짓게 되었다고 밝혔다.

다음으로 알레니(G. Aleni, 艾儒略, 1582~1649)의 『직방외기(職方外記)』에, 여덕아국(如德亞國), 즉 유대국은 옛날의 대진국(大秦國)으로, 천주가 내려온 나라라고 했다고 하였다. 그리고 리치(M. Ricci, 利瑪竇, 1552~1610)의 『천주실의(天主實義)』에, 구세주인 예수[耶蘇]가 한나라 애제(哀帝) 원수(元壽) 2년인 경신년(B.C. 1)의 동지 후 3일째 되는 날에 동정녀의 몸을 빌려 탄생하여, 서토(西土)에서 33년간 널리 교화를 펴다가 다시 승천했다고 밝혔다.

이어 후한(後漢) 반고(班固, 32~92)의 『한서(漢書)』, 당(唐)나라 두우(杜佑, 735~812)의 『통전(通典)』, 『열자(列子)』, 당나라 이연수(李延壽)의 『북사(北史)』, 송(宋)나라 사마광(司馬光, 1019~1086)의 『자치통감(自治通鑑)』, 북송(北宋) 왕부(王溥)의 『당회요(唐會要)』, 유중달(劉仲達)의 『홍서(鴻書)』, 왕권(王權)의 『원시비서(原始秘書)』, 명(明)나라 정효(鄭曉, 1449~1566)의 『오학편(吾學編)』, 명말 청초(明末淸初) 전겸익(錢謙益, 1582~1664)의 『경교고(景敎考)』, 샤바냑(Émericus deChavagnac, 沙守信, ?~1717)의 『진도자증(眞道自證)』, 청(淸)나라 장정옥(張廷玉, 1672~1755)의 『명사(明史)』,

청나라 고염무(顧炎武, 1613~1682)의 『일지록(日知錄)』 등 12종의 중국 문헌과 1종의 서양 천주교 서적의 내용을 인용하여, 주(周)나라 목왕(木王) 때부터 명대에 이르기까지 서양과의 접촉과 교류, 서양의 학문과 종교 등의 중국 전래가 갈수록 확대되어 온 역사적 사실을 체계적으로 밝혔다.

또한 이수광(1563~1628)의 『지봉유설(芝峯類說)』에 나오는 서학에 관한 내용과 이익이 지은 『천주실의발(天主實義跋)』을 들어, 천주교가 우리나라에 전해진 지 이미 오래되었음을 밝혔다. 즉, 이수광이 『지방유설』에서, 리치가 바닷길로 중국에 와서 10년 동안 활동하고, 『천주실의』를 지어 천주가 천지를 창조하여 주재하는 도리, 사람의 영혼은 금수와 달리 불멸한다는 점, 사람의 품성이 본래 선하여 천주를 공경해 받는 뜻 등을 논하고, 아울러 불교의 윤회설과 천당지옥설을 비판한 사실 등을 소개하였다.

이어 이익이 「천주실의발」에서, 「천주실의」를 지은 리치는 구라파 사람으로, 만력(萬曆) 연간(1573~1620)에 예수회의 여러 동료들과 함께 중국에 입국하여 천주만을 높였는데, 천주란 유가에서 말하는 상제(上帝)라고 하고, 또한 그가 저술한 천문·역법에 관한 책들은, 중국인이 미치지 못할 만큼 뛰어나다고 높이 평가하면서도, 천주교에서 천주를 섬기고 믿는 것은 불교에서 석가를 섬기고 믿는 것과 같고, 불교의 윤회설과 천당지옥설과 마찬가지로 천주교의 천당지옥설도 결국 허망으로 귀결된다고 비판한 내용을 소개하였다. 그런 다음 자신의 안설(按說)을 붙여, 이익이 서학에 관심을 두었다는 당시 일부 학자들의 견해는 모함이라고 비판하였다. 이는 당시 성호학파의 일부 소장 학자들이, 이익이 생전에 서학에 관심이 많았던 점을 들어 천주교 수용의 명분으로 이용하려고 하는 것을 겨냥하여 반박한 것이다.

요컨대 「천학고」는 여러 서양의 문헌, 중국의 문헌, 조선의 문헌 등을 두루 살펴, 천주학이 중국과 우리나라에 전래된 지 오래되고, 유학과 같은 점도 있으면서 뛰어난 분야도 있지만, 그 천당지옥설도 불교와 만찬가지로 결국 허망한 것으로 귀결된다고 밝혀, 성호학파의 소장학자들이 마치 새로운 것인 양 천주학에 휩쓸리는 것을 막고, 이익이 서학을 믿었다는 주장을 물리치고자 하는 내용으로 되어 있다. 「천학고」는 모두 15종의 문헌을 활용하여 두루 논한 점에서, 앞서 5종의 문헌만을 활용하여 논한 「천학설문」에 비해 훨씬 자세하고 체계적인 저술이라고 할 수 있다.

4. 의의 및 평가

안정복은 1788년(정조 12)에 제자인 황덕일(黃德壹)에게 보낸 편지에서 "성호 선생이 서학을 믿었다고 어떤 사람이 성호 선생을 배척하였다고 하니, 나도 모르게 웃음이 나왔습니다. 내가 「천학고」에서 이미 변론해 놓았는데, 그대는 본 적이 없습니까?"라고 하였다. 이로써 보아 「천학고」는 저술된 뒤 성호학파 내에 널리 전파되어, 이익이 서학을 믿었다는 주장을 물리치고, 소장학자들이 천주학에 휩쓸리는 것을 막는 자료로 활용되었음을 알 수 있다.

또한 「천학고」는 안정복의 문하에 드나들던 이상정(李象靖, 1711~1781)의 제자들을 통하여 영남 지역에도 전해졌다. 안정복은 1787년(정조 11) 4월 10일에 이천섭에게 보낸 편지에서 "금세에 우리 유도(儒道)가 끊기게 되었습니다. 이곳은 이단에 물들고 있는데, 나의 손으로는 막을 수 없습니다. 그러므로 산남(山南)의 여러 벗들이 더욱 대업(大業)에 힘써 우리 유도를 다행스럽게 해 주는 것이 나의 생사 간에 바라는 바입니다."라고 하고 나서, 「천학고」와 「천학혹문」에 대하여 언급하였다. 유장원

(柳長源, 1724~1796)의 제자인 유건휴(柳健休)는 안정복의 「천학고」와 「천학혹문」을 보고 천주교를 배척하는 글이 담겨 있는 『이학집변(異學集辨)』을 저술하였다. 이로써 보아 안정복의 「천학고」와 「천학혹문」은 영남의 유학자들의 천주학 이해와 사학(邪學)인 천주학을 배척하고 정학(正學)인 성리학(性理學)을 수호하는 벽위사상(闢衛思想)의 형성에 많은 영향을 끼쳤음을 알 수 있다.

아울러 박지원(朴趾源, 1737~1805)의 처조카인 이정관(李正觀, 1792~1854)이 1839년에 안정복의 「천학고」와 「천학문답」을 비판한 척사서 「벽사변증(闢邪辨證)」을 저술하여 이항로(李恒老, 1792~1868)에게 보내 교열을 부탁했는데, 이항로의 제자인 김평묵(金平黙, 1819~1891)이 이정관의 「벽사변증」의 미진한 부분을 변설한 「벽사변증기의(闢邪辨證記疑)」를 저술하였고, 이항로도 1863년(철종 14)에 이정관의 「벽사변증」과 남숙관(南肅寬)의 「만물진원변(萬物眞源辨)」의 미진한 부분에 대해 변설한 「벽사록변(闢邪錄辨)」을 저술하였다. 이로써 보아 안정복의 「천학고」와 「천학문답」은 화서학파(華西學派)의 천주학 이해와 위정척사사상(衛正斥邪思想)의 형성에도 많은 영향을 끼쳤음을 알 수 있다.

〈해제 : 서종태〉

참 고 문 헌

1. 사료

『覆瓿稿』, 국립중앙도서관 소장 필사본.

『順菴全集』, 여강출판사, 1984.

『華西先生文集』(영인본), 동문사, 1974.

『重菴先生文集』(영인본), 경인문화사, 1997.

『異學集辨』(영인본), 한국국학진흥원, 2004

『順菴覆瓿稿』, 국사편찬위원회, 2012.

민족문화추진회 역, 『(국역) 순암집』, 민족문화추진회, 1997.

2. 단행본

강세구, 『순암 안정복의 사상과 학문세계』, 성균관대학교 출판부, 2012.

오영섭, 『화서학파의 사상과 민족운동』, 국학자료원, 1999.

차기진, 『조선 후기의 서학과 척사론』, 한국교회사연구소, 2002.

3. 논문

강세구, 「벽위론의 전개 -서학인식과 천주교 배척」, 『순암 안정복의 학문과 사상
　　　연구』, 혜안, 1996.

권오영, 「1870년대 이항노학파의 척사론」, 『백산박성수교수화갑기념논총 한국독
　　　립운동사의 인식』, 백산박성수교수화갑기념논총간행위원회, 1992.

김순미, 「대야 유건휴의 『異學集辨』에 나타난 천주학 비판에 관한 연구」, 『교회
　　　사연구』 45, 2014.

서종태, 「성호학파의 양명학과 서학」, 서강대학교 대학원 사학과 박사학위논문,
　　　1995.

_____, 「순암 문집의 정본화를 위한 일 방안」, 『성호학보』 10, 2011.

_____, 「순암 안정복의 「천학설문」과 「천학고」·「천학문답」에 관한 연구」, 『교
　　　회사연구』 41, 2013.

함영대, 「순암 안정복의 서학인식과 「천학문답」」, 『성호학보』 7, 2010.

「천학문답(天學問答)」

분 류	세 부 내 용
문 헌 종 류	조선서학서
문 헌 제 목	천학문답(天學問答)
문 헌 형 태	활자본
문 헌 언 어	漢文
저 술 년 도	1785년(정조 9)
저 자	안정복(安鼎福, 1712~1791)
형 태 사 항	41면
대 분 류	사상서
세 부 분 류	척사위정서
소 장 처	『순암집(順菴集) 초간본 권17 서울대학교 규장각한국학연구소 국립중앙도서관 성균관대학교 중앙도서관 고려대학교 중앙도서관 등 소장
개 요	조선후기 실학파(實學派)인 성호학파(星湖學派)의 안정복이 천주교 교리의 여러 문제에 대하여 체계적으로 비판하여, 자파의 소장학자들이 천주학에 대거 휩쓸리는 것을 막고자, 1785년(정조 9) 12월에 저술한 척사서(斥邪書).
주 제 어	안정복(安鼎福), 천학혹문(天學或問), 천학고(天學考), 천학문답(天學問答), 천학설문(天學設問), 부부고(覆瓿稿), 순암집(順菴集), 남한조(南漢朝), 안순암천학혹문변의(安順菴天學或問변의), 유건휴(柳健休), 이학집변(異學集辨), 이정관(李正觀), 벽사변증(闢邪辨證)

1. 문헌제목

「천학문답(天學問答)」

2. 서지사항

「천학문답(天學問答)」의 본래 제목은 「천학혹문(天學或問)」이다. 「천학혹문」은 조선후기 실학파(實學派)인 성호학파(星湖學派)의 안정복(安鼎福)이 자파의 소장학자들이 천주학(天主學)에 휩쓸리는 것을 막기 위하여 저술한 글이다. 1784년(정조 8) 겨울에 성호학파의 소장학자들인 이벽(李檗)·이승훈(李承薰) 등이 서울 수표교(水標橋) 근처 이벽의 집에서 한국천주교회를 창설한 뒤 주변의 친지들에게 천주교를 전파하여, 성호학파의 소장학자들이 천주교에 대거 휩쓸리자, 성호(星湖) 이익(李瀷, 1681~1763)의 고제(高弟) 중 한 사람인 안정복이 이를 막고자 1785년(정조 9)에 「천학혹문」을 「천학고」와 함께 지었다.

안정복은 「천학고」와 「천학혹문」에 앞서 심유(沈浟)의 천주교에 대한 질문을 받고, 1784년 겨울에 심유를 비롯한 성호학파의 소장학자들이 천주교에 휩쓸리는 것을 막고자 「천학설문」을 지었다. 그런 다음 안정복이 또 다시 「천학고」와 「천학혹문」을 지은 이유는 갈수록 더욱 천주교에 경도되는 소장학자들의 기세를 「천학설문」으로 막을 수 없다고 판단했기 때문이다.

안정복은 「천학설문」에서 여러 문헌을 이용하여, 서학이 중국과 우리나라에 전래된 지 오래되었음을 역사적으로 규명함으로써 그것이 새로운 것이 아님을 밝히고, 또한 천주교 서적에서 언급하고 있는 여러 내용들을 유학의 입장에서 차례로 비판하였다. 하지만 그 내용은 소략하고 체계적이지 못한 단점을 지니고 있었다. 그러므로 소장학자들이 천주교에 휩쓸리는 경향이 갈수록 심화되는 상황에 효과적으로 대처하기 위해서는 보다 더 자세하고 체계적인 저술이 필요하였다. 이에 서학이 중국과 우리나라에 전래된 연원이 오래되었음을 역사적으로 규명한 부분과 천주교 서적에서 언급하고 있는 내용들을 유학의 입장에서 비판한 부분을 분리하여, 보다 더 많은 문헌을 참고하여 자세하면서도 체계적인 척사서(斥邪書)를 새로 저술하게 되었다. 「천학고」와 「천학혹문」이 바로 그러한 저술이다.

「천학혹문」은 국립중앙도서관에 소장되어 있는 안정복의 필사본 『부부고(覆瓿考)』 13책과 1900년에 처음 목판본으로 간행된 시문집 『순암집(順菴集)』 초간본 권17에 각각 수록되어 있다. 『부부고』의 「천학혹문」은 글 전체가 아닌 전반부 일부만 실려 있지만, 곳곳에 글자를 친필로 고치고 보완한 흔적이 있는 점으로 보아, 안정복의 친필 초고본이라는 것을 알 수 있다. 그리고 『순암집』에 실려 있는 글은 제목이 「천학문답」으로 되어 있는 점과 글 전체가 실려 있는 점으로 보아, 초고본을 수정·보완한 정본이라는 것을 알 수 있다.

그런데 「천학혹문」의 저술 시기가 『부부고』의 친필 「천학혹문」과 『순암집』 부록 「연보(年譜)」에는 '을사(乙巳, 1785) 삼월(三月)'로, 『순암집』에는 '을사(乙巳, 1785) 가평일(嘉平日, 12월 臘日)'로 기록되어 있어 서로 차이를 보이고 있다. 이 중 '1785년 3월'은 초고본을 완성한 시기이고, '1785년 12월 납일'은 초고본을 수정·보완하여 정본을 완성한 날로 판단된다. 「천학혹문」의 초고본을 1785년 3월 완성한 뒤, 이를 수정·보완하여 1785년 12월 납일에 정본을 완성하였다는 것이다.

안정복은 「천학혹문」의 정본을 완성한 뒤, 자신의 문하에 드나들던, 이상정(李象靖, 1711~1781)의 문인 남한조(南漢朝)에게 정정(訂正)

해 줄 것을 부탁하였다. 이에 남한조는 1790년(정조 14)에 「안순암천학혹문변의(安順菴天學或問辨疑)」를 지어 안정복에게 보냈다. 남한조는 이 글에서 제목에 '혹문(或問)'을 붙이는 것은 부적합하다고 지적하였는데, 안정복이 이 지적을 받아들여 제목을 「천학문답」으로 바꾼 듯하다. 「천학문답」으로 표기한 사례는 『정조실록』 15년(1791) 11월 3일 기사에 처음으로 보인다.

글 전반부 일부만 실려 있는 친필 초고본인, 『부부고』의 「천학혹문」은 총 4면으로 되어 있고, 각 면의 행 수는 10행이며, 각 행의 글자 수는 26자로 되어 있다. 글자는 해서로 쓰여 있고, 고치고 보완한 부분이 여기저기 있다. 글 전체가 실려 있는 정본인, 『순암집』의 「천학문답」은 총 41면으로 되어 있고, 각 면의 행 수는 10행이며, 각 행의 글자 수는 20자로 되어 있다. 「부부고」의 초고본 「천학혹문」의 영인본과 탈초본이 2013년에 한국교회사연구소에서 발행된 『교회사연구』 41, 39~41쪽과 56~59쪽에 실려 있고, 2012년 국사편찬위원회에서 국립중앙도서관 소장 필사본 『부부고』를 탈초하여 상·하 2책으로 간행한 『순암부부고(順菴覆瓿稿)』에도 그 탈초본이 수록되어 있다.

[저자]

안정복의 자는 백순(百順), 호는 순암(順菴) 또한 상헌(橡軒), 본관은 광주(廣州), 당색(黨色)은 근기 남인이다. 울산 부사를 지낸 안서우(安瑞羽)의 손자로, 1712년(숙종 38)에 강원도 제천에서 아버지 안극(安極)과 어머니 전주이씨 사이에 장남으로 태어났다. 조부를 따라 전라도 무주에서 살다가, 1736년(영조 12)에 조상들의 묘가 있는 경기도 광주 경안면 덕곡리에 집을 짓고 정착했다. 혼자서 독실하게 공부하다가, 35세 때인 1746년(영조 22) 10월 17일에 안산으로 성호 이익을 방문하여 그의 문인이 됨으로써 성호학파의 실학자의 일원이 되었다.

안정복은 1749년(영조 25)에 만녕전 참봉을 시작으로, 1751년(영조 27)에 의영고 봉사, 1754년(영조 30)에 사헌부 감찰, 1772년(영조 48)에 익위사 익찬, 1776년(정조 즉위년)에 목천 현감, 1784년에 익위사 익찬 등의 벼슬을 지내다가, 1784년 9월에 병으로 사직하였다. 이후 덕곡에 칩거하며 저술 활동과 후학 교육에 힘을 쏟다가, 1791년에 세상을 떠났다.

안정복은 1746년에 안산으로 이익을 찾아뵙고 사제관계를 맺었다. 이때 이익은 안정복에게 『대학』·『중용』·『시경』·『서경』·『주역』 등을 공부할 때 유의해야 할 점을 두루 말해 주었다. 그런 다음 서학(西學)에 대해서도 자세히 들려주었다. 이후 안정복은 윤동규 등과 서한을 통해 서양의 과학·기술을 깊이 탐구하였다. 그러나 천주교는 이단으로 배척하였다.

아울러 경전을 자주적으로 해석하는 정산(貞山) 이병휴(李秉休, 1710~1776)의 문하에서 공부하던 이기양(李基讓, 1774~1802)이 1860년대 후반부터 양명학(陽明學)에 입각하여 『대학』과 『중용』을 해석하고, 이러한 이기양의 학설을 권철신(權哲身, 1736~1801) 등이 따르자, 안정복은 그들의 학설을 비판하여 소장학자들이 양명학에 휩쓸리는 것을 막고자 노력하였다.

또한 권철신·이기양의 학설을 따르던 이벽·이승훈·정약전(丁若銓)·이존창(李存昌)·권일신(權日身) 등이 천주교를 신앙으로 수용하여 1784년 겨울에 서울 수표교 근처 이벽의 집에서 한국천주교회를 창설하면서부터 소장학자들이 대거 천주교에 빠져들자, 안정복은 1784년 겨울에 「천학설문」을, 1785년에 「천학고」와 「천학혹문」을 저술하여 소장학자들이 천주교에 휩쓸리는 것을 막고자 노력하였다. 이와 같이 천주교를 배척한 공로로 그는 사후인 1801년(순조 1) 9월에 자헌대부 의 정부 좌참찬 겸 지의금부사 오위도총부 도총관 광성군에 추증되었고, 1871년(고종 8)에는 '문숙(文肅)'이라는 시호를 받았다.

3. 목차 및 내용

[목차]

없음

[내용]

「천학문답」의 내용은 31조목의 문답과 부록으로 구성되어 있다. 이 중 31조목의 문답은 리치(M. Ricci, 利瑪竇, 1552~1610)가 『천주실의』에서 중국의 학자인 동사(東士)가 질문하고 서양의 학자인 서사(西士)가 대답하는 형식을 본뜬 '혹문(或問)'과 '혹왈(或曰)'의 체제로 구성되어 있다. 당시 천주학에 빠져드는 성호학파의 소장학자들이 주로 열람한 한문서학서는 리치가 저술한 『천주실의』였다. 이에 「천주실의」를 겨냥하여 문답 형식을 취해 천주교 교리의 여러 문제들을 31조목으로 나누어 비판하였다.

31조목의 문답 내용을 정리하면 다음과 같다.

> 1) "삼가고 조심하여 상제(上帝)를 잘 섬긴다."라고 한 『시경(詩經)』의 말, "천명을 두려워한다."라고 한 공자의 말 등을 근거로 하여, 인간이 하늘을 섬기는 일은 서양의 천주학뿐 아

니라 우리 유교에서도 옛날부터 행해 오고 있다. 그러므로 우리 유학 또한 하늘을 섬기는 것에 불과하다. 그런데도 서양의 천주학을 배척하는 것은 유학에서 하늘을 섬기는 것은 정당하고 천주학에서 하늘을 섬기는 것은 사특하기 때문이라고 밝혔다.

2) 서양의 선교사들은 수행이 중국 사람들보다 월등하고, 천문·역법 등의 지식도 뛰어나니, 신성한 사람들이라 할 수 있는데, 왜 천주학을 믿을 수 없단 말이냐고 따진 데 대해, 중국의 성학(聖學)은 올바른 것인 반면에, 서양의 천주학은 그들이 말하는 진도(眞道)와 성교(聖敎)일지는 몰라도 우리가 말하는 성학이 아니라고 하였다. 왜냐하면 하늘을 섬기는 도리는 상제가 부여한 천명인 본성을 마음에 실현하는 데 있는데, 천주학에서는 밤낮으로 지난 잘못의 용서를 빌고 지옥에 떨어지지 않게 해달라고 기구하기 때문이라고 밝혔다.

3) 서양 선교사가 "원한을 잊고 원수를 사랑하라."고 한 것이나 자신을 단속하여 고통을 견디는 것은 묵자(墨子)가 "다 같이 사랑하라.[兼愛]"고 한 것이나 검소함을 숭상하는 것과 같다. 또한 묵자는 현세로써 하늘을 말하였고, 서양 선교사는 후세로써 하늘을 말하였으니, 묵자에다 비교한다면 천주학이 한층 더 허망하다. 천주학에서 후세를 말하는 것은 전적으로 불교의 여론(餘論)이며, 사랑과 검박(儉朴)을 말하는 것은 묵자의 지류이다. 오늘날 유자(儒者)가 도불(道佛)의 천당·지옥에 관한 설과 묵자의 겸애론(兼愛論)을 비판하면서도, 유독 서양 선교사의 말에 대해서만은 변별하지도 않고 곧장 믿고 따른다고 비판하였다.

4) 예수의 세상에 대한 구원은 전적으로 후세에 관한 것으로서 천당과 지옥의 설을 가지고 권면하고 징계하지만, 성인이 도리를 행하는 것은 전적으로 현세에 관한 것으로서 덕을 밝히고 백성을 새롭게 하는 것을 가지고 교화를 펼쳐 나가니, 서로 다르다. 천주학에서 지옥을 면하기를 기구하는 것은 자기 일신만을 위하는 행위로, 불교에서 사생을 초탈하여 오로지 자기 개인의 사적인 일만 추구하는 것과 같다고 비판하였다.

5) 서양의 천주학은 현세에 대하여 말하지 않고 오로지 후세의 천당과 지옥의 응보에 대해서만 말하니, 허탄하고 망령되어 성인의 올바른 가르침을 해치는 학설이다. 반면에 중국 성인의 가르침은 오직 현세에서 의당 해야 할 일을 하는 것이기 때문에, 광명정대하여 조금도 감추어지거나 왜곡되거나 흐릿한 것이 없다고 밝혔다.

6) 서양 선교사들이 사람에게 세 가지 원수가 있다고 하면서, 자기 몸을 첫 번째 원수로, 세속을 두 번째 원수로, 마귀를 세 번째 원수로 여긴 데 대해, 이 몸이 태어남은 부모로부터 말미암은 것이니, 이 몸의 존재를 원수로 여긴다면, 그것은 부모를 원수로 여기는 것이다. 또한 이 세속을 원수로 여긴다면, 임금과 신하 사이의 의리가 끊어지게 된다. 그리고 마귀를 원수로 여기는 것은 더욱 이치에 닿지 않으니, 외물에 유혹되어 자신의 본성을 잃어버리는 것은 형기(形氣)의 욕망 때문이지 마귀 때문이 아니라고 비판하였다.

7) 천주학에서 천주가 천지를 개벽하고 세상 사람의 시조인 아담과 하와를 낳았다는 설에 대해, 천지가 개벽하던 때, 음과 양 두 기운이 올라가고 내려가서 서로가 결합하여 만물을

화생할 적에, 선량한 정기(正氣)를 얻은 것은 사람이 되고, 더럽고 탁한 편기(偏氣)를 얻은 것은 금수와 초목이 되었다는 성리학(性理學)을 바탕으로 비판하였다. 또한 인류의 시조인 아담과 하와가 선악과를 따 먹은 죄 때문에 인간은 모두 죄를 타고난다는 천주학의 원죄설과 예수가 세상에 태어나 십자가에 못 박혀 죽음으로써 인류를 죄악에서 구원한 천주학의 강생구속설에 대해서도 불합리하다고 비판하였다.

8) 동양 선비가 서양의 선교사들이 말하는 천주학 공부라는 것은 어떤 것이냐고 묻자, 서양 선비가 "매일 아침에 눈과 마음으로 하늘을 우러러, 천주께서 나를 낳아주고 길러주고 가르쳐 주기까지 한 무한한 은혜에 대하여 감사한다. 이어 오늘 하루 나를 도와서 망령된 생각을 하지 않고 망령된 말을 하지 않으며 망령된 행동을 하지 않는다는 세 가지 맹세를 꼭 실천할 수 있도록 해 달라고 기도한다. 그리고 저녁이 되면 땅바닥에 엎드려 그날 자신이 한 생각·말·행동이 망령되지 않았는지를 엄밀하게 성찰한다. 그 결과 잘못이 없으면 그 공을 천주에게 돌려 은혜롭게 도와주신 것에 머리를 조아려 감사하며, 만약 조금이라도 잘못이 있으면 곧 아프게 뉘우치고는 용서하여 주기를 천주께 기도한다."라고 대답한 데 대해, 이것은 우리 유자의 성신(誠身)의 학과 비슷하다고 긍정하였다.

9) 서양 선교사가 "석가가 우리나라의 가르침을 훔쳐 따로 문호를 세웠다."라고 하는데, 사실이냐고 물은 대목에 대해, 불교의 석가는 주나라 소왕(昭王) 때 태어났고, 천주학의 예수는 한나라 애제(哀帝) 때 태어났으니, 선후의 분별은 여러 말로 따질 필요도 없다고 밝혔다. 또한 서양 선교사가 서양의 역

대 사기(史記)가 3,600권으로 중국보다도 더 잘 갖추어져 있다고 한 데 대해, 직접 보지 않았기에 그렇지 않다고 말할 수 없지만, 지금 그 책에서 인용한 경문(經文)을 중국 성인의 말씀과 비교해 보면, 그 우열을 알 수 있을 것이라고 하였다.

10) 서양 선교사들이 위험을 무릅쓰고 중국까지 와서 가르침을 베푸는 것을 볼 때, 그들은 소견이 확실하고 역량이 뛰어난 자들이라고 한 데 대해, 구마라습과(鳩摩羅什)과 달마(達磨)가 중국에 불교를 전한 것과 같을 뿐이라고 하였다. 또한 예수가 가르침을 편 이후 지금까지 그 가르침이 이웃 나라에 전파되었으나, 찬탈하고 시해하는 일이나 남의 나라를 침략하는 해가 없었다고 한 데 대해, 역대의 역사책을 보면, 대서(大西)의 오랑캐들이 서로 침략하여 병합한 경우가 많았으니, 믿을 것이 못 된다고 밝혔다.

11) 천주학에서 "원수를 잊고 원수를 사랑하라."고 가르친 데 대해, 나를 해친 원수라면 그럴 수도 있지만, 임금이나 아버지의 원수를 두고 이런 식으로 가르친다면, 겸애를 주장하는 묵자의 부류로 의리를 해치는 바가 클 것이라고 비판하였다. 또한 서양 선교사들이 이(理)는 의뢰한 것으로서 사물의 근원이라고 할 수 없다고 비판한 데 대해, 만일 서양 선교사가 말하는 대로라면 "태극(太極)이 양의(兩儀)를 낳는다."라고 한 공자까지도 아울러 배척하는 것이 되니, 곧장 배척하여 물리쳐야 한다고 하였다. 아울러 '천주'라는 명칭이 한나라 애제(哀帝) 이전부터 이미 있었으니, 예수는 천주가 아니라는 것을 알 수 있다고 하였다.

12) 『열자(列子)』에, 상(商)나라 태재(太宰)가 공자에게 "그렇다면 누가 성인입니까?"라고 묻자, 공자가 "서방에 성자(聖者)

가 있는데, 다스리지 않아도 어지럽지 않고, 말을 하지 않아도 스스로 믿으며, 교화하지 않아도 저절로 행하여지니, 너무나 위대하여 사람들이 무어라고 이름을 붙여 형용하지 못 한다."라고 했는데, 천주학의 천주를 가리켜 한 말인 듯하다고 한 데 대해, 『열자』의 내용은 황당하여 믿을 수 없다고 하였다. 또한 천주학에서 세례를 베풀고 세례명을 지어 주는 의식들은 어떠하냐고 물은 데 대해, 그것은 전적으로 불교에서 하는 양태라고 비판하였다.

13) 천주학의 생혼(生魂)·각혼(覺魂)·영혼(靈魂)의 삼혼설은 어떠하냐고 물은 데 대해, 그것은 『순자(荀子)』에 "물이나 불은 기운은 있지만 생명은 없고, 초목은 생명은 있지만 지각은 없으며, 금수는 지각은 있지만 의리는 없고, 사람은 기운·생명·지각·의리를 모두 가지고 있으므로 세상에서 가장 귀중한 존재가 된다."라고 한 것과 대체로 같지만, 영혼이 죽지 않는다는 말은 불교와 같다고 하였다. 또한 천주학에서 조상 제사를 미신으로 여겨 거부한 데 대해, 천주학에서 천주의 형상을 걸어놓고 예배하고 기도하는 것도 하나의 거짓 형상이니, 역시 일종의 마귀를 섬기는 셈이라고 비판하였다.

부록은 천주학을 하는 자들이 이익도 이 학을 믿었다고 한 데 대해, 안정복이 1746년 처음으로 이익을 찾아뵈었을 때, 이익이 경사(經史)의 여러 설에 대하여 담론한 뒤 끝에 가서 서양 학문에 대해 나눈 대화를 소개하여 반론한 것이다. 즉, 이익이 서양 선교사들의 천문·역법 등의 지식이 뛰어난 점에 대해서는 높이 평가했지만, 천주학은 분명 이단으로서 전적으로 불교의 별파라고 하고, 천주의 설을 믿지 않는다고 했다고 밝혔다.

또한 이익이 일찍이 리치를 성인이라고 했다고 하는 말에 대해서도 반론하였다. 즉, 옛사람이 '성(聖)' 자를 풀이하기를, "통명(通明)함을 일러 '성'이라 한다."라고 했는데, 이익이 서양 선교사에 대해 말한 것은 그의 재주와 식견이 통명하다 이를 만하다고 말한 것에 불과하지, 요순·주공·공자와 같은 성인으로 허여한 것이 아니라고 밝혔다.

4. 의의 및 평가

안정복은 1789년(정조 13)에 근기 남인인 이헌경(李獻慶, 1719~ 1791)에게 「천학혹문」을 보내 주었다. 또한 같은 해 오석리(吳錫履)에게 보낸 편지에서 "천주학에 관한 문답을 그대의 종제에게 보인 것도 나의 의도였습니다. 공께서 이미 한 통을 보셨는데 어찌하여 가부의 말씀이 없으십니까? 답답합니다."라고 한 것으로 보아, 오석리와 그의 종제에게도 「천학혹문」이 전해졌음을 알 수 있다. 이로써 볼 때 「천학혹문」은 저술된 뒤 성호학파 내에는 물론이고 근기 남인들 사이에도 널리 전파되어, 소장학자들이 천주학에 휩쓸리는 것을 막는 자료로 활용되었다고 생각된다.

또한 「천학혹문」은 안정복의 문하에 드나들던 이상정(李象靖, 1711~ 1781)의 제자들을 통하여 영남 지역에도 전해졌다. 안정복은 1787년(정조 11) 4월 10일에 이천섭에게 보낸 편지에서 "금세에 우리 유도(儒道)가 끊기게 되었습니다. 이곳은 이단에 물들고 있는데, 나의 손으로는 막을 수 없습니다. 그러므로 산남(山南)의 여러 벗들이 더욱 대업(大業)에 힘써 우리 유도를 다행스럽게 해 주는 것이 나의 생사 간에 바라는 바입니다."

라고 하고 나서, 「천학고」와 「천학혹문」에 대하여 언급하였다. 정종로 (鄭宗魯)는 안정복의 「천학혹문」을 남한조에게 전해주었고, 남한조는 1790년에 「천학혹문」의 미진한 점을 변석한 「안순암천학혹문변의(安順菴天學或問辨疑)」를 저술하였다. 유장원(柳長源, 1724~1796)의 제자인 유건휴(柳健休)는 안정복의 「천학고」와 「천학혹문」을 보고 천주교를 배척하는 글이 담겨 있는 『이학집변(異學集辨)』을 저술하였다. 이로써 보아 안정복의 「천학고」와 「천학혹문」은 영남 유학자들의 천주교 이해와 사학(邪學)인 천주학을 배척하고 정학(正學)인 성리학을 수호하는 벽위사상(闢衛思想)의 형성에 많은 영향을 끼쳤음을 알 수 있다.

아울러 박지원(朴趾源, 1737~1805)의 처조카인 이정관(李正觀, 1792~1854)이 1839년(헌종 5)에 안정복의 「천학고」와 「천학문답」을 비판한 척사서 「벽사변증(闢邪辨證)」을 저술하여 이항로(李恒老, 1792~1868)에게 보내 교열을 부탁했는데, 이항로의 제자인 김평묵(金平黙, 1819~1891)이 이정관의 「벽사변증」의 미진한 부분을 변석한 「벽사변증기의(闢邪辨證記疑)」를 저술하였고, 이항로도 1863년(철종 14)에 이정관의 「벽사변증」과 남숙관(南肅寬)의 「만물진원변(萬物眞源辨)」의 미진한 부분에 대해 변석한 「벽사록변(闢邪錄辨)」을 저술하였다. 이로써 보아 안정복의 「천학고」와 「천학문답」은 화서학파(華西學派)의 천주학 이해와 위정척사사상(衛正斥邪思想)의 형성에 많은 영향을 끼쳤음을 알 수 있다.

〈해제 : 서종태〉

참 고 문 헌

1. 사료

『覆瓿稿』, 국립중앙도서관 소장 필사본.

『順菴全集』, 여강출판사, 1984.

『順菴覆瓿稿』, 국사편찬위원회, 2012.

『華西先生文集』(영인본), 동문사, 1974.

『重菴先生文集』(영인본), 경인문화사, 1997.

『損齋先生文集』(영인본), 경인문화사, 1998.

『異學集辨』(영인본), 한국국학진흥원, 2004.

민족문화추진회 역, 『(국역) 순암집』, 민족문화추진회, 1997.

2. 단행본

강세구, 『순암 안정복의 사상과 학문세계』, 성균관대학교 출판부, 2012.

오영섭, 『화서학파의 사상과 민족운동』, 국학자료원, 1999.

차기진, 『조선 후기의 서학과 척사론』, 한국교회사연구소, 2002.

3. 논문

강세구, 「벽위론의 전개 -서학인식과 천주교 배척」, 『순암 안정복의 학문과 사상
  연구』, 혜안, 1996.

권오영, 「1870년대 이항노학파의 척사론」, 『백산박성수교수화갑기념논총 한국독
  립운동사의 인식』, 백산박성수교수화갑기념논총간행위원회, 1992.

김순미, 「대야 유건휴의 『異學集辨』에 나타난 천주학 비판에 관한 연구」, 『교회
  사연구』 45, 2014.

서종태, 「성호학파의 양명학과 서학」, 서강대학교 대학원 사학과 박사학위논문,

1995.

_____, 「순암 문집의 정본화를 위한 일 방안」, 『성호학보』 10, 2011.

_____, 「순암 안정복의 「천학설문」과 「천학고」·「천학문답」에 관한 연구」, 『교
회사연구』 41, 2013.

함영대, 「순암 안정복의 서학인식과 「천학문답」」, 『성호학보』 7, 2010.

「천학설문(天學設問)」

분 류	세 부 내 용
문 헌 종 류	조선서학서
문 헌 제 목	천학설문(天學設問)
문 헌 형 태	필사본
문 헌 언 어	漢文
저 술 년 도	미상
저 자	안정복(安鼎福, 1712~1791)
형 태 사 항	9면
대 분 류	사상서
세 부 분 류	척사위정서
소 장 처	『부부고(覆瓿稿)』 10책에 수록 - 국립중앙도서관 소장
개 요	조선후기 실학파(實學派)인 성호학파(星湖學派)의 안정복이 자파의 소장학자들이 천주학(天主學)에 휩쓸리는 것을 막기 위하여 1784년(정조 8) 겨울에 저술한 첫 번째 척사서(斥邪書)로, 심유(沈浟)에게 준 것.
주 제 어	안정복(安鼎福), 심유(沈浟), 천학설문(天學設問), 부부고(覆瓿稿), 순암집(順菴集), 천학고(天學考), 천학혹문(天學或問), 천학문답(天學問答), 권진(權贐), 신체인(申體仁), 천학종지도변(天學宗旨圖辨)

1. 문헌제목

「천학설문(天學設問)」

2. 서지사항

「천학설문(天學設問)」은 조선후기 실학파(實學派)인 성호학파(星湖學派)의 안정복(安鼎福)이 자파의 소장학자들이 천주학(天主學)에 휩쓸리는 것을 막기 위하여 저술한 첫 번째 글이다. 1784년(정조 8) 겨울부터 성호학파의 소장학자들이 천주교에 빠져드는 상황에서, 온건한 소장학자인 심유(沈浟, 字는 士潤)가 천주교에 대해 질문하자, 성호(星湖) 이익(李瀷, 1681~1763)의 고제(高弟) 중 한 사람인 안정복은 심유를 비롯한 소장학자들이 천주교에 휩쓸리는 것을 막고자 「천학설문」을 지어 심유에게 주었다.

심유는 공서파(攻西派)의 주된 인물인 이기경(李基慶, 1756~1819)의 외사촌 형으로, 이승훈(李承薰) 등과 학문적 교류를 하였으나 정통 유학을 따르는 온건한 학자였다. 이승훈은 1801년(순조 1) 신유사옥(辛酉邪獄) 때 체포되어 심문을 받을 적에, 1785년(정조 9)에 배교한 뒤로 다시는 천주교를 믿지 않았다고 진술하면서, 이를 증명하는 증거로 정학(正學)을 한 심유 집안과 혼인 관계를 맺은 사실을 내세웠다.

「천학설문」의 저술 시기는 자료에 기록되어 있지 않다. 그러나 1784년 겨울에 서울 수표교(水標橋) 근처에 있던 이벽(李蘗, 1754~1786)의 집에서 한국천주교회가 창설되면서부터 성호학파의 소장학자들이 대거 천주교에 휩쓸린 점, 안정복의 1784년 12월 14일자 편지에 「천학설문」이 언급되어 있는 점, 「천학설문」이 1784년 겨울에 쓴 글들 속에 분류되어 있는 점 등으로 보아, 「천학설문」은 1784년 겨울 중 12월 14일 이전에 저술되었다고 판단된다.

「천학설문」은 1900년에 처음 목판본으로 간행한 안정복의 문집 『순암집(順菴集)』 초간본이나 1984년 여강출판사에서 총 4책으로 간행한 영인본『순암전집(順菴全集)』에는 수록되어 있지 않다. 단지 국립중앙도서관에 소장되어 있는 필사본『부부고(覆瓿稿)』10책에만 실려 있다.

『부부고』는 안정복이 일생동안 지은 시(詩)·서(書)·제문(祭文)·묘지명(墓誌銘) 및 여러 상소문, 단편적 학설 등을 친필로 기록해 놓은 책이다. 문집 체제로 각각 분류하여 놓은 것이 아니라, 문장이 이루어진 대로 계속 써 모은 것이므로, 책의 규격도 다르며 내용도 서로 섞여 있다. 『부부고』는 원래 19책이었으나, 9책과 18책이 결본되어, 현재 모두 17책이 전해지고 있다. 『부부고』의 글 중에는 초서로 되어 있는 것들이 많이 포함되어 있고, 또한 곳곳에 수정한 흔적이 있다.

아울러 『부부고』의 글 중에는 앞뒤 부분에 산삭 표시가 되어 있는데, 『순암집』에 실려 있는 해당 글을 보면, 그 표시대로 산삭되어 있다. 이로서 보아 『순암집』은 『부부고』를 토대로 편찬되었음을 알 수 있다. 이러한 관계로 『부부고』에는 「천학설문」을 비롯하여 초고본 「천학고(天學考)」, 초고본 「천학혹문(天學或問)」(뒤에 「천학문답」으로 수정) 등 『순암집』에 누락된 글들이 많이 수록되어 있다.

「철학설문」은 총 9면으로 되어 있다. 각 면의 행 수는 9~11행으로 일정하지 않고, 각 행의 글자 수도 23~26자로 들쭉날쭉하다. 안정복의 친필 초서로 쓰여 있고, 지우고 보충하고 수정한 부분이 여기저기 있다. 이로써 보아 안정복의 친필 초고본이라는 것을 알 수 있다. 「천학설문」의 영인본과 탈초본이 2013년에 한국교회사연구소에서 발행한 『교회사연구』 41집 35~38쪽과 47~55쪽에 실려 있다. 또한 2012년에 국사편찬위원회에서 국립중앙도서관 소장 필사본 『부부고』를 탈초하여 상·하 2책으로 간행한 『순암부부고(順菴覆瓿稿)』에도 그 탈초본이 수록되어 있다.

[저자]

안정복의 자는 백순(百順), 호는 순암(順菴) 또한 상헌(橡軒), 본관은 광주(廣州), 당색(黨色)은 근기 남인이다. 울산 부사를 지낸 안서우(安瑞羽)의 손자로, 1712년(숙종 38)에 강원도 제천에서 아버지 안극(安極)과 어머니 전주이씨 사이에 장남으로 태어났다. 조부를 따라 전라도 무주에서 살다가, 1736년(영조 12)에 조상들의 묘가 있는 경기도 광주 경안면 덕곡리에 집을 짓고 정착했다. 혼자서 독실하게 공부하다가, 35세 때인 1746년(영조 22) 10월 17일에 안산으로 성호 이익을 방문하여 그의 문인이 됨으로써 성호학파의 실학자의 일원이 되었다.

안정복은 1749년(영조 25)에 만녕전 참봉을 시작으로, 1751년(영조 27)에 의영고 봉사, 1754년(영조 30)에 사헌부 감찰, 1772년(영조 48)에 익위사 익찬, 1776년(정조 즉위년)에 목천 현감, 1784년에 익위사 익찬 등의 벼슬을 지내다가, 1784년 9월에 병으로 사직하였다. 이후 덕곡에 칩거하며 저술 활동과 후학 교육에 힘을 쏟다가, 1791년에 세상을 떠났다.

안정복은 1746년에 안산으로 이익을 찾아뵙고 사제관계를 맺었다. 이때 이익은 안정복에게 『대학』·『중용』·『시경』·『서경』·『주역』 등을 공부할 때 유의해야 할 점을 두루 말해 주었다. 그런 다음 서학(西學)에 대해서도 자세히 들려주었다. 이후 안정복은 윤동규 등과 서한을 통해 서양의 과학·기술을 깊이 탐구하였다. 그러나 천주교는 이단으로 배척하였다.

아울러 경전을 자주적으로 해석하는 정산(貞山) 이병휴(李秉休, 1710~1776)의 문하에서 공부하던 이기양(李基讓, 1774~1802)이 1860년대 후반부터 양명학(陽明學)에 입각하여 『대학』과 『중용』을 해석하고, 이러한 이기양의 학설을 권철신(權哲身, 1736~1801) 등이 따르자, 안정복은 그들의 학설을 비판하여 소장학자들이 양명학에 휩쓸리는 것을 막고자 노력하였다.

또한 권철신·이기양의 학설을 따르던 이벽·이승훈·정약전(丁若銓)·이존창(李存昌)·권일신(權日身) 등이 천주교를 신앙으로 수용하여 1784년 겨울에 서울 수표교 근처 이벽의 집에서 한국천주교회를 창설하면서부터 소장학자들이 대거 천주교에 빠져들자, 안정복은 1784년 겨울에 「천학설문」을, 1785년에 「천학고」와 「천학혹문」을 저술하여 소장학자들이 천주교에 휩쓸리는 것을 막고자 노력하였다. 이와 같이 천주교를 배척한 공로로 그는 사후인 1801년(순조 1) 9월에 자헌대부 의정부 좌참찬 겸 지의금부사 오위도총부 도총관 광성군에 추증되었고, 1871년(고종 8)에는 '문숙(文肅)'이라는 시호를 받았다.

3. 목차 및 내용

[목차]

없음

[내용]

우선 안정복은 제목에 주석을 달아 「천학설문」을 저술하게 된 계기를 밝혔다. 심사윤(沈士潤), 즉 심유가 천주교에 대해 물어서, 그에 대한 대답으로 「천학설문」을 지어 그에게 주었다는 것이다.

본문에서 맨 먼저 다룬 내용은 천주(天主)에 관한 것이다. 서양 선교사들이 말하는 천주는 유학의 『시경(詩經)』이나 『서경(書經)』에서 말하는 상제(上帝)로, 중국인들도 일찍부터 천주에 대해 알고 있었다. 그러므로 서학(西學)에서 말하는 천주는 새로운 것이 아니다.

서양 선교사들의 말은 모두 애매모호하다. 포착할 수 없고 보지도 듣지도 못한 일로 유혹한다. 그러므로 어리석은 백성의 경우는 유혹하거나 협박할 수 있지만, 이치를 아는 군자의 경우는 번민하게 해도 심복시킬 수 없다.

반면에 유학에서 말하는 성인은 하늘을 본받고 도를 행한다. 그러므로 성인이 가르치는 바는 모두 천주의 가르침이다. 하늘은 찾아볼 만한 형상이나 소통할 만한 언어가 없기 때문에, 성인이 하늘을 대신하여 행할 뿐이다.

서양 선교사의 학문을 보면, 말마다 모두 실제적이고, 일마다 모두 실제적이다. 그러므로 노(老)·불(佛)의 허무(虛無)·공적(空寂)과 차이가 있다. 그러나 그들의 언어·모상(模象)·공부·행동은 끝내 이단(異端)이라고 밝혔다.

이어 당(唐)나라 이연수(李延壽)의 『북사(北史)』, 명(明)나라 정효(鄭曉, 1449~1566)의 『오학편(吾學篇)』, 알레니(G. Aleni, 艾儒略, 1582~1649)의 『직방외기(職方外紀)』, 송(宋)나라 사마광(司馬光, 1019~1086)의 『자치통감(自治通鑑)』, 명말 청초(明末淸初) 전겸익(錢謙益, 1582~1664)의 『경교고(景敎考)』 등 모두 5종의 문헌을 이용하여, 서학이 중국과 우리나라에 전래된 지 오래되었음을 역사적으로 밝혔다.

이 부분은 뒤에 저술된 「천학고」의 내용에 해당하는 것이다. 그러나 「천학고」와 비교하여 그 내용이 소략하다. 즉, 서학이 중국과 우리나라에 전래된 연원을 「천학설문」에서는 이들 5종의 문헌만을 이용하여 밝혔다. 반면에 「천학고」에서는 리치(M. Ricci, 利瑪竇, 1552~1610)의 『천주실의(天主實義)』, 후한(後漢) 반고(班固, 32~92)의 『한서(漢書)』, 『열자(列子)』, 당나라 두우(杜佑, 735~812)의 『통전(通典)』, 유중달(劉仲達)의 『홍서(鴻

書)』, 왕권(王權)의 『원시비서(原始秘書)』, 청(淸)나라 장정옥(張廷玉, 1672
~1755)의 『명사(明史)』, 청나라 고염무(顧炎武, 1613~1682)의 『일지록(日
知錄)』, 이수광(李睟光, 1563~1628)의 『지봉유설(芝峯類說)』, 이익(李瀷)의
「천주실의발(天主實義跋)」 등 모두 15종의 문헌을 이용해 밝혔다.

다음으로 서양 선교사의 말 가운데 부처가 천주의 가르침을 훔쳐
따로 다른 종교를 만들었다고 한 점, 살아서 마음대로 나쁜 짓을 하게
놔뒀다가 죽은 뒤에 영혼을 단죄하는 지옥설, 밤낮으로 천주에 기도
하여 지옥을 면하기를 구하고 천당에서 살기를 바라는 점, 천주가 서
방에만 내려와서 크게 교화한 점, 판토하(D. de Pantoja, 龐迪我, 1571
~1618)의 『칠극(七克)』에서 사람이 악을 행하는 것을 모두 마귀가 하
는 짓이라고 말한 점, 옛날에는 지옥이 없었는데 천주에게 대항한 사
람 때문에 천주가 화가 나서 지옥을 만들어 가둠에 따라 지옥이 있게
되었다는 점, 천주가 사랑하는 예수가 사람을 대신하여 지옥의 괴로
움을 받았다는 점, 현세를 고생스러운 금수가 사는 곳으로 여긴 점 등
을 차례로 유학의 입장에서 비판하였다.

이 부분은 「천학문답」의 내용에 해당하는 것이다. 그러나 모두 31
조목의 문답과 부록으로 되어 있는 「천학문답」과 비교하여 그 내용이
소략하고 체계적이지 못하다. 또한 서술 방식이 문답식으로 되어 있
지 않다는 점에서도 「천학문답」과 구별된다.

이러한 내용상의 특징으로 볼 때 「천학설문」은 「천학고」와 「천학혹
문」으로 분리해서 저술하기 이전 단계의 글로 생각된다. 「천학설문」을
저술한 뒤에 다시 이를 더욱 체계적으로 발전시켜 「천학고」와 「천학
혹문」으로 나누어 저술하였다는 것이다.

4. 의의 및 평가

안정복이 「천학설문」을 저술한 직후에, 그의 제자인 권진(權眞)이 이 글을 등사해 갔다. 안정복은 권철신에게도 「천학설문」을 베껴 보내고자 했으나 필사하기가 너무 힘들어 보내지 못하였다. 이 중 권진은 성호학파의 소장학자들이 대거 천주교에 휩쓸리는 상황을 우려하며 친구들인 김원성(金源星)·유옥경(柳玉卿)·권호(權僑)·황덕길(黃德吉)·조신행(趙愼行)·황덕일(黃德壹) 등과 함께 안정복의 천주교 배척을 도왔던 인물이다. 이로써 볼 때 「천학설문」은 천주교가 성호학파의 소장학자들에게 널리 전파되는 것을 막는 하나의 지침서로 활용되었다고 생각된다.

또한 「천학설문」은 안정복의 문하에 드나들던 영남 남인 유학자들을 통하여 영남 지역에도 전해졌다. 이상정(李象靖, 1711~1781)의 제자인 신체인(申體仁)은 1791년(정조 15)에 안정복의 「천학설문」, 이헌경(李獻慶, 1719~1791)의 「천학문답(天學問答)」, 조술도(趙述道)의 「운교문답(雲橋問答)」을 보고서 천주교를 배척한 글인 「천학종지도변(天學宗旨圖辨)」을 저술하였다. 이러한 사실은 「천학고」와 「천학혹문」뿐 아니라 그 이전에 저술한 「천학설문」도 영남에 전해져 영남 유학자들의 천주학 이해와 사학(邪學)인 천주학을 배척하고 정학(正學)인 성리학(性理學)을 수호하는 벽위사상(闢衛思想)의 형성에 많은 영향을 끼쳤음을 말하여 준다고 하겠다.

〈해제 : 서종태〉

참 고 문 헌

1. 사료

『覆瓿稿』,국립중앙도서관 소장 필사본.

『順菴全集』, 여강출판사, 1984.

『順菴覆瓿稿』, 국사편찬위원회, 2012.

『晦屛先生文集』, 경인문화사, 1997.

민족문화추진회 역, 『(국역) 순암집』, 민족문화추진회, 1997.

2. 단행본

강세구, 『순암 안정복의 사상과 학문세계』, 성균관대학교 출판부, 2012.

차기진, 『조선 후기의 서학과 척사론』, 한국교회사연구소, 2002.

3. 논문

강세구, 「벽위론의 전개 -서학인식과 천주교 배척」, 『순암 안정복의 학문과 사상 연구』, 혜안, 1996.

김순미, 「대야 유건휴의 『異學集辨』에 나타난 천주학 비판에 관한 연구」, 『교회 사연구』 45, 2014.

서종태, 「성호학파의 양명학과 서학」, 서강대학교 대학원 사학과 박사학위논문, 1995.

_____, 「순암 문집의 정본화를 위한 일 방안」, 『성호학보』 10, 2011.

_____, 「순암 안정복의 「천학설문」과 「천학고」・「천학문답」에 관한 연구」, 『교 회사연구』 41, 2013.

함영대, 「순암 안정복의 서학인식과 「천학문답」, 『성호학보』 7, 2010.

한국연구재단 토대연구지원사업 총서

조선시대 서학 관련 자료 집성 및 번역·해제 4

초판 1쇄 | 2020년 3월 10일
초판 2쇄 | 2021년 8월 10일

지 은 이 동국역사문화연구소 편
해 제 자 구만옥, 노대환, 박권수, 서인범, 서종태, 원재연, 이명제, 전용훈
발 행 인 한정희
발 행 처 경인문화사
편   집 한주연 김지선 유지혜 박지현 이다빈
마 케 팅 전병관 하재일 유인순
출판번호 406-1973-000003호
주   소 경기도 파주시 회동길 445-1 경인빌딩 B동 4층
전   화 031-955-9300 팩 스 031-955-9310
홈페이지 www.kyunginp.co.kr
이 메 일 kyungin@kyunginp.co.kr

ISBN 978-89-499-4875-1 94810
     978-89-499-4871-3 (세트)
값 29,000원